YABANCI

VEYL

Pegasus Yayınları: 1567

Yabancı: Veyl

Öznur Yıldırım

Yayın Koordinatörü: Yusuf Tan
Editör: Tüvana Zararsız
Düzelti: Gizem Aldoğan, Halûk Kürşad Kopuzlu
Sayfa Tasarımı: Ezgi Gültekin
Kapak Tasarımı: Yunus Bora Ülke

Baskı-Cilt: Alioğlu Matbaacılık
Sertifika No: 11946
Orta Mah. Fatin Rüştü Sok. No: 1/3-A
Bayrampaşa/İstanbul
Tel: 0212 612 95 59

2. Baskı: İstanbul, Mart 2017 - Ciltli
ISBN: 978-605-299-128-2

Yayıncı Sertifika No: 12177

Pegasus Yayıncılık Tic. San. Ltd. Şti.
Gümüşsuyu Mah. Osmanlı Sk. Alara Han
No: 11/9 Taksim / İSTANBUL
Tel: 0212 244 23 50 (pbx) Faks: 0212 244 23 46
www.pegasusyayinlari.com / info@pegasusyayinlari.com

ÖZNUR YILDIRIM

YABANCI

VEYL

PEGASUS YAYINLARI

Sevgili on yedi,

bu kitap senin için.

Sonra cennet ve cehennem birbirine karıştı;
cennetteki ağaçlar cehennemin ateşiyle yandı,
cehennem çukurlarına cennetin soğuk suları aktı.

Yıldızlar gökyüzü denen o şemsiyeye düşmüş
yağmur tanesi,
İşte orada, düşüncelerin oluk oluk kanadığı o
pençe izi,
Abiciğim, abiciğim dinle, bu annemizin o hiç
bitmeyen ninnisi,
İşte şimdi ensendeyim, adım ölümün kızıl gölgesi.

Ben kuyunun dibine kök salıp gökyüzüne doğru
uzanan o ağacın çürüyen gövdesi,
Hep kulaklarımda, kanatlarımdaki ecelin
bitmeyen melodisi,
Babacığım, babacığım izle, oynuyor perdede küçük
kızının ölüm sahnesi,
İşte şimdi ensendeyim, adım ölümün kızıl gölgesi.

Bir bebeğin kalbinde büyüyen korkular olmuş,
sonun basık kertmesi,
Kokar mutfaktaki tencerede geleceğin pişmiş kellesi.

Abiciğim, babacığım dokunun, o sudaki işlediğiniz
cinayetin cesedi,

İşte şimdi ensenizdeyim, adım ölümün kızıl
gölgesi.

Dalga dalga gökyüzüne vuran gecenin içinde
rüzgârın kesik sesi,

Ben Havva'nın damağına yayılan o cennetin
yasak meyvesi,

Anneciğim, anneciğim dediler bana, sen bir
cesedin gülen portresi,

İşte şimdi enselerindeyim, adım ölümün kızıl
gölgesi.

DOĞA GÜNGÖR

Rüzgârın uğultusu dallara bulaşırken ağaçlar geceyi gökyüzüne boyayan fırçalar gibiydi. Ölümün damarlarını anımsatan kuru dallar ay ışığında simsiyah görünüyordu. Sanki bir ağacın değil de ağaçların dibinde biriken o karanlığın yükselen dallarıydılar. Bir patika ıssızlığın arasına, kimsesiz toprakların üzerine uzanmıştı ve uzun zamandır uykuda gibiydi. Saatler gece yarısını gösteriyordu ama zaman burada geceleri gökyüzüne çekilen kalın bir perdeden ibaret gibiydi. Sabah olduğunda o perde kalkıyordu.

Ama bu gece bu ıssızlığın içine kaderin iz bırakmayan adımları düşmüştü.

İlk önce uzaklardaki bir arabanın ışığı karanlığı ortadan yırtılan bir tablo gibi iki yana ayırdı, ardından patikayı uyandıran tekerleklerin sesi duyuldu. Araba ilerledikçe ışık daha da öteyi aydınlatıyor olmasına rağmen karanlık, arabanın arkasından geliyor ve arabaya dokunamasa da bu topraklara bekçilik ediyormuş gibi onu takip ediyordu.

Başını arabanın camına yaslayan kadın, boğazında biriken hıçkırıklardan kurtulmak istercesine yutkundu. Levent Çağıran'ın çimen yeşili gözleri hemen yanında oturan karısına kaydı. Düşünceler kaşlarının arasına bir endişe çukurunun kazılmasına neden olmuştu ve yüz hatlarına belirgin bir gerginlik hâkimdi.

"Böyle yapma," diye mırıldandı, daha çok kendi kendine konuşuyormuş gibiydi. Onu bu kadar üzgün görmek, kaburgalarında dikenlerin yetişmesine ve içine saplanmasına sebep oluyordu. Nazlı Çağıran başını kaldırıp sevdiği adama baktı, gözlerinde birikmiş bir çaresizlik vardı ama yine de kararlıydı.

"Ben hep yanında olacağım," diye söz verdi adama. "Tüm bunları beraber atlatacağız."

Bu sözler kader defterine sayfadan aşağı düşüyormuşçasına yamuk bir şekilde yazılmıştı.

Levent Çağıran uzanıp karısının elini tuttu ve yüzüne doğru çekerek dudaklarına bastırdı. Yüzündeki sert ifadeye rağmen teninin altında ruhu kıvranıyordu. Takvimler 8 Kasım'ı gösteriyordu ve bugün üzerinde anlam veremediği bir ağırlık vardı. Karısının kokusunu içine çekerek endişesini yok etmesini bekledi.

"Biliyorum güzelim," dedi kendinden emin bir sesle. "Artık kendini harap etme. Senin bir suçun yok. Babamla aramızdaki bağın bir gün tamamen kopacağı belliydi."

"Ama o bağı kesen makas ben olmamalıydım," dedi genç kadın çatlayan sesiyle.

"Bu bağı koparan sen değil, babamın o kör kibri oldu."

Kadın başını hafifçe iki yana salladıktan sonra tekrar arabanın camına yasladı ve nefesi ince bir buğu tabakası oluştururken camdaki yansımasına baktı. Kahverengi gözlerinin akına kızıl damarlar örtülmüştü ve uzun kirpikleri gözyaşlarıyla ıslanmıştı. Uzun, koyu renkli saçları omuzlarından aşağı dökülüyordu, teni sağlıksız bir şekilde solgundu.

"Onun parasına ihtiyacım yok," dedi genç adam kendinden emin bir sesle. "Sana da oğluma da güzel bir hayat kuracağımı biliyorsun."

Levent Çağıran'ın gücü, sesine âdeta is gibi sinmişti ve kadının boğazında biriken çaresizliği yakıyordu.

"Beraber kuracağız," dedi kadın kararlılıkla ve bir elini karnına koydu. Parmak uçlarındaki dokunuşlar karnındaki bebeğin varlığına tutunmuştu. "Ediz her şeyi daha da güzelleştirecek."

Kader defterine ayrılan kalemin bitmek üzere olan mürekkebi bu cümleyi kesik kesik yazdı.

O sırada patikadan geçmekte olan arabanın arkasından bakan karanlık, ilerideki köyün ışıklarından dolayı daha öteye gidemedi. Araba gözden kaybolana kadar uzun uzun onları izlemişti sanki. Patika ıssızlığın içinde yine uykuya dalmıştı, rüzgârın uğultusu ağaçların arasından tekrar yükselmişti. Sanki yaşanmamış gibi, tutulamayacak sözlerin verildiği o andan hiçbir iz kalmamıştı.

Genç kadın dalgın bir şekilde karnını okşarken zihnine bebeği için masallar ekiyordu ama o masalların özünde, kökleri geleceğin toprağına yayılacak olan derin bir sessizlik tohumu taşıdığından bihaberdi. Göğsünün altında zehir gibi biriken bir huzursuzluk olsa da karnını okşadıkça güçlenen inancı bu zehri âdeta emiyor, onun huzursuzluğunu siliyordu. Dakikalar birbirini takip ederken bir sakinliğin düşüncelerine sis gibi çöktüğünü ve onu uyuşturduğunu hissetti. Gözlerindeki o çaresizlik dağılarak yerini durgunluğa bırakmış ve dudakları hafifçe aralanmıştı.

Bir yelkovanın tek atışlık ilerleme süresi içinde saplanan bir sancı, karnından yukarıya doğru hızla tırmandı ve dudaklarından dökülen acı dolu bir çığlığa dönüştü. Bedeni iki büklüm olurken damarları kasıldı.

Levent Çağıran frene bastı. Arka tekerlekler yolda çığlık atarak dururken kaderin cümlelerine can veren o kalem devrildi ve kaderin üzerinde yuvarlanmaya başladı.

"Levent!" diye bağırdı kadın acıyla. "Levent!"

"Nazlı?" Genç adam korkuyla karısına baktı. "Neler oluyor?"

"Karnım..." diye inledi kadın, sesi korkunun ağırlığı altında cam gibi çatlamıştı. Ölüm riski aylar boyunca kaderinin üzerine bir örümcek ağı misali örülmüştü ve şimdi o ağlar sökülmüş, ağı ören örümceğin ince, ölümcül bacakları kadının ruhuna saplanmıştı. "Kanamam var! Levent! Bebeğim!"

Panik genç adamın düşüncelerinin üzerine gölge gibi çökerken bir an kilitlenip kaldı ama karısının boğazından yükselen ikinci çığlık onu kendine getirdi. Parmak uçlarından başlayarak bütün vücuduna yayılan karıncalanma hissi sımsıkı kavradığı direksiyona bile sıçrayacakmış gibi hissetti. Arabayı tekrar çalıştırıp gazı kökledi ve arka tekerlekler bir an için olduğu yerde dönse de hemen sonra araba kaplan gibi öne atıldı.

"Şimdi olmaz..." diye mırıldanırken düşünceler zihnine mızraklar misali saplanmaya başlamıştı. "Şimdi olmaz!" Bu kez kükremişti. Göğüs kafesinin içinde sahne alan o gerçek, soluduğu havadan beslendi ve nefesini kesti. Şehir merkezinden kilometrelerce uzaktaydılar.

"Levent!" diye inledi kadın. Genç adamın nefesini avlayan gerçek, karısının gözyaşlarında gizleniyordu. "Bebeğim..."

"Güzelim," dedi Levent sesini sakin tutmaya çalışarak, yeşil alevlerin yükseldiği gözlerini karısına çevirmişti. "Güzelim, bana bak."

Nazlı Çağıran da gözlerini sevdiği adama çevirdiğinde aralarında sadece birkaç saniyeye sığan ama yankısı asırlar sürebilecek bir bakışma geçti. Genç kadının gözleri, Levent Çağıran'ın ruhunda tüm geleceğine yayılabilecek kadar güçlü bir yangın başlatmıştı. Şu an koltukta, kirpiklerinde parlayan yaşlarla ve ufak bedeniyle o kadar küçük ve savunmasız görünüyordu ki genç adam onun hissettiği tüm acıyı kendi teninin altına alarak oraya hapsetmek istedi.

"Az ileride bir köy var," dediğinde sesinin dudaklarından döküldüğü an cansız bir şekilde yere devrileceğini düşünmüştü fakat net ve güçlüydü. Yine de dilindeki bütün kelimeler yanarak külleriyle sessizliği beslemeye başlamadan hemen önce yalnızca bu beş kelimeyi kurtarabilmişti.

Araba yolda hızla ilerlerken gerçek, genç kadının üzerindeki elbisede bir gölge misali büyüyen kan lekesinin ta kendisiydi. Kaderin üzerinde yuvarlanan kalem, sayfanın kenarına geldiğinde yazılan son cümlelerin mürekkebi dağıldı. Kalem ölüme doğru düşmeye başlamıştı.

Saat yavaş yavaş sallanarak geceye doğru kavisler çizdi, köyün içinde keskin bir fren sesi yankılandı; saat yavaş yavaş sallanarak geceye doğru kavisler çizdi, kaderin kalemi cansız bir şekilde havada dönüp düşmeye devam etti; saat yavaş yavaş sallanarak geceye doğru kavisler çizdi ve gerçek, genç kadının içinde delik deşik bir yara oldu.

Levent Çağıran el frenini sertçe çekip arabanın kapısını açarken yüzüne çarpan o soğuk hava hafızasına kazındığında yirmi dört yaşındaydı. O günden sonra soğuk, ruhundaki yangına atılan cehennem odunları olacaktı.

O gördüğü ilk eve doğru koşarken küçük bir kız çocuğu gibi görünen genç kadın iç çeke çeke ağlamaya başladı; bu iki erkeği terk edeceğine dair bir his, gerçek denen o yaradan kanıyordu. Levent Çağıran kapıyı yumrukladı, evin pencereleri ışığın rengine boyandı ve kapıyı orta yaşlı bir kadın açtı. O sırada kaderin kalemi yere çarptı, parçalandı ve etrafa yayıldı. Yere sıçrayan son damlalar kan rengindeydi.

Genç kadın kendi kalp atışlarını dinledi, kalbi kalp atışlarına veda eder gibi hızla çarpıyordu.

Ellerini karnına yerleştirirken, "Özür dilerim," dedi titreyen sesiyle. "Özür dilerim Ediz."

O sırada kapı açıldı ve kader defteri tamamen kapandı.

Genç adam karısını kucağına aldığında kollarında o kadar küçük, o kadar savunmasız görünüyordu ki o an gerçeği hissetti ve geçmiş, geleceğin üzerine devrilerek onu yok etmeye başladı.

"Köyümüzün bir ebesi var," dedi yabancı bir kadının sesi. "Onu çağırıyoruz." O sırada genç adam karısını içeri taşıyordu.

Ona gösterdikleri odanın kapısını tekmeleyerek açıp karısını odanın ortasındaki eski yatağa taşıdı ve dikkatle yatırdı. Ölüm de kadının yanına usulca uzandı.

"Levent," diye mırıldandı genç kadın kuru bir sesle.

"Buradayım güzelim." Levent Çağıran'ın sesi dimdik dursa da gözlerinde zehir yeşili harabeler vardı; yıkım ve acıyla sarsılıyordu. Genç kadın konuşmak için dudaklarını araladı ama aniden saplanan sancıyla birlikte attığı çığlık, cümlelerini ezip geçti. Güçlü parmaklarının ucuyla sevdiği kadının alnına yapışan saçları çeken genç adamın gözlerindeki ifade, çığlığın çarpmasıyla paramparça oldu.

"Keşke acını alabilseydim," diye fısıldadı.

"Levent," diye fısıldadı genç kadın gözyaşları içinde. "Ona iyi bak."

O an cehennemin kapıları acı verici bir gıcırtıyla yavaşça aralandı.

"Hayır," diye fısıldadı dehşet içinde. "Hayır, hayır, hayır." Sevdiği kadının gözlerinden yuvarlanan gözyaşları, aralık haldeki cehennem kapısından içine akan lavlardı.

"Hayır!" diye bağırdı.

O sırada ardında telaşı da getirerek içeri giren kadın, Nazlı Çağıran'ın kanıyla sulanan yatağa hızla yaklaştı ama genç kadının gözleri Levent Çağıran'ın yeşil gözlerine saplanıp kalmıştı.

"Oğlum, bir an önce başlamamız lazım," dedi kadın telaşla. "Kanama çok fazla."

Genç adam gözlerini karısının kahverengi gözlerinden ayırmadan, "Lütfen onu yaşat," diye fısıldadı.

Kadın, Nazlı Çağıran'ı doğuma hazırlarken Levent Çağıran onun elini sımsıkı tuttu ve uzun zaman sonra ilk kez düşüncelerinin kıyısına dualar vurdu.

"Doğum çoktan başlamış." Ebe doğrulup önünde öylece uzanan genç kadına baktı; Nazlı küçüktü, yirmili yaşlarının başındaydı ve kanatlarına kendi kanı bulaşmış bir melek gibi kanının üzerinde yatıyordu. Ebe, boğazı düğümlenip gözlerindeki yaşlar acıyla parlarken genç adama baktı.

"Bebeği kurtarabilirim." Bu sözleri, sanki kelimeleri dilinden söküp çıkarmak zorunda kalmış gibi bir zorlukla söylemişti. Genç adam o an atan kalbini, saatin içinde tepetakla yuvarlanan zamanı, ruhunu hissedemedi ve ebenin ömrü boyunca unutamayacağı yeşil bakışları bir sonla parladı.

"Hayır," dediğinde sesi artık güçlü değildi. "Hayır."

Genç kadının çığlığı kulaklarına doldu ve silinmemek üzere oraya kazındı.

Ebe doğuma devam ederken Levent Çağıran kollarının arasında ufacık kalan karısının başını göğsüne yaslamasını sağladı. Sanki onu orada tutabilirmiş gibi kollarını bedenine sardı. Gözlerinden akan yaşların farkında bile değildi.

"Levent!" diye inledi genç kadın.

"Hayır." Levent Çağıran onu sarsmak istiyordu. "Hayır! Beni bırakamazsın."

Yelkovan genç adamın, akrepse genç kadının bedenine saplanarak onları o ana çivilemişti sanki; ne geri gidebilirlerdi beraber ne de ileri. Bu birlikte geçirdikleri son andı.

Genç kadın kalan gücüyle tek elini kaldırdı ve parmaklarının ucuyla sevdiği adamın yüzünde onca zamandır keşfettiği yerlere dokundu. Levent Çağıran kollarını ona dolarken genç kadın artık doğumun son aşamasındaydı, hayatın son katmanından ölüme sarkıyordu.

Yanağından bir yol çizerek yavaşça süzülen o tek damla gözyaşında kaderin son adımlarını attığı kaldırımlar vardı. Gözleri sevdiği adamı son kez görmek için ona çevrildiğinde bütün mevsimler tek bir ana devrildi. Çöl kumları kar tanelerine karıştı. Rüzgârın ağına takılarak sürüklenen yapraklara yağmurlar çarptı.

Patika hâlâ sessizliğin içinde uzanıyordu. Gece gökyüzüne, rüzgârın uğultusuysa hâlâ dallara tutunuyordu ama genç kadının ruhu bedenine tutunamadı.

Ve dünya, ilk cinayetini doğarken işleyen bir katile kollarını açtı.

O katilin adı Ediz Çağıran'dı.

Tünel, geçmişin içinden zamanın aktığı bir damar gibi önümde uzanırken metro istasyonunun tavanından sarkan saate dalgın gözlerle uzun uzun baktım. Nabzı duran saatin yansıması gözlerimin aynasına hapsoluyordu. Bir an için akrep ve yelkovanın göz bebeklerimin ortasındaki o kara noktaya çivilendiğini ve kahverengi kısmı bir arada tutan çizginin kenarlarına bir saatin rakamlarının zincirlendiğini hissettim. Zaman gözlerimdeydi; o koca boşlukta, o kör ifadesizlikte, o cansız bakışlarda...

Gecenin ters çevrilen bir kum saatindeki taneler gibi gündüzün üzerine akmaya başladığı saatler bana araf vakti gibi gelirdi. Ben tam araf vaktinde bir koltukta oturmuş, karşımdaki cama vuran yansımamı izliyordum. Algım bir bataklığa saplanır gibi gözlerimin altında biriken uykusuzluğun getirisi olan mor halkalara saplanmıştı. Psikiyatristimle yaptığım görüşme boyunca aklım sadece göz altlarımdaki o mor halkalardaydı.

"Nasıl geçti görüşme?"

Sessizliğim Umay'ı her zaman tedirgin ederdi, bu yüzden sorduğu sorudaki her harf birbirine tereddütle bakıyordu. Bakışlarımı tavandan sarkan o durmuş saatten ayırıp Umay'a çevirdiğimde zaman gözlerimden aşağı düştü ve saniyeler ayaklarımın dibinde parçalara ayrıldı.

Zaman her yerdeydi.

"Bu son ziyaretimdi." En yakın arkadaşıma yorgun bir şekilde gülümsedim, bu konu hakkında konuşmak istemiyordum. "Senin günün nasıl geçti?"

Umay sarıya çalan kumral saçlarından bir tutamı gergin bir şekilde kulağının arkasına sıkıştırırken endişenin, renkli gözlerinin arkasında uzaktan parlayan elmaslar gibi parladığını gördüm.

"Bütün gün Kızılay'daydım," diye mırıldandı ve benim konuyu bir çark gibi çevirmeme izin vermedi. "Neden son ziyaretindi? Ve nasılsın Doğa? Hep susuyorsun, bir şey anlattığında da yüzeysel bir şekilde anlatıyorsun. Senin için endişeleniyorum. Cidden, nasılsın?"

Ona gülümsedim ve samimi bir ses tonuyla, "Gerçekten iyiyim," dedim. "Sadece gece uyuyamadım. Evin durumunu biliyorsun."

Kaşlarının arasında oluşan o çukur birçok cümleye bedeldi ama şu anda aklının sularında ona hayatıma tanık olmamayı tercih edeceğini söyleyen düşüncelerin yüzdüğünü biliyordum. O düşünceler daha sonra benim geçmişimin kıyısına vuracak ve Umay'ın zihnine kazınan anılarıma ulaşarak onlardan beslenip daha da güçleneceklerdi.

"Tandoğan'a gelsene benimle."

Metronun yaklaştığını belli eden esinti, tünelin içinde ilerleyip saniyeleri de önüne katarak bir romanın harfleri gibi yüzüme çarpmaya başladığında gözlerimi kapatmak istedim. Zihnimin içine külçe misali çöken düşüncelerimi de dağıtıp zihnimin o boş sokaklarında havada uçuşan kâğıtlar gibi savurması mümkündü sanki.

"Sanırım eve gidip uyusam iyi olacak," dedim gözlerimi arkadaşıma çevirerek.

"Evde durumlar nasıl?" diye sorduğunda gözlerimi kapatıp yorgun bir şekilde gülmek istedim.

"Ortada bir durum bile kalmadı ki." Metro istasyonunun çıkışına doğru birkaç adım attığımda uykuyla sızlayan gözlerimi arkadaşımdan ayırmamıştım. "Dikkatli ol, tamam mı?" dedim.

Yavaşça, "Sen de," dediğinde aklının bende kalmaması için ona içtenlikle gülümseyerek önüme döndüm ve metro istasyonunun çıkışına doğru attığım adımlar birbirini takip etmeye başladı. O an attığım her adıma sahiptim ama ben kendimi hiçbirine ait hissetmiyordum.

İnsan selinin arasında ilerlerken onları incelemek yerine bakışlarımı yere diktim ve çıkışa yönelmek için sağa saptım. O an insan sesleri arasında ve ışıkların altında yerde yatan kısa, solgun gölgeler duvarlar tarafından yavaş yavaş emilmiş gibi yok olduğunda ilk başta ne olduğuna anlam veremedim. Ardından başımı kaldırıp önüme baktığımda bir an gördüklerim ayağımın altındaki zemine kaymış gibi adım atamadım, gözlerimin zihnime çizmesini beklediğim görüntü bu değildi. Koridor olması gerekenden çok daha uzun ve cansız bir şekilde önümde uzanıyordu. Ne yürüyen merdivenler vardı ne de az önce beni de adımlarının dalgasına katıp ilerleten o insan seli.

Yalnızdım.

Koridorun en sonunda, tavanda bir lamba asılıydı. Işık, ampulün içinde can çekişiyormuşçasına belli aralıklarla yanıp sönüyordu ve lambanın altında sırt sırta verilerek zemine sabitlenmiş hastane sandalyeleri vardı. O kadar tanıdıktı ki zihnimin topraklarına gömülen bir şey bana huzursuzca kendi varlığını hatırlattı, korku damarlarımda nabız gibi atmaya başladığında bir adım geriledim. Bir kız çocuğu koridorun kenarına çökmüş, ağlıyordu ve sanki duvarlar bu sesi yıllardır dinliyordu.

Bir adım daha geriledikten sonra koridordan hızla çıkarak metronun olduğu yöne saptım ve ikinci bir şaşkınlık bütün hislerimin üzerine dalga dalga yayıldı. Metro yıllar önce terk edilmiş gibiydi. Yıpranmış yüzeyi ve soyulmuş boyası, ihtiyarlığının bir sembolüydü sanki. Rayların paslanan kısımlarında, duvarlarda sessizlik toplanmıştı. Kırılmış camların keskin yüzeyine bile sessizlik saplanmış gibiydi. Her yere üzerinde yazıların olduğu bir sürü kâğıt saçılmıştı. Kendi etrafımda yavaşça dönerek çevreyi incelerken üzerine bastığım kâğıtlarda yazan cümlelerin ayaklarımın altında parçalandığını hissettim.

Gözlerim tavandan sarkan saate dokundu.

Ve saat gürültüyle ilerlemeye başladı.

Zaman her yerdeydi.

Saatin her gürültülü adımı bir merdivenin basamakları gibiydi. Bir anı zihnimin derinliklerinden yukarı tırmanarak düşüncelerimin üzerine yorgun bir şekilde yığıldı ve ruhumun cam gibi çatlayacağını, parçalarıma ayrılarak etrafa saçılacağımı sandım. O hastanenin bekleme odası, benim anılarımın bir parçasıydı.

Zaman, geçmişime onları karanlığa hapseden değil de aydınlığa iten bir gölgeymiş gibi yayılmaya başladığında pencereden ince ince süzülen güneş ışığı, bir ressamın paletinde birbirine karıştırdığı renkler gibi babamın gözlerinin kahverengisine karışmıştı, renk şimdi olduğundan çok daha açık görünüyordu. Sadece ufak bir parçaydı hatırladığım ve sessizliğin pençesindeydi. Bembeyaz bir perde hatırlıyordum, bir kuşun kanatlarının altında topladığı rüzgâr gibi o perde de ardında rüzgârı biriktiriyor ve dalgalanıyordu. Bir serum vardı, yavaş yavaş damlıyordu. O kadar düzenli damlıyordu ki gürültüyle ilerleyen saate ayak uyduruyor gibiydi. Sanki o anımın saati serumdu ve saniyeleri yavaş yavaş damlatıyordu.

Adımlarım beni tekrar o koridorun kıyısına götürürken sadece bekleme salonunun hatıralarımda net bir şekilde kaldığını fark ettim.

Ne bekleme salonunun gerisini çizebiliyordum ne de ilerisini hatırlayabiliyordum. Sanki tavanda yanıp sönen lamba benim hafızamdı ve yalnızca hatırladığım yerleri aydınlatıyordu. Koridorun ortasında sadece bekleme salonu vardı.

Koridorun içinde ilerlemeye başladığımda her yere saçılan sayfalar da tek bir adımlık mesafede beni takip etti ama ardından cansız bir şekilde tekrar yere yığıldılar. Gözlerimi dahi kırpmadan koridorun kenarına çökerek hıçkırıklarla ağlayan o küçük kıza doğru yürüdüm. Hastanenin bekleme salonu hatırladığım gibiydi ancak çok daha eskiydi. Duvarların boyaları kavlanmış, sandalyeler yıpranmıştı; sanki burası yıllar önce geleceğin belirsizliğine terk edilmişti.

Küçük kıza yaklaştığımda yüzünü yasladığı dizlerinden kaldırarak acı dolu gözleriyle bana baktı ve o bakışlar, yutkunmamı zorlaştıran bir yumrunun boğazımın gerisinden yakıcı bir güneş gibi doğmasına sebep oldu.

"Beni neden kurtarmıyorsun?" dediğinde bir ürperti içime buz taneleri misali saplandı.

Ben anılarımın zamanıydım; ben ilerledikçe onlar yaşlanıyordu, tıpkı terk edilmişliğin sindiği bu hastane odası gibi... Ve ben zamanın bir anısıydım; o ilerledikçe yaşlanıyordum, tıpkı çocukluğumla karşı karşıyayken çocuk olmadığım gibi...

"Kimse gelmiyor," dediğinde sesi çatladı ve o çatlaklardan çaresizlik sızdı. "Kimse gelmiyor."

Babamın beni damarlarıma kaldıramayacağım kadar ağır ilaçlar enjekte edildiğinde yapayalnız bıraktığı o anı hatırlıyordum. O serum şişesini, yavaş yavaş damlayan serumu, uçuşan perdeyi, babamın güneş ışığı altında daha açık görünen göz rengini... Ama geldiği anı hatırlayamıyordum. Oysa babam daha sonra gelmişti ama bu anıyı zihnime kazıyan o kalemin mürekkebinde çaresizlik vardı ve hissettiğim çaresizlik bittiği an kalemin mürekkebi de bitmişti.

"Kimse gelmiyor," diye hıçkırdığında tüylerim diken diken oldu.

Geçmişte hâlâ oradaydım; o anda, hâlâ küçük bir kız çocuğuydum ve kimse gelmiyordu.

İçerideki saatin sesini dinledim. Sert adımlar atan bir adamın ayak sesleri gibi koridorda yankılanıyor, çocukluğumun hıçkırık seslerine karışıyordu. Nabız atışlarımla beraber bütün sesler damarlarımdaki kana karışıp ölümcül bir şekilde içimde akmaya başladı, gitmek istiyordum.

Hızla arkamı döndüm ve koşmaya başladım. Zeminden yayılan ayak seslerim de diğer seslere karışırken paniğin içimde derinlerden yüzeye doğru bir canavar gibi yüzmeye başladığını hissettim. Belime uzanan dalgalı saçlarım sırtımı dövüyordu. Daha da hızlı koşarak koridordan çıktığımda her yere saçılan kâğıtların üzerine başka kâğıtların da süzülerek döküldüğünü görsem de gözlerim onlara fazla takılmadı. Telaşla iki yanıma bakarak metro istasyonunda gideceğim yönü belirlemeye çalıştım. Ama sola saparken adımlarımın altında kıvranan ve sanki intihar ediyormuş gibi yukarıdan süzülen sayfaların roman sayfaları olduğunu fark etmiştim.

Nefes nefese koşarken âdeta bir sahilde, köpüklü denizin kıyıya vuran dalgaları üzerinde koşuyordum. Dalgalar kıyıya sertçe çarparken görüntüler de benim kıyılarıma vuruyordu: Karın altına geçip kendi etrafımda döndüğüm o gecenin görüntüsü dağılıyor, yerini simsiyah kanatlarıyla geceye meydan okuyabilecek bir ölüm meleğini andıran adamın görüntüsü alıyordu. Zihnimin içinde takvim yaprakları uçuşurken kâğıtların ardında zehir yeşili gözleri olan o adam duruyordu. Gözleri içimde öyle bir yangın başlatıyordu ki küller beni zehirliyordu. Zehir yeşili gözlü katilin beni kaçırdığı andan itibaren yaşanan her an, tenimin altına veba gibi yayılmaya başladı.

Hızla diğer koridora saptım ve o bir saniyelik an bütün seslerin mezarı oldu.

Yine bir koridordaydım ama metro istasyonunda değildim. Hızla çevremi kontrol ederken metro istasyonuna dair bir iz aradım ama hiçbir şey yoktu. Bir otelin dar koridorundaydım. Yalan, zamandan çekilip yerini doğruya bırakmışçasına zamanın içindeki her şeyi net bir şekilde görebiliyordum. Hatırlayamadıklarım artık zihnimin sokaklarında serbestti.

Bakışlarımın rotasını tekrar uzun koridora çevirdim; sanki bu sefer tavanda asılı duran ampulün içine hapsolan zamandı, önümde uzanan geçmişi aydınlatıyordu ve anılar kıyıya vuran o dalgalar gibi koridorun sonundaki kapıya vuruyordu. Asılan bir idam mahkûmunun ipin ucunda yana devrilen kafası kadar eğik duran o tablo, nabzı durmuş bir saat, yıpranmış duvar kâğıtları, kirlenmiş halı, paslanmış ayna kenarları... Hepsi zamanın birer artığı gibiydi. Sessizlikse yine her yere zincirlenmişti.

Koridorun içinde ilerlemeye başladığımda siyah kazağımın kollarını ellerime doğru çekiştirmiş, kollarımı gergin bir şekilde bedenime sarmıştım. Attığım her adımla sessizliğin cinayetini işliyordum. Yokluğun olduğu bu yerde varlığım terk edilmişliğin katili gibiydi.

Koridoru aşıp kapıya ulaştığımda sakinliğimin, içime devrilen korkunun altında ezildiğini hissettim. Parmaklarım kapının kolunu kavrayınca gergin bir şekilde kapıya baktım, ardından kolunu aşağı indirerek kapıyı yavaşça araladım.

Ampulden yayılan ışık titredi.

"O fotoğraflardaki kadın kim?"

Kapının aralanmasıyla birlikte bir kadının sesi ayak bileklerime çarparak ilerleyen su gibi koridora aktı, sessizliği emdi, cansızlığı sömürdü.

Ve duvardaki saat gürültüyle ilerlemeye başladı.

Zaman her yerdeydi.

"En az senin kadar değersiz biri." Ediz Çağıran. Bu kalın, tok sesin sahibi. Acının iplerini parmaklarının ucunda tutan ve onu içimde kukla gibi yöneten ellerin sahibi. Şimdi karşımda o ellerle içi kehribar rengi içkiyle dolu bir kadehi tutuyordu. Yatağın ucundaysa üzerinde sadece iç çamaşırları olan, koyu renk saçları beline kadar uzanan bir kadın oturuyordu. Ediz'in kurduğu cümle üzerine şaşkınlık, kadının ayaklarının dibine çöktü.

Yüz hatlarını ezberlediğim bu adama baktım. O kadar ifadesizdi ki yaşadığı hayatın ruhunda bıraktığı o haritanın izlerini yüzünde görmek mümkün değildi. Yine de onu, iki kaşının arasındaki o belli belirsiz çizgiden bile zor bir gün geçirdiğini anlayacak kadar tanıyordum.

Kapıyı geçmişe doğru biraz daha araladığımda sanki geleceğe ait olduğum için zaman üzerime örtülüyor, beni gizliyordu. Ediz de kadın da varlığımı fark etmemişti. Ediz kadehi dudaklarına götürdüğünde içindeki sıvı dudaklarına boyun eğer gibi kristal kadehin içinde ona doğru eğildi. İçkisinden bir yudum aldı ve kadehi fotoğrafların yanına yavaşça bıraktı.

İçeri girerken kalbim kaburgalarımda iz bırakacak kadar güçlü çarpıyordu. Sırtımı yaslayarak kapıyı kapattığımda göz kapaklarımı da gözlerime indirmek istedim. Burada birazdan olacakları tahmin etmeme rağmen sanki o kıyısında koştuğum denizin şimdi inatla içine doğru koşuyordum.

Odanın içinde ona doğru ilerlemeye başladığımda Ediz'in fotoğraf karelerine hangi nefretini emanet ettiğini merak etmiştim. Ediz'e yaklaştıkça hissettiğim o keskin duygular yaralarımı neşter gibi yarıyor, duvarlarıma sıçrayan kan, yorgunluğun lekesini taşıyordu, tükenmişliğin...

Altındaki siyah pantolon dışında çıplaktı ve odadaki loş ışık vücut hatlarına gölgeler çiziyordu. Bu onu daha tehlikeli ve güzel gösteriyordu. Aramızda belli bir mesafe bırakarak arkasında durdum. Masanın üzerine yerleştirilmiş otel takvimindeki tarihe gözüm takıldı, beni kaçırmadan birkaç gün öncesindeydik. Şaşkınlık, devrilen bir bardaktan etrafa yayılan su gibi içime yavaşça yayılırken masanın üzerindeki fotoğraflara baktım. Fotoğraflarda ben vardım.

Ben bir adım gerileyince içimdeki cümleler de geriledi ve birbirlerinin üzerine düştüler. Harfler içimde etrafa saçıldı.

Bazı insanlar cennetin çamuruyla şekillenip cehennemin ateşinde mi pişiriliyordu?

Bilmiyordum. O, midyelerinin içinde inciler değil de yangınlar taşıyan bir deniz gibiydi; cennete sızan kötülük, cehenneme düşen iyilik gibiydi. Araf gibiydi.

Ediz fotoğrafları masanın üzerinden toplarken bir an için sadece onu izledim. Odanın boydan boya cam olan duvarına yansıması vuruyordu. Bu sefer gecenin üzerine kum saatindeki taneler gibi akan gündüzdü ve yine araf vaktiydi, sanki bu saatler ona aitti. Bir şimşek gökyüzüne damar gibi yayılırken gökyüzü parçalanmak üzere olan bir cam misali çatladı. O sırada Ediz fotoğraflarla birlikte yataktaki kadına yaklaştı. Sırtı bana dönüktü.

Yatağın ucunda, kadının önünde öylece durduğunda ona yaklaştım, gözlerimde biriken yaşlar yüzünden görüşüm iyice bulanıklaşmıştı. Zihnimdeki her şey sustu, kollarımı arkadan yavaşça ona sardım ve yanağımı sırtındaki o mezar boşluğuna yasladım. Gözyaşlarım tenine bulaşırken birkaç gün sonra hayatıma gireceğini ve nefesiyle bana hayat vereceğini biliyordum. Nefesi toprak gibiydi; beni onunla yaşatacaktı, daha sonra üzerime örtülerek bana mezar olacaktı.

Ediz fotoğraflarımı kadının üzerine fırlattığında yanağımı sırtından çektim ve kollarımı serbest bırakarak kapıya doğru birkaç adım geriledim.

"Bu gece," dedi Ediz buz gibi bir sesle, "bana onun gibi bakmanı, onun gibi gülmeni, onun gibi olmanı istiyorum." Bir dizini yatağa yaslayarak kadının üzerine eğilirken, "Çünkü bu gece burada," diye fısıldadı zihnini işaret ederek, "seni değil, onu becereceğim."

Birkaç adım daha geriledikten sonra hızla kapıya doğru koşarak kendimi koridora attım. Gözyaşlarım yanaklarıma düşüyor, duvardaki saat duvarın kalbi misali atmaya devam ediyordu. Koridor sanki zihnimle boyanmış ve tavandaki boya soyularak dökülmeye başlamış gibi her yerde takvim yaprakları uçuşuyordu ama takvim yapraklarının ardında o zehir yeşili gözler yoktu.

Dökülen takvim yapraklarının arasından koşarken her şeyi o kadar yoğun bir şekilde hissediyordum ki ruhum âdeta çürüklerle doluydu. Saçlarımın birkaç teli de hissettiğim çaresizlik gibi gözyaşlarımla beraber yanaklarıma yapışmıştı. Buradan nasıl çıkacağımı bile bilmiyordum ama yine de koridorun sonuna kadar koştum ve oraya vardığımda durup omzumun üzerinden geriye baktım.

Ve o an yüzüme soğuk bir rüzgâr çarptı.

Dudaklarım şaşkınlıkla aralandığında ıslak yanaklarıma kum taneleri gibi dağılan keskin soğuk, yağan karın sancısı gibiydi. Gözlerimdeki o şaşkın ifadeyle çevremi izlerken rüzgârın bir takvim yaprağını sokağın ortasına doğru süpürür gibi sürüklediğini gördüm, sanki az önce yaşananların kanıtları zaman tarafından temizleniyordu.

Zaman her yerdeydi.

Gökyüzü karanlık bir deniz, ay ise o denizin dibine çöken güneşin yüzeye vuran yansıması gibiydi.

Biraz ileride toplanan polis araçlarına bakarken bir anlam yakalamaya çalışıyordum.

Son model bir araba hızla yanımdan geçerek önünde polis araçlarının toplandığı eve doğru ilerlemeye devam etti. Ardından acı bir fren sesi duyulduğunda arka tekerlekler yola telaşın kara imzasını atar gibi uzun bir iz bırakmıştı. Kapı açılır açılmaz arabadan inen kişiyi görünce korku ve telaş içimde ileriye doğru atılarak kanıma daldı ve bütün bedenime yayıldı.

Ediz arabasının kapısını bile kapatmadan hızla polis araçlarının arasına daldığında telsizlerden yükselen sesler havada parçalanarak birbirine karışıyor, yanıp sönen mavi kırmızı ışıklar ilerleyen saniyelerle aynı anda nabız gibi atıyordu.

Kollarımı bedenime dolarken soğuktan dolayı bacaklarımdan gövdeme tırmanan bir titreme tenimin altına yayıldı.

Zaman her yerdeydi.

Yavaşça eve doğru ilerlemeye başladığımda zihnimin içinde yankılanan çocukluğumun neşeli çığlığı, attığım adımlarda da yankılanıyor, sonra hiçliğe bulaşıyordu. Bir salıncak boş bir parkta rüzgâra teslim olmuş bir şekilde sallanıyordu, gece yarısıydı ve kimsesizliğin ayak izleri her yerdeydi. Bu benim hayatımdı; bu, hiçliğin içinde kulaç atmak, onun boşluğunda savrulmak değildi, hiçliğin ta kendisi olmaktı.

"Babamı göreceğim." Ediz'in sesinin duyulmasıyla birlikte polis araçlarının ışıklandırması sızladı. "Babamı göreceğim!"

Kalabalığın arasından sızıp ona doğru ilerlerken varlığım kimseye ulaşmıyordu. Ediz'in arkası bana dönüktü ve üzerindeki siyah paltosuyla, uzun boyuyla, dağınık saçlarıyla hatıralarımdaki gibiydi. Acısı, öfkesi ve ölümcül nefreti kendi yaşadığı topraklara pençelerini geçirerek yukarı çıkan bir canavar gibi tırnaklarını ona saplamış, yavaş yavaş tırmanıyordu.

"Ediz Bey, şu anda olay yerine gidemezsiniz."

Ediz komiseri iterek, "Siktir git, amına koyduğumun çocuğu!" diye kükredi. Komiser ona müdahale edeceği sırada Ediz adama öyle bir yumruk attı ki yumruğun indiği o andan etrafa büyük bir karmaşa dalgası yayıldı. Diğer polislerin telaşlı adımlarında bir akbaba sürüsünün kanat sesleri vardı. Hızla Ediz'in üzerine kondular ve biri onu tutarak bileğine kelepçe takmaya çalıştı.

"Bırak lan!" diye bağırdı Ediz. "Bırak!"

Yine de bileklerini saran kelepçenin soğukluğunun tenine saplanmasını engelleyemedi. Ona bakarken anılarımdaki o boş salıncak zamana doğru ileri geri kavisler çizerek sallanmaya devam ediyor, rüzgâr kimsesizliğin üzerine ipek çarşaf misali örtülüyordu. Hissettiği çaresizlik âdeta kemiklerini kırıyor ve onları birer odun gibi içinde kükreyen o yangının içine atıyordu.

Ediz, "Bunu yapan aranızdan hangi orospu çocuğuysa..." dediğinde meleklerin ölüm çığlığı sesinde duyuldu, bu bir cinayetin çağrısıydı. "Onun sülalesini sikeceğim!"

Üzerinde siyah bir ceset torbası taşıyan sedye hemen yanımızdaki ambulansa doğru ilerlediği anda Ediz'in göz bebeklerinden gözlerinin yeşiline bütün duygular zehir gibi yayıldı, içinde kan lekesi bulunan bir bardak yere çarptı ve etrafa parçaları saçıldı, bir çakmağın ucunda mavi bir alev canlandı, kanayan bir mum devrildi ve alevleri kıyıya vuran o dalgalar gibi etrafa yayıldı...

Geçip giden sedye bir sahneyi aralayan perde gibiydi. Önümden çekilmesiyle birlikte ileride küçük bir oğlan çocuğunun gözleri gözlerime tutundu. Sanki bakışları bakışlarımı sarıyordu ama kollarını nasıl sarması gerektiğini bilmiyordu.

Ona doğru ilerlemeye başladığımda ayaklarımın yere bastığını hissetmiyordum. Kulaklarıma bir uğultu çökmeye başlamıştı ve gözlerimin önüne bir sis tabakası çekiliyor gibiydi.

Bir dizimi yere koyduktan sonra çökerek yüzlerimizi aynı hizaya getirdim ve iri, yeşil gözlere baktım. O gözlere kan yayılacaktı, o gözlerde öfke közlenecekti, o gözlerde acı kaynayacaktı, o gözler cennet ve cehennemin inşa edildiği yer olacaktı.

Zaman onu dimdik duran bir harabeye çevirecekti.

"Söylesene," diye fısıldadım gözyaşlarımın arasından. "Seni zamandan saklamam mümkün mü?"

Adının dilimden kayıp gitmesiyle birlikte zaman alay edercesine düşüncelerimin arasında ilerlemeye, başımı döndürmeye başladı. Sıcak nefesim dudaklarımı kavururken önümdeki küçük oğlan çocuğunun gözlerine tutunan bu sefer ben oldum ama onun kolları gibi benim kollarım da ona tutunamadı ve yavaşça devrildim. Bütün anılar zihnimin duvarlarına çarparak parçalara ayrıldı, bütün görüntüler karışarak birbirini tamamlamaya başladı.

Puslu gözlerimin ardındaki görüntü kayboldu ve yerini gözlerimi acıtan saf bir ışığa bıraktı.

Işığın içinden küçük bir beden bana doğru koşmaya başladığında adımları saniyelerle sırt sırta gidiyordu.

Zaman her yerdeydi.

Işık yavaşça inine çekilirken sallanan bir apartman dairesinde olduğumu fark ettim, önümde uzun bir koridor zamanın cansız kolu gibi uzanıyordu.

Çökmek üzere olan binanın duvarlarının içinde zamanın kanı akıyor, saniyeler çatlayan tavandan kum taneleri halinde üzerime dökülüyordu. Çocukluğumun bana doğru eğilmesiyle birlikte tavanı izleyen gözlerime puslu görüntüler doldu, gözümün önündeki o buğulu perde âdeta ruhumun kalkanıydı. Sanki net görürsem bu benim sonum olacaktı. Çocukluğumun hemen ardında bir idam ipi gibi asılı duran başka bir yüz daha belirdiğinde dudaklarım bir gülümsemenin kefeni oldu.

"Abiciğim, abiciğim dinle, bu annemizin o hiç bitmeyen ninnisi..." diye fısıldarken uzun saçlarım aldığım ölüm kararıyla birlikte geleceğimin akan kanı gibi etrafıma yayılmıştı. "İşte şimdi ensendeyim, adım ölümün kızıl gölgesi."

O an kıyıya dalgalar vuruyordu ama koşan kimse yoktu, kar tanelerinin usulca süzüldüğü o karanlık sokakta kimse kendi etrafında dönmüyordu, küçük bir kız çocuğu o hastane odasında tek başına ağlamıyordu, salıncak artık sallanmıyordu, o otel odasında fotoğraflar yere süzülürken adamın sırtındaki mezar boştu.

O an metro istasyonundaki son roman sayfası da yere kondu, oteldeki tablo devrildi, saat son kez ilerledi, son takvim yaprağı rüzgâra teslim oldu, serumdaki son damla düştü.

Ve geçmiş çöktü.

1. KARANLIK

Bir varmış bir yokmuş. Evvel zaman içinde, kalbur saman içinde uzak diyarlarda küçük bir kız çocuğu, küçük bir kadının ruhunda ölü bulunmuş. Küçük kızın cesedini gören gelecek, geçmişin intihar ettiği yer olmuş. Ruhunda bir ceset taşıyan küçük kadının gözyaşları birer abrus[1] tohumuna dönüşmüş. Hiçlik, toprakların altına damar gibi yayılmış.

Karanlık her yeri sarmış.

Ardından karanlığın içinde bir kibrit yanmış.

Geçmiş, geleceğin üzerinde kendini ateşe vermiş ve gelecek, geçmişle birlikte yok olmaya başlamış.

Masalı anlatan sesim tüm zamanın üzerine yayıldığında bir kız çocuğu uçuruma doğru koşuyordu, uçurumun dibindeyse dipsiz bir deniz uzanıyordu. Ben hiçliğin ortasında, başımı kaldırmış kendi etrafımda dönüyordum. Belimden aşağı sarkan karanlık, bir etek gibi açılarak etrafımda dalgalanıyor, her yere yayılıyordu.

Kendi etrafımda usulca döndüğümde dalgalanan karanlığın içinden binalar yükseliyor, aralarına boş sokaklar uzanıyordu. Ağaçlar sıralanıp orman oluyor, nehirler denizlere dökülüyordu.

Sonra duruyordum.

Belimden aşağı sarkıyordu karanlığın eteği, sonra her şey yok oluyordu.

Zaman yanıyordu ve banyoda biriken buhar, zamandan yükselen dumana karışıyordu.

---

1 Ağaç ve çiçeklerin çevresinde yetişen çok zehirli bir tür sarmaşık. Zehrinin üç mikrogramı bir insanı rahatlıkla öldürebilecek güçtedir.

Sıcak buhar tenime dokunurken gözyaşlarım yerini sessiz iç çekişlere bırakmış, düşüncelerimin cesedi hislerimin üzerinde yüzmeye başlamıştı. Depremin kökleri içimde çürüse de geride bıraktığı harabe, zihnimin mezarlığı olmuştu. Bir yerlerde kurtların pençeleri hâlâ toprağın üzerinde yara açıyor, küçük bir kız çocuğu hâlâ koşuyor, elimden kayan kolye denizin dibine yavaşça çöküyordu ama artık uzaklarda, sessizliğin çit gibi örüldüğü, topraklarında ayak izlerinin bile unutulmadığı bir mezarlık vardı.

Gevşeyen bedenimde serbest kalan acı lav misali akmaya başladığında sanki tenimde yanan damarlarımla bir ölüm haritası çizecekti. Başımı kaldırıp yanağımı Ediz'in göğsüne yaslarken o da en az benim kadar sessizdi.

Duvarların ardındaki Doğa bir elini duvarlarımızın üstüne koymuş, artık şeffaflaşan tuğlaların ardından kırgın ve şaşkın bir halde bizi izliyordu. Kırgındı çünkü Ediz'in bana verdiği güveni sığdırmak için kazdığım yer yine kendi içimdi. Zaman o güveni benden aldığındaysa kanım o boşluğa yavaşça sızacak ve ben kendi içimde boğulacaktım. Şaşkındı çünkü Ediz'in hissettirdiği acı bile yaşamın çevrilen sayfalarından gelen hafif bir esinti gibi tenimin üzerinde süzülüyordu; hissettirdiği acıda dahi güvenin, şefkatin ve yaşamın güzelliği vardı.

"Daha iyi misin?" diye sordu sessiz bir şekilde. Sesi, bir yazarın sayfanın üzerine kendini bırakarak intihar eden gözyaşını anımsatıyordu. Mürekkep dağılıyor, yazar tükeniyor ama o var oluyordu. Hissettiğim acı katlandıkça teni beni içine çeken bir bataklığa dönüşüyordu. Hiçbir şey söylemedim. Kelimeler birer mezar taşı gibi dilimde dik duruyordu, sesim onları yerinden oynatıp dudaklarımdan düşüremiyordu. İyi miydim? Bilmiyordum. Kendi taşlarının içine devrilmesiyle yok olan bir kuyu gibi hissediyordum.

"Sessizliğin hoşuma gitmiyor," diye homurdandı Ediz. "Sessiz kalma."

Gözlerim yavaşça kapanırken kendimi çok yorgun hissettiğimi fark ettim. Ne söylememi istiyordu? Ne söyleyebilirdim ki?

"Çok yorgunum," diye mırıldandım pürüzlü bir sesle, bedenimi sıkıca saran kolları beni ayakta tutuyordu. "Gerçekten yorgunum. Sadece sussak Ediz? Olmaz mı?"

"Anlatırsan daha kolay olur," diye diretince gözlerime perde gibi örtülen göz kapaklarım boş bir sahneye aralandı. Sanki duygular uzun zaman önce gözlerimin kıyılarından çekilmişti ve göz bebeklerimdeki o boşluğa örümcek ağları örülecekti.

Benden korktuğunda bile bana sığınman...

Güçsüz kollarımı ona daha da sıkı sardığımda içimde yankılanan sesi kendi sokaklarımın gökyüzüne tutunan bulutlarında bir gök gürültüsü, bir fırtına elçisi gibiydi. Sanki bana tokat atsa bile onun kollarına sığınacaktım ve bu gerçek bana çok aşağılayıcı bir duruma düştüğüm hissini veriyordu.

Suçluluk duygusu ruhumda yüzen ve kendini sırtındaki ölümcül yüzgeçleri ruhumun yüzeyinde göstererek belli eden bir canavar gibiydi, sürekli benimleydi. Kendime karşı hissettiğim suçluluk duygusu ruhuma kanın kızıllığının yayılmasına sebep olduğunda ondan uzaklaşmaya çalışarak yorgun bir sesle, "Bana yapılan onca şeyi tekrar anlatırsam daha mı kolay olur?" diye sordum ama Ediz uzaklaşmama izin vermedi, kolları bedenimi daha sıkı sardı. Hatta güç kullandığı için sanki kollarından tenime hafif bir acı akımı yayılıyormuş gibi geliyordu.

"Tamam," dedi Ediz yüzünü tekrar boynuma saklarken. "Sustum."

"Bana hiçbir şey anlatmıyorsun ve benden bir şeyler anlatmamı bekliyorsun." Görmesem de kaşlarını çattığını hissetmiştim. Bir an aklında dönüp birbirine çarpan ve dökülen düşüncelerin sesini duyar gibi oldum.

Ben ondan, "Keyfin bilir," cümlesini beklerken, "Benim anlatacak bir şeyim yok," dedi. Bu bana azıcık da olsa araladığı kapının göstergesi miydi?

"Ama benim çok sorum var," diye mırıldandığımda kaşlarının iyice çatıldığını tahmin edebiliyordum.

"Sorular mı? Benimle ilgili bir şeyleri merak mı ediyorsun?" Sesindeki şüphe benim de kaşlarımın çatılmasına sebep olmuştu.

"Evet, merak ediyorum." Bunca zamandır zihnimde biriken sorular karanlık bir köşede durmaya o kadar alışmışlardı ki onlara tuttuğum fener ürkmelerine sebep oldu. "Ve evet, sorularım var."

Vücudu gevşerken yavaşça güldü. "Mesela?"

"Şimdi sen böyle sorunca hangi soruyu soracağımı bilemedim." Ben de güldüm ama sesim yorgun çıkmıştı. "İlk cinayetini nasıl işlediğini merak ediyorum."

İşaret parmağının ucunu sırtımdan aşağı yavaşça kaydırdığında parmak izlerinin arasında biriken ölüm kalıntılarının tenime bulaştığını hissettim.

"Bıçakladım," dedi sakin bir sesle. "Hızlı olmasını istemedim."

Ben, "Acı çektirmek için mi?" diye sorunca bir süre sessiz kaldı. Sonunda sessizliği dağıtarak, "Hayır," dediğindeyse dudaklarının yüzüne alaycı bir gülümseme çizdiğini hissettim. Geçmiş denen o toprakta yetişen ağacın gölgesi belki de sadece onun gömüleceği yeri işaretliyordu.

"Neden?"

"Olduğum kişiyi kendime göstermek için." Belime kadar inen elini tenime bastırarak beni kendisine daha çok çekti. "Geri dönebilirdim, anlıyor musun? O karşımda kan kaybederek yavaşça ölürken pişman olabilir ve vazgeçip onu hastaneye götürebilirdim. Ama bunu yapmayacağımı, karşımda can verirken onu sadece izleyecek biri olduğumu kendime göstermek istedim."

Dudaklarım yavaşça aralanınca nefesim tenine döküldü, bir an kollarının arasında öylece durduğumda etrafımız alevlerle sarılıyken kanatlarının arasında gizleniyormuş gibi hissettim, hastalıklı bir güvendi bu. O neydi? Ruhu cehennemin bu dünyaya düşen gölgesi miydi?

"Peki, gördün mü?" diye sorduğumda gözlerini belli bir noktaya sabitlediğini hissettim.

"Evet," dedi. "Ne pişmanlık hissettim ne de onu kurtarmak istedim. Şu an başkalarının kanını akıtmıyorsam da bir sebebim olduğu için." Ona tam o sebebi soracağım sırada, "Başka soruya geç," diyerek beni engelledi.

"Bütün ilklerini merak ediyorum," dedim iç çekerek. "İlk kez kaç yaşındayken biriyle beraber oldun?"

"Bak sen," derken sırıttığını hissettim. "Bayağı oldu. Bakir ve sadece kendi kendini tatmin eden bir ben düşünemiyorum."

Yüzümü buruşturdum. "İğrençsin."

"On beş yaşındaydım," dedi ayrıntıya girmeden. "İşin duygusal kısmıyla da hiçbir zaman ilgilenmedim. Seks yaptığım bütün kadınlar bunu bilirdi, onların da işin duygusal kısmıyla ilgilendiklerini sanmıyorum ama öyle olsa bile umurumda olmadığı için fark etmedim. Seni tanıdıktan sonra gördüm bir şeyleri. Kendini tek bir erkeğe saklamanın bu kadar güzel görüneceği aklıma gelmezdi."

Yavaşça gözlerimi kapattığımda göğüs kafesimin içinde adlandıramadığım bir duygu acıyla kanat çırpıyordu.

"İleride evleneceğim adamın kulağına, katilime böyle sarıldığımı söylesem o kadar da hoşuna gitmez sanırım."

Ediz'in kasıldığını hissettim.

"Evleneceğin adam..." dedi düşünceli bir şekilde. "Seni gelinlik içinde düşünebiliyorum ama yanına kimseyi koyamıyorum. Evlenmeyi düşünüyor musun?"

"Hayır," diye mırıldanırken önümde bir gelecek bile göremediğimi ona söylemek istesem de sustum ve bu küçük oyuna ayak uydurdum. "Ama olur da bir gün evlenirsem çok sinir bozucu biri olmamasını umuyorum. Ha, bir de senin gibi öküz olmasın."

"Bu yaşına kadar romantik bir adamın hayalini kurduğunu söyleme bana sakın," dedi alaycılık ile ciddiyetin karışımını taşıyan bir sesle.

"Hayır," dedim yüzümü buruşturarak. "Kendi halinde biri olsun."

"Bekâretini kendi halinde bir aptala mı vereceksin?" diye sordu kaşlarını çatarak. Sesi tartışmaya hazır görünüyordu, bu konuyu benimle açık bir şekilde tartışacak gibiydi.

"Kocam hakkında ileri geri konuşma," diye homurdandım.

"O adamı öldürürüm," dedi ağzının içinden homurdanarak. Sesi erkeksiydi ve gayet ciddiydi. Güler gibi bir ses çıkardım ama bu daha çok şaşırdığımın göstergesiydi.

"Nedenmiş o?" diye sorduğumda çenesini başıma yasladı ve bir süre yanıt vermeden öylece durdu.

"Başka bir erkek hakkında konuşmak istemiyorum," dedi. Acının bedenimi sarmaşık gibi sarmaya başladığını hissettim, nefesim içimde geriye devrildi ve ruhumun bir kâğıt parçası misali bir köşesinden alev aldığını hissettim.

"Öyle biri olacağını sanmıyorum," dedim ve gözlerimi yavaşça açarak yüzümü onun tenine sakladım ama o beni kendinden hafifçe uzaklaştırıp gözlerimin içine baktı. Çenesi kasılmıştı ve zehir yeşili gözlerinde alev alev yanan duygular göz bebeklerinden aşağı düşüyordu. Beni yavaşça geriye iterek duvar ile kendisi arasında sıkıştırdı. İri eli çenemi kavrayarak başımı yukarı kaldırdığında nabzım boynumdan kulaklarıma doğru tırmanmaya başlamıştı.

"Sen benim ilklerimi merak ediyorsun," diye mırıldandı bana iyice yaklaşıp yüzünü yüzüme yaklaştırırken. "Ben de senin ilklerini istiyorum küçüğüm."

Dudakları yavaşça dudaklarıma kapandı. Gözlerimi kapatarak kollarına tutundum, alt dudağımı dudaklarının arasına hapsedince zemin ayaklarımın altından kaymaya başlamıştı. Çıplak bedeni çıplak tenime dokunduğunda derimin altında dalgalanan kalp atışlarımı hissedip hissetmediğini merak ettim. Boşta olan eli bel kıvrımıma kaydı, derinlerden yükselen bir inleme dudaklarımdan onun dudaklarına acıyla düştü ve Ediz beni sahiplenircesine öpmeye başladı. Ellerim güçlü kollarından sırtına kayarken beni banyonun duvarına sertçe yaslayarak öpmeye devam etti.

Dudakları dudaklarımı serbest bırakınca bez bebek gibi yere yığılmamak için ona tutunuyordum ama onun bakışları sağlam ve kararlıydı.

"Ben bencil şerefsizin tekiyim," dedi çenemi daha da sıkı kavrayarak. "Sen hayal âleminde yaşıyorsun. Benimle paylaştıklarından pişmanlık duymayacaksın, ta ki gerçeği görene kadar, şu kafanın içindeki dünyadan çıkana kadar... Bir hayali hiç yaşanmamış sayabilirsin, yeni bir hayal kurabilirsin ama hayatı yaşanmamış sayarak başa saramazsın. Hiçbir anı yok sayıp başa alamazsın. İlk öpücüğün benim ve bunu bir daha bir başkasıyla, başka bir anda yaşayamayacaksın. Sen buna bu kadar önem veriyorken ben senden bunu alacak kadar bencilim."

Gözyaşlarımın gözlerime sızdığını hissettiğimde zorla yutkundum ve bundan pişmanlık duymayacağımı ona söylemek istedim. Zaten her şeyden vazgeçtiğimi, bahsettiği o hayaller bile çökmeye başlamışken hayatıma girdiğini söylemek istedim ama bütün kelimeler felç kalmış gibiydi. Sadece gözlerinin içine baktım, o da benim gözlerime baktı.

Çenemi kavrayan eli inine çekilen bir canavar gibi geri çekildiğinde başımı öne eğdim, aramızdaki boy farkından dolayı yüzüm onun göğsüne geliyordu. Gözlerimi tenine sabitlediğimde zaman bir saatin içinde oluşan girdap misali akrep ve yelkovanın etrafında hızla dönüyordu. Bir süre öylece dursak da bir damla gözyaşı yanaklarıma süzüldüğünde beni kendine çekti ve sıkıca sardı.

Tıpkı ilk cinayetinde kurbanının ölümünü izlediği gibi bencilliğinin benim tenimde bıraktığı acıyı da izlemek istercesine kulağıma fısıldadı: "İleride evleneceğin adam sana böyle güzel sarılabilir mi?"

Bu sorunun cevabını biliyordum, o da biliyordu.

Ruhum bir denizin yüzeyi gibiydi ve o sadece başını yüzeyden içeri sokup bakmak yerine en derine dalmış, kimsenin ulaşamayacağı bir yere ulaşmıştı. Ruhumda zamanın bile silemeyeceği izler bırakmıştı.

Bir korna sesi duyulana kadar orada öylece durmuştuk. Bir yanımızda yıkılan geçmişe, diğer yanımızda inşa edilemeyen geleceğe rağmen o anın içinde sadece sarılıyorduk.

Ben hiç tepki vermeden kollarının arasında öylece belli bir noktayı izlerken, "Uygar ve Gece geldi," dedi sessizce. Ardından beni yavaşça bıraktığında gözlerimin takıldığı o nokta, nefesin dokunduğu bir karahindiba gibi dağıldı ve gözlerimi gözlerine çevirdim. Kenarda düzgünce katlanmış bir halde duran havluyu alıp açtı ve omuzlarıma örterek çıplak bedenimi gizledi.

"Sana ne olduğunu sormayacaklar," dedi kesin bir sesle. "Sen de onlara açıklama yapma. Sadece hazırlan ve içeri geç."

Başımı hafifçe salladığımda yüzümde nasıl bir ifade olduğunu bilmesem de Ediz'in gözlerinde bir endişe çatlağı oluşmasına sebep olmuştu. Yine de hiçbir şey söylemeden duşakabinden çıktı. Havluyu omuzlarımdan indirip göğüs hizamda bedenime sardığımda Ediz banyodan çıkmıştı.

Kornanın bir kez daha çaldığını duydum.

Fırtına bulutları öfkesini içimdeki dünyaya kusmaya başladığında kimsesizliğe çıkan sokaklarımdan birinde, yağmurun altında öylece yürüyordum. Artık yağmurdan kaçmak anlamsız geliyordu, yorgundum. Hangi sokağın evime çıktığını bütün sokakları gezerek öğrenmiştim ve artık neyi nasıl yapmam gerektiğini biliyordum ama yolu bilsem de bütün gücümü o yolu bulana kadar sokakları gezerken tüketmiştim. Artık yolu biliyordum ama o yolu takip edecek gücüm kalmamıştı.

Banyodan çıktığımda bir an ne yapacağımı bilemeyerek boş gözlerle odaya baktım.

"Merak etme." Gece'nin sesini duyduğumda sanki onu görebilirmişim gibi gözlerim odanın kapısına çevrilse de ben daha düşüncelerimi bir araya toplayamadan odanın kapısı açıldı. Gece içeri girince ruhsuz bakışlarım yüzüne yayıldı.

"Merhaba Doğa," dedi gülümseyerek. Gülümsemesi buz mavisi gözlerine de ulaştığında saçını kulağının arkasına sıkıştırdı ve elindeki kâğıt torbayı iki parmağının ucunda dengeleyerek havaya kaldırdı. "Sana giyecek bir şeyler getirdim."

"Teşekkür ederim," dedim sadece. Gözlerini devirerek torbayı bir kenara koyarken sıcak bir sesle, "Teşekkür etme," dedi. Gülümsemeye çalışsam da ruhum tenimin altında derinlere batmış gibiydi, dudaklarım kıvrılmadı.

"Bir şeye ihtiyacın olursa içerideyim," dedi yüzüme dikkatle bakarak. Bana neler olduğunu sormak istediğini ama soramadığını görebiliyordum, Ediz onu uyarmış olmalıydı. Hafifçe başımı salladığımda bir şey söyleyecek gibi oldu ama ardından vazgeçerek dudaklarını birbirine bastırdı ve odadan çıktı.

Gidip yatağın kenarına oturdum ve önümdeki aynaya baktım. Boş bakan gözlerimi, hafifçe akmış makyajımı, solgun tenimi inceledim. İçinde bulunduğum mekâna tutunamıyordum, sanki bir boşlukta süzülüyordum. Rüzgâr zihnimin bir köşesinde etrafından sessizliğin aktığı bir yel değirmenini yavaşça döndürüyor, bir köşesinde güneş bir kız çocuğunun saçlarına dökülüyordu; bir tarafına örtülen kar tabakasının üzerinde kurtlar koşuyor, bir tarafında bir orman alev alev yanıyordu.

Gözlerimi yavaşça kapatıp hislerimin içimden akıp gitmesini bekledim, ardından oturduğum yerden kalkarak Gece'nin getirdiği torbayı aldım ve içindekileri çıkarıp hazırlanmaya başladım.

Dar bir kot pantolon, yaka kısmında üç tane düğmesi bulunan ve beli açıkta bırakan ince bir kazak, bir mont ve bot getirmişti. Akan makyajımı dalgın bir şekilde temizleyerek saçlarımı kuruttum ve tepeden sıkı bir atkuyruğu yaptım. Buklelerim enseme dökülmüştü. Ardından botları giydim ve montu üzerime geçirerek aynada kendime baktım, tenim hâlâ solgun olsa da çok daha sağlıklı görünüyordum.

İçeri geçtiğimde yine neler dönüyordu, bilmiyordum ama Ediz ve Uygar masanın üzerindeki dizüstü bilgisayarın başına geçmiş, bir şeyler tartışıyorlardı. İkisi de ayaktaydı ve ekrana doğru eğilmişlerdi. Ediz bir yandan da gömleğinin düğmesini iliklerken gergin görünüyordu ve ekranda gördükleri hoşuna gitmemiş gibiydi. Yine de tam olarak ne hissettiğini kestiremiyordum. Uygar'ın yüzündeki duyguların rengiyse çok daha belirgindi ve sinirlendiğini görebiliyordum.

"Bu adamın kim olduğunu öğrenmem lazım," diye mırıldandı Ediz.

"Hayalet gibi," dedi Uygar kaşlarını çatarak. "Polisle bir bağlantısı olabilir mi?"

"Hayır, yok," dedi Ediz kesin bir sesle ve gözlerini kısarak ekrana daha dikkatli baktı. "Gerçek adının Gökhan olup olmadığından emin olmam lazım."

"Nasıl olacak o iş?" diye sordu Uygar ama Ediz ona aldırmadan bilgisayarı kendine doğru çekti ve hızla birkaç kelime yazdı, muhtemelen arama motorunda bir şey aratıyordu. Masada duran defterin sayfasından ufak bir parça kopararak kaleme uzandığında gözleri bana dokundu. Birkaç saniyeliğine bakışlarının ağırlığını üzerimde hissetsem de tam olarak ne düşündüğünü hâlâ anlayamamıştım, sadece çenesi daha da gerilmişti.

Kâğıda hızla bir şeyler karalayarak bilgisayarın ekranını indirdi ve sandalyenin arkasına astığı ceketini alıp kapıya yöneldi.

"Gidiyoruz."

Uygar başını arkaya atarak, "Neler olduğunu bana söyleyecek misin?" diye sordu, Ediz'in sessizliği artık ona doyurucu gelmiyor gibiydi.

"Şu fotoğraftaki adamın hâlâ bahsedilen mekânda olup olmadığını öğreneceğim," dedi Ediz. "Muhtemelen Gökhan denen o herifle bir bağlantısı var."

Uygar, "Emin misin?" diye sorduğunda Ediz'in alaycı bakışları arkadaşına çevrildi.

"Ben her zaman bir adım önde yürürüm Uygar." Sesi de alaycıydı ama bakışlarını bana çevirdiğinde gözlerine gece örtüldü.

Düşüncelerim rahimlerinde şeytanın çocuklarını taşıyordu ama her sancının ardından ölü doğumlar gerçekleşiyordu; Ediz'den nefret etmek istiyor fakat edemiyordum.

Gözlerimiz birbirine kilitlenmişti.

"Arada bize de bilgi versen hiç fena olmaz," dedi Gece kalçasını masanın kenarına yaslayarak. Ediz'in dişlerini birbirine kenetlemesiyle yanağında bir çukur oluştu. Bakışlarını Gece'ye çevirdi.

"Yürüyün." Sesi buz gibiydi.

Gece ve Uygar'ın birbirlerine baktıklarını göz ucuyla görsem de onlara bakmadım ve Ediz'in peşinden dağ evinden çıktım.

Uygar, "Mekânda fazla oyalanma," dediği sırada araba patikada ilerlemeye başlamış, arabanın içi karanlığa gömülmüştü. Gece ve Uygar arka koltukta oturuyor, ben Ediz'in yanındaki yolcu koltuğunda başımı cama yaslamış, dışarıyı izliyordum. "Dosyalara fotoğrafı konulan adam o mekânda mı, öğrenmen yeter. Daha fazlasını yaparak dikkat çekme."

"Açıkçası," dedi Ediz, Uygar'a aldırmadan, "sinirlerimi bozarsa o herifi sikerim. Ve Uygar, şu an sen de bana ne yapmam gerektiğini söyleyerek sinirlerimi bozuyorsun. Bilmem anlatabildim mi?"

"Tek başına plansız hareket edersen sadece kendi hayatını değil, Doğa'nın hayatını da tehlikeye atarsın. Kızın başına yeterince iş açıldı zaten. Mantıklı hareket et."

"Ben ne yaptığımı çok iyi biliyorum," dedi Ediz dişlerini birbirine bastırarak.

"Umarım," dedi Uygar. Sanki Ediz'e kızgındı ve bu beni de şaşırtıyordu. Uygar her zaman pozitifti ve Ediz'le aynı adımları atan, onun attığı adımları sorgulamayan biriydi. Başımı yasladığım yerden kaldırıp Ediz'e baktığımda yüzünde hiçbir ifade yoktu ama parmakları direksiyonu daha sıkı kavramıştı, öfkesini içinde zincirlemeye çalışıyor gibiydi.

Araba yolda su gibi akarken Ediz hızını gitgide artırıyor, belli aralıklarla yolun ortasına çizilen şeritler tek bir bütün gibi görünüyordu. Ay geceye ait olsa da gecenin içine akıp onu zehirleyen solgun ışığı onun geceye ihaneti gibiydi ve ben gözlerimi camdan dışarı dikmiş, bu ihaneti izliyordum.

Ankara'ya vardığımızda Ediz arabayı doğruca gitmeyi planladıkları mekâna sürmüştü.

"Siz burada kalın," dedi el frenini sertçe çekerek. "Doğa'yla bir bakıp gelelim. Belki biraz oyalanırız."

"Fazla dikkat çekmeyin," dedi Uygar kaşlarını çatarak.

Ediz dikiz aynasından arkadaşına bakıp, "Uygar bugün sınırlarımı gerçekten çok zorluyorsun," dedi. "Derdin her neyse buna bir son ver çünkü seninle kavga etmek istemiyorum." Ardından bana döndü. "Haydi Doğa."

Ediz arabadan çıktığında hiçbir şey söylemeden ben de onu takip ettim. Yanına gittiğimde elimi sıkıca tuttu, teması ruhumdaki sancıya iyi geliyordu. Ona yavaşça sokulduğumda bir an bana baktı ama ben onun gözlerine bakmadığım için gözlerinde nasıl bir ifade taşıdığını bilmiyordum, elimi daha da sıkı kavradı.

Ankara'daki mekânları biliyordum. Bu ortamlarda beni çeken bir şey olmadığı için gelmeyi tercih etmiyordum ama Umay'ın ya da arkadaş çevresinin vakit geçirmekten hoşlandığı duman altı mekânlardı. Ediz de sanki bu mekâna daha önce gelmiş gibi yolunu şaşırmadan ilerliyordu.

Barın arka bölümüne gelince demir bir kapı gördüm, yanında iki adam dikiliyordu. Ediz'i görünce yüzlerinde onu tanıdıklarını belli eden bir ifade oluştu, aynı zamanda da bir şaşkınlık ifadesi fark ettim. Bakışlar bana kayınca parmaklarımı tutan parmakların bir an için gerildiğini hissettim.

"Ediz Bey," dedi adamlardan biri kapıyı açarken. Ardından bana döndü. "Hanımefendi, hoş geldiniz."

"Siyah Kurt diye bir adam varmış, onu arıyorum," dedi Ediz doğruca konuya girerek. Adamların gerildiğini birbirlerine bakışlarından hissetmiştim.

"Bu konuda bilgimiz yok Ediz Bey."

Ediz tek kaşını kaldırdığında alaycı bir gülümseme yüzüne ölüm gibi yayıldı.

"Öyle mi?" Sesindeki ifade yer altından yeryüzüne yavaşça tırmanan depremin sarsıntısını taşıyordu. Adamlar iyice gerilmişti, ben de onun bu halinden korkmuştum. Her an bir şey yapabilirmiş gibi davranıyordu. "Nerede bulabilirim ben o herifi?"

"Ediz Bey..." dedi adam iyice gerilen sesiyle.

"Zamanında uyuşturucu satın aldığım adamı benden mi saklıyorsunuz lan siz?" dedi Ediz buz gibi bir sesle. Kaşlarım çatılırken şaşkınlığımın iki kaşımın arasındaki o çukura dolduğunu hissettim. "Hâlâ burada mı iş yapıyor?" diye sordu Ediz.

Adam bir an için ona kelimeleri cümlenin neresine koyacağını bilemiyormuş gibi baksa da kendini toparladı.

"Şu an aşağıda, Ediz Bey."

Dudaklarında tehlikeli bir kıvrım oluşurken Ediz beni kendine çekti. Önden gitmem için bana yolu açtığında onun da gergin olduğunu hissedebiliyordum ama bunu hiçbir şekilde sezdirmiyordu, adamlara tek laf etmemişti.

"Neler oluyor?" diye sordum kaşlarımı çatarak. Onun gerginliği bana da geçmişti. "Uyuşturucu satın almak mı?"

Ediz sorumu duymazlıktan gelip ifadesiz bir sesle, "Fahişe gibi davranman gerekiyor," dedi.

"Bu kıyafetlerle mi?" diye sordum. Bir küfür mırıldanırken durdu ve montumun önünü açtı. Ardından kazağımın önündeki düğmeleri açmaya başladığında parmakları tenime değiyor, dokunduğu yerlere mezarlar kazıyordu.

"Eğer eğilirsen önce sana bakan erkekleri, sonra da seni öldürürüm, beni duydun mu?" diye sordu sert bir şekilde.

"İnsanlara göğüslerimi göstermeye meraklı değilim."

Elimi kavrayan güçlü eli bir hapishanenin demir parmaklıkları gibi ruhumu avuçlarının içine hapsediyordu. Attığı her adımda çıkan o tok ses zemine kan gibi yayılıyordu. Ben de kendisini idama götüren gardiyanı takip eden bir mahkûm misali, yaşlı bir şeytanın damarlarında ilerliyormuşuz hissi uyandıran bu yerde onu takip ediyordum. Tavandaki ampullerden yayılan ışık zayıftı. Kasvet ve sigara dumanıyla örtülmüş bu yerdeki insanlarda bir tuhaflık sezmiştim. Ediz beni korumacı bir tavırla kendine çektiğinde gerçekten bir tuhaflık olduğunu anladım. En ölümcül avcıların gizlendiği bir ormanı andıran gözlerine baktığımda düşüncelerin, zihninin içinde bir arada yürüyen böcekler gibi rahatsız edici bir sessizlikle ilerlediğini fark ettim.

"Uyuşturucu bağımlıları," diye açıkladı Ediz soğuk bir sesle.

"Girişteki adama senin de satın aldığını söyledin," diye mırıldandım ve Ediz bir kolunu belime sarıp beni kendine doğru çekti. Başımı göğsüne yasladığımda kendimi bir aslanın yelesinin arasına girerek ona sığınan bir kız çocuğu gibi hissettim. Başparmağıyla başımı hafifçe okşamaya başladı ve gözlerimi kapattım.

"Evet," diye fısıldadı.

"Kullanıyor muydun?" Öğrendiğim bu yeni bilginin doğurduğu şaşkınlığın zihnimin içinde köpürüp bütün düşüncelerimi sel gibi önüne katarak ilerlemesini bekledim ama ona karşı hissettiğim şefkat, damarlarımın üzerinde açan çiçekler gibiydi.

"Evet," diye fısıldadı tekrar.

"Ne kadar ileri gittin?"

"Eroin," dedi alaycı bir sesle ama alay ettiği ben değil, daha çok geçmişiydi sanki. "Damardan alıyordum."

Gözlerimi aralayıp başımı kaldırarak yüzüne baktığımda gözlerini belli bir noktaya sabitlemişti. Bakışlarını takip edince bilardo masasından bir adamın Ediz'e işaret gönderdiğini gördüm ve planlı bir şeylerin döndüğünü anladım.

"Burayı ve bahsettiğin adamı tanıyorsun ama Uygar'a hiçbir şey bilmiyormuş gibi davrandın," dediğimde yavaşça güldü.

"Ben kimseye güvenmem Şahmeran." Bakışlarını aşağı indirip kirpiklerinin arasından bana baktı. "Uygar'a ve Gece'ye gerçekten güvendiğimi düşünmüyorsun, değil mi?" Kulağıma eğildiğinde nefesi cehennem rüzgârı kadar sıcaktı ve tenimi kavurmuştu. "Yanına gideceğimiz adamın adı Tufan Akıncı ve Gökhan denen herif hakkında bilgi sahibi."

Ona, "Gökhan hakkında bildiğin şeyler var, değil mi?" diye sorarken korku en derinlerime sivri bir mızrak misali dikilmişti, üzerine düşen her şey ona saplanacaktı.

"Belki."

"Bana anlatacak mısın?" diye sordum ama yanıtı yine, "Belki," oldu.

Başını kaldırıp ona işaret veren adama baktı ve "Gidelim," dedi. Ona sarılmayı bırakmadım, bana yön vererek adamın işaret verdiği yere doğru yürümeye başladığında ağırlığımı ona verdim. Bilardo masasına yaklaşırken otuzlu yaşlarının başında olduğunu tahmin ettiğim adama baktım. Genç ve dinç görünüyordu ama saçlarının arasında beyazlar vardı.

"Geç koçum," dedi adam Ediz'e bir isteka uzatarak. "Düz toplar mı pijamalı toplar mı?"

"Düz," dedi Ediz buz gibi bir sesle. Adam topları üçgen bir kalıba yerleştirdi ve istekasını tebeşirledi. Bunu yaparken Ediz'in gözlerinin içine bakıyordu, göz bebeklerinin etrafında sinsi bir ifade girdap gibi dönüyordu. Başıyla belli belirsiz bir işaret vererek mekânın arka tarafını gösterince bakışlarımı Ediz'in yüzüne çevirdim. Ediz'in gözleriyse adamın işaret ettiği yere kaymıştı.

Gözlerinin koyulaştığını görür gibi oldum.

Adam oyunu başlattığında gözlerimi hâlâ Ediz'in yüzünden ayırmamıştım, loş ışıkta onu izlerken bir tablonun önünde durup onu incelediğim hissine kapılmıştım. Sanki ressamın içtiği sigaranın dumanını emen fırçadan, tuvale şu anda mekânın içinde süzülen duman dökülmüş, yanımdaki katilin bedenine gölge havuzları döşemişti. Bir an için her şey o kadar soyut geldi ki kendimi gerçek çemberinin dışında hissettim, bütün zamanın üzerinde havada asılı kalmıştım. Boşlukta dalgalanan saçlarıma geçmiş, gelecek, tüm anlar bulaşmıştı. Ardından içinde bulunduğum ana öyle bir çakıldım ki sanki kalkışım olmayacaktı, ağırlığımla bütün gerçeklik etrafa sıçramıştı.

Ediz gözlerini sabitlediği noktadan çekerek sigara paketini ve çakmağını çıkardı. İstekanın ucu toplara çarptı, Ediz sigarayı dudaklarının arasında sabitleyerek çakmağını çaktı ve istekanın çarptığı toplar etrafa yayılmaya başladı. Sigara Ediz'in dudakları arasında dengelendiğinde çakmağın ucundaki ateş yukarı tırmanarak yavaşça yükseldi. Mekânın diğer ucundaki adam içkisinden bir yudum alırken ateş sigaranın ucuna insanları yakan zaman misali yayıldı. Kalbim hızla çarpıyordu, insanları tüketen zaman gibi ateş de sigarayı tüketmeye başlamıştı.

Ve zehir yeşili gözler bana çevrildi.

Sırası gelince Ediz sigarasını bilardo masasının kenarında duran kül tablasına bırakarak istekayı eline aldı. Bilardo masasına eğildiğinde burnundan ve ağzından yavaşça dökülen gri duman ortama çökmüş olan dumana karışıyordu. Yüzünde buz gibi bir ifadeyle açıyı ayarlarken gözlerine avına saldırmaya hazırlanan bir avcının keskin bakışları yerleşmişti. Gözlerini kıstı ve beyaz topa tok bir ses eşliğinde vurdu. Top hedefini şaşırmadan ilerlemeye başladığında Ediz yavaşça doğruldu, bir elini belime kaydırdı ve katil gözleri tekrar o noktaya odaklandı.

Hedef aldığı üç ve beş numaralı düz toplar deliklerine girdiğinde hâlâ o noktada olan bakışlarında anlam veremediğim bayat bir ifade vardı. Ellerinden tenime akan nefretin varlığını neredeyse dokunuşu kadar somut bir şekilde hissetmiştim. Orada ne görüyordu, bilmiyordum ama bir şeyler döndüğü kesindi. Normalde sıra hâlâ Ediz'de olmasına rağmen adam bilardo topuna vurdu ve siyah topu bizim önümüze gönderdi. Ediz bakışlarını topu ona gönderen adama o kadar sakin ve yavaş bir şekilde çevirmişti ki kanımın üzerinde ince bir buz tabakası oluştuğunu hissettim, ürpertici görünüyordu.

Yine aralarında bir bakışma geçerken Ediz siyah topu eline alıp öfkeyle, "Hile yapıyorsun lan!" dedi.

Adam güldü. "Bir siktir git," dedi kalın bir sesle. "Bizde hile olmaz aslanım."

Ediz'in siyah topun kenarından bir kâğıt çıkardığını gördüm. Adama baktığımda yüzüne eğlendiğini belli eden bir ifade yayılmıştı. Bir şeyler oluyordu. Ediz siyah topu bilardo masasında yuvarlayıp adama gönderirken, "O zaman eyvallah," diyerek pis bir şekilde sırıttı. Ardından güçlü ve yara dolu eli elimin içine kaydığında benim bakışlarım bilardo masasının diğer ucundaki adama saplanıp kalmıştı. Neler olduğunu anlamaya çalışsam da bu, bataklığın içinde balık yakalamaya çalışmaktan farksızdı.

Ediz yürümeye başladığı için ben de onu takip etmek zorunda kaldım ama omzumun üzerinden geriye bakmaya devam ettim. Mekânda simetrik bir şekilde yerleştirilmiş bilardo masaları vardı, tavandan sarkan lambalar her bilardo masasının üzerine denk gelecek şekildeydi ve bilardo masaları ile lambaların arasındaki mesafe azdı. Bu yüzden ışık belli noktalara hapsedilmişti, bütün mekâna yayılması engellenmişti. Adamın işaret ettiği, Ediz'in dikkatle baktığı yere odaklanmaya çalıştım. Sanki dumanın ardında orta yaşlı bir adam gözlerini dikmiş bana bakıyordu ama önümde etten bir duvar vardı ve onu net bir şekilde görememiştim.

Dışarıya içeri girdiğimiz yerden değil, başka bir yerden çıkmıştık. Barın içinden geçerek değil de doğruca dışarı çıktığımız için memnundum. Çöp konteynerlerinin bulunduğu dar sokaktan geçerken arkamıza baktım ama bizi takip eden tek şey gölgelerimizdi. Arabaya yaklaşınca Uygar ve Gece arabadan inerek bize doğru gelmeye başladılar. Ben de o sırada kazağımın önündeki düğmeleri kapatmaya başladığım için yeşil gözler bana *aferin* dercesine bakmıştı.

Arabaya binmedik.

"Ne oldu?" diye sordu Uygar. Yanlarında durduğumuzda Ediz'in çatık kaşlarının altında, gözlerinde şüphe tohumları vardı.

"Hiçbir şey konuşmadan yürümeye başlayın," dedi Ediz. "Bizi takip edip etmeyeceğini görmek istiyorum."

"Kimin?" diye sordu Gece ama Ediz mızrak gibi keskin bakışlarını ona çevirdi.

"Hiçbir şey konuşmadan yürümeye başlayın," diye tekrar ederken sesi de bakışları kadar keskindi. Montumun fermuarını kapatarak Ediz'in yanında yürümeye başladığımda Uygar ve Gece arkamızdan geliyor, Ediz ise bilardo topundan aldığı kâğıda bakıyordu. Sessizlik bizimle beraber yürüyordu ve ben neler döndüğünü merak ediyordum ama aynı zamanda da korkuyordum.

İlerledikçe Ankara'nın tanıdık caddelerinden birinde olduğumuzu şaşkınlıkla fark etmiştim. Caddenin kenarında durduğumuzda Ediz geldiğimiz yola baktı, arkamızda kimse yoktu. Bizi takip eden tek şey geçen saniyeler gibi görünüyordu. Bakışlarımı aşina olduğum caddeye çevirerek yanımızdan akıp giden insanları incelemeye başladım. Bazen dikkatli bakışlarıma takılıp kalan insanlar oluyordu ama onun dışında kimse oradaki dört kişinin farkında değildi. İnsanlara baktığımda onları inceledikçe parçalanarak etrafa saçılacak birçok kelime görüyordum. Sanki suyun hava olduğu bir denizin içindeydik ve gökyüzü bu denizin yüzeyiydi. Tanrı bizi dışarıdan izliyormuş gibi düşünürdük hep ama ben bazen Tanrı'nın zihnindeymişiz gibi hissederdim. Hepimizin zihninde bir evren vardı ve zihnimizin içindeki insanların zihinlerinde de birer evren kuluçkaya yatıyordu. Belki de Tanrı'nın ölümsüzlüğü buradan geliyordu. Her zaman kendi zihnimin içinde yüzüyor, eti kemikten sıyırır gibi gerçeği hayalden sıyırıyordum. Bu yüzden insanları incelemezdim. Evde neler yaşıyor, aklında, kalbinde kim var? Kimin umurundaydı? Ben kendi sahnemde bile başrolü oynayamıyorken yan rollerin ne önemi vardı?

Hata yaptığımı Ediz Çağıran'la öğrenmiştim ben. Yan roller aslında başrolü belli bir sınıfa koyan en önemli etkenlerdi. Geride bıraktığım yılların tamamı, geçtiğim kaldırımlar, yaptığım hatalar, tanıdığım insanlar olmasa Doğa Güngör şu an var olan Doğa Güngör olabilir miydi?

Ben bunları bile düşünmüyorken kim düşünürdü ki bu köşede dikilen kızın bir katil tarafından kaçırıldığını?

Hep inandığım bir şey vardı; hüzünlü bakışların çaresizliğin belirtisi olduğunu düşünüyordum ama sert bakışlar... Asıl yardım çığlıkları sert bakışların altına gömülüydü.

İnsanlar hep basite kaçıyordu. İki bardaktan birinde normal su, diğerinde bir buz kütlesi varken kim buz dolu bardağı seçerdi ki? Kim uğraşırdı? Ediz Çağıran buz dolu bardağı seçmişti. Şu anda ona bakarken bile kendimi kendi kanının üzerinde yüzen bir buz parçası gibi hissediyordum.

Bu işin sonunda tamamen yok olacaktım.

Bakışlarım kaldırımın kenarında grup halinde yürüyen öğrencilere takıldığında bir an tanıdık bir yüz görür gibi oldum. Kaşlarım kalkarken kızlı erkekli bir grup öğrenci gülerek bir şeyler konuşuyordu. Ellerindeki sınav kâğıdında yer alan soruların cevaplarına bakıyorlardı. Erkekler, küfürler eşliğinde cevapları karşılaştırıyorlardı.

Bir çift tanıdık, siyah gözle karşılaşınca düşüncelerim hissettiğim şaşkınlığın üzerine bir toz bulutu halinde çöktü. Kimse benim kaçırıldığımı bilmiyordu. Nasıl bir yalan uydurulmuştu, onu da bilmiyordum. Adının

Atakan olduğunu bildiğim sınıf arkadaşımla yüzeysel bir muhabbetimiz vardı, onun dışında paylaştığımız hiçbir şey yoktu. İnsanlar benimle iletişim kurmak için attıkları her adımda karşılaştıkları sessizlikten dolayı iki adım geri giderlerdi.

Yanımda duran Ediz'e baktığımda Atakan sanki yanıma gelip gelmemekte kararsız kalmış gibiydi. Arkadaşlarına bir şey söyledi ve elindeki sınav kitapçığını bir kızın eline tutuşturarak bana doğru yürümeye başladı. Durumu Ediz'e söylemek istesem de dikkat çekeceğini bildiğim için hiçbir şey yapmadım.

"Doğa?" dedi Atakan bana iyice yaklaştığında. Ardından yavaşladı ve tam karşımda durdu. Ediz konuşmayı kesmiş, birden temkinli bir şekilde bize bakmıştı.

"Nasılsın?" diye sordu Atakan.

"İyiyim, teşekkür ederim," dedim gülümsemeye çalışarak. "Sen nasılsın?"

Eli saçlarına gitti ve ensesini hafifçe kaşıdı. "İyiyim. Yurt dışından döndün mü?"

Yurt dışı mı? Hissettiklerim konusunda renk vermemek için ifadesizliği mimiklerime örttüm, Ediz'in gözlerini yüzümde hissedebiliyordum.

"Pek sayılmaz," dedim gülümseyerek.

"Almanya'da bir sorun çıkmamıştır umarım?" Almanya? Gerçekten mi? Boğazımı gergin bir şekilde temizlerken bana dikkatle bakan çimen yeşili gözlere ben de bir anlığına baktım.

"Hayır, annem vurulduğu için geldim," dedim kelimeleri dikkatle seçmeye çalışarak.

Atakan kaşlarını çattı ve "Evet, olayı duydum," dedi. "Geçmiş olsun. Senin de kaçırıldığına dair yalan bir haber yayılmıştı." Bir an paniklediğimi hissettim ama Atakan ben yanlış bir açıklama yapamadan konuşmaya devam etti: "Baban gerekli açıklamayı yapmıştı."

Ona babamın nasıl bir açıklama yaptığını sormak istesem de dilimi ısırdım. "Evet, yalan haber," dedim sakin bir sesle.

"Geri dönecek misin peki?"

Hafifçe başımı salladım. "Döneceğim."

"Atakan!" diye seslendi gruptan biri. "Gelsene lan! Seni mi bekleyeceğiz?"

"Gitmem gerek," dedi Atakan yarım yamalak bir gülümsemeyle.

"Atakan." Onu durdurdum. "Senden bir şey isteyebilir miyim?"

Bana soran gözlerle baktı. "Tabii."

"Umay'la görüşüyorsunuz, değil mi?" Kafası karışmış gibi başını hafifçe salladı. "Benim telefonumun şarjı bitti, birazdan havaalanına geçeceğim. Bütün gün Umay'la görüşme fırsatım olmadı ve beni merak ediyordur. Bir süre telefonumu açamayacağım. Rica etsem ona iyi olduğumu söyler misin?"

Atakan'ın kafası tamamen karışmış gibiydi. "İyi de sen onların yanında değil misin zaten?"

"Onların yanı mı?" dedim, benim de kafam karışmıştı.

"Umay ve ailen az ötedeki pastanedeler. Onları az önce gördüm. Senin bundan haberin yok muydu?" Hava akımı değişmişti sanki, yüzümdeki kanın çekildiğini hissettiğimde Ediz'e birden saldıran gerginlik ona yönelmeden önce bana çarpmıştı.

"Ah," dedim şaşkınlıkla. "Hayır."

"Atakan, hadi lan!" Atakan bana bakıp omuz silkti ve olayın garipliği üzerinde durmadı. Arkadaşlarının telaşı yüzünden onun da acelesi vardı.

"Söylediklerini Umay'a iletirim yarın. Gitmem gerek, gerçekten." Kalbim göğüs kafesimin içinde acıyla çarparken cılız bir sesle, "Görüşürüz," dedim. Atakan bana başıyla selam verip arkadaşlarının yanına geri döndü, ben de bayılacakmış gibi hissederek Ediz'e baktım. Çelik kadar sert bir ifadeyle bana bakıyordu.

"Onları görebilir miyim?" diye sorduğumda Uygar ve Gece de donup kalmıştı. Ediz'in yüzü kül rengine dönerken bir an telaş yaptığını düşünsem de yüzünden hiçbir duygu seçilmiyordu. Yeşil gözlerini kıstı.

"Bu işte artık beni bırakamayacağını biliyorsun," dedi buz gibi bir sesle.

"Öyle değil," dedim yorgun hissederek. Bu saatten sonra gidersem onu engellediğim her saniyenin, içindeki nefret ateşine karışarak onu daha da körükleyeceğini, daha da durdurulamaz hale getireceğini biliyordum. "Onları sadece uzaktan görmek istiyordum," dedim.

Ama onun gölgesi bütün geleceğime düşen bir günah gibiydi, istesem de gidemeyeceğimi biliyordum.

"Sana güvenmiyorum," dedi Ediz net bir sesle. "Gidiyoruz buradan."

"Ne demek sana güvenmiyorum?" diye sordum kulaklarıma inanamayarak. "Sana ne zaman yalan söyledim? Sence onların yanına gitmeye cesaret edebilir miyim? Ben onların yanına gittiğim an hepimizin tepesine çökersin."

Ediz bana doğru bir adım atınca, "Sakın dokunma bana!" diye bağırdım. Yanımızdan geçen birkaç insan hafifçe yavaşlayarak omuzlarının üzerinden bize baktı ama sonra aldırmadan yola devam ettiler.

"Doğa." Ediz'in sesi uyarı doluydu.

"Onları görmek istiyorum," diye çıkıştım içimde acı kazanları kaynarken. Özlem bir köstebek gibi tenimin altını kazarak bütün vücudumda ilerlese de bir yanım hissettiğim kimsesizliği kendi kanımın içinde boğmak istiyordu. Belki de sadece onları gördüğümde hissedeceklerimle yüzleşmek, yatağıma kıvrılıp uykum olduğu için değil de bomboş hissettiğim için uyuduğum zamanlardan çok uzakta olmadığımı, kendimi bile kaybedecek kadar düşmediğimi kendime kanıtlamak istiyordum.

"Hayır," dedi Ediz kesin bir sesle.

"Evet," dedim ona karşı gelerek. "Onları göreceğim. Buna engel olamazsın."

Ediz gözlerimin içine bakarken asırlar gibi gelen birkaç saniye geçti, Uygar ve Gece'nin de gergin bir şekilde bakıştıklarını gördüm. Gözlerimi bile kırpmadan o yeşil gözlere baktığımda pes eden taraf olmaya hiç niyetim yoktu. Ediz sonunda homurdanmaya başladığında oldukça gergin ve asabi görünüyordu.

"Eğer oyun oynuyorsan..." Bazen ona gerçekten inanamıyordum, ona oyun oynamak gibi bir planım olsaydı şu zamana kadar oynamaz mıydım?

"Oyun oynamıyorum."

Ediz, Gece ve Uygar'a dönerek, "Burada bekleyin," dedi. Ardından bana döndüğünde gözlerinde anlamını çözemediğim bir şey vardı, oldukça sert bir ifade. Duvarların ardındaki benliğim, suyun üzerine yerleştirilen kâğıttan gemiler gibi kendi düşüncelerimi zihnimin üzerine koydu: sert bakışlar altında yatan yardım çığlıkları... Takvimlerin hâlâ 8 Kasım'ı gösterdiği gerçeği, bir denizin bütün yüzeyini örten alevler gibiydi.

Ediz'in eli, kolumu kavradığında parmakları sıkıydı ve canımı yakıyordu ama o bunun farkında değildi. Beraber kalabalığın içine karışırken kötü bir his kaburgalarımın üzerinde çatlaklar oluşturmuştu sanki.

Karşıya geçmek için kaldırımdan indiğimizde ne kadar canımı acıtsa da Ediz'in varlığına tutundum. Eli elime kaydı, parmakları parmaklarıma kenetlendi ve sıkıca tuttu. Yüzüme bakmıyordu ama çenesinin nasıl kasıldığını görebiliyordum.

Pastanenin önüne geldiğimizde Ediz bir an durdu ve yüzüme baktı. Gözleri bir şeyler anlatıyordu ama açıkçası bu halleri beni korkuttuğu için ne hissettiğini göremiyordum bile. Bakışlarını pastanenin kapısına çevirdi ve elimi sertçe bıraktı. Bu ani hareketi karşısında ben ona bakakalırken, "İstediğini yap," diye homurdandı. "Gidip gitmemen neden umurumdaysa..."

Kalbimin kendi kanında boğulduğunu göremiyor muydu? Ben yorgun gözlerimi yüzünden ayıramazken, "Haydi kızım!" diye çıkıştı bana. Neye bu kadar sinirlenmişti? Yine ne olmuştu? Ne yapmıştım? Bir gün kör eden beyaz bir ışığın bütün zamana yayılacağını, her şeyin hiçliğe boyanacağını ve tamamen sessizliğe gömüleceğimi hissediyordum; işte o benim patlamam olacaktı.

Bakışlarım pastanenin kapısına çevrildiğinde adım atmaya hazırlanan ayaklarım bana karşı bir direniş başlattı. Buna dayanabilecek miydim? Beni bekleyen ufacık bir anı kaldırabilecek miydim? Annemin üzgün olduğunu görmeyi gerçekten istiyor muydum? İçimde korkunç bir his çöreklenmeye başlarken pastanenin merdivenlerine doğru yürüdüm, yeşil gözleri sırtımda hissedebiliyordum. Merdivenden yavaş yavaş çıktığımda gelecek de o basamaklardan su gibi yavaşça akıyordu sanki. Korkumun içinden geçerek cam duvarlardan içeri baktım.

İlk başta hangi masada olduklarını görememiştim ama sonra kalabalık masayı seçebilmiştim. Bana çok uzakta olmadıkları gibi çok yakında da değillerdi. Onları görmek içimdeki acı kazanlarının devrilmesine sebep olunca ağzımda buruk bir tat hissettim. Nefesim camı buğulandırırken gözlerim de buğulandı.

Gülüyorlardı.

Bir an için idrak edemediğim bu sahneyi gözlerimi kırpıştırarak tekrar izlediğimde kendimi bomboş bir sayfanın tam ortasında gibi hissettim, her şey yok olmuştu. Annem önündeki pasta dilimine bakarak gülüyor, babamsa her zaman olduğu gibi masayla ilgilenmiyordu, Umay'ın babası Hakan amcayla bir şeyler konuşuyordu. Atalay'ın yanında nişanlısı vardı ve onlar da ayrı bir konu hakkında konuşuyorlardı. Umay gülerek bir şeyler anlatıyordu.

Gülüyorlardı. Gülüyorlardı.

O an bana ağır gelen, hayatlarına devam ediyor olmaları değil, yıllardır kaçtığım gerçeğin hemen önümdeki cama düşen kimsesiz yansımasıyla yüzleşmemdi ve o yansıma bana aitti.

Gözlerim yaşlardan dolayı puslanırken anneme acıyla baktım. Kalbime öyle yüklü bir şey düşmüştü ki içimde taşıdığım her şeyin cesedi, delinen kalbimden ruhuma dökülmüştü. Göz kapaklarım gözlerimin üzerine kapandığında birkaç damla yaşı da yanaklarıma itti.

Atalay'a baktım, ağabeyime. Yüzündeki hoşnut gülümsemeye baktım. Nişanlısı Gizem elindeki kahve fincanından ona bir şeyler gösteriyordu.

Sanırım artık kaldıramıyordum.

Son zamanlarda yaşanan hiçbir şeyi...

Bir an kendimi o kadar dipte hissettim ki geri gidip yoldan geçen bir arabanın önüne atlayarak hayatıma bir romanın etrafa saçılan sayfaları gibi son vermek istedim. Her şey biterdi. Tamamen karanlık... Son günlerde neden ölüm gözüme bu kadar güzel görünüyordu?

Ben tamamen paramparça olmuş bir halde onları izlerken Umay'ın ela gözleri bana değip geçti ama başını başka yöne çevirmesiyle tekrar bana bakması bir oldu. Yüzündeki gülümseme donup kaldığında gözleri kocaman açıldı ve tepki veremediğini hissettim. Ardından kül gibi bir suratla sandalyesinden kalktı. Sesleri duyamasam da dudak hareketlerinden, "Doğa!" dediğini anlamıştım.

Masadaki bütün yüzler ok gibi bana döndüğünde hiçbirine bakmadan geri geri gittim ve Ediz'e de bakmayarak koşmaya başladım. Ankara sokaklarında en son koştuğumda neden kaçtığımı biliyordum; bir katilden kaçıyordum. Peki ya şimdi? Kaçtığım neydi? Önüne çıkan her şeyi yutan bir tsunami gibi peşimden gelen geçmişimden mi kaçıyordum? Yoksa gerçeklerden mi? Kimsesizlikten mi kaçıyordum, yoksa kaçtığım yine kendim miydim? Ama zaten ben kimsesizlik değil miydim?

Ruhum bedenimin tümörüydü ve ben onu söküp atmak istiyordum.

Bana şaşkınlıkla bakan insanların arkamdan bir şeyler söylediklerini duyuyordum ama sesleri duvarların öbür tarafından geliyormuş gibi bulanıktı. İçimdeki Doğa canını dişine takarak önümüzdeki duvarların önüne tuğlalardan yeni bir duvar örüyor, duvarın kalınlığını artırıyordu.

Sanki böyle olunca acıyı engelleyebilirmişiz gibi...

Soğuk ben koştukça ciğerlerime vuruyordu ve daha caddenin sonuna gelemeden boğazım yanmaya başlamıştı. Saklanacak bir yer arıyor, beni bulamayacakları bir yere karışmak istiyordum. Ne geri dönmek istiyordum ne de kalmak. Kaçmak istiyordum ben, ama nereye?

Ara sokaklardan birine girdiğimde bacaklarım sızlasa da hızımı azaltıp hıçkırarak biraz daha ilerledim ve bulduğum bir köşeye kıvrıldım. Ben gölge olduğuma inanıyordum, yansıma olan bedenimdi ama geçen zaman aslında gölgenin bir yansıma olduğunu bana acımasızca öğretiyordu. Gerçeği görmek benim için ayak bileklerimden bir denizin dibine zincirlenmek gibiydi.

Ediz'in sesi sokağı doldurduğunda öfkeli olduğunu fark ettim. Beni bulması uzun sürmemişti. Gölgesi önüme düştüğünde dudaklarımı birbirine bastırdım ve hıçkırıklarımın kaçmasına izin vermedim. Başımı kaldırıp yüzüne de bakmadım, öylece gölgesini izledim.

"Derdin ne senin?" diye azarladı beni. "Kaçabileceğini mi sanıyorsun?"

Bir kere beni anlasa ya da anlamaya çalışsa ne olurdu? Her şey onun belirlediği çizgide ilerlemek zorunda değildi. Bunu neden göremiyordu?

"Beni gerçekten sinirlendiriyorsun," dedi Ediz ben cevap vermeyince. "Ayağa kalk." Söylediklerini yapacak enerjiyi bulamıyordum. "Ayağa kalk dedim."

"Rahat bırak beni," diye fısıldadım ama bana aldırmayacağını zaten biliyordum. Eğilip beni kolumdan tutarak zorla ayağa kaldırması daha fazla gözyaşından başka bir şey getirmemişti. Sokağın karanlığı üzerime örtüldüğü için gözyaşlarımı görmüyordu.

"Neden kaçmaya çalışıyorsun?" diye sordu buz gibi bir sesle. Kaçma meselesine niye bu kadar takılmıştı ki? Diyelim ki kaçacaktım, neden böyle sinirleniyordu? İçimde acının titrediğini hissettim, miktarı o kadar fazlaydı ki ufacık bir titreme bile parmak uçlarıma şiddetli bir deprem kıvamında gelmişti. Ellerimin titrediğini hissediyordum.

"Şimdi olmaz Ediz," diye fısıldadım titreyen sesimle. "Lütfen."

"Umay seni gördü," deyince deli gibi gülmek istedim. "Yürü."

Parmakları koluma gömüldüğünde canımı o kadar acıtmıştı ki bir an çığlık atacağımı sandım. Beni sertçe çekmeye başlayınca kolumu kurtarmaya çalıştım. Bir yandan yağmur çiselemeye başlamıştı. "Yürü dedim sana!"

"Bırak beni!" diye bağırdım.

Ediz bana aldırmayarak yürümeye devam etti, ben de çaresizce peşinden sürükleniyordum. Aklım bana acımasız gözlerini dikmiş, içimdeki yangını düşüncelerimle besliyordu. Ediz telefonunu çıkardığında içimde her şeyi kemiren bir canavar vardı sanki. Onunla konuşmak istiyordum. Benimle konuşmasını istiyordum. Bana yardım edemez miydi? Beni kurtaramaz mıydı?

"Simit Sarayı'nın oradayız," dedi. "Acele et."

Beni kenara çektiğinde öfkesi bütün yüzünü maske gibi sarmıştı. Ona aldırmadan beni boğan acının nefesimi tıkamasına izin vermemeye çalışsam da nefesim boğazımdan yukarı tırmanamıyor, tekrar ciğerlerimin üzerine yığılıyordu.

"Cidden iyi bir cezayı hak ediyorsun," dedi acımasız bir sesle. "Bilerek yaptın, değil mi?"

Üstüme gelmeye devam ettikçe kendi bedenim ruhumu içine çeken bir bataklığa dönüşüyordu. O konuştukça gözyaşlarım artarken o andan değil de başka bir boyuttan bakıyormuş gibi hissediyordum, sanki o an orada değildim. Çevrede bir koşuşturma olduğunu görünce ağlamam şiddetlendi ve annesini kalabalığın içinde kaybetmiş küçük bir kız çocuğu gibi ağlamaya başladım. Hıçkırıklarım ve gözyaşlarım kalbimden kopmaya başladığında bütün kontrolüm cam parçaları gibi etrafa saçıldı ve ellerimi yüzüme kapatarak yıkılmak üzere olan bir bina gibi sarsıldım. Ediz'in afalladığını hissettim, bana bakakalmıştı. Ona aldırmadım. Hissettiğim çaresizlik ve korkunç hisler boğazıma birikerek nefesimin önüne bir bariyer kurdu, nefes almakta zorlanırken elinin yüzüme yaklaştığını gördüm.

"Doğa?" dedi şaşkınlıkla. "Doğa. Kendine gel."

Ellerimi yüzümden çekerek beni ona bakmaya zorladı. Hafifçe kısılmış ve yaşlar boşalan gözlerimle gözlerinin içine baktım. Sanırım kendimi hiç bu kadar küçük hissetmemiştim.

"Doğa, nefes alamıyorsun," dedi telaşla. "Doğa!"

Çimen yeşili gözlerin korkuyla parladığını gördüm. Ona sarılmak istiyordum, kollarının tenimde bıraktığı güvene ve bana evimdeymişim gibi hissettiren o sıcak duyguya ihtiyacım vardı ama beni kendi içimde kendime zincirleyen bir his de vardı. Bunu yapamayacağımı biliyordum.

Ama o yapardı.

Beni kollarının arasına çektiğinde ağlamam daha da şiddetlendi. Dünya ayaklarımın altında dönüyordu sanki. Tutunacak tek dalımmış gibi ona sarıldım, şaşkınlığını hissedebiliyordum.

"Hişşşt, tamam," dedi saçlarımı okşamaya başlayarak.

Hissettiklerimin altında ezilirken, "Ediz," diye inledim. Sesimdeki acı tenine çarpıp tekrar bana dönmüştü.

"Geçti," dedi yatıştırıcı bir sesle. "Geçti küçüğüm."

Ne olduğunu bile bilmiyordu ki. Ne gördüğümü bilmiyordu. Belki de başından beri bunun böyle olacağını biliyordu, belki de ailem konusunda bu kadar rahat olmasının sebebi buydu. Montunu var gücümle kavrarken kalbimin acıdığını hissedebiliyordum.

"Gel," dedi beni bırakmadan. "Uygar geldi, gitmemiz gerek."

Hiçbir şey söylemeden onunla yürümeye başladığımda beni kolunun altına almıştı. Kollarımı beline sardım, yüzümü ona sakladım. Bir şimşeğin ışığı bir an için her yeri aydınlattı ve yağmur hızlanmaya başladı. Adımlarımız da eş zamanlı olarak hızlandığında Uygar ve Gece arabanın içinde bizi bekliyordu, biz de hemen arabaya bindik. Ediz kapıyı kapattığı gibi Uygar gaza bastı.

"Neler oluyor?" diye sordu Gece, hıçkırarak ağladığım için bana baktığını tahmin edebiliyordum.

"Ben de bilmiyorum."

Ediz beni kendine çekti ve bacaklarım iki yanına gelecek şekilde kucağına oturttu. Bedenimi bedenine yaslayarak başımı omzuna koymamı sağladı. Kollarını bana sardı, ben de onun boynuna sarıldım. Ediz dudaklarını saçlarıma bastırırken kendimi çok kötü hissediyordum.

Düşünceli davranarak üzerime gelmedi ve sessizliği tercih etti. Sırtımı okşuyor, beni sakinleştirmeye çalışıyordu. Arada bir çakan şimşeklerin keskin ışığı arabanın camına yayılıyordu, kendini yeryüzüne bırakan yağmur tanelerinin arasından duyulan gök gürültüsü onların ölümünü ilan ediyor gibiydi. Arabadan çıkan tek ses, motordan gelen boğuk seslerdi.

Ediz montumun kapüşonunu kafama geçirdi ve "Isıtıcıyı aç," diye emretti. Uygar kendisine söyleneni yapınca ısıtıcıdan ses gelmeye başladı. Ben ona iyice sokulurken Ediz beni daha sıkı sardı.

Bir süre sonra hıçkırıklarım dinince yumuşak bir sesle, "Aileni mi özledin?" diye sordu.

"Hayır," dedim inlercesine, sesim tekrar ağlamak üzere olduğumu gösteriyordu. Anında anladı ve eli saçlarıma gitti.

"Hişşşt, tamam. Düşünme."

"Ediz," diye hıçkırdım, acımı dindirmesini istiyordum, içimdeki boşluktan beni sıyırıp almasını. Burada yapayalnızdım, benden her şeyimi almıştı. Yalnızlığımı da alamaz mıydı?

"Geçti," diyerek beni sakinleştirmeye çalıştı. "Bitti. Haydi, gözlerini kapat. Uyu."

Kendimi uyuyamayacak kadar kötü hissediyordum, o da bunun farkındaydı. Ne yapacağını bilemiyor gibiydi, derin bir nefes alınca vücudunun inip kalktığını kucağında oturduğum için hissetmiştim.

"Bana masal anlat istersen," dedi kararsız bir sesle.

"Senin bana anlatman gerekmez mi?" Sesim titriyordu.

"Ben masal bilmiyorum." Bu kez sesi ifadesizdi.

"Hiç mi?" diye sordum başımı kaldırıp yüzüne bakarak. O sırada çakan şimşeğin ışığı Ediz'in yüzüne döküldüğünde yeşil gözleri, içi zehir dolu iki cehennem çukuru gibi önüme serilmişti.

"Hiç," dedi yavaşça.

"Bana neden sürekli kızıyorsun?" diye sordum birden konuyu değiştirerek.

Duygulardan arınmış bir sesle, "Kaçmanı istemiyorum," dedi. "Gitmeyeceksin. Ve sen gitmek istiyorsun."

"İstemiyorum," dedim başımı hafifçe iki yana sallayarak. "Lütfen. Bu işin sonunda beni onlara verme. Beni öldür, bir kenara at ama eski hayatıma dönmek istemiyorum." Şaşkınlığının havaya karıştığını hissettim. Ona konuşma fırsatı vermeden tekrar konuştum. "Sana 'Çirkin Ördek Yavrusu' masalını anlatabilir miyim?"

Bir an gözlerimin içine baktı. "Kendi masalını mı anlatacaksın?"

Dudakları şefkatle kıvrılır gibi oldu ama ben daha yüzündeki gülümsemeyi okuyamadan beni tekrar kendine bastırdı ve yüzümü omzuna yasladı. "Anlat ufaklık."

"Bu masalı gerçekten bilmiyor musun?"

"Adını okul zamanlarında duydum sanırım ama nasıl bir şey olduğunu bilmiyorum. Anlatırsan öğreneceğim." Ediz arkasına iyice yaslanmış, ikimizin de rahat edeceği bir pozisyon belirlemişti. Ben masalı anlatmaya başladığımda dinleyeceğini hiç düşünmemiştim ama arada masalla ilgili sorular sorunca şaşırdım.

Sonunda masal bittiğinde başımı kaldırıp Ediz'e baktım ve uyuduğunu görünce şaşkınlığın damağıma yayıldığını hissettim. Bir elimi kaldırıp yüzüne götürdüm. Uyanıp uyanmayacağını bilmiyordum ama elimi yanağına koyunca bir an kaşlarını çatar gibi olsa da sonra hiçbir şey olmamış gibi yüzünü elime yasladı.

Ah... Sakallarını avucumun içinde hissettim. Bunun bu kadar güzel bir his olacağını hiç tahmin etmemiştim. Yüzümü boynunun girintisine saklayarak ona sığındığımda uyku, hissettiğim buruk acıyla içinde rüyalar taşıyan bir tabuta dönüşmüştü.

Yağmur damlaları camın üzerinde gözyaşları gibi kayıyordu. Henüz dağ evine gelemeden uyandığını hissetsem de Ediz sessizliğini bozmadan öylece durdu; 8 Kasım denizde açılırken gözden kaybolan kıyı gibi zamanın içinde kaybolsa da onun bugünün kenarında durarak düne baktığını biliyordum.

Belli belirsiz bir sesle, "Üzgünüm," diye fısıldadım ama o, sessizliğini korumaya devam etti.

Uygar arabayı dağ evinin önüne park ettiğinde bulutlar artık cansız bir şekilde gökyüzünde asılı duruyordu, ne şimşek çakıyor ne de yağmur yağıyordu. Ediz arabanın kapısını açtığında içeri dolan buz gibi hava aynı zamanda da toprağın o boğucu kokusunu taşıyordu. Arabanın içi çok sıcak olduğu için birden çarpan soğuk hava titrememe sebep olmuştu.

Ediz ceketinin yakasını kaldırarak ensesine siper etti. Arabadan indiğimde kollarımı bedenime sarıp bakışlarımı gökyüzüne çevirdim. Ay bulutların ardına gömülmüştü. Soğuktan takırdamaya başlayan dişlerimi birbirine bastırdım ve çenem kaskatı oldu.

"Şuna bak, nasıl da üşüyor," dedi Ediz kaşlarını çatarak. "Bugün koştuğun gibi dağ evine koş bakalım. On saniyen var."

"Ne?" diye sordum şaşkınlıkla.

"On saniye içinde içeride olmazsan sana az pişmiş et yedireceğim."

Dümdüz bakışlarla ona bakmaya başladığımda donuyordum. "Pardon?"

Bana sinir bozucu bir şekilde gülümsedi. "Çiğ et de olabilir."

Yüzümü buruşturdum ve "Psikopat," diye mırıldandım. "İğrençsin."

Bakışlarımı arabadan çıkan Uygar'a çevirdiğimde Uygar da ağlamaktan kızıl damarların yayıldığı gözlerime bakıyordu.

"Biliyor muydun?" diye sordu bakışlarını Ediz'e çevirerek. Ses tonunun havaya ağır geliyormuş gibi toprağa döküldüğünü ve parçalara ayrıldığını hissettim. Ediz gözlerini arkadaşının yüzüne diktiğinde ifadesizdi, sessizliğini korudu.

Uygar arkadaşına doğru yürümeye başlayarak, "Neden o caddeye gittik?" diye sordu. Ediz'in, Uygar'ı her hareketini zihnine çiziyormuş gibi dikkatle incelemeye devam ederkenki sessizliği, vereceği herhangi bir tepkiden çok daha ürkütücüydü. Uygar onun önünde durdu ve birbirlerinin gözlerinin içine baktılar. "Doğa'nın ailesinin o caddede olduğunu biliyordun."

Ediz sessizliğini korumaya devam ediyordu. Sessizliği bana da bulaşmıştı. Hiç tepki vermedim, zihnimin içinde bile. Bunca zamandır inşa ettiğim dünyamda bir yerlerde, bir kütüphanede domino taşları gibi yan yana dizilen rafların birbirinin üzerine devrildiğini hissediyordum ama o kütüphane kimsesizdi.

"Bunu senin dostun olarak söylüyorum Ediz," dedi Uygar düz bir sesle, "her ne yapıyorsan artık buna bir son ver."

Uygar, Ediz'in yanından geçip gittiğinde Gece bir süre gözlerini öylece Ediz'in yüzüne dikti, ardından hiçbir şey söylemeden Uygar'ı takip ederek yanımızdan ayrıldı. Ediz ise gözlerini belli bir noktaya dikerek bir boşluk kazdı ve birkaç saniyeyi o boşluğa itti, ardından bakışları tekrar beni buldu.

"Yürüyecek misin?"

Ben hiçbir şey söylemeden gözlerinin içine bakınca derin bir nefes alarak bana doğru atıldı ve beni bacaklarımdan tutup birden omzuna atınca çığlık attım. Saçlarım aşağıya doğru dökülürken yukarıdan Ediz'in kalçasını görüyordum.

"Ne yapıyorsun?" diye sordum şaşkınlıkla. Aslında normal bir ruh halinde olsaydım kahkahalarla güler, çocuk gibi neşeli çığlıklar atardım ama kahkahalarım neşeli ve çocuksu çığlıklarımın içinde katledilmişti. Dağ evine doğru yürümeye başladığında, "Küçük bir kız çocuğuna laf anlatmaya çalışıyorum," diye homurdandı. Uygar ve Gece'nin açık bıraktığı kapıdan içeri girdi. Buz gibi soğuk hava bizi bir an için takip etse de Ediz kapıyı kapatarak soğuğu dışarıda bıraktı.

"Doğru yatağa," dedi beni indirirken.

"Sen benim babam mısın?"

Ediz bana kaşlarını kaldırarak baktı ama yüzünde itiraz istemediğini gösteren sert bir ifade vardı.

"Gerekirse baban olurum," dedi sinir bozucu bir sesle. "Doğru yatağa."

İtiraz cümleleri dilime dikenler gibi saplanıp canımı yaksa da onları oradan çıkaramıyordum, karşısında kendimi her zaman küçük bir kız çocuğu kadar güçsüz hissediyordum. Gösterdiği şefkate rağmen hiçbir zaman onu bir baba yerine koyamamıştım, bir babanın nasıl hissettirdiğini bilmiyordum.

"Yanıma gelecek misin?" diye sorduğumda hiçbir şey demeyince, "Pekâlâ," diye mırıldandım. "Ben gideyim o halde."

Ben yanından geçerken hiçbir şey söylemeden öylece durmaya devam etti.

Ayağımdaki botları ve montu çıkarıp yorganın altına girdim ve boş gözlerimi tavana diktim. Esen rüzgâr ağaçların arasından süzülüyor, küçük bir kız çocuğunun saçlarını karıştırır gibi dalların üzerindeki yaprakları savuruyordu. Bir sokak lambası beşik misali sallanıyordu. Boş, kirlenmiş bir kâğıt peşinden gitmek ister gibi rüzgârın ardından sürükleniyordu ama kimse yoktu.

Bilincimin kenarına uzanmış halde durduğum sırada uyku kıyıya vuran dalgalar gibi üzerime örtülüp geri çekildi ve bedenimi de içine çekti.

O caddedeydim.

Orada öylece dikiliyordum. Her damlası insan olan bir denizin içine düşmüşüm de ceset gibi kıpırtısız bir şekilde derinlerden yüzeye yükseliyormuş gibi hissediyordum.

Sanki o anda o cadde sadece gördüklerimden ibaretti; yıldızlar ve ay boğulmuş, gökyüzü boşluğa akarak yerini saf karanlığa bırakmıştı. Binaların ardında, caddenin diğer ucunda, arabaların ilerlediği yolun sonunda hiçbir şey yoktu, sanki her şey çökmüştü.

Caddede sessiz adımlarla insanların yanında yürümeye başladığımda o sokak lambası zihnimin bir köşesinde hâlâ beşik gibi sallanıyor, rüzgâr ellerini küçük bir kız çocuğunun saçlarının arasından geçirir gibi ağaçların yapraklarının arasında gezdiriyordu. Kollarımı bedenime sararak insanlara baktım. Caddede öylece yürüdüklerini, bütün seslerin boğazlara gömüldüğünü ve kimsenin tek bir kelimeye can vermediğini fark ettim. Atılan adımların sesi bile çürümüştü.

Adımlarımı yavaşlatarak caddenin ortasında durduğumda kaşlarımı çatıp insanları incelemeye başladım, bütün gözler çaresizliğin esiri olmuştu.

Bakışlarımı caddenin sonuna çevirdim ve orada, insanların arasında dikilen birinin bu tarafa baktığını gördüm. Gözlerimi kısıp o kişiyi tanımaya çalışınca görüntü kirpiklerime tutunarak göz bebeklerime doğru sarktı.

O bendim.

Ve ben, sonsuza kadar o ana hapsedilmiştim.

O merdivenden çıkacak, pastanenin camından içeri bakacak, hep o masayı görecektim. Ardından koşmaya başlayacak, koşacak ve koşacaktım. Tam kaçtığımı düşündüğüm bir an gözlerimi kapatacaktım ve tekrar açtığımda kendimi o merdivenden çıkarken bulacaktım. Yine pastanenin camından içeri bakacak, hep o masayı görecektim. Ardından koşmaya başlayacak, koşacak, yine koşacaktım. Tam kaçtığımı düşündüğüm bir an gözlerimi kapatacak ve tekrar açtığımda kendimi merdivenden çıkarken bulacaktım.

Sonunda kan ter içinde uyandığımda odanın içi hâlâ karanlıktı.

Yattığım yerden doğrulurken gözlerim o kadar boş bakıyordu ki sanki odanın içindeki karanlık, gözlerimdeki boşluktan içime akıyormuş, bütün anılarımı içimde taze tutan duygularıma karışarak onları yok ediyormuş gibi hissediyordum. Yorganı kenara itip ayaklarımı yataktan aşağı sarkıttım. Zeminden ayak tabanıma yayılan soğuğun varlığı dışında hissizdim.

Ayağa kalkıp kapıya yöneldiğimde evden hiç ses gelmiyordu. Saat kaçtı acaba? Uykuya dair hiçbir şey kalmamıştı gözümde, tek istediğim bir köşeye kıvrılarak öylece boşluğa bakmaktı.

Sessiz adımlarla mutfağa gidip ışığı açtım ve ampulde kanat çırpan ışık gözlerimi acıttı. Elimi gözüme siper ederek masadaki sürahi ve bardağa yöneldim. Kendime bir bardak su doldurmaya başladığımda çıkan ses bardağın kenarına tırmanıp taştı, sessizliğin üzerine yayıldı.

Bardağı alıp omzumda ağır bir yük taşıyormuş gibi sandalyeye çöktüm ve biraz içinde bulunduğum boşluktan, biraz da uykudan yeni uyanmanın verdiği o puslu duygudan dolayı masaya boş boş baktım.

Masada bir bıçak vardı.

İçimdeki Doğa zihnime uzanmış, ruhuma dökülen gökyüzünü izliyordu. Bir parmağımın ucuyla bıçağın keskin ucunu okşamaya başladığımda en ücra köşelerimde yaşayan o düşünce kızıl gözlerini açıp bana baktı. Bedenimi ruhumdan bir örgüyü söker gibi sökerek kendi hayatıma kendim son vereceğimi düşünmüştüm hep, gelecekte bir yerde akan kanım geçmişime doğru süzülüyordu sanki. Sonrasında olacakları soran o soru işaretindeyse kanlı parmak izlerim vardı.

Muhtemelen hiçbir şey olmazdı. Dünyadan bir insan eksilirdi, yalnızca bu.

"Bıçağa göz dikmen iç açıcı bir görüntü değil."

Düşüncelerim toz bulutu halinde yok olurken şaşkınlıkla Ediz'e baktım ve "Nereden çıktın sen?" diye sordum.

"Salondaki koltukta uyuyordum."

İçimdeki çocuk, gördüğüm kâbusun sönen ateşinin yanına kıvrılmış, sessiz bir şekilde ağlayarak Ediz'e bakıyordu.

"Daha doğrusu uyuyakalmışım," dedi.

"Fark etmedim," diye karşılık verdim yavaşça.

"Çok dalgınsın zaten." Benim az önce bıraktığım bardağa su doldurup karşımdaki sandalyeye oturdu ve bakışları bakışlarımı esir aldı. "Ne olduğunu anlatmak ister misin?"

"Gerçekten anlatmamı mı istiyorsun?"

Ediz bana bilmiş bir bakış attı. "Sence istemediğim bir şey yapmanı ister miyim?"

Kaşlarımı kaldırdım. İstemezdi. Net biriydi, o an ne diyorsa oydu; kelime oyunları yoktu, imalar yoktu. Açık ve yalın. İşte Ediz Çağıran tam olarak buydu.

İçimdeki karmaşayı nasıl açıklayacağımı bilemediğim için ellerime bakarak, "Onları görmek canımı sıktı sadece," diye mırıldandım. Bakışlarım boşluğa düştüğünde zihnimdeki o sokak lambası, içinde ölü bir bebeğin uyuduğu bir beşik gibi sallanmaya devam ediyordu. Ediz benim sessizliğimi sabırla dinlemeye devam ederken başımı kaldırıp çimen yeşili gözlerine baktım ve buruk bir şekilde gülümsedim. "Sanırım yanlış bir yol seçtin. Yani beni kaçırarak..."

Ediz ifadesiz bir sesle, "Nereden çıktı bu?" diye sorunca yavaşça arkama yaslandım. Parmağımın ucuyla bıçağın keskin kenarındaki ölümü okşamaya devam ediyordum.

"Her zaman içten içe farkında olduğum bir şey vardı," dedim bakışlarımın rotasını bıçağa yönelterek. "Hep bakıyordum ama görmeyi reddediyordum. Bugün o masada bunca zamandır görmeyi reddettiğim şeyi gördüm." Yavaşça yutkunarak gözlerimi Ediz'in gözlerine çevirdim, bir yandan da bıçağın keskin ucuna parmak izlerimi bir yemin gibi bırakmaya devam ediyordum. "Babam bana aynalardan bir ev yaptı. O evde baktığım her yerde benden binlercesi vardı; ben binlerce parçaydım, ben binlerce akıldım, ben binlerce insandım. Bir başıma bir orduydum ben." Bıçağın yüzeyine dökülen yansımam babamın kanı gibiydi. "Bir gün birine gidip, sen benim babam gibisin, diyemem çünkü bunun ne demek olduğunu bile bilmiyorum. Babam benden bunu aldı." Bıçağı masaya bıraktım. "Evet, bunu yaparken bana gücü öğretti. Fakat sorun şu ki artık o aynalarda kayboldum. Şu an bir yansımayla konuşmadığını bilebilir misin? Gerçeği görebilir misin Ediz?"

Belli bir noktaya diktiği bakışlarını oradan sökerek bana çevirdi ve yüzüme uzun uzun baktı. "Evet, görebilirim," dedi sakin bir sesle.

"Şu an görebiliyor musun?" diye sordum, benim sesim yorgundu.

"Evet."

"Uygar'ın söylediği doğru mu?" dedim gözlerinin içine bakarak. "Ailemin o caddede olduğunu biliyor muydun?"

Uzanıp masadaki bıçağı uzun ve yıpranmış parmaklarıyla kavrarken, "Hiçbir şeyi amaçsız yapmam ben Doğa," dedi. "Belki de sana benim gördüğüm o gerçeği göstermek istedim."

Teninin altına çöken düşünceleri her görmeye çalıştığımda bulanık bir suya bakıyormuş gibi hissediyordum. Attığı adımları görebilsem de o adımların onu nereye götürdüğünü göremiyordum.

"Bir oyun oynayalım mı?" diye sordu bıçağa bakarak. Ona, soran gözlerle baktım. "Bıçağı çevirelim, keskin tarafı kime gelirse o kendisinden istenen bir şeyi yapsın. Ama ağır şeyler. Zarar verecek türden."

"Bazen gerçek bir psikopat olduğunu düşünüyorum," dedim alaycılıktan uzak, ciddi bir sesle.

"Var mısın yok musun?" diye sordu bana aldırmadan. Elindeki bıçağa baktığımda mantığım geçmişin harabelerinin altında kalmıştı, ne kadar bağırırsa bağırsın onu duyamıyordum.

"Varım," diye mırıldandım yavaşça. Ediz'in çarpık gülümsemesine eşlik eden gözlerindeki o karanlık ifadenin tedirginliğimi kamçılaması gerekiyordu ama hissettiğim bu değildi. Masanın ortasına yerleştirdiği bıçağı gözlerimin içine bakarak çevirdiğinde bıçak hızla ilerleyen zamanı gösteren bir saatin yelkovanı gibi dönmeye başladı. Sürtünmenin etkisiyle hızını giderek kaybetti, yavaşladı, yavaşladı ve keskin tarafı benim önümde durdu. Bakışlarımı Ediz'e çevirdim, hâlâ dikkatle yüzüme bakıyordu.

"Ne yapmamı istiyorsun?" diye sordum ve az önce hissetmediğim tedirginliğin beni şimdi istila ettiğini hissettim.

"Bu oyun bir zarar verme oyunu, farkındasın değil mi?" Çenem kasılırken başımı hafifçe salladım. Ediz iç geçirerek arkasına yaslandı ve bir süre gözlerimin içine baktı. Sanki bakışlarımdan harfler koparıyordu. Ardından tekrar bana doğru eğildi.

"Bıçağı eline al," dedi. Bir an için tereddüt etsem de dediğini yaptım. "Güzel." Tam gözlerimin içine bakıyordu, kolunu masaya koydu ve iri elini açarak avucunu bana çevirdi. "Elime adının baş harfini kazımanı istiyorum. Elindeki bıçakla. Kan akıtarak."

"Ne?" dedim, şaşkınlıktan nefesim kesilmişti.

Ediz ciddi bir tavırla, "Dediğimi yap," diye karşılık verdi. Ben daha benden istediği şeyi kavrayamazken, "Aynısını ben de sana yapacağım," dedi. Dudaklarım hafifçe aralandı, bakışlarına kilitlenmiş bir şekilde ona bakıyordum.

"Sende bir iz bırakmamı istiyorsun."

"Belki bunu istememin de bir amacı vardır..." Bu sözleri söylerken yeşil gözlerindeki o ifadede şeytanın gölgesi vardı.

Başımı iki yana sallayarak, "Canını yakamam," dedim. Sanki ben bir ışıktım ve o bana her baktığında içindeki şeytana çarpıyor, onun gölgesini deviriyordum. Kurduğum cümleyle birlikte tam karşısında dikilmişim gibi şeytanın gölgesi uzadı, çoğaldı ve Ediz'in gözlerine kan gibi yayıldı.

"O halde dediğimi yapacaksın," dedi sert bir sesle. "Çünkü şu cümleyi kurarak ve istediğimi yapmayarak tam anlamıyla dediğim şeyi yapıyorsun."

Eli bıçağı tuttuğum elimin bileğini kavradı ve beni kendine çekti. Ben ona korkuyla baksam da o bana öyle bakışlar atıyordu ki ona karşı koymaya cesaret edemeyeceğimi o an anladım.

"Haydi," diye üsteledi.

"Yapamam." Panik ense kökümden yukarıya doğru küçük karıncalar gibi hızla tırmanmaya başlamıştı.

"Beraber yapalım." Elini bıçağı tuttuğum elimin üstüne koyduğunda zerre korkmuyordu. Ediz'in gerçek bir psikopat olduğundan şüphelenmeye başlamıştım.

"Ediz," diye fısıldadım korkuyla ama bana aldırmadan elimin üstündeki eliyle beni yönlendirdi. Parmaklarım titriyordu. Bıçak avucuna değdiğinde ürktüm ama o hiç etkilenmemişti.

"D harfi çizmeni istiyorum," dedi bana dikkatle bakarak. Bıçağın ucu avucunun ortasında mezar taşı gibi dik dururken gölgesi eline düşüyordu. Eli elime pusula misali yön verdiğinde ve bıçağın ucu derisine saplandığında kan, avucunun içine mezar toprağı gibi doldu. Ediz'in eli titremiyordu bile. Onun elinin yönlendirmesiyle beraber bıçak silinmeyecek bir izi avucuna bırakmaya başladığında kan avucunu bir ölüm gölüne çevirdi. Adımın baş harfi avucundaki o mezara gömüldüğünde elimi bıraktı, ben de titreyen elimdeki bıçağı masaya bıraktım.

Ben ona ruh gibi bembeyaz bir yüzle bakarken Ediz'in dudaklarında bunun hoşuna gittiğini gösteren bir gülümseme vardı.

"Hastasın sen."

"Öyleyim." Eline bakıyordu ve bana aldırmıyordu bile.

"Bunu bana yapmana izin vermem," dediğimde korkunun içimi tırmaladığını hissettim.

"Elini uzat," dedi gözlerimin içine bakarak.

Başımı iki yana sallayıp, "Olmaz," dedim. "Lütfen."

"Doğa, elini uzat."

Mesele tenimde bırakacağı acı değildi, mesele tenimde bırakacağı izdi. O iz, bedenim toprağın altında çürüyene kadar avucumun içinde kalacak ama ruhum o izin altında çürüyecekti.

Ediz güven veren bir sesle, "Sadece elin yanıyormuş gibi bir his, fazla acımıyor," dedi.

"Sorun fiziksel acı değil," dedim titreyen sesimle. Parmaklarını avucuna kapattığı eline bakınca kanın her yere bulaştığını gördüm.

"Sorun ne peki?" diye sordu sakince ve uzun süre birbirimize baktık. O an rüzgâr durdu, içinde ölü bir bebeğin yattığı beşik misali sallanan o lamba söndü, ağaçlar tamamen sessizliğe gömüldü. Ediz'in gözlerine baktığım o saniyelerde ne yapmaya çalıştığını anlamıştım; beni kendimle yüzleştiriyordu. Beni kaçırmadan önce hayatımın sadece kitap sayfalarına gömülü olduğunu düşünüyordum ama gömülen tek bir şey varsa o da gerçeklerdi. Üzerlerine yalanların toprağı atılmıştı. Ama ben bir harabeysem eğer, içime mezar kazıp kazmamasının bir önemi kalmıyordu. Eğer bir harabeysem... Bir harabeysem.

Ediz'in bana göstermeye çalıştığı şey neydi?

O hiç tereddüt etmemişken korku benim en derinlerime saplanmıştı.

Avucumu açıp elimi masaya koyduğumda titreyen parmaklarıma baktım, Ediz ise dikkatle beni izliyordu.

"Aferin küçüğüme."

"Bu yaptığın bencillik değil mi?" dedim bakışlarımı ona çevirerek. "Ölene dek senden bir iz taşıyacağım."

Ediz bıçağı yavaşça eline aldı ve "Hangi açıdan baktığına bağlı," dedi. "Belki de ölene dek o ize her baktığında hissettiğin çaresizlik aslında bir umudunun olduğunu gösterecektir sana." Gözlerime baktı ama bakışları o kadar derindi ki dibini göremiyordum. "Küçük kız."

Babam arkama geçerek bana aynadaki yansımamı gösterirken Ediz de aynadaki yansımamın arkasına geçmiş, bana gerçek beni gösteriyordu.

Bileğimi sımsıkı tutup elimin hareketlerini kısıtladığında ona içimde alev alev yanan bir acıyla baktım. Artık ruhum onun topraklarındaki bir göldü sanki. O da gözlerimin içine baktı ve bıçağın ucunu avucumun ortasına yerleştirdi. Sivri metal avucuma saplandığında hissettiğim fiziksel acıdan çok, ruhsal acıdan dolayı ağlamamak için yutkundum.

Ediz bıçağın ucunu yavaşça kaydırarak adının baş harfini tenime damgaladı, sonra bıçağı bir kenara koyup gözlerini gözlerime mühürledi. Görüşüm buğuluydu, gözyaşlarım süzülmemek için çaresizce kirpiklerime tutunmuştu.

"Ağlama," dedi keskin bir sesle ama bunu söylemesiyle birlikte gözyaşlarım da yanaklarımdan aşağı süzüldü. Ediz kaşlarını çatarak beni kendine doğru çektiğinde elimde biriken kan yere damladı.

Sonra beni kucağına çekti, elini elime kenetledi ve onun elindeki D harfi benim elimdeki E harfinin üzerine kapandı. Ben titreyen parmaklarımla yüzüne uzanıp sakallarına dokunurken o da boştaki eliyle ensemdeki saçı sertçe kavrayarak beni kendine çekti.

Dudakları dudaklarıma kapandığında bir meleğin cansız bedeni cennetten düşmeye başladı.

İlk önce dudaklarının arasına aldığı alt dudağımı sertçe öpse de ardından elimi bırakarak başını yana eğdi ve bütün benliğimi istila etti.

Kanlı elim de yüzüne gidince elimdeki kan yüzüne bulaştı. Ediz inleyerek beni daha da sertçe öpmeye başladığında o meleğin cansız bedeni, onun topraklarındaki bir göle benzeyen ruhumun içine gömüldü.

Ediz'e bir kez daha tamamen teslim oldum ve içimde bir ışık daha söndü.

2. DUVARLAR

Elli yedi, elli sekiz, elli dokuz... Ve tam bir dakika.

Biriken saniyeler dakikalara dönüşmeye başladığında başımı masaya yaslamış, insanın kendisini çıplak hissetmesine neden olan rahatsız edici bir ifadeyle gözlerini dikip beni izleyen Ediz'e bakıyordum.

"Ben sabırlı bir adam değilim, bunu biliyorsun değil mi?" diyerek arkasına yaslandı. Gözlerini kırpmadan bana bakmaya devam ediyordu. Başımı, yasladığım masadan kaldırıp yanaklarımı şişirerek önümüzdeki kitap ve kâğıt yığınına baktım. Kâğıtlara cümleleri sıralayan el yazısı dağınıktı, harfler her an birbirinin üzerine devrilecekmiş gibi görünüyordu.

"Çok iyi biliyorum," dedim ona masum olduğunu umduğum bir bakış atarken. Ardından sonunda konuştuğu için kendimi biraz da rahatlamış hissederek, "Ama ben sana söylemiştim," diye devam ettim. "Benim sözel derslerim çok kötüdür."

Sandalyesinde hafifçe öne kaydı ve tamamen arkasına yaslanıp başını yavaşça arkaya attı. Tavanı izlemeye başladığında gözlerinde sabır dilediğini gösteren bir ifade vardı. Ardından başını kaldırıp tekrar bana baktı ve kalkıp gidecek sandım.

"Beni alt edemeyeceksin ufaklık," diye homurdandı.

"İğrenç bir yazın var," dedim yüzümü buruşturarak. "Hiçbir şey okuyamıyorum." Önüme uzattığı kâğıtlardan birini aldım ve ucundan tutup kaldırarak ona gösterdim. "Sen bir şey okuyabiliyor musun?"

"Okuyabiliyorum tabii ki," dedi soğuk bir sesle ve elimdeki kâğıdı sertçe aldı. Ediz kâğıda bakarken ben dirseklerimi masaya yaslayıp çenemi ellerimin arasına yerleştirdim. Kaşları gitgide çatılmaya başladığında ilk başta gülümsedim, ardından hiçbir şey okuyamadığını hissedip sırıttım.

"Ne oldu?" dedim gülerek. Elindeki kâğıdı masaya koyarken gözleri yüzümdeki neşeli ifadeye takıldı. "Çağıran kendi yazısını okuyamıyor," diye devam ettim.

Yeşil gözlerini devirdi ve eli sandalyemin altına gitti. Beni sandalyeyle birlikte birden kendine doğru çekince çığlık attım ve dengem bozulduğu için ona tutunmak zorunda kaldım. Şaşkınlıkla ona bakarken yüzlerimizin birbirine çok yakın olduğunu fark ettim ve daha Ediz'in bakışlarını idrak edemezken bütün düşüncelerim birbirine karıştı. Sanki düşünceler kalbime dökülerek kanıma karışmaya başlamıştı, kan akışımın hızlandığını anladım. Aynı anda bakışlarım dudaklarına düştü ve yanaklarımın yandığını hissedince gözlerimi gözlerinden kaçırdım.

"Benimle dalga mı geçiyorsun küçük?" Böyle yapmam hoşuna mı gitmişti yoksa kızmış mıydı, yüzünden anlayamıyordum. Kaşlarımı hafifçe kaldırıp ben de gözlerinin içine bakmaya başladım.

"Evet?" diye fısıldadım tereddüt dolu bir sesle. Vereceği tepkiyi merakla beklerken bakışlarının yumuşadığını görsem de yüzündeki ifadesizlik yok olmamıştı. Gözlerini dudaklarıma indirip bütün kıvrımlarını ezberliyormuş gibi dikkatle baktı. O sırada nabzım deprem gibiydi, yüzümdeki ifadenin dağıldığını hissedebiliyordum.

"Bana ders anlat o zaman," dedi yüzünü yüzümden uzaklaştırıp masadaki kâğıt ve kitap yığınını göstererek. Üzerimdeki etkisi yüzümden okunuyor muydu, bilmiyordum ama dudaklarında alaycı bir gülümseme filizlenmişti. "Hem aklına daha iyi girer," dedi.

Dilimin kuruyan damağıma yapışmamasına şaşırarak, "Nasıl anlatacağım?" dedim. Temiz bir A4 kâğıdı çıkardı ve bir saattir kullandığı kalemi benim önüme koydu.

"Sen konulara göz at, ben de atıştırmalık bir şeyler getireyim. Sonra gördüklerini yazarak bana anlat." Tek kaşını kaldırıp bana onayımı beklediğini gösteren bir bakış attı.

"Tamam," dedim yavaşça, sonra arkasından kaşlarımı çatarak baktım.

"Senin vidaların mı gevşedi?" diye sordu mutfaktan. "Mimiklerini kontrol et Güngör. Seni depoya kilitlememi istemiyorsan kes şunu."

Anında kitaba geri dönerken yüzümü buruşturdum. Hissettiklerimin üzerini örtmeye çalışıyordum ama önümdeki kitaba baktığımda sanki sayfanın ortasında dibi görünmeyen bir çukur oluşacak, sayfadaki bütün kelimeler içine çekilecekti. Elimdeki sargıda kan lekeleri vardı ama o kan elimdeki yaradan değil de ruhumdan sızıyormuş gibi hissediyordum.

Bakışlarımın belli bir noktaya çekildiğini fark edince gözlerimi kırpıştırarak kendime kızdım ve kalemi elime alıp tarih kitabını önüme çektim. Düşüncelerimi engellemek, zihnimi ders kitaplarındaki satırlarla doldurmak istiyordum, böylece onlara yer kalmayacaktı.

Ediz elinde tabaklarla içeri girdiğinde bütün dikkatimi önümdeki satırlara vermiştim. Bakışlarımı ona çevirince yüz ifadesinden çok eğlendiğini anladım. Tabakları masaya koydu, ben de elimi büyük, derin tabağa daldırdım ve bir tane cips aldım. Ediz bana meyve suyu, kendisine bir kadeh içki getirmişti.

"İnsan bunların hepsini nasıl bilebilir ki?" diye homurdandım. "Eminim sen de bilmiyorsundur."

Kristal kadehindeki kehribar rengi içkiden bir yudum alarak bana baktı ve ifadesiz bir sesle, "Emin olma," dedi. Odasındaki raflara dizili kitapları hatırlayınca kaşlarım hafifçe çatıldı, o raflara bir tarih sığdırılmıştı.

Ediz kadehini masanın üzerine koyarak, "Bu kadar umutsuz yaklaşma derslere," dedi. "Bir paragraf oku ve o paragraftan anladıklarını bana anlat."

Meyve suyumdan bir yudum içip başımı hafifçe salladım ve önümdeki kitaptan bir paragraf okudum. Ardından Ediz'e dönüp anlatmaya başladığımda beni dikkatle inceleyen bakışları o kadar farklıydı ki dikkatimi dağıtıyordu. Bazı yerlerde afallayınca Ediz hatamı düzeltiyordu.

Her konu bir merdivenin basamağı gibiydi; tırmanıyor ve o basamakta gördüklerimi Ediz'e anlatıyordum. Konular zihnimde birikince arkama baktım ve katettiğim yola kendim bile şaşırdım.

"Şimdi en baştan anlat," dedi Ediz. "Sonra da test çözeceksin."

"Ara versek?" dedim yalvarırcasına.

"Ara verirsen dikkatin dağılır. Şu an yoğunlaşmışken devam edersen daha çabuk bitirirsin."

Başımı masaya yaslayıp ona alttan, masum bir bakış atınca kendimi kedi yavrusu gibi hissettim.

"Bakma öyle," diye homurdandı. "Seni öldürmeye kalkışsam bana şöyle bakmazsın, hatta öldürmem için benimle inatlaşırsın ama söz konusu ders olunca hemen pes mi ediyorsun?"

Kucağına kıvrılıp boynunun girintisine saklanmak ve orada uyumak istiyordum. Bu istek gözlerimin dalmasına sebep olduğunda gerçekten yorgun olduğumu hissettim.

"Tamam, serbestsin," dedi Ediz her zamanki gibi ısrar etmeyerek. "Ne yapmayı düşünüyorsun? Saat henüz akşamın dokuzu."

"Sen ne yapacaksın?" diye sorduğumda oturduğu yerden kalkıp içki şişesini aldı, kadehini tekrar doldurdu ve kristal, alkolün rengine boyandı.

"Benim peşime takılmayı planlıyorsan bunu şimdiden sil kafandan. Bugün seni çekme kotamı yeterince doldurdum." İçkisinden bir yudum alırken bana baktı. "Cidden özellikle uğraşıyor musun anlamamak için?"

Başımı yasladığım yerden kaldırdım ve gözlerimi önümdeki kâğıtlara diktim.

"Bana yardım etmek zorunda değilsin." Bunu söylerken kendimi kötü hissetmiştim, bazen onun karşısında ince bir buz tabakası gibi hemen kırılabiliyordum.

"Sana yardım etmiyorum." Sesi soğuktu. Oturduğum yerden kalkıp masadaki boş tabakları üst üste koyarak toplamaya başladığımda yeşil gözlerinin ağırlığını üzerimde hissedebiliyordum.

Elimde tabaklarla durup bir an için ona bakarak, "Tamam, yardım etmiyorsun," dedim. "Belki bir amaç uğruna yapıyorsundur ama tamam, kabul. Aptalım."

Yanından geçip boş tabakları mutfağa götürürken bakışlarını sırtımda hissedebiliyordum.

"Kes şunu," diye homurdandı öfkeyle.

Tabakları tezgâha bıraktım ve "Neyi?" dedim.

Ediz zerre kadar duygu barındırmayan bir sesle, "Kendine hakaret etmeyi," dedi. "Bunu benden başkasının yapması hoşuma gitmiyor."

Salona geri döndüğümde ona inanamayan gözlerle bakıyordum ama o bana bakmıyordu bile. Ediz'i asla aşamayacağımı hissediyordum, bir şeyler hiçbir zaman daha kolay olmayacaktı. Bütün ipler onun parmaklarının ucundaydı. Belki de günü geldiğinde parmaklarından sarkan o iplerin ucunda benim cesedim olacaktı. Buna rağmen ona güvenmemin göz göre göre ateşe yürümekten farkı yoktu.

"Aslında," dedim sakin bir sesle, "her şeyi hak edecek kadar aptalım."

Ediz elindeki kadehi bırakıp bana doğru yürümeye başlayınca yanından geçip gitmek istedim ama adımlarımı takip ederek benimle birlikte sola geçip beni engelledi. Bu kez yüzüne bakmadan sağa yönelmeye çalıştım fakat güçlü bedeni yine bir bariyer gibi önüme dikildi.

"Bunu yapmayacaksın," dedi net bir şekilde. "Anladın mı? Yapmayacaksın."

"Yaparım," dedim inatla. "İstersem kendime zarar da veririm. Beden benim."

"Hayır, benim."

Bu sözleri söyleyince gözlerimi gözlerine dikip ona baktım.

"Hayır, benim," dedim ben de kaşlarımı çatarak. Aramızda bir kavganın nabzı atmaya başlamıştı. "Ben mal veya eşya değilim, anladın mı?" diye devam ettim.

Ediz gözlerini kısarak, "Birine ait olmak için mal veya eşya olmak mı gerekir?" diye sordu ve üzerime yürümeye başladı. "Şunu aklına kazı: Sen benimsin."

"Avcılar genelde avlarını paylaşmazlar," dediğimde gözleri daha da kısıldı. "Ama senin sahiplenme şeklin bu sanırım."

Yeşil gözlerinin üzerine öfke bir duman gibi çöktüğünde kolunu boğazıma dayayarak beni odanın kapısına sertçe yasladı ve yüzünü yüzüme yaklaştırdı. Nefesine karışan alkolün keskin kokusunu alabiliyordum.

"Gerçekten aptalsın," dedi sert bir sesle. "Hiçbir şeyi göremiyorsun."

Kırılan yerlerimden zehir gibi sızan acı, içimi yakıyordu.

"Bazen senden korkuyorum," diye fısıldadım. "Bir gün bana vuracak mısın, merak ediyorum. Belki bunu da denemelisin."

Beni bedeniyle iyice köşeye sıkıştırdığında gözleri alev alev yanıyordu.

"Kes," diye hırladı.

Gözlerinin içine baktım ve "Beni neden öptün?" diye sordum. Ediz bir süre cevap vermeden öylece gözlerimin içine bakarken duyguların gözlerimin derinlerine indiğini hissettim.

"Zevkim için," dedi umursamaz bir sesle ve sesindeki umursamazlık boğazımdaki yumruyu ateşe verdi.

"Hani öpüşmek duygusal bir şeydi?" diye sorduğumda kelimeler de dilimde alev alev yanıyordu.

"Fikrim değişmiş olamaz mı?" Sesindeki acımasızlık içimde ilerlerken ardında kanlı ayak izlerini bırakıyordu.

"O benim ilkimdi," dedim.

"Biliyorum." Gözlerini bile kırpmadan gözlerimin içine bakıyordu. "Aslında benim için de bir ilkti. Bir kızın ilk öpücüğünü almak..."

Yutkunarak boğazımdaki yumrudan kurtulmaya çalışsam da oraya takılıp kalmıştı.

Ediz'den kaçmanın başka bir yolunu bulamayarak, "Ben uyumak istiyorum," dedim. "Uyuyabilir miyim?"

Onunla konuşmak böyle bir şeydi işte; insan bir an için her şeyi yapabilecek gücü kendinde bulabiliyorken Ediz o gücü birkaç kelimeyle yerle bir edebiliyordu. Gözlerimin içine bakmaya devam edince kendimi çok yorgun hissetmiştim. Aslında uykum yoktu, bu saatte uyuyamazdım da. Yine de yorganın altına girmek istiyordum.

Bir süre daha gözlerimin içine baktıktan sonra hafifçe geri çekildi, ona bakmadan kapıyı açtım ve karanlık odaya girdim. Kalbimin üstünde yanan bir ateşte duygularım pişiyordu sanki. Hızla yatağa yöneldim ve dişlerimin arasına aldığım alt dudağımdan onun dudaklarının tadını aldığımı hissederek yorganın altına girdim. İçindeki hücrelere dokunmuş olan nefesinin tadını silmeye çalışıyordum. Dudakları yumuşaktı ama ruhumu sarsacak kadar sert bir etki bırakabiliyordu.

Kendimi iğrenç hissediyordum. İşin kötü tarafı bu iğrenç duyguyu alıp götürecek kişi de oydu. Ve bu hissettiklerim beni korkutuyordu.

Duvarların ardındaki Doğa da dehşete kapılmıştı. İlk defa yanına birini almak istiyordu. Daha doğrusu istiyorduk. Ediz Çağıran'ın yaralarını iyileştirmek istiyordum ve bu istek beni mahvediyordu. Bunu nasıl yapabilirdim ki? Onunla yatarak, bir süreliğine de olsa aklını dağıtarak mı?

Sanırım bu, öleceğimi bilsem de yapmayacağım bir şey olurdu. Benim istediğim, söyleyeceğim birkaç kelimeyle iyi olmasını sağlamaktı çünkü o bana bunu yapıyordu. Ona minnettardım. Fakat onun amacı bunu yaparken ona minnettar olmam değildi.

Yorganı tepeme kadar çekip Osmanlı tarihini düşünmeye başladım. Fatih Sultan Mehmet, İstanbul'u fethetmişti. Şu an ilk sıradan başlayıp Ediz'le beraber çalıştığımız bütün padişahları sayabilecek psikolojideydim. On altıncı Osmanlı padişahı Genç Osman'dı mesela. Yeniçeriler tarafından on dokuz yaşında öldürülmüştü. On yedinci padişah IV. Murat'tı. On bir yaşında tahta geçmişti. On bir yaşındaki çocuk nasıl tahta geçirilirdi ki? Mesela yedi yaşında tahta geçirilen on dokuzuncu Osmanlı padişahı

IV. Mehmet'in annesi ve babaannesi arasında vasilik kavgası çıkmış ve Valide Sultan onun babaannesi Kösem Sultan'ı boğdurtmuştu.

Yatakta dönüp dururken düşüncelerimin arasında ara sıra Ediz Çağıran'ın yeşil gözleri beliriyordu. Hatta padişahları düşünürken arada tahta oturmuş, sakalları dede sakalı gibi uzamış bir Ediz bile gözlerini dikip bana bakıyordu. Kendi kendime sessizce gülerken odanın kapısının açıldığını duydum ve anında hareketsizleştim. Uyuduğumu düşünürse beni yalnız bırakırdı. Kapının tekrar kapandığını duydum ve ayak sesleri yatağa yaklaştı. Ardından yatak birinin ağırlığıyla hafifçe çöktü ve onun kokusu burnuma doldu.

Bir şey söyler sanıyordum ama sanırım gerçekten uyuduğumu düşünüyordu. Hiçbir şey söylemedi ve sessiz kaldı. Yaklaşık on dakika sessizliğini koruyunca kendi kafamın içindeki dünyayla boğuşmaya devam ettim.

"Küçükken," dedi Ediz hiç beklemediğim bir anda, "karanlık odamda korkardım. Babamın işi olurdu. Özellikle o zamanlar. Annemin ölümünü uzun bir süre atlatamadığı için kendini işine vermişti. O yüzden tavana bakar ve annemi düşünürdüm, belki de bana sarıldığını..." Gözlerimi açmadım. Sözlerine devam etti: "Bir kadının kollarında güvende olduğumu hissetmek... sanırım mucize gibi bir şey olurdu."

Gözlerimi açıp ona baktım ve tavanı izlediğini gördüm. Bir süre sonra bakışlarını bana çevirdiğinde ben onun çocukluğunu düşünüyordum. Bakışlarını tavana sabitlemiş, annesini düşleyen, belki de annesi için ağlayan bir oğlan çocuğu...

"Sadakat nedir Doğa?" Aniden yönelttiği bu soru kaşlarımın çatılmasına neden oldu ve bakışlarımı tavana çevirdim. Aklımda Ediz'in çocukluğu vardı.

"Özgürlüğünü feda etmek," dedim kısaca.

"Özgürlüğü feda etmek," diye tekrarladı ve iç çekerek bakışlarını benden uzaklaştırdı. "Kim birine sadık olup özgürlüğünü kaybetmek ister ki?"

"Kimse özgürlüğünü kaybetmek istemez. Zaten özgürlüğünü kaybetmek değil, feda etmek diyorum. Bir şey uğruna ödenen bedel. Belki bir insan uğruna, bir an uğruna ya da sadece bir kitap uğruna. Bana göre özgürlük istediğin an istediğin şehre, istediğin ülkeye gitmek değil. Mesela bir kitaba özgürlüğünü feda ettiğinde başka kitapları eline alabilirsin ama eline aldığında sayfalarında yine o kitabı ararsın. Bir insana özgürlüğünü feda ettiğinde yine bir başka insanın gözlerine bakabilirsin, belki başka bir insanla öpüşebilir, hatta sevişebilirsin ama o ruhta aradığın yine uğruna bedel ödediğin ruh olur. Bir daha hiçbir kitapta, hiçbir ruhta özgür değilsindir."

Bakışlarımı ona çevirdiğimde gözlerini bile kırpmadan beni izliyordu. "Kalbinde birini taşımak sadık olmayı mı gerektirir?"

"Bilmem. Bu sorunun sorulacağı son insanım sanırım." Yatakta döndü ve bana yaklaştı. Kolları beni sardığında ben bir an gerilsem de o rahattı. Bir süre bana sarılarak durdu ama ben ona karşılık vermiyordum.

Ediz iç geçirdi ve yavaşça, "Bana sarıl," dedi. Aklımda annesini isteyen küçük Ediz'in görüntüsü vardı, içimdeki Doğa kafasını duvarımıza yasladığında bana çaresiz bir şekilde bakıyordu. Gözlerimi sımsıkı kapattım. Ediz'e sarılmayacaktım.

"Şahmeran..." Ediz'in nefesini saçlarımda hissettim. "Bana sarıl." Yine tepki vermedim. "Peki, masal anlat?"

İçimdeki bariyerler yavaş yavaş yıkılmaya başlarken kalbim sızlıyordu. Sıkıntılı bir şekilde nefesimi serbest bıraktım. Küçük bir erkek çocuğu aklımın bir köşesine kıvrılmış, dizlerini karnına kadar çekmiş bir halde bana bakıyordu. Ona sarılmamı istiyordu. Ona masal anlatmamı istiyordu.

Son bir kez daha direndim ama o küçük çocuğun yeşil gözleri artık dolu doluydu. Sesi çıkmıyordu. Ama o çocuk bana zarar da vermişti. Beni yerle bir ediyordu ve bunu yaparken gözlerini bile kırpmıyordu. Sadece bir şeylere ihtiyacı olduğunda mı geliyordu bana?

Düşüncelerim boyunlarını büktüğünde Ediz'e doğru kaydım ve yan yatarak onu aşağıya, göğsüme doğru çektim. Kollarımı başına sararken gözlerim dolmuştu, ona teslim olmak canımı yakıyordu. Bana yaptıklarına rağmen yine de iyi hissetmesini istemek canımı yakıyordu. Ediz yüzünü göğsüme gömerken kolları beni sıkıca kavradı.

"Güven duygusunu tatmanı isterdim," dedim yavaşça, sesim ifadesizdi. Ellerim saçlarını okşamaya başladığında kendimi o kadar kötü hissediyordum ki... Bana bunu neden yapıyordu? Aramıza kesin bir çizgi koyduğunda her şey daha kolaydı. Bu dağ evine ilk geldiğimizde bana nefretini saf bir şekilde gösterirken her şey daha kolaydı.

"Cennet gibi kokuyorsun," diye mırıldandı. "İçinden hiçbir kötülük geçmemiş gibi. Saf ve temiz bir koku, tıpkı senin gibi. Güvenli."

Ah. Güvenli.

"Sen de cehennem ateşi gibisin," dedim boğazımda kocaman bir yumru hissetmeye başladığımda. "Yakıyorsun."

"Bu zaten başından beri ortadaydı," dedi yavaşça. "Benim cehennem, seninse cennet olduğun..."

Saçlarını okşadım. Ona dair en çok sevdiğim şey saçlarıyla oynamaktı sanırım. "Hansel ve Gretel'i dinlemek ister misin?"

"Ben bir katilim Doğa." Cevabı bu cümlede apaçık ortadaydı ama ben yine de anlatmak istiyordum. Zaten anlatmaya başladığımda itiraz etmedi, bu sefer beni sessizce dinliyordu. Nefesim bir masala can veriyor, sesim masalın oynadığı sahne oluyordu. Bir süre sonra Ediz'in nefesleri düzene girdiğinde henüz masalın yarısına gelmiştim. Sessizliğe bürünerek masalı terk ettim ve bana sıkıca sarılan bu adama baktım.

Öylece durup Ediz'in düzenli nefeslerini dinledim. İçinde bulunduğumuz durumun garipliği etrafımızda toplanmış, bizi izliyordu. Katilim kollarımda uyuyordu ve kollarımın arasında olmanın güvenli hissettirdiğini söylüyordu.

Onu yavaşça bıraktığımda bir an için beni bırakmayacak gibi olsa da uyku ağır bastığı için yatakta yan döndü. Gözlerimin önüne düşen birkaç saç tutamının arasından dalgın bir şekilde onu izlemeye başlarken parmak uçlarımın onun yüzüne dokunmak için sızladığını hissettim. Sanki uykuya daldığında onu şeytani gösteren kötülüğün meşalesi sönüyordu. Ediz uyurken genç ve masum görünüyordu.

Odanın kapısına yöneldiğimde çok sessiz olmaya özen gösterdim. Ediz'in düşüncelerimi dağıtan varlığından uzak dakikalarla baş başa kalmaya ihtiyacım vardı. O çevremdeyken hiçbir şey net olmuyordu; sanki her şey puslu, her şey bulanıktı.

Salona çıkınca kapıyı yavaşça kapattım ve ışığı hâlâ yanan salona baktım. Masanın üstü kitap ve kâğıt doluydu. Gidip zaman geçirmek için onları toplamaya başladığımda düşünceleri uzak tutmaya çalışıyordum. Bunu yaparken de sürekli aklımdan kendime komutlar veriyordum. Masanın öteki ucundaki kitaba uzandığım sırada uzun saçlarım önümdeki kâğıdın üzerine dökülünce duraksayıp o kâğıda baktım. Ediz'in el yazısı satırlara dizilmişti. Kitabı bırakarak kâğıdı elime alıp el yazısını incelemeye başladım ve dudaklarımda küçük, sıcak bir tebessüm doğdu.

Kendi el yazısını okuyamamıştı.

Başımı hafifçe iki yana sallayarak masayı toplamaya devam ettim ve kitapları topladıktan sonra dolaplardan birine koymak için televizyon köşesindeki çekmeceyi açıp yavaşça yerleştirmeye başladım. Çekmecede bir sürü dosya vardı, bir yandan kitapları yerleştirirken diğer yandan gözlerimle dosyaları tarıyordum. Kitapları yerleştirdikten sonra dosyalardan birini aldım ve içine baktım.

Satırların arasında hızla gezen gözlerimin ağına Ediz'in adı takılınca bir an duraksayıp cümlenin başına dönerek okumaya başladım. Üniversite döneminde madde kullanımından dolayı tutuklanmış, saplandığı uyuşturucu bataklığındaki çamur adına bulaşmıştı. Ediz'in dosyanın kenarına ataşla tutturulan fotoğrafını elime aldım ve ona bakarken dudaklarım şaşkınlıktan hafifçe aralandı. Uyuşturucu yüzünden zayıflamıştı ve gözlerinin altında gölge gibi yayılan morluklar vardı. Solgun yüzü kâğıt gibiydi ve çimen yeşili gözlerinin akındaki kızıl çatlaklar o kadar belirgindi ki karşılaştığım tablo beni hazırlıksız yakaladı.

Uzun uzun baktığım fotoğrafı yavaşça yerine koyup dosyayı kapattım ve başımı kaldırarak penceredeki yansımama baktım.

Düşüncelerim bir bacadan tüten dumanlar gibiydi.

Dalgın bir şekilde diğer dosyaları da alıp çekmeceyi ayağımla kapattıktan sonra salonun içinde ilerleyerek koltuklardan birine oturdum.

Levent Çağıran'ın müvekkillerine ait olduğunu düşündüğüm bir sürü dosya vardı. Aralarında dikkatimi çekecek bir şeyler aradım ya da tanıdık bir yüz. Dosyaların ilk sayfasına ataşla fotoğraflar yerleştirilmişti. Gökhan'a dair bir şeyler bulma umudunda olsam da ona benzer biri bile yoktu.

Belki de bir yakını falan olabilirdi. Hiçbir fikrim yoktu.

Dosyalardan birinde kırmızı bir mühür olduğunu görünce diğer dosyaları yanıma bıraktım ve o dosyaya yoğunlaştım. Dosya bir avukata aitti. Adam otuzlu yaşlarındaydı ve adı Uğur'du. Sahte avukatlık iddiasıyla tutuklanmış ama sonradan araya Levent Çağıran girdiği için dava düşmüştü.

Dosya resmî bir kuruluş tarafından damgalanmış gibiydi. Acaba Ediz'in eline nasıl geçmişti? Ya da buna nasıl ulaşmıştı? Tüm bunları yaparken onu izlemek isterdim çünkü çok ince bir zekâ kullanılması gerekiyordu. İyi bir oyun, iyi bir düzenek gerektiriyordu, yoksa yakalanırdınız.

Dosyayı kenara ayırarak diğer dosyaları karıştırmaya başladım ve bir dosyada Çağıran soyadını görünce durdum.

Kemal Çağıran.

Kaşlarım çatılırken dosyanın içinde yazanları okudum ama tanıdık gelen tek bilgi, Denizli'de olduğundan bahsedilen bir at çiftliğinin geçtiği cümle olmuştu. Kemal Çağıran, Ediz'in dedesi miydi? Kaşlarımı iyice çatarak davanın ne olduğuna baktım. Bahsi geçen kişi dolandırıcılıktan tutuklanmıştı ve oğlunun savunmasıyla serbest kalmıştı.

Ediz bana babası ile dedesinin görüşmediğini söylememiş miydi? Kafam karışmış bir şekilde Levent Çağıran'ın yaptığı savunmayı okusam da dava tüm bu yaşananlardan bağımsız bir olay gibi görünüyordu.

Uğur Yüce'nin avukat dosyasını ve Kemal Çağıran'ın davasını açıklayan iki dosyayı alarak Ediz'e anımsatmak amacıyla masanın üzerine koydum. Diğer dosyaları, özellikle de Ediz'in geçmişini barındıran dosyayı çekmeceye yerleştirdim. Ediz bahsetmeden onun geçmişinin gömülü olduğu toprakları deşmeme konusunda kararlıydım.

Salonun ışığını kapatıp odaya geçtiğimde kapının kenarında durup yatakta uyumakta olan Ediz'i izledim. Uyuşturucu kullanmayı bıraktığı için bedeni şimdi çok daha sağlıklı görünüyordu. Yüzündeki saklı geçmişe baktım. Sanki biriken acı zamanla çürüyor ve saf kötülüğe dönüşüyordu.

Kazağımın kollarını ellerime kadar çekiştirerek yatağa girdim ve yanına kıvrıldım. Başımı göğsüne yasladığımda güçlü kolları beni sardı. Ediz'in kokusu içimi yakarken gözlerimi kapattım.

Ben yağmurdan kaçıp şeytanın kanatlarının arasına saklanan bir kız çocuğuydum.

Üzerime yıpranmış bir uyku serildiğinde parçalanmış yerlerinden gerçek sızıyordu. Beni uyku ile uyanıklık arasındaki o arafa hapseden huzursuzluk kıyılarına çekilince uykunun kollarına düştüm. O sırada gökyüzü aydınlanmaya başlamıştı.

Ediz'in göz bebekleri bir ormanın ortasında açılan dipsiz kuyu misali yeşil gözlerinin ortasında büyüyor, koluna sapladığı iğnedeki eroin damarlarında ölüm gibi gezerek onu yiyip bitiren düşüncelerin eceli oluyordu.

Elleri titriyor, gözlerindeki ifadeler derinlere gömülüyordu.

Ve ben, yandıkça kanayan beyaz bir mumu izliyordum.

Gözlerim aralandığında mum söndü, dumanı havada süzüldü. İçimdeki huzursuzlukla birkaç saniye sadece boşluğu izlerken yatakta yalnızdım. Bir elimi alnıma götürüp yutkunarak önüme gelen saçları çektim ve pencereden yere altın seli gibi dökülen gün ışığını izledim.

Kaç saattir uyuduğumu bilmiyordum ama bedenimdeki yorgunluk yerini koruyordu. Öylece yatarak bir süre içeriden gelen sesleri dinlesem de sonunda yataktan çıkıp tembel adımlarla kapıya yöneldim. İçeride Uygar ve Gece vardı, bir şeyler konuşuyorlardı. Önlerinde dün benim çıkardığım dosyaların olduğunu görünce şaşırdım. Bir an için aklımdan çıkmışlardı.

"Günaydın fıstık," dedi Uygar beni görünce.

"Günaydın," dedim buz gibi bir sesle, içimdeki huzursuzluk katlanarak büyüyordu.

"Bir an kış uykusuna yattın sanmıştım," diye homurdandı Ediz mutfaktan. "Üstüne bir şeyler giy. Gitmemiz gerekiyor."

Gece bana bir şey söyleyecek gibi olunca Ediz mutfaktan sert bir sesle araya girdi: "Öyle bir şey olmayacak Gece."

"Neler oluyor?" diye sordum bir şey anlamayarak.

"Bu adamla senin görüşmenin daha iyi olabileceğini düşündük ama Ediz kabul etmiyor. Yapamayacağını düşünüyor."

"Hangi adam?" diye sordum kafam karışmış bir halde.

Gece elindeki dosyayı kaldırıp bana göstererek, "Uğur Yüce," dedi. Ediz salona geldiğinde elinde bir kadeh içki vardı.

Ağzımın içi o kadar kuruydu ki dilim damağıma yapışacakmış gibi hissederek, "Dün gece o dosyaları ben çıkarmıştım," dedim ve salonda ilerlemeye başladım. Üçlü koltuğun koluna oturup uyumaktan şişmiş gözlerle Gece'ye baktım. "Kim bu adam?"

"Babamın gölgesinde yaşayan bir çakal," diye araya girdi Ediz.

"Ne yapmam gerekiyor?" diye sorduğumda Gece, "Büroya gideceksin," derken aynı anda Ediz, "Unut bunu," demişti.

"Yapabilirim," dedim Ediz'i duymazlıktan gelerek.

"İşimin içine edersin sen," dedi asabi bir tavırla. Dengesiz herif, ruh hali yine değişmişti. "Risk alamam," diye ekledi.

"Tam olarak ne yapmam gerekiyordu ki?" diye sordum Gece'ye, Ediz'in ölümcül bakışlarını üzerimde hissedebiliyordum.

"Bir davana bakmasını istiyormuşsun gibi Uğur'un bürosuna gidecektin ve rol yapacaktın. Onu oyalayacak, bir şekilde oradan uzaklaştıracak, sonra da odayı karıştıracaktın."

Kaşlarım çatıldı. "Beni tanımaz mı?"

"Tanıyacak," dedi Gece. "Zaten mesele bu. Seni tanıyacak."

Hiçbir şey anlamadığım için kendime kızarak Ediz'e baktım, yüzünde kaskatı bir ifadeyle beni izliyordu. Kaşlarımı çatıp harfleri ağzımın içinde yuvarlayarak, "Anlamıyorum," dediğimde küçük bir çocuk gibi görünmüş olmalıydım.

"Ya bir oyunun içinde olduğunu fark edip kendini kurtarmaya çalışarak açık verecek," dedi Ediz buz gibi bir sesle, "ya da bir oyunun içinde olduğunun yine farkında olup korktuğu için oyuna ayak uyduracak, biz de oyunu sonuna kadar oynayıp gizlediği dosyaları ondan alacağız. Yani onu köşeye sıkıştıracağız."

"Riskli bir şey mi?" diye sordum.

"Önemi var mı?" dedi ters bir şekilde. "İstemiyorum. Yapmayacaksın."

"Riskli," dedi Gece, Ediz'e aldırmadan. "Bir şeylerin ters gitme ve başının belaya girme olasılığı çok yüksek. Bir de oraya tek başına gideceğin için içeride neler olup bittiğini anlayamayız."

Biraz tereddüt etsem de, "Yapabilirim," dedim. "Şu davalardan biri daha kapanacaksa her türlü varım. Bir katkı sağlayabilirim. Hem oyalama işini siz dışarıdan yaparsınız. Bir telefon açar ve arabasının çekildiğini falan söylersiniz."

"Çok film izlemişsin sen," diye homurdandı Ediz. Gözlerimi devirerek bıkkın bir şekilde Gece'ye baktım, o da "boş ver" dercesine bana göz kırptı.

"Ne yapacaksın o zaman?"

"Bir yolunu bulurum."

Uygar tereddüt ediyormuş gibi bir bana, bir Ediz'e baktı. "Aslında en iyi yol bu işi Doğa'nın yapması. Hem dediği gibi onu bir şekilde dışarıdan oyalayabilir, Doğa'ya zaman kazandırabiliriz."

Ediz içkisinden bir yudum alarak bana baktığında ben de ona bakıyordum, bakışlarımız birbirine kenetlendi. "Diğer seçenek, benim veya Gece'nin içeri girmesinden ibaret. Yaparız, sorun değil ama mantıklı düşünüldüğünde benden veya Gece'den niye çekinsin? Ayrıca," diye ekledim kaşlarımı kaldırarak, "Uğur her kimse dün ben dosyayı bulunca mevzusu açıldı."

"Bir gün şu evi kurcalamadan durabilecek misin acaba?" diye homurdandı Ediz.

"Unutulmuş dosyaları ortaya çıkardım, daha ne istiyorsun?" dedim hoşnutsuz bir şekilde ona bakarak. "Ayrıca evi karıştırmıyorum, kitapları yerine koyarken gördüm."

Ediz gözlerimin içine bakıp, "Onları unutmamıştım," dedi. "Sadece ertelemiştim." İçkisini bitirip kadehi kenara koydu. "Belki şu Uğur denen şerefsizde bir şeyler çıkar. Her neyse, üstüne bir şeyler geçir de gidelim."

"Bu işi Doğa'nın yapması konusunda hâlâ ısrarcıyım," dedi Gece. Ediz gözlerine çöken gölgeyle Gece'nin gözlerine baktığında yüzü gerilmişti.

"Hayır dediysem hayır," dedi kesin bir dille.

Ama Gece, Ediz'in bakışlarından etkilenmeyerek, "Biraz mantıklı düşün," diye üsteledi. "Her şeyi geçtim, bu işte sadece sen yoksun Ediz; sen yanarsan hepimiz yanarız. Ama Doğa fark edilirse en fazla polislerin eline geçer ve ailesinin yanına gider."

Kurduğu cümleler o kadar bencilceydi ki bakışlarım Gece'nin yüzünde donup kaldı.

"Ailesine gitmesini istemiyorum!" diye bağırdı Ediz. Aniden bağırdığı için irkildim. "Çok fazla şey gördü, susacağını mı sanıyorsun?"

Gece'nin yüzünde birkaç saniye daha oyalanan gözlerimi Ediz'e çevirdiğimde kurduğu cümlelerin üzerine bir yalan örtüsü örtülmüştü, bir an yine Gece ile Uygar'a oynadığını hissettim. Gece'nin dudaklarından dökülüp odanın zemininde cam gibi parçalarına ayrılarak keskinleşen bencilce cümlelere dönüp baktığımda Ediz'in onlara neden güvenmediğini anladım.

O sırada Uygar'la göz göze geldik. Düşüncelerimden bihaber bir şekilde bana göz kırptı ve dudaklarını oynatarak, "Rahatla," dedi.

"Doğa neler gördüğünü ayrıntısıyla anlatsa bile bizi bulamazlar, biliyorsun."

Yeşil gözlerdeki o öfke alev aldığında bakışlarımı Gece'ye çevirdim ve ben de ona buz gibi bir ifadeyle baktım.

"Sorun değil Ediz," dedim gözlerimi Gece'den ayırmadan. "Yapabilirim."

"Şu siktiğimin konusunu kapat!" diye kükrediğinde Gece'nin üzerinde toplanan bakışlarımı Ediz'e çevirdim ve gözlerimiz birbirine kilitlendi.

"Yapabilirim," dedim tekrar.

Gece, "En doğru yol bu," deyince dişlerimi birbirine bastırdım. Öfkem beni öne atmalarından çok, Ediz'e bunu yapmalarınaydı. "Bunu sen de biliyorsun," diye ekledi Gece.

"En doğru yol değil," dedi Ediz sert bir sesle. Kemikli yüzünde gergin bir ifade vardı.

"Doğa bir yere gitmeyecek." Uygar söylemişti bunu. "Rahatla Ediz."

Uygar'ın yüzüne baktığımda gözlerinin kıyısına vuran duygular daha farklıydı, daha dostçaydı ve bencillikten uzaktı. Ediz ile aralarında anlamını çözemediğim bir bakışma geçtiğinde Ediz'in zihnindeki pusulanın ibresinin kırıldığını hissettim.

"Sakın bu konulara tekrar girme," dedi Ediz ölümcül bir sesle.

Uygar, "Yanılmıyorum, değil mi?" diye sorduğunda Ediz dudağının kenarında alaycı ve tehlikeli bir gülümsemeyle ceketini alarak iç cebinden sigara paketini çıkardı. Dikkatle onu izledim, gözlerinde âdeta bir cehennem sirki vardı. Salonun içinde yalnızmış gibi hareket etmesi Uygar ve Gece'nin bakışmasına sebep olsa da bir sigarayı dudaklarının arasında dengeleyerek çakmağı çaktığında aslında düşünmek için kendine vakit yarattığını görebiliyordum. Yükselen alev sigaranın ucuna tutunurken Ediz'in sessizliği ortamdaki tedirginliği kamçılıyordu.

Sonunda bakışlarını tekrar Uygar'a çevirerek, "Deneyelim bakalım," dedi. "Şu an bu durumu kabul ediyorsam bir sebepten dolayı kabul ediyorum. Ama şunu unutmayın," dedi buz gibi bir sesle, "günü geldiğinde bana neden diye sormayacaksınız."

Gece düz saçlarını bir kulağının arkasına sıkıştırarak, "Ne?" diye sorduğunda endişesini hissettim.

Ediz onu duymazlıktan gelip gözlerini bana çevirerek, "Hazırlan," dedi. "Büroya sen gideceksin."

Uygar, "Doğa'ya zarar gelmesinden endişeleniyorsan..." diye söze başlasa da Ediz, "Ben de onunla olacağım," diyerek araya girdi. "Ona zarar gelmesine izin vermem."

Kararlılığını sarsacak tek şey yine kendi düşünceleri oluyordu ve bu konuda bu kadar kararlıyken fikrini değiştirmesini sağlayan düşüncenin gölgesi bile beni içten içe korkutmuştu.

Günü geldiğinde bana neden diye sormayacaksınız.

Gece, "Ben hazırlanmana yardım edeyim," dediğinde Ediz bir yandan dikkatle beni izliyor, diğer yandan sigarasını içiyordu.

Gece'nin kıyafetlerinin arasından seçtiğim dar, açık renkli kot pantolonun üstüne gri bir büstiyer giyip makyaj yapmaya başladım. Gece de bir yandan saçlarıma şekil veriyordu. Hafif bir göz makyajı yaptıktan sonra dudaklarımı dudak kalemi ve mat, bordo bir rujla ön plana çıkardım. Ayaklarıma kalın, yüksek topuklu botları geçirdiğimde saçlarım iri dalgalar halinde omuzlarımdan aşağı, belime doğru dökülüyordu.

"Bir boşanma davasından bahsedebilirsin," diye devam etti Gece, hazırlandığım süre boyunca bana neler yapacağım konusunda bilgiler vermişti. "O an gerçekten bir boşanma davasında avukatlık yapmasını istiyormuş gibi davranman gerekiyor."

Aynanın karşısında büstiyerimi alttan tutup çekiştirirken başımı hafifçe salladım. "Hallederim."

Gece kenardan aldığı siyah paltoyu bana uzatarak, "Üzerine bunu giy," dedi. Hiçbir şey söylemeden dizlerimin biraz üzerinde biten uzun paltoyu giydim ve kuşağını düzgün bir şekilde bağladım. Gece bana içi boş bir kol çantası verdi, dosyaları onun içine koyacaktım.

Ediz bizi arabada bekliyordu, arabanın motorunu çoktan çalıştırmıştı. Sürücü koltuğunun yanındaki yolcu koltuğuna geçtiğimde bana dikkatle baktığını gördüm. Yüzünde hiçbir duygu yoktu. Öfkesini de dizginlemiş ve ifadesizliğinin arkasına gizlemişti.

"Bir şey olmayacak Ediz," dedi Gece ama Ediz ona cevap vermeden vitesi sertçe ileri aldı ve direksiyonu kırarak patikaya saptı. Gözlerini kırpmadan yola bakıyordu. Bakışlarımı ön camdan yola sabitlediğimde Ediz'in gerginliğini soluduğum havada hissedebiliyordum.

Arabanın içindeki sessizlik rahatsız edici olduğu için radyoyu açtıktan sonra koltuğuma iyice kurularak dışarıyı izlemeye başladım. Gerginliği biraz olsun azalır sanıyordum ama kafasının içinde her ne dönüyorsa Ediz bir türlü rahatlayamıyordu ve bu beni de geriyordu.

"Ediz," dedim sonunda dayanamayarak.

"Ne?" diye çıkışınca bu tepkiyi beklemediğim için şaşırıp ona baktım ve "Yok bir şey," diye mırıldandım. Bunun üzerine bakışlarını bana çevirdi. Yüzümde ne vardı, bilmiyordum ama Ediz kaşlarını çatarak bana bir süre baktıktan sonra dikkatini tekrar yola verdi.

"Söyle," dedi daha sakin bir sesle ama cevap vermedim. "Konuşsana!" diye hırladığında öfkesinin bir anda öncekinin iki katına çıktığını hissettim.

Ona boş gözlerle baktım. "Sadece bir şey olmayacağını söyleyecektim."

Elleri direksiyonu o kadar sıkı kavradı ki bir an için parmak eklemleri beyazladı. Ardından gaza yüklendi. Araba hiç zorlanmadan öne atılırken oturduğum koltuğa sinmek zorunda kaldım. Ediz sertçe kavradığı vitesi değiştirerek hızını daha da artırırken Uygar ile Gece hiç yorum yapmadılar.

Ankara'ya kadar bir daha konuşulmadı, zaten benim de konuşmak gibi bir niyetim yoktu. Ediz gerçekten sinirli ve gergin olunca patlamaya hazır bir yanardağ gibi oluyordu. Bu yüzden en mantıklısının susmak olduğunu biliyordum.

Çankaya'da apartman dairelerinin genellikle büro olarak kullanıldığı caddeye geldiğimizde Ediz arabayı durdurdu. El frenini sertçe çekerken hâlâ taş gibi soğuk ve ifadesizdi. Arabadan çıktığımız sırada ona bakmak yerine etrafıma baktım.

Ediz elime bir telefon tutuşturarak, "Hızlı aramada ben varım," dedi. "Ters giden en ufak bir şey sezdiğinde beni arayacaksın."

Parmaklarım telefonu kavradığında gözlerine bakmaya korkuyordum.

"Biz onu bir şekilde odadan çıkaracağız. Masaların çekmecelerinde dosyalar var ama çekmeceler büyük ihtimalle kilitlidir. Anahtar en alt çekmecenin alt kısmına yapıştırılmış halde. Onu al ve bütün dosyaları çantana koy." Ediz'in gerginliği giderek artıyordu. "Yakalanırsan polisi devreye sokacaktır."

"Peki ya polisler devreye girdiğinde ne olacak?" diye sordum yavaşça.

Ediz omuz silkti. "Benden kurtulmuş olacaksın." Ardından cüzdanını çıkardı ve bana bir nüfus cüzdanı uzattı. "Bunu Hatay'dayken çıkartmıştık. Sekretere nüfus cüzdanının üzerindeki ismi ver. Konuya girmeden beş dakikalık bir sohbet aç. Sana davayı soracaktır. Eğer doğrudan davayı sorarsa boşanma davası de."

Gece'nin de aynı tavsiyede bulunduğunu hatırlayarak, "Tamam," dedim, birdenbire ben de gerilmiştim. Bu, Ediz'i son görüşüm olabilirdi. Ben bu düşünceyi henüz sindirmiş, olayın ciddiyetini yeni kavramıştım. Dikkatle yüzünü incelemeye başladığımda o da benim yüzüme bakıyordu. Ne düşünüyordu acaba?

"Git Şahmeran," dedi sadece. "Bürosu ikinci katta."

"Sen tüm bunları nereden biliyorsun?" diye sordum son olarak. "Yani gerekli dosyaların o çekmecede olduğunu ve anahtarının yerini falan..."

Dudaklarında ruhsuz bir gülümseme belirdi. "Orası eskiden babamın bürosuydu."

Ona şaşkınlıkla baktım. "Gerçekten mi?"

Başını salladı. Bu beklediğim bir şey değildi. O adamın o büroda ne işi vardı ki? Ediz gitmemi işaret edince hiçbir şey söylemeden dediğini yaptım. Yakalanmak istemiyorsam çok dikkatli olmam gerekiyordu.

Apartmana girmeden önce omzumun üzerinden arkama baktım. Ediz gözünü bile kırpmadan bana bakıyordu. Kısa bir an için gözlerimiz buluştu ve apartmana girdim.

Binanın asansörü olsa da merdivenlere yöneldim ve yavaşça çıkmaya başladım. Adım attığım her basamakta kalp atışlarım da şiddetini artırıyordu. Saçlarımı kulağımın arkasına sıkıştırarak merdivenleri daha seri çıkmaya başladım. Güvenlik kamerası olması ihtimaline karşı duraksamıyor veya dikkat çekecek bir şey yapmamaya çalışıyordum.

Büroya girdiğimde sarışın sekreter, "İyi günler," dedi.

"İyi günler," diye karşılık verdim soğuk bir sesle. "Uğur Bey'le görüşecektim."

Yanlış bir şey yapmamak için bütün dikkatimi sekreterin gözlerine vermiştim, çevremi bile incelemiyordum. Sanırım bu işi ne kadar çabuk halledersek o kadar iyiydi. Kadın, soğukluğum karşısında bir an şaşırsa da renk vermedi.

"Tabii," dedi gülümseyerek. "Randevunuz var mıydı?"

Pekâlâ, bu konuda bana bir şey söylenmemişti. "Hayır."

İyice gerildiğimi hissetsem de yüzüme soğuk bir maske yerleştirerek bunu kadına belli etmemeye çalıştım. Önündeki bilgisayardan bir şeylere baktıktan sonra, "Şu an müsait," dedi ve telefona uzandı. "Bir saniye." Bir tuşa bastı. "Uğur Bey, sizinle görüşmek isteyen biri var." Avuçlarımın terlemeye başladığını hissetsem de yavaşça yutkunarak kendimi sakinleştirmeye çalıştım. "Tamam." Kadın telefonu kapatıp bana döndü. "Buyurun, içeri geçebilirsiniz."

Kadına kısa bir bakış atıp odaya doğru kendimi bile şaşırtacak derecede düzgün adımlarla yürüyerek kapının kolunu kavradım ve nabzım damarlarımı zorladı. Kapı modern, sade bir ofise aralanırken odanın ortasında yer alan büyük, koyu renkli ahşap masanın ardındaki deri koltukta oturan adamla göz göze geldim.

Yüzündeki o ezbere gülümseme kim olduğumu görmesiyle birlikte donup kalınca kendimden emin bir şekilde gözlerinin içine baktım. Dudaklarıma bir gülümseme yayılırken Ediz'i hayal kırıklığına uğratmak istemediğimi düşündüm.

Ofisin içinde ilerlemeye başladığımda topuklu ayakkabılarım zeminde tok sesler çıkarıyordu. Adam kendini toparlayarak oturduğu yerden kalktı ve gözlerindeki ifadeye rağmen dudaklarını zorlayarak gülümsemeyi başarabildi.

"Merhaba," dedi elini bana uzatırken.

"Merhaba. Ben Doğa."

Adam tekrar gülümsedi.

"Hoş geldiniz Doğa Hanım." Ben de ona gülümserken bana eliyle deri koltuklardan birini gösterdi. Gösterdiği yere oturup bacak bacak üstüne attım ve adam yerine kurulurken yüzüne dikkatle baktım.

"Size nasıl yardımcı olabilirim?" diye sordu. Tamam, normalde havadan sudan sohbetler açmam gerekiyordu. Onu nasıl oyalayabilirdim? Düşüncelerimi karıştırdım ve rastgele bir fikir seçtim.

"Sizi bana bir arkadaşım önerdi," dedim adamın gözlerinin içine bakarak. "Ofisin sizden önceki sahibi Levent Çağıran onun avukatıydı." Gözlerimi bile kırpmadan adama baktığımda ilk defa kirpiklerimin bir bıçak kadar keskin olduğunu hissediyordum. "Siz de onun izinden gidiyormuşsunuz."

Adamın yüzünde sevimsiz bir gülümseme belirdi.

"Teşekkür ederim," dedi. "Evet, büronun önceki sahibi Levent Çağıran'dı. Onun gibi başarılı olmak için çabalıyorum, bürosu uğurlu gelir diye düşündüm."

Dişlerimi birbirine bastırarak adamın gözlerinin içine kilitlenmiş gibi bakmaya devam ediyordum.

"Sizin davanız neydi?" diye sorduğunda yavaşça arkama yaslandım, kulaklarımın arkası alev alev yanıyordu.

"Boşanma davası," dedim elimi enseme götürerek. Adam kaşlarını kaldırıp üzülmüş numarası yapınca evde bahsettikleri gibi oyunumuza ayak uydurduğunu düşündüm.

Başını hafifçe sallayarak, "Anlıyorum," dedi. "Çocuk var mı? Bir de kocanızın mesleği ne?"

"Çocuk yok," dedim bu durumdan memnunmuş gibi davranarak. "Kocam da avukat. Yani benden bir adım önde."

Ediz avukat olduğu için özellikle böyle söylemiştim, anlayacağını umuyordum.

"Olur mu canım?" dedi adam. "Hallederiz. Kocanızın ismi neydi? Belki onu tanıyorumdur."

Önüme attığı zehirli yem hiç hareket etmeden adama bakmaya devam etmeme sebep oldu. O sırada biri kapıya iki kez hafifçe vurdu, ardından kapı açıldığında sarışın sekreter kafasını içeri uzattı. Kaşlarını çatmıştı ve kafası karışmış gibi görünüyordu. "Uğur Bey, bir baksanız iyi olacak. Önemli bir sorun var."

"İzninizle," dedi adam yerinden kalkarken. Sorun yok dercesine gülümsedim ve odadan çıkana kadar arkasından baktım. Odanın kapısı kapanır kapanmaz hızla yerimden kalkıp Ediz'in bahsettiği çekmeceye yöneldim. Bir elimle çekmecenin altını yokladım, bantla oraya yapıştırılan anahtarı buldum ve sertçe çekip çıkardım. Titreyen ellerimle çekmeceyi açtıktan sonra çantamı önüme alarak çekmecedeki bütün dosyaları içine yerleştirmeye başladım.

Bana verilen telefonun titrediğini hissedince bir an duraksasam da çekmecedeki son dosyaları da çantaya sıkıştırıp hızla doğruldum ve ayağımın ucuyla çekmeceyi kapattım. Cebimde titreyen telefonu çıkarırken hemen çıkışa yönelip kapıyı açtım ve etrafa baktım ama kimse yoktu.

Telefonu açarken endişeyle, "Ediz?" dedim.

"Benim, Uygar." Kaşlarım çatılmıştı. "Ediz yanında değil mi?" diye sordu.

"Ne?" dedim bir şey anlamayarak. "Ediz niye yanımda olsun?"

"Doğa oradan hemen çık," dedi Uygar. "Beni duyuyor musun? Hemen çık."

"Neler oluyor?" diye sordum korkuyla.

"Ediz kayıp."

Bir an için ne söylediğini idrak edemesem de sesinde öyle bir telaş vardı ki o telaş resmen benim de adımlarıma döküldü. Hızla büronun içinde ilerlemeye başladığımda çevreme bakınıyordum ama anormal bir şey yoktu.

"Ne demek kayıp?" diye sordum anlam veremeyerek.

"Telefonuna mesaj gelince Ediz içeri girdi. Ama şimdi telefonu kapalı ve dışarı çıkmadı. Etrafına iyi bak. Oralarda mı?" Merdivenden aşağı inmeye başlarken demir tırabzana tutunarak binanın içine baktım ama kimse yoktu.

"Doğa, ortada bir oyun dönüyor."

"Ediz nerede?" diye bağırdım ona aldırmadan. "Tam olarak nereye girdi?"

"Bilmiyorum," dedi Uygar, sesindeki telaş giderek artıyordu. "Gökhan falan dedi, bir şeyler zırvaladı. Geri zekâlı herif ne zaman doğru düzgün bir şey açıkladı ki zaten?" Uygar'ın öfkelendiğine ilk defa şahit oluyordum sanırım. "Oradan çık hemen," diye devam etti.

"Ediz'e bakacağım."

"Doğa çık oradan!" Uygar bu kez bağırmıştı. "Başına bir şey gelecek! Ediz beni öldürür!"

"Ediz ortada yok diyorsun!" diye bağırdım. "Ya başına bir şey geldiyse? Hem madem Ediz ortada yok ne diye oyuna devam ediyorsunuz? Uğur'u oyalamanızdaki amaç ne?"

"Ne?" diye sordu şaşkınlıkla. "Uğur'u oyalayan biz değiliz. Siktir, Doğa, çık oradan! Hemen!"

"Nereye gidiyorsun?" diye sordu soğuk bir ses. Omzumun üstünden korkuyla arkama baktığımda Uğur'un orada, merdivenin en üst basamağında durduğunu gördüm. Ben olduğum yerde donakalırken Uygar bir şeyler daha söylese de ne söylediğine dikkat edememiştim. "Ediz'in seni arıyordu..." diye devam etti Uğur.

Ediz'in adını duymamla birlikte zihnimde sıraya giren kaçma planlarının hepsi toz bulutuna dönüşüp yok oldu.

"O nerede?" diye bağırdım. Uğur basamaklardan inerek üzerime yürümeye başladığında gözlerinde sert bir ifade vardı. Ona meydan okuyan gözlerle bakarken elimdeki telefon hâlâ açıktı.

"Sen gerçekten de Ediz Çağıran'ın zaafısın," dedi gülerek. Ardından bir elini saçlarımın arasına daldırıp öyle sert bir şekilde çekti ki saç köklerimden sızan acı, derime yayıldı. Dudaklarımda küçük bir çığlık can bulurken bir elim adamın saçımı tutan eline yöneldi ve saçlarımı mengene gibi kavrayan parmaklarını çözmeye çalıştı.

"Yürü bakalım küçük fahişe. Çağıran'ın değer verdiği biri olmak zordur. Bakalım senin işkence çekmene ne kadar dayanabilecek?"

3. KAYIP

Ne kadar direnirsem direneyim, Uğur'un saçlarımı kavrayarak beni yürümeye zorlayan pençelerinden kurtulamamıştım.

Beni büronun içinde tutan güçlü eller kaçmamı engelliyordu. Saçlarım dağılmıştı. Kalın bir buklem gözlerimin önüne geliyordu ve pencereden sızan solgun ay ışığı, karanlığı griye boyuyordu.

Uğur'a baktığımda paketinden çıkardığı sigarayı dudaklarına götürmüştü, çakmaktan yükselen alevle ucuna can veriyordu.

"Ediz seni öldürecek," dedim dişlerimin arasından.

Elindeki anahtarları masanın üzerine atarak alaycı bir ifadeyle, "Ben de öyle umuyorum," dedi. Anahtarların çıkardığı metalik ses, sesine karışmıştı. Beni apartmandaki başka bir büroya getirmişti. Adamlarından biri bizi içeride bekliyordu ve ben henüz kaçmayı düşünemeden Uğur beni ona teslim etmişti. Bileğimi sararak beni yerimde tutan güçlü ellerle bu odaya kelepçelenmiştim.

"Ediz'i bu şekilde alt edemezsiniz," dediğimde dumanı içine çekerek bana baktı. Onu dikkatle izliyordum. Dudaklarından süzülen sigara dumanı atlılar gibiydi; bir arada sürü halinde hızlandılar, yükseldiler ve yön değiştirdiler. Bir aradaydılar ve art arda gözden kayboluyorlardı.

Uğur adi bir gülümsemeyle bana bakarak, "Göreceğiz," dedi. Büronun kapısı açıldığında yüzündeki o adi gülümseme büyüdü. "İşte geldi."

Kapıya baktığımda içeri giren Ediz'le göz göze geldik. Gözlerinde gördüğüm endişe ağları gözlerinin içine yavaşça batarak yok olduğunda soğukkanlı bir ifadeyle Uğur'a baktı.

"Işığı aç Ediz."

Ediz dişlerini birbirine kenetleyince çenesinde bir çukur oluştu. Uğur'un söylediği şeyi yapmadan öylece yüzüne bakmaya devam edince Uğur gülerek henüz bitmemiş olan sigarasını masanın üzerinde duran kül tablasında söndürdü.

Gülerek odanın içinde ilerlemeye başlarken, "Çağıran erkeklerinin zayıf bir tarafı var," dedi. Ediz onu gözleriyle takip ediyordu. "Kalbinize dokunan kadını o kadar yüceltiyorsunuz ki soluduğunuz hava bile o kadının kokusu oluyor. Baban öyleydi. Zavallı adam son nefesine kadar karısını sevdi." Uğur'un yüzündeki gülümseme insanın kanına dokunacak kadar adiceydi. "Babanı batıran da kurtaran da annen oldu Ediz. Aslında bu en büyük savaşlarda bile böyledir; kadınlar en büyük devletleri bile batırabilir. Sana gelince Ediz Çağıran... Senin imparatorluğuna da bir darbe indi."

Ediz, "Saçmalamaktan başka yapabildiğin hiçbir şey yok, değil mi?" diye sorduğunda Uğur kaşlarını kaldırarak dudağını büktü ve başını iki yana salladı.

"Var," dedi bilmiş bir tavırla. "Seni tutmayacağım. İstediğini yapabilirsin. Ama o benimle kalacak."

"Derdiniz benimle, onunla değil," dedi Ediz ifadesiz bir sesle.

Uğur alaycı bir tavırla, "O zaman onu kurtar?" diye bir öneri attı ortaya. "Seni tutmuyorum. Ama dur... O senin kurbanındı, değil mi? Onu neden kurtarasın ki? O senin zaafın mı ki onu kurtaracaksın?"

Ediz'in yüzündeki ifadeden ne düşündüğünü anlayamıyordum ama bunca zamandır yan yana olduğumuz için onu tanımaya başladığımı şaşkınlıkla fark ettim. Bir öfke dalgasının içinde kasırga gibi estiğini görsem de Ediz fevri bir adam değildi, bu yüzden ani tepkiler vermek yerine tepkisiz kaldı.

Uğur bana yöneldiğinde Ediz'in çimen yeşili gözlerine baktım. Sorun değildi. Fiziksel şiddete dayanabilirdim, onun bunu görmesini istiyordum. Bu durumda sadece dayak yiyecekken Ediz'in beni kurtarması halinde tüm düşmanları tarafından zaaf ilan edilecektim ve bu beni bir yem haline getirirdi. Sert bir el çenemi kavrayıp başımı geriye yatırdığında sapacağımız en mantıklı yolun, bu gecenin Ediz'in müdahalesi olmadan yaşanması olduğunun farkındaydım. Gözlerimi gözlerinden ayırmadan ona bakmaya devam ederken bunu anlatmaya çalışıyordum.

Uğur, "Ediz hakkında ne düşünüyorsun?" diye sordu, eli çenemi daha da sıkı tutuyordu. "Sence seni kurtaracak mı?"

"Hayır," dedim dişlerimin arasından. "Boşuna uğraşıyorsun."

Alaycı bir şekilde, "Göreceğiz," diye karşılık verdi ve çenemi sertçe bıraktı. Beni tutan adamın ellerinden kurtulmaya çalışırken saçlarım daha da dağılmıştı. Beni tutan eller iyice sertleştiğinde, "Bırak!" diye bağırdım.

Uğur, Ediz'e dönerek, "Seni alt etmek çok zor Ediz," dedi. "Baban gibi dikkatsiz değilsin. Baban dikkatsizdi çünkü işi onun her şeyiydi. Annenin ölümünden sonra işine tutunduğu için önüne gelen her davayı ciddiye alıyordu ve onu kandırmak çok kolay olmuştu."

Bir yandan beni tutan adamdan kurtulmaya çalışırken diğer yandan Ediz'e bakıyordum. Karşısında onunla alay eden adama gözlerini bile kırpmadan bakıyordu. O kadar nefret doluydu ki yumruğunu sıkmıştı. Damarları şişmişti ama tepkisizliğini koruyordu.

İçinde fırtınalar koptuğunu görebiliyordum fakat o an bunu görmemeyi dilediğimi fark ettim. Öfkesi ve acısı onu içten içe yakıyordu, bense bir tepeye çıkmış, yok olan bir kasabayı öylece izliyormuş gibi hissediyordum.

"Bir şey söylemeyecek misin?" Uğur kollarını göğsünde kavuşturunca ceketinin kolları gerildi ve yanları hafifçe yukarı kalktı. "Ben devam edeyim o zaman: Sen baban gibi değilsin, hep mantık çerçevesinde hareket ettin. Hayalet gibiydin; neredesin, kiminlesin hiçbir zaman kesin bir bilgi alamadık. Ama bu kız hayatına girdiğinden beri babanla aranızda bir fark göremiyorum."

Bir an sustu ve Ediz'e baktı. Ediz'in çimen yeşili gözleri de ona kilitlenmişti ama yüzünde hâlâ tek bir kas dahi oynamıyordu.

"Bu kızı sürekli kollarına alıp ona kendini güvende hissettirmek istiyorsun, değil mi? Korkmamasını istiyorsun, sürekli sana sığınsın, senin kollarında ağlasın istiyorsun. Sen bu kızı istiyorsun, değil mi? Her şeyiyle... İlklerini, hayatını, kalbini, her şeyini..."

Bu sözlerin etkisini görmek istercesine Ediz'e baktım ama o, gözlerini bir kere kapatıp açmaktan başka bir şey yapmadı. Şu an onun gibi olmayı o kadar çok isterdim ki... Tamamen ifadesiz bir şekilde bütün gücümle dimdik durmak... Nasıl böyle olabiliyordu?

"Tuhaf olan şu ki sen bu kızlayken farklısın. Evet, sen sahiplenmeyi seversin. Cinsellikte bile. Tek gecelik bir şey olduğunu bildiğin halde, bir geceliğine de olsa o kızı sahiplendin. İlk başta Gökhan'ın düşündüğü de buydu. Ne de olsa biz seni duvarların dışından izliyoruz. İçeride neler oluyor, neler bitiyor bilmiyoruz. Belki de bu kızı her gece düzüyordun."

Uğur iğrenç bir kahkaha attı. Kullandığı kelimenin çirkinliği karşısında kaşlarım çatılırken Ediz'in de dişlerini sıktığını fark ettim. Birlikte olduğu her kızı sahiplenir miydi? Onlara da bana dediği gibi, "Benimsin," der miydi? Ediz'in yanında başka bir kadını düşünmek, kalbimin altına odun yerleştirerek onu ateşe vermekle aynı şeydi.

"Sonra bu kıza gösterdiğin şefkati gördük..." Uğur bu cümleyi çok zevk verici bir şeymiş gibi söylemişti. "Onu kollarının arasına aldığında gözlerini kapatıyordun Ediz. Kendini onun kollarına teslim ediyormuş gibi..."

Bakışlarım Ediz'e kaydığında şaşkınlık gözlerime gölge gibi çökmüştü. Gerçekten öyle miydi? Gerçekten kendini bana teslim ediyormuş gibi mi görünüyordu?

"Sonra da fark ettik ki Ediz Çağıran kurbanına hiç el kaldırmadı."

Uğur, Ediz'in dibine girerek gözlerini gözlerine diktiğinde ben de kolumu tutan ellerden kurtulmaya çalıştım ama adam buna izin vermedi. Şu an içinde bulunduğum duruma inat, aklımda dolanan tutarsız düşünceler kafamın içindeki duvarları tırmalıyordu. Kollarımı tutan ve beni zapt eden iri parmaklar etime gömülüyordu. Acı, Ediz'in verdiği acının aynısıydı ama bir şeyler farklıydı. Ve bu beni o kadar dehşete düşürüyordu ki bana gülen hislerim yüzünden akıp giden saniyelerin farkında bile değildim.

"Sen bu kıza hiç el kaldırmamıştın, değil mi Çağıran?" Kulaklarımda birbirlerini iterek hızla ilerleyen harflerin uğultusu vardı. "Bu güzel yüzde iz bırakmaya kıyamadın mı yoksa?"

Bakışlarım Ediz'in gözlerine kaydığında onun da bana baktığını fark ettim. Gözleri yazılmayı bekleyen onlarca kelimenin mürekkebini taşıyormuş gibi koyulaşmıştı. Gözlerimi hiç kırpmadan gözlerini izlemeye başladığımda odaya duvardaki saatin tok seslerini duyabileceğim kadar derin bir sessizlik çöktü. Ediz tek kelime etmiyordu. Keskin bir ses havada kırbaç gibi şaklayarak düşüncelerimi binlerce parçaya ayırdığında başım yana savruldu ve saçlarım önüme döküldü. Bir çınlama kulaklarımda büyürken yanağıma kızgın bir demir parçası bastırılmış gibi hissettim.

Bana tokat atmıştı.

Başımı anında doğrulttum ve bana vuran adamın siyah gözlerinin içine baktım. Kanın metalik tadını dilimde hissetsem de gözlerime meydan okuyan bir bakış yerleştirdim. Beni kırılgan bir porselen bebek mi sanıyorlardı? Ben babamın darbeleriyle eğitilmeye başladığımda küçücüktüm. Şimdi büyümüştüm ve babamın ruhumda taşıdığım parmak izleriyle bir askere dönüşmüştüm.

"Yapabildiğinin en iyisi bu mu?" diye sordum alaycı bir tavırla. Ediz'e bakmaya cesaret edemiyordum ama içinde kükreyen aslanın boynuna doladığı ipi çekerek onu durdurmaya çalıştığını hissedebiliyordum. Hisler devreye girdiğinde mantık çürüyecekti ve şu an Ediz'in vereceği herhangi bir tepki bir meşale yakacak, bütün sivri oklara pusula olup onları bana yöneltecekti. Uğur, Ediz'in tepkisizliğini korumasını beklememişti. Kaşlarını kaldırırken yüzünde hoşnutsuz bir ifade vardı.

"Bebeğim, sana başka neler yapabilirim, bir bilsen inan ki şaşırırsın..."

Ona hırsla baktım ve tükürür gibi, "Şerefsiz!" dedim. Yüzümde bir tokat daha patladığında gözlerimin önünde siyah noktalar uçuşmaya başlamıştı. Bir anlık şaşkınlıkla kirpiklerimi kırpıştırsam da gözümün önünde gezinen siyah noktalara aldırmadan başımı kaldırdım ve yine meydan okuyan bir tavırla ona baktım.

"Zavallı..." dedim dişlerimin arasından ama atılıp saçlarıma yapışınca devamını getiremedim. Kollarımı tutan eller gerilirken Uğur saçlarımı eline doladı ve başımı arkaya çekti.

"Ediz'e canının yandığını söyle," diye hırladı.

"Ediz," dedim gülerek, "canım yanmıyor."

Uğur saçlarımı aniden geriye doğru çekince neredeyse çığlık atacaktım ama kararlılığım dilimin üzerine yayılan bir buz tabakası gibiydi. Çığlığım o buzun üzerinde dengesini kaybederek boğazımdan aşağı kaydı.

Uğur beni saçımdan tutup yere oturmaya zorladığında dişlerimi neredeyse kıracak kadar büyük bir güçle birbirine bastırmıştım ve acıyı görmezlikten geliyordum. Teslim olmayacaktım. Acı eşiğim yüksekti, dayanabilirdim. Aklımın Ediz'in neler hissettiğini düşünen köşesi yavaş yavaş çökmeye başlamıştı.

Bir yanım öylece durması için yalvarsa da diğer yanım engellenemez bir şekilde beni kurtarmasını bekliyordu. Beni kurtarmasını ve kollarının arasına alıp sarmasını...

Ne kadar direnirsem direneyim Uğur'un beni yere yatırmasını engelleyememiştim. Saçlarım da düşüncelerim gibi etrafıma dağıldığında kalkmak için yan döndüm ama Uğur, "Hoşuna gidiyor mu Ediz?" diye sorduktan hemen sonra karnıma bir tekme indirince nefesim kesildi. Kaburgalarım ciğerlerime saplanmış gibi hissettim. Yerde iki büklüm olarak iyice küçülürken duyduğum acı, göz kapaklarımın birer perde gibi sonuna kadar açılmasına neden olmuştu.

Ediz'in, "Artık ölümlerden ölüm beğen..." diye fısıldadığını duydum ama Uğur ona aldırmıyordu bile, alaycı bir tavırla oyununa devam ediyordu.

"Neden?" diye sordu sinir bozucu bir şekilde. "Doğa'ya zarar verdiğim için mi, yoksa diğer meseleler için mi?"

Ediz'in sessizliği beraberinde bir tekmeyi daha getirdiğinde nefes almak için çırpınan dudaklarım hızla aralandı ve yanağımı soğuk zemine yasladım. Dayanabilirdim. Hem Ediz de fark etmiş olmalıydı; bir kere bile inlememiş, çığlık atmamıştım. Ben güçlüydüm ve bunu görmesi gerekiyordu.

"Gerçekten umurunda değil mi?" diye sordu Uğur. "Yoksa daha da mı ileri gitmeliyiz? 'Tecavüz' kelimesinden hoşlandığını duymuştum. Ne dersin? Bir ziyafet?.."

Acının dağılmasını beklediğim sırada ağır bir darbe daha alacağımı düşünsem de Uğur beni sadece ayağının ucuyla omzumdan itti ve zemine sırtüstü uzandım. Duyduğum acı tenimin altında deniz gibi kabarırken buğulanan gözlerimi tavana diktim. Saçlarım dalgalar halinde etrafıma yayılmıştı. Uğur bu sefer ayağının ucunu göğsümün hemen üzerine koydu. Ayakkabısının tozu bir leke gibi tenime bulaştı ve bedenim kaskatı kesilirken dehşete kapıldım. Panik, geçtiği yerlerde bir karıncalanma bırakarak bütün vücudumda dalgalanırken karnımdaki acıya aldırmadan Uğur'un ayağını itip yerden kalkmaya çalıştım.

İri elini saçlarımın arasına daldırıp bir tutamını sıkıca kavrayarak, "Nereye gidiyorsun ufaklık?" diye sordu. "Daha yeni başlıyoruz."

Parmaklarına dolanan saçlarım beni kontrol eden iplermiş, ben de bir kuklaymışım gibi Uğur beni ayağa kalkmaya zorladı. Ona saldırmaya çalıştım ama beni kolaylıkla engelledi. Bedenimi kendi bedenine doğru çekmeye başladığında dehşetin tadı damağıma yayıldı ve kurtulmaya çalışarak çığlık attım.

Sanki çığlığım içinde yankılanıp dokunduğu yerleri dağıtmaya başlamış gibi, "Yeter!" diye kükredi Ediz. Bize doğru yaklaştığını Uğur'u kolundan tutup ilerlemeye devam ettiğinde anladım. Uğur'u da peşinden odanın kapısına doğru sürüklüyordu.

Ölümcül bir sakinlikle, "Duymak istediğin bu mu?" diye sorduğunda bacaklarımdaki gücün çekildiğini ve boş bir çuval gibi yere yığıldığımı hissettim. "Ölmeden önce duymak istediğin bu mu?" Ediz'in gözlerine tutunan eceli gördüm. Ağzının kenarları şeytansı bir sakinlikle yukarıya doğru kıvrıldığında kötülük dudaklarının her köşesine yayıldı.

"Evet, o benim zaafım," diye fısıldadı ve uzun parmakları Uğur'u ensesinden kavrayarak kafasını kapının yanındaki buzlu cama öyle bir çarptı ki cam parçaları etrafa saçılmaya başladığında damarlarımdaki bütün kanın çekildiğini hissettim. "Senin ecdadını sikeceğim!"

Uğur'un başından sızan kan halıya gölge gibi yayılmaya başlamıştı. Ediz cam parçalarının üzerinde ilerleyerek onun üzerine eğildi. Darbeleri Azrail'in elindeki orağın darbeleri misali adamın üzerine art arda inerken gözü dönmüş gibiydi.

"Ediz," diye fısıldadığım sırada Uğur'u yakasından kavrayarak havaya kaldırdı.

Uğur başından yüzüne süzülen kana rağmen zaferle sırıtarak, "Kabullendin," dedi. "Zayıf noktanı açığa çıkardın."

Ediz Çağıran'ın zaafı...

Ben buydum artık.

Odadaki adamlardan biri masanın üzerindeki uzun vazoyu alıp Ediz'e arkasından yaklaşmaya başladığında korkuyla, "Ediz!" diye bağırdım ama adam seri bir hamleyle vazoyu Ediz'in kafasında parçaladı.

Uğur'u Ediz'in elinden kurtardığında Ediz elini ensesine götürerek dengesini sağlamak için bir adım geriledi. Ben tek elimle yerden destek alarak ayağa kalkmaya çalışırken karnımdaki acı hızımı engelliyordu. Diğer elimle karnımı tuttum ve dişlerimin arasından keskin bir nefes aldım.

Adam Uğur'u kaçırmaya başlarken acı verici adımlarla Ediz'e yaklaştım. Aldığım her nefes ciğerlerime saplansa da aldırmadım. Boştaki elimle Ediz'in koluna tutundum ve uzun, yıpranmış parmaklarının arasından sızan kanı görünce endişeli bir sesle, "Başın kanıyor," dedim.

Bakışlarını bana çevirdi ve odak noktasını kaybetmiş gibi bir süre yüzüme baktı. Ardından gözlerinde dağılan ifade bir mıknatısın parçaları gibi birbirine çekilerek bütün haline geldi.

Başından çektiği kanlı elini belimin kıvrımına yerleştirdi ve "İyi misin?" diye sordu ama vereceğim yanıtı beklemedi. "Onları takip etmemiz lazım."

"Ediz, saçmalama," dedim ama belimdeki eli yana kayıp bileğimi kavradı. Beni de arkasından sürükleyerek yürümeye başladığında karnımdaki acının nefesimi kestiğini hissettim. Ediz'in dengesi bozulmuyordu ama bunu yaparken zorlandığını görebiliyordum. Merdivenlerden inmeye başladığımızda korku dolu bir sesle, "Ediz," diye inledim ve onu durdurmaya çalıştım fakat bana aldırmadı.

İçim endişeyle dolarken Ediz'in adımlarına ayak uydurmaya çalışıyordum. Basamaklardan hızla indiğimiz sırada omzumun üzerinden arkama baktım, bizi yalnızca gölgelerimiz takip ediyordu.

Sonunda apartmandan çıktığımızda Uygar ile Gece'nin kül rengi suratlarla bizi beklediklerini gördüm.

"Ediz!" diye bağırdı Gece.

"Nereye gittiler?" Ediz'in sesindeki her şey o kadar karmaşıktı ki... Kafasına aldığı darbe, ifadelerinin üzerine şeffaf bir tabaka örtmüş gibiydi; orada durmaya devam ediyorlar ama nefes alamıyorlardı.

"Ayrıldılar," dedi Uygar yanımıza geldiğinde. "Başın kanıyor."

"Uğur şerefsizi nereye gitti?" diye sordu Ediz onu umursamadan. Uygar'la birbirimize endişeli gözlerle baktık. Belki o, Ediz'i ikna edebilirdi. Ona daha sonra yerlerini bulabileceğini söyleyebilirdi, bu işi daha kolay halledebileceklerini öne sürebilirdi. Ama yapmadı.

"Bayağı kötü haldeydi," dedi kaşlarını çatarak. "Arabayla kaçtılar."

Ediz başka bir yöne bakarak sessizce, "Siz de öylece izlediniz," diye mırıldandı ama Uygar ve Gece bunu duymamıştı. Onu dikkatle izleyen gözlerim yüzündeki en küçük bir detayı bile ezberliyordu. Sokak lambasının loş ışığı, Ediz'in birbirine bastırdığı dişlerinin yanaklarında oluşturduğu o çukura gölgeleri itiyordu. Gözlerini tekrar arkadaşına çevirdi, orada bomboş bir ifade vardı.

"Arabayı biz alıyoruz. Siz hastane kayıtlarını takip edin. Eğer bir gelişme olursa bana haber verin." Bir an çöken sessizliğin içinde kimse hareket etmeyince, "Hemen!" diye bağırdı. Gece ve Uygar birbirlerine baktıklarında Gece o kadar gergin görünüyordu ki bu benim kaşlarımı çatmama, o an neden başından beri Ediz'in yanında durduklarını sorgulamama sebep oldu.

Uygar cebinden anahtarını çıkararak, "Tamam," dedi. "O iş bizde." Arabanın anahtarını Ediz'e uzattığında çatık kaşlarımın altından gözlerimi Ediz'in uzandığı anahtara diktim. Ediz hiçbir şey söylemeden anahtarı kavradı ve beni kolumdan tutarak arabaya doğru yürümeye başladı.

Hissettiğim acıyı sesimden uzak tutarak, "Ediz," dedim, "çok kötü görünüyorsun."

"Sus," dedi dişlerinin arasından, yüzüme bakmıyordu.

"Bu şekilde araba kullanamazsın," dediğimde arabanın yanına gelmiştik. "Çoktan gitmişlerdir, bir sonuç alamayacaksın. Sadece kendine zarar veriyorsun."

Ediz bir elini yumruk yapıp, "Sus artık!" diye bağırınca irkildim ve bütün kelimeler geri çekildi, iri gözlerim kırgınlıkla doldu.

"Ben sadece senin iyiliğini düşünüyorum," diye mırıldandım, o ise dudaklarını birbirine bastırarak başka yöne baktı. Ardından gözlerini tekrar yüzüme sabitlediğinde yeşil gözleri dipsiz birer kuyu kadar derin görünüyordu. Dişlerinin arasından, "Yeter," diye hırladı. "Yeter geri zekâlı! Kendini düşün! Sikerim böyle işi!"

"Benim bir şeyim yok," dediğimde gözlerini bile kırpmadan bana uzun uzun bakınca bakışlarımı kaçırdım. Omuzlarımı kaldırıp indirdim ve arkadan esen rüzgâr saçlarımı dağıtarak öne doğru hafifçe savurdu. Tekrar Ediz'in gözlerinin içine baktığımda gözlerimde ikna edici bir sıcaklığın olmasını dileyerek, "Gerçekten bir şeyim yok," dedim.

Yüzümde sahnelenen ifadeyi izledikten sonra yavaşça gözlerini yumdu ve "Kendimi sikeyim," diye mırıldandı.

"Arabayı ben kullanabilir miyim?" Bu sorumu duyunca gözlerini yavaşça aralayıp bana baktı. Baktı. Baktı. İçinde canavarların saklandığını zannettiği karanlığın içine yürüyen bir çocuk gibi ona yaklaştım ve iri gözlerimi gözlerinden ayırmadan elindeki anahtara yavaşça uzandım, onu parmaklarının arasından ürkerek aldım.

Hiçbir tepki vermediğinde bunu bir onay olarak kabul ettiğim için, "Teşekkür ederim," diye mırıldandım.

Anahtarı her an elimden alabilirmiş gibi korkarak yanından geçtim. Şoför tarafına yöneldiğimde Ediz bir süre öylece dikilip boşluğu izlese de ben arabayı çalıştırdığımda donuk bir şekilde yanımdaki yolcu koltuğuna geçti.

Gözlerim yüzüne dokundu ve vitesi ileri aldım, etrafta araba olmadığı için rahatlıkla sokağa çıktım. Herhangi bir sapma olmadığından yolun dümdüz devam ettiğini tahmin etmek zor değildi.

Ediz önce ceketini, sonra tişörtünü çıkardı ve tişörtü başına tuttu. Arabayı durdurup yarasına bakmak istesem de sessizliği içimdeki tedirginliğin başını okşuyordu, bu yüzden hiçbir şey söyleyemedim.

"Gaza bas," dedi düz bir sesle. Ellerim direksiyonu daha sıkı kavrarken gaza yüklendim ve araba, avını gözüne kestiren bir panter gibi öne atıldı. Panik yapmak istemesem de aslında Ediz'i cinayet işlemeye kendi ellerimle götürdüğüm gerçeği düşüncelerime diken gibi saplanmıştı.

Yol kenarına yerleştirilen lambalardan yayılan ışıklar belli aralıklarla arabanın içine vuruyor, araba ilerledikçe gölgeler hareket ediyordu.

"Başın ne durumda?" diye sorduğum sırada sokağın sonundaki bir araba dikkatimi çekti.

Buz gibi bir sesle, "Beni düşünmeyi kes," diye hırlaması dudaklarımı birbirine bastırmama sebep oldu. Hızla arabanın peşinden sokaktan çıkarken ellerim direksiyonu biraz daha sıkı kavradı. Bazen aramızda uçurumlar oluyordu ve bu uçurumları Ediz kazıyordu.

"İyi olup olmadığını sormaya hakkım yokmuş gibi hissediyorum," dedi ifadesiz bir sesle. "Hiçbir şey yapmadan izledim."

"Çünkü olması gereken oydu," diye karşılık verdim ama Ediz başını hafifçe iki yana salladı. Bir lambanın daha altından geçtiğimiz sırada yüzü bir an için netleşti, ardından tekrar karanlığa gömüldü. Yüzü de sesi kadar ifadesizdi. Düşüncelerinin gölgesi bile görünmüyordu.

"Hayır," dedi. Öfkesi zehir gibiydi. O an tüm o zehri aslında bir başkasını öldürmek için değil de kendi damarlarını yakması için taşıdığını anladım; öfkesi kendineydi. "Ama ben bencil şerefsizin teki olduğum için soracağım," dedi. "İyi misin?"

Gözlerimi yola sabitleyerek sessiz kaldım. Bana bu kadar dürüst yaklaşması dilimdeki küçük yalan kıvılcımlarını söndürmüştü, kötü olduğumu ona söyleyerek kendine daha da yüklenmesini istemiyordum.

"Arabayı gözden kaçırma," dedi yavaşça. "Ve bana cevap ver."

Yine sessiz kaldım.

"Bana cevap ver!"

Yavaşça yutkunarak, "İyi olacağım," dedim sadece.

Bütün yollar ip gibi birbirine dolanmış, düğüm haline gelmişti. Bir ormanın içinde canavarın peşine takılan küçük bir kız çocuğu gibiydim. Onun adımlarını takip ediyor, onun gölgesinde saklanıyor, onun kollarında uyuyordum. Ediz Çağıran'ın zaafı... Bir canavarın zaafı...

"Sana zarar verilmesinden nefret ediyorum," diye hırladı. "Aptal! Niye sana zarar vermesine izin veriyorsun?"

"Onu engellememin hiçbir yolu yoktu," dedim yorgun bir şekilde. "Nasıl engellememi bekliyordun?"

"Beni engellemiştin!" diye bağırdı. "Ben sana zarar veremedim! Bana ne yaptıysan o adama da yapsana!"

Sanki o an canavarın yanına, ormanın ortasına uzanmıştım ve gökyüzünü izliyordum. Ağaçlardan kopan cansız yapraklar havada süzülerek yavaşça yere düşüyor ve yapraklar biriktikçe toprak açık bir mezarlığa dönüşüyordu. Canavarın yanında, kollarında bana kimse zarar veremezdi ama ben başımı kaldırıp o kızıl gözlere gülümsediğimde aslında canavarın pençeleri sırtıma saplanmış haldeydi ve kanım cansız yaprakları suluyordu.

"Arabayı iyi kullanmıyorsun," dedi öfkeyle. "Kendini öldürmek mi istiyorsun? Dikkatini topla."

Üzüntünün içimi tırmaladığını hissederek titreyen bir sesle, "Kafamı allak bullak ediyorsun!" diye bağırdım. "Neden böylesin, anlamıyorum!"

"Tamam, sakin ol," dedi Ediz yaşadıklarımın içimde yarattığı depremi hissederek. Bir de onun üzerime gelmesini kaldırabilecek halde değildim. Dışarı sızamayan gözyaşlarım gözlerimi yakıyordu. "Sakin ol sadece," diye ekledi.

Sıcak nefesim dudaklarımı kavuruyordu. Yaşananları kaldırabilmek için kendimi kazdıkça kazıyor, her şeyi içime sığdırmaya çalışıyordum ama bunun nereye kadar böyle gideceğini bilmiyordum. Bir yerden sonra gücümün tükeneceğini ve en dibe, yaşanan her şeyin altına gömüleceğimi biliyordum.

İlerideki siyah arabaya yaklaştığımız sırada düşüncelerim serbest kalarak beni ele geçirmeye çalıştığı için sol taraftan çıkan arabayı göremedim ve neredeyse çarpışıyorduk ama son anda direksiyonu kırdım. Bir an paniğe kapılıp arabanın hâkimiyetini kaybedecek gibi olsam da toparlandım ve Ediz'in sert eli boştaki elimi kavradı.

"Sakin ol."

Arkamızdaki araba bize uzun uzun korna çalınca kontrolümün ince bir cam gibi parçalara ayrıldığını ve zihnimin bir köşesinin sular altında kaldığını hissettim. Gözlerim yaşlarla dolunca Ediz, "Durdur arabayı," dedi ama ona aldırmadım. Arabanın damardan akan kan gibi yolda hızla akmasını ve beni bu andan uzaklaştırmasını istiyordum. Bir ayağım gaz pedalına yüklenirken nabzım deli gibi atıyordu.

"Durdur şu arabayı," dedi Ediz dişlerinin arasından.

Gözyaşlarım yanaklarıma süzülmeye başladığında, "Bir şeye karar ver artık," dedim, araba yolda hızla ilerliyordu.

"Takibi bırak!" diye bağırdı Ediz. "İstemiyorum. Durdur arabayı!"

"Durdurmayacağım," dedim ona kafa tutarak.

"Dediğimi yap," diye inledi sinirle. "Durdur şu arabayı. Dediğimi yap Doğa." Ben ona kulak asmayınca, "Durdur," diye tekrarladı. "İyi değilim."

Bakışlarım ona kaydı ve ne söylediğini idrak ettiğim anda ayağım benden bağımsız olarak frene yüklendi. Tekerlekler çığlık attı ve araba yolun ortasında durdu. Hemen arkamızdan gelen araç da son anda frenc basmıştı. Korna seslerini ve sürücünün öfke dolu sesini duysam da bunlar bir kulağımdan girip diğer kulağımdan çıkıyordu ama Ediz için aynı şey geçerli değildi sanırım.

Arabanın kapısını açıp öfkeyle dışarı çıktığında üstünde hiçbir şey yoktu. Başından süzülen kan boynunda ve gövdesinde ince yollar oluşturmuş, üzerine âdeta bir ölüm haritası çizmişti. Arabanın kapısını sertçe kapattığında ben de onu takip ederek hızla dışarı çıktım ve bir elimi arabanın üzerine koyup korkuyla ona baktım. Şiddetlenen rüzgâr, saçlarımı perde gibi önüme çekiyordu.

Ediz arkamızda duran arabaya doğru yürüyerek öfkeyle, "Ne dedin lan sen?" diye sordu. Arabadan ondan birkaç yaş büyük gibi görünen bir adamın çıktığını gördüm, arka koltukta bir kadın ve küçük bir çocuk oturuyordu.

"Kaza mı yaptırmaya çalışıyorsunuz kardeşim?" diye sordu adam öfkeyle. Ediz'in kemikli yüzündeki öfkeyi görüp de arabanın kapısını kapatarak ona doğru yürümeye başladığımda adam Ediz'in halini yeni fark etmiş gibi bir an afalladı ama yine de bir şey söylemedi.

Ediz, "Kaza yaptırmaya çalışıyorum, var mı bir sıkıntı?" diye diklenince adamın sinirlendiğini gördüm. Kadın içeriden korku dolu gözlerle kocasına bir şeyler söyledi. Küçük çocuk annesine sığınmış, kocaman gözlerle bizi izliyordu.

"Manyak mısın, nesin?" diye söylendi adam. Ediz'in yanına gittiğimde yapacağı herhangi bir şeyi engellemek istercesine bir elimi göğsüne yaslayarak adama baktım.

"Uzatmayın lütfen," diyerek araya girdim. "Arabada çocuk var, onun önünde kavga çıkmasın."

Kendini düşünmüyorsa çocuğunu düşünmesini dileyerek adama baktığımda gözleri önce bana, ardından Ediz'e dokundu. Çocuğun korku dolu bakışları ve Ediz'in dışarı çıkmak için teninin altında kükreyen öfkesi saniyeleri ağırlaştırırken adam bir şeyler homurdanarak arabasına yöneldi. Ediz yumruklarını sıkarak peşinden gidecek gibi olsa da bu sefer tamamen önüne geçip onu engelledim. Adam arabasına binip motoru çalıştırınca farlar gözlerimi aldı ve Ediz'in çimen yeşili gözlerini aydınlattı.

O gözlerde cehennemin kapıları aralanmıştı. Alevlerin arasında koşan kurtların tüyleri kızıl, gözleri ateş sarısıydı. İs karası sivri dişleriyle saldırdıkları avı parçalamıyor, yakıyor ve yok ediyorlardı.

Diğer araba yanımızdan geçip gittiği sırada Ediz'i arabaya yönlendirmeye çalıştım ama hiçbir şey söylemeden öylece dikildi. Gözlerini bana çevirip bir süre baktıktan sonra dişlerini birbirine bastırarak arabaya yöneldi ve binip kapıyı sertçe kapattı. Hızla şoför koltuğuna geçtim. Ona bakmadan önce arabayı güvenli bir yere çekmek istiyordum. Motoru çalıştırdığımda Ediz yumruklarını sıkmış, öylece duruyordu.

Arabayı yol kenarına park ettim ve motoru durdurup Ediz'e döndüm. Ne söyleyeceğimi, ne yapacağımı bilmiyordum. İçimden kucağına oturmak, kollarımı boynuna dolayarak ona her şeyin geçeceğini söylemek geliyordu ama böyle bir şeye cesaret edemeyeceğimin de farkındaydım.

Saçlarını kanla ıslatan yarası ne durumdaydı, bilmiyordum.

Bir süre sessizlik olunca, "Başına bakabilir miyim?" diye sordum.

"Önemli bir şey değildir," dedi bana bakmadan. "Kanama durdu zaten."

Dudaklarımı dişleyerek tereddütle ona baktım. Kucağına geçsem bana kızar mıydı ya da ters bir tepki verir miydi? Ne yapacağını kestiremediğim için hareket edemiyordum. Birkaç saniye tanıdım kendime. Bir karar alıyordum ama son anda cesaretim kırılıyordu.

Ediz ne olduğunu anlamış gibi bana baktı, ardından bir elini uzatarak elimi tuttu. Parmakları nazik değildi, dokunuşu sert ve elimi hapseder gibiydi. Beni kendine doğru çektiğinde itiraz etmeden kucağına yerleştim ve yüzümü kanlı boynuna gizledim.

"Bedelini ödeyecek," dedi güven veren bir sesle. "Öldüreceğim onu."

Ediz'i duymazlıktan gelip kollarımı boynuna dolayarak, "Eczaneye gidelim," dedim.

"Gerek yok," dedi. Yenilmez olduğunu düşünüyordu ama öyle değildi işte. Bunu ona nasıl öğreteceğimi, nasıl göstereceğimi bilemiyordum.

"Ediz," diye itiraz ettim. "Lütfen."

"Kapa çeneni artık," diye azarladı beni. "Sadece sarıl bana ve öyle kal."

Gözlerimi kapatıp kollarının arasında dururken ona istemediği hiçbir şeyi yaptıramayacağımın farkındaydım. Evet, tehlikeli, belki de düşündüğümden daha güçlüydü. Nefreti, gücü ve inancı belki birçok insanı yakacak ve onu ölümcül kılacaktı. Ama çektiği acıyı görebiliyordum ve bunu dindirmek cehennem ateşini söndürmek gibiydi çünkü cehennem her şeyden önce kendini yakardı.

4. ŞEYTANIN İNİ

Sanırım Ediz Çağıran'ın olayı buydu; ne olursa olsun belli etmemek... O yara ancak yıllar sonra kapanacak olsa da pansuman yapmamak ve kapatmamak...

Başındaki yaraya yaptığı da buydu. Pansumanı kesinlikle reddetmiş, dikiş attırmamıştı. Zaten yaranın dikiş atılacak kadar derin olmadığını söylemişti Gece ama yine de yapılması gerekmez miydi? Gece, Ediz'in kararlarını hiçbir zaman sorgulamıyordu. Ediz istemiyor muydu? İstemiyorsa olmazdı.

Şu anda da olduğu gibi... Ediz güzelce yıkanmıştı, temiz saçlarının arasında bir yara olduğu belli olmuyordu. Üstünde ona gerçekten yakışan takım elbisesi vardı ve yüzündeki resmî ifadeyi tamamlıyordu.

Ankara'da sürekli bir görünüp bir kaybolduğu için dikkat çekmeye başlamıştı, o yüzden geldiğimiz restoranda onu tanıyacak birileri olabilirdi. Olay sadece göz önünde durmaktı ve bu çok riskli bir şeydi. Onu gören bütün gözler, ibresi onun bulunduğu yeri gösteren ve yakalanması için yön belirten bir pusulaya dönüşebilecekken Ediz'in bu kadar rahat olması beni tedirgin ediyordu. Onu ateşe sürükleyecek düşüncelerin adımlarını takip etmeyeceğini bildiğim için hangi plana sırtını yaslayacak ve böyle büyük bir riski göze alacak kadar güvendiğini merak ettim.

Mekânda klasik müzik çalıyordu. Normalde bu tarzı hiç sevmememe rağmen ortamın rengine çok uyduğundan kulağa hoş geliyordu. Masalarda oturan insanlar kibarca sohbet ediyorlardı. İçeriye birbirine çarpan kadehlerin sesleri, çatalların tabaklara değmesiyle çıkan metalik gürültüler ve uğultu hâkimdi. Bu tür bir ortamda daha önce hiç bulunmadığımdan kendimi diken üzerinde hissediyordum. Hemen yanımda duran Ediz ise benim aksime rahattı, onun her ortama ayak uydurabildiğine şahit olmuştum zaten.

Hem en lüks yerlere hem de düşük gelirli insanların yaşadığı bir mahalleye ayak uydurabilirdi. Gece ve Uygar da öyleydi ama yine de Ediz'den farklıydılar. Bana gelince... Ben iki gruba da ait değildim. Küçük ama modern bir kafe, belki bir kitapçı, ucuz kahve, bir apartman dairesi ve küçük bir oda bana göreydi.

Ayrıca bilindik yemekleri tercih ederdim ama şimdi Fransız ve İtalyan mutfağından yemekler konulmuştu önüme. Yenme tarzları bile farklıydı ve yanlış bir şey yapıp görgüsüz gibi görünmek istemediğimden sadece beyaz şarabımı içiyordum. İnce parmaklarımla kavradığım kadehi dudaklarıma götürdüğümde damağıma yayılan alkol tadı bir asfaltın üzerine yayılan alev gibi değdiği yerleri yakmıştı.

Kadehi masanın üzerine yavaşça koyduğumda göz ucuyla birinin bize yaklaştığını gördüm. Başımı kaldırınca bize doğru yürümekte olan ve doğruca bana bakan bir kızla göz göze geldim. Ayağında ince, uzun topuklu ayakkabılar, üzerinde krem rengi, askısız, mini bir elbise vardı. Kız izin almadan boş bir sandalye çekti ve gülümseyerek masamıza oturdu.

"Burada olduğunuza inanamıyorum!" dedi. Gece ile Uygar'ın şaşkınlığını hissetsem de Ediz'de herhangi bir duygu değişimi olmamıştı, ifadesizliği yerini koruyordu. Boş bakışlarını kızın yüzüne çevirdiğinde ben kızın kim olduğunu anlamaya çalışıyordum. Kız alt dudağını dişlerinin arasına alarak gülerken benim gözlerimde soru işaretleri olduğundan emindim.

Gece yüzünde şaşkınlığını gösteren bir ifadeyle, "Nazlı?" dedi. "Ne işin var burada?"

Adının Nazlı olduğunu öğrendiğim kız samimi bir tavırla gülümseyerek, "Babamla yemeğe çıkmıştık," dedi. Ela gözlerine hiç silinmeyen, samimi bir ifade kök salmış gibiydi. "Sizi görünce şaşırdım. Özellikle de Ediz'i görünce... Uzun zamandır ortada görünmüyor." Gözleri Ediz'e kayarken özür dilercesine gülümsedi. Ediz beyaz şaraptan bir yudum alarak kadehini tekrar masanın üzerine koydu, bir eli masanın üzerindeydi. Nazlı elini onun elinin üzerine koydu. "Başın sağ olsun."

Üst üste duran ellerine hipnoz olmuş gibi bakarken kalbimden bir şey yayıldığını ve bütün vücudumu kapladığını hissettim. Ediz elini yavaşça çekerek mesafeli bir sesle, "Sağ ol Nazlı," dedi ama sandalyesinde ona dönük halde oturan kıza kaba davranmak istemiyor gibiydi. Kaşlarım hafifçe çatılırken bakışlarımı kadehe çevirdim ve cam kadehin ince, uzun gövdesini kavrayarak dalgın bir şekilde onunla oyalanmaya başladım.

Nazlı nasıl bir duygu barındırdığını anlayamadığım bir sesle, "Geri döndün sanırım?" diye sorsa da cevabı beklemedi. Bakışlarını bana çevirdiğini hissettim. "Bu kız kim?"

Bir elim kadehin üzerinde duraksarken ben de bakışlarımı yavaşça kaldırarak sakin bir ifadeyle ona baktım ve göz göze geldik. Uzun, dalgalı saçlarının uçları bal nehirleri gibi kıvrılarak bukleler oluşturuyordu ve küllü sarıya boyanmıştı. "Doğa," dedim.

Nazlı bana içtenlikle gülümseyerek, "Merhaba Doğa," diye karşılık verdi. "Ediz'le içeri beraber girdiğinizi gördüm. Akrabası falan olmalısın." Kız güldü. "Ben Nazlı bu arada..."

"Merhaba," dedim ben de gülümseyerek, daha doğrusu gülümsemeye çalışarak. Ediz'le akraba olmadığımızı ona söylemedim ve bunun nedenini bilmiyordum. Belki de daha beter bir konumda olduğum içindi. Rehine? Kurban? Parmak uçlarımla kadehimi kavrarken çimen yeşili gözleri üzerimde hissedebiliyordum.

"Gerçekten nerelerdesiniz siz ya?" diye üsteledi Nazlı. "Özledim."

Uygar ile Gece'nin bakıştıklarını gördüm. Bir şeyden rahatsız olmuşlardı. Onları rahatsız eden düşüncenin kaynağını anlamak için yüzlerini tarıyordum ama kimse renk vermiyordu.

Uygar, "Cenazeden sonra biraz ara verdik," dediğinde Ediz'in keskin bakışları ona çevrildi.

"Evet," dedi Ediz gözlerini Uygar'dan ayırmadan, ardından bakışlarını bana çevirdiğinde orada öfkenin üzerine gölge gibi çöken sinsiliği gördüm. "Bir süre bana eşlik ettiler, ardından eğitim için yurt dışına gittiler." Dudaklarının kenarı hafifçe kıvrılırken bakışlarını Nazlı'ya çevirdi. "Sen de yurt dışında eğitim almak istiyordun, değil mi? Uygar ve Gece bu konuda sana yardımcı olabilirler."

Uygar açık vermişti.

Huzursuzluğunu hissetsem de Gece, yüzündeki ifadeyi sabit tutmayı başarabildi.

Nazlı her şeyden habersiz bir şekilde, "Çok iyi olur," diye karşılık verince Ediz'in dudaklarının kenarına tutunan gülümseme hâlâ orada olsa da gözlerindeki ifade insanı üşütecek cinstendi. "Babam polisin hiçbir ceza almadığını, hatta ödüllendirildiğini söylemişti," diye devam etti Nazlı.

Ediz'in dudakları gerilip düz bir çizgi halini alırken ben de kaşlarımı iyice çatarak kıza baktım.

Nazlı, "Ortada bir cinayet yokmuş gibi hayatına kaldığı yerden devam etmesi inanılmaz, değil mi?" diye sorduğunda kurduğu cümledeki bütün harflerin boğazımda katran gibi birikerek yumruya dönüştüğünü hissettim.

Gece uyarı içeren bir sesle, "Bu konuları hiç açmayalım Nazlı," dedi.

"Ah," dedi Nazlı şaşırarak, biri onu durdurmadığı sürece sürekli konuşacak gibi duruyordu. "Özür dilerim."

Ediz tek kelime etmeden boşluğa diktiği gözlerini bana çevirdiğinde ne düşündüğünü tam olarak anlayamasam da gözlerine bir umursamazlık perdesi çekildiğini görebiliyordum. Sessizce yutkunarak çevreme bakındım ama yine Nazlı'nın odak noktası haline gelmiştim.

"Hangi bölümde okuyorsun Doğa? Bilkent'te değilsindir herhalde, yoksa seni görürdüm."

"Üniversite sınavına hazırlanıyorum." Sesim az önce masada gündeme gelen meseleden dolayı durgundu. Benden beş altı yaş büyük olmalarının yarattığı farkı tam olarak hissettiğim bir andı bu. İşaret parmağımın tırnağı cam kadehi sıyırırken yüzümde sabit bir ifadeyle Nazlı'yı izliyordum.

"Ediz'in küçük kuzenlerinden birisin o zaman?" dedi ortaya doğru. Kadehimi dudaklarıma yavaşça götürüp şaraptan bir yudum almadan önce hafifçe gülümsedim; düşündüğü gerçekten bu muydu, yoksa içten içe olmasını dilediği şeyi mi dile getiriyordu?

"Senin yaşlarındayken kafamız her türlü işe çalışırdı." Bu sözlerinde sesinin derinliklerine gömerek gizlediği ama varlığını koruyan bir aşağılama vardı. "Tatlım, senden bir yardım istesem?" Bana göz kırptı. "Uygar ve Gece çok uğraştı ama Ediz ile beni bir türlü sevgili yapamadılar. Sende bunu başarabilecek ışığı görebiliyorum."

Kaşlarımı kaldırarak Nazlı'ya baktığımda Gece ve Uygar'ın tekrar bakıştıklarını göz ucuyla gördüm. Böyle bir şeyi deneyeceklerini hiç düşünmediğim için şaşkınlık ufuktan kendini göstermişti. İçime sıcak, yakıcı bir his yayılırken kalbimin ruhumun üzerinde parçalandığını ve bu hissin akan kandan doğduğunu hissettim.

Sanırım beni en çok yaralayan ismi olmuştu; Nazlı, Ediz'in annesiyle aynı ismi taşıyordu.

"Ben o işlerden hiç anlamam," diye karşılık verirken olabildiğince dürüst ve samimi görünmeye çalıştım. Bütün günün ağırlığı üzerimdeyken her şeyin yavaşça dibe çöktüğünü hissediyordum: Uğur, yediğim dayak, yediğim dayağı Ediz'in tepki vermeden izlemesi... Silkinip düşüncelerimden arındım. Neden böyle olmuştum? Nazlı yüzünü buruşturarsa da neşeli ifadesi hâlâ duruyordu.

"Olsun, ben pes etmeyeceğim," dedi Ediz'in de duyabileceği bir sesle. Tadına alıştığım şaraptan bir yudum daha aldığımda bıraktığı hafif etki bende gerçekten erimiş elmas içtiğim hissi uyandırırken müzik değişti. Kimse Nazlı'nın bu girişken hallerine yorum yapmamıştı ama benim gözlerim Ediz'de, vereceği tepkideydi. Kıza kısa bir bakış attı ama yüzünde hiç hareket yoktu. Ne düşünüyordu?

"O ne?" dedi Nazlı birden. Ardından Ediz'in elini tuttu ve avucunu tamamen açığa çıkaracak şekilde çevirdiğinde kaşları bir anlam arar gibi çatıldı. Ediz'in avucuna, derisinin içine gömülen yaraya, D harfine saplanan bakışlarını dikkatle izliyordum. Kahverengi harf çok belirgindi ve Ediz'in elinin tam ortasına oturmuştu. Yaranın etrafındaki kızarıklık, iyileşmeye başladığını gösteriyordu. "D mi?" diye sordu Nazlı.

"Doğa'nın D'si," dedi Ediz mesafeli bir sesle. Nazlı şaşkınlıkla bana bakarken gözlerinde karmakarışık bir düşünceler yumağı vardı. Şok olmuştu.

"O senin sevgilin mi?" diye sordu hayretle. Ediz elini Nazlı'nın elinden çekerken gözlerini kırpmadan ona bakıyordu, bakışlarındaki tehdidi bir tek ben mi görebiliyordum acaba?

"Sen küçük kızlarla ilgilenmezsin ki," dedi Nazlı. "Hele elinde birinin adının baş harfini taşımak?.."

"Demek ki ilgileniyormuşum," dedi Ediz. Bakışlarım verdiği yanıttan dolayı ona kilitlenirken masanın ortasına gülle gibi düşen gerginliği hissedebiliyordum. Belki de bu gerginliğin kaynağı tamamen Nazlı'ydı. Aslında oldukça iyi birine benziyordu ama Başak da ilk başta iyiydi, öyle değil mi? Belki de fazla önyargılı yaklaşıyordum. Düşüncelerim bana kaşlarını çattı. Ortada dolanan kelimeler mantığıma karışarak duygularımla tartışmaya başladığında düşüncelerim ikiye bölünmüştü. İki ayrı yola saparak bambaşka yönlere çıkıyorlardı.

Bense bu iki farklı yoldan tek bir ortak sonuç çıkarabiliyordum: Ediz onun zaafı olduğumu kabul etmişti. Belki de böyle bir şey söylemesinin altında bambaşka bir sebep yatıyordu. Dışarıdan bakılınca durgun görünen ama içinde timsahların yüzdüğü bir göl gibi olabilirdi. Hiçbir şeyi sebepsiz yapmayacağını, her hareketinin temelini bir nedenle kurduğunu kendisi söylemişti. Resmin parçasına değil de bütününe bakmaya çalıştığımda Ediz Çağıran renkli, karmaşık ve ilk başta anlamsız görünen bir manzara gibi önümde duruyordu. Sırf bir şeyler kanıtlamak için ona ait olana, daha doğrusu sahiplendiği birine zarar veriliyordu. Buna göz yummaktansa durumu kabul edip beni korumayı tercih edeceğini biliyordum.

Nazlı'nın elimdeki E harfini görmesini istemediğim için ellerimi sıkıca yumruk yaptım ve masanın altına sakladım.

"Tende iz bırakmak senin dilinde sahiplenmek anlamına gelir..." diye mırıldanırken Nazlı üzgün görünüyordu. "Yani bu kıza ait olduğunu mu söylemeye çalışıyorsun?"

Ediz gülerken eğleniyor gibi görünüyordu. "Ben kimseye ait olmam. Bilmediğin şeyleri kurcalayıp kafanda kurgulama."

"Ediz?" Konuşmayı tok bir erkek sesi böldüğünde Ediz omzunun üstünden hemen arkasında duran adama baktı, geldiğini fark etmemiştim bile. "Gerçekten sensin. Nerelerdesin oğlum?" diye sordu adam.

"Ertan Bey," dedi Ediz ayağa kalkarak. Onlar resmî bir tavırla el sıkışırlarken Ediz'in neden burada olduğunu, tam olarak ne planladığını ve kendini neden bu kadar insana gösterdiğini bir kez daha sorguladım. Ertan Bey, Nazlı'ya gülümseyince onun Nazlı'nın babası olduğunu anladım.

"Nerelerdesin oğlum?" diye sordu adam tekrar.

"Biraz uzaklaşmak istedim," dedi Ediz. "Bir süre buralarda olmayacağım."

"Cenazede yanına gelememiştim," dedi adam üzgün bir tavırla. "Başın sağ olsun. Babanın suçlu olduğuna hiç inanmıyorum evladım. Levent'i en az senin kadar tanıyordum. O polisle ilgili bir şeyler yapacak mısın?"

Atalay'dan bahsetmeleri içime bir balta gibi saplanmıştı.

"Bakacağız," dedi Ediz.

"Onu öldürsen yeridir," diye homurdandı Ertan Bey. "İşlerini doğru düzgün yapmıyorlar. Türkiye'nin en başarılı avukatlarından birini aldılar. Sonra diyorlar ki bu ülke neden bu halde?"

Gözlerimi adama diktim. Onu ne ilgilendirirdi? Atalay benim ağabeyimdi ve kimse onun öldürülmesinden çok iyi ve doğru bir şeymiş gibi bahsedemezdi. Tamam, hata yapmıştı. Onu hiçbir şekilde savunamazdım ama cezası ölüm mü olmalıydı? Ediz'in yandan bana baktığını görsem de bakışlarımı hemen öfkeli bir şekilde başka yöne çevirdim.

"Kapatalım bu konuyu Ertan Bey," dedi Ediz resmî bir sesle. "Gerekeni yapacağımdan emin olabilirsiniz."

Adam, "Biliyorum oğlum," dedi ve Nazlı'ya döndü: "Haydi gözün aydın. Ediz dönmüş." Tekrar Ediz'e baktı. "Bu kız senin kadar iyi bir hoca bulamadı. Ne zamandır başımın etini yiyor ve yakında jüri önüne çıkacak."

Ediz, "Yarışmalara devam mı?" diye sorduğunda bakışlarım tekrar ona döndü.

"Evet," dedi Nazlı ama sesi artık o kadar da neşeli çıkmıyordu. Ediz Çağıran'a âşık bir kız... Bundan bir liste dolusu olduğuna emindim ama bir an için kıza üzüldüğümü hissettim. Kurduğu senaryolar ne yöndeydi, bilmiyordum ama benim Ediz'in hayatındaki kız olmaktan çok, alıkoyduğu kurbanı olduğum ihtimalinin yakınından bile geçmediğinden emindim. Ayrıca ne yarışmasından bahsediyorlardı ki?

"Ediz, oğlum, kızıma bir seferlik eşlik etsen? Bayağı çalıştı ama hâlâ eksikleri olduğunu düşünüyor." Ediz'in göz bebeklerindeki boşluğa ağ gibi örülen hoşnutsuzluğu fark etsem de, babasına bakarak, "Yakın bir zamanda Ankara'dan ayrılıyorum," diyen Nazlı bu ifadeyi görmemişti.

"Söylerim, dans edebileceğiniz bir parça çalarlar. Burada da olur. Şurada sahne var, özel günlerde gösteri yapılıyor. Şimdi dans edebilirsiniz."

İşte bu beklemediğim bir şeydi. Ediz'in dans ettiğini, hatta dans eğitimi verdiğini düşünemiyordum. Şaşkınlıkla onu izlediğim sırada durumdan memnun olmadığını açık bir şekilde yüzünden okuyabiliyor, eskiden olduğu kişiye bu kadar aykırı bir tavır sergilemesinin sebebini merak ediyordum.

"Pekâlâ," dedi Ediz, Nazlı'ya bakarak. "Sadece bir dans."

Nazlı en ufak bir şeyden bile mutlu olabilecek birine benziyordu. Yüzü aydınlanırken bu aydınlığın kaynağının benim sömürülen ışığım olduğunu fark ettim. Onun yüzü aydınlandıkça benim yüzüm gölgelerin arasına çekiliyordu. Sanırım duymak ile görmek arasındaki fark buydu. Ediz'in Başak'la yattığını duyan kulaklarım, onu yanında bir kızla gören gözlerim kadar inandırıcı gelmemişti bana. Şimdiyse buna bizzat şahit oluyordum. Ediz, Nazlı'ya elini uzattığında bakışlarım avucunun ortasındaki D harfine saplanıp kalmıştı.

Nazlı elini o D harfinin üstüne yerleştirdiğinde bakışlarımı kaçırdım ve Uygar'ın bana baktığını gördüm. Ona gülümsemeye çalışan dudaklarım bükülmeyen bir maddeden yapılmış gibi hissediyordum. Sanki ben gülümsesem de dudaklarım felç geçirmiş gibi kıvrılmıyor, yüzümde öylece uzanıyordu.

Uygar, "Levent Çağıran'ın hayatının bir dönemini hastanede yatarak geçirdiğini biliyor muydun?" diye sorduğunda onu anlamayarak gözlerinin içine baktım. "Ruh ve sinir hastalıkları bölümünde." Dudaklarım şaşkınlıktan hafifçe aralandığında Uygar kadehini eline aldı. "Ediz o zamanlar çocukmuş ve ona geçici olarak bakan kişiler yaşananlardan etkilenmemesi için bazı yöntemler denemişler. Dans eğitimi de bunlardan biri." Uygar beyaz şaraptan bir yudum alarak elindeki kadehe baktı. "Bu yüzden dans etmekten hoşlanmaz, bu konudan bahsetmekten de hoşlanmaz ama amacına ulaşmak için sahip olduğu her şeyi kullanır." Arkasına yaslanıp yanındaki kızla sahneye doğru ilerleyen arkadaşına baktı. "İnsanları bile..."

Ediz ve Nazlı sahneye doğru ilerlerken bakışlarımı onlara çevirerek dalgın bir şekilde ikisini izlemeye başladım. Bu yeni öğrendiğim bilgiyi kurcalamak istesem de Ediz'in geçmişine saygım vardı, bunu Ediz'den değil de Uygar'dan öğrenmek bile beni rahatsız etmişti.

Bacak bacak üstüne attığımda midemin üstünde bir şey oturuyormuş gibi hissediyordum. Derimin altında çürüyen etler canımı yaksa da karnımdaki acıyı görmezlikten gelebiliyordum. Yine de darbeler midemin üzerine denk gelmiş olmalıydı çünkü midem hem ağrıyor hem de bulanıyordu.

Ediz ve Nazlı dans etmeden hemen önce çalmaya başlayan şarkı duvarlara çarparak bütün mekâna yayıldı. Nazlı topuklu ayakkabılarını çıkardı ve kenara koydu. Ediz'e doğru zarif adımlarla ilerlemeye başladığında masalardakilerin dikkatleri onlara yönelmişti. Ben de kendime işkence etmek istercesine gözlerimi dikmiş, onları izliyordum. Bir sürü soru vardı aklıma takılan. Mesela kalbimdeki sızıyı merak ediyordum en çok. Neden böyle hissediyordum ki? Bu hissin ne olduğunu biliyordum ama deli gibi reddediyordum. Ediz Çağıran'a değer mi veriyordum? Yoksa daha fazlası mıydı?

Gözlerimi kapatmamak için zor tuttum kendimi. Bu çok hastalıklı bir durumdu.

Ediz'in eli Nazlı'nın belinin kavisine kayarak onu kendine doğru çekti. Bedenleri birbirine yaslandığında gözleri de birbirine kenetlenmiş, Nazlı'nın bacağı Ediz'in bacağının arkasına doğru kıvrılmıştı. Çıplak teni Ediz'in pantolonuna sürtünürken ellerini Ediz'in omzuna yerleştirdi, uzun bukleleri omuzlarından beline dökülüyordu.

Kötülük var olmak için iyiliğe muhtaçtı. Her şey içinde karşıtını barındırırdı. Ve ben cennetteki bir tepede tavanından kan sızan bir mağaraya saklanarak şeytanın kendisi için yaratıldığına inanan bir melek gibi hissediyordum kendimi. Ama şeytan gökyüzünün altına zincirlenmiş ve kötülüğün tohumunu birçok kadının rahmine gömmüştü.

Bu gerçeği Ediz ve Nazlı dans etmeye başladıklarında kavramıştım. Ediz dibi olmayan, derin bir deniz gibiydi ve denizin teninde birçok gemi yüzerdi. Onun teninden kaç beden geçmişti?

Ediz'in kollarını sardığı başka bir beden... Zihnimde hafifçe dalgalanan beyaz bir tülün ardında büyük bir yatak belirdi ve gözlerimin önüne gelen görüntüler o yatakta uzanan sivri dişli bir canavar gibiydi. Başak'ın çıplak bacaklarını Ediz'in bedenine sardığını ve kalçalarını ona doğru kaldırıp kollarını boynuna sıkıca doladığını düşündüm. Çıplak bedenlerinin birbirlerinin üzerinde kaydığı, Ediz'in nefesinin onun dudaklarına döküldüğü ve bir bütün haline, tek bedene dönüşmeleri gözlerimin önüne geldiğinde bunu daha önce hiç düşünmediğimi fark ettim. Belki de düşünmeyi reddetmiştim. Kalbim bir fırtınanın merkezi haline geldi.

Nazlı kalçalarını öne itip uyumlu bir şekilde Ediz'e yaslanarak sırtını hafifçe geriye attı ve belindeki kavis belirginleşti.

Dişiliğini kullanabilen kadınlara her zaman hayran olmuştum. Yaratılış amacındaki güzelliğin farkındaydı ve tamamen özgür, tamamen güçlüydü. Dans konusunda iyi olması belki yetenekten kaynaklanan bir şeydi ama böyle estetik bir görüntü oluşturabilmesinin temelinde sarsılmaz bir özgüven yatıyor olmalıydı.

Bir yerde Nazlı bacaklarını Ediz'in beline sardı ve kucağına çıktı. Saçları Ediz'in yüzüne dökülürken dudaklarımın kuruduğunu hissettim.

Elleri onun yüzünü yokladı ve çenesindeki kirli sakalını okşadı. O sakalların kalbime battığını hissettim.

Yüzümdeki ifadesizliği koruyarak hislerimi kovmaya çalıştım ama her hücreme sımsıkı tutunmuşlardı. Hangi ara bu hale gelmiştim?

Nazlı, Ediz'in kollarının arasındayken bir an yüzleri birbirine o kadar yaklaştı ki kalbim başını eğdi. Ona dokunmasını istemiyordum. Onunla dans etmemeliydi. Ama neden? Bu düşüncelerin anlamı, mantığı neydi?

Nazlı'nın eli Ediz'in ensesine kaydı ve onu yavaşça okşayarak boynuna, oradan da göğsüne indi. Dudaklarımın arasından derin bir nefes alarak mide bulantımı bastırmaya çalışsam da hissettiğim fiziksel ve ruhsal acıyı dışarı atmak istercesine kasılan midem bulantıyı daha da şiddetlendirdi. Ediz'in elleri kızın yüzüne gittiğinde bakışlarımı onlardan uzaklaştırıp ayağa kalktım. Kusacaktım. İlk başta sakin adımlarla ilerlesem de bir an önce tuvalete gitmem gerektiğini hissederek koşmaya başladığımda giydiğim mini elbisenin kabarık eteği zıplıyordu ama aldırmadım. Son derece modern ve temiz görünen tuvalete girdiğimde restorandan gelen sesler azalmıştı. Kendimi hızla kabinlerden birine atarak klozete eğildim ve önüme düşen saçımı kulağımın arkasına sıkıştırıp derin derin nefes almaya başladım.

Midem içinde bulundurduklarından çok, hissettiğim acıyı dışarı atmak istercesine kasıldı ve kusmaya başladım. Gözlerimde biriken yaşlar yanaklarıma taştığında bir yangını söndürmeye çalışıyor gibiydim. Derin nefeslerim boğazımdan aşağı soğuk su gibi akıyordu.

Tuvalete birinin girdiğini duyduğumda yanaklarımdaki yaşları hemen elimin tersiyle sildim, kimsenin beni bu halde görmesini istemiyordum. Kabinin kapısını kapatıp kilitlediğimde içeride tok bir ses yankılandı.

"Doğa?"

Ediz'in sesini duyunca içimden yükselen hıçkırarak ağlama isteğini bastırdım. Ağlamayacaktım. Ne diye ağlayacaktım ki? Evet, berbat bir gündü. İçimde zaten kendimi değersiz hissetmemi sağlayan bir Doğa vardı ve Ediz de ona eşlik ediyordu. Yine her şeyi hak ettiğim hissine kapılıyordum ve bu his içimde bir çığ gibi ilerleyerek beni soğuğun altına gömüyordu.

Neden böyleydim, bilmiyordum. Belki insanlardan uzak durma sebebim de buydu.

Titreyen ellerimle saçlarımı kavrarken bir kez daha klozete doğru eğildim ve artık bedenim dayanamadığı için tekrar ağlamaya başladım. Bedenim zehri bu şekilde dışarı atmaya çalışıyordu. Birkaç sessiz damla yanaklarımdan süzülmeye başladığında Ediz Çağıran'ın beni bu kadar kolay yerle bir edebilmesinden nefret ettim. Ne olursa olsun gözyaşlarıyla sonuna kadar savaşırdım. Ben güçlüydüm ve ağlamaktan nefret ederdim.

Ama şimdi sürekli ağlıyordum. Bu ben değildim. Ben duygularına kapılıp giden ve hayal kırıklığına uğradığında zavallı gibi ağlayan biri değildim. Ediz benim güçsüz tarafımdı sanki. Yıllardır kayıptı ve şimdi beni bulmuştu. En kötü geçen gecenin ardından bile güneş doğunca Umay'la gülebiliyor, hiçbir şey olmamış gibi davranabiliyordum.

Şimdi güçsüz parçam benden o yılların acısını çıkarıyordu.

"Doğa?" dedi Ediz kapıyı tekrar zorlayarak. "Kapıyı aç. İyi misin?"

Kusarken midem kasıldığı için karnımdaki acı katlanmıştı. Elbisemin eteğini kaldırıp karnıma baktım, morarmış tenimin altına çürümüş et doldurulmuş gibi görünüyordu.

"Doğa, bir şey söyle!" dedi Ediz öfkeyle. "Kapıyı aç."

Sifonu çektikten sonra yanaklarımdaki gözyaşlarını elimin tersiyle bir kez daha sildim, karnımdaki acıya aldırmadan duruşumu dikleştirdim ve kilidi çevirip kapıyı açtım. Ediz'in yüzüne bile bakmadan yanından geçerken ellerim hâlâ titriyordu. Sessizliğime ayak uydurarak peşimden gelse de ona aldırmadan soğuk suyla yüzümü yıkadım.

Doğrulup aynaya baktığımda onun da bana baktığını gördüm.

"İyi misin?" diye sordu.

"İyiyim," dedim ruhsuz bir sesle. Ediz ona karşı her zaman açık olmamı istiyordu, kendimi geri çekerek sessizliğe gömülmem onu sinirlendiriyordu. Yeşil gözlerindeki halelere yayılan öfke, gözlerinin parlamasına sebep oldu.

"Sorun ne?" diye üsteledi ama ben ona cevap vermeden bir peçete aldım ve önce ellerimi, sonra yüzümü sildim.

"Doğa bana cevap ver."

Elimdeki peçeteyi çöpe atıp yüzüne bakarak, "Sorun yok," dedim. Onunla gireceğim herhangi bir tartışmayı kaldırabilecek halde değildim. "Sadece midem kötü."

Gözlerini bile kırpmadan beni izlemeye devam edince ben de kısa bir an için gözlerine baksam da yanından geçip tuvaletten çıktım ve kollarımı göğsümde kavuşturarak masaya doğru ilerlemeye başladım. Beni endişeli gözlerle izleyen Gece ile Uygar'a bakmadan yerime oturdum. Titreyen ellerimle bardağı kavradığımda elim titrediği için bardağın içindeki su hafifçe dalgalanıyordu. Bir yudum içip bardağı yerine koydum. Nazlı hâlâ bizim masadaydı.

"İyi misin?" diye sordu, samimi görünüyordu. "Ediz nerede? Dansı yarıda bırakıp peşinden gitmişti."

"Bilmiyorum," dedim soğuk bir sesle. Nazlı'nın kaşları çatıldığı sırada Ediz masaya doğru gelmeye başlamıştı.

"Bak, sorun Ediz'le dans etmemizse..."

"Sorun o değil," diyerek lafını kestim. "Midem kötü ve şu an gerçekten konuşacak halde değilim." Midem kendini tekrar hatırlatınca elimin tersini ağzıma bastırdım. O sırada Ediz gelip yanıma oturmuştu. Nazlı'nın gözleriyse elime takılı kalmıştı. Hiçbir yorum yapmadan önüne döndüğünde yanakları kızarmıştı. Elime bakınca avucumdaki kahverengi E harfini gördüm.

"Doğa, neyin var?" dedi Ediz ısrarla. "Yediğin bir şey mi dokundu?"

"Hiçbir şey yemedi ki," dedi Gece. Ardından bana baktı. "Bugün aldığın bir darbeden dolayı mı?"

"Darbe mi?" diye sordu Nazlı, mesele dikkatini çekmişti.

"Ben sana sonra anlatırım," dedi Uygar konuyu kapatarak. O da endişeli görünüyordu. "Doğa, şu an ruh gibisin güzelim."

"İyiyim ben," dedim ama bu Ediz'i daha da sinirlendirmekten başka bir işe yaramadı. Gözleri hiddetle parlarken o yeşil dünyanın içinde saklanan bütün tehlike sinyallerini üzerime salmıştı.

"Bana iyiyim deyip durma," diye hırladı öfkeyle. "İyi olmadığını görüyorum. Konuş benimle Doğa. Neler oluyor?"

Gözlerine öylece bakmaya devam edince beni oturduğum yerden kaldırmak için kolunu belime doladı ama tam morluğun üstüne bastırdığı için bir an nefesim kesildi ve ona tutunarak acıyla inledim. Hemen durup şaşkınlıkla bana baktı ve kolunu çekti.

Dehşet dolu bir ifadeyle, "Yaralanmışsın," dedi. Eli vücudumu yoklamaya başladığında onu durdurmaya çalıştım ama bu, acımın kaynağını daha kolay bulmasını sağlamaktan başka bir işe yaramadı. Parmaklarını hafifçe karnıma bastırınca sıktığım dişlerimin arasından sesli bir nefes çektim.

"Tuvalete," dedi Ediz. "Yürü. İtiraz istemiyorum yoksa seni zorla götürürüm."

"Rahat bırak beni," dedim onu itmeye çalışarak ama beni zorla ayağa kaldırdı. Bileğimi sıkıca kavradığında bakışları kendinden emin ve kararlıydı. Beni zorla tuvalete götürürken çevredeki gözler bize dönmüş, neler olduğunu çözmeye çalışıyorlardı.

Tuvalete girdiğimizde Ediz kapıyı kapattı ve gözlerini bana dikti.

"Elbiseni kaldır," deyince ona meydan okuyan gözlerle baktım. Öfkeyle dişlerini sıkarak bana doğru ilerlemeye başladı ama ben geri geri gittim. Sırtım tuvaletin duvarına dayanınca yanından kaçmaya çalıştım fakat beni anında durdurup duvara yasladı ve bir eli eteğimin ucunu kavradı. Eteğimi yukarı kaldırırken diğer elini de aşağıya indirdi ve karnımı tamamen açtı.

Karnıma baktığında yüzünden önce şaşkınlık, sonra dehşet, ardından insanın kanını donduracak kadar şiddetli bir öfke dalgası geçti.

"Bunu bana neden söylemedin?" Öyle bir bağırmıştı ki yerimden sıçradım. Bir an şaşkınlıkla gözlerimi kırpıştırdım. Yükselen sesi ve gözlerine çöken ifade beni korkutmuştu. O kadar delirmiş görünüyordu ki bir an kontrolünü kaybedeceğini sandım.

"Önemli bir şey değil," dedim ellerini itmeye çalışarak.

"Önemli bir şey değil mi?" Sözlerimi tekrarlarken Ediz'in nefesi bir mezarlığın üzerinde esen rüzgâr gibiydi.

Onunla göz göze gelmekten kaçınarak, "Gerçekten önemli değil," dediğimde öfkesi bedenine deprem dalgaları gibi yayıldı.

"Böyle bir şeyi benden gizleyemezsin," diye hırlayınca onu omuzlarından itmeye çalıştım. Yaşanan her şeyin içimde öfkeli deniz gibi kabardığını ve dalgaların kayalara çarpar gibi bana çarptığını hissediyordum.

"Siktir git Ediz!"

"Senin ağzını..." Ediz öfkeyle gözlerini yumdu, kendini son anda frenlemişti. Gözlerim irileşmeye başladığında nefesimin boğazımda tıkandığını hissettim.

"Ne?" dedim burnumdan soluyarak.

Ediz'in çenesi kaskatı kesilirken burun delikleri hafifçe genişledi. Ama hiçbir şey söylemedi. Zihnimde kristal bir avize, asılı olduğu tavandan zemine düştü. Parçaları her yana dağılmaya başladığında gözlerimin arkasından tırmanan gözyaşları da yanaklarıma indi ve yeşil gözler bana döndü.

"Beni böyle aşağılama," diye mırıldandım, sesim çatlamıştı.

"Ağlama," diye emretti. "Kahretsin, ağlama. Özür dilerim, tamam mı?"

Özür dilemesi derinlerde bir yerime dokununca iç çeke çeke ağlamaya başladım. Bu kadar kırılmamın, beni bu kadar kolay yerle bir edebilmesinin mantıklı bir açıklamasını bulamıyordum çünkü o bir katildi ve beni kendi intikamının çarmıhına germişti. Şu an burada bana istediğini yapabilirdi. Onunla yaptığım anlaşmayı kullanarak bacaklarımın arasına bile girebilirdi.

Parçalara ayrılan kontrolümü toplamaya çalışırken kendimi sıktım. İçimde yükselen duygular geri çekilmeye başladığında dudaklarımın arasından dökülen sıcak nefesim tenimi kavuruyordu. Gözyaşlarımı durdurarak Ediz'in gözlerinin içine baktım.

"Ben iyiyim."

Ediz bana sitem ettiğini gösteren bir ses çıkardı ve elleri kalçalarıma doğru kaydı. Ben daha tepki veremeden beni kaldırdı ve bacaklarımı beline dolamaya zorladı. Düşmemek için mecburen ona sarıldım. Bedenimi duvara yasladığında nefesinin sıcaklığını tenimde hissedebiliyordum.

"İyi değilsin," dedi elini sırtımda gezdirerek. "Benim yüzümden... İzin vermemeliydim."

"Doğru olanı yaptın," diye karşılık verdim ama içimdeki ses tam aksini söylüyordu. En doğrusunun bu olduğunun farkında olsam da kaynağını çözemediğim o ses, Ediz'e çok kırgındı.

"Seninle dans etmek istiyorum," dedi yavaşça. "Dans et benimle."

"Ben dans etmeyi bilmem."

"Sorun değil."

Yüzlerimizin arasında çok az mesafe vardı.

"Ediz..."

"Bu bir rica değil Doğa," derken sesi net ve kararlıydı.

"Yoruyorsun beni," diye mırıldandım. "Sıkılmadın mı bunu yapmaktan? Bir gün hiçbir işine yaramayacak bir kız çocuğu kalacak elinde."

Ediz'in gözlerinin içine baktığımda ense kökümden başlayarak yukarıya doğru yükselen ve saç köklerime dolan uyuşukluk damağımın kurumasına sebep olunca kulaklarımın uğuldadığını hissettim. Ellerimi Ediz'in omuzlarına yerleştirip ondan destek alarak, "Ediz," diye fısıldadım.

Beni yavaşça yere indirdiğinde ellerimi ondan çekmeden çevreme baktım, kalp atışlarım giderek hızlanıyordu.

"Doğa?"

Ediz'e baktım ve zemin ayaklarımın altında dönmeye başladı.

Nefesim dudaklarımı kavururken, "Başım dönüyor," diye fısıldadım. Ediz kolunu belime dolayarak beni kendine doğru çekince omuzlarındaki ellerim göğsüne kaydı ve başımı göğsüne yaslayıp gözlerimi kapattım. Bilincim yerinde olsa da zemin ayaklarımın altından tek tek tuğlalar halinde dökülmeye başlamıştı sanki. Gözlerimi yavaşça aralayarak içinde bulunduğumuz ana tutunmaya çalışırken Ediz'in sırtını duvara yaslayıp yere oturduğunu, beni kucağına çektiğini fark ettim.

"Ediz?" dediğim sırada nefesini saçlarımın arasında hissettim.

"Buradayım," diye fısıldadı kulağıma. "İyi olacaksın."

Yavaşça yutkunarak ve bilinçsizce, "Gitme," dedim.

"Buradayım küçüğüm."

Dudaklarım tekrar aralansa da hiçbir şey söyleyemedim, gözlerimi kapattım.

Bu garipti. Yani insanın kendini katilinin kollarında güvende hissetmesi, ne yaparsa yapsın ona sığınması ve sadece onunlayken huzur duyabilmesi... Bu iş bitecekti, er ya da geç bir sonuca bağlanacaktı. Kendimi küçük odamda yapayalnız bulunca ne yapacaktım?

Artık Ediz Çağıran'sız bir hayat düşünemiyordum.

Gözlerimi tekrar araladığımda bir an için nerede olduğumu kavrayamadım ama hâlâ aynı pozisyonda, Ediz'in kucağında oturuyordum. Canı acımıyor muydu? Ne de olsa elli üç kiloydum ve o beni küçük bir çocukmuşum gibi her seferinde kucağına alıyordu.

Ediz de kollarını bana sarmış, sırtını duvara vermiş bir şekilde kaşlarını çatarak uyuyordu. Hâlâ tuvaletteydik. Çevreme bakındığımda geçen zamanın kalıntılarını gördüm. Kaç saattir buradaydık?

Ben kıpırdanınca gözleri bir tehlike ararcasına anında açılsa da Ediz hiç hareket etmedi. Onu izleyen gözlerime baktı ve kaşlarını daha da çatarak, "Doğa?" dedi. "İyi misin?"

"İyiyim," diye fısıldadım. Sonra yüzümü tekrar göğsüne gömerek küçük bir kız çocuğu gibi, "Neden buradayız?" diye hayıflandım. "Eve gitmek istiyorum."

"Seni o şekilde dışarı çıkardığım takdirde dikkat çekerdik," dedi ifadesiz bir sesle.

Başımı göğsünden çekmeden, "Tuvalette uyuduk," diye mırıldandım. "Hiçbir şeyimiz normal olmayacak mı?"

Ediz gülse de kahkahası neşeli değildi.

"Yaşananlar sana ağır geliyor. Toparlandın mı?"

Uykulu bir şekilde mırıldanarak ona biraz daha sokuldum ve "İyi hissediyorum," dedim.

"Mekânı kiraladım. Her şeyden uzak, normal bir geceye ne dersin?" diye sorunca yaslandığım yerden doğrulup yüzüne baktım ve Ediz'in dudaklarının bir köşesi kıvrıldı. "Dans etmek istemez misin Doğa?"

Dans konusunda kendime güvenmediğim için, "İstemem," dedim. "Eve gidelim."

Ediz dudaklarını saçlarıma bastırıp, "Ama ben istiyorum," dedi.

Aklıma takılan soruyla ilgili çekincelerim olsa da konuyu dağıtacağını umarak, "Bir şey sorabilir miyim?" dedim. Hafifçe başını salladı. "Neyi kastettin? Nazlı senin küçüklerle ilgilenmediğini söylediğinde, 'Demek ki ilgileniyormuşum,' dedin..."

"Böyle bir soru sormaya cesaret edebileceğini hiç düşünmemiştim Şahmeran," dedi yavaşça. "Sorgulamadan kendi kafanda bir yanıt bulursun sanıyordum ama beni şaşırttın." İç geçirdi. "Bu sorunun cevabını sana sonra vereyim."

"Neden?" diye sordum, zor bir soru sormamıştım.

Ediz, "Çünkü canım öyle istiyor," diyerek klasik cümlelerinden birini koydu önüme. "Herkes gitmiş olmalı." Bir an kıpırdandı, ardından telefonunun ışığı yüzünü aydınlattı. "Gece yarısı olmak üzere."

Ediz'in kucağından kalkarken, "Bunu gerçekten yapacak mıyız?" diye sordum.

"Evet," dedi.

"Neden?" Tuvaletin kapısına yöneldiğinde karanlıkta bakışlarını hissettim.

"Çünkü ben öyle istiyorum."

Gözlerimi abartılı bir şekilde devirerek peşinden gittim. Restoranda kimse kalmamış ama ışıklar açık bırakılmış ve bir masa hazırlanmıştı. Ediz'in mekânı kiraladığını hatırladım.

Hazırlanan masadaki iki kadehi parmaklarının arasına sıkıştırıp bir şişe de kırmızı şarap aldı ve sahneye doğru yürümeye başladı. Ben onun peşinden giderken ayağımdaki topuklu ayakkabıların zeminde bıraktığı tok ses de beni takip ediyordu.

"Şarap?" diye sordu kadehleri doldururken. Başımı hafifçe iki yana salladım, geride kalan saatlerin yankısını bedenimde hâlâ taşıyordum. Alkol, bastırdığım hislerimi uyandıracaktı. Ediz benim kadehimi yine de doldurduktan sonra kendi kadehini dudaklarına götürerek şaraptan bir yudum aldı ve bana anlamını çözemediğim bir bakış attı.

"Bunu nasıl yapıyorsun?" diye sordum şüpheli bir sesle.

Gözlerini kısarak, "Neyi?" diye sorduğunda kollarımı bedenime sardım.

"Polisler tarafından aranmana rağmen nasıl bu kadar rahat göz önünde durabiliyorsun?"

Kadehi dudaklarına götürdüğünde arkadan vuran ışık, gerçeği ortaya çıkarıyormuş gibi onu gölgeler içinde bırakmıştı.

"Doğru an," dedi dibinde kan birikmiş gibi görünen şarap kadehini bir kenara koyarak. "Doğru mekân." Yüzünde çarpık bir gülümsemeyle bana doğru yürümeye başlarken, "Bu sorunun cevabını tek bir cümleyle vereceğim," dedi. "Tanrı, şeytanın inini cennete sakladı." Tam önümde durduğunda bir eli tenimde hafif bir dokunuşla kayarak bel kıvrımıma yerleşti. O kadar yakınımdaydı ki nefesi dudaklarıma dökülmüştü. "Dans et benimle Şahmeran."

Nefesini solumak, zehir solumaktan farksızdı sanki.

"Ben dans etmeyi bilmiyorum," dedim.

Ediz müziği başlattıktan sonra yanıma geldi ve tam önümde durdu.

Ellerini kolumun altından başlayıp bütün kıvrımlarımı hissedecek şekilde yavaşça aşağıya indirdi. Göğüslerimin kenarlarından geçerken ürpermiştim. Nasıl hareket edeceğini o kadar iyi biliyordu ki...

Normalde şarkı başladıktan sonra dansa geçilirdi ama bu sefer şarkı bize eşlik ediyor, peşimizden geliyordu. Ediz'in elleri belimin iki yanına inince sıcak nefesini boynumda hissettim.

Bir eli yavaşça belime kaydı ve beni kendine bastırdı. Ardından beni yavaşça kendinden uzaklaştırdı. Göz temasını hiç kesmiyordu. Kolunu kaldırıp beni kolunun altından geçirirken bir eliyle belime baskı yapmıştı. Bedenim bedenine hafifçe sürtündü.

Beni kendine doğru çekip bir dizini hafifçe kırdı ve bacaklarımın arasına doğru itti. Ben dengemi sağlamaya çalışırken bir elini karnımın alt kısmına koydu. Elini yavaşça yukarıya kaydırarak beni geriye yatırdı. Sırtım yay gibi gerilince uzun saçlarım arkama döküldü. O sırada Ediz'in eli iyice yukarıya çıktı ve iki göğsümün arasından geçerek boynuma ulaştı. Parmakları boynumu sararken diğer eli elimi tutuyordu, kolumun uzunluğu kadar geriye gitmiştim.

Beni kolumdan yavaşça çekip doğrulturken boğazımdaki elini çekmemişti. Dışarıdan bakan biri beni boğazımdan tutup doğrulttuğunu düşünebilirdi.

Ben tam doğrulmadan önce Ediz bacağını çekti ama çekerken dizini tam o noktaya, iki bacağımın arasına sürttü. Vücudum birden kasılırken Ediz elini boğazımdan çekmeden beni yine kolunun altından geçirdi ve sırtım gövdesine yaslanacak şekilde çevirdi.

Başımı geriye atmamı isteyince ona direnmedim ve başımı omzuna yasladım. Burnunu saçlarıma sürttüğü sırada bunun normal bir danstan çok daha fazlası olduğunun farkındaydım. Nazlı'yla ettikleri dansla alakası yoktu ve hareketler tutarsızdı. Belli bir kalıba göre hareket etmiyor, içimizden ne geliyorsa onu yapıyorduk. Daha doğrusu Ediz içinden ne geliyorsa onu yapıyor, beni de kendine uyduruyordu.

Boynumdaki eli aşağılara kaymaya başladı ve kolunu belime doladı.

Saatlerin izini bedenimde taşıyordum. Günün stresi, yorgunluğu, gerginliği bütün hücrelerime işlemişti. Sabah kalktığımda büyük ihtimalle bütün eklemlerimde yoğun bir acıyı ağırlıyor olacaktım. Daha doğrusu sabah kalktığımda değil de öğlen veya akşam uyandığımda başıma gelecekti bu. Çünkü birazdan sabah ezanı okunacak ve ardından güneş doğacaktı.

"Haydi güzelim," diye fısıldadı Ediz kulağıma. "Vücudun alıştı."

Ben bundan o kadar emin değildim ama Ediz beni ileriye doğru itti ve belli bir noktadan sonra elimi sımsıkı tutan eli ilerlememi engelleyerek beni kendine doğru çekti. Ben döne döne ona doğru gidince kolları belimi sıkıca sardı ve sırtım gövdesine değdiğinde boşta kalan eli bana yön göstermek için bacağıma gitti. Bir bacağımı kaldırırken bunu tek başıma yapamayacağımı biliyordum, ne de olsa dans eğitimim yoktu ama eliyle dizimi arkadan desteklemişti. Bacağımı yavaş yavaş kaldırırken elleri aşağıya kaymaya başladı. Tenimde değdiği yerleri âdeta yakarak bacağımın başladığı yere geldi. O noktaya o kadar yakındı ki kalbim tekledi ve bedenim kaskatı kesildi.

"Aferin küçüğüm," diye fısıldadı kulağıma. Fazla dayanabileceğimi sanmıyordum ama bedenimin önüme koyduğu bütün engellere rağmen dans edebilmek güzeldi.

O kız kadar iyi dans edemiyordum, hâlâ yerimde sayıyor gibiydim ama o çimen yeşili gözlerdeki bakışlar şimdi çok farklıydı. Bedenini bedenime bastırırken yüzünü arkamdan boynuma gömdü.

Ediz Çağıran istekliydi.

Bacağımı yavaşça indirdi ve beni kendine çevirdi. Sonra ben daha ne söylediğini idrak edemeden beni birden kaydırdı. Şaşkınlıktan bağıramamıştım bile. Ardından belimden tutup hızla kaldırdı ve bacaklarımı omuzlarına attım. Ters döndüğüm için saçlarım aşağıya dökülürken elbisemin eteği de açıldı.

Ediz beni yavaşça yere indirdikten sonra kolunun altında birkaç defa döndürdü ama dengemi sağlayacak kadar tecrübem olmadığı için normalden daha kısa sürede kendine çekti. O sırada sağ dizimi arkasından tutup bükmemi sağladı ve kendini bana bastırdı. Bedenini o noktada hissederken bunları bilerek yaptığını fark ettim. Gözlerinin yeşili kararmıştı.

"Senin kadar masum birinin bu kadar ateşli olması da benim sınavım sanırım," diye söylendi. Yanaklarımın kızardığını hissettim.

Ben de, "Keşke masum olduğumun bilincinde olarak hareket etsen," diye homurdanınca yüzünde adi bir gülümseme belirdi.

"Hoşuna gitmediğini mi söylüyorsun Şahmeran?"

Ona bakakalmama bile fırsat tanımadan beni kendine çekti ve yine dizini kırarak hafifçe öne uzattı. Kalçalarımı dizine yaslayınca beni geriye yatırdı. Bir eli sırtımda dururken yüzüme doğru eğildi.

"Hani dudaklar birbirine değmek üzeredir," dedi dudaklarını dudaklarıma yaklaştırırken, "ama değmez ya... bence dünyanın en güzel yeri tam o zaman dilimi."

Şaşkınlıkla ona bakarken kalbim tekledi. Ediz ise sırıtarak alt dudağını dişlerinin arasına aldı ve hafifçe ısırdı. Benimle dalga mı geçiyordu, bilmiyordum ama aklımı allak bullak ettiği bir gerçekti. Yine kendimi toparlayamadan beni doğrulttu ve takip edemediğim bir hızla ileriye doğru itti. Beni tekrar kollarıyla saracak şekilde kendine doğru çekti ama yüzlerimizin arasında birkaç milim kala durdurdu.

"Sence de güzel değil mi?" dedi. Nefesleri nefeslerime karışıyordu. Ah... Afallamıştım. Güzeldi. Bu kahrolası adamla ilgili her şey güzeldi. İnsanı kendinden nasıl nefret ettireceğini iyi biliyordu.

Şarkı yaklaşık yarım dakika daha sürdü ama Ediz hiçbir şey yapmadı, nefeslerimiz birbirine karışırken öylece durduk. Şarkıyı söyleyen kadın son notalara da sesiyle eşlik ettiğinde boğazımdaki yumrudan kurtulmak istercesine yutkundum.

"Güzel," diye fısıldadı Ediz. Benimse kalbim âdeta ağzımda atıyordu.

Haklıydı. Dudaklar dudaklara değmeden önce öylece durulan o saniyeler... Sadece bir hareketle istediğini alırdın ama istediğin bir adım ötedeyken öylece durup ona bakmanın verdiği sabırsızlık ve o sabırsızlığın perçinlediği istek çok farklıydı.

Ediz çarpık bir gülümsemeyle benden uzaklaştı ve sahneye baktı. "Bunu daha sık yapmalıyız," derken yüzünde halinden memnun olduğunu gösteren bir ifade vardı. Benimle geçirdiği zamanın ardından yüzünde beliren bu ifade rahatlatıcıydı.

"Yorucu," dedim yavaşça.

"İlk defa olduğu için," dedi kenardan ceketini alırken. Ardından kadehinin dibinde kalan şarabı içti. "İçmeyecek misin?" Hâlâ dolu olan kadehime baktıktan sonra başımı yavaşça iki yana salladım.

Ediz benim şarabımı da içip, "Haydi Güngör," dedi. "Gidelim. Ben istediğimi aldım."

Ona istediğini vermiştim.

Restorandan çıkmadan önce adımlarımı yavaşlatarak sahneye son kez baktım ve zihnimin zeminine yerleştirilen mumların, üzerlerinden ecel gibi geçen bir esintiyle söndüklerini hissettim.

Arabaya bindiğimde ciddi şekilde yorulduğumu fark ettim ve işin heyecanı kıyıya çekilince uyku bastırdı. Gözlerimi açık bırakan sanırım bu dans işinin farklılığıydı ve ben bunu az önce harcamıştım.

Şoför koltuğunun yanındaki yolcu koltuğuna geçerken Ediz de direksiyon başına geçmiş, arabanın anahtarını çıkarmıştı. Sonra birden durdu ve kaşlarını çatarak ağzının içinden bir küfür homurdandı. "Telefonumu unuttum." Öfkeyle iç geçirip arabanın anahtarını cebine atarak kapıya uzandı. Ben uykulu gözlerle ona bakarken kapıyı açtı ve sabah soğuğu arabanın içine doldu. Dışarı çıktığında ceketinin yakasını kaldırmış, soğuğa karşı ensesine siper etmişti.

Başını içeri uzatıp, "Ben hemen gelirim," dedi. "Sen uyu Şahmeran."

"Çok geç kalma," diye hayıflandım küçük bir çocuk gibi. Dudaklarında bir gülümseme belirir gibi oldu ama emin değildim. Belki de uykuyu kucaklamak isteyen yorgun bedenimin bana oynadığı küçük bir oyundu bu.

"Uyu güzelim," diye üsteledi. Ona itiraz edecek halim yoktu, saçlarımı sağ omzumda toplayarak başımı arkaya yasladım ve koltuğa iyice yerleşip gözlerimi yumdum. Ediz kapıyı kapattığında duyduğum son ses bu oldu. Ardından sabahın ilk saatlerinin sessizliği etrafa döküldü.

Bedenim o kadar yorgundu ki uykuya dalmamı engelliyordu. Belki yumuşak, düz bir yere yatsaydım daha iyi olacaktı fakat önümüzde en az bir saat sürecek bir yolculuk vardı. Dağ evi oldukça uzaktaydı. Gözlerimi yavaşça açtığımda göz kapaklarım ağrıyordu artık ama Ediz'i beklemeye karar verdim. Garip bir şekilde varlığı güven veriyordu ve ninni gibi geliyordu. Sanki o gelince uykuya rahatça dalabilecektim.

Uykulu bir şekilde başımı yana çevirdiğimde gözüm dikiz aynasına takıldı ve birden bütün düşüncelerim dondu. Dikiz aynasına odaklandığımda birinin arabaya yaklaştığını gördüm.

Ellerini ceplerine sokmuş, çevresine bakına bakına arabaya yaklaşıyordu. Başta şüphelensem de sonradan paranoyaklık yaptığıma karar vererek arkama yaslandım ama gözüm dikiz aynasındaydı. Restoran çalışanlarından biri olabilirdi, zaten arabaya hiç bakmıyordu. Yine de insan tedirgin oluyordu işte.

Dikkatle dikiz aynasına bakmaya devam ederken beni tehdit altında bırakacak herhangi bir durumda ne yapacağımı düşündüm. Ediz içerideydi ve zorlanarak iyice yorgun düşen bedenimle kendimi herhangi bir şekilde savunamazdım. Koşabileceğimden bile emin değildim. Ona haber vermemin de hiçbir yolu yoktu çünkü telefonum yoktu ve eğer bu adam bir tehdit unsuruysa arabadan çıktığım an üzerime gölge gibi çökerdi.

Ayrıca Ediz arabanın anahtarını da alıp gitmişti.

Adam arabaya iyice yaklaştığında yüzünü hâlâ tam olarak görememiştim ama bir ara kafasını kaldırdı. Yüzü gözlerimin önüne serildiğinde kısa bir an için dikiz aynasından göz göze geldik. Bedenim anında acil durum çanlarını çalmaya başlayınca korkuyla arabanın içine baktım. Gelen Uğur'du.

Sabahın köründe beynim yeterince iyi çalışmıyordu, bütün algılarım kapanmıştı sanki. Burada ne arıyordu? Bizi takip etmiş olması çok da şaşırtıcı olmazdı. Kim bilir kıyıya köşeye saklanıp bizi uzaktan izleyen kaç kişi vardı...

Nasıl bir takıntı insanı sabahın köründe birilerini takip etmeye iterdi ki? Belki gece boyunca bizim çıkmamızı beklemişti, bilmiyordum. Aslında bunlar babamın ve ağabeyimin mesleğinde yeri olan şeylerdi fakat kendimi ailemden o kadar soyutlamıştım ki bu konulara hâkim değildim.

Paniklememe karşın mantıklı bir taraf kendini gösterdiğinde parmaklarımın ucuna yeni bir düşünce yüklendi ve arabanın kapılarını kilitlemek için şoför tarafındaki kapıya uzandım. Bütün kilitler oradaydı ama ben oraya ulaşamadan arabanın kapısı açıldı. Soğuk hava içeri akmaya başladığında çığlık attım fakat iri eller ağzımı sertçe kapatarak beni engelledi. Tiz çığlığım onun parmaklarının ardına boğuk bir şekilde yayıldı.

Ellerim ağzımı kapatan elden kurtulmak için çaba harcamaya başladığında Uğur kulağıma, "Kes çırpınmayı," diye hırladı. Tırnaklarımı etine gömdüm ve vücudumdaki bütün ağrıları göz ardı ederek ondan bir kez daha kurtulmaya çalıştım.

Beni arabadan dışarı çıkardığında kalp atışlarım çoktan rayından çıkmıştı. Ayrıca bedenime öyle bir panik havası hâkim olmuştu ki ne yapacağımı gerçekten kestiremiyordum. Belki de şu anda yapabilecek pek bir şeyim olmadığından böyle bir düşünce karmaşasının içine düşmüştüm. Ediz neredeydi?

Uğur beni sertçe bırakarak, "Rahat dur fahişe!" diye hırladı.

"Ediz seni öldürecek!" diye bağırırken o kadar hiddet doluydum ki bir an için Ediz'in bunu gerçekten yapmasını istedim. Artık sıkılmıştım. Ayrıca çok yorgundum, hem bedensel hem de ruhsal olarak... Birden ortaya çıkan insanlarla uğraşmak istemiyordum. Bu olay sadece intikamdan ibaret olmalıydı, değil mi? Fakat yumurtanın içinden yumurta çıkıyordu sanki. Bir olay çatlıyordu ve içinden kırılması gereken başka bir kabuk, başka bir olay çıkıyordu.

Arabaya doğru itildiğimde sırtımın arabaya çarpması ve Uğur'un beni saçlarımdan tutarak aşağıya çekmesi kesinlikle beklemediğim bir şeydi. Acıyla çığlık atmamı umursamadı. Ediz beni duymuyor muydu? Ya da etrafta kimse yok muydu? Uğur'un ellerinden kurtulmaya çalışırken yanında çok güçsüz ve aciz kalıyordum ama yine de önlemini almamıştı.

Ayağımı bacak arasına geçirdiğimde yeterince hızlı olamamıştım fakat bir an için nefesi kesildi ve elleri gevşedi. Bu benim için yeterliydi. Saçlarımı ellerinden kurtarıp koşmaya başladım. Hızımı yavaşlatan acı, ayaklarımı zemine zincirliyordu sanki.

Restorana doğru koşarken kapının camından yansımamızı görebiliyordum. Saçlarım etrafımda dalgalanarak sırtımı döverken Uğur hemen arkamdaydı. Ben bir adım attığımda o üç adım atıyordu sanki. Kendimi ne kadar hızlı koşmaya zorlarsam zorlayayım başarılı olamamıştım.

"Ediz!" diye bağırsam da içeriye giremeden Uğur beni durdurdu. En azından sesimin içeri ulaşmasını umuyordum ama restoran o kadar büyüktü ki şansımın yüzde kaç olduğunu bilmiyordum. Belki ortalıkta kimse olmadığı için sesimi duyabilirdi.

İri eller boğazıma yapıştığında korku içimde kükredi.

"Bırak!" diye bağırdım ama Uğur sırtımı restoranın duvarına çarpınca kurabileceğim bütün cümleler boğazıma gömüldü. Ben acıyla inlerken boğazıma uyguladığı güç giderek artıyormuş gibi hissediyordum. Ellerim ellerinin üzerine gitti ve tırnaklarımı etine gömerek ondan kurtulmaya çalıştım ama beni önce diz çöktürdü, sonra da geriye doğru yatırdı.

"Çağıranlar," dedi öfkeyle soluyarak. "Yaşadıkları her şeyi hak ediyorlar!"

Attığı tekme karnıma bıçak gibi saplandığında şokla aralanan dudaklarımdan zayıf nefesim döküldü. Darbeleri daha önce vurduğu yerlere denk geldiği için acı tenimin altında kasırga gibi ilerliyor, bilincim karanlığa yuvarlanıyordu. Darbeler art arda inmeye başlarken kollarımla yüzümü kapatıp iki büklüm olarak bacaklarımı göğsüme doğru çektim. Eteğim hareket eden bacaklarımın üstünde hafifçe sıyrıldı, midem bulanıyordu.

Kısılan ve puslanan gözlerimle gökyüzüne baktığımda bir an için dökülen cansız yaprakları görür gibi oldum. Havada yavaşça süzülüp yere konuyor, ardından yok oluyorlardı. O ormanın ortasında tek başıma uzanıyordum ve canavar yoktu.

Uğur'un elleri saçlarıma yapıştığında artık ondan kurtulmak için çaba sarf edemiyordum. Kimse şeytanın inine giden o yolu bulamıyordu. Ediz'e ulaşmanın tek yolu onu o inden çıkarmaktı ve beni, onu çekecekleri bir tuzağa dönüştürmeye çalışıyorlardı.

"Bırak beni," dedim güçsüz bir sesle.

"Ediz Çağıran'ın sende ne bulduğunu görebiliyorum," deyince gözlerimi kapatarak zorla yutkundum. Uğur'un eli elbisemin eteğinin ucuna kaydığında dudaklarımdan ağlamaklı bir inleme döküldü ve çaresizce kaçmaya çalıştım. Kalbim dörtnala atıyordu.

"Hayır," diye bağırmaya çalıştım, ellerim titremeye başlamıştı. "Hayır!"

Ne yapmaya çalıştığını görebiliyordum, Ediz gelmek üzereydi ve bunu o da biliyordu.

Bu işi hâlâ oyun sanıyor, belki de intikam almak istiyordu. Sanki Ediz hâlâ onun zaafı olduğumu kabul etmeyecek, kendini tutup olanları izleyecekti. Böylece Ediz'in damarına basabileceğini sanıyordu.

Ama o, oydu işte. Bir şey ağzından çıkmışsa durmazdı. Ve zaafını ilan etmişken tam aksini kanıtlama derdine girmezdi. Ediz Çağıran kabul etmişti; ben onun zaafıydım ve onun olana kimse dokunamazdı. Başka biri zarar veremezdi.

Restoranın kapısının açıldığını duyduğumda zar zor nefes alabiliyordum, bilincim parçalar halinde karanlığın içine yuvarlanmaya başlamıştı. Uğur'un parmaklarını bacaklarımda hissettiğimde bilincimin yuvarlandığı o karanlığın içinde keskin dişler vardı.

"Dur!" diye bağırdım kendimi çekmeye çalışarak. Ardından dilimden dökülebilecek en çaresiz isim döküldü: "Ediz!"

"Doğa?"

Ediz'in sesini duymamla birlikte yaşadığım duygu sancısı gözlerimden yaşlar halinde akmaya başladı.

"Ediz!" dedim titreyen sesimle tekrar.

"Seni orospu çocuğu!" diye kükredi Ediz. Bu, Uğur'un beklediği bir tepki değildi, bunu yüzünden anlamıştım. Onu tanımıyorlardı ve en büyük hataları da buydu. Ben onu tanıyordum, nerede ne yapacağını az da olsa kestirebiliyordum ama onlar tamamen kalıba oturmuş düşüncelerden yola çıkıyorlardı.

Ediz zaafını her zaman inkâr etmişti, şimdi de öyle yapacağını sanıyorlardı. Bu oyunu sonuna kadar sürdürebileceklerini biliyordum.

Ediz, Uğur'u üzerimden çektiği an beni tutan kollar da yok oldu ve dizlerimi göğsüme kadar çekip yattığım yerde iyice ufalarak hıçkıra hıçkıra ağlamaya başladım. Uğuldayan kulaklarımın arasına dalan sesler boğuk ve kesik kesikti. Kendi hıçkırıklarım bile bir başkasına aitmiş gibi hissediyordum.

Ediz'in Uğur'u yere yatırdığını buğulu bir camın ardından görmüştüm sanki.

"Ona dokunmaya nasıl cüret edersin lan?" Az önce benim bedenime inen tekmeler şimdi misliyle Uğur'un bedenine inmeye başlamıştı. Gücünü nefretinden alan Ediz'in darbeleri o kadar ağırdı ki biri bana o şekilde vursaydı kaburgalarım kırılırdı.

Ediz ellerini saçlarının arasından geçirirken aklını kaçıracak gibiydi. Beni sadece birkaç dakikalığına yalnız bırakmıştı ama Uğur akbabalar gibi üstüme çullanmıştı. Ediz bir tekme daha savurdu ve eğilip Uğur'u yakasından kavradı. Yüzüne bir yumruk indirdiğinde Uğur çoktan etkisiz hale gelmişti.

"O benim!" dedi öfkeyle. "Benim olana zarar verirsen bedelini canınla ödersin."

O an üzerine yazılacak cümlelerin bilinmediği beyaz ve temiz bir kâğıt gibi hissettim kendimi. Ama satırlarında en ölümcül cümleleri bile saklayan kirli bir kâğıttan daha tehlikeliydim. En kirli satırları taşıyabilir, o cümlelerden bile daha ölümcül cümleleri saklayabilirdim.

Ediz'in cinayet işlemesine göz yumabilir ya da onu engelleyebilirdim.

Bir yol ayrımında durmuş, önümdeki seçeneklere bakıyordum: Seçtiğim yolun birinde papatyaları bile topraktan ayırmayan, onları öldüremeyen, yüzünde bir gülümsemeyle sekerek önündeki canavarı takip eden küçük bir kız çocuğuydum. Diğer yoldaysa küçük bir kadındım; canavarın arkasında değil, yanında yürüyordum ve papatyaları koparmaya kıyamadığım için ateşe veriyordum.

Gözlerimi kapatarak zorla yutkundum.

"Ediz," dedim kupkuru bir sesle. Parmaklarımın saplandığı zemindeki küçük taşların saçlarımın arasına girdiğini hissedebiliyordum. Sesim o kadar kısık çıkmıştı ki ben bile zor duymuştum.

Gözlerimi aralayarak, "Ediz!" diye seslendim. Bu kez sesim daha kuvvetli çıkmıştı ama onu durduramadı. Aldığım her nefes cam parçaları gibi ciğerlerime saplanırken, "Ediz," diye inledim. "Çok kötüyüm."

Eli havada kaldığında onun bu dünyaya terk edilen bir ruhun zincirlerini koparmak istediğini görebiliyordum. "Ediz..."

Titreyen sesim kararsızlığına bir darbe indirmişti. Uğur'u sertçe bıraktı ve doğrularak hızla yanıma geldi. Yaşlı gözlerimle ona baktığımda hissettiğim acı cehennem gibiydi. Kıpırdayamıyordum.

"Çok kötüyüm," diye hıçkırdım çocuk gibi, tıpkı seçtiğim yolda o canavarın peşinden giden o küçük kız gibi... Ediz yanıma diz çöktüğünde telefonunu çıkarıyordu.

"Bunu yaptığı için onu öldüreceğim," dedi dişlerinin arasından. Başımı iki yana salladım. Vicdanım düşüncelerimi dilsiz bırakıyordu.

"Yapma," diye fısıldadım. "Onu polise teslim et ve yanımdan ayrılma. Lütfen."

"Onu yaşatacağımı gerçekten düşünüyor musun?" diye sordu Ediz ama sesinde, kurduğu cümleye tezat bir şefkat vardı. Bir eli saçlarıma uzanırken diğer eliyle bir numara tuşladı. Yüzünde avına odaklanan bir aslanın soğukkanlı ifadesi vardı. Telefonu kulağına götürdü ve ben onun dokunuşu altında gözyaşı dökerken saçlarımı okşadı.

Karşı taraf telefonu açtığında, "Benim," dedi. "Ediz Çağıran."

Bir an karşıdan ses gelmedi. Ardından birkaç mırıltı ve onu takip eden bağırma sesleri duyuldu ama Ediz zerre etkilenmemişti.

"Seni dinlemeyeceğim Atalay," dedi buz gibi bir sesle. "Bence telefonumun izini sürmeli ve şu an bulunduğum yere gelmelisin." Başparmağıyla saçımı usulca okşadı. "Seni bekleyen bir hediye var."

Ediz telefonu Atalay'ın suratına kapattıktan sonra kaskatı bir yüzle telefona baktı ve onu yanına koydu.

"Her şeyin bir zamanı vardır küçük," diye fısıldadı ölümcül bir sesle. "Bu siktiğimin evladını gerçekten yaşatacağımı mı sanıyorsun?"

Beni yavaşça kucağına aldığında acıyla inleyip ona tutundum, diğer yandan neden bahsettiğini anlamaya çalışıyordum.

"Ediz," diye mırıldanarak yüzümü onun boynunun girintisine sakladım.

Arabaya doğru yavaş adımlarla ilerlerken, "Biliyorum güzelim," dedi. "Geçecek."

Beni arabanın içine yavaşça yerleştirince ellerimin tersiyle yanaklarımı sildim. Ediz yüzüme baktı, doğrulup arabadan çıktı ve kapıyı kapattı. Arabanın arka kapısını açıp bir çantanın fermuarını açtı ve bazı kâğıtlar çıkardı. Üzerlerinde bir sürü yazı vardı ama ne olduklarını bilmiyordum.

Uğur'un yanına gidip son bir tekme daha savurduktan sonra kâğıtları onun kanlı yüzüne fırlattı. Kâğıtlar havada süzülüp Uğur'un etrafına dökülmeye başladığında Ediz kaskatı bir yüzle arabaya dönerek şoför koltuğuna geçti. Göz göze geldiğimizde ona yorgun bir şekilde gülümsedim. Ediz de zaman durmuş gibi hareketsiz bir şekilde yüzümü izledi. Ardından arabayı çalıştırıp gaza bastı.

Ben sessizce onu izlediğim sırada bana kısa bir bakış atarak, "Benim aptal, küçük kızım," dedi. "Keşke inandığın o adam olsaydım ama değilim. Özellikle de ağabeyinin ve babanın sonu benim elimdeyken..."

Hiçbir şey söylemeden onu izlemeye devam ederken verdiğim tek tepki, arada bir kapanıp açılan göz kapaklarıma aitti. Hissettiğim acının şiddetiyle uyumam mümkün değildi. O yüzden belki de bayılmıştım, bilmiyordum ama bilincim tamamen karanlığa gömülmeden önce onun sesini duydum: "Unutma Şahmeran, Tanrı şeytanın inini cennete sakladı."

5. KÂBUS

Babamın yeni çıkmaya başlayan sakalları yüzüme batıyordu. Kollarımı boynuna dolamış, yanağımı yüzüne yaslamıştım.

Bir mağazanın içinde ilerliyorduk.

Ayağımla babamın bacağına yavaşça vurdum. Beni kucağında taşımasını sevsem de yüzüme batan sakallarını ve kolonya kokusunu sevmiyordum. Oysa zaman geçtikçe sakalların yüzde bıraktığı o batma hissi, bana babayı hatırlatan tek şey olarak geleceğe miras kalacaktı ama küçük bir kız çocuğuyken bunun anlamını bilmiyordum.

"Baba," dedim yavaşça. "Beni yere indir."

Babam kahverengi gözlerini yüzüme çevirdiğinde ben gülümsüyor muydum, yoksa hoşnutsuzluğumu mu sergilemeye çalışıyordum, bilmiyordum ama dudaklarımın kenarları hissettiklerimi somutlaştırmak istercesine yukarı kıvrılmıştı.

Babam kesin bir dille, "Koşmayacaksın ama," dediyse de sesinde herhangi bir azarlama yoktu. Beni kucağından indirdiğinde ayaklarımın altında zemini hisseder hissetmez gülmüş ve gözüme ilk çarpan mor eteğe doğru koşmuştum.

"Baba, bana bunu al!"

Ama askıda duran eteği tutunca parmaklarıma bir şey bulaştığını hissettim ve eteği bırakırken gözlerimin rotası küçük elime yöneldi. Parmaklarıma bulaşan kanı gördüğümde başta ne olduğunu tam olarak idrak edemedim. Zihnim anılarımı karıştırmaya başlamış ama küçük ellerime bulaşan kana dair hiçbir şey bulamamıştı. O kadar şaşırmıştım ki bakışlarım askıda duran eteğe kaydığında bütün neşem kabuğuna çekilmiş gibiydi.

Etek nemliydi ama koyu mor olduğu için kanın rengini tam olarak yansıtmıyordu.

Küçük kalbim bir an korkuyla doldu ve neler olduğunu sormak için anne ve babama baktım ama hiçbir şey saniyeler öncesinde bıraktığım gibi değildi. Sanki yanımızdan geçip giden anlar tıpkı bir sel gibi her şeyi önüne katıp sürüklemişti.

Annem yoktu. Mağazanın içinde hiçbir şey yoktu. İçerinin ışığı hâlâ yansa da kapının ardında her şey karanlığa gömülmüştü, sanki tüm evren yok olmuş ve sadece şu an bulunduğum yer kalmıştı. Kalbim korkuyla çarpmaya başladığında nefesimin ağırlaştığını, boğazımdan çıkamayıp geriye doğru düştüğünü hissettim.

Babam yerde yatıyor ve uğursuz bir sıvı etrafına yavaşça yayılıyordu.

O an zihnimin içindeki bir harabenin ortasına dikilen bir rüzgârgülü, rüzgârın uğultusunda dans edercesine yavaşça dönmeye başladı.

"Baba!" Duvarlarda küçük bir kız çocuğunun sesi değil, benim sesim yankılanmıştı. İçim korku ve dehşetle dolup taşarken elimdeki kana tekrar baktım ve ellerimin eskisi kadar küçük olmadığını gördüm. İnce, uzun parmaklarımın arasına sızan kanın ölümcül rengi...

"Baba!"

Hızla yanına koştuğumda aklım bana tüm bunların gerçek olduğunu söylüyordu. Anılarımın yazılı olduğu zihin defterim kapanmıştı sanki. Gerçek olduğunu sandığım o anılar birer hayaldi ve o hayaller bitmişti, ben de gerçeğin merkezine çivilenmiş gibiydim. Sadece ben vardım. Ne buzdan duvarlarım ne duvarların ardındaki Doğa ne de düşüncelerim... Sadece ben.

Bedenim ölüm çanlarını çalmaya başlamıştı bile.

Hızla babamın yanına koştuğumda ellerim titremeye başlamıştı. Babamın ruhu gibi kokan o kırmızı sıvı giderek çoğalıyordu.

"Baba!" diye bağırdım yılların izini taşıyan bir sesle. "Baba!"

İçimden bir ses yavaşça, "Nankör," diye fısıldadı. "Sen nankörsün."

Gözlerimdeki yaşlar yanaklarıma çaresizce süzülmeden hemen önce bu ses içimde yankılandı. *Nankör*. Belki de bana en uygun sıfat buydu.

Yıllar ömrümün ilmekleriydi ve eğer zaman beni sökerek yok edemiyorsa bunun temelinde babamın bana kazandırdığı güç vardı. Bir bıçağı keskinleştirmek için onu bilemek gerekirdi ve babam beni bilemişti.

Keskin kenarından haberi olmayan bir bıçak gibi yaşamıştım yıllarca ama yaşadığım her kötü ana ölüm gibi saplanmıştım.

Yere ne kadar sert çakılırsam çakılayım bir şekilde ayağa kalkmanın yolunu bulmuştum.

Belki aramızdaki bağa bir kördüğüm atılmıştı ve bir daha hiçbir zaman çözülmeyecekti ama şu anda bunun hiçbir önemi yoktu. Evet, yapmıştı. Bunu inkâr edemezdim ama o benim babamdı. Yıllardır yokluğunu hissetmiştim, hemen yanımdayken bile yokluğunu hissetmiştim. Onu toprağın altına değil de bedeninin hiç çürümeyeceği geçmiş topraklarına gömmüştüm.

Hıçkırarak, "Baba!" diye ağlamaya başladığımda zihnimin içinde bomboş bir hastane koridoru vardı. Terk edilmiş, duvarları sessizliğe boyanmış. O rüzgârgülü hâlâ dönüyordu. Sanki bana acı veren belli anlara hapsedilmiştim. Sanki zihnimin içinde bir yara vardı ve yavaş yavaş kanıyor, beni deliliğe sürüklüyordu.

Mağazanın içinde benim hıçkırıklarım dışında bir ses duyunca hızla başımı kaldırdım ve yardım isteyen kelimeler dilimin ucunda birikti fakat bir çift çimen yeşili gözle karşılaşınca hepsi yere düşüp cam gibi parçalanarak etrafa saçıldı.

Elinde kanlı bir bıçak vardı.

Başımı deli gibi iki yana sallarken bir yerlerden biri bana sesleniyordu. Ses Ediz'e aitti ama karşımda çelik gibi bir ifadeyle duran adamın dudakları kıpırdamıyordu bile.

"Hayır!" diye bağırdı tekrar ve sağ bacağımda bir acı hissettim. "Doğa!" Sesi mağazanın içinde çınlıyordu.

Dizlerimin üstüne çökmüş bir halde babamın cesedinin başında gözyaşlarımdan önümü göremeyecek kadar şiddetli bir şekilde ağlarken, "Katil!" diye bağırdım. "Katil!"

Bu sefer bacağımdaki acı arttı ve her şey birden kayboldu. Gözlerim aniden açıldığında saçlarım yüzüme yapışmıştı. Saç diplerim, sırtım, ensem, her yerim terden sırılsıklamdı. Nefes nefese kalmış bir halde nerede olduğumu anlamaya çalıştım.

"Hayır!" diye inledi Ediz. "Hayır. Doğa."

Kâbustu. Kâbus görmüştüm. Mekân dağılıp yok olsa da rüyada hissettiğim her şey bedenimin içinde, kanımda yüzüyordu. Hâlâ kendime gelememiştim, uykunun sisi hâlâ gözlerimdeydi fakat Ediz bacağımı kavrayınca acıyla ona baktım. Her yerim ağrıyordu, karnımdaki acı körüklenmişti.

Bacaklarımı iki yana açmıştım ve Ediz iki bacağımın arasına girip kafasını karnıma yaslamıştı. Bir eli yorganı sımsıkı kavrarken diğer eli bacağıma tutunmuştu. Ne olduğunu görmek için başucumuzdaki gece lambasına uzandım, ışığı açtım.

Yatak loş, turuncu bir ışıkla aydınlandığında Ediz'in yüzünün kül rengi olduğunu gördüm. Ah, o da kâbus görüyordu.

"Doğa," dedi tekrar ve ses tonu içimi zehirli bir sarmaşık gibi sardı. Benim adımı sayıklıyordu. Rüyamda duyduğum ses aslında beni uyandıran sesti. Birden telaşa kapıldım, Ediz çok kötü görünüyordu. Başı karnımdaki morlukların hemen yanındaydı, hangi ara bu pozisyona geldiğimizi hatırlamıyordum.

Dağ evine geldiğimizde üstümdekileri çıkarmış, beni sıcak suyla doldurduğu küvete yatırmıştı. İç çamaşırlarımı çıkarmasına izin vermemiştim. Buna kızsa da üstelememişti ve beni küçük bir çocuk misali yıkamıştı. Vücudumdaki bütün izleri silmiş, morluklarıma tutunan acının tırnaklarını tenimden sökebilirmiş gibi karnımı yavaşça yıkamıştı.

Sonra üzerime Gece'nin tişörtlerinden birini geçirmiş ve altıma bir şey giymeden iç çamaşırımla yatmıştım. Ev zaten sıcaktı ama Ediz'in hangi ara bacaklarımın arasına girip karnıma yattığını bilmiyordum. Tişörtüm sıyrılınca morluklar ortaya serilmişti.

"Ediz," dedim korkuyla. "Ediz, uyan."

Onu dürttüm ama uyanmadı. Yavaşça doğrularak yatakta kaydım ve altından çıktım. Ediz sırtüstü döndüğünde yüzü terden sırılsıklamdı. Elim ayağıma dolaşmış bir şekilde üzerine eğildim ve onu dürtmeye devam ederek, "Ediz, uyan!" diye bağırdım.

Önüme düşen saçımı kulağımın arkasına sıkıştırırken nefesinden keskin bir alkol kokusu yükseldiğini fark ettim. Hangi ara içmişti? Eve geldiğimizde güneş doğmuştu. Sabahın köründe içer miydi? Bir keresinde içtiğine şahit olmuştum ama bu koku çok tazeydi.

Bir ara uyanıp içmiş olmalıydı. Ne yapacağımı şaşırmış haldeydim. Sızmış mıydı? Onu nasıl uyandıracağımı bilmiyordum. Ediz acı dolu ve yaralı bir sesle, "Hayır!" diye inleyip bir elini alnına götürerek önüne dökülen saçlarını sıkıca tuttu. Elini öyle bir sıkmıştı ki damarları şişerek belirginleşti. Diğer eli de kendine zarar vermek için vücuduna yönelmeden önce tereddüt etmeden üstüne çıktım.

Az önce bana ve yorgana tutunuyordu ama elleri boş kalınca kendine yönelmişti, daha kötüsü kendine zarar veriyordu. Gücünü kullandığı takdirde beni rahatlıkla alt edeceğini bildiğim için onu engellemeye çalışmak yerine bana tutunması için boştaki elini tuttum. Parmakları anında elimi kavradığında elinin içinde küçücük kalan elim onun gücü altında ezildi. Acıyla irkilsem de elimi çekmedim.

"Ediz!" dedim diğer elimle kökünden tuttuğu saçını kurtarmaya çalışarak. "Uyan! Ediz, uyan! Kâbus görüyorsun!"

Uyanmadığı takdirde ne yapardım, bilemiyordum ama neyse ki sesim gördüğü kâbusa ulaşabilmişti. Vücudu birden kaskatı kesildi. Ardından aniden açılan gözleri bir an bomboş baksa da görüntüm gözlerinin derinliklerine yavaş yavaş çökünce varlığımı fark etmeye başladı.

"Kâbus görüyordun," dedim onu sakinleştirmeye çalışarak. "Kâbus görüyordun."

Gözlerinin açılmasıyla birlikte gördüğü kâbus, toprağına geri çekilen zehirli kökler gibi yeşil gözlerine gömülmeye ve göz bebeklerinden tırmanan duygular gözlerinin içinde yüzmeye başladı.

"Doğa?" diye fısıldadı dehşet içinde.

"Kâbustu," dedim yatıştırıcı bir sesle, hissettiği çaresizlik yüzüne gölge gibi çökmüştü. Etrafını incelemeye başladığında sanki gördüklerini kâbusun bıraktığı o boşluğa yerleştiriyor, kendine gerçeği gösteriyordu.

Kaşlarımı çatarak ben de onun elini sıktım ve "Sana su getirmemi ister misin?" diye sordum. Cevap beklemiyordum ama o birden donup kaldı.

"Gitme," diye fısıldadı kupkuru bir sesle.

"Tamam," dedim hemen. Sesi en derinlerimde üstü kapatılmamış bir tabutun içinde uyuyan korkularımdan, elindeki balonları gökyüzüne bırakıp kendi etrafında gülerek dönen o küçük kızın gökyüzüne kadar her yere ulaşıyordu. "Buradayım."

Bir hastanenin boş koridorundaki, üzerlerinde yazıları değil de terk edilmiş ayak izlerini taşıyan o kirli kâğıtlar... Hiç durmadan dönen o rüzgârgülü gözlerimin önünden geçtiğinde kâbuslarım zehirli solungaçlarıyla geçmişimin içinde yüzüyordu.

"İyi misin?" diye sordum Ediz'e. Saçlarını kavrayan parmakları çözülmüştü ama elini saçlarının arasından çekmemişti. Başını yana çevirmişti, gözleri boşluğa takılmıştı. Bir yanım yanına kıvrılıp kanatlarının altına girmek istese de ne yapmam gerektiğini bilmiyordum.

Çenesi kasıldığında Ediz burnundan derin bir nefes alarak bakışlarını bana çevirdi, saçlarının dibindeki ter loş ışıkta parlıyordu.

"Kâbustu," diye fısıldadı.

"Evet," diye onayladım. "Kâbustu."

Loş ışıkta simsiyah görünen gözlerindeki o yakıcı ifadeyle, "Doğa," diye fısıldadığında sesine suyun içine damlayan mürekkep misali karışan bir duygu vardı: korku...

"Buradayım," dedim ben de fısıldayarak. "Sen de buradasın. Sadece kâbustu, güvendesin."

"Elbette güvendeyim," diye homurdandı. "Ama sen..." Gördüğü kâbusun kalıntıları tekrar kapattığı gözlerinde kuruyan kan lekeleri gibi kalmıştı sanki. Bir an rüyasında ne gördüğünü gerçekten merak ettim. Benimle ilgili ne onu bu kadar etkilemiş olabilirdi?

Gözlerini tekrar aralayıp yattığı yerden doğrulduğunda hastanedeki gölgeler duvarlardan aşağı cansız bir şekilde kaymaya, rüzgârgülünün kalbi yavaşlamaya başladı. Ediz'in kolu belimi sıkıca sararken yüzü yüzüme o kadar yakındı ki nefesimin kesildiğini hissettim.

"Öp beni," diye yavaşça emir verdiğinde hafifçe aralanan dudaklarımda şaşkınlığın tadı vardı.

"Ediz..." dedim nefesim kesilerek.

"Haydi, yap." Nefesi dudaklarıma çarptı. "Sen öp beni."

Dudaklarımızın arasındaki mesafe o kadar azdı ki birbirimizin nefesini soluyorduk. Belimde duran eli dokunduğu yerlerdeki her bir hücreyi hissetmemi sağlayacak şekilde yukarı kayarken gözlerimi gözlerinden ayıramıyordum.

"Haydi," diye fısıldadı, sesinde bir meydan okuma vardı. "Hep benim mi yapmam gerekiyor? Sen yönetilmekten nefret edersin. Her dokunuşumda sana hükmediyorum, farkında değil misin? Al intikamını."

Bana hissettirdiği güven, bir kuşun kanatlarına duyduğu güven gibiydi. Daha önce kimsenin onun indiği kadar derinlerime inmesine izin vermemiş, onunla paylaştıklarımı kimseyle paylaşmamıştım.

"Ediz..." diye fısıldadım, kalbimin üstünde bir ağırlık hissediyordum.

"İstemiyor musun?" diye sordu. Sesinden ne düşündüğünü anlayamıyordum. İçimde artık yorgun olan taraf bana kendimi bırakmamı söylüyordu; *istediği kadar ileri gitsin, sen yenildin, sen bittin, artık teslim ol.* İçimde ilerledikçe ardında bıraktığı her yer adımlarını takip ederek çöküyordu. O derinlere indikçe beni yüzeye çıkaracak olan yol yıkılıyordu ve attığı her adımı takip eden yıkımı izlerken artık derinlere hapsolduğumun farkındaydım.

Parmaklarım yüzüne kaydığında sakalları elime battı ve ben parmak uçlarımla yüzünü keşfederken, "Yap şunu," diye fısıldadı.

"Ediz, ben..."

Sustum. Böyle bir şey yapamayacağımı biliyordum. Yapamazdım. Buna cesaretim yoktu. Belki de bütün problem, zihnimin içindeki o düşünce düğümüydü. Belki yalnız kalsam daha kolay olurdu. Gözlerimi kapattığımda özgür hissetmenin, teslim olmanın nasıl bir duygu olduğunu merak ediyordum. Sadece bir anlığına da olsa yaşanan her şeyden uzak olmak, düşüncelerimden arınmak istiyordum.

Yüzünü inceleyen gözlerime kusurları bile o kadar güzel görünüyordu ki... Bir insanın kusurları dahi bu kadar güzel olabilir miydi? Yoksa Ediz Çağıran mı benim gözümde bu kadar yüceydi?

Bir elim yavaşça saçlarına kayarken kalbim boğazımdan fırlayacakmış gibi çarpıyordu. Ediz Çağıran'ı yönetmek ve ona hükmetmek... Bu bana hayalini bile kuramayacağım bir şey gibi geliyordu ama onu öperek yönetebileceğimi söylemişti.

Ediz yüzlerce kilit vurulmuş bir kapı gibiydi ve ilk anahtarı önüme sürmüştü. Dokunduğu şeyleri yönetiyordu, onlara hükmediyordu. Ona dokunulduğundaysa hükmedilen kendisi oluyordu. Bir elim saçlarının arasına iyice kaydı. Dudaklarım dudaklarına yaklaşırken kulaklarım uğulduyordu. Daha önce böyle bir şey yapmanın hayalini bile kurmamıştım.

Tamam, birinin beni öpmesi farklıydı ama benim birini öpmem... Dudaklarımız birbirine değeceği an durdum. Ediz inlerken âdeta benim çelişkilerime kızıyordu. Sorun neydi? Önümdeki engel neydi? Bu adam benim ilk öpücüğümü almıştı, artık çekinmem gereken ne vardı ki?

"Teslim ol," diye fısıldayınca nefesi dudaklarımdan içeri süzüldü. "Sadece birkaç dakika. Teslim ol Doğa."

Gözlerimi kapatırken alnımı alnına dayadım, kalp atışlarım kulaklarıma vuruyordu. "Sen teslim ol."

"Teslim oluyorum," diye mırıldandı. "Kahretsin, teslim oluyorum."

Ördüğüm duvarlar, içinde ölümcül bir canavarın yaşadığı derin bir su gibiydi. O canavarı bunca zamandır beni koruması için beslesem de bir gün o suda yüzmek isteyeceğimi hesaba katmamıştım. Aslında ben sadece kendi hapishanemi yaratmıştım. Dudaklarımı Ediz'in dudaklarına bastırdığımda duvarların ardından beni kör edecek olan ışığa teslim olmuş, dibinde canavarın yaşadığı o suya kendimi bırakmıştım.

Nefesi nefesime karışırken duvarlarımın önünde, bir tepede duruyor, önümde uzanan yıkımın panoramasını izliyordum. Ağaçları yakan alevler gökyüzünde çırpınıyor, evlerin çatısından dumanlar yükseliyor, lavlar dağların üzerinden damarlar gibi akıyordu.

Ediz'in beni öpüşünde derin bir açlık ve hiddet vardı. Elinden destek almayı bırakarak sırtüstü uzanıp beni de üzerine çekti ve bunu yaparken dudaklarını dudaklarımdan ayırmadı.

Eli ensemdeki saçlara kayarken beni canımı yakacak kadar sert bir şekilde öpüyordu. Dili dudaklarımın arasını işgal ettiğinde suyun dibinde uyuyan o canavarın gözleri yavaşça ölümüme aralandı.

Nefes almak için duraksayıp dudaklarını dudaklarımdan ayırdığında, "Sana zarar verenleri öldürmek istiyorum," diye fısıldadı. "Benim olana zarar vermeye cüret ettikleri için hepsinin eceli olmak istiyorum."

Dudakları tekrar dudaklarımı bulmadan önce beni yatağın diğer tarafına itip sırtüstü yatırdı ve bacaklarımın arasına yerleşip üzerime çıktı. Canavar beraberinde suyun dibindeki kumu da kaldırarak yüzeye doğru çıkmaya başladığında suyun içinde dalgalanan saçlarıma baktım, her teli idam ipi gibiydi. Ediz bir elini çıplak bacağıma koyup beni tekrar öpmeye başladı.

Dudakları ve dokunuşları altında kıvranmaya başladığımda kalbim ruhuma gömülerek onunla bir bütün olmuş, bedenimin değil ruhumun içinde atmaya başlamıştı. Böyle bir duygu gerçekten mümkün olabilir miydi? Bu ölüm bahçesinde tenime saplanan dikenlerdeki zehir kanıma karışıp altımdaki toprağı merkezinde benim olduğum bir girdaba çevirdiğinde başım dönüyor, çevremde var olan her şey girdabın içine çekiliyordu.

Bacaklarımı Ediz'in beline dolayınca kalçasını hafifçe kaldırıp bedenini bedenime sertçe bastırarak beni öpmeye devam etti. Sanki sudan parmaklıkları olan o hapishanenin içinde benimle birlikteydi ama beni korurken öldüren o canavarın olduğu yerden, derinlerden gelmişti.

Dudakları dudaklarımdan ayrıldığında, "Doğa," diye fısıldadı. Beni tekrar öpeceğini sansam da yapmadı, kendine doğru çekip yüzümü boynunun girintisine sakladı ve yanıma uzandı.

"Neler oluyor?" diye fısıldadım kulağına. Duvarların arkasındaki karanlık, kollarını bedenime sararak beni tekrar içine gömmeye başladığında ve Ediz kollarımın arasında bir hayal gibi kaybolduğunda su beni kıyıya sürükledi. Canavarsa başının yarısını çıkardığı yüzeyden gözlerini dikmiş, bana bakıyordu.

"Hiç," dedi Ediz ben ona iyice sokulurken. "Uyu Şahmeran."

"Ediz," diyerek itiraz edecek oldum ama elini başımın arkasına yerleştirerek beni iyice kendine çekti.

"Uyu," dedi kararlı bir sesle ama uyku, babamın akan kanında boğuluyor, o hastane koridorunda kayboluyor, rüzgârgülünün kanatlarında parçalanıyordu. Gözlerimi kapattığım an kâbuslarıma açılan o kapı aralanıyordu ve ben uyumak istemiyordum.

"Uyuyamam ki," dedim sessizce. "Konuşsak olmaz mı?"

Ediz cevap vermedi.

"Rüyanda ne gördün?" diye sordum. Meseleyi kurcalayarak onu daha da rahatsız etmek istemesem de benimle bir şeyler paylaşmasını istiyordum, benimle bir şeyler paylaşmasına ihtiyacım vardı.

"Boş ver," diye mırıldandı.

"Benimle hiç konuşmuyorsun," dedim ama yine sessizliğini korudu, ben de çaresizce o sessizliği dinledim.

"Neden öyle söyledin?" Bir soru daha sormuştum. Cevap vermediği takdirde ben de sessizliğe bürünecek, gördüğüm kâbusu da o sessizliğin içine diri diri gömmeye çalışacaktım.

"Neyi neden söyledim?" diye sordu, kaşlarını çatmıştı.

"Babamın ve Atalay'ın sonunun senin ellerinde olduğunu söyledin," diye mırıldandım yavaşça. "Bahsettiğin şey ölüm değil, değil mi? Beni kandırmıyorsun ya?"

"Ölüm mü?" Sesi soğuktu. "Bu da nereden çıktı Güngör?"

"Sonlarının senin elinde olduğunu söyledin," diye tekrarladığımda sessizliğini koruması, korkunun düşüncelerimin arasına sis gibi yayılmasına sebep oldu.

Sonunda, "Sanırım haklısın," diye mırıldanarak dudaklarını saçlarıma bastırdı. "Uyuyamayacak kadar gerginsin."

Beni yavaşça bırakıp doğruldu ve yatağın kenarına oturarak omzunun üzerinden bana baktı. Yatakta ona doğru dönüp bir elimle yorganı kavradım ve kendimi küçük bir kız çocuğu gibi savunmasız hissederek ona baktım. Gece lambasının çıplak tenime dökülen loş ışığında onun gözlerinin içine baktığım o an, zamanın nabzı dursun istedim. İçinde bulunduğumuz oda dışında bütün zamanların ve mekânların çökmesini, akrep ile yelkovana zincir vurulmasını istedim.

"Bir kâbus gördüm," diye mırıldandım. "Zihnimin içinde sürekli parça parça görüntüler var."

Ediz, "Ne gördün?" diye sorunca gözlerim boşluğa daldı ve yorgana biraz daha sarıldım.

"Ya asıl bencil bensem Ediz?" Gözlerimi tekrar ona çevirdiğimde çattığı kaşlarının arasında oluşan çukura gölgeler doldu.

"Bu da nereden çıktı?"

Gözlerimi kapatıp yüzümü hissettiğim karmaşanın sancısıyla hafifçe buruşturarak, "Zihnimin içi..." dedim.

"Zekâ evcilleştirilmediği takdirde sahibini parçalar," dedi. Gözlerimi kapalı tutmaya devam ettim. Bir yerlerde o boş hastane koridoru gibi, mezar olan harabe gibi, o koşan kurtlar gibi boş bir cehennem vardı ve lavlar, taşan bir bardaktan dökülürcesine içime dökülüyordu.

"Söylesene," diye fısıldadım. "Atmosferi yakarak gökyüzünü ateşe vermek mümkün mü?"

"Öfkelisin," deyince gözlerimi açıp yorgun bir şekilde ona baktım. "Güzel. Bu yaşamanı sağlar," diye devam etti.

"Sen öfkeli misin?" diye sorduğumda ayağa kalkarak odanın kapısına yöneldi, attığı her adımda duvarda daha da büyüyen gölgesini izledim. Odanın kapısını açtığında bana bakarak başıyla gelmemi işaret etti.

"Mutfağa geç, geliyorum."

Yattığım yerden doğrularak, "Nereye?" diye sordum.

"Arabadan bir şey alıp geleceğim," diye açıklarken çoktan odadan çıkmıştı.

"Dikkatli ol," diye seslendim arkasından.

"Sen işine bak küçük," dedi karşılık olarak.

Yataktan çıkıp odanın kapısına ilerlerken dışarıda ölüm sessizliği olduğu için arabanın kapısının açılıp kapanma sesini duydum, ardından da kilidin sesini. Botların altında ezilen yaprakların seslerini duymaya başladığımda karanlık salonun içinde ilerleyerek mutfağa yöneldim. Çıplak ayaklarımın kenarlarından ince bir su tabakası akıyormuş gibi hissediyordum.

Ediz de mutfağa girip elindeki bilgisayar çantasını masanın üzerine koyduğunda peşinden gelen soğuğun kokusunu aldım.

"Kendime kahve yapacağım, sen de ister misin?" diye sordum, başını hafifçe iki yana salladı. O, bilgisayar çantasının fermuarını gürültüyle açarken ben de tezgâhın üzerindeki dolabı açıp raflara baktım. Kahve fincanları yukarıda olduğu için parmaklarımın ucunda yükselerek rafa uzanmaya çalışsam da karnımdaki morluklar acıyınca tekrar tabanlarıma basarak yüzümü buruşturdum.

Bir kol arkamdan uzanıp raftan fincanı aldı ve elinde döndürüp düzgün bir şekilde tezgâhın üzerine koydu. Başımı kaldırınca göz göze geldik, kokusunu alabileceğim kadar yakınımdaydı.

"Kendini zorlama," dedi kaşlarını çatarak. "İyi misin?"

"İyiyim," diye yalan söyledim. Karnımdaki morluklar acıyordu, hem de haddinden fazla.

"Bana yalan söyleme." Gözlerindeki ifade sertleşmişti. "Bence anlaşmamıza bazı kurallar ekleyelim. Bunu hiç düşünmemiştik." Dudakları gerildi. "İlk kural: Yalan yok. Her yalan söylediğinde anlaşmanın geçerliliğinden bir parça kaybetmiş olacaksın."

Benden uzaklaşarak bilgisayar çantasına yöneldiğinde, "Yalan değil," dedim. "Sadece abartmak istemiyorum."

Bilgisayar çantasından bilgisayarı ve dosyayı çıkarıp bir kenara koyarken beni duymazlıktan gelerek, "Karnın ne durumda bakalım?" dedi. "Ardından seninle konuşmak istediğim bir şey var."

"Sadece konuşalım," dedim omuz silkerek. "Baksan da yapabileceğin bir şey yok, zamanla geçecek."

"Doğa," dedi Ediz sabrı taşmak üzereymiş gibi. "Bir şeyi ikiletmeyi ve söylediğim şeyin yapılmamasını sevmem. Ayrıca gece gece sinirlenmek istemem."

"Sorun çıkarmak istemiyorum," deyince dikkatle bana baktı.

"O halde ayağımın altında dolanarak saçmalamak yerine bir köşede otur," diye homurdandı. "Kahveyi ben yaparım."

Tam ağzımı açıp buna gerek olmadığını söyleyecektim ki, "Derhâl," diyerek dik dik gözlerimin içine baktı. Direnmenin bir anlamı olmadığını bildiğim için somurtarak dediğini yaptım. Ocağın yanına, tezgâha oturup bir dizimi karnıma çektim ve çenemi dizime yaslayıp onu izlemeye başladım.

"Kas gevşetici alıp geliyorum," dedi. Yanaklarımı hafifçe şişirerek arkasından baktım. Ardından belli bir noktaya odaklanarak düşünmeye başladığımda tezgâhın üzerinden de ince bir su tabakası akıyormuş gibi hissediyordum. Sanki zihnimde dikiş tutmayan bir yara vardı ve duygularım oradan sızıyordu.

Ediz mutfağa geri döndüğünde üzerindeki tişörtü çıkarmıştı. Çenemi dizimden çekmeden onu izlemeye başladım. Elindeki ilaç kutusunu tezgâhın kenarına koyup bana yaklaştı ve "Karnını aç," dedi. Bir süre gözlerinin içine baktıktan sonra dizimi indirip dediğini yaptım. Ediz morluklarla dolu karnıma bakarken dişlerini sıktı, çenesi kaskatı kesilmişti. Ellerini belimin iki yanına yerleştirip başparmaklarıyla morlukları yavaşça okşamaya başlarken gözlerinde ecelin gölgesi vardı.

"Fevri davranmayacağım." Bunu benden çok kendisine söylüyor gibiydi. "Fevri davranmayacağım."

"Ediz..."

"Hepsinin ecdadını sikeceğim!" Nefesini dişlerinin arasından bırakırken parmakları bir gölün yüzeyinde gezinir gibi tenimde kaydı. Hissettiklerim tenimin üzerinde iç içe daireler halinde büyürken tüylerimin diken diken olduğunu hissettim.

"Onu polise teslim ettin ve bitti," dedim. Bunun üzerine elleri iki kanat misali yüzümün iki yanına kapandı. Yüzünü yüzüme yaklaştırdı ve alnını alnıma yaslayarak ürpertici bir sakinlikle, "Bittiğine gerçekten inanıyor musun?" diye sordu.

"Aklından neler geçiyor?" diye sorduğumda elleri yavaşça yüzümden çekildi.

Gözlerinde aksini dileyen bir taraf olmasına rağmen, "Zamanı gelince görürsün," dedi ve tedirginliğin gölgesi içime çöktü. Ben onu dikkatle incelerken tezgâhtaki kutunun içinden çıkardığı sarı hapı yıpranmış parmaklarının arasında tutarak ağzıma yaklaştırdı. Gözlerimi gözlerinden ayırmadan dudaklarımı hafifçe araladım. Önce dudaklarıma dokunan hap dilime düştüğünde Ediz'in başparmağı alt dudağımın üzerinde duraksadı. Sanki kendi topraklarına bekçilik ediyordu. Gözlerimin içine bakan gözleri, dibinde alevlerin tırnaklarını geçirerek yukarı tırmanmaya çalıştığı iki derin kuyu gibiydi.

Onu izlemeye devam ettikçe bir harabenin ortasına dikilen o rüzgârgülü zihnimde yavaşça dönmeye başladı.

Ediz'in bana daha da yaklaşmasıyla birlikte tenimin altından, karnımdan yukarıya doğru hızla yayılmaya başlayan bir his, önümde duran çıplak gövdesini bataklığa çeviriyordu. Ona çekiliyordum.

Ediz başparmağını çekip su bardağını dudaklarıma yasladığında gözlerimi kapatarak suyu yavaşça yudumladım. O an gökyüzünden düşen kar taneleri alev alev yanıyor, lambalardan dökülerek sokağa serilen ışığın altına cansız bir şekilde yığılıyorlardı. Ediz bardağı dudaklarımdan çektiğinde gözlerimi açıp ona baktım ve bir süre öylece durduk.

Benden yavaşça uzaklaşana kadar nefesimi tuttuğumun farkında bile değildim.

Masadaki bilgisayara ve dosyalara doğru ilerlemeye başladığında yerimde huzursuzca kıpırdanıp yavaşça yutkunarak, "Onlar ne?" diye sordum. Bilgisayara eğilip bir dosya açtı ve ekranı bana çevirdiğinde Atalay'ın fotoğrafı tenimin altından soğuk sular akmış gibi hissetmeme neden oldu. Kaşlarımı çatıp tezgâhtan inerek Ediz'in yanına gittiğimde fotoğrafta Atalay'ın çöp konteynerine attığı dosyaları gördüm.

"Ağabeyin bir işler karıştırıyor," dedi. Başka fotoğraflara geçtiğinde bu sefer Atalay'ın yüzünde sıkıntılı bir ifade vardı. Hatta bir fotoğrafta sıkıntıdan şakaklarını ovuyordu.

"O attıkları ne?" diye sordum şaşırarak. Ediz başka fotoğraflara geçti. Bu sefer çöp konteynerinin içinden alevler yükseldiğini görünce kaşlarım çatıldı.

"Tuttuğum adam ne olduklarına bakacaktı ama Atalay hepsini yok etti," diye karşılık verdi Ediz. Gözlerim bilgisayar ekranına kilitlenmişti, ağabeyimin fotoğrafına bakıyordum.

Duyacaklarımdan korksam da, "Peki, attığı şeylerin ne olabileceğiyle ilgili bir tahminin var mı?" diye sordum. O an ikimiz de aynı fotoğrafa baksak da gördüklerimizin aynı olmadığını biliyordum. Atalay'ın şakaklarını sıkıntıyla ovduğu fotoğrafa baktığımda zihnimin gerisindeki bir uçurumun kenarında etekleri rüzgârın peşinden gitmek istercesine uçuşan küçük bir kız çocuğu, gökyüzüne tutunan araf vaktini boş gözlerle izliyordu.

"Tahminden öte," dedi sabit bir sesle. "Neyle ilgili olduğunu biliyorum."

Meselenin ne olduğunu öğrenmek için yönelteceğim sorular dilime tırmanamadan içimdeki boşluğa savrulmuşlardı ama düştükleri boşluğun sonu gelmiyordu. Ediz bakışlarını bana çevirdiğinde ben hâlâ ekrana bakıyordum.

"Bunları bana neden gösteriyorsun?" Bu soruyu sorduğumda uçurumun kenarındaki o küçük kız, gökyüzünün geceye boyanacağını bilmiyordu.

"Farkında olmanı istiyorum."

Bakışlarımı ona çevirerek, "Neyin farkında olmamı istiyorsun?" diye sorarken içinde kötü bir gelecek taşıyan o yumurtanın yavaşça çatladığını işittim.

"Her şeyin," dediğinde gözlerimin içine bakan gözlerindeki haleler sessiz bir ateşle yanıyordu sanki. "Sana bir resmi parça parça gösteriyorum. Gördüğün her rengi ve çizgiyi aklına kazımanı istiyorum." Ben bakışlarımı tekrar ekrana çevirirken, "Resmi bir bütün olarak gördüğünde her rengin ve çizginin ne ifade ettiğini anlamanı istiyorum," dedi.

"Bunu neden istiyorsun?" diye sordum yavaşça.

Bana uzun uzun baktı ve "Günü geldiğinde anlayacaksın," dedi. "Bütün gerçekleri."

Düşüncelere dalmış bir halde Atalay'ın fotoğrafına bakarak, "Gerçekler," diye fısıldadım. "Anlam veremiyorum. Yani... Atalay bu. Demek istediğim..." Doğru kelimeleri bulamıyordum. "Ne olursa olsun iyi bir insandır."

"Ya da sen öyle olmasını istiyorsun," dedi Ediz beni yine kendimle yüzleştirerek. "Ya da göz kapaklarının içine görmek istediklerini çizip gözlerini kapatıyorsun ve kendini gözlerinin açık olduğuna, görebildiğine inandırıyorsun."

Boğazıma bir yumru oturmuştu, bakışlarımı Ediz'e çevirdim. Bilgisayara eğilerek başka bir dosya açtı ve ekranı Gökhan'ın fotoğrafı kapladı. Gökhan yirmili yaşlarının ortasında, kirli sakalı yanaklarında kum taneleri gibi görünen, yeşil gözlü bir adamdı. Gözlerine dikkatle baktığımda orada insanı tedirgin eden bir ifadenin ağ gibi örülü olduğunu gördüm.

"Gökhan," dedim sadece.

"Evet." Ediz gözünü bile kırpmadan yüzümü inceliyordu, yüzümden geçen her duyguyu ezberliyor gibiydi.

"Bana aynı ortamda bulunduğunuzu söylemişti," dediğimde sessizliğini bir süre daha koruyarak beni incelemeye devam etti.

"Biliyorum." Bakışlarımı ona çevirdim, düşüncelerini bir ifadesizlik maskesinin altına saklamıştı. "Ona iyi bakmanı ve yüzünü ezberlemeni istiyorum," dedi.

Bakışlarımı tekrar fotoğrafa çevirdim.

"Onun hakkında yeni bir şeyler öğrendin mi?" diye sorunca Ediz de ekrana o kadar uzun süre baktı ki ne düşündüğünü merak ettim.

"Onunla ilgili bir şeyler hatırlıyor musun?"

Soruma soruyla yanıt verdiği için düşüncelere dalmış bir şekilde Gökhan'ın fotoğrafına bakmaya devam ettim. Onunla karşılaştığımızda bana söylediği cümleleri tarttığımda elle tutulur tek şey bana verdiği telefon numarasıydı.

"Bana bir numara vermişti," dedim kaşlarımı çatarak. "Eğer onun tarafına geçmek istersem ona o numaradan ulaşabileceğimi söylemişti."

Bir an için numarayı Ediz'e vermek yerine atmış olmanın pişmanlığını hissettim ve bu hatamdan dolayı üzerime gelmesini bekledim ama o sadece başını hafifçe sallayarak kendi kendine mırıldandı: "Onun tarafında olmanı istiyor. Ne olursa olsun yanımdan ayrılmanı istemiyorum. Gökhan'ın ne yapmaya çalıştığını bilmiyorum ama bütün düşmanlarım seni benim zayıf noktam olarak görüyorken bir an bile yalnız kalman, başına üşüşeceklerini gösteriyor."

Sakinliğine şaşırsam da yorum yapmadım ve başımı sallamakla yetindim. Sonra tedirgin bir şekilde alt dudağımın kenarını ısırarak, "Aslında benim bir fikrim var," dedim.

Çimen yeşili gözler bana döndü. "Ne fikri?"

"Gökhan'a, sana karşı siper aldığım yalanını söylesem?"

Ediz gözlerini bile kırpmadan ve beni korkutacak kadar derin bir ifadesizlik eşliğinde bir süre bana baktı.

Sonra ölümcül derecede sakin bir sesle, "En son ne oldu?" diye sordu. "Uğur olayında? Kendini öne attın ve neler oldu?"

"O farklıydı," dedim kaşlarımı kaldırarak.

"Neresi farklıydı?" diye bağırınca irkildim. Bağırmasını beklemiyordum. "Bunu denemene bir kere izin verdim ve sonuçları ortada!" diye devam ederek parmaklarını öfkeyle saçlarının arasından geçirdi. "Bana bak kızım! Sana diyorum ki sen beni çekmek için kullanabilecekleri tek yemsin. Açık verdiğin an sana saldırırlar. Sense kalkmış, inlerine girmekten bahsediyorsun!"

"Ben sadece bir seçenek sundum," deyince öfkesi körüklendi.

"Seçenekmiş!" dedi başını iki yana sallayıp gülerek. "Doğa, beni delirtme! Öyle bir seçenek yok! Tabii üstünden aynı anda bir sürü herifin geçmesini, sonra da seni gebertmelerini istemiyorsan!"

Bana bu noktadan saldırmasını beklemediğim için nefesim kesilerek, "Ediz," dedim.

İçeriden gelen kapı sesini takip eden saniyelerde Uygar ve Gece uykulu bir halde mutfak kapısında belirdiler. Bense gözlerimi yeşil gözlerden ayıramıyordum.

Uygar, "Neler oluyor?" diye sordu ama ona ne ben aldırdım ne de Ediz.

"Bu tür saçmalıklar yüzünden böyle olduğunun farkındasın, değil mi?" dedi Ediz dişlerinin arasından. "Aynanın karşısına geç ve vücuduna bak! Bu hoşuna mı gidiyor?"

Haklıydı.

Yine de zamanın hepimizi bir kutunun içine kilitler gibi bu dağ evinde bir araya getirmesinin bir nedeni vardı ve o neden söz konusu olunca göreceğim herhangi bir zararın önemi kalmıyordu. Gece ve Uygar'ın gözlerinde parlayan şaşkınlığa baktıktan sonra kendimi Ediz'le tartışamayacak kadar yorgun hissettiğimi fark ettim.

"Ben içeri geçeyim," dedim ama yanından geçeceğim sırada Ediz'in eli bileğimi kelepçe gibi sararak beni engelledi.

"Yorganın altına mı kaçıyorsun?" diye sorunca ona hayretle baktım.

"Tartışmak istemiyorum," dedim kaşlarımı çatarak.

"Çünkü haksızsın."

Bir an boşluğa takılan gözlerimi ona çevirdim ve buz gibi ama sakin bir sesle, "Bir katille oturmuş, kendi ailemin sonunu konuşuyorum," dedim. "Bundan bile kaçmıyorken bir tartışmadan mı kaçacağım?"

Kaşlarını kaldırdı ve "Evet," dedi.

Bileğimi elinden kurtarmaya çalışarak, "İçeri gitmek istiyorum," deyince bileğimi daha da sıkı kavradı.

"Burada kalacaksın."

Öfkeyle, "Sen benim sahibim değilsin!" dedim ve sesim içimdeki sakinliğin çatlamasıyla yükseldi. "Seninle yaptığımız anlaşma senin evcil hayvanın olacağım anlamına gelmiyordu." Dişlerimi sıktım. "Bu işte ortak olduysak senin kadar benim de söz hakkım var!"

"Bu işte ortak olduğumuzu mu sanıyorsun?" Ediz'in sesinde alaycılığın tonları vardı.

Bileğimi bir kez daha elinden kurtarmaya çalışarak, "Evet," dedim ama gözlerindeki alaycılık dudaklarına sıçrayıp çarpık bir gülümsemeye dönüştüğünde sesimi yükselterek, "Bırak bileğimi!" dedim. Acı içimde önüne çıkanı yutan bir çığ gibi ilerlemeye başlamıştı. "Derhâl!" diye bağırdım.

Ölüm kokmasına rağmen sakin bir sesle, "Bana emir mi veriyorsun?" dedi. "Sınırları aşma Doğa."

"Aşarsam ne olur?" Kendimi kırıldığında keskin parçalara dönüşen bir cam gibi hissediyordum. "Beni döver misin? Yoksa bir tecavüz oyunu daha mı sergileriz?"

Uygar, "Gençler, sakin olun," diyerek araya girmeye çalışsa da Ediz'le kilitlenmiş halde birbirimize bakıyorduk. Ediz'in gözlerindeki alaycılık bir cesede dönüştüğünde öfke, alaycılıktan sızan kan gibi gözlerinin zeminine yayıldı. Bana avına odaklanmış bir avcı gibi bakıyordu.

"Seninle yaptığımız anlaşma ortak olmamız değildi," dediğinde haklı olduğu gerçeğinin neden olduğu o ince sızıyı içimde hissettim. "Ne istersem onu yapmandı. Sana kötü davrandığımı mı sanıyorsun? Doğa, sana öyle şeyler yaparım ve yaptırırım ki avuçlarımın içinde evcilleşmek için bana yalvarırsın."

"Sana her ulaşmaya ya da yardım etmeye çalıştığımda böyle mi olacak?" diye sordum boğuk bir sesle. "Bunca zamandır bana acıdığın için beni öldürmediğini düşünüyorum artık. Beni her şeyin dışında tutuyorsun, yaptığımız anlaşmaya rağmen... Söylediğim herhangi bir şeyin senin için ne zaman önemi olacak?" Ediz dişlerini sıkarken burun delikleri hafifçe genişledi ama gözlerindeki öfke katlanmadı, onun yerine üzerine ince, şeffaf bir duygu örtüldü. "Beni ne zaman sadece bir maşa gibi ateşe uzatmaktan vazgeçeceksin? Aşağılamaktan, dalga geçmekten, hor görmekten ve varlığım ile yokluğum birmiş gibi dav..."

Ediz birden çenemi tuttu ve dudaklarını dudaklarıma sertçe bastırarak bütün kelimeleri içime hapsetti. Beni iterek tezgâha yasladı. Bir an için kalp atışlarımı hissedemedim. Gözlerim iri iri açılırken Uygar ve Gece'nin şaşkınlıkları da soluduğum havaya karışmıştı. Ediz çenemi kavrayan eliyle başımı hafifçe arkaya yatırıp beni hırsını çıkarırcasına öpüyordu.

Bundan nefret ediyordum. Dudaklarımda bıraktığı o histen... Ediz beni hemen arkamızdaki tezgâha oturturken ona tutunmak son anda aklıma geldi. Uygar'ı ve Gece'yi tamamen yok sayıyordu. Her zaman Ediz'in yüzünde sahne alan nefrete şahit oldukları için şimdi paylaştığımız bu anlar onlar için beklenmedikti. Ediz dudaklarını dudaklarımdan çekerken dişleri alt dudağımı hafifçe sıyırdı.

"Biraz daha konuşursan," diye hırladı, "sonu kötü olacak."

Ben öylece kalakalırken Ediz bacaklarımın arasına iyice girdi ve "Söylediğin her sözü geri al," dedi.

Sesindeki soğuk kararlılık yüzüme çarparken dudakları dudaklarıma çok yakındı. Sonunda hareket edebilecek kadar kendilerine gelen Gece ile Uygar'ın mutfağı sessizce terk ettiklerini gördüm.

"Sözlerini geri al!" diye bağırdı Ediz.

"Sen neden böylesin?" Sesim titriyordu.

Nefesi dudaklarımda konaklarken gözlerini kapatarak, "Asıl sen neden böylesin?" diye sordu.

"Bitsin istiyorum," diye mırıldandığımda aralanan gözleri gözlerimi buldu ve bana asırlar gibi gelen bir süre boyunca gözlerimin içine baktı.

"Kucağıma çık," deyince gözlerimi kırpıştırarak ona şaşkınlıkla baktım.

"Efendim?"

"Kucağıma çık," diye tekrarladı.

"Kendim yürüyebilirim," derken gerginliğim sesimden belli oluyordu. Ediz bana ciddi olduğunu gösteren bir bakış atınca kendini zor tuttuğunu anladım. Sabır dilercesine yukarı baktı ve sert bakışlarını tekrar bana çevirdi.

"Yap şunu Doğa. Yoksa gitmene izin vermem." Ben boş boş suratına bakınca, "Ciddiyim," diye ekledi.

Saniyeler birbirini kovalarken dikkatle incelediğim yüzündeki ciddiyeti gördüm. Tezgâhın kenarına kadar kaydım ve bacaklarımı beline sardım. Kollarım da boynuna dolanınca Ediz'in vücudundaki gerginlik, köşesine çekildi.

Kulağıma, "Kız çocuğu," diye fısıldayınca ona daha sıkı tutundum.

Beni yatak odasına götürdüğünde arkamızdan kapıyı kapatarak yatağa doğru ilerledi ve bir dizini yatağa yaslayıp beni yavaşça yatırdığında ilk önce uzun saçlarım yastığa döküldü, ardından bedenim yatağa, onun önüne uzandı. Kollarımı boynundan çeksem de ellerim dağınık saçlarının arasında kalmıştı. Loş ışıkta gökten düşmüş bir melek gibi görünüyordu, onda ölümün güzelliği vardı.

"Sana acımıyorum," dedi sessizce. "Seni öldürmek isteseydim bana hiçbir şey engel olamazdı. Ayrıca seni aşağılamıyorum, hor görmüyorum, maşa olarak kullanmıyorum."

Söyledikleri yalan da olsa ona inanmak istiyordum.

"O zaman beni dinlemeyi dene," diye fısıldadığımda iç çekerek doğruldu ve bana bir an tepeden baktıktan sonra yavaşça yanıma uzanarak beni güvenli kollarının arasına çekti.

"O kadar küçüksün ki hiçbir şey bilmiyorsun." Nefesi saçlarımın arasında esiyordu. "Basit bir öpüşmeyle bile utanabiliyorsun. Bir öpüşme..." Kendine kızıyormuş gibi gülünce içim burkuldu. *Bir öpüşme.* Benim ruhuma dökülen bu kelimeler koskoca paragrafları duvar gibi örerken onun için son derece basitti.

"Belki de haklısın," dedim gözlerimi kapatarak. Yıllar birer öğretmen, hayatsa acımasız bir okuldu. Ediz bu okulun iyi bir öğrencisiydi ve hayatın iyi bir öğrencisi olmak demek çantada kitapları değil, acıları taşımak demekti. Daha çıkmam gereken çok basamak vardı. "Gördüğüm kâbusta babamı öldürüyordun ve bu bir şeyleri fark etmeme sebep oldu," dedim.

"Çok fazla kafa yoruyorsun," diye karşılık verdi net bir sesle.

"Çünkü babamla yeteri kadar şey paylaşmadım," dedim düşünceli bir halde. "Ne olursa olsun o benim babam ve en azından varlığının hakkını veremeden ölmesinden korkuyorum."

Ediz beni iyice kendine çekince ben de onun gibi her şeyi bir kenara koydum ve ona sokuldum.

"Babandan nefret etmiyorsun, bunu biliyorsun değil mi?" diye sordu ama sorusunu yanıtsız bıraktım. Babamdan nefret etmiyordum, aksine ona olan sevgimi içten içe gizleyerek kendimle beraber büyüttüğümü biliyordum. "Etmeni isterdim," diye devam etti.

"Bir önemi var mı?" diye sordum. "Var," dedi ama benim için yoktu.

Gülerek konuyu değiştirdim: "Kavgaya devam etmemiz gerekiyordu. Şu an çok anormal göründüğümüzden eminim."

"Ne zaman normal olabiliriz ki?" diye homurdandı. "Uyu sen. Sana masal anlatmamı ister misin?"

"Sen masal bilmezsin ki..."

"Senin bana anlattığın o çirkin ördeğin hikâyesini anlatırım," dedi. "İster misin?"

Ediz'in sesinden masal dinlemek ve onun sesi eşliğinde uykuya dalmak...

"Bir varmış, bir yokmuş," diye masala başladım dalgın bir şekilde. "Evvel zaman içinde, kalbur saman içinde, gökyüzünün pırıl pırıl bir örtü, göl yüzeylerinin ayna, ağaç yapraklarının gür saçlar olduğu uzak bir diyarda..."

"...küçük, çirkin bir ördek yavrusu yaşarmış," diye devam etti.

Dudaklarından dökülen her kelime yatağın üzerinde filizleniyor, etrafımızda yaprakları gür saçlar olan ağaçlar yükseliyor, yüzeyi ayna gibi bir göl uzanıyor, gökyüzü pırıl pırıl bir örtüye dönüşüyordu. Üzerimde beyaz bir elbiseyle rüzgârın Ediz'in nefesi olduğu bu yerde, ağaçların arasında gülerek koşuyordum.

Onun sesinde özgürdüm.

Onun sesinde bir ölü kadar özgürdüm.

Ben mi gariptim, Ediz mi garipti, yoksa hayat mı garipti, bilmiyordum.

Pırıl pırıl bir örtü olan gökyüzü üzerime serilmeye başlarken bir salıncakta bilinçsizliğe doğru sallanıyordum.

Ediz, "Senin ruhun küçüğüm..." diye fısıldadığında gökyüzü üzerime kapanmak üzereydi. "Senin ruhun büyüdükçe güzelleşen o çirkin ördek yavrusu gibi. Ölümün büyüdüğün an olacak ve sen beyaz bir kuğuya dönüşeceksin."

Gökyüzü yavaşça üzerime örtüldü, uyku bilincime sızdı ve Ediz'in sesi zihnimde yankılanırken her yer karanlığa gömüldü.

Karanlığın içinde bir kibrit yandı.

Kibritin ışığı Atalay'ın yüzüne vurduğunda kirpiklerinin gölgesi mızrak uçları misali yanaklarına saplanmıştı. Beni izledi.

İzledi.

İzledi.

Boş bir lunaparktaki dönme dolap gökyüzünde oluşan bir girdap gibi yavaşça dönmeye, esen rüzgâr bütün yıldızları mum gibi tek tek söndürmeye başladı. Önümdeki karanlık kuyunun içine bütün anılarım düştü ve benden uzaklaştılar. Derinlerde parlayan birer noktaya dönüştüklerinde rüzgâr onları da söndürdü.

Ölü toprakları anımsatan kahverengi gözler beni izlemeye devam etti.

Atalay elindeki kibriti yavaşça bıraktığında kibrit karanlığın içine düşmeye başladı.

"Bir varmış, bir yokmuş..." diye fısıldayan sesimin yankısını duydum. Harabenin içindeki rüzgârgülünün kanatları alev almıştı, can çekişerek dönmeye devam ediyorlardı. "Evvel zaman içinde, kalbur saman içinde, uzak diyarlarda küçük bir kız çocuğu, küçük bir kadının ruhunda ölü bulunmuş." Kibrit yavaşça yere indiğinde çıkan o zayıf ses, zemine parçalar halinde yayıldı. "Bu uzak diyarlarda geçmiş hep geleceğin üzerinde intihar edermiş." Ecel o hastanenin boş koridorunda yavaşça ilerlemeye başladığında gölgesinin kâğıtlara düştüğü yerler bir çatırtı eşliğinde tutuşmaya başlıyordu. "Ama bu küçük kadının geçmişi, kendini geleceğin üzerinde ateşe vermiş ve gelecek, geçmişle birlikte yok olmaya başlamış."

Yere düşen kibritten taşan alevler yükselerek Atalay'ın etrafını kefen gibi sardı.

Alevlerin içinde küçük bir kız çocuğunun cansız kahkahası yankılandı.

Ve irkilerek uyandım.

"Uyandı," dedi Ediz. Karnımda bir baskı hissedince yattığım yerden doğrulmaya çalıştım ama kemiklerime keskin bir acı saplandı.

Ediz, "Korkma," derken ben kendime gelmeye çalışıyordum. Ampulden yayılan ışık gözlerimi acıttığı için gözlerimi kısmıştım ve odada yalnız olmadığımızı fark etmiştim.

"Çatlak yok," dedi bir erkek sesi. "Zedelenmiş ve ezilmiş. Bunun için ilaç verebilirim. Küçük hanımın dinlenmesi gerekiyor."

"Uzun yolculuk sorun olur mu?" diye sordu Ediz.

"Hayır, olmaz ama yine de beklemenizi öneririm. Uzun yol sağlam adamı bile yoruyor, küçük hanım bayağı yıpranır ve toparlanması daha uzun sürer. O yüzden biraz işlerine ara versen iyi olur. Bir de fazla hareket etmesin. Yatağından sık sık çıkmasın."

"Tamam," dedi Ediz.

"Ediz," diye inledim. "Neler oluyor?"

"Yok bir şey," dedi bir eli saçlarıma giderken. "Uyu sen güzelim."

"Bizim işimiz de bitti zaten," dedi doktor. "Fakat seninle konuşmam gereken bir konu var Ediz. Çıkalım, Doğa dinlensin."

Ediz başparmağıyla saçlarımı okşayarak gözlerimin içine baktı. Ben hâlâ ışığa alışamadığım için kısık gözlerle ona bakmaya devam ederken, "Geleceğim," dedi. "Uyumaya çalış."

Başımı hafifçe sallayınca elini çekip doğruldu ve kapıya yöneldi. Kapıyı ardından kapatmadan önce ışığı söndürdü. Kendime doğru çektiğim yorganın altına girmedim. Bir elimle yorganı tutarak yatakta yan döndüm ve kapının altından şerit halinde sızan ışığı izlemeye başladım.

"Doğa hakkında söylemem gereken bir şey var," dedi adam.

"Nedir?" Ediz'in sesi duruma bir anlam veremediğini gösteriyordu.

"Buraya geldiğimde konuştuğumuz konudan bahsediyorum."

Aslında amacım içerideki konuşmaya kulak kabartmak değildi ama uyuyamıyordum ve kelimeler odanın içine süzülüyordu.

"Ne sanıyorsun Ediz?" diye sordu adam. "Sağlıklı bir psikolojisi olan bir insan bu duruma yardım eder mi? Yoksa umduğun şey kızın sana değer vermesi miydi?"

Ediz homurdanır gibi bir ses çıkardı, konuşmanın gidişatından memnun olmadığını haykıran bir tepkiydi bu ama adam bunu anlamadı, hatta farklı yorumladı.

"Bu Doğa'nın dosyası." Nefesim boğazımı tıkarken adam konuşmaya devam etti: "Terapilerde doktorun aldığı notlar, Doğa'nın kullandığı ilaçlar, çocukluğunda yaşadığı travmaların ve konulan teşhislerin bütün ayrıntıları dosyanın içinde mevcut." Ediz tek kelime etmeden adamı dinlerken benim dudaklarım hissettiğim acıyla hafifçe aralandı. "Bak, bu da doktorunun isteği üzerine Doğa'nın çizdiği ağaç."

Gözlerim yavaşça kapanırken Ediz'in sessizliği büyük bir öfkeyle parçalara ayrıldı. "Sen ne yaptığını sanıyorsun lan?"

"Anlamadım?" Doktorun sesinde şaşkınlık vardı.

"İstesem bu dosyaya ulaşamayacağımı mı sanıyorsun?" dedi dişlerini sıkarak. "Sen ne yaptığını sanıyorsun?"

Gözlerim tekrar aralandığında şaşkınlıkla kapının altındaki o ışık şeridine baktım.

"Ben..." dedi adam kekeleyerek.

"Bunları kurcalamayacaksın," diye araya girdi Ediz öfkeyle. "Ne söyleyeceksen söyle ve ben senin belanı sikmeden defol git bu evden!"

"Hata yapıyorsun."

"Ben hata yapmam," dedi Ediz kesin bir sesle.

"Öyle mi dersin evlat?" Adamın sesi bu kez acımasız çıkıyordu. "Bu kızın sana değer verdiğini düşünüyorsun ve bu hoşuna gidiyor. Ama Doğa'nın dosyasına bir teşhis daha eklenmeli bence."

Ediz bir süre dilini yutmuş gibi sussa da sessizliğini takip eden saniyelerde kelimelerin üstüne basa basa, "Sen canına mı susadın?" dedi.

"Stockholm sendromu." Benim kaşlarım şaşkınlıkla kalksa da Ediz'in yüzünde tek bir kasın oynamadığını tahmin edebiliyordum. Adam sözlerine devam etti: "Rehin alınan insanlarda sık görülür. Cinsiyetleriniz farklı, bu zaten başından beri etkili bir durum. Ayrıca birine önce kötü davranır, onu mahveder, sonra da şefkat gösterirsen senin karşında psikolojik olarak savunmasız kalır."

Ediz yine bir süre sessiz kaldı, konuştuğundaysa sesindeki dehşeti hissettim. Aynı dehşetin benim vücuduma da yayıldığını fark ettim. Ediz kafamın içinde dönen kelimeleri dile getirdi: "Ne yani? Bu sendrom yüzünden mi benim yanımda kaldığını iddia ediyorsun?"

Yine bir sessizlik oldu ama Ediz tekrar konuştuğunda sesi âdeta ölümü fısıldıyordu: "Hayır."

6. ŞÜPHE

"Hayır." Ediz itirazını ikinci kez dile getirdiğinde yeşil gözlerine gölge misali düşen şaşkınlığı görür gibi olmuştum. "Hayır. Bu çok saçma."

Aslında şu an ondan bir farkım yoktu. Derinlerde kaynayan zift karası korku, paslı bir kazandan yavaşça taşarken zihnimin kontrolünü kaybettiğimi hissettim. Sanki kendi dünyamda hislerim tarafından tahttan indirilmiştim.

Ediz Çağıran'a şefkat. Ediz Çağıran'a güven. Ediz Çağıran'a itaat. Ediz Çağıran'a inanç. Ediz Çağıran'a sığınma isteği.

Bunların her biri atılacağım çukurun içindeki zehirli yılanlar gibiydi.

Karanlık bir sokakta gözlerini dikip bana bakan katilin göz bebeklerindeki o boşluğa yuvarlanıyor, başka bir anının ortasına çakılıyordum. Beni kaldırıma vuran gölgem gibi takip eden katilimden kaçıyorken saniyeler çıplak ayaklarımın altında çağlayan bir nehir gibi akıyordu. Nehrin suları bir an yükseliyor, bedenimi de çağlayan saniyelerin arasına katıyor ve ben zamanın içinde başka bir ana sürükleniyordum. Ediz'in bedenime iki kanat gibi sardığı kollarının arasında huzurlu bir şekilde uyuyordum. Bir an çoğalarak ampulü patlatan beyaz ışık gözlerimi kör ediyor, yeni bir mekân boş bir kâğıda çizilir gibi çiziliyordu ve ben kollarımı katilimin bedenine dolayıp ona sığınarak ağlıyordum.

Ediz zamanın üzerine paslı bir çivi gibi çakılmıştı. Sanki hayatımdan çıktığı an geleceğimi hayatımın kangrenli kısmıymış gibi keserek ömrümü yarım bırakmak zorunda kalacaktım.

Bu his buz gibi bir soğukla kanıma karışarak geçtiği yerleri dondurmaya başladı.

"Bunun başka bir açıklaması var mı Ediz?"

Bir sessizlik çöktüğünde soru bana yöneltilmiş gibi beynim hızla bir cevap, bir savunma üretmeye çalıştı. Kafamın içinde kitaplar karıştırılıyor, her sayfa hızla taranıyordu. Sayfaların sesini duyar gibiydim. Düşüncelerim ellerine aldıkları kalemle sarf edecekleri cümlelerin altını çizmek için bekliyordu ama hiçbir şey bulamadılar.

"Kız bana bağlı mı yani?" Ediz'in sesi buz gibi çıkıyordu. Bir kasete onun sesinin tonları kaydedilse sesindeki bu ifadede kasetin filmi dolanır, düğümlenirdi. Sesi o derece ürkütücü, bir o kadar da güzeldi.

"Öyle görünüyor," dedi doktor. "Tabii alanı psikoloji olan bir doktor daha açıklayıcı ve yardımcı olacaktır ama bu çok tehlikeli. Kime güvenebilirsin ki? Birine gidip, 'Ben bu kızı kaçırdım, ona önce şiddet uyguladım, sonra şefkat gösterdim,' dersen ne olacağını tahmin edebiliyorsundur."

"Ben ona şiddet uygulamadım," dedi Ediz burnundan soluyarak.

"Vücudundaki morluklar ne peki?" diye sordu doktor.

"Sülalesini siktiğimin evladı yaptı!" Kırmızı alarm yine yanıp sönmeye başlamıştı. "Vücudundaki hiçbir şeyi ona ben yapmadım." Bir an sustu. "Ayrıca bu konuları neden kurcalıyorsun sen?"

Ediz'in sesindeki şüphe, adamın boğazına her an saplanabilecek keskin bir bıçak gibiydi.

"Babanı da seni de yıllardır tanıyorum," dedi adam ifadesiz bir sesle. "Yardımcı olmaya çalışıyorum."

Ediz ölümcül bir sesle gülerek, "Yardımcı olmaya çalışıyorsun, öyle mi?" diye sorarken sesindeki şüphe büyümüştü.

Adını bilmediğim doktor, Ediz'in sesindeki alaycı şüpheyi duymazlıktan gelerek, "Bu konuyu geç olmadan araştırmalısın bence," dedi. "Geç olmadan."

"Kalsın," dedi Ediz tükürür gibi.

"Sen bilirsin evlat," dedi doktor, sesinin tonuyla Ediz'i kışkırtmayı amaçlıyordu ama Ediz bu küçük oyuna gelmedi.

Ciddi bir sesle, "Bence burada işin bitti," diyerek doktora yol gösterdi. "Uygar seni bırakır."

Doktorun ayaklandığını duydum. "Dediklerimi ciddiye almalısın Ediz. Tabii kızın zarar görmesini istemiyorsan. Çünkü onu bırakıp gittiğinde gireceği şiddetli bunalım onu intihara kadar götürür."

"Doğa sadece beni ilgilendirir." Ediz'in sesi, dibi görünmeyen bir uçurum kadar mesafeliydi. "Onu düşünmene gerek yok."

Avuçlarımı yatağa yaslayarak yattığım yerden yavaşça doğruldum, sanki tavandan karnımın üstüne tuğlalar düşüyormuş gibi bir acı hissedince yüzümü buruştursam da aldırmadım. Şu an çok daha farklı bir durumun ortasına düşmüştüm. Düşüncelerim bana ait olması gerekirken ben mi düşüncelerime ait olmuştum? Normalde bir insanın hislerini yönetmesi gerekmez miydi? Hisler tarafından yönetilen ben miydim?

Ediz tok sesiyle Uygar'a seslendiğinde karanlığın içinde bir süre belli bir noktayı izledim. Kendimi sersemlemiş hissediyordum. Ardından yorganı yavaşça kenara iterek yatağın kenarına oturup önüme düşen saçlarımı kulaklarımın arkasına sıkıştırdım. Zihnimdeki bütün evlerin çekilen perdeleri, sanki evler gözlerini kapatmış gibi bir his uyandırıyordu. Alt dudağımın kuruyan derisini dişlerimin arasına sıkıştırarak yüzerken başımı kaldırıp dolabın aynasındaki karanlık gölgeme dalgın dalgın baktım.

Doktor gittiğinde ardında bıraktığı düşünceler evin duvarlarına is kokusu gibi sinmişti.

Ediz'in odaya gelmesini bekledim. Gelip böyle bir şeyin saçmalık olduğunu ve korkmamam gerektiğini söylemesini bekledim. Zihnimin içi labirent gibiydi. Labirentin sonu aslında başlangıcı, düşünceler de duvarlarıydı. Bir sonuca ulaştığımda aslında birçok düşüncenin arasından geçiyordum ama beni her seferinde başladığım noktaya getiren şüphe, labirentin içinde yaşayan bir canavar gibiydi ve ben o canavarla tek başıma savaşamıyordum.

Oturduğum yerden kalkıp kapıya doğru yürümeye başladığımda koyu renkli saçlarım belime doğru iri dalgalar halinde dökülüyordu ama onlar da yorgundu sanki. Dağınıktılar.

Odanın kapısını açtığımda gözüme vuran ışık bir an için gözlerimi acıtınca elimi gözlerime siper ettim. Salon boştu. Odanın kapısını açık bırakıp mutfağa doğru ilerlerken tenime batan acıyı görmezlikten gelmeye çalışıyordum.

Mutfağın kapısına geldiğimde içeride olduğunu gördüm. Altında kot pantolonu, üstünde geniş omuzlarını gözler önüne seren bir tişört vardı. Saçları uykudan yeni uyanmış gibi dağınıktı ve ayakları çıplaktı. Tek tek açıp kapattığı dolaplarda aradığını buldu. Kristal kadehi gürültülü bir şekilde tezgâha koydu.

İçecekti.

En alttaki çekmeceyi açıp bir şişe viski çıkardı. Kehribar rengi sıvı kadehe dolarken birkaç damlası da tezgâha sıçradı ama Ediz umursamadı. Sessizliğimi koruyarak onu izlemeye devam ettim. Kollarımı arkasından beline dolayarak yüzümü sırtındaki o mezar boşluğuna yaslamak, oradaki güvenin beni bir kefen gibi sarmasına izin vermek istiyordum ama başımı hafifçe öne eğmekten başka bir şey yapamadım.

Tüm bunlar zihnimdeki yaradan kan gibi sızan hayaller olamazdı.

"Ediz?" diye mırıldandığımda sesim pürüzlü çıkmıştı. Ben boğazımı temizlerken Ediz bakışlarını bana çevirdi ve bir an için beni gördüğüne şaşırdı. Tahmin ettiğim gibi uyuduğumu düşünüyor olmalıydı. Bakışlarımda nasıl bir ifade gizliydi, bilmiyordum ama Ediz'in kaşlarını çatmasına sebep olmuştu.

"Uyumuyor muydun sen?" Sesi o kadar soğuktu ki sıcak ve soğuk hava karışınca oluşan o sisin ağzından sızacağını sandım bir an. Ah. Ciddi anlamda soğuk ve mesafeliydi. İçime bir sıkıntının oturduğunu hissettim. Duyduklarımı yalanlamayacak mıydı? Başımı iki yana salladım ve "Konuştuklarınızı duydum," dedim, sesim kısık çıkmıştı.

Ediz kaşlarını kaldırdığında şaşırmış görünmüyordu ama tedirginliğini hissetmiştim. Ya da hissettiğimi sanmıştım. Ben artık hiçbir şeyden emin olamıyordum.

Umursamaz bir tavırla, "Eee?" dedi ve içime dolan o sıkıntı büyüyerek yumru şeklinde boğazıma oturdu. Benimle konuşup zihnime üşüşen düşünceleri ortadan kaldırması isteği yok olurken planlarım bir adım geri çekildi. O istemiyorsa bir şey yapamazdım, bunu biliyordum. Zaten Ediz'le olan her şey ona bağlıydı. O istiyorsa olurdu, ben hiçbir zaman yön veren taraf olamazdım.

"Hiç," dedim gülümsemeye çalışarak ama kahrolası gözlerim yanıyordu. "Bilgisayarını kullanabilir miyim, diye soracaktım."

Tezgâha dönerek bana sırt çevirdi. "Yatıp dinlenmen gerekiyor."

"Bir şeye bakmam gerek," diye mırıldandım. "Hemen geri vereceğim, oyalanmam."

Ediz elinde kadehle bir süre öylece durdu, ardından içkiyi kafasına dikip tek seferde bitirdi ve kadehi gürültülü bir şekilde tezgâha koydu. Hafifçe başını salladığında bunu bana değil de daha çok kendine yapıyormuş gibiydi. Kadehi tezgâhta hafifçe itti ve bana doğru yürümeye başladı. Bana bakmadan yanımdan geçtiğinde aklım yeni bir düşünce doğurmuştu: Olması gereken zaten buydu.

Televizyon köşesindeki çekmeceyi açıp bilgisayar çantasını çıkardığında ben de peşinden salona gitmiştim. İfadesiz yüzüyle çantayı bana uzattı. Çantayı ondan yavaşça alırken gözlerimi kaçırdım, açıkçası korkuyordum. Eski Ediz gibi değildi, farklıydı. Belki ben paranoya yapıyordum. Belki de doktora sinirlenmişti.

"Hemen getiririm."

"Odada kalsın," dedi bomboş bir sesle. Ne düşündüğünü kestiremiyordum ve bu, dibi görünmeyen bir göle doğru yürümek gibiydi. Ediz'in en son ihtiyacı olan şey, ona bağlanmış bir akıl hastasıydı. Zaten yeterince sorunu vardı ve ben böyle bir durumda ona ayak bağı olacaktım. Bu onu sinirlendirirdi. Şu anki soğukluğunun sebebi bu olmalıydı. Hiçbir şey söylemeden, geldiğim gibi sessizce ama daha umutsuz hissederek odaya girdim ve kapıyı yavaşça kapattım.

Kenardaki masaya giderken ışığı açmadım, şu anda karanlığa ihtiyacım vardı.

Bilgisayarı çantasından çıkardığım sırada hâlâ yanmaya devam eden canımı gerçek anlamda umursamaz hale gelmiştim. Şu an çok daha beter bir durum söz konusuydu ve ben ne yapacağımı cidden bilmiyordum. Böyle bir şey olabilir miydi? Tedavisi falan olmalıydı, değil mi? Ölene kadar içimde Ediz Çağıran'ı taşımak... Bu düşünce o kadar ağır geldi ki gözyaşlarım birden gözlerime batmaya başladı.

Ben güçlüydüm, evet. Kolay kolay yenilmez, kolay kolay ağlamazdım. Ta ki güçsüz yanım gelip beni buluncaya kadar... Ediz Çağıran benim güçsüz yanımdı ve onunla ilgili bir şey olduğunda ya da Ediz bir şey yaptığında tek istediğim gözyaşı dökmek oluyordu.

Sanki içime bıraktığı zehri atabilecekmişim gibi...

Bilgisayar açıldığında ekranın ışığı yüzüme vurdu. Batan gemiden kurtulan düşünceleri taşıyan sandallar zihnimin kıyılarına yaklaşsa da üzerlerine derin bir sessizlik örtülüydü. Dalgın bir şekilde bilgisayara bakıp her şeyi değerlendirmeye çalıştım. Kendisinin de dediği gibi bana şiddet uygulamamıştı. Tamam, bana psikolojik şiddet uygulayarak beni zorladığı, gerçek anlamda zorladığı zamanlar olmuştu ama fiziksel şiddet uygulamamıştı.

Bilgisayarda doğruca arama motoruna girerek Stockholm sendromunu arattım, daha önce hiç böyle bir şey duymamıştım. Önüme birçok site döküldü ve rastgele birini seçtim. Şehrin dışında olduğumuz için internet çok yavaştı ve sayfanın açılması birkaç dakika sürmüştü.

Sonunda açıldığında yorgun gözlerle ekrana baktım ve karşıma çıkan makaleyi okumaya başladım. Söz konusu sendrom 1973'te, İsveç'in başkenti Stockholm'de yaşanan bir olaydan sonra ortaya atılmıştı. Bankacı bir kadın onu altı gün rehin tutan soyguncuya duygusal olarak bağlanmıştı. Hatta polisler bankanın içini aradıklarında kadın, "Biz burada iyiyiz, benim asıl korktuğum polisler," şeklinde cevap vermiş ve herkesi şaşkına uğratmıştı. Ardından soyguncuyu mahkemede savunmuş, hatta nişanlısını terk ederek onu rehin tutan soyguncunun hapisten çıkmasını beklemişti.

Bir diğer vakadaysa kadının biri onu rehin alan adama yardım etmiş, işlerinde ona destek olmuştu.

Kaşlarım çatıldı. Bu bizim durumumuza benziyor muydu? Ediz'e yardım etsem de ortada şöyle bir gerçek vardı: Ben bunu ailemin güvenliği söz konusu olduğu için yapıyordum. Ediz'in de dediği gibi bu işte ortak değildik, bir anlaşmayla kendi kendimi ona bileklerimden zincirlemiştim.

Ediz o zincirleri çıkardığı an ne olacağını bilsem de onun yanında kalmak için hiçbir sebebim yoktu. Belki gitmek için de bir sebebim yoktu, bilmiyordum. Ama mantığım bana sesini hâlâ duyurabiliyordu. O zincirler çözüldüğünde Ediz'in yanında kalmaya devam etmemin sağlıksız bir karar olacağının farkındaydım.

Öfkeyle bilgisayarı kapattım ve oturduğum yerden kalktım. Yatağa yöneldiğimde karnımdaki acı bir an nefesimi keser gibi olsa da aldırmadım. Uyumak şu an en mantıklı çözümdü. Belki de çözüm değil, kaçıştı ama uyurken aklım devrilen taşları yerine koyarak onaracaktı, çamurlar kuruyacaktı ve sabah kalktığımda bu düşünce soğuduğu için onu daha rahat elimde tutarak inceleyebilecektim.

Yatağa girdikten sonra yorganı başıma kadar çektim ve cenin pozisyonu aldım. Bu hem acıyı azaltıyordu hem de içimdeki sıkıntının yayılmasına engel oluyordu. Yanımdaki boşluğa öylece bakarken bir süre Ediz'in gelmesini ve yanıma uzanmasını bekledim ama dakikalar birbirini kovaladı, o gelmedi. Gözlerim kapandığında hâlâ gelmesini bekliyordum, ne olursa olsun günün sonunda beraber uyurduk ama gelmedi.

Belki de işi vardı. Geleceğini biliyordum, sabah uyandığımda yanımda olacaktı. Böyle korkaklık edemezdi, değil mi? Açıkçası bunun cevabını da, sabah uyandığımda yanımda olmayacağını da biliyordum.

Bilincim karanlık bir köşeye çekilerek yerini hissizliğe bıraktı. Aklımda birbirine giren karman çorman görüntüler vardı ve hepsi de suyun üzerine yazılan yazılar gibiydi. O an görünseler de hemen ardından silinip gidiyorlardı.

Tek hatırladığım, bir ara koştuğumdu. Deli gibi koşuyordum. Kayalıklara vuran suyun sesini duyabiliyordum ve burnuma dolan tuzlu su kokusu denizin yakınlarda olduğunu doğruluyordu. Koştukça önüme dikilen engeller de kalkıyordu ve sonsuzluğa uzanıp uçurumun koynuna kıvrılan denizi görebiliyordum.

Ben koştukça kenara çekilerek bana yol verdikleri hissine kapıldığım ağaçlar dışında ormanda tamamen yalnız olmama rağmen neden kaçtığımı bilmiyordum. Sanki deniz dev bir mezar, denizin başında dikilen uçurum da mezar taşıydı.

Kendimi bir yazarın durum hikâyesi yazan kaleminin mürekkebine düşmüş gibi hissettim; başı ve sonu olmayan bir hikâyeye can veren kalemin içine gömülmüştüm.

Uçuruma yaklaşınca nefes nefese kalmış bir halde durdum. Omzumun üzerinden arkama baktığımda içimdeki korkuyu bu denli kamçılayanın kim veya ne olduğunu anlamaya çalışsam da ben uzaklaştıkça birbirlerine yaklaşıyormuş gibi görünen ağaçlardan başka hiçbir şey yoktu. Tekrar önüme döndüğümde biriyle burun buruna gelince az kalsın çığlık atacaktım. Ben korkuyla bir adım gerilediğimde soğuk bir rüzgâr esti. Koştuğum için terlemiştim ve rüzgâr küçük, sivri buz taneleri gibi tenime saplandı. Ben karşımda gördüğüm kişiye bakakalırken kolumdan yavaşça aşağı süzülen o siyah kan, beş yaşındaki halimin iri gözlerinde kuluçkaya yatan geçmiş, uçurumun kenarından düşen küçük kaya parçaları ve gökyüzüne uzanan ağaç dallarının ormanı tıpkı bir kafes gibi kapatan görüntüsü hızla gözlerimin önünden geçse de zihnime tutunamadı.

Karşımda duran bendim. Uzun, koyu renkli saçlar, sert ve umursamaz bakışlar, keskin yüz hatları ve gerilerek ince bir çizgi haline gelen dudaklar...

"Sen..." diye mırıldansam da devamını getiremedim. Bu imkânsızdı, gerçek olamazdı ama rüzgârı hissediyor, denizin tuzlu ve yosunlu kokusunu alabiliyordum. Havadaki nemi hissedebiliyordum. Uçurumun aşağısında bir dalga yine kayalara vurdu ve parçaları tekrar denize karıştı.

Karşımdaki yansımamın arkasında bir hareketlilik gözüme çarpınca bakışlarım omzunun üstünden arkasına kaydı. Ediz orada, uçurumun kenarında durmuş, dudaklarında şeytandan çaldığı alaycı bir gülümsemeyle bana bakıyordu. Gözleri gece karasıydı.

Karşımdaki yansımamın elleri birden koluma yapışınca bakışlarımı ona çevirdim. Beni uçuruma doğru çekmeye başladı. Gözleri, ibresi ölümü gösteren bir pusula gibiydi. Tek kelime etmiyordu. İçlerine yasak meyve ağacının gölgesinin çöktüğü gözleriyle bizi izleyen Ediz de öyle...

Yansımam beni uçurumun kıyısına çekmeye başlayınca paniklediğimi hissettim. Neden kimse tek kelime etmiyordu? Duyduğum tek şey kulaklarımda gümbürdeyen kalp atışlarım ve dalga sesleriydi. Korku içimde kükrerken yalvarmak için ağzımı açtığımda söyleyebileceğim bütün cümleler nefesimin içine gömülmüştü. Suyun dibi karanlıktı ve orada ne olduğunu bilmiyordum.

Ben bilinmezlikten çok korkardım.

Uçurumun kıyısına geldiğimizde ve yansımam gözlerini dikip gözlerimin içine baktığında korkuyu bütün bedenimde hissettim. Ağzını açtı ve bir şeyler söyledi ama bir devrilme sesi onun sesini bastırdı. Kenarında durduğumuz uçurum, gözlerimin aniden açılmasıyla kirpiklerimin üzerinde dağıldı.

Karanlık odada, yatağın içindeydim.

Kâbustu.

Zorla yutkunarak bir süre öylece durduktan sonra Ediz'i görmek için yatağın diğer tarafına baktım ama yoktu.

Yine devrilen bidon sesleri gelince ürktüm. Ses dışarıdan geliyordu ve rüzgârın uğultusunu duyabiliyordum. Dışarıda fırtına mı çıkmıştı? Hiçbir fikrim yoktu ama şu an nefesim bile dehşet kokuyordu. Gördüğüm kâbusun parçaları yavaş yavaş zihnimin derinliklerine batmaya başlamıştı. En derinlere çöküyorlardı ve geriye sadece iskeletleri kalıyordu.

Yalnızca ince bir tülün örttüğü pencereye baktığımda önünden birinin geçtiğini görür gibi oldum ve yüzümdeki kanın çekildiğini hissettim. Elim istemsizce yatağı yokladı, Ediz'in varlığı bile sakinleşmeme yeterdi ama yoktu işte. Gelmeyeceğini zaten bilsem de hayal kırıklığına uğramıştım.

Yorganı üstümden attım ve morluklarımın acısına aldırmadan hızla odanın kapısına yöneldim. Dağ evinde yalnız olduğum takdirde ne yapardım, bilmiyordum ama hislerimi bir arada tutan kapılar uykunun sersemliğiyle açılmış, serbest kalan hislerim de bütün düşüncelerimi çarmıha germişti. Ediz'in varlığına duyduğum ihtiyaç, damarlarımı yakıyordu.

İçerisi zifiri karanlık değildi, o yüzden Ediz'in salondaki üçlü koltukta uyuduğunu gördüm. Koltuğun kenarında, yerde alkol şişeleri ve bir kül tablası dolusu sigara izmariti vardı. Ediz üstüne bir şey örtmemişti. Evin içi sıcak olduğu için sorun yoktu ama yine de bir an gidip üstüne örtmek için bir şeyler getirmeyi düşündüm. Fakat evin etrafında birileri varmış gibi hissediyordum. Bu tamamen paranoya olsa da korkunçtu.

"Ediz," dedim onu dürterek. Olabildiğince yavaştım. "Ediz?"

Rahatsız olduğunu gösterircesine inledi ve uykusundan sıyrıldı. Göz kapaklarını aralayınca karanlıktan dolayı simsiyah görünen gözleri bana kâbusumdaki Ediz'i anımsattı. Bir an ağzımın kuruduğunu hissettim. Ediz boş boş bana bakıyordu. "Ne var?" diye sordu.

"Yanına yatabilir miyim?" Sesim bana bile farklı gelmişti. Ediz boş gözlerle bana bakmaya devam edince ateşi sönmüş bir cehenneme baktığım hissine kapıldım. Oradaki cansızlık Ediz'in beni yanında istemediğini hissettirmişti fakat koltuğun el verdiği kadar kenara kaydı. Benim için açtığı yer kendisi ile koltuğun sırtı arasındaydı. Çekingen bir tavırla yanına yerleştiğimde bakışlarını yüzümde hissedebiliyordum.

Gözlerine bakamadığım için bakışlarımı sakallarına diktim ama uzun bir sessizlikten sonra gözlerimi tekrar gözlerine sürüklediğimde dikkatle beni izlemeye devam ettiğini gördüm.

"Teşekkür ederim," dedim ama hiçbir şey söylemedi, ona teşekkür ettiğim için kızmadı bile. *Senin için yapmıyorum, kendim için yapıyorum.* Sessizliği çöl kuraklığı gibiydi. Gökyüzünden kovulan yağmur damlaları rüzgârı takip ederek cama tutunmaya başladığında ay ışığı camdaki damlaların gölgelerini Ediz'in yüzüne düşürdü.

Sırf bir şey söylemiş olmak için, "Yağmur yağıyor," diye mırıldandım çünkü ölüm sessizliğine bürünmüştü. O kadar dikkatli bir şekilde yüzüme bakıyordu ki açıkçası bu biraz ürkütücüydü. Öyle bir kâbusun ardından gözlerini kırpmadan bana bakması beni korkutuyordu, sanki birazdan karanlık bir kahkaha atıp, "Ben aslında Ediz değilim," diyecekmiş gibi...

"Beni korkutuyorsun," diye fısıldadım. "Neden öyle bakıyorsun?"

Hiç tepki vermeden öylece bakmaya devam etse de bana asırlar gibi gelen birkaç saniyeden sonra göz kapaklarını yavaşça indirdi. Tek kelime etmiyor, bana sarılmaya veya dokunmaya yeltenmiyordu. Bunu fark ettiğim için ben de ona dokunmamaya çalışıyordum fakat birbirimize bu kadar yakınken böylesine uzak olmak çok tuhaf geliyordu.

Kollarının verdiği güvene ve sıcaklığa alışmıştım.

"Doktorun bahsettiği o şey bende yok," dedim alçak sesle. "Eğer olsaydı sana izin verir, yaptıklarını destekler ve yardım ederdim. İnsanları öldürmene göz yumardım." Ediz'in yüzü kıpırtısızdı. "Biliyorum, çok tuhaf bir şekilde şu anki durumumuza uyuyor. Benim geçmişim ve psikolojik olarak içinde bulunduğum durum da eklenince öyleymiş gibi görünüyor." Yaptığım açıklamayla kendi içimdeki karmaşaya da bir son vermeye çalışıyordum. "Ayrıca dua et ki öyle bir şey yok. Sen hapisten çıkana kadar cezaevi kapısında kamp kurduğumu düşünsene..."

Son sözlerimi duyunca dudakları hafifçe de olsa kıvrıldı. Beni dinlediğini gördüğüme sevindiğim için ben de gülümsedim, o görmese bile. "Seni bıçak zoruyla nikâh masasına götüreceğim."

Gözleri yavaşça açıldı. "Nikâh masası mı?"

Ah, az da olsa geri dönmüştü. "Hayatının riski. Benimle evlenecek adama acıyorken benimle evlenmek zorunda kalsan büyük ironi olur."

"Zorunda kalmak mı?" diye sordu ama daha çok kendine soruyor gibiydi.

"Şaka yapıyorum Ediz," diye mırıldandım, dikkatle bana bakıyordu. "Sadece korktum, o yüzden böyle oldu."

Gözlerini gözlerime dikti ve kesin bir sesle, "Korkacak bir şey yok," dedi. "Ben buradayken bir şey olmaz."

"Yanımda olman bana kendimi daha güvende hissettiriyor." Bir an gözlerindeki ifade derinleştiğinde utandığımı hissettim. Bunu sesli bir şekilde dile getirmenin bu kadar utanç verici olabileceğini düşünmemiştim. Gerginlikten alt dudağımı ısırınca Ediz'in gözleri bir an için dudaklarıma kaysa da orada oyalanmadı ve tekrar gözlerime çevrildi.

"Böyle hissetmemelisin."

Yüzüm kızardı. "Biliyorum ama bu sana özel bir şey değil," diyerek düzelttim. "Biri yanımda olunca daha iyi oluyor. Yani yalnız kalmaktansa yanımda birinin olmasını tercih ederim. Nereden ne çıkacağını bilmeyince insan tedirgin oluyor."

"Tedirgin olma," diye fısıldadı. "Sana bir şey olmayacak."

Ediz uzanıp kollarımı çekti. Kollarım bükülü bir şekilde aramızda kalınca avuçlarım göğsüne yaslandı.

"Küçükken korkunca kollarımı yorganın altına saklardım. Öyle daha güvende hissediyordum," dedi sessizce. "Unutma, ben burada oldukça korkmanı gerektirecek bir şey yok."

"Biliyorum," diyerek yavaşça ona sokuldum. Ediz'in bir an gerildiğini hissetsem de hiçbir şey söylemedi, hatta kollarını bana sardı. Alkol kokusuyla karışık kokusunu içime çekince tedirginliğimin azaldığını hissettim. Göğsünde duran ellerimin altında hissettiğim kalp atışları sanki damarlarımın içinde ilerleyerek nabzıma karışıyordu.

"Kalbin çok güzel atıyor," diye mırıldandım yavaşça. Ediz güldü, bu ses hazine gibiydi.

"Benim küçük kızım," dedi gülmeye devam ederek. "Çok aptalsın."

"Hakaret etmeden duramazsın, değil mi?" diye homurdansam da benim yüzüm de bir gülümsemeyle aydınlanmıştı.

"Olmazsa olmaz güzelim," diye mırıldandı. "Olmazsa olmaz." İç çekti. Gözlerini kapattığında yüzüne yine sert bir ifade yerleşmişti. "Ayrıca emin olma. Şu an hissettiğin güven bir yanılsama olabilir."

"Doğru," dedim yavaşça kabullenerek. Ona ne dersem diyeyim benim söylediklerime değil, kendi düşüncelerinin ağına takılıp kalacaktı ama avuçlarımın içinde atan kalbi içimdeki labirentin içinde ilerliyor, o canavarı sağır bırakıyordu. "Ama gerçekten hissettirdiğin için de olabilir."

"Doğru," dedi o da.

"Ben kendimden eminim," diye fısıldadım yavaşça. "Tam şu anda. Kendimden eminim."

"Şahmeran," deyince gözlerinin içine baktım. "Doktorun durup dururken bu konuyu açmasındaki amacı anlamadın mı?" Kaşlarım çatılınca iki kaşımın arasındaki o çukura baktı, ardından tekrar gözlerime baktığında onun da kaşları çatılmıştı. "Zaaf. Aklıma şüphe düşürmeye çalışıyordu. Beni vurabilecekleri tek silah sensin ve o şerefsiz beni seninle vurmaya çalıştı."

"Ne?" dedim şaşkınlıkla.

Çenesi gerilirken dümdüz bir sesle, "Dosyana bakmadım," dedi. "Eğer benimle paylaşmak istersen kendini hazır hissettiğinde bunu senin yapmanı istiyorum."

Bu konu hakkında aklımda biriktirdiğim düşünceler o kadar çok yer kaplıyordu ki birden hepsi kaybolunca geride bıraktıkları boşluğun içine anılarım dökülmeye başladı.

Uzun bir yolun en başında çocukluğum seksek oynuyordu, aynı yolun kaldırımında mavi önlüğümle oturuyordum, biraz ilerisinde ömrüme birkaç yıl daha eklenmişti. Başımı kaldırmış, gökyüzünü izliyordum. Yol ilerledikçe koşuyordum, gülüyordum, büyüyordum. Küçük bir kız çocuğuydum, genç kızdım, küçük bir kadındım.

"Teşekkür ederim," dedim ama boğazıma bir yumru çökmüştü.

"Etme," dedi Ediz kaşlarını daha da çatarak. "Uyuyacağım ben."

"Tamam," dedim sessizce. Ardından, "İyi geceler," diye ekledim ama cevap vermedi. Bir süre yüzünü inceledim, sonra gözlerimi kapatarak ben de uykunun üstüme örtülmesine izin verdim. Onun yanındayken daha rahat uyuyordum. Belki de o rahatken ben de rahattım, bilmiyordum.

Her şeye rağmen güneş doğduğunda onun kollarında uyandım.

Daha doğrusu Ediz'e ait olamayacak kadar ince bir sesle uyandırıldım. Gözlerim aralanırken göz kapaklarımın üzerinde ağır yükler varmış gibi hissetmiştim. Ayrıca çok terlemiştim. Ediz beni kendi bedeni ile koltuğun arasına sıkıştırmış, sıkıca sarmıştı. Yüzü saçlarımın arasındaydı.

"Ediz, Doğa." Gece, Ediz'i dürtüyordu. "Haydi, uyanın artık."

Sessizce esneyerek gözlerimi ovuşturdum ve Gece'ye baktım. Uykusu bir an dağılır gibi olsa da tekrar bir bütün olarak zihnine örtülen Ediz kollarını bana daha da sıkı sardı.

"Günaydın," dedim Ediz'e ters bakışlar atan Gece'ye. "Neler oluyor?"

Gece de, "Günaydın," dedi ama huzursuz görünüyordu. "Kış uykusuna falan mı yattı? Normalde en ufak sese bile uyanırdı, böyle ölü gibi uyuduğunu hiç görmemiştim."

"Önemli bir şey mi var?" diye sordum. Önemli bir şey olmadığı takdirde Ediz'in uykuya devam etmesini sağlayacaktım.

"Evet," dedi Gece.

Ediz'i dürttüm ama uyanmadı. "Ediz, uyan." Ben iç çekerek kollarının arasından çıkmaya çalışınca Ediz duraksadı, ardından göz kapakları çimen yeşili gözlerine aralandı. Bakışlarımı ona çevirip, "Uyan," dedim.

"Neler oluyor?" diye karşılık verdi uyku mahmuru bir şekilde.

Gece, "Gökhan'ın kim olduğunu bulduk," dediğinde bir an Ediz'in yüzüne bir şüphe gölgesi düştü. Ardından bedeni kaskatı kesildi ve uykusunun tamamen dağıldığını fark ettim. Benim varlığımı unutarak doğrulduğunda yüzünde şaşkın ama ciddi bir ifade belirmişti. Uykudan kalktığı gibi avını arayan bir aslanı andırıyordu.

"Kimmiş?" Yüzüne çöken gölge, sesine de yansımıştı. "Babamla bir bağlantısı var mıymış?"

"Hayır," dedi Gece. "Aslında bilgileri biz bulmadık, bize biri gönderdi. Pek hoşuna gitmeyecek bir isim."

Ediz kaşlarını çatınca gözlerine karanlık bir ifade çöktü. "Kim?"

"Tarık Yılmaz."

Ediz'in içinde patlayan nefretin ve öfkenin kokusunu almıştım. Soyadını bilmiyordum ama Tarık ismini duyunca onun, Ediz'in Denizli'deyken öldürmek üzere olduğu adam olduğunu tahmin etmiştim. Bıçağı adama o kadar soğukkanlı bir şekilde saplamıştı ki... Bir an ürperdiğimi hissettim. Ben durdurmasaydım o bıçak adamın boynunu kesecekti.

"O pezevengin ne alakası var?" Ediz dişlerini sıkıyordu. "Uygar nerede?"

"Geliyorum," diye seslendi Uygar içeriden.

"Neler döndüğünü anlamadık. Gökhan Sarıca. Babası memur, annesi ev hanımı ama durumları iyi değil. Bir gecekonduda kalıyorlar. Levent Çağıran'la alakaları bile yok, yoldan geçen iki insan kadar yabancılar birbirlerine. Seninle hiçbir ortamda bulunmamış. Tek ortak yönünüz Hatay."

"Hatay mı?" Ediz'le aynı anda sormuştuk bunu. Çok şaşırmıştım.

"Erzurumlular. Gökhan Erzurum'da büyümüş, amcasının yanında. Üniversiteyi kazanana kadar da Hatay'a ara sıra uğramış. Yani seni görmesinin imkânı yok çünkü ne Ankara'ya gelmiş ne de senin bulunduğun bir yere gitmiş."

Ediz ifadesiz bir sesle, "Aynı ortamda bulunduğumuzu söylememiş miydi?" diye sordu ama yüzünü incelediğimde oradaki harita beni onun Gece'ye ve Uygar'a bu konuda oyun oynadığı fikrine götürdü. "Yalan söylüyor olabilir," diye ekledi.

Ediz'e baktım ve kafam karışmış bir halde, "O halde ne istiyor?" diye sordum. Gökhan'ın Levent Çağıran'la bir alakası yoktu, Erzurumluydu ve Erzurum'da büyümüştü. Ayrıca ailesinin durumu kötüyse ona bunca imkânı nasıl sağlayabilmişlerdi? Nereye gidersek gidelim peşimizde dolanıyordu, elinin altında kaynakları olmayan bir insan bunu nasıl yapabilirdi?

Uygar içeriden gelirken, "Doğa'yı istiyor," dedi. Elinde kâğıtlar vardı.

"Derdi benimle mi yani?" diye sordum şaşırarak. Bu imkânsızdı, derdinin Ediz'le olduğunu başından beri belli etmişti. Kaşlarım çatıldı.

"Senin gibi masum biriyle kimin ne sorunu olabilir ki fıstık?" dedi Uygar hemen önümüzde duran sehpaya oturarak. Ediz ona bakarak kaşlarını çattığında Uygar ona elindeki kâğıtları uzattı. Ediz hiçbir şey söylemeden kâğıtları alırken Uygar rahat görünüyordu, bana sempatik bir tavırla göz kırptı.

"Bunlar nereye gelmiş?" diye sordu Ediz. Kâğıtlarda bir şeyler yazıyordu ve bilgisayardan çıktı olarak alınmış fotoğraflar vardı. Ediz'e baktım. Ne hissettiğini, ne düşündüğünü anlamaya çalışıyordum ama ifadesizliği tıpkı bir bekçi gibi bütün düşünce ve hislerini gözetim altında tutuyordu.

"Dün doktoru bırakmak için Ankara'ya gittiğimde bunları Hakan verdi. Villanın posta kutusuna on altı on yedi yaşlarında, sıska bir çocuk koymuş. Büyük ihtimalle biri söyledi bırakmasını."

Ediz bakışlarını bana çevirdi, ardından tekrar önündeki kâğıtlara baktı. "Doğa'nın fotoğrafları var burada." Sesi kuru çıkıyordu.

"Evet, diyorum ya, istedikleri kişi Doğa. Her an her şey olabilir Ediz. Doğa'yı yanından ayırmaman gerekiyor."

Ediz sakinliğini koruyarak elindeki fotoğrafıma uzun uzun baktı, bir şeyler düşünüyor ya da düşüncelerini bir araya toplayarak bir plan inşa ediyordu.

Buz gibi bir sesle, "Peki, neden onun peşinde olduğu hakkında başka bir bilgi var mı?" diye sordu ve ben kısa bir an için onun, Gökhan'ın niçin benim peşimde olduğunu bildiğini hissettim. Ama gözlerine tutunan belli belirsiz endişe bu hissi yok etti.

"Çünkü tek zayıf noktan," dedi Uygar.

Ediz, dibi görünmeyen bir göle benzeyen gözlerini Uygar'a çevirdi ve dikkatli bir şekilde arkadaşının yüzüne baktı. Düşünceleri o gölün dibinde saklanan canavarlardı sanki.

"Daha fazla bilgi alabilir misiniz?" diye sordu lafı uzatmadan. "Adı ve soyadı elimizde. Nüfus kayıtları, polis raporları, sabıka kaydı falan... Trafikte kırmızı ışıkta geçtiyse bile bilgim olsun istiyorum."

Uygar, "Hakan'a söyledim," deyince Ediz başını hafifçe salladı.

"Ankara'dan bir süreliğine ayrılmamız gerekiyor." Sesi buz gibiydi. Gözlerimin içine baktığında kendimi, dibinde neler sakladığından habersiz bir şekilde o gölün içinde yürüyormuş gibi hissettim. Ama içimi asıl yakan his, attığım her adımda o canavarların tedirgin olmasıydı. Sanki bana zarar vermek istemiyorlardı.

"Hazırlanın," dedi Ediz gözlerini gözlerimden ayırmadan. "Yabancı bir şehir saklanmak için çok daha iyi bir seçenek olacak."

Gece, "Ne yapmayı planlıyorsun?" diye sorunca Ediz gergin bir ifadeyle ona baktı.

"Denizli'ye gideceğiz, at çiftliğine. Dedemi göreceğim. Onunla konuşmam gereken bir şey var." Uygar ve Gece bakıştılar. Uygar bu fikirden pek hoşlanmamıştı. Belki de tedirgin olmuştu, kestiremiyordum. Ediz'in çimen yeşili gözleri kâğıtlardaki fotoğrafları incelemeye başladığında onu bu denli rahatsız eden düşüncenin ne olabileceğini çözmeye çalıştım ve fotoğraflara baktım, hepsi de yalnız olduğum zamanlarda çekilmişti. Hiçbirinde yanımda Ediz yoktu.

"Dedenle konuşmak istediğine emin misin?" diye sordu Uygar. "Biliyorsun... yani babanla olanları..."

"Bir bildiğim var Uygar."

Daha önce, hemen mi gidiyoruz, diye sorduğumda yolculuğun ağır gelebileceğini söylemişti. Bunu bir an dile getirecektim ama Ediz onayladığını göstermek için kafasını sallayınca kelimeleri yuttum. Şu anki durum benim yorgunluğumdan veya yolculuğun getireceği ağırlıktan daha önemliydi.

"Banyo yapmam gerekiyor, yarım saat sonra çıksak olur mu?" diye sordum onun yerine. Gördüğüm kâbuslar yüzünden saç diplerim sürekli terlemiş ve yağlanmaya başlamıştı, bu konuda biraz hassastım. Hatta Ediz'in beni ilk kaçırdığı günler bunu artık öyle bir kafaya takmıştım ki Ediz yıkanmama izin vermişti.

"Hastasın," dedi gözlerini yüzüme dikerek. "Gerek yok banyoya."

Ona omuzlarımı düşürerek baktım ve "Rahat edemiyorum," dedim. "En azından izin ver, saçlarımı yıkayayım."

"Hayır," diye itiraz etti.

Ona inat ettiğimi gösteren bir bakış attım. "Sadece on dakika. On dakika ver, saçlarımı yıkayayım." Yeşil gözleri gözlerimi delip geçince sinirlendiğini hissettim, ona karşı gelmemi sevmiyordu ama Denizli'ye gittiğimizde olaylardan dolayı yıkanamayacağımın da farkındaydım. Bir de bedenimi kafaya takıp yeni bir konuyla zihnimi rahatsız etmek istemiyordum.

Ediz uyarı dolu bir sesle, "Doğa..." dedi ama ben yanından ayrılmadan gözlerinin içine bakmaya devam edince gözlerini devirdi. "Sadece on dakika."

"Tamam," dedim yerimden kalkarak. "Teşekkür ederim."

"Bana teşekkür etme," diye homurdandı. "Senin için değil, kendim için yapıyorum. Yoksa bütün yolculuk boyunca başımın etini yersin."

Odadan banyoya girdiğimde üstümdeki tişörtü çıkarıp kenara attım. Sadece saçlarımı yıkayacağım için sorun yoktu. Siyah sutyenimle küvetin başına geçtim. Yalnızca erkek şampuanı vardı ama zaten uzun zamandır Ediz'in şampuanını ve duş jellerini kullanıyordum.

Su sıcaklığını ayarladım ve küvete eğildim ama öyle eğilince karnımdaki çürükler yanmaya başladı. Bir elimi karnıma götürüp yüzümü buruşturarak doğruldum ve akan suya bıkkınlıkla bakarak bu haldeyken saçlarımı nasıl yıkayacağımı düşündüm.

"Yardıma mı ihtiyacın var?"

Ediz'in sesini duyunca kapıya baktım. Eşiğe yaslanmış, çatık kaşlarla bana bakıyordu. Daha doğrusu karnıma bakıyordu. Çürükler çok da kötü görünmüyordu, tenimin üzerine mor bulutlar misali yayılmışlardı.

"Hayır," diye mırıldanırken artık Ediz'in karşısında iç çamaşırlarımla durmaktan çekinmediğimi fark ettim. Bana kulak asmadan yanıma gelirken büyük banyonun bir köşesinde duran beyaz banyo sandalyesini aldı. Sandalyeyi sırtı lavabonun önüne gelecek şekilde yerleştirdiğinde bakışları üzerimdeydi.

"Otur."

Ona şaşkınlıkla baktım, bunu beklemiyordum. "Kendim hallederim," dedim.

Ediz gözlerine yayılan soğuk bir ifadeyle beni izlemeye devam ederek başını belli belirsiz yana eğdi. Bakışları yüzümü dikkatle tararken yüzünde kuru bir ifade vardı.

"Dediğimi yap," dedi kelimelerin üstüne basa basa. Gözlerini incelediğimde gözlerini bile kırpmadan bakışlarıma karşılık veriyor, bana kendimi küçük bir kız çocuğu gibi hissettirmeyi her seferinde başarıyordu.

Ona direndiğim takdirde kolumdan tutup bana dediği şeyi zorla yaptıracağını görebiliyordum, direnmem sadece zaman kaybına neden olacaktı.

Ben sandalyeye doğru ilerleyip otururken beni gözleriyle takip etti.

Hiçbir şey söylemeden musluğu açıp su sıcaklığını ayarladıktan sonra elleri saçlarıma gitti ve hepsini yavaşça geriye itti. Ediz Çağıran saçlarımı yıkayacaktı, kulağa inanılmaz geliyordu. Parmaklarını alın çizgimden itibaren saçlarımın arasından geçirdi. Çenemi iki parmağıyla tutup başımı yavaşça geriye yatırdı.

"Daha önce bir kadının saçlarını yıkadın mı?" diye sordum gözlerimi kapatarak.

"Hayır," dedi kısaca. Dikkatini saçlarıma vermişti. Başımı biraz daha geriye yatırıp gözlerimi araladığımda görüntüsü gözlerime düştü. Dağınık saçları, kirpiklerinin arasına saklanan yeşil gözleri, burnu, dudakları, sakalları... O kadar derindeydi ki sanki gökyüzüme sığınan kimsesiz bir gecede, içinde ölü bir bebekle beşik misali sallanan o lambanın altından geçiyordu. Boş sokaklarımda ilerliyordu, rüzgârlarım onu takip ediyordu. Uzun, beyaz eteğim rüzgârda uçuşurken âdeta ona doğru koşuyordum. Bir uçurumun kenarında durup gökyüzündeki arafı izleyen çocukluğum onu bekliyordu.

Geçmişimde kimse yoktu, hiç ilişki yaşamamıştım ama o bakışları aradığım gözler, o ruhu bulmak için kazdığım bedenler vardı.

Ve o bakışları, o ruhu bulduğum beden bir katile aitti.

Onu izlediğim sırada yüzümde beliren ifadeleri fark ederek, "Ne oldu?" diye sordu. "Canın mı yanıyor?"

"Hayır. Bir şey olmadı." Saçlarımın arasındaki parmaklarının dokunuşu, tenimin altındaki bütün kötü düşünceleri parçalıyordu.

"Bana yalan söyleyemeyeceğini biliyorsun, değil mi?"

Sıkıntılı nefesim dudaklarımın arasından serbest kaldığında gözlerimde derin bir ifadeyle Ediz'e baktım. Elbette biliyordum. "Gerçekten önemli bir şey değil," dedim.

Gözlerini gözlerime sabitledi ve ifadesizliğini koruyarak, "Önemli olup olmadığıyla ilgilenmiyorum zaten," dedi. "Söyle. Ayrıca yalan söylemeni istemiyorum, anlayacağımı biliyorsun. Fena olur."

"Sana hiçbir zaman yalan söylemediğimi biliyorsun," dedim yüzümü asarak. "Eskilerden biri aklıma geldi."

"Eskilerden biri," diye tekrarladı. "Kim bu eskilerden biri?"

"Haksızlık yaptığım biri," dedim gözlerimi kapatarak.

"Kesin haksızlık yapmışsındır." Sesinde sert bir ifade vardı. "Kendine çok yükleniyorsun."

"Bir kitapta başka bir kitabı ararsan haksızlık olur," diye mırıldandım. "Bir insanda bir başka insanı aradım, henüz hiç tanımadığım ama varlığına inandığım birini."

"O insanda aradığını buldun mu?" diye sordu boğuk bir sesle.

Ben, "Hayır," deyince, "O halde haksızlığı kendine yapmışsın," diye karşılık verdi.

Başımı hafifçe sallarken bir sis tabakası sokaklarımın arasına yavaşça akmaya, boş binalarım da o sisin içine gömülmeye başladı.

"Birini sevdiğimi sanmıştım," dedim.

Ediz, "Peki, sevmediğini nasıl fark ettin?" diye sorunca gözlerimi açıp uzun uzun yüzüne baktım. Yansıması gözlerime düşüyor olmalıydı. Ona anlatmak istesem de dilim bir bataklığa dönüştü ve bütün cümleler içine gömülmeye başladı.

Musluğu kapatarak, "Bitti," dediğinde hâlâ onu izliyordum. "Dışarısı çok soğuk. Dolapta saç kurutma makinesi var, saçlarını kurut."

"Teşekkür ederim," diye mırıldandım ama Ediz bir şey söylemedi. Aklına başka bir şey takılmış gibiydi, kendi düşünceleriyle konuşuyor olmalıydı. Kenardan el havlusunu alıp ayağa kalktım ve sandalyeyi kenara çekerek aynaya döndüm.

Ben aynadaki yansımama bakarken Ediz, "Çok gerginsin," diye mırıldandı. Yüzümde kaskatı bir ifade vardı. Gözlerime yerleşen ifade bana aylar öncesindeki Doğa'yı hatırlatmıştı. Çimen yeşili gözler aynada gözlerimi bulduğunda Ediz'in elleri yavaşça omzuma kaydı ve duraksadı. Gözlerini gözlerimden ayırmıyordu.

Omuzlarıma yavaşça masaj yapmaya başlayınca omuzlarımı geriye attım. Kürek kemiklerim belirginleştiğinde saçlarımdan süzülen su, sırtımdan belime uzanan yolu izledi.

"Gevşe," dedi Ediz yavaşça. "Böyle hissetmeni gerektirecek bir durumla karşı karşıya değilsin. O çocukla mı alakalı?"

"O çocuk mu?" diye sordum, neden bahsettiğini anlamamıştım.

"Şu sevdiğini sandığın çocuk." Parmakları tenimin altındaki gerginliği dağıtırken bedenimi ona yasladım, zihnimdeki düğüm beni boğuyordu.

"Alakası yok," diye mırıldandım. Kendime duyduğum öfke içimde bir yangın gibiydi ve yine kendime duyduğum nefret de o öfkenin ateşinde güçleniyordu.

Ediz, "Kaç yaşında?" diye sorunca aynadan ona baktım.

"Sanırım yirmi. Benden iki yaş büyüktü."

"Anladım," dedi sadece. "Şimdi kendini daha iyi hissediyor musun?"

"Evet," dedim, onu aynadan dikkatle izliyordum. "Teşekkür ederim."

"Borcun olsun," dediğinde diğer konunun kapandığını hissettim. Dudaklarının kenarı hafifçe kıvrılmıştı. "Bir dahaki sefere de ben masaj isterim."

Aynadan şaşkınlıkla yüzüne bakarak, "Denerim," diye karşılık verdim.

Güldü. "Haydi, saçlarını kurut da bir an önce yola çıkalım. Üstüne kalın bir şeyler giy. Kar yağmış."

"Kar mı?" Şaşırmıştım.

"Sevmez misin?" diye sordu kaşlarını kaldırarak. Kar bana içlerindeki öfke ateşi sönmüş yağmur damlalarını anımsatıyordu. Gürültüyle düşen damlalar sessizleşiyor, sessizce düşüyor, sessizce yok oluyordu.

Ediz banyonun çıkışına yöneldiğinde alçak sesle, "Severim," dedim.

"Acele et Şahmeran."

Hızlıca saçlarımı kuruturken aynada dalgın gözlerimdeki gölgelere baktım. Her biri içimdeki huzursuzluğun pençesinde parçalanan düşüncelerimin birer hayaletiydi. Ellerimi saçlarımın üzerinden kaydırarak önüme düşen tutamları kulaklarımın arkasına sıkıştırıp tekrar aynaya baktığımda ruhumdaki çürüklerde geçmişin sancısını hissediyordum.

Dalgın bir halde odaya geçtiğimde yatağın üzerinde Ediz'in benim için bıraktığı kıyafetler vardı. Siyah kotu ve örgü kazağı üzerime geçirdim. O sırada siyah bir montun yanında kırmızı atkı, şapka ve eldivenler gördüm. Botlarımı ayaklarıma geçirdikten sonra atkıya dokunmayıp şapkayı ve eldivenleri aldım. Atkı takmaktan nefret ederdim.

Herkes içeride beni bekliyordu. Şapkayı başıma geçirdiğimde ucundaki ponpon yüzümü buruşturmama sebep oldu. Ediz sırıtarak yanıma geldi. Şapkayı düzelttikten sonra ponpona bir fiske attı.

"Tatlı, küçük kız," dedi benimle dalga geçmek için. "Tatlı" kelimesini hakaret olarak gördüğünü biliyordum. Ona göre kim tatlı olmak isterdi ki? Eldivenleri ellerime geçirirken yüzünü inceledim, yeşil gözleri bugün durgun bir deniz gibiydi.

"Ben hazırım," dedim ona aldırmadan. "Gidelim mi?"

Dışarı çıktığımızda her yeri bembeyaz bir örtü gibi örten kar duraksamama sebep oldu. Ediz ise yanımdan geçerek arabasına doğru ilerlemeye başladı. Karda oluşan ayak izleri beyaz bir kâğıdın üzerindeki parmak izleri gibiydi.

Uygar ve Gece karı görünce küçük çocuklar gibi neşeyle gülerek birbirlerine kar topu atmaya başladılar.

Önce arabanın üzerindeki kar tabakasını temizleyen Ediz'e, ardından yerdeki kara baktım. Hâlâ küçük kar taneleri süzülüyordu. Acaba bana nasıl bir tepki verirdi? Alt dudağımı tereddütle ısırarak eğildim ve büyük bir kar topu yapmaya başladım. Bir kereden bir şey olmazdı, değil mi? Hem bugün Ediz'in ruh hali o kadar kötü değildi.

Hazırladığım kar topuyla Ediz'in karda bıraktığı izlerin yanında kendi izlerimi bırakarak ona doğru giderken bir an vazgeçer gibi oldum. O sıra da Gece'yle göz göze geldik ve Gece bana cesaret verircesine başını sallayıp sırıttı. Eh, o da sorun olmayacağını düşünüyorsa bir şey olmazdı demek ki. Gece kızıl saçlarına bulaşan kardan çığlık çığlığa kaçmaya çalışırken Ediz onlara aldırmıyordu bile.

Aramızda belli bir mesafe bırakarak elimdeki kar topunu Ediz'e atarken alt dudağımı ısırdım.

Kar topu üzerinde dağıldı ve parçalarının çoğu etrafa saçıldı ama bir kısmı saçlarına bulaşmış, bir kısmı da siyah montuna yapışmıştı. Ediz hiç beklemediği bu durum karşısında bir an kalakaldı, ardından şaşkınlıkla arkasına döndü. Yüzündeki ifade gülmeme sebep olurken bir tarafım da vereceği tepkiden çekiniyordu.

"Sen..." dedi şaşkınlıkla ama devamını getirmedi. Eldivenli ellerimi çırparak olduğum yerde zıpladım. Birden neşeyle dolmuştum, en son ne zaman böyle hissettiğimi hatırlamıyordum.

Küçük bir çocuk gibi sevinçle, "Kabul et, eğlenceli," dedim. Tekrar gülmeye başlarken Ediz'i sinirlendirerek bugünkü sakinliğini bozmaktan korkuyordum ama gözlerinde anlamını çözemediğim bir ifadeyle bana bakmaya devam etti. "Haydi, kar topu savaşı yapalım," dedim.

"Git başımdan ufaklık." Ediz'in sesi ciddiydi ama ona aldırmadım.

Yanına gidip, "Haydi ama!" dedim. Kar topu oynamak çok güzeldi ve Ediz'in içindeki çocuğun da bunu tatmasını istiyordum.

"Pişman olursun," deyince ona sırıttım ama hiç beklemediğim bir anda arabanın üzerinden aldığı karı top haline getirmeden üstüme boca edince çığlık attım. Saçlarım, her yerim kar olmuştu. Ediz'den kaçmaya çalışırken hem gülüyor hem çığlık atıyordum.

Ediz de gülünce zihnimde bir fotoğraf karesi yüzmeye başladı. Bu dağ evine ilk kez geldiğimizde gitmem için bana şans tanımış, hatta elime arabanın anahtarını tutuşturmuştu. Arabada gördüğüm fotoğrafta Ediz çok farklıydı, gülerken sadece yüzü değil, gözlerinin içi de gülüyordu.

Gözlerinde gördüğüm ışık, uzun zamandır yanmayan bir mumun alev alması gibiydi. Uzun zamandır karanlıkta kalan gözlerinin içi aydınlanmış ve duygular çıplak kalmıştı.

Ben, "Haydi, oynayalım," diye ısrar edince Ediz gözlerini devirerek bana yöneldi ve bir kolunu belime dolayıp beni arabanın kaputuna yasladı. Dudaklarındaki alaycı gülümseme yerini korusa da gözlerindeki ışık, biri mumu iki parmağıyla söndürmüş gibi sönmüştü.

"Yaramazlık yapmak yok küçüğüm," derken yüzü yüzüme çok yakındı. Gözlerim dudaklarına kaydı ve birden ellerimin altındaki karların eriyeceğini sandım. Neden üzerimde böyle bir etkisi vardı?

"Eğlenceliydi ama," dedim, dikkatim dağılmıştı. "Kabul et."

"Hımmm," diye mırıldanarak dudaklarını dudaklarıma yaklaştırdı. Gece ve Uygar yanımızdaydı. Ediz'in bunu yapmamasını diledim ama dudakları dudaklarıma değdi ve ben yine irkilince gülümser gibi oldu. Beni her öptüğünde böyle oluyordu, sanki ilk kez öpüyormuş gibi ondan ürküyordum.

Alt dudağımı dudaklarının arasına alarak beni yavaşça öpmeye başladığında iki eli de belimdeydi. Başta yavaş yavaş öpse de hareketleri gitgide derinleşince parmak uçlarıma kadar ulaştı ve bir elim istemsizce yanağına gitti. Dili ağzımı istila ettiğinde gözlerimi sımsıkı kapattım ve Gece ile Uygar'ın varlığını düşünmemeye çalıştım. Ediz ne kadar da rahattı. Dudakları dudaklarımdan yanağıma, oradan da kulağıma kayarken sıcak nefesi tenimi yakmıştı.

"Şu an hissettiklerin," dedi yavaşça, "sence hayal ürünü mü?"

Göz kapaklarım gözlerime perde gibi inerken nefeslerimi düzene sokmaya çalışıyordum. Aklım karıştığı için doğru kelimeleri bulamadım.

Ediz gülerek benden uzaklaştı ve "Arabaya bin," dedi. "Gidelim artık."

Dudaklarım Ediz'in dudaklarının bıraktığı hisle kavrulurken bakışlarımı ona çevirdim ve Gece ile Uygar'a hiç bakmadan arabaya bindim. Ediz de arabanın kapısını açarak onlara seslendikten sonra şoför koltuğuna geçti. Kaloriferi çalıştırdığında ön camdan dışarıya, ayak izlerimizle bozulan beyaz örtüye bakıyordum. Dağılan kar, geçmişi andırıyordu. Bir daha eski haline dönmeyecek, yağan yeni kar taneleriyle sadece üzeri örtülecekti.

Gece ve Uygar da arabaya binince Ediz motoru çalıştırdı ve geri vitese takıp arabayı rahatlıkla patikaya doğru sürdü.

Başımı cama yaslamış, sessizce dışarıyı izlemeye başlamıştım. Bir zamanlar zihnimde inşa ettiğim satır çizgileri, üzerlerinde biriken toz tabakasıyla kalınlaşmış, harfler anlamını yitiren cümlelerin iskeletlerine dönüşmüştü. Gerçeği, ölen hayallerin çürüyen cesetlerinde görmüştüm.

Uykuya daldığımda Denizli'ye az kalmıştı ve bu mesafe uykumu almam için yeterli değildi. Sadece kırk beş dakika uyuyabilmiş, ardından uyandırılmıştım. At çiftliğine gelmiştik. Araba tekerleklerin altındaki taşları ezerek çiftliğin önünde durunca uykulu gözlerle etrafıma baktım. Çiftliğin ışıkları yanıyordu.

Arabadan çıktığımızda uzun yolculuktan ve basınç farkından dolayı kulaklarım uğulduyordu. Hem uykudan yeni uyandığım için hem de dışarıdaki soğuğun etkisiyle iyice üşümüştüm. Kollarımı bedenime sarıp Ediz'e baktım ve göz göze geldik.

"Dedem nasıl bir yaklaşım sergileyecek, bilmiyorum," dedi Ediz. "O yüzden her şeye hazırlıklı olmalısın."

"Yanımdasın, değil mi?" diye sordum çekinerek. Titrememek için dişlerimi birbirine bastırdığımdan çenem kilitlenmiş gibi hissediyordum.

"Yanındayım," dedi yavaşça. "Korkmanı gerektirecek bir durum yok, sadece ne derse desin soğukkanlı olman gerekiyor." Ediz kaşlarını çattı. "Ben de dedemi pek tanımıyorum ve nasıl bir tepki vereceğini kestiremiyorum."

Hiçbir şey söylemedim. Ne kadar kötü olabilirdi ki? En fazla oğlunun katilinin kardeşi olduğum için Ediz'in bana başlarda davrandığı gibi davranırdı. Bunun da altından kalkabilirdim. Beni asıl tedirgin eden, bu çiftlikte geçen sefer yaşanan korkunç şeylerdi.

Ediz'in bileklerime kelepçe takması, Atalay'ın sesi, üstüme dökülen o soğuk içki... Ben birden ürperince Ediz gözlerini bana çevirdi ve onun da aynı şeyi düşündüğünü fark ettim. Tek kelime etmeden yürümeye başladığımızda içimde bir sıkıntı ve korku vardı.

Ediz çiftliğin kapısını çalarken Uygar ve Gece de sessizce yanımızda bekliyorlardı. İçeriden adımların tok sesi geldiğinde derimin ince bir buz tabakasına dönüştüğünü hissettim. Gözlerime soğuk bir ifade yayıldı. Adımlar yaklaştı, yaklaştı ve sonunda kapı açıldığında karşımıza yaşlı ama dinç bir adam çıktı. Onda dikkatimi çeken ilk ayrıntı, çevresi kırışmış gözlerinin çimen yeşili olmasıydı. Uzun boyluydu ve altına giydiği kumaş pantolonun üzerinde takım elbise yeleği vardı.

"Ediz?" dedi şaşkınlıkla. "Oğlum?"

Ediz ona başıyla selam verdi. "Dede."

"Gerçekten sen misin?" diye sordu adam gördüklerine inanamıyormuş gibi. Ediz gülümsedi ama dudakları yeterince kıvrılamamıştı. Yaşlı adam ona sarıldığında Ediz yüzünü bir an için buruştursa da bir şey yapmadı. Ne de olsa annesinin ölümünde bu adamın hatalarının da payı vardı. Eğer oğluna sırtını dönmeseydi oğlu beş parasız kalmaz, Ediz'in annesi de bir köyde doğum yapmak zorunda olmazdı. Belki de ölmezdi.

"Benim," dedi Ediz yavaşça. Yaşlı adamın gözleri bize kaydı. Önce Gece ile Uygar'a, ardından bana baktı. Gözlerinin bana takılı kalması kendimi diken üstünde hissetmeme sebep olunca yavaşça Ediz'e sokuldum. Korkmuştum çünkü adamın bakışları hiç iç açıcı değildi.

"Bu kız..." dedi yaşlı adam ama Ediz onun sözünü kesti.

"Doğa Güngör," diye tanıttı beni. "Babamı öldüren polisin kardeşi."

Pekâlâ, bu gerçeği uzun zamandır dile getirmiyorduk. Kemal Çağıran'ın gözleri buz gibi bir ifadeyle torununa çevrildiğinde bencillik ettiğimi düşünerek Ediz'den uzaklaşmaya çalışsam da Ediz buna izin vermedi. Adam hiç yorum yapmadan bizi içeri buyur ederken tedirginliğim içime bıçak gibi saplanmıştı. Kaskatı bir halde Ediz'in yanında içeri girdim, Uygar ve Gece de sessizce bizi takip ediyorlardı.

Salona gittiğimizde Kemal Çağıran ağır adımlarla şöminenin yanına giderek yarısı dolu kadehini eline aldıktan sonra bize döndü. Sessiz ve dikkatli bir şekilde beni incelerken bir yandan da içkisinden bir yudum aldı.

"Burada konuşmayalım," dedi gözlerini üzerimden ayırmadan. "Şunun yanında seninle konuşmak istemiyorum."

Kurduğu cümle bana ok gibi saplanınca dudaklarım hafifçe aralansa da yüz ifademi sabit tutmayı başarabildim. Ediz bakışlarını bana çevirdi ve çöl kadar kuru gözlerinde susuz kaldığımı hissettim.

"Nasıl istersen," dedim ve başımı dik tutsam da bakışlarımı yere indirdim. Bunlar zaten olması gereken şeylerdi. Beni kollarının arasına alıp sevmesini mi bekliyordum? Asıl saçma olan bu olurdu ama beni şaşırtan diğer şey, adamın Gece ile Uygar'a da hiç aldırmamasıydı.

Buz gibiydi.

Ediz, Kemal Çağıran'la beraber yukarı çıktığında hiçbir şey söylemeden Gece ve Uygar'ı takip ederek salondaki koltuklardan birine oturdum. Şöminede yanan ateşe baktığımda gözlerimin aynasına yansıyan alevler, sanki o ateş göz bebeklerimin derinlerinde yanıyormuş gibi hissettiriyordu.

Ne konuşuyorlardı, bilmiyordum ama yarım saatten fazla sürmüştü ve sonunda aşağı indiklerinde Ediz'in yüzündeki ifade hiç hoş değildi. Hatta rahatsızlığı açıkça belli oluyordu.

"Gece, Uygar," dedi yavaşça. "Gitmemiz gerekiyor."

Şaşkınlıkla Ediz'e baktığımda o bana özellikle bakmıyormuş gibi hissettim. Neler oluyordu?

"Neler oluyor?" diyerek bana tercüman oldu Uygar.

"Babamla bağlantısı olan bir yere gideceğiz," dedi Ediz dümdüz bir sesle. "Doğa'yı oraya götüremem, o yüzden dedemle kalacak."

Korku gözlerime yayılırken huzursuzluk da içimde zehirli bir ağ gibi örüldü. Bu adam benden nefret ediyordu ve Ediz beni yalnız bırakmama konusunda kararlıydı. Ama şimdi birden beni burada bırakmak istemesi, düşüncelerimin arasından bir ihtimaller nehrinin akmasına sebep olmuştu ve nehrin suları katran karasıydı. Ediz gözlerime kısa bir an için baktı ve sadece dudaklarını oynatarak, "Korkma," dedi.

Uygar ve Gece oturdukları yerden kalktıklarında ben gözlerimi Ediz'in yüzünden ayırmıyordum.

"Ona dokunmayacağına söz verdin," dedi Ediz. "Zarar görmesini istemiyorum. Ona zarar gelirse neler olacağını tahmin bile edemezsin."

"Kıza zarar vermeyeceğim." Adamın sesi, Ediz'e tutmayacağı bir söz vermekten korkuyormuş gibi samimi geliyordu. Ne de olsa oğlunu kaybetmişti ve elinde yalnızca torunu kalmıştı. Onu da kaybetmeyi göze alamazdı.

Ediz gözlerime bakınca bir an yanıma geleceğini sansam da sadece uzun uzun gözlerime bakmakla yetindi. O an zihnime sızan yeni bir düşünce bana onun Kemal Çağıran'ın yanında böyle davrandığını fısıldadı.

Tek kelime etmeden Gece ile Uygar'a başıyla kapıyı göstererek gitme vaktinin geldiğini işaret etti. Yanımdan geçip gideceği sırada, "Ediz," diyerek onu durdurdum, sesimde korkunun nabzı atıyordu.

Gözlerimin içine baktığında orada birçok cümle barınsa da mesafeli bir sesle sadece, "Sorun yok," dedi. Gece ve Uygar da onu takip ettiğinde hepsi gözden kaybolana kadar arkalarından baktım.

Kemal Çağıran karşımdaki tekli koltuğa oturup bacak bacak üstüne attı ve içkisinden bir yudum daha aldı. Çiftliğin kapısı kapandığında geride derin bir sessizlik kalmıştı. Gözlerini benden ayırmayan yaşlı adam tek kelime etmiyordu.

Sonunda elindeki kadehi yanındaki sehpaya koyup biraz izledi ve "Ediz'in annesini biliyor musun?" diye sordu.

"Biliyorum," dedim sessizce.

"Sana benziyordu," dediğinde kaşlarım çatıldı. "O da tıpkı senin gibi duruyordu karşımda. Ne yapacağını şaşırmış, korkmuş ve yabancı." İç çekerek bakışlarını bana çevirdiğinde gözlerine sinen acımasızlığı gördüm.

"Torunuma sana zarar vermeyeceğime dair büyük bir yemin ettim," dedi. "O yüzden rahatla. Seni öldürmeyeceğim." Tek kelime etmeden Kemal Çağıran'ı dinlemeye devam ettim, gözlerimi bile kırpmadan ona bakıyordum. "Ama her şey bir yana," dedi oturduğu yerden kalkarak, "yani katilin kardeşi olman bir yana, intikam için harika bir malzeme olman bir yana, sende daha dehşet verici bir şey var. Oğlumun hayatını da bir kadın kararttı ve sen o kadına benziyorsun."

Kendimi çürük bir merdivenin basamaklarına adım atıyormuş gibi hissediyordum.

"Ediz'e verdiğim sözü tutacağım," dedi adam. "Zaten Ediz buna ikna olmasaydı gitmezdi. Merak etme, zarar görmeyeceksin."

Yine de bu cümleler içimdeki sıkıntıyı azaltmaktan çok çoğaltıyordu.

"Mehmet!" diye seslendi içeriye doğru. "Buraya gel!"

Kalp atışlarım hızlanmaya başladı, neler döndüğünü çözmeye çalışıyordum. Orta yaşlı bir adam salona girdiğinde içimden Ediz'e seslenmek geldi ama o çoktan gitmişti. Bir şeyler dönüyordu ve ben ne olduğunu anlayamıyordum.

"Torunumun kaderi oğlumun kaderine benzemeyecek," dedi adam bana. "Bir kadın uğruna hayatını harcamasına izin vermeyeceğim. Ama sana zarar da veremem, yoksa torunumu tamamen kaybederim. Oğlumu kaybettiğim gibi..."

Oturduğum yerden kalkarken korkunun dalları içime yayılsa da yüzümdeki ifadenin değişmesine izin vermedim ve adam salona girdiğinde gözlerimi yüzünden ayırmadım.

"Buyurun beyim?" dedi Mehmet denen adam.

Kemal Çağıran, "Kızı bayılt ve bağla," diye emir verince yüzümdeki bütün kan çekildi ve buz kesildim. Birkaç adım geri çekildim. Ediz'in dedesi gözlerini gözlerimden ayırmadan, "Ardından onu bir depoya götür ve polisleri arayarak deponun adresini ver," dedi.

Kalbim göğüs kafesimi yumruklamaya başlarken Mehmet denen adam bir an tereddüt etti ama Kemal Çağıran ölümcül bir sakinlikle üsteleyince bana doğru yürüdü. Ediz'in gözlerinden çok daha farklı görünen ama yine çimen yeşili olan o gözler alaycılıkla parladı.

"Torunumun dediği gibi... korkma. Uyandığında evinde olacaksın."

7. SİLAH

Buzdan duvarlarıma ilk darbe aylar önce karanlık bir sokakta yüzünü bile görmediğim bir yabancı tarafından indirilmişti.

Her gün okuldan sonra gittiğim kitapçıda hiç kimsenin çalışmayacağı bir maaşla çalışıyordum. Aldığım üç beş kuruş ve romandan başka bir şey değildi. Zaten amacım para da değildi. Saatlerin roman satırlarının arasından akarak sayfalara gömülen ölülere can vermesini, benim hayatımdan eksilen zamanın o dünyanın hareketliliğini sağlamasını seviyordum. Düşüncelerimi satırlara bandırmak hoşuma gidiyordu. Tavandan sarkan lekeli ampuldeki ışık kışın soğuğunda raflarda biriken tozların arasına döküldüğünde kitapların sessizliğini paylaşmayı seviyordum.

Bir gün o eski, küçük dükkânın önüme böyle bir roman koyacağından habersiz bir şekilde iki yılım geçmişti orada. Camı paramparça eden o kurşuna kadar her gün ben kapatmıştım dükkânı. On yedi yaşından beri o dükkânın fazla şekerli, kalitesiz kahvelerini içiyordum. Bazen gelen insanları inceliyor, bazen de elimde tuttuğum kâğıda düşüncelerim gibi saçılmış cümlelere boş gözlerle bakıyor ve bir boşluktan ibaret olan geleceğime ışık tutmaya çalışıyordum. Ama ışık bir şerit halinde karanlığın içine uzanıyordu; hiçbir şey yoktu.

O gün dükkânı kapatmaya karar verdiğimde saat dokuzu geçmişti. Hem akrep ve yelkovana geç saatlere kadar eşlik etmek alışkanlığa dönüşmüştü hem de babamın dudaklarından dökülüp evin duvarlarına tırmanan ve tavanda rutubet gibi biriken sesinden kaçıyordum.

"Ölümün benim elimden olacak."

O zamanlar öfkesine ayna tutuyormuş gibi gelen bu cümlenin parçaları artık üzerine uzandıkları gerçeğin akıntısıyla birlikte geleceğime sürükleniyormuş gibi hissediyordum.

Babamın yüzünü bir harita gibi kusurlarına kadar ezberlemiştim. Uzun kirpiklerinin uçları açık renkti ve bu sadece güneş vurduğunda belli oluyordu. O benim, kirpiklerinin ucunda altın taşıyan çocukluk kahramanımdı. Bir fotoğrafımız vardı, daha bedenimde altı yılı taşıyordum. Elimde bir oyuncakla başımı yana yatırmıştım ve gözlerimi sevgiyle kısarak babama gülümsüyordum ama o buz gibi gözlerle kameraya bakıyordu.

Çalışma masasının yanına gidip küçük ellerimi masanın kenarına yaslar, çenemi ellerimin üzerine koyarak kocaman gözlerle babamın yaptığı her şeyi incelerdim. Onu öylesine hayranlıkla izlerdim ki şu an büyüyen ellerimle cümlelere can veren el yazım bile onun el yazısına benziyordu.

Beni tanımadığını biliyordum.

Zaman içime ilk önce öfkeyi ekmişti. Ardından babama duyduğum öfke, topraklarımı zehirledi ve geriye kuraklık, derin bir sessizlik kaldı.

Okulun kapısında durmuş, okula doğru yürüyen çocukluğuma baktığımda sırtımdaki çantada tutulmayan sözler taşıdığımı gördüm. İnsanların duygularına güvenmiyordum. Bir söz verdiklerinde o sözü tutacaklarına dair inançlarını görsem de içten içe diğer seçeneğin farkındaydım ve biri bana söz verdiğinde o sözü tutmasını değil, tutmamasını bekliyordum.

Belki de biraz umursamazdım. Zaten ne yaparsam yapayım, kiminle görüşürsem görüşeyim başım yastığa düştüğünde zihnimin içinde kurtlar ağaçların arasında koşmaya devam eder, boş sokaklarımda rüzgârlar eser, kimsesiz uçurtmalar sessizce rüzgârı takip eder ve ben boş bir çayırın ortasına uzanıp güneşi örtü gibi üzerime çekerdim. Benim denizlerim, gökyüzüm, ormanlarım, harabelerim gerçeğe sığamıyordu, bu yüzden çabalamayı uzun zaman önce bırakmıştım.

Ankara'nın soğuk havasına çıkmadan önce dükkânın içine son kez bakmış, ısıtıcının fişini çekip çekmediğimi kontrol etmiş, hesapların tutulduğu bilgisayarı kapattığımdan emin olmuş ve ışığı söndürmüştüm.

Kitapçının yanında birçok dükkân vardı, hemen yanımızdaki Türk Telekom bayisi kapalıydı ama içeride loş, mavi bir ışık yanıyordu. Onun hemen yanında bir kuaför, onun yanında da kırtasiye vardı. Bütün dükkânlar kapalıydı ve sahipleri evlerinde, belki yataklarında, belki de televizyon başındaydılar.

Soğuk havadan dolayı sıcak nefesim havaya beyaz bir bulut halinde karışıyordu. Ellerimi dudaklarıma götürüp o bulutla ısıtmak istemiştim ama dükkânı bir an önce kilitleyip gitmek istiyordum. Tek omzuma taktığım sırt çantamın ağırlığını hissederken anahtarlığımda dükkânın anahtarını aramaya başlamıştım, metal metale çarparken uğursuz sesler çıkarıyordu.

Sonunda anahtarı kilide takıp dükkânı kilitledikten sonra kapıyı iterek kontrol etmiştim ve önüme düşen saçlarımı geriye doğru atmıştım. Eve gidip sıcak odamda iyi bir kahve içmek istiyordum ama daha önüme döndüğüm an adımlarımı kilitleyen şeyi görmüştüm.

Ankara ayazının benim gibi üstüne serildiği, küçük, beyaz bir kedi tüylerini kabartmış ısınmaya çalışıyordu. Bir an kalbim sızlasa da o sevimli yaratığı görmek içimi ısıtmıştı, hayvanları her zaman sevmiştim. Onu sevmek, belki de kucağıma alıp bir apartmana götürmek için çantamı kenara koyup eğilmiştim.

"Üşüdün mü sen?" dediğimde şefkatle yüzüme yayılan gülümsemeyi yanaklarıma batan soğuk bile engelleyememişti. Kedicik o kadar savunmasız, o kadar masumdu ki... Elim yumuşak tüylerine gitmişti ve kirli de olsa başını okşamaya başlamıştım. Parmaklarımın altında anında mırlamaya başlamıştı. Tenime batan soğuğa rağmen içimdeki sıcaklığın yayıldığını hissederken çözümler üretmeye çalışıyordum. Apartman fikri hâlâ aklımdaydı ama onu eve sokabilir miydim acaba?

Ben aklımdaki rafları karıştırırken öyle bir gürültü kopmuştu ki ne olduğunu ilk başta algılayamamıştım. Hemen yanımdaki, az önce kapısını kilitlediğim dükkânın büyük camı korkunç bir şangırtıyla patlarken binlerce cam parçası bir an için havada asılı kalmıştı. O an zihnimde terk edilmiş bir binanın asansör boşluğunun derinlerinde bir kanat sesi yankılanmıştı. Başımı kaldırıp gökyüzüne baktığımda güneş ağaçların arkasına saklanmıştı. Bir at boş bir arazide hızla koşuyordu, denizin dibinde saçlarım dalgalanırken canavar etrafımda yüzüyordu. Havada asılı duran cam parçalarına baktığımı hissetmiştim bir an ve hemen ardından cam parçaları zemine saçılmış, bir çığlık dökülmüştü. O çığlığın benden yükseldiğini çok sonra fark etmiştim.

O an gözlerime bir gölge düşmüştü.

Sokağın sonunda, dükkânların bittiği yerde sağa kıvrılan bir yol ayrımı vardı. Kenara saklanmış bir silüet, gözlerini dikmiş bana bakıyordu. Gölgelerin esirgediği bir adam hayatıma girmek üzere orada duruyor, beni izliyordu.

Ediz Çağıran. Tek kurşunun sahibi. Bu oyunun sahibi. Acı dolu bir geçmişin sahibi. İçimdeki şefkatin sahibi. İçimdeki korkunun sahibi. İlk öpücüğümün sahibi. Bana kendimi ilk kez güvende hissettiren kolların sahibi. Ruhumu tutan ellerin sahibi. Geleceğimi değiştiren çimen yeşili gözlerin sahibi. O gece arkasını dönüp karanlığın içinde kaybolan bedenin sahibi.

Bu oyun karanlık bir sokakta başlamıştı, karanlık bir depoda son buluyordu.

Karşıdan karşıya geçerken bir arabanın sana çarpacağını fark ettikten sonraki o birkaç saniye bütün duyguları barındırabilir. Belki de bir ömür harcayarak biriktirebileceğin bütün duygular o saniyelerde şekillenebilir, ömrüne ince damarlar gibi yayılan bir mürekkeple yazılabilir.

Bayılmak da bunun gibiydi; insan her bir hücresi halatla birbirine bağlanmış gibi kilitleniyordu.

Bayılmadan hemen önce insanın dili paniğin tadıyla uyuşuyordu. Karanlık sokakta, Ediz Çağıran'ın sesi kulaklarımı yakarken ensemde o şiddetli acıyı hissettiğimde bile bu kadar korkmamıştım. Oysa şu an korkmuyor olmam gerekirdi, aksine evime dönmenin vereceği rahatlığı soluyor olmam gerekirdi.

Göğsüme kazılan o boşluk, tıpkı bir kara delik gibi her şeyi içine çekmeye başlamıştı.

Sadece birkaç ay, yılların boşluğunu kapatabilmişti. Öz ağabeyimde bile hissedemediğim, bulamadığım o ağabey şefkati ve sevgisi... Egemen'in gülünce etrafı kırışan gözleri kafamın içindeydi. Saçlarımı karıştırıyor, bana, "Abicim," diyordu. Hemen arkasında Yeliz bedenini Egemen'in sırtına yaslamış bir şekilde kollarını arkadan boynuna dolamış, alnını onun dağınık saçlarına dayamış... Bir an kalbim acıyla tekledi. Bu bir hayaldi. Onlar sahte bir kimlikle tanıdığım yabancılardı.

Kutay'ın esprileri, Sıla'nın kızaran yanakları, Gökhan'ın bütün serseriliğine rağmen Sıla'nın yanında iyi bir ruh halinde olması... Hepsi de bir daha görmeyeceğim, sokakta yanından geçtiğim yabancılar gibiydi.

Ediz Çağıran'ın yeşil gözleri diye bir şey yoktu. Artık yatağı tek başıma ısıtmaya ve karnımdaki acıyı ağlayarak bastırmaya çalışacaktım. Her hafta en az bir tane roman, romanlarla dolup taşan kitaplığıma eklenecekti. Hiçbiriyle doğru düzgün samimiyetimin olmadığı insanlarla dolu bir sınıfa gidecek, edebiyat sınavlarında en düşük notu almaya devam edecektim.

Geleceğimden hiçbir beklentim olmadan çalışma masamın başına oturacaktım, yanımda beni dudaklarında samimi olup olmadığından emin olamadığım ama her şekilde güzel görünen bir gülümsemeyle izleyen bir katil olmayacaktı.

Artık hiçbir zaman tam anlamıyla Doğa Güngör olamayacaktım.

Her geçen gün kalınlaşan buzdan duvarlar ardında gitgide yok olacaktım.

İnsan kendini evine döneceği için buruk hisseder miydi? Ben hissediyordum. Fakat bu olayın sonu zaten küçük odamda bitecekti, okuldan sonra Atilla ağabeyin yanında, her şeyin başladığı o kitapçıda bulacaktım kendimi. Gökyüzü karanlığı sergilerken gözüm yeni takılan cama gidecek ve belki de o cam, Ediz Çağıran'ın silahından çıkan kurşunla defalarca parçalara ayrılacaktı.

Bilincim yavaş yavaş yerine gelirken akıl sahnemde sergilenen düşünceler bunlardan ibaretti. Dağlardan çöle doğru bir çığ düşmeye, lavlar ağaçların arasından akarak ormanın içinde ilerlemeye başladı. Çeneme yaslayarak çaldığım keman alev alev yanıyor, beyaz elbise rüzgârın akıntısına kapılıp tenimde kayarak bacaklarımı açıkta bırakıyordu ve ben uçuruma doğru koşuyordum.

Ediz Çağıran içimde öyle büyük bir yer kaplamıştı ki yokluğu, düşenin dibine kırk yıl sonra ulaşabildiği, içinde kan ve yanıklar bulunan cehennem vadisi Veyl gibiydi.

Ellerim arkamda birleşmiş bir şekilde birbirine sıkıca bağlıydı ve halat o kadar sertti ki canımı yakıyor olmalıydı fakat canımın yandığını bile hissedemiyordum. Soğuk öylesine yoğundu ki tenimi uyuşturmuştu. Karanlık olmasına rağmen dudaklarımdan ve burnumdan dökülen beyaz sisi görebiliyordum.

Burası neresiydi, bilmiyordum ama Kemal Çağıran'ın beni bıraktığı yer insanı donarak öldürecek kadar soğuk bir yerdi. Boğazıma iğneler batıyormuş gibi hissediyor, yutkunamıyordum. Ağzımı açıp tek kelime edecek halde değildim, o kadar bitkin ve halsiz hissediyordum ki...

Çok uzaklardan gelen acı siren sesleri oyunun sonuna geldiğimizi ilan ettiğinde gözlerimi kapattım ve bir şeylerin değişmesini, belki de hiç değişmeden bir an önce bitmesini diledim.

Bir bulutun üstünde durduğum hissine kapıldım. Sanki o bulut artık beni taşıyamaz olmuştu ve ben her şeyin başladığı yere, gerçek dünyama düşüyordum. Gökyüzünü delen siren sesleri iyice yaklaştı ve bir arabanın fren yaptığını duydum.

Sesler kulaklarıma doluyordu.

Açılıp kapanan kapılar, telsiz sesleri, yapılan anonslar ve ayak sesleri... Her yerde farklı bir ses vardı. Soğuk havanın tenimi ısırarak bıraktığı izde farklı cümleler gizliydi.

Karanlıktı. Nerede olduğumu bilmiyordum, neler olduğunu bilmiyordum. Bir adamın sesinden kendi ismimi duydum. Bana bağırıyorlardı, bana sesleniyorlardı.

Ulaşılamayacak bir yerde gibiydim. Yine sesler duydum ama kulaklarıma en net gelen ses, kendi nefesimin hırıltısıydı. Gözlerim pusluydu ama bana yaklaşmakta olan siyah botları belli belirsiz görebiliyordum. Ediz'in botlarına ne kadar çok benziyorlardı. Kalbim bir an tekledi. Burada mıydı?

Her şey yolunda küçüğüm. Sesi kafamın içinde yankılandı.

Siyah botların sahibinin, yani Ediz'in eğilip beni kollarına almasını bekledim, en güvenli yere... Ama siyah botlar tam önümde durduğunda yüzüme bir yabancının sesi döküldü.

"Onu buldum!"

Zihnim bana şaşkınlıkla fısıldadı: *Ne çabuk?* Oysa biraz oyalanmaları gerekmez miydi? Belki akrep ve yelkovan da donmuştu. Aklım bir şeyleri algılayacak durumda değildi, belki de beni sürekli arıyorlardı ve o fren sesleri, yaklaşan siren sesleri bana dakikalarca uzakta kalmıştı.

Belki de sadece somut şeyleri algılar olmuştum ve aradan geçen süre beni etkilemiyordu. Yine de biri benimle konuşmaya çalıştığında boşluğa baktım ve gözlerimi onun görüntüsüyle doldurdum. Onun kendinden emin adımlarla, öfke kusarak yanıma yaklaştığını düşündüm. Üstünde siyah ceketi, siyah pantolonu ve siyah botlarıyla Çağıran'ın burada olduğunu düşündüm.

Bir yere gidebileceğini sanıyorsan hayal kuruyorsun ufaklık. Bunu hayal etmek ancak senin gibi bir aptalın yapabileceği bir şey. Sen benimsin.

Ediz burada değildi, bu tamamen buzdan duvarların üzerinde oturmuş, bana dik dik bakan Doğa'nın hayal ürünüydü. On sekiz yılın ardından kısa süreliğine de olsa ilk defa yanına birini almayı başarabilmişti ve artık yalnız kalacaktı. Hem de sonsuza dek. Çünkü bir başka Ediz Çağıran girmeyecekti hayatına.

Kurtulmuştum ama nedense öyle hissetmiyordum.

Bu sırada başka polisler de gelmişti. Biri ellerimi ve ayaklarımı çözüyordu, diğerleri de benimle konuşmaya çalışıyordu. Sesleri net bir şekilde duyabiliyordum, öyle filmlerde olduğu gibi her şey puslu bir perdenin ardında sahnelenmiyordu. Şu an tamamen gerçekteydim ve bu iş gerçekten bitmişti.

"Osman Güngör'ün kızı Doğa Güngör'ü bulduk."

Biri telsizle anons yaparken dikkatimi çeken tek cümle bu olmuştu. Sürekli aynı şeyler tekrarlanıyordu: "Merkez 5670, ekip göndermenize gerek yok, kız yalnız."

Merkez 5670, ekip göndermenize gerek yok, kız yalnız.

Merkez 5670, ekip göndermenize gerek yok, kız yalnız.

Aynı cümleler tekrarlanıp duruyordu, çevremdeki insanlar panik içindeydi. Kaç aydır aranıyordum ve sonunda bulunmuştum. Beni bekleyen sorgular, sorular, hesaplar şimdiden telaşa kapılmama sebep olmuştu. Duvarların arkasına iyice saklanan Doğa da benimle aynı duyguları paylaşıyordu. Ne yapacaktık? Ediz Çağıran'la ilgili sorular dökülecekti önüme, hem de bir çuval dolusu.

Bu gerçek, ruhumun en derinlere çekilmesine sebep olurken biri ayağa kalkmama yardım etti. Bir şeyler söylememi bekliyorlardı ve bana ulaşmaya çalışıyorlardı ama söyleyecek hiçbir şeyim yoktu. Biri üstüme kahverengi bir battaniye örttüğünde battaniye elime değdi, insanın tenine batıyor ve ardında yakıcı bir his bırakıyordu.

"Kızı hemen karakola götürün," dedi gür bir erkek sesi. "Ambulans gelmesin."

"Ya yaralıysa?"

"Yaralı değilim." Birden bütün gözler bana çevrilirken boğazımda katran varmış gibi hissettim ve öksürerek boğazımı temizledim. "Ben iyiyim."

Sanki boğaya kırmızı bayrak sallamışım gibi tüm sorular boynuzlarını bana çevirmiş, saldırmaya başlamışlardı. "Kızım seni buraya kim getirdi? Ediz Çağıran nerede?"

"Bilmiyorum," diye yanıtladım. Onun nerede olduğunu bilmiyordum ve düşünmek de istemiyordum. Beni orada tek başıma bırakırken amacı neydi, bilmiyordum. Beni buraya kimin getirdiğini bile bilmiyordum. Ediz'in dedesi mi? O adam mı? Hiçbir fikrim yoktu. Tek istediğim bir an önce yalnız kalmaktı.

"En son nerede olduğunu hatırlıyor musun?" diye sorduklarında Ediz'in son kez gözlerime baktığı o anı düşündüm. Çimen yeşili gözlerini belki de son görüşümdü. Bilseydim biraz daha uzun bakardım. Bu düşünce bende ağlama isteği uyandırdı. Bir sorunun bu kadar can yakacağı aklıma gelmezdi. Yanan gözlerime yaşların dolmasını engellemeye çalışarak titrek bir sesle, "Bilmiyorum," dedim. "Lütfen, gidebilir miyiz?"

"Kız haklı," dedi bir adam. "Şimdi sırası değil Ekrem."

Beni deponun çıkışına götürürlerken içimden hıçkırarak ağlamak geliyordu.

"Baban telefonda," dedi biri. Henüz depodan bile çıkmamıştık. Orta yaşlı bir polis bana destek oluyordu, yürürken ayağım yere basmıyormuş gibi hissediyordum. Telefona boş boş baktım. Babam bir telefon uzağımdaydı ve bu düşünce beni germişti. Beni neler bekliyordu, bilmiyordum ama Atalay tecavüze uğradığımı sanıyordu. Nasıl bir tepki verecekti?

Telefonu elime aldım ve ruhsuz bir şekilde kulağıma götürdüm. Depodan çıktığımızda hava hâlâ karanlıktı. Saatin kaç olduğunu tahmin edemiyordum. Dışarısı depo kadar soğuktu ama rüzgâr bütün soğuk havayı üstümüze serpiyor gibiydi.

"Alo?" dedim bana bile farklı gelen sesimle.

"Alo?" Babamın sesi kulaklarımı doldurduğunda midemin burkulduğunu hissettim, sesi içimdeki ağlama isteğini kamçılamıştı. "Doğa?"

O benim babamdı. Demek istediğim... babamdı işte, tüm yaptıklarıyla babamdı. Cevap vermedim. "İyi misin?" diye sordu.

Ne diyecektim ki? Dudaklarımda katilimin dudaklarının izi, nefesimde onun nefesi vardı. Kelimelerimin üzerinde bile onun izi varken ne diyecektim? Her şey Ediz Çağıran'dan ibaretti şu an ve ben babamdan ilk defa utanmıştım. Kulağa çılgınca geliyordu, bir an kendimi en son evde olduğum zamanlardaki kadar masum hissedemedim.

Duvarların ardındaki Doğa öyle bir kahkaha attı ki aynı kahkahanın benim boğazımdan da döküleceğini sandım. "İyiyim," dedim.

"Eğer Ediz Çağıran hakkında bir şey biliyorsan yanındaki polislere söylemelisin, hemen operasyonu başlatsınlar."

Daha yeni bulunmama rağmen babamın bana böyle bir cümleyle yaklaşması benim açımdan şaşırtıcı değildi çünkü babamı tanıyordum, işi her zaman önce gelirdi. Ama dışarıdan çok kötü bir baba profili çizdiğini bilsem de aslında o kadar da kötü bir insan değildi. Ya da ben kendimi kandırıyordum, bilmiyordum. "Onu sana ulaşamadan yakalasınlar," diye devam etti babam.

İşte anlatmak istediğim tam olarak buydu. İnsanın kalbini kırabilecek bir cümle kurduktan hemen sonra o cümleyi sizin iyiliğinize bağlayabiliyordu. Dışarıdan bakan gözler bunu iyi bir şey olarak görüyordu ama beni daha fazla kızdırmaktan başka bir işe yaramıyordu. Babam önce kendinden nefret ettiriyor, sonra da ondan nefret ettiğim için kendimden nefret etmeme neden oluyordu.

"Ediz sizin peşinize düşecek." Bu cümleyi ezberlenmiş bir satır gibi söylemiştim. Başından beri emin olduğum tek şey buydu çünkü. Ediz'le anlaşmamızın tek bir maddesi vardı: Ben onun dediklerini yapacak ve yanında duracaktım, o da aileme ve insanlara zarar vermeyecekti.

Anlaşmanın bütün şartları patlayan bir su balonunu andırıyordu şu an. Hepsi etrafa saçılmış ve buharlaşıp gitmişti.

"Ediz mi?" Babamın sesi kulağıma şüpheci gelmişti. Tabii ondan "şerefsiz" gibi daha aşağılayıcı sıfatlarla bahsetmemi bekliyordu, oysa ben herhangi birinden bahsediyormuş gibi bahsetmiştim. Ediz'di işte o. Daha kötüsü veya daha iyisi değildi. Sadece Ediz Çağıran. Yeşil gözlü, güzel katil...

"Evet, Ediz," dediğim sırada bir polis benim için arabanın kapısını açmıştı. Aslında dürüst olmak gerekirse bu anı böyle hayal etmemiştim. Tam olarak beklediğim ve farklıdan kastım neydi, onu bile bilmiyordum. Kaçmaya çalışmak? Daha büyük bir istekle polis arabasına binmek? Aklımdakiler bunlar da değildi. İnsanın kendinden bile emin olamayıp ne tepki vereceğini kestiremediği anlardan birindeydim ama soğukkanlılığımı koruyordum.

Duvarların ardındaki Doğa'nın verdiği tepki çok daha ağır ve dramatikti. Bahanesi hazırdı; ben dönersem Ediz Çağıran'ın parmaklarından kan damlayacak, ruhların kokusu tenine işleyecekti. Onu durduran bendim ve geri dönmem gerekiyordu. Ona kulaklarımı tıkamaya çalıştım, duygusal yaklaştığım takdirde her şeyi çıkmaza sürükleyebilirdim.

Artık bu işin sonu gelmişti, istesem de kaçamazdım. Ayrıca şu an kaçtığım takdirde daha büyük bir skandal olmaz mıydı? Bir dahaki geri dönüşümde aileme ne diyecektim? Duvarların ardındaki benliğim başını iki yana salladı, sadece kendimi kandırmaya çalışıyordum. Ben de o bahaneyi ortaya sürüp ellerinden kaçmaya hazırdım ama yapamazdım. Buna cesaretim, doğuracağı sonuçlara göğüs gerecek gücüm yoktu.

"Onun hakkında bildiklerini aktarman gerekiyor," dedi babam aklımdan geçenlerden tamamen habersiz bir şekilde. "Şu an arananlar listesinin başında. Yakalandığı an cinayetten, adam kaçırmadan ve tecavüzden müebbet yiyecek."

"Baba, sence sırası mı?" Sesim planladığımdan daha yüksek çıkmıştı, çevremdeki insanların duraksadıklarını görebiliyordum. Bir sürü polis arabası ve sayamadığım kadar çok polis vardı. Yanıp sönen kırmızı mavi ışıklar yüzüme vuruyordu ve kendimi giderek daha kötü hissediyordum. Babamla trajik bir konuşma beklemiyordum, tamam ama bu kadar katı bir tavırla karşılaşmayı da beklemiyordum.

"Doğa, meseleye duygusal yaklaşmamalısın," deyince kendimi patlayacak gibi hissettim. Öfke damardan verilmiş gibiydi, sanki bu duyguları biri bana enjekte etmişti. Uzun zaman sonra babamla ilk konuşmamız daha farklı olmalıydı, değil mi? Kötü bir niyeti olmadığını biliyordum ama yine de kanıma dokunuyordu. Ayrıca haklıydı, şu an her şeye duygusal yaklaşmaya meyilliydim.

Onu duymazlıktan gelerek buz gibi bir sesle, "Görüşürüz baba," dedim ve telefonu kapattım. Zaten bu konuları konuşmak için bolca vaktimiz olacaktı. Benim onlara sormam gereken hesaplar, onların da bana yönelteceği sayısız soru olacaktı. Şimdi sadece ne durumda olduğumu sormakla yetinemiyor muydu?

Telefonu sahibine uzattıktan sonra uyuşan zihnimden mantıklı bir şeyler çıkarmaya çalışırken polis arabasına bindim. Bu bana Ediz'in saldırdığı ilk geceyi anımsatmıştı, o zaman da böyle uyuşuktum.

Arabanın içinde motordan gelen boğuk uğultu ve bulunduğumu haber veren telsiz anonslarından başka ses yoktu. Farklı karakollar farklı araçlarla bağlantılar kuruyor, Doğa Güngör'ün bulunduğu anı somutlaştırıyorlardı. Kendimi ısıtmaya çalışırken iyice arkama yaslandım ve Ediz'in şu anda ne yaptığı düşüncesini şekillendirmeye yönelen harfleri elimin tersiyle ittim.

Artık bunları düşünmenin hiçbir anlamı yoktu.

Arabanın içini telefon sesi doldurduğunda boş bakışlarım ön koltuğa kaydı. Polis kalçasını hafifçe kaldırarak arka cebindeki cep telefonunu çıkardı ve açıp kulağına götürdü. Kiminle ne konuştuğuyla ilgilenmiyordum bile ama telefonu bana uzattığında boş bakışlarım yine ona döndü.

"Arkadaşın ısrarla konuşmak istiyormuş," dediğinde anlamayan gözlerle ona baktım ama hiçbir şey sormadan telefonu aldım. Yeni yeni ısınmaya başlayan elim telefonu kulağıma götürdüğünde boşluğa bakıyordum.

"Evet?" dedim yavaşça ve Umay'ın titreyen sesi telefonu doldurdu.

"Doğa!" diye fısıldadı ağlayarak. "Doğa! Gerçekten sen misin?"

Ah, Umay... Her zaman iyi niyetli, sorumluluğunu bilen ama erkekler konusunda berbat seçimleri olan arkadaşım... Aylar boyunca yokluğunu çok fazla hissetmiştim ama ona hâlâ kırgındım. Yine de ağlayan ve titreyen sesi kalbime ulaşmıştı. "Benim. Ve iyiyim, ağlama."

Umay üzüntü ile öfkenin karışımını taşıyan bir sesle ağlamaya devam ederek, "O bok kafalı orospu çocuğunu kendi ellerimle öldürmek istiyorum!" dedi. "Doğa... Yaptıkları korkunç. Hepsi de benim yüzümden. Sabahtan beri birinin sana ulaşmamı sağlaması için yalvarıyorum. Sonunda sesini duydum." Hıçkırdı. "Özür dilerim."

"Umay, ağlama," dedim ifadesiz bir sesle. "Hiçbir şey gelmedi başıma. Gelince olanları anlatırım, tamam mı?"

Açıkçası ağzımı bile açmak istemiyordum.

"Sana söyleyecek çok şeyim var!" dedi ağlamaya devam ederek. Normalde sulu göz biri değildi ama ağladığında tam ağlardı, kimse onu susturamazdı. "Seni burada gördüm ya... o zamandan beri gözüme uyku girmiyor. Yemin ediyorum, yanlış anladın. Nasıl göründüğünü biliyorum ama yalan söylüyorsam kocam iktidarsız piçin teki olsun!"

Herhangi bir günde olsaydık bu yeminine gülerdim, Umay'ın yeminleri hep erkekler üzerine kuruluydu. Ayrıca en samimi olduğu anlar bu anlardı, onu tanıyordum. Ama yüzümde tek bir kas bile kıpırdamadı.

"Bunları boş ver Umay," dedim kuru bir sesle. "Çok daha önemli bir mesele var. Atalay sizinle konuştu mu?"

Polis arabası kırmızı ışıkta durduğunda yan şeritte, ters yönde ilerleyen arabaların farları belli aralıklarla içeriyi aydınlatıyordu. Sonra araba yeniden karanlığa gömülüyordu. Umay uzun bir süre sessiz kaldı. "Tecavüz meselesi mi?"

Sesindeki boşlukta yaşayan dehşetin keskin uzuvlarını görür gibi oldum. Umay'dan utanmamı gerektirecek bir şey yoktu, Ediz bana gerçekten tecavüz etmiş olsaydı bile bunu yüzüm kızarmadan anlatabileceğim tek insan Umay'dı. "Evet," dedim.

Umay ne diyeceğini şaşırmış bir halde hıçkırarak, "Doğa," dedi. "Yemin ediyorum, karşıma çıksa gözümü kırpmadan katil olabilirim! Orospu çocuğu, pezevenk! Bir yakalansın var ya, kurtulamayacak. Benden önce sırada Atalay ağabey ve Osman amca var. Öldürecekler onu."

Umay, Ediz'e küfür edince bir an kaşlarımı çattım. "Öyle bir şey olmadı Umay."

Hattın öteki ucunda bir an sessizlik oldu. "Ne dedin?"

"Öyle bir şey olmadı." Yine uzun bir sessizlik.

"Benden mi utanıyorsun?" diye sorduğunda sesi kırgın çıkmıştı. "Gidip onunla kendi isteğinle yatsan bile benden utanmaman gerekiyor, bunun farkında mısın? Hele o orospu çocuğu sana tecavüz ettiği için hiç utanmaman gerekiyor! Doğa, başına gelen şeyin farkında mısın?"

Yüzüm tamamen ifadesizdi, bir an kendimi Ediz gibi hissettim. "Bana tecavüz etmedi." Arabadaki polislerin dikkatini çekmiştim ama onları umursamıyordum bile. Bu işi açıklığa kavuşturmam gerekiyordu. Yoksa sonu kötü olacaktı. "Ediz oyun oynadı," diye devam ettim. "Bana dokunmadı."

"Doğa," dedi Umay yavaşça. "Bu utanılacak bir şey değil."

"Öyle bir şey olmadı Umay," dedim ama karşı taraftan sesler gelmeye başladı ve Umay'ın babasının ona seslendiğini duydum.

"Kapatmam gerekiyor," diye fısıldadı hâlâ titreyen sesiyle. "Sana ulaşmamam için özel olarak uyarıldım ama ne yapabilirim? Buraya geldiğinde benden uzun süre kurtulamayacaksın, gelip senin yatağında, yanında uyuyacağım."

Kalbim bir an acıyla tekledi. Yanımda Ediz'den başkasının uyuması... Gözlerimi yavaşça yumarken buzdan duvarların ardındaki Doğa'yı da içimdeki düşünceleri de azarladım.

"Seni çok özledim," dedi Umay.

"Ben de seni özledim." Başka bir şey söyleyemedim, zaten telefonu kapatmıştı. Telefonu kulağımdan uzaklaştırıp bir süre boş boş ekrana baktım, sonra onu polise geri uzattım. Polis telefonu aldığında aklım bir an kendi telefonuma kaydı, hâlâ onda mı duruyordu yoksa çöpe mi atmıştı?

Polis merkezine kadar kimse tek kelime etmemişti. Ben de bakışlarımı hiç bilmediğim Denizli sokaklarına dikmiş, dışarı bakıyordum. Önüne ne kadar taş koyarsam koyayım düşüncelerim Ediz'e kayıyordu. Onun nasıl bir tepki vermiş olabileceğini düşünüyordum. Ve içimde, Ediz'in gidişimi umursamadığını, hatta önündeki engel kalktığı için memnun olduğunu söyleyen taraf baskın çıktı.

Midemin bulandığını hissettim.

Neyse ki polis merkezi çok uzakta değildi. Gereğinden fazla ışıklandırılmış yere geldiğimizde karanlığa alışan gözlerim bir an acıdı ama aldırmadım. Yine açılıp kapanan kapıların sesleri kulaklarıma dolarken polislerden biri benim kapımı da açtı. Koltukta yavaşça sağa kaydım ve arabadan çıktım.

Gözlerim benden bağımsız bir şekilde etrafı tararken görmek istediğim şeyi bulamayacağımı biliyordum. O burada değildi. Böyle bir risk alıp polislerin arasında bana ulaşmaya çalışacak kadar aptal değildi, aksine Ediz benim tanıdığım en zeki insandı. Bu iş gerçekten bitmişti ama ne kadar tekrarlarsam tekrarlayayım aklım bu gerçeği kabul etmiyordu.

Arabanın kapısı gürültülü bir şekilde kapandığında soğuğun ardından son bir kez çevreme baktım ama kimse yoktu. Bir kadın polis memuru yanıma geldiğinde sol elim yanıyor, E harfi orada bir ağırlık gibi duruyordu. Korkum hep buydu, onu sonsuza dek taşıyacaktım.

O da beni taşıyacaktı ama ben onun zaferinin sembolüydüm.

İçeri girdiğimizde kendimi çok solgun hissediyordum. Beni sorgu odasına götürmelerini beklerken, "Ne yapacağız?" diye sordum. Önemli bir davanın zanlısının yanında aylar geçirmiş bir rehineydim. Şahit olduklarımı öğrenmek isteyecek ve beni sorgulayacaklardı. Ne yapacağımı bilmiyordum. Doğrular? Yalanlar? Hangisine yönelmem gerektiğini bilmiyordum.

"Atalay Bey yola çıkmış," dedi polis memuru. "Kendisi seni sorgulamamızı istemiyor ama polislerin olduğu bir yerde olman çok daha güvenli olur, o yüzden bu gece misafirimizsin tatlım."

Sıkıntılı bir şekilde etrafıma bakındım ve elimin tersiyle gözümü ovuşturdum. Herkes şu an zil takıp oynamamı bekliyor olabilirdi ama öyle bir psikolojinin yakınından dahi geçemezdim. Eve gideceğim için mutlu değildim ve bu bile insanların bir şeylerden şüphelenmesi için yeterliydi.

"O elindeki ne?" diye sordu kadın. Bakışları avucuma sabitlenmişti. Hızla avucumu açıp baktığında ben de bıçak izinden geriye kalan belirgin E harfine baktım. Bunu yaparken Ediz'in yüzünde oluşan ifade gözümün önüne gelince içim burkuldu, hemen ardından kanlarımız birbirine karışırken beni öpmüştü.

Dudaklarım sızladı, sahibini istiyordu.

Gözlerimdeki acı elimdeki izi ateşe verdiğinde buzdan duvarların ardındaki Doğa köşeye çekilmiş, sessiz gözyaşları döküyordu. Onu unutamayacaktık. Hiçbir zaman. Aklımdan yüzü, sesi, dokunuşu silinse bile hep orada kalacaktı. Elimdeki E harfini her gördüğümde bana hissettirdiklerini, yaşattıklarını hatırlayacaktım.

"Yara izi," dedim kaçamak bir şekilde. Kimseye bunu açıklamak zorunda değildim ama kadının bakışlarından bir şeyler anladığını görebiliyordum. Tabii onun anladığı, bu harf elime kazındıktan sonra katilimin kucağında onunla öpüştüğüm değildi.

"Manyağın tekiydi, değil mi?" diye sordu ama içinde E harfinin bulunduğu elimi sıkıca yumruk yaptım ve ona cevap vermedim. Ona hak veriyor muydum, bunu bile bilmiyordum. Gözlerim kenardaki kahve makinesine takıldığında bir kahveye ihtiyaç duyduğumu fark ettim.

"Bozuk paranız var mı?" diye sordum yavaşça. "Sıcak bir şeyler içsem iyi olacak."

Kadın bana anlayışla gülümseyerek, "Tabii," dedi. Meseleyi deşmediği için ona minnet duydum. "Hangisinden istersin?"

"Sütlü kahve," dedim halsiz bir şekilde. "Şekersiz."

"Tamam, tatlım. Sen şu odaya geç, otur," dedi başıyla kenardaki bir odayı göstererek. "Ben kahveni getiriyorum."

Hafifçe başımı sallayıp odaya yöneldim ve attığım adımları hissetmeden yürümeye başladım. Saat kaçtı, bilmiyordum ama polis merkezi kalabalık değildi. Her şeyi bırakıp inceledikleri dosyanın Ediz Çağıran dosyası olup olmadığını merak ettim.

Girdiğim odanın bir ofis olduğunu gördüm. Büro amirinin ofisi olmalıydı. Modern mobilyalarla döşenmişti. Duvarda bir plazma televizyon, yeni bir bilgisayar ve birbiriyle uyumlu eşyalar vardı. Bir süre boş gözlerle etrafa baktıktan sonra odanın içinde ilerleyerek masanın önündeki deri sandalyelerden birine oturdum ve sonunda yalnız kalmanın verdiği rahatlamayla arkama yaslanarak gözlerimi kapattım.

Ne yapmam gerektiğini düşünmem için fazla vaktim yoktu, Atalay geldiği an kendimi bir karmaşanın ortasında bulacağımı biliyordum.

Ofisin kapısı açıldığında gözlerimi aralayıp içeri giren polis memuruna baktım, burnum kahvenin kokusunu anında almıştı. Bana gülümseyerek uzattığı kahveyi alırken kendimi garip hissettim ve ben de ona minnettar bir şekilde gülümsedim.

"Teşekkür ederim."

"Ne demek canım," deyince bakışlarım kadının yüzüne takılı kaldı. Uzaklarda bir yerlerde bir barajın duvarlarının yıkıldığını ve suların ölümü de önüne katarak ilerlediğini hissediyordum. Sular o küçük kızın, kenarında durup arafı izlediği uçurumun içine akıyor, yükseliyor ve yükseliyordu. Gerçeği hâlâ tam olarak idrak edememiştim, gerçekten bitmiş miydi?

Kalbim acıyordu. Bu çok anlamsızdı, acımamalıydı.

"Bu oda sıcak," dedi kadın gülümseyerek. "Geceyi burada geçirebilirsin. Merak etme, birinin seni polis merkezinden kaçırmasının imkânı yok, güvenli bir şekilde uyuyabilirsin."

Dudaklarımda bir gülümseme belirirken dudaklarımın eriyerek akacağını, gülümsememin yok olacağını sandım. "Teşekkür ederim."

Kadın beni yalnız bıraktığında tadını alamadığım ve gözüme artık o kadar da güzel görünmeyen kahveyi sehpaya bıraktım, dizlerimi karnıma kadar çektim. Kollarımı bacaklarıma sarıp derin bir nefes aldım, sakinleşmeye çalıştım ama beni bulduklarından beri tuttuğum gözyaşlarım saklandıkları yerden çıkarak içimdeki canavardan kaçarcasına kendilerini yanaklarımdan aşağı bırakmaya başladılar.

Kalbimde bir şeyler yanıyordu ve ben bunun adını koymayı reddediyordum. Bu gerçek olamazdı. Olmamalıydı.

Gözyaşlarımın arasından gülümsedim: Mutluydum. Dönüyordum. Kurtulmuştum. Benliğime dönebilir, sessizliği ağırlayabilirdim.

Dudaklarım tekrar sızlarken gözümün önüne dudaklarıma uzanan Ediz Çağıran geldi ve daha şiddetli ağlamaya başladım.

Hayır, mutlu değildim. Hem de hiç.

Önümden akıp giden saatler boyunca gözüme hiç uyku girmedi. Gözyaşlarım çaresiz iç çekişlere, iç çekişler yerini tekrar boş bakışlara bıraktı. Uyusam daha kolay olacaktı, biliyordum ama uyuyamıyordum. Sessizlik o kadar yoğundu ki içinden geçmeye çalışan düşüncelerim de parçalanarak ona karışıyordu. Duvardaki saatin nabzını dinliyordum.

Dakikalar odanın içine dolarak ayaklarımın dibinde su gibi birikmeye başlarken bekledim. Dakikalar saatlere dönüştü, zaman yükselerek beni sırılsıklam bıraktı, boğazıma kadar yükseldi. Ben bekledim ama o gelmedi.

Sabah ezanı gökyüzüne doğru yükseldiğinde uyku gözlerimi yaksa da öylece boşluğu izlemeye devam ettim. Eğer isteseydi Ediz beni buradan kaçırırdı, istediği takdirde onu hiçbir şeyin durduramayacağını biliyordum.

Kapının açıldığını duyunca irkildim ve odaya giren polise baktım. "Doğa Hanım, gitmemiz gerekiyor. Ağabeyiniz şu an havaalanında bekliyor."

"Saat kaç?" diye sordum yorgun bir sesle.

"Altıya geliyor," dedi. Gözlerimi kırpıştırarak önümdeki sehpaya baktığımda beynim olan biteni hâlâ yeterince algılayamıyordu ve somut şeylere takılı kalmıştı. Tek hatırladığım, sabah ezanının okunduğuydu.

Oturduğum yerden kalktığımda hayal âleminde gibiydim.

Bütün geceyi üstümdeki montla geçirdiğim için dışarı çıkınca soğuk üzerime çullandı. Omuzlarımı kaldırıp başımı montumun içine gömmeye çalışırken çevremdeki hiçbir ayrıntı gözüme takılmıyordu. Ediz Çağıran'ın geleceğine dair bütün düşüncelerim yandığım ateşin içinde küle dönmüştü.

Kendilerince anlamsız tedbirler alıyorlardı ama bunun nafile olduğunun bile farkında değillerdi, Ediz'in Denizli'yi çoktan terk ettiğinden emindim.

Soğuk havanın kokusu üstüme sinerken polis arabasına bindim. Günün ilk saatleri olduğu için hiç ses yoktu ve bu bana biraz olsun iyi geliyordu. En azından patlayacakmış gibi ağrıyan başıma iyi geliyordu. Birazdan uçak yolculuğu yapacak olduğum gerçeğini düşünmüyordum bile.

İlk defa gördüğüm polislerden biri şoför koltuğuna geçtiğinde bana Ediz'in aldığı montun kapüşonunu kafama geçirdim ve koltuğa iyice gömülüp gözlerimi kapattım. Her ne kadar kısa bir uyku olacağını bilsem de belki uyuyabilirdim.

Ama bana bir türlü rahat vermeyen ve gözlerimin içinde biriken düşünceler uykuya dalmama izin vermiyordu.

Polis arabasının motoru çalıştığı sırada ben Ediz'in kokusunu düşündüm. Yatakta, onun kollarının arasında olduğumu hayal ettim ve onun yüzünü izleyip ezberlediğim zamanlara minnettar kalarak yüzünü zihnimde canlandırdım.

Aklımda kalan sesi bana masal anlatmaya başladığında uykuya dalmam sadece birkaç dakikamı alsa da birinin beni dürtmesi, henüz yüzmeye başlayamadan beni kolumdan tutup gölün içinden çıkarması gibi gelmişti. Aralık haldeki gözlerimden uyku akarken beni uyandıran kişiye baktım.

"Geldik," dedi polis memuru. Başımdaki korkunç ağrıyla etrafıma bakınınca havaalanında olduğumuzu gördüm. Ne çabuk gelmiştik? Gözlerimi sadece bir saniye önce kapatmış gibi hissediyordum. Arabadan çıkarken tökezledim, kendimi her an düşüp bayılacakmış gibi hissediyordum. Kalkışa geçen uçakların sesleri algılarıma saplanıyordu.

Başımdaki kapüşonu indirmeden etrafıma baktım. Havaalanının çevresi boş olduğu için inanılmaz bir rüzgâr vardı ve iliklerime kadar donmuştum. Çenem titremesin diye dişlerimi birbirine sıkıca bastırdım ve esen rüzgâr gözlerimde biriken uykuyu da dağıtmaya başladı.

Polis bana ve yanımda bekleyen diğer polislere, "Siz içeri girin," dedi. "Ben arabayı park edip geliyorum."

Arabanın içinden telsizi aldı ve bir şeyler söyledi, biz o sırada havaalanının içine doğru ilerliyorduk. İçerisi beklediğim kadar ıssız değildi, hatta kalabalıktı. Uçağı yeni inenlerle, uçağı kalkacak olanlarla, yakınlarını karşılamak için bekleyenlerle doluydu.

Güvenlik kontrollerinden geçmek için montumu çıkarıp kutunun içine koyduğumda zihnime giydirdiğim düşünceleri de çıkarmak istedim. Kontrolden geçtikten sonra montumu giymeyip elime aldım ve beni bekleyen polislere baktım.

"Bekleme bölümüne geçelim," dedi içlerinden biri. İnsanlar bize garip garip bakıyorlardı, ne de olsa kimse etrafında polislerle gezmiyordu. Ortada bir terslik olduğunun kokusunu alıyorlardı. Bizi inceleyerek yanımızdan geçenlere boş gözlerle baktım. İplerle kontrol edilen kuklalar gibi görünüyorlardı gözüme, varlıkları beni tedirgin ediyordu. Gözlerini yüzümden ayırmadan yanımdan geçip giden yaşlı bir adama omzumun üzerinden bakarak yürümeye devam ettim.

Hiç garip bir durum yoktu. Yorgun ve uykulu kuklaların suratlarında sıradan bir gün sergileniyordu.

Her yerinde küçük delikler olan metal sandalyeye oturduğumuzda bacak bacak üstüne atıp arkama yaslandım ve sessizliğimi koruyarak havaalanının tavanını incelemeye başladım.

Sanki tavana zihnimdeki o boş, sessiz çayırın toprakları dökülmüştü ve o çayırın ortasında huzurlu bir şekilde uzanan yansımam beni izliyordu. Bir an için gökyüzü ayaklarımın altındaymış gibi hissettim.

Gözlerimi tavandan ayırmadan yanımda oturan polise, "Ediz Çağıran davası ne durumda?" diye sordum. "Ben ortalarda yokken bir gelişme oldu mu?"

"Babanız ilgileniyor o konuyla," dedi polis diğer yandan etrafına bakınarak. "Bize pek bilgi verilmedi. Sadece operasyon gerekirse öyle bir şey olacak ama bizden sizin ifadenizi almamız da istenmedi. Sanırım Ankara Emniyet Müdürlüğü daha kapsamlı bir araştırma yapacak."

"Yakalanırsa ne olacak?" diye sordum ama telsizinden anons gelince polis bana cevap vermedi. Telsizi çıkardıktan sonra kodlarla kendilerini bildirdiler ve karşı taraftan cızırtılı bir ses geldi.

"Ediz Çağıran görüldü. Doğa Güngör'ü oradan derhâl çıkarın. Duydunuz mu? Onu hemen merkeze getirin." Oturduğum yerde birden doğrularak şaşkınlıkla polise baktım. O da şaşırmışa benziyordu.

Yüzüne ciddi bir ifade yerleşirken, "Tam olarak nerede?" diye sordu. Karşı taraftan bir süre ses gelmedi.

"Havaalanında. Başında siyah bir şapka, üzerinde koyu renkli bir mont var. Yüzü şapkadan dolayı görünmüyor. Yalnız gelmiş ama şüpheli bir durum. Bir şeyler dönüyor." Gözlerim hızla etrafı taradı. Siyah şapkalı birini görmeye çalışıyordum. "Güvenlik kontrolünden nasıl geçmiş?"

"Kılık değiştirmiş mi?" diye sordu yanımdaki polis.

"Hayır."

"Silah taşıdığını sanmıyorum."

Ben bundan o kadar emin değildim.

"Güvenlik kontrolünden silahla geçmesi mümkün değil. Gidip güvenliği kontrol edin."

Tanrı, şeytanın inini cennete sakladı.

Bu cümleyi kurarken Ediz'in gözlerinde oluşan o şeytani ışık beni âdeta kör etmişti ve hiçbir şey göremiyordum. O ışığın ardında ne saklanıyordu?

"Doğa Güngör'ün üzerinde çelik yelek var mı?" diye sorulunca kaşlarım çatıldı.

"Hallediyorum," dedi yanımdaki polis. Kendi üzerindeki çelik yeleği çıkarmaya başladığında yüzünde bu önlemi daha önceden almamış olmanın verdiği sıkıntı vardı.

Polis de benim gibi etrafını gözleriyle tarayarak, "Şu an tam olarak nerede?" diye sordu. "Şüphelinin eşkâline uyan birini göremiyorum. O olduğundan emin misin?"

"Evet," dedi telsizdeki polis. "Siz şu an neredesiniz?"

Yanımdaki polis etrafı tarif etmeye başladığında diğer polisler dikkatle etrafı inceliyor, herhangi bir tehlikeye karşı tetikte duruyorlardı. Ediz Çağıran'a dair bir iz gördükleri an ne yapacaklarını bilmeden ben de etrafı incelemeye başladım. Gözlerimin ağına takılan her insanda onu arıyordum.

"Sizin bulunduğunuz yerde değil." Telsizden konuşan polisin sesi şaşkın çıkıyordu. "Tam ters istikamette ilerliyor. Ne yapıyor bu adam?

Az önce sizin bulunduğunuz yerden ayrıldı, sizi görmemiş olmasının imkânı yok."

Ediz'i anlamaya çalışmak bir kördüğümü çözmeye çalışmak gibiydi. Ne yapıyordu? Kaşlarım iyice çatılırken içime korkunç bir sıkıntı düştü.

Aynı zamanda farklı bir şeyler de vardı. O buradaydı. Varlığının içimde uyandırdığı duygular korkudan çok uzaktı. Telsiz cızırdadı ve polis, Ediz'in bulunduğu yeri tarif etti. Ben onun bir plan doğrultusunda hareket ettiğini, bir hedefe yürüdüğünü biliyordum. Belki de benden uzaklaşarak polislerin dikkatini dağıtmaya çalışıyor, avına saldırmak için doğru zamanı kolluyordu.

"Ne yapıyor bu adam?" diye sordu cızırtılı ses tekrar. "Doğa Güngör'ü buradan çıkarın. Atalay gelmek üzeredir, ona haber veririz."

Atalay'ın ismini duyunca gözlerim bir an boşluğa takıldı, ardından o boşluktan taşarak şaşkınlıkla kocaman açıldılar. O şaşkınlıkla polislere bakarken aklımdaki bütün sis dağılıvermişti ve dehşetin acılığını hissetmeye başlamıştım. Ediz'in olayı hangi açıdan gördüğünü bilmiyordum, dedesi ona benim kaçtığımı söylemiş olabilirdi.

Bu her an gerçekleşebilecek, kaçınılmaz bir şeydi. Aklındaki düşünce odalarında benim kaçma ihtimalimi sakladığını biliyordum. Ediz kötülüğü besliyordu ve insanlar değil, içten içe yaptığı planlar onda güvensizliği tetikliyordu. Her şey hakkında her daim bir planı, bir önlemi var gibiydi ve bunların varlığı şüpheden doğuyordu. Kemal Çağıran'ın Ediz'e beni polise teslim ettiğini söyleyeceğini hiç sanmıyordum.

Ama benim kaçtığımı söyleyebilirdi.

Anlaşmamız onun yanında kalmam ve istediklerini yapmam şartıyla aileme ve diğer insanlara zarar vermeyeceği şeklindeydi. Alev alev yanan o çimen yeşili gözleri, kontrol altına alınamayan bir orman yangını gibi görebiliyordum.

Hedefi Atalay'dı. Ediz buradaydı çünkü anlaşmayı bozmuştum.

O beni zaafı olarak ilan edip korurken ben onun zaafını yem olarak ortaya atmıştım. Çıplak bir arazide koşuyor gibiydim. Gökyüzünde kanat çırpan akbabaların ve beni apaçık gören avcıların bakışları üzerimde olmalıydı. Biri her an bana saldırabilirdi. Bu düşünce her şeyin farkına varmamı sağladı.

Ediz'in gözü dönmüş olmalıydı. Onun olan şu an tehlikedeydi ve bunun bedelini bana her yoldan ödetebileceğini biliyordum. Ayrıca şu an hedefi ben değildim, Atalay'dı. Bu sefer akrep ve yelkovan, ölümü gösteriyordu.

Bana uzatılan çelik yeleği görmezlikten gelerek birden, "Gitmem lazım," dedim. Yüzümdeki kan çekilmişti. Ediz, ağabeyimin peşindeydi. Anlaşma ortadan kalkmıştı ve Ediz ben onun kollarının arasına dönüp ona gerçekleri anlatana kadar durmayacaktı. O durmazdı. Kitabında acımaya yer yoktu ve Atalay onun merhamet edeceği en son kişiydi.

"Saçmalamayın," dedi yanımdaki polis. "Hemen buradan gitmemiz gerekiyor."

"Ağabeyimin peşinde!" dedim korkuyla. "Onu durdurmam gerekiyor. Onu sadece ben durdurabilirim! İsterseniz üstüne orduyu salın, yine de etkilemez onu!"

Ama polisler beni dinlemiyordu. Zaten kim bir ordudan daha etkili olduğuma inanabilirdi ki? Aslında şimdiye kadar buna ben de inanmıyordum fakat şu an gerçeği görebiliyordum. "Lütfen, çok kötü şeyler olacak," dedim.

Ve eğer Ediz, ağabeyime zarar verirse... Kalbim acıyla kasıldı. Ne olursa olsun böyle bir şeye izin veremezdim. Bunu engellemenin bir yolunu elimde tutuyorken avuçlarımı kapatarak gizleyemezdim. Eğer gizlersem vicdanım beni o yolda ölüme götüren pusula olurdu.

"Gidelim Doğa Hanım," dedi polislerden biri. Başımı iki yana sallarken dehşet içindeydim. Kulaklarıma çöken uğultu, sesleri boğuk duymama sebep olsa da kalp atışlarımı daha net duymaya başlamıştım. Bütün düşüncelerim sessizleşmişti. O sessizliğin arasında bir an çevreme baktım ve aniden koşmaya başladım. Bunu ben bile beklemiyordum. Kalp atışlarım adımlarımı takip edercesine daha da hızlandığında arkamdan bağıranların seslerini duydum. Küçük çaplı bir karmaşa da peşimden gelmeye başladı.

Giderek kalabalıklaşan havaalanında polislerin beni yakalayamaması için hızımı artırırken karnımdaki morluklar hızımdan besleniyor, beni yavaşlatmaya çalışıyordu ama durmadım. Koştukça daha da açılan bir yara gibi olsalar da aldırmadım. Birazdan bir cinayet işlenebilirdi. Ağabeyim ölebilirdi.

Ve bunun tek sorumlusu ben olurdum.

Telsizdeki polisin tarif ettiği yeri ararken deli gibi etrafıma bakınıyor, kalabalığa karışarak peşimden gelen polislere izimi kaybettirmeye çalışıyordum.

Tavana asılmış, ortada duran ve uçakların iniş kalkış saatlerini haber veren dev ekranın altından koşarak geçerken insanlar bana garip garip bakıyordu. Ediz burada bir yerlerde olmalıydı, tarif ettikleri yer buralardaydı. Deli gibi etrafıma bakınırken çevremde duyduğum sesler kulaklarıma akan bir uğultu nehri gibiydi.

"Neredesin Ediz?" diye fısıldadım kendi kendime ve tekrar koşmaya başladım. Onu gördüğüm yerde kollarına atlarsam engelleyebilir miydim? Nasıl tepki vereceğini bilmiyordum ama ona bileklerimdeki halat izlerini gösterirsem bir şeylerden şüpheleneceğini biliyordum. Ediz Çağıran kimseye güvenmezdi ve kanıtlar sunmadan bana inanmayacağının farkındaydım.

Atalay'ı gördüğüm anda geçmiş, ceset misali önüme yığılıverdi. Yaşanan her şey, her kötü an, geçmişin cansız bedeninde önemini kaybetmişti. O an, her şeyin affedilebilir olduğunu gördüğüm andı.

Tekrar koşmaya başladığımda karnımdaki acı bacaklarıma dökülüyormuş gibi hissettim. Bu durum yeterince hızlı koşmamı engelliyordu. Yine de insanın sırtında bir ruhun yükü varken acının çok da önemi kalmıyordu.

Henüz Atalay'a ulaşamadan gözüme uzun boylu, siyah şapkalı bir silüet takıldı ve hemen ardından o yeşil gözleri gördüm. Ediz, Atalay'dan uzakta duruyordu ama istediği saldırı pozisyonunu alabilirdi. Yine de gözleri beni yakalamıştı ve o an durmuştum. Gözlerinde öyle karanlık bir ifade vardı ki sanki şeytanın çocukları oraya sığınmıştı.

Elinde tuttuğu silahı gördüğümde yelkovanın gölgesine son saniyeler saklanmıştı.

Şu an Ediz Çağıran'ın saati intikam vaktini gösteriyordu. Silahı altta tutarak ateş etmeye hazırlanırken mermiyi silahın ağzına verdi.

Hiç düşünmeden Ediz'e doğru koşmaya başladığımda yelkovan bir adım daha ilerledi. Zehir yeşili gözleri ölümcül bir avcının gözleri gibi Atalay'a odaklanmıştı. İçlerinde keskin bir nefret vardı, saf nefret. Silahı hâlâ Atalay'a doğrultmamıştı, sanki benim yanına gitmemi bekliyordu.

Yine bir şeyler planlıyordu.

Yanına gidip ondan destek alarak durduğumda ben yokmuşum gibi davrandı, nefesim kaburgalarıma saplanıyordu.

"Ben kaçmadım!" dedim korku içinde. "Ediz, ben kaçmadım! Oyunu ben bozmadım!" Beni dinlemiyordu bile. Önüne geçtim ve doğrultmak üzere olduğu silahı ucundan tutarak iyice yere eğdim. Silah aramızda asılı kaldığında Ediz gözlerini gözlerime çevirdi ve yelkovan bir adım daha ilerledi. Gözlerim dolu doluydu.

"Yalvarırım, beni dinle," dedim ama ruhsuz bir şekilde, tek kelime etmeden gözlerimin içine baktı, beni dinlemedi. Silahı doğrultmak için zorladığında onu engellemeye çalıştım, beni dinlemek zorundaydı. "Deden yaptı!" dedim.

Kelimelerim Ediz'in zihnindeki parmaklıkları kavramış, telaşla sarsarak içeri girmeye çalışıyordu ama o paslı parmaklıkları aşamıyordum, ona ulaşamıyordum. Nişan almak için bir hamle daha yaptığında benden çok daha güçlü olduğu için şansım gitgide azalıyordu.

"Ben seni bırakmadım!" diye bağırdım ve silahı elinden çekmeye çalıştım fakat o da aynı anda silaha asılınca kulakları sağır eden bir patlama sesi duyuldu.

Sanki dallarında uçlarından cesetlerin sarktığı idam iplerinin bulunduğu, uçurumun kenarına kök salmış bir ağacın dalında, rüzgârda savrulan saçlarımla kızıl bulutların altındaydım.

Kan lekeleriyle dolu yeşil gözlere baktım. Rüzgâra takılan beyaz eteğimin ucunda da o kan lekelerinden vardı ve yüzünü yüzüme yaklaştıran o uçurum canavarına bakıyordum.

Sessizdi.

Gökyüzü alev alev yanıyor, bulutlar küller halinde yeryüzüne yağıyordu.

Ecel bu gözlerde yaşlanmıştı ve ben, canavarın sivri dişlerinden gelecek olan o ölümü bekliyordum ama canavar başını önümde yavaşça eğerek gözlerini yumdu.

Silah sesi havaalanının içinde yankılanmaya başlarken önce derin bir sessizlik çöktü, ardından sessizliğin içinden büyük bir karmaşa doğdu. Çığlıklar her yere yayılırken ben ağaç dalında dizlerimin üzerine çökmüş, aslında bana pençesini çoktan geçirmiş olan o canavarın başını okşuyordum.

Karnıma saplanan kurşunun acısı tenimin altında her yere yayılmaya başladığında Ediz'in çimen yeşili gözleri şaşkınlıkla açıldı, ardından yüzü kül rengini aldı. Düşmemek için ceketini sıkıca kavramaya çalışsam da ellerim tutmuyordu.

Ediz'in dehşeti yüzüne iyice yayıldığında gözlerine yeni bir duygunun aktığını fark ettim. Neydi bu? Onun gözlerinde daha önce görmediğim bir şeydi: korku.

"Doğa?" diye fısıldadı ve ses tonu anılarıma kazındı. Dudaklarımda kelimelerin tadı kalmış gibi az önce söylediklerimi bir kez daha tekrarladım ama sesim bu sefer fısıltı halinde çıkmıştı: "Ben seni bırakmadım."

8. KRİZ

Ölüm.

Sadece dört harften oluşan, iki heceli bir kelime. Fakat arkasında o kadar çok şey gizliyor ki bu kelimeyi yazmak için harcanan mürekkeple sayfalar doldurulabilir, sayfalar dolusu çaresizlik bu kelimeyle özetlenebilir.

Bir ruhun kokusunu almak. Soğuğu solumakla aynı şey belki de. Bir ölüm haberi almak, gözden kopan gözyaşlarının insanın yanaklarından süzülmesi ve kalbin üzerine yığılan o acı torbaları... İnsanın en güçsüz olduğu an gibi görünüyor göze ama aslında insanın en güçlü olduğu an.

O an arkana bakmadan, hiç olmadığı kadar hızlı bir şekilde koşabilirsin çünkü ruhuna gölge gibi düşen acı, metafizik boyuttan fiziksel boyuta geçmek ister ve sen ciğerlerin yanana kadar koşarsın. Dizlerin isyan edene kadar, bedenine ağrılar saplanana kadar...

En azından benim gözlemlediğim buydu.

Çimen yeşili gözlere bakarken ölüm haberi almış bir Ediz Çağıran hayal ettim. Cebindeki telefonun titrediğini ve Ediz'in bir an umursamaz bir tavırla o anki işine devam ettiğini, birkaç titremenin ardından elini cebine attığını, telefonunu çıkardığını... Belki de o an Bilkent Üniversitesi'nde, bir amfide otuyordu. Önünde kalın bir kitapla en görünmez köşeye geçmiş, geleceğini şekillendiriyordu.

"Alo?" Sesini duyar gibi oldum.

"Alo? Ediz Çağıran'la mı görüşüyorum?"

Karşı taraftan gelen yoğun sesler, insanların telaşlı mırıltıları, haber muhabirlerinin mekanik sesleri, telsizlerden dökülen cızırtılı sesler... Ediz'in kaşlarının çatıldığı gözümün önüne geldi. Aklından babasının ölüm haberini alacağına dair en ufak bir fikir bile geçmezken bakışları sertti.

"Evet?" Sesi bıçak kadar keskindi.

Acımasız polisin sesi telefondan tek bir solukta döküldü: "Babanız Levent Çağıran polislerle girdiği çatışmada bir polis memuru tarafından öldürüldü."

Ediz'in o anki halini düşündüm. Çimen yeşili gözlerine yayılan karanlığı, ruhuna düşen gölgeyi... Sonra en güçlü anını düşündüm. Acı çeken ve korkan bir Ediz Çağıran. Dimdik duran bir harabeye dönüşen Ediz Çağıran.

"Sen melek misin?" Rüyamda gördüğüm ve tamamen benim hayal ürünüm olan küçük Ediz'in sesi zihnimde yankılanırken bana gülümseyen görüntüsü yavaşça silinmeye başladı, öyle bir çocuk hiç var olmamıştı.

O an rüzgârın peşine takılan mumun alevi rüzgâr tarafından öldürülmüştü. Güneş doğduğu saatlerde batmaya, ay gündüzleri gökyüzüne tutunmaya başlamıştı.

Ediz'in boşluğa takılan gözlerindeki bütün ifadelerin o boşluğa devrildiğini ve bir an öylece kaldığını hayal ettim. Yüzünde tek bir kas oynamazken içinde oluşan kasırgayı düşündüm. Bu, yeryüzünde kuş uçmazken yer altında fırtınanın kopması gibiydi. Hiçbir şey söylemeden telefonu kapattığını ve önündeki kitabı sakin bir şekilde yanına koyduğunu hayal ettim.

Ölüm hemen arkasında, amfide oturuyordu.

Belki babasının ölüm haberini aldığı an çok farklı olmuştu, belki de bu sadece benim akıl sahnemde oynanan bir piyesti ama aynı tepkileri verdiğinden adım gibi emindim. Şaşırtıcı bir şekilde onu tanıdığımı, bir maske ardına saklansa da arada bir o maskeyi alnına doğru kaydırarak bana baktığını o an fark ettim.

Saniyeler kıvam kazanmış gibi ağır ağır ilerlerken belki de düşünmem gereken en son şeydi bu. Ama gözlerinde tanık olduğum korku onun bu anısını düşünmeme sebep olmuştu. Ceketine tutunmuş olmam düşmemi engellerken iri iri açılan gözlerim acıdan yavaşça kısıldı. Zorla yutkununca boğazıma bir şeyler batıyormuş gibi hissettim. Etrafımdaki her şey bulanıklaşmaya başladı ve geriye sadece onun yeşil gözleri kaldı.

Her şey ağır çekimde ilerliyormuş gibi hissediyordum. Zihnim olanları algılamaya çalışırken hareketlere çok da takılmadığındandı belki de. Bütün düşüncelerim çığlık çığlığa tetiğe Ediz'in bastığını söylediğinde acıyı yavaş yavaş hissetmeye başladım. Kaynağı neredeydi, bilmiyordum ama barut kokusuna kan kokusu da eklenmişti. Bunun farkına varan zihnim gerçeğe döndü ve bir an bütün hava kulaklarıma doluyormuş gibi geldi. Ediz'in elleri beni kavradığında çevremdeki bütün sesler aniden bana doğru hücum etti, etrafımdaki kargaşanın dalgası bana çarptı.

"Doğa!"

Ağabeyimin sesi havaalanında yankılandığı sırada gözlerim yaşlarla parlıyordu. Gözlerimi kapatsam daha kolay olacaktı, belki Ediz'in yüzünü görmeseydim çok daha kolay olacaktı fakat nefesini tadabileceğim kadar yakınımdaydı ve bana bakıyordu. Uğursuz sesler çıkararak zihnimin köşelerine devrilen düşüncelerden birkaç kelime ağıma takılıyordu.

Ediz bana bir şeyler söylediyse de çok ama çok uzaklardan sesleniyormuş gibiydi. Kulaklarım onun sesini duymayı, zihnim onu algılamayı reddediyordu. Gözüme kan kırmızısı takıldı. Ediz elini bedenimin neresine koymuştu, bilmiyordum ama o uğursuz sıvı anında ellerine bulaşmıştı. Tekrar yutkunmaya çalıştım fakat kuruyan boğazım buna izin vermedi. Gözlerime dolan yaşlar görüşümü puslandırdığında zihnimin ağına takılan kelimeler önüme serildi.

Kan.

Zihnim bu kelimenin üstünü çizdi ve harfler birer birer köşeye çekildi. Beni dehşete düşüren kan değildi; bu kırmızı, uğursuz sıvıya aşinaydım.

Acı.

Masaya yatırılan yeni kelimeyi de elimin tersiyle ittiğimde fiziksel acının beni kolay kolay ele geçiremeyeceğini biliyordum. Acı dayanılmazdı, sanki biri damarlarımı ateşe vermişti. Siyah ceketin kenarlarını sıkı sıkı kavrayan ellerimin varlığını hissedemiyordum ama yine de bana yıkımı fısıldayan bu değildi.

Acı.

Duvarların ardındaki Doğa, önüme sürülen bu kelimeye kaşlarını çatarak baktı. Az önce elediğimiz kelime tekrar önümüzdeydi ama bu sefer onu buzdan duvarların ardına gömmemize izin vermedi. Bu acı fiziksel değildi, aksine tamamen ruhumla şekillenmişti.

Evet, bulmuştum. Çimen yeşili gözler bana acı veriyordu.

Acı, düşüncelerimin arasına dalıp kalabalığı dirsekleriyle yararak kendine yol açmaya çalışıyordu. Aklımdan kalbime atlamak ve orada bir yuva kurmak istiyordu.

Ediz beni birden çevirince dudaklarımdan tiz bir çığlık döküldü ve fiziksel acı zihinsel acıyla yarışmaya başladı. Sırtımı gövdesine yaslayıp beni kendine iyice bastırdı. Bir kolu belimi sardığı sırada elinin kanımla ıslandığını gördüm. Bu ani hareketten dolayı tenime kor gibi sıcak bir demir parçası bastırılmış gibi hissediyordum. Gözlerime biriken yaşlar akmaya başlamıştı.

Boynumda namlunun sertliğini hissettiğimde etrafımızda toplanan polislerin varlığını yeni fark ediyordum. Atalay'ın gözleri iri iri olmuştu, kemik rengi bir yüzle bana bakıyordu. Onu görmek içimin sızlamasına sebep olurken gözlerimiz buluştu.

"Abi..." dedim bana bile yabancı gelen, titreyen sesimle. Atalay'ın yüzü daha da solarken Ediz'in sıcak nefesini kulaklarımda hissedebiliyordum. Tek kelime edilmemiş olmasına rağmen bütün polisler sanki aramızda metrelerce tehdit duruyormuş gibi davranıyorlardı. Ediz'in yarama kanamayı durdurmak istercesine bastırdığı eline rağmen tam çenemin altına yasladığı silah, sarf edilebilecek tüm cümlelerden daha güçlü bir etkiye sahipti.

"Onu bırak!" diye bağırdı Atalay. Korkunun ve dehşetin üzerine öfke ve nefret de eklenince yüzü kızarmaya başlamıştı ama dudakları hâlâ renksizdi. Normalde saçlarını hep üç numaraya vururdu ama saçları şu an şaşırtıcı derecede dağınıktı. Bu kirli sakal ona yabancıydı. Disipline ve saygıya en az babam kadar önem verirdi ve onların kitabında üniformalıyken dağınıklık, saygısızlığın tanımıydı.

"Doğa," diye fısıldadı Ediz kulağıma. "Dayanman gerek. Sakın bayılma. Beni duydun mu küçüğüm? Sakın bayılma."

Tüm bunlar aklımda saatlere denk gelse de akrep ve yelkovanın feda ettiği süre birkaç saniyeden ibaretti. Sadece birkaç saniye içinde Ediz'in elindeki silah patlamıştı ve tenime korkunç bir sızı yayılırken barut kokusu almıştım. İnsanlar o birkaç saniyenin içinde sessizliğe bürünmüş, ardından telaşa kapılmışlardı. O birkaç saniye içinde bütün polislerin yöneleceği hedef belirlenmişti ve sürü halinde bu tarafa koşmaya başlamışlardı. Ardından Ediz beni çevirerek gövdesine yaslamış, silahın yeni patladığını gösteren sıcak namlusunu çenemin altına bastırmıştı.

"Sana onu bırakmanı söyledim!" Atalay tekrar bağırdığında telsiz sesleri geldi. Anonslar yapılıyor, bilgiler soğukkanlı bir şekilde aktarılıyordu.

Ediz sakin ama insanın sırtından soğuk terler akmasına sebep olabilecek bir sesle, "Gitmemize izin ver," dedi. "Sayınız ne kadar fazla olursa olsun kız elimde. Eğer bana saldırmaya çalışırsanız kız ölür. Beni engellemeye çalışırsanız kız yine ölür."

"Kardeşimi senin gibi bir şerefsizin eline bırakmam!" Atalay öyle bir bağırmıştı ki... Onu ilk defa böyle görüyordum. Sesi rahat çıksa da Ediz de gergindi ve kendine olan güveni bu kez onu içinde bulunduğu durumdan o kadar kolay kurtaramayacaktı.

"İyi öyleyse," dedi Ediz tok bir sesle. "Gitmemize izin verene kadar böyle duralım. Benim için sorun yok. Fakat kardeşinin kanaması var. Kan kaybından ölmesi ne kadar sürer sence?"

Kalbim yeni bir korkuyla dolarken içimdeki Doğa, Ediz'e kocaman açılmış gözlerle bakıyordu. Bir eli boğazına gitti, boğazını şaşkınlıkla sıvazlarken genzine pürüzlü bir korku dolmuştu. Ediz nasıl bu kadar soğukkanlı olabiliyordu?

"Bilmediğin şeyler var!" dedi Atalay. Ölüm lafını duyunca o kendinden emin tavrı zedelenmişti. "Hiçbir halt bilmiyorsun! Anlatmam gereken şeyler var. Kardeşimi bırak, gerekirse beni al. Sana her şeyi kanıtlayabilirim! Tüm bunların bedelini neden kardeşim ödüyor? Neden onu istiyorsun?"

"Çünkü güzel," dedi Ediz adi bir sesle. Atalay'ın söylediği diğer şeylerle ilgilenmemişti bile. "Ayrıca çok eğlenceli." Atalay'ı kızdırmaya çalıştığını bilmeme rağmen gözlerim daha da çok yanmaya başlamıştı. "Bildiğin gibi yatakta da oldukça kullanışlı." Birden kaskatı kesildim. Duvarların ardındaki Doğa da elleriyle yüzünü kapattı ve dizlerinin üstüne çöktü.

"Geçmişini siktiğimin pezevengi!" diye bağırdı Atalay. Çevredeki polisler yanlış bir şey yapmaması için onu tutarlarken ben sadece utanç hissediyordum. Söyledikleri gerçek olmasa da Ediz bir sürü erkeğin önünde, en önemlisi de ağabeyimin önünde benim onunla yattığımı ima ediyordu. Ayrıca giderek öfkeleniyordu ve olay Ediz'in öfkesine kayarsa burada daha fazla kan döküleceğini biliyordum.

"Aynen öyle yaptın," dedi Ediz alaycı bir tavırla. "Benim geçmişime yaptığını şimdi intikam olarak ben de senin kız kardeşine yapıyorum."

Hemen şimdi, burada ölmek istiyordum. Böyle bir utanç gerçek olabilir miydi? Hem de hissettiğim acıya rağmen?.. Sanki Ediz gerçekten her gece bana bir şeyler yapıyormuş gibi utançla yanaklarım yanmaya başlamıştı.

Ediz'in kafasının içinde kopan kasırgayı dudaklarından dökülen nefesle bile hissedebiliyordum. Babasının katili hemen karşısında duruyordu ve herkese meydan okurcasına beynimi tek bir kurşunla dağıtarak Atalay'a unutamayacağı bir ders verebilirdi.

Kan kaybından dolayı gitgide hissizleşsem de Ediz'in yarama sıkıca bastırdığı eli kanamayı büyük ölçüde engelliyordu. Bütün nefretinin ve öfkesinin farkındaydım ama çenemin altında duran silah beni yeterince korkutmuyordu. Artık katilimin zihninden yayılan düşüncelerin kokusunu alabiliyordum ve önünde yüzyılın intikamını alma fırsatı olmasına rağmen seçeceği tek yolun ikimizi de buradan çıkarmak olacağını biliyordum.

"Ediz," diye fısıldamaya çalıştıysam da sesim çıkmadı fakat ona seslendiğimi hissetmiş gibiydi.

"Dayan güzelim," dedi sadece benim duyabileceğim bir sesle. "Sadece biraz zamana ihtiyacım var, seni buradan çıkaracağım."

"Canım yanıyor," dediğimde Ediz'in dişlerini kenetlediğini, başıma yasladığı çenesinin kasılmasından anlamıştım. Yüzünü başıma iyice yasladı ve kollarını gücünü hissedebileceğim kadar sıkı bir şekilde bana sardı. Elinden yere uzun aralıklarla ağır ağır damlayan kanı görebiliyordum.

"Geçecek," diye fısıldadı. Ona inanmak istiyordum ama bunun için önümde bir yol göremiyordum. Yol o kadar karanlıktı ki Ediz nereye sapmamız gerektiğini nasıl anlayacaktı? Şu an sergilediği her hareket, o karanlık yolda göz gözü görmezken atacağı adımlarla eş değerdi. "Seni onlara vermeyeceğim," dedi.

Bir yanım bütün bunların bitmesini istiyordu. Dönmek istemiyordum ama kalmak da istemiyordum. Saatin ipinin kopmasını, yere düşerek parçalanmasını, zamanın akan kanıma karışarak onunla birlikte ölümüm için akmasını istiyordum.

"Atalay, geri çekil," dedi babam yaşlarında bir adam. "Rehine birinci dereceden akraban. Sen karışma bu işe."

"Ne demek sen karışma?" diye bağırdı Atalay. "Kardeşimi götürürse ona tecavüz etmeye devam edecek!"

Ah, hayır. Ediz'in gerildiğini hissederken gözlerimi yumdum ve artık kapanmak üzere olan bilincimle savaştım. Başımı geriye yasladığımda Ediz namlunun baskısını biraz azalttı ve daha rahat bir pozisyon almama yardım etti.

"Atalay Güngör!" diye bağırdı başkomiser olduğunu düşündüğüm adam. "Geri çekil!"

Atalay adama sert bir bakış atarken başkomiser bize döndü ve önce bana, sonra kanayan yarama, ardından Ediz'e baktı. Yüzündeki tedbirli ifadeden olayın ciddiyeti okunuyordu. Saniyeler biriktikçe Ediz'i bu ana hapseden zincirlere dönüşüyordu, nasıl kurtulacağını bilmiyordum. Elindeki silahla havaalanına nasıl girdiğini, güvenlik kontrolünden nasıl geçtiğini ve attığı adımların arkasından çıkan bu kargaşayı nasıl yarattığını bilmiyordum.

"Hepimizin sakin olması gerekiyor," dedi adam ama Ediz ona alaycı, soğuk ve ruhsuz bir kahkahayla karşılık verdi.

"Hiçbir şey yapmamıza gerek yok." Sesinde bir katilin soğukluğu vardı. "Ben gayet açığım; kız benim, onu size vermem. Bu işin sonunda ölse bile benim kollarımda ölür."

Ürperdim.

"Mantıklı ol," dedi adam, o da huzursuz olmuştu.

"İzin verin, gidelim," diye diretti Ediz. "Bu işin sonu yok. Onu iyileştireceğim. Yanımda iyi olacak. Ama diretirseniz tek yapacağım, kızı size vermemek ve ölümünü beklemek olur."

Neden bu sözlerinde ciddi olduğunu hissediyordum? Saçları kırlaşmaya başlayan başkomiser de benimle aynı şeyleri düşünüyor olmalıydı ki kaskatı bir yüzle bana baktı. Ölmeme izin veremezlerdi, bu her şeyden önce yaptıkları işe aykırıydı. Şu an ne durumda olduğumu bilmiyordum ama yüz ifadesine bakılırsa durumum hiç iyi değildi.

"Gitmenize izin veremem," dedi adam. "Bu mümkün değil."

Adam bize doğru bir adım atınca Ediz birden namluyu çeneme daha da bastırarak beni boğazımdan çekti ve ben acıyla çığlık attım. Gözyaşlarım yanaklarımdan süzülmeye başlarken acıdan gözlerimin önünde sarı siyah benekler uçuşuyordu, midem bulanmıştı. Bayılmak üzere olduğumu hissediyordum.

"Tamam, tamam," dedi adam hemen. "Sakin ol."

"Kız benim," dedi Ediz kelimelerin üstüne basa basa. "Onu size vermeyeceğim. Bedeli ne olursa olsun." Acaba gerçekten beni onlara vermektense kollarının arasında ölmemi mi tercih ederdi? Bu soru zihnimin boşluğuna uzandı ama hiçbir yanıt ona tutunamadı.

"Mantıklı ol," diye tekrarladı adam. "Buradan ikinizin birden çıkması mümkün değil."

Ediz'in ne düşündüğünü kestiremiyordum ama nefretini somut bir şekilde hissedebiliyordum. Yarama bastırdığı elini çekmesiyle sızan acı vücuduma katman katman yayıldı. Ediz kanlı eliyle telefonunu çıkarıp geri geri yürümeye başladı.

Onun yönlendirmesiyle geriye doğru attığım her adımda yaram deşiliyormuşçasına canım yanıyordu. Yanaklarımdan süzülen gözyaşlarıma yenilerinin eklenmesini engelleyemiyordum. Sanki acı dişlerimin arasındaydı ve ben onu parçalamak istercesine dişlerimi birbirine bastırmıştım.

Çektiğim eziyet Ediz'i biraz olsun durdurur sanıyordum fakat iliklerime işleyen acıya hiçbir tepki vermedi.

Kulağıma acımasızlığın dolmasına sebep olan bir sesle, "Yaklaşırsanız kızın beynini dağıtırım," dedi. "Gözümü bile kırpmam."

Bakışlarımı polislerin üzerinde gezdirerek içinde bulunduğumuz anın krokisini çizmeye çalıştım. Ben Ediz Çağıran'ın elinde olduğum sürece buradaki polis sayısı durumu değiştirmiyordu, hem yaralıydım hem de hayatım üzerinden risk alamazlardı. Arkalarda bir komiserin telsizi dudaklarına götürerek bir şeyler söylediği gözüme çarptı, gözünü bir an bile üzerimizden ayırmıyordu.

"Sakın yaklaşmayın!" dedi Atalay. Yüzünde yıllardır eğittiği endişeyi sahneliyordu, mimiklerine tutunan bu ifadeyi o kadar çok izlemiştim ki artık gerçek gibi gelmiyordu. Başıma gelenlerin bütün yükü onun omuzlarına binse bile o yükleri omuzlarından atarak yoluna devam edebileceğini biliyordum. O an aslında yüzündeki endişenin artık gerçek olmasını istemediğimi fark ettim.

Acıyı azaltması umuduyla bir elimi karnıma götürdüğümde elime bulaşan sıcak ve kırmızı sıvı damağımın kurumasına sebep oldu.

"Biz kapıdan çıkana kadar tek bir kişi bile yerinden kıpırdarsa olacaklardan sorumlu değilim."

Ediz bu kadar klişe bir cümleye bile ölümün bütün tonlarını sıkıştırmayı başarabiliyordu. Aklından ne geçiyordu, bilmiyordum ama telefonunu kaldırdı ve ekrana kan bulaştırarak tuş kilidini açtı. Rehbere gidip Uygar'ın numarasını buldu, arama tuşuna bastıktan sonra telefonu kulağına götürdü.

"Arabayı çıkışa getirin ve bir şekilde uzaklaşın. Yüzünüzü gizlemeye özen gösterin, her yer polis kaynıyor. Bu işe bulaşmanızı istemiyorum." Ediz gözlerini polislere dikmişti. "Bir doktor bulmak zorundasın, Doğa yaralandı. Durumunu bilmiyorum, çok fazla kan var."

Bir süre karşı tarafı dinledi.

"Doğa elimde olduğu için çok büyük bir sıkıntı yok," dedi donuk bir sesle. "Şu an sorunum lanet olası polisler değil zaten. Bir planım her zaman vardır. Buradan nasıl çıkacağım probleminden daha önemli bir problem var; Doğa vuruldu."

Yine karşı tarafı dinledi ve bir an gerildi.

"Silah elimdeydi, yanlışlıkla patladı. Şu an bunları konuşamayız. Dediğim gibi, uzaklaşın buradan. Arabayı getirmeniz yeterli. Buraya bu şekilde girdiysem çıkışımı daha önceden garantilediğim içindir. "

Karşı tarafı dinledi. "Eyvallah."

Telefonu kapatıp tekrar cebine sıkıştırdı ve elini yarama bastırdı. İrkilsem de baskı iyi gelmişti.

"Bu koşturmacada biraz canın yanabilir," dedi kulağıma. "Seni bir şekilde en yakın hastaneye götüreceğim ve geçecek."

Hiçbir şey söylemedim, zaten ne söyleyeceğimi de bilmiyordum. Belki ona beni bırakmasını söylemem gerekirdi ama kelimeler dilime dokunmuyordu. Düşüncelerim bir labirentin içine akan sel suları gibi bütün yollara sızsa da tek bir sonuca ulaşıyordu: Acı, bilincimi etkileyecek kadar yoğundu.

Ediz geri geri gittikçe polislerin gerilimi artıyordu ama hiçbiri yerinden kıpırdamıyordu. Bildiğim kadarıyla zanlının elindeki silah patlamadıkça saldırıya geçemiyorlardı fakat silah çoktan patlamıştı. Tenimi ölümün rengine boyayan kan bunun en büyük kanıtıydı.

"Buradan nasıl çıkacağız?" diye sordum, güçlükle konuşuyordum. Ediz'in dikkati genel olarak polislerde olsa da aklının bir kısmı bendeydi, bunu görebiliyordum.

"Buraya hazırlıksız geleceğimi düşünmedin, değil mi küçüğüm?"

Kaşlarımı çattım. Elbette. Ediz Çağıran işini tek başına hallederdi ama pürüzleri bir başkası ortadan kaldırırdı. Zihnindeki planın yönünü göstermesi için pusulayı Ediz'e tuttuğumda ibre hızla döndü ama hiçbir yönde durmadı.

Tanrı, şeytanın inini cennete sakladı.

Atalay artık hiçbir şey yapamayacaklarını anladığında, “Seni yakaladığımda ölümün elimden olacak!” diye bağırdı. Tekrar kaçırılıyordum, hem de ne durumda olduğu belli olmayan bir kurşun yarasıyla...

“O günü ben de dört gözle bekliyorum,” dedi Ediz ve havaalanının otomatik kapısı iki yana açıldı. Soğuk havayı hissettiğimde Ediz hızını artırarak acıyla inlememe sebep oldu. Bu durumda ona arkadan saldırma ihtimalleri yüksekti. Yol hemen önümüzdeydi fakat arabanın nerede olduğunu bilmiyordum.

Kulaklarımı acı bir fren sesi ve tekerleklerin çığlığı doldururken Ediz'in şaşkınlığını hissettim. Bir an polislerin geldiğini sansam da Uygar'ın sesi kulaklarıma ulaştığında biraz olsun rahatlamıştım ama Ediz hâlâ şaşkındı.

“Haydi, atlayın,” dedi Uygar öfkeyle. “Yakalanmak mı istiyorsunuz?”

“Ben size gitmenizi söylemedim mi?” diye hırladı Ediz. Uzaklardan siren sesleri geliyordu. Polisler peşimize düşecekti.

“Yardım almadan ve Doğa yaralıyken kaçamazdın. Haydi, atlayın! Şimdi tepemize binecekler.”

Ediz mantıklı ve soğukkanlıydı. Beni önünden çekmeden arka kapıyı açtı ve son model spor arabanın arka koltuğuna geçip beni de yanına çekti. Uygar gaza yüklendiğinde tekerlekler önce olduğu yerde döndü, ardından araba ileri atıldı. Uygar keskin bir U dönüşü yaparak siren seslerinin geldiği yöne döndü.

“Ne yaptığımızı fark etmesinler!” dedi Gece korkuyla etrafına bakarken. “O yüzden acele et.”

“Onlar Ediz'i tek sandıkları için sorun yok bebeğim,” dedi Uygar dikiz aynasından bakarken. “Ama o kadar da kolay yırtamayacağız maalesef.”

“Plakayı kapattın mı?” diye sordu Ediz. Kazağımı kaldırıp yarama baktığında o kadar çok kan vardı ki sanki kazağı değil, derimi kaldırmıştı.

“Evet,” dedi Uygar. “Beyaz bant yapıştırdım. Ayrıca Doğa ne durumda?”

“Bir hastaneye uğramamız lazım,” dedi Ediz. Yüzüme bakmıyordu, gözü yaramdaydı. Sanki denizin dibine yavaşça batıyordum, aralık haldeki gözlerimle yüzeyi izlemeye başlamıştım. Yüzey hafifçe dalgalanıyor, güneş ışığı dalgaların arasında parlıyordu.

“Şehir merkezine gitmemize imkân yok,” dedi Uygar. “Onu sağlık ocağına götürmemiz lazım. Denizli'nin köylerinden birine gidebiliriz ancak.”

Yaramı kontrol ederken Ediz'in yüzünde ciddi bir ifade vardı. "Kurşun içeri girmemiş ama kanama çok fazla. Kanamayı durdurmak için yaraya bir şeyler bastırıyorum." Bakışları bana çevrildi. "Doğa, sakın uyuma."

Hafifçe aralanan dudaklarımdan aldığım nefeslerin hızı yavaş yavaş kesiliyordu.

"Gece," dedi Ediz. "Sen dikiş atabilir misin? İkinci sınıf öğrencisisin, dikiş atmayı öğrenmişsinizdir."

"Ben mi?" Gece şaşırmıştı. "Ediz, ben doktor değilim, sadece tıp öğrencisiyim. Ya yanlış bir şey yaparsam?"

"Morfin de olacak," dedi Ediz. "Bir şey hissetmeyecek. Dikiş atıp pansuman yapacaksın, o kadar. Doğa'yı her şekilde bir hastaneye ulaştırırım ama kanama çok fazla. Ayrıca havaalanı merkezden uzakta, şu durumda risk alamayız."

"Bilmiyorum..." diye mırıldandı Gece. "Şu polisleri bir atlatalım."

"Peşimize düştüler," dedi Uygar. "İzimizi bir şekilde kaybettirmemiz gerekiyor. Plakayı er ya da geç bulacaklar Ediz. Sadece birkaç saatimiz var. Bir planın var mı?"

"Şu an tek planım Doğa'nın ölmesini engellemek," diye homurdandı Ediz. "Ayrıca o dede bozuntusunu becermek de var."

"Sana Doğa'nın kaçmayacağını söylemiştim," dedi Uygar ama polisler hızlanınca bütün dikkatini yola verdi. Yakında bir patika vardı; zamanla kendi kendine oluşmuş bir toprak yol. Uygar oraya saptığında son model araba zorlanmamıştı fakat polis arabalarının zorlanacağını biliyordum. Her yerde ekipler olmalıydı.

Arabanın tavanını izlemeye devam ettim. Zihnim beni acıdan uzaklaştırmak ister gibi içinde bulunduğumuz andan çekip alıyordu. Gözlerimi yavaşça kapatıp açtığımda bakışlarım buğuluydu. İçinde hiçbir yaşam belirtisi olmayan deniz beni yavaşça dibine çekerken bir tabutun içine girdiğim hissine kapıldım, uzun saçlarım etrafımda cansız bir şekilde dalgalanıyordu. Kirpiklerime küçük bir hava baloncuğu takılmıştı.

Yüzeye değince denizin dibindeki kumlar dağıldı.

"Doğa?"

Ediz'in sesi kulaklarıma ulaştığında ben hâlâ o denizin yüzeyini izliyordum.

"Doğa?"

Gece ve Uygar'ın seslerini de duyuyordum ama ne konuştuklarını tam olarak seçemiyordum, yakınlardaki bir köyden bahsediyorlardı.

Gece'nin, "Onu uyanık tut," dediğini duyduğumda gözlerim kapanmış, kirpiklerim yanaklarıma düşmüştü. Biri beni sarstı. Akrep ve yelkovan uzun bir süre sessizliği fısıldadı. Gözlerim tekrar aralandığında dilimin üzerinde âdeta felç olmuş kelimeler vardı, uyuşan bedenimdeki acının şiddetiyse azalmıştı.

Başımı ön cama çevirip baktığımda arabanın çoktan durduğunu, Gece ile Uygar'ın arabadan indiklerini ve patikada hızlı adımlarla ilerlediklerini gördüm. Ediz'in çimen yeşili gözleri belli bir noktaya odaklanmıştı, hiçbir duygu belirtisi göstermeden öylece boşluğa bakıyordu. Çenesini avuçlarının arasına yerleştirmiş, sol elinin parmaklarıyla yüzünde ritim tutuyor, parmaklarının yüzüne indirdiği her darbede düşüncelerini besliyordu. Yutkunmaya çalıştım fakat başaramadım, boğazım o kadar kuruydu ki...

"Ediz," diye fısıldadım. Düşünceleri rüzgârda dört bir yana saçılmış gibi dakikalardır kırpmadığı gözlerini kırptı ve o yeşil dünya bana döndü. "Bana su verebilir misin?"

Yüzündeki kayıtsız ifade beni hazırlıksız yakalamıştı. Kaskatı bir çeneyle yüzümü inceledi. Kızmıştı. Ama neye? Bana mı? Ne yapmıştım ki ben? İçimdeki Doğa, duvarların ardından bana baktı ve alaycı bir gülümseme eşliğinde, "Yine başına bela oldun," diye fısıldadı. Ediz heybetli vücuduyla öne eğilip şoför koltuğunun yanındaki yolcu koltuğundan bir pet şişe alırken kazağı sıyrıldı.

Gece kıpırdamamam gerektiğini söylemişti ve Ediz'in su içmeme yardım etmesini umuyordum fakat öyle bir girişimde bulunmadı. Yüzündeki ifade benim ricalarımın önüne taş koyacak, cesaretimi kıracak türdendi. Kurumuş kanla lekelenmiş, titreyen elimle şişeyi açtım. Ediz tek kelime etmeden bana bakıyordu. Şişenin ağzını dudaklarıma dokundurduğumda yorgunluktan güçsüzleşen elim biraz daha titredi. Su rahatlatıcı bir şekilde ağzımdaki kuraklığı yok ederek boğazıma doğru aktı fakat düzgün bir pozisyonda oturmadığımdan genzime kaçtı. Öksürmeye başladığımda ilk hissettiğim, karnımın sol tarafına saplanan keskin acı oldu. Gözlerim benden bağımsız bir şekilde sımsıkı kapandı ve öksürüğümü bastırmaya çalıştım ama bu daha da şiddetli bir acı hissetmeme yol açtı. O sırada elimdeki pet şişenin çekildiğini, güçlü bir elin enseme kaydığını hissettim.

"Gel buraya," dedi Ediz beni doğrultarak. Sesi ifadesiz olsa da gözlerine endişe tohumları ekilmişti. Bu, kalbimin daha da erimesine sebep olunca gözlerimi hafifçe araladım ve onun güzel yüzüne baktım. "Öyle su içilir mi aptal?"

Çürüyen ifadesizliğin yerini alan şefkat beni hazırlıksız yakalamıştı. Göğsümün ortasından çaresiz bir acı aktı. Ediz elimden aldığı şişeyi dudaklarıma yaklaştırırken kendimi küçük, bakıma muhtaç bir çocuk gibi hissettim. Şişenin ağzından dilime akan su boğazımdan aşağı yolunu bulurken burnumdan dökülen nefesim cehennemde esen rüzgârlar kadar sıcaktı. Tekrar uzanmama yardım eden Ediz'in yüzündeki gerginliğin gölgesinde temkinli bir ifade vardı.

Gözlerimi yorgun bir şekilde kapattım ve "Beni hiç dinlemiyorsun," diye mırıldandım. Nasıl bir tepki verdiğini bilmiyordum ama bunu söylememi bekliyormuş gibi duraksadığını hissettim. Sanki kurşunun açtığı yaradan sadece damarlarımdaki kan değil, ruhumdaki gerçeklik de sızıyordu ve ben bir gölün kenarına uzanmış, suyun yüzeyini izliyordum. Ediz hemen arkamda duruyor, yansıması suya düşüyordu. Yeşil gözlerinin donuklaştığını, bakışlarının üzerimde taşlaştığını hissettim. Aldığım her nefes ciğerlerimi sızlatıyordu. "Beni hiç umursamıyorsun. Tamam, bunu başından beri yeterince belli etmiştin zaten. Ama şu son olay..." O an aslında söyleyeceğim hiçbir şeyin bir öneminin olmadığını hissedince sustum, Ediz de hislerimi doğrulayarak sessizliğini korudu.

Onun açısından her şey yalın cümlelerden ibaretti. Süslü kelimelere ya da anlamlı tasvirlere gerek yoktu. Ölmediğim ve onun yanında olduğum sürece umursayabileceği pek bir şey yoktu. Acı çekmişim, kıvranmışım ya da parçalara ayrılmışım, bunlar çok da sorun değildi.

Kendilerine kulak verilmeyeceğini bilen cümleler zihnimde ölü doğuyordu. Dilime kilit vurup o cümlelerin iskeletlerini zihnimde biriktirmek istesem de Ediz'in gerçeği bilmesini istiyordum. Bir gün sessizliği tam anlamıyla öğreneceğim o anı merak ediyordum.

İçinde bulunduğum duruma ve güçsüzlüğüme rağmen net bir sesle, "Ben yapmadım," dedim. "Deden yaptı. Sanırım bir tür önlem almak istedi." Gözlerimi aralayıp gözlerine baktım. "Komik, değil mi? İnsanlar senin ölümcül takıntılarını değer vermek olarak yorumluyor. Bunlara şahit olmak seni eğlendiriyor olmalı." Ediz'in teninden her an soğuğun buğusu yükselecekmiş gibi hissediyordum. "Sanki senin gibi birinin bana değer vermesi mümkün de..."

Birkaç saniye durdu. Bakışları herhangi bir günde ürkmeme sebep olabilirdi fakat şu an üzerimde etkisi yoktu.

"Kes sesini!" diye hırladı.

"Konuşmak kafamı dağıtıyor," dedim ve ona asıl silahımı doğrulttum. "Şu an canımın ne kadar çok yandığı hakkında en ufak bir fikrin var mı?"

Aslında fiziksel acıdan çok, ruhumu yutan yangından bahsediyordum. Acı her yerdeydi. Boyut değiştirmiş, damarlarımdaki kana karışmıştı. Ediz'in gerginliği artarken dişlerini kenetlediğini gördüm. Yüzündeki kemikler belirginleşmişti. Bakışlarını tekrar koltuğa çevirdi.

"Birazdan morfin getirecekler," dedi kuru bir sesle. "Birazdan geçecek."

Buzdan duvarların üzerinde oturup en az onun sesi kadar kuru bir ifadeyle Ediz'e bakan Doğa bitkin bir sesle, "Kastettiğimiz acı o değildi," dedi.

Göz kapaklarımı tekrar perde gibi gözlerime indirerek, "Doğru," diye mırıldandım. "Geçecek."

Ediz'in bakışlarının ağırlığını üzerimde hissetsem de gözlerimi kapalı tutmaya devam ettim. Gözlerim uykunun derinliklerine doğru çekiliyordu ama dikiş atılmadan, kanama durdurulmadan uyumama izin vermeyeceklerini biliyordum.

Çok geçmeden Gece ve Uygar gelmişti. Soğuktan yüzleri kızarmıştı ve soluk soluğa kalmaları koştuklarını gösteriyordu. Ediz kaskatı bir yüzle arabadan çıkınca soğuk hava bir anda içeri doldu ve tenimde bir bıçağın keskin, soğuk ucu gezdiriliyormuş gibi ürperdim. Ediz kapıyı hızlıca kapattığında çenem kilitlenmiş bir halde arabanın tavanına bakıyordum.

"Gerekli malzemeleri buldunuz mu?" diye sordu ifadesiz bir sesle.

"Ne sağlık ocağı ne de doktor var. İlerideki köyde bir ebe varmış ama o da işimize yaramaz."

"Sikerim böyle işi!" diye bağırdı Ediz. "Şehir merkezine dönecek zamanımız yok! Kan kaybından ölmesine izin mi vereceğiz?"

Kan kaybından ölmenin Ediz'in anılarında ne tür bir yere sahip olduğunu biliyordum. Havada süzülen bir kâğıt, Nazlı Çağıran'ın kanının üzerine yavaşça serilmişti ve o kâğıt, Ediz'in kader defterinin ilk sayfasıydı.

"Hayvanlara doğum yaptırmak için veteriner gelmiş," dedi Uygar. Sesi ifadesizdi, yattığım yerden cama bakınca yüzünün de solgun olduğunu fark ettim. "Dikiş için gerekenleri onda bulduk."

Ediz, Uygar'a bakakaldı. "Neden baştan söylemiyorsun?"

"Morfin yok." Uygar bunu söyleyip de kurtulmak istiyormuş gibi bir çırpıda dile getirmişti. Ediz hareketsizleşirken Gece'yle göz göze geldik. Onun yüzü de kemik rengiydi ve korku, gözlerinde rüzgâra göğüs germeye çalışan bir mumun alevi gibi titriyordu. Dehşete kapıldım.

Böyle bir şey yapamazlardı.

"Morfin yok." Ediz başını hafifçe salladı ama bunlar hiç beklemediği bu durumun, bedeninde bıraktığı dalgalardı. "Morfin yok!"

Ediz güldü ve kahkahası kanımı dondurdu.

"Onu bir şekilde hastaneye yetiştirmemiz lazım," dedi Uygar. "Başka yol yok."

"Sence oraya kadar dayanabilir mi?" diye bağırdı Ediz. Kayışı koparmış gibiydi, yanımda oturan o ifadesiz adamdan geriye toz zerreleri bile kalmamıştı. "Yeterince kan kaybetti zaten!" diye devam etti.

Gözlerini Gece'nin gözlerinden ayırmadan ona uzun uzun baktı ve aklından geçenleri dile getirmek yerine görmesini sağladı.

Gece birden, "Unut bunu!" diye bağırdı. "Öyle bir şey yapamam! Kafayı mı yedin sen?"

Ediz çenesi kasılarak ona baktı. Uygar'ın gözleri de iri iri olmuştu ve ruh gibi görünüyordu. Şaşkınlığın ve dehşetin yerini öfke aldığında ilk defa Ediz'e gözlerinde katıksız bir öfkeyle baktı. Sonra nefesi boğazını tırmalıyormuş gibi, "Kıza işkence mi edeceksin?" diye sordu.

Ediz yaramı diktirecekti. Hem de uyuşturmadan...

Çaresizlikle gözlerimi kapatıp zemini bir örtü gibi kavrayarak ayaklarımın altından çektim ve saniyeler etrafa saçıldı, her şey kayboldu. Zamanın olmadığı boş ve büyük bir kütüphanenin içinde ilerlemeye başladığımda içine zincirlendiğim andan kurtulmamın tek yolu buydu. Adımlarımın zeminde bıraktığı ses, sessizliğin kanı gibiydi.

Kollarımı bedenime sarıp kütüphanenin içinde ilerlemeye devam ettim. Kütüphanenin karanlığa gömülen kısmından küçük bir kız çocuğunun neşeli kahkahası yükseldi ve rafların arasında yankılandı. Dikkatimi çekmeye çalışıyor, kütüphanenin karanlığında korkusuzca koşuyordu. Beni bulmasını istemiyordum. Koşmaya başladım ama neşeli ve masum kahkahaları duvarlara tutunuyor, nereye kaçarsam kaçayım beni takip ediyordu.

İki rafın arasına girip bir köşeye sığındığımda titreyen bir sesle, "Kaybolmama izin ver," diye fısıldadım. Küçük kız neşeyle bir kez daha güldü.

"Kaçmama izin ver." Gözyaşlarım yanaklarımdan cansız bir şekilde süzülüyordu.

"Tanrım, ölmeme izin ver."

"Ölecek," diyen Ediz'in sesi beni içinde bulunduğumuz ana çektiğinde gözlerimden yaşlar boşandığını fark ettim. Sesindeki sakinlik, fırtına öncesi sessizliği anımsatıyordu. "Duydun mu? Ölecek. Başından beri keyfimden yaptığım her şeye göz yumdun, şimdi onun hayatını kurtarmaya çalışırken mi laf ediyorsun? Siktir git!"

Kavga ediyorlardı. Hiç böyle bir şey yaşayacaklarını, yaşasalar bile buna şahit olacağımı düşünmemiştim. O karanlık sokakta telefonlarını rica ettiğim çiftti onlar. Ediz'in oyunundaki tuzaktılar. Aynı cephede savaşıyorlardı ama şimdi aralarında kavga çıkmıştı.

Bu sadece savaşın kaybedildiğinin ilanıydı.

"Doğa bunu kaldıramaz," dedi Uygar başını iki yana sallayarak. "Kız zaten bedensel ve ruhsal yönden çökmüş durumda. Ediz, bunu kaldıramaz."

"Gece, aldığınız malzemeleri hazırla," diye emir verdi Ediz, Uygar'ı duymazlıktan gelerek.

"Bunu yapamam," dedi Gece şaşkınlıkla. "Ben böyle bir şey yapamam!"

"Yapmak zorundasın." Ediz dişlerinin arasından soluyordu. "Onun ölmesine asla izin vermeyeceğim, duydun mu? Ayrıca onu tanıdığınızı mı sanıyorsunuz? Onu tanıyan benim!" Öfkeyle bir elini saçlarının arasından geçirdi. "Onun altından kalkamayacağı şey yok."

"Yakınlarda bir yerde bir hastane veya sağlık ocağı olmalı," diye mırıldandı Uygar korkuyla.

"İnternetten baktım!" diye bağırdı Ediz. "Yok! Duydun mu? Yok!" Diğer elini de saçlarının arasına geçirdi ve içindeki öfkeyi zor zapt ediyormuş gibi etrafına bakındı. "Her saniye biraz daha geç kalıyoruz. Gece, Doğa ya ölecek ya da sen bunu yapacaksın."

"Sen yap!" diye bağırdı Gece. Ediz'in sırtı bana dönük olduğu için yüzünde nasıl bir ifade vardı, bilmiyordum ama yüzündeki bir şey Gece'yi durdurdu. Öfkesi yerini çaresizliğe bırakırken dolmaya başlayan gözleriyle Uygar'a baktı. Uygar da Ediz'in yüzüne kilitlenmişti.

"Tamam," diye fısıldadı Gece. Sesi titriyordu. "Yapacağım."

Ediz için laf kalabalığına gerek yoktu, bu cevap onun için yeterliydi. Ardından Uygar ve Gece'nin gördüğü şeyi görmek için ona baktım. Hiçbir şey yoktu. Hiçbir şey. Yüzü âdeta duygu mezarlığıydı fakat gözleri yüzüme dokunduğunda bir an duraksadı. Kendi yüzümdeki ifadeden bihaberdim.

"Hayır." Bu kelime dudaklarımdan istemsizce dökülmüştü. Yattığım yerden doğrulmaya çalıştım, iri eller beni engellemeseydi belki başaracaktım da. Ediz'in gözlerinde demir gibi sert bir ifade vardı. Bana acımayacaktı. Artık kaldıramazdım, bunu göremiyor muydu? Her yönden darmadağın olmuştum.

"Dinle Şahmeran," dedi sert bir sesle, "bu yapılmazsa öleceksin. Ölmene izin vermeyeceğim."

"Öyle mi?" diye sordum gözlerim yaşlarla dolarken. "Bence de ölmemi istemiyorsun. Atalay'ı arasana. Genellikle çığlık atacağım durumlarda arıyorsun ya onu, dinletiyorsun... Ben senin intikamınım nasıl olsa... Öldürsen ne etkisi kalacak ki?"

"Saçmalama!" dedi Ediz sertçe.

"Bırak beni gideyim!" Doğrulmaya çalışıyordum. Acı dayanılmazdı ama daha da fazlasına neden olacaklardı.

Kan kaybı, hissizliği doğururdu. Hissizliği tercih ederdim.

"Gidemezsin," dedi Ediz kesin bir dille. Biraz gücüm olsaydı onunla savaşırdım ama en ufak bir hareket bile cehennemden bir kesit izlemek gibiydi. Ediz'in eli kazağımın altına gidip ucunu kavradığında yaşlar gözlerimden süzülerek saçlarıma karıştı. Bana bunu yapamazdı. Bana bunu yapamazlardı. Üstümdeki kazağı çıkarırken kazak saçlarımı elektriklendirdi ve birkaç çıtırtı duyuldu. Sadece sutyenle kalmıştım. Saçlarım koltuğun köşesinden aşağı dökülmüştü.

"Yalvarırım, yapmayın," dedim hıçkırarak. "Lütfen..."

Ediz üstüme eğilirken Uygar arabanın şoför koltuğuna geçti, içeri yine soğuk hava dolunca titredim. Uygar koltuğunu öne doğru iyice çekti ve bize yer açtı. Aynı şeyi şoför koltuğunun yanındaki yolcu koltuğuna da yaptıktan sonra Gece'yle bir şey konuşmaya başladılar.

Ediz'in elleri önüme gelen saçlarımı çekerken parmakları yüzüme değdi ve yavaşça okşadı. "Bunu yapmazsam öleceksin." Bir an için gözüme çok yorgun görünen o gözlerdeki sert ifade gitgide eriyordu. Başka yol yoktu. Ediz başka bir yolu kabul etmiyordu.

Kanlı ellerim yüzüne uzandı ve ilk kez düşünmeden, sorgulamadan yüzüne dokundum. Titreyen parmaklarım yüzünü okşarken hissettiğim çaresizliği, korkuyu parmak uçlarımla onun tenine çizmeye çalışıyordum.

"Yalvarıyorum!" dedim yine hıçkırarak. "Hastaneye kadar dayanabilirim."

Ediz ellerimin dokunuşu altında gözlerini bir an yumdu ve öyle kaldı. Yüzü kaskatıydı ama onun da çaresizliğini görebiliyordum. Bunu yapmayı onun da istemediğini biliyordum ama yalvarışlarım kapalı kapılarının ardına ulaşmayacaktı.

Risk almazdı. Ölmemi istemiyorsa ölmeyecektim. Kural basitti; isterdi ve istediği şey olurdu. Sonucunda acıya dayanamayarak akıl sağlığımı kaybetsem bile... Gözleri yavaşça aralandığında gözlerinin yeşili normalden daha açıktı sanki, gözlerime bambaşka gözler değiyor gibiydi.

Gece arabaya bindiğinde dışarıdan içeri sızan soğuk beni bu sefer etkilemedi.

"Lütfen..." diye fısıldadım son kez. Dayanabilirdim. Yaptıkları sargılar kanamayı büyük ölçüde engelleyebilirdi. Zor bulunan bir kan grubum yoktu, hastanede yarama hemen müdahale edebilirlerdi. Korku ikiye katlandı, üçe katlandı.

"Üzgünüm küçüğüm," diye fısıldadı Ediz ve nefesi yüzüme döküldü. "Üzgünüm."

El bileklerimi tuttu ve tek eliyle başımın üstünde sabitledi. Beni çok sıkı tutuyordu, ellerimi ve kollarımı oynatamayacağım şekilde kavramıştı. Kalbim deli gibi çarparken korkuyla Gece'ye baktım. Onun da dudaklarının rengi bile solmuştu, bembeyaz görünüyordu. O da korkuyordu.

Ediz bütün ağırlığını üzerime vermese de büyük çoğunluğunu hissediyordum. Üstüme uzanmış, kurşun yarasını açık bırakacak şekilde kenara kaymıştı. Beni öyle bir kilitlemişti ki sadece başımı oynatabilecek haldeydim.

"Başla," diye emir verdi Gece'ye. "Olabildiğince hızlı ol."

"Lütfen yapmayın!" diye hıçkırdım. "Gece, yapma! Lütfen!"

"Hişşşt," dedi Ediz boşta kalan eliyle yüzümü okşayarak. "Bunu beraber atlatacağız, tamam mı? Uzun sürmeyecek. Güvende olacaksın. Bitecek."

"Ediz," dedim korkuyla, gözyaşlarım cennetten akan bir nehrin suları gibi tenimi ferahlatıyordu. "Yapmayın. Dayanabilirim. Hastaneye kadar dayanabilirim." Gece'nin poşetten bir şeyler çıkardığını duydum. Göğsüm hızla alıp verdiğim nefesler yüzünden inip kalkıyordu. "Lütfen durun. Ediz, dayanabilirim!"

Ediz ellerimi bıraktı ama bu sefer daha sıkı tutabileceği bir pozisyon belirledi. Bir eliyle parmaklarımızı birbirine kenetledi, ardından aynısını diğer ellerimizle de yaptı. Ellerine cankurtaran halatı gibi tutunduğumda Ediz dudaklarını gözyaşlarıma dokundurdu ve "Üzgünüm," diye fısıldadı.

Gece üzerine bir ilaç döktüğü bezi yarama bastırınca önce irkildim, sonra Ediz'in ellerini daha sıkı tutarak çığlığı bastım. Bunun tarifi yoktu. Tenim ayrıldığı yerlere, kıyılara lav dökülüyormuş gibi yanıyordu.

"Özür dilerim," diye fısıldadı Gece.

"Bırakın gideyim!" dedim hıçkırarak. Bu bile bu kadar canımı yakıyorsa tenimi delen bir iğnenin neden olacağı acının boyutunu düşünmek istemiyordum.

"Gece, çabuk bitir şunu," dedi Ediz. Çenesi kaskatıydı. Kaşlarını çatmamasına rağmen iki kaşının arasında bir kıvrım oluşmuştu ve dudakları düz bir çizgi halinde gerilmişti. Gözleri yüzüme dokunduğunda bir kez daha hıçkırdım ama Gece elindeki bezi yarama tekrar bastırıp kanı temizlemeye başlayınca acıyla doğrulmaya çalıştım. Ediz'in bedeni bana bariyer olarak yerimden kıpırdamamı engelledi. Dişlerimi sıkıp çığlığımı bastırmaya çalışınca boğuk bir ses çıkardım.

"Doğa," dedi Ediz ben gözlerimi kapatınca. "Gözlerini aç ve gözlerime bak."

Başımı iki yana sallarken düşüncelerim oradan oraya savrulmuştu sanki. Bedenimin her noktası alarm vermişti.

"Doğa, gözlerini aç," dedi Ediz sertçe. "Gözlerini aç."

"Ediz, hiç hareket etmemesi gerekiyor," dedi Gece titrek bir sesle. "Onu tutman gerek. Ve sürekli konuş onunla, uyanık kalsın."

Ediz ağırlığını biraz daha üzerime verirken erkeksi kokusu burnuma doldu. Güzel ve rahatlatıcı bir kokusu vardı, sertti ama yine de iyi geliyordu. O kokuya tutunmaya çalışırken Ediz'in ellerini daha sıkı tuttum.

"Doğa, güzelim, haydi aç gözlerini," dedi Ediz. "Bunu beraber atlatacağız. Saklanma benden. Haydi, aç gözlerini." Duvarların arkasındaki Doğa beni elimden tutup yanına çekti, o da benim gibi dehşet içindeydi.

Bunu birbirimize sarılıp atlatmalıydık. Bizim birbirimizden başka kimsemiz yoktu. Ediz Çağıran bir yalandı.

"Doğa," diye fısıldadı Ediz. "Şahmeran. Konuş benimle."

Göz kapaklarımın arasından yaşlar süzülüyor, şakaklarımdan kayarak saçlarıma karışıyordu. O kadar çok gözyaşı dökmüştüm ki bunun nasıl mümkün olabileceğini düşünüyordum. Tükenmiyorlardı, eskilerinin yerini taze gözyaşlarım alıyordu. Acıyla başa çıkmaya çalışırken dudaklarımda bir baskı hissettim.

Bu tadı biliyordum. Bütün hücrelerim bir an duraksamıştı. Bu, imgelerle ve gizli anlamlarla dolu bir şiir gibiydi. Ayrıca Ediz bana ilk kez bu kadar nazikçe dokunuyordu. Dokunuşu o kadar hafifti ki kesinlikle tutku yoktu. Sadece kapımı çalıyordu. *Aç kapıyı, ben geldim*, dercesine...

Göz kapaklarım aralanınca ilk gördüğüm, Ediz'in parlayan gözleri oldu. O kadar yorgun görünüyordu ki bir an için gözüme hiç olmadığı kadar yaşlı göründü. Yüzü hâlâ yirmi beş yaşında bir adama ait olabilecek kadar gençti fakat gözleri...

"Benimle kal," dedi kuru bir sesle. Tam olarak ne düşündüğünü çözemiyordum ama o an bayıldığım ya da sessizliğe gömüldüğüm takdirde delireceğini biliyordum. Elinde patlayabilecek bir bombaydım şu an.

"Ona durmasını söyle," dedim titremeye başlamadan önce. "Lütfen. Dursun."

"Yapma böyle küçüğüm," dedi Ediz. "Durmasını söylemeyeceğim."

"Başlıyorum," dedi Gece derin bir nefes alarak. "Doğa, biliyorum, çok zor olacak ama kendini sıkma lütfen. Ne kadar kasılırsan o kadar zor olur." Bir an duraksadı. "Ediz, sakinleştir onu."

Ediz'in gözlerine baktım ve bunu nasıl yapacağını bilmediğini anladım. O sırada tenime bir şey saplanınca öyle bir çığlık attım ki boğazım yırtılacak, ağzıma kan dolacak sandım. Tırnaklarım Ediz'in ellerine gömüldü ve başımı kaldırıp yüzümü boynunun girintisine yasladım. Deli gibi ağlıyordum. Ediz donup kalmıştı.

"Lütfen durmasını söyle!" dedim hıçkırarak. "Bana yardım et. Bana yardım et!"

Gece'nin titrediğini hissedebiliyordum. Her an vazgeçecek gibiydi, kendisiyle savaşıyordu. Ediz ağzını açmıştı ki tenime ikinci kez saplanan iğne bir çığlık daha kopardı benden. Artık kontrol edilemez bir şekilde ağlıyordum. Daha ne kadar canım yanabilirdi? Başım dönüyor, midem bulanıyordu.

"Doğa," dedi Ediz ellerimi bırakarak. "Bana tutun."

Kollarım serbest kaldığı an onu itmeye çalıştım ve acının kaynağına yöneldim fakat Ediz yerinden oynatamayacağım kadar iriydi. Yaraya ulaşamamam için bedenini kalkan olarak kullanıyordu.

"Gece, şu kahrolası şeyi çabuk yap!" diye bağırdı Ediz. Gece'nin de altüst olduğunu hissetmiştim ama soğukkanlılığını korumayı başararak dikiş atmaya devam etti. Çığlık ve hıçkırık karışımı feryatlar boğazımın gerisinden yükselmeye devam ederken kollarımı Ediz'in boynuna doladım ve ona sıkıca sarıldım. Tırnaklarımı tenine batırmıştım, bir şeylere tutunarak bilincimi yitirmemeye çalışıyordum.

"Geçecek," diye fısıldadı Ediz. "Söz veriyorum."

Kontrolünü kaybeden bir insan, mum ateşinde yanarak yavaş yavaş kopan bir ipin parçaları gibi savrulur iki yana. Çığlık çığlığa bağıran kelimeler dudaklardan dökülürken bulutlar gibi gökyüzüne tutunmak ister ruh. Kriz geçiren bir ruh hastası ya da ölüm haberi alan bir insan gibi... Saçların dağılır, insanlar seni tutar ama kimse ağzından çıkan kelimeleri tutamaz, acıları durduramaz.

Başımı arkaya atıp acı bir çığlığı dudaklarımdan serbest bıraktığımda kendimi en az bir ruh hastası kadar kendini kaybetmiş, annesinin ölüm haberini alan bir çocuk kadar çaresiz hissediyordum.

"Yalancı!" diye bağırdım. "Hiçbir şey geçmeyecek! Yalancı!"

Ediz'in eli saçlarıma gitti ve küçük bir kız çocuğuymuşum gibi yüzümü kendine bastırdı. Kulağım kalbine denk geldiği için şiddetli kalp atışlarını duyuyordum. Kalbi dörtnala atıyordu ve elleri buz kesmişti. Bütün vücudum titremeye başlarken bir an bilincim karanlığın içine kayar gibi oldu.

"Doğa!" diye bağırdı Ediz. "Gece! Yeter, dur!"

Ona o kadar sıkı sarılmıştım ki nasıl nefes alabildiğini anlayamıyordum. Belki de ben sıkı sarıldığımı sanıyordum, belki de gücümün son kırıntılarıydı bunlar. Ediz saçlarımı okşadığında kasları teninin altında yay gibi gerilmişti.

"Doğa, cevap ver!" diye bağırdı hiddetle.

"Gitmek istiyorum," diye fısıldadım, sıcak nefesim ona çarpmıştı. Tükendiğimi hissediyordum. Fiziksel olarak... ruhsal olarak.

"Amacına ulaştın mı?" diye sordum hıçkırıklarımın arasından. Kelimeler kesik kesik çıkıyor, hıçkırıklarım boğazımı tıkıyordu. "İstediğin başından beri buydu, değil mi? İçindeki öfke sönüyor mu?"

Ediz donup kalmıştı, Gece de durmuştu. "Neden duruyorsun?" Öyle bir bağırmıştım ki bir an gerçekten delirdiğimi sandım. "Devam etsene! Devam et! O gece o sokakta hepinizin amacı bu değil miydi?"

Gece sessizce gözyaşı döküyor, Uygar ortalarda görünmüyordu. Belki de yaptıklarının sonucunu görmeye dayanamayacak kadar yüreksizdi.

"Gece, çabuk bitir şu işi," dedi Ediz donuk bir sesle.

İçerisi çok sıcaktı ama ben titriyordum, üşüyordum, yanıyordum. Bütün suçlamalarıma, yaşanan onca şeye rağmen kollarım hâlâ katilimin boynuna dolanmış haldeydi. Artık savaşacak gücüm kalmamıştı. Pes etmek istiyordum, teslim olmak istiyordum. Duvarların ardındaki Doğa adım adım gerileyerek gölgelerin arasına saklanmıştı.

İçimdeki Doğa'yı bulamıyordum. Sürekli konuşan iç sesim susmuştu; zihnimde durmadan can bulan düşüncenin karşıtıyla bana meydan okuyan, beni suçlayan ve her daim Ediz'in haklı olduğundan bahseden o ses susmuştu. Kendimle baş başaydım ve boşlukta süzülüyordum. Ne içgüdüler vardı ne de hisler. Yalın gerçeklerle kalakalmıştım.

İyi değildim.

Bunu bütün vücuduma rapor ettiğimde âdeta hortumun yıkıp geçtiği bir kasabaydım; bütün çatılar uçmuş, bütün sokaklar dağılmış, bütün evler yıkılmış... Sadece titriyordum. Gözlerim açıktı ama renkler artık eskisi kadar güzel görünmüyordu.

Temiz hava. İhtiyacım olan temiz havaydı. Artık Gece de hıçkıra hıçkıra ağlıyordu. Attığı her dikişte kendini tuttuğunu anlayabiliyordum. Titreyen elleriyle belimi saran Ediz'in de dağıldığını hissedebiliyordum. Sanki hissettiğim bütün acıyı o da hissediyormuş gibi kaskatıydı.

"Sargı yapmamız gerek," dedi Gece gözyaşları arasında. "Ediz, Doğa'yı bırak."

Ama Ediz beni bırakmadı. Ben de onu bırakmadım. O benim kasabamı vuran kasırgaydı. Üstümden geçip gitmişti ama ben hâlâ beni daha da yerle bir etmesi için peşinden koşuyor gibiydim.

Elimden alacakların bitmedi, dercesine koşuyordum ona.

Hâlâ nefes alıyorum. Hâlâ kalbim çarpıyor. Hâlâ gözyaşlarım akıyor. Onları da al ve öfken durulsun. Onları da al ki bitsin artık bunlar. Onları da al ki hissizleşeyim. Onları da al ki yerimi bilmediğim şu dünyada yaşamaktan vazgeçeyim.

Bitir artık bu oyunu.

"Ediz, bırak kızı!" dedi Gece. Sinirleri altüst olmuş bir halde bağırıyordu. "Ediz, bırak kızını!"

Kızını. Onun kızı. Ediz'in kızı. Ediz'in küçüğü. Ediz'in zaafı. Ediz'in Şahmeran'ı. Ediz'in ufaklığı. Ediz'in aptalı. Ediz'in yerle bir ettiği harabesi.

Ediz anahtar sözcük söylenmiş gibi benden yavaşça uzaklaştı ve o an kollarımı ona sandığım kadar sıkı dolamadığımı anladım. Kollarım iki bez parçası gibi boynuna asılı duruyordu.

Ediz'in yüzü bembeyazdı. Gözleri bomboştu. Kasları gerilmiş, çenesi hiç olmadığı kadar kasılmıştı. Dudaklarının kenarları aşağı kıvrılmıştı ve öfkeli gözlerinin etrafında çizgiler vardı. Zar zor nefes aldığım için düzensiz bir şekilde inip kalkan gövdeme bakıyordu. Gece titreyen elleriyle sargıyı sararken, "Beni dışarı çıkarın," diye fısıldadım. "Midem bulanıyor."

"Dikişin acısı yüzünden," dedi Gece, sesi titriyordu. "Bu halde dışarı çıkamazsın."

Ona aldırmadım.

"Beni dışarı çıkar," dedim. "Üşümeye ihtiyacım var."

Yüzüme bakmıyordu ya da bakamıyordu, bilmiyordum. Ama beni tanırdı o, şu an neye ihtiyacım olduğunu benden daha iyi bilirdi belki de. Mesela bu mide bulantısına rağmen arabaya kusup daha fazla sorun çıkarmamak için kendimi tutacağımı bilirdi. Dışarıda olmam gerekiyordu, hiçbir yeri kirletmemek için.

Ediz beni kucağına aldığında dikiş yerlerim acıdı ama bu acı var ile yok arasındaydı. Az önce kapıldığım dehşet bütün bedenimde yankılanıyordu. Belki yarın bu acının şiddeti azalacaktı ama şu an?.. Acı zihnimde hâlâ tazeydi.

Buz gibi havaya çıktık ve Ediz yere çöktü, beni kucağından indirmemişti. Hava çok soğuktu ve üzerimde sadece iç çamaşırım vardı. Ama soğuk iyiydi. Gözlerimden hâlâ yaşlar aktığını soğuk sayesinde fark etmiştim. Midem bulanıyordu. Hem de çok.

Eğilip öğürünce yaşlar gözlerimden toprağa damlamaya başladı. Midemde hiçbir şey yoktu, o yüzden çıkaracak bir şeyim de yoktu. Belki de acıyı kusuyordum.

Hıçkırarak ağlamaya başladığımda soğuk her yerdeydi. Ediz beni yere bıraktı ve ellerimle yüzümü kapatarak sesli bir şekilde ağlamaya başladım. Artık dayanamıyordum. Hiç gücüm kalmamıştı.

Ediz üstündeki kıyafetleri çıkarırken Uygar'ın Gece'yi sakinleştirmeye çalıştığını duyabiliyordum, sesleri giderek uzaklaşıyordu. Uygar, Gece'yi yanımızdan uzaklaştırıyor olmalıydı. Gece ne kadar şanslı olduğunu biliyor muydu acaba? Ben hissettiğim onca şeye rağmen yapayalnızdım.

İri eller sutyenimin kopçasına gitti ve onu açtı. Gövdem çıplak kalınca kendimi o kadar savunmasız ve acı içinde hissettim ki başımı kaldırıp kanatları koparılarak cennetten kovulmuş bir melek gibi göklere feryat etmek istedim.

Ediz kazağını üzerime geçirdi. Sıcaklığı beni sarıp sarmalarken tekrar kucağına çekti. Onun güvenli şehri benim yıkılmış kasabama karışmaya başlayınca kollarımı tekrar ona sardım ve hıçkırarak ağlamaya devam ettim.

"Bana yardım et," dedim. İlk defa birinden yardım diliyordum. "Bana yardım et."

"Buradayım," dedi yüzünü saçlarımın arasına gömerek. "Buradayım. Geçecek. İnan bana, geçecek."

O an acı katlandı, koparılan kanatlarımın kanlı tüyleri gökyüzünden yağdı ve Ediz kollarımın arasında titremeye başlayarak beni daha da sıkı sardı.

Evet, titreme sırası ondaydı.

9. UZLAŞMA

Düşüncelerim birbirine çarpıp patlayan renklerin arasından bana ulaşmaya çalışıyor, uykunun bedenime işlemesi gereken huzurunu sömüren kâbustan kurtulmak için çırpınıyordu. Belli belirsiz görüntülerden ve su yüzüne çıkan tanıdık yüzlerden oluşan, kan kokusunu net bir şekilde alabildiğim bir kâbustu.

Normalde gerçek ile bilinçaltımın bana oynadığı oyunları birbirinden ayıramayan biriydim fakat bu sefer bir ayağım gerçeğin zeminine basıyordu. Uyuyup uyumadığımdan bile emin değildim ama kafamın içindeki çığlıklar, çalılıkların arkasına saklanan ölüm misali uzun kirpiklerin arkasına saklanan çimen yeşili gözler ve kendi boğazımdan yükselen feryatlar uykuda olduğumun göstergesiydi belki de.

Birbirini takip eden görüntüler pencereden izlediğim bir fırtınayı anımsatıyordu. Elimi uzattığımda parmaklarımın arasından kum taneleri gibi akıp gidiyor, siyah bir perde oluşturuyorlardı. Perdenin önünde Ediz'in bedeni belirince bir ölüm meleğinin inine girdiğim hissine kapıldım. Ampulün içinde yaşlanan ışık çok zayıftı ve Ediz'in yanaklarına, burnuna vuruyordu. Gözleri siyah boşluklar gibi görünüyordu. Saçları loş ışığın altında parlıyordu ama tutamların arasında da gölgeler vardı.

Bana baktığını hissediyordum.

Bana baktığını biliyordum.

Gözlerim gövdesine indiğinde teninde kurumuş kanı fark ettim ve birden her şey kayboldu. Yüksek bir yerden düştüğüm hissine kapılırken korkuyla yumuşak bir şeye tutundum ve gözlerim açılmadan hemen önce bedenim uzandığı yerden doğruldu.

Bir an nerede olduğumu çözemeyince panikle etrafıma bakındım. Tavanı oldukça yüksek ve daha önce bulunduğum hiçbir yerde görmediğim kadar modern görünen bir salondaydım. Ortadaki üçlü koltuktaydım ve yalnızdım.

Sıkıca tutunduğum şey beyaz, yumuşak bir battaniyeydi.

Rahat bir nefes alıp başımı tekrar yastığa koyduğumda dikişlerimden bir acı yayılsa da aldırmadan yavaşça yutkundum ve sessizliği dinledim.

Şöminede yanan ateş çok tazeydi, içine kısa süre önce odun atılmış gibi cayır cayır yanıyordu. Ateşten yükselen çatırtılar yanan odunların çığlıkları gibi sessizliğin içine yayılıyordu.

Gözlerimi kapatarak kendime zaman tanırken saç diplerimin nemli olduğunu fark ettim. Ayrıca ağzımda iğrenç, acı bir tat vardı ve midem bulanıyordu. Günlerdir hiçbir şey yememiştim. İştahım kapılarını gürültüyle kapatmış ve kilitlemişti. Tükettiğim tek şey suydu. Günlerdir uyuyordum ve arada uyandığımda da ya tuvalete gidiyordum ya da su içiyordum. Ama bir bardak suyu bile bitiremiyordum. Midem kaldırmıyordu.

Ediz de beni herhangi bir şey için zorlamıyordu. Zaten ortalarda görünmüyordu. Son olaydan sonra beni bu eve taşıdığını hatırlıyordum. O gün beni bu koltuğa yatırmıştı ve yaşadığım travma yüzünden ateşim çıkınca bütün gece hemen karşımdaki koltukta oturmuştu.

O gece sürekli uyuduğum uykudan sıyrılmıştım ve Ediz'in gözünü kırpmadan oturduğuna şahit olmuştum. Ağzından tek kelime çıkmamıştı, yanıma gelmemişti. Öylece oturup derin bir uykuya dalmamı beklemiş, uyku beni derinlerine çektikten sonra da gitmişti.

Zaman kavramı çürümüştü sanki, o olayın üzerinden kaç gün geçtiğini bilmiyordum. Zihnimin içinde terk edilmiş bir evin ahşap bahçe kapısı rüzgârda gıcırdayarak açılıp kapanıyordu ve ben sürekli uyuyordum. Uyku, ruhumdaki derin yaralara yapılan pansuman gibiydi.

Başımdaki ağrı belki de bu kadar uyumamdan kaynaklanıyordu, bilmiyordum. Bir bardak su içip tuvalete gittikten sonra tekrar bilinçaltıma gömülmek, şu hastalıklı his geçene kadar uyumak istiyordum.

Ayağımla üstümdeki yorganı iterken çok terlediğimi fark ettim. Uykuya ara verdiğim anlardan birinde üstümdeki kanlı kıyafetlerden kurtulmak için evdeki dolaplara bakmış ve evin kiralık olduğunu anlamıştım. Belki de Ediz burayı izinsiz kullanıyordu. Evde bir yetişkin dolabı ve bir genç kız dolabından başka seçenek yoktu. Bir genç kıza ait olabileceğini düşündüğüm dolapta o kadar açık seçik şeyler vardı ki gördüğüm gibi dolabın kapağını kapatma isteğiyle dolmuştum.

Neyse ki sonunda bana büyük gelen bir kazak, altına da dolaptaki en kapalı şey olan ama standartlara göre kısa bir etek bulmuştum. Önüme serilen günleri de bu iki parça kıyafetle geçirmiştim. Altımda siyah bir çorap vardı fakat olmasaydı da üşümezdim. Şömine sürekli yanıyordu ve ev çok sıcaktı, insan çıplak gezse bile üşüyemezdi.

Dışarıda yağan kara rağmen...

Gördüğüm kâbusun etkileri kıyıya çekilirken uzun bir süre öylece uzandım. Salonda diğer odalara açılan kapılar vardı. Benim uyuyarak öldürdüğüm zaman, onlara ne kazandırmıştı acaba? Neler olup bittiğini bilmiyordum. Ankara'da işler ne durumdaydı, bilmiyordum.

Açıkçası şu an bunu düşünmek bile istemiyordum.

Yattığım yerden doğrulduğumda bir elim enseme gitti. Ağrı oraya kök salmıştı ve bu bana Ediz'in beni ilk kaçırdığı zamanları anımsatan bir ayrıntıydı. Enseme vurup beni bayılttığı için keskin ağrı uzun bir süre orada kalmıştı. Şimdi de kendimi o acının altında kalmış gibi hissediyordum. Oturduğum yerde ağrının dağılmasını bekledim.

Ayağa kalkınca bir an uykulu bir halde etrafıma bakındım, dengemi sağlamakta zorlanmıştım. Su içmek için mutfağa yöneldiğimde mutfaktan gelen sesleri fark ettim ve Ediz'in sesini duymak kaşlarımı bir kez daha çatmama sebep oldu.

Mutfak kapısına doğru yürürken kulaklarım uğulduyordu, onu günlerdir görmemiştim. Kapının kenarında durup kendimi göstermeden büyük mutfaktan içeri bakınca anında gözüme çarptı.

Dudaklarının arasına sıkıştırdığı sigaradan yükselen duman düzensiz kıvrımlarla saçlarına dokunuyor, boğuk bir koku bırakarak havaya karışıyordu. Sigara Ediz'in listesinde belli aralıklarla belirse de genellikle canı sıkkın olduğunda bu zehre yöneldiğini fark etmiştim. Keyifsizken ya da kafasını kurcalayan bir şeyler olduğunda paket paket sigara içebiliyordu.

Elindeki bıçağı tezgâha bırakıp doğrama tahtasında kestiği biberleri ocaktaki tencerenin içine boşalttı ve biberler kızgın yağla buluşunca buhar çıktı. Ediz o kadar seri hareket ediyordu ki onu takip etmekte zorlanıyordum. Tencerenin içindekileri bir tahta kaşıkla hızlıca karıştırdı ve tekrar doğrama tahtasına yöneldi.

Poşetten aldığı domatesleri de yıkadıktan sonra doğrama tahtasına koydu ve büyük bir bıçakla doğramaya başladı. Sanki bu işi yıllardır yapıyor gibiydi, ona hayretle baktım. Aslında bu kadar şaşırmam da anlamsızdı. O bir katildi ve buna yaraşır bir şekilde bıçağı profesyonelce kullanıyordu.

"Doğa sürekli uyuyor."

Uygar ellerini arkasında birleştirip kenardaki masaya yaslanmıştı, o da benim gibi Ediz'i izliyordu. Ama benim boş bakışlarımın aksine onun bakışları endişeliydi ve bir şeyler olduğunu gösteriyordu. Kaşlarım çatılırken Ediz küp küp doğradığı domatesleri tencerenin içine boşalttı ve sessizliğini koruyarak yemeği karıştırdı.

Ardından musluğu açtı, su eline akınca üstüne de birkaç damla sıçradı. Gereğinden uzun süre elini yıkadıktan sonra musluğu kapattı. Kenardaki el bezini alıp elini silerken gözleri sağ eline takıldı. Bakışlarını elinden ayırmadan bezi kenara koydu.

Varlığının izlerini giderek yitiren ve silikleşen yara izi... Bir an için kalbim tekledi, sol elimdeki E harfi alev almış gibi hissettim ve elimi yumruk yaptım. İfadesiz yüzü kasılırken Ediz de elini yumruk haline getirdi. Uygar'a döndüğünde dudaklarının arasında duran sigarayı eline almıştı.

Sigarayı iki parmağının arasına sıkıştırarak tekrar dudaklarına götürdü ve "Çok yıprandı," dedi. "Uyusun."

Dumanı ciğerlerine çekerken gözleri kısıldı.

"Konuşmaya fırsatımız olmadı hiç," dedi Uygar, sesinde bir belirsizlik vardı. Ediz kaşlarını kaldırarak dumanı üfledi ve o gri sis yüzüne örtüldü. "Sen iyi misin?" diye devam etti arkadaşı.

"Kötü olmam için bir sebep var mı?" Ediz sigarasını tekrar dudaklarına götürmüştü.

Uygar ona inanmadığını belli eden bir sesle, "Doğa bayağı sarsıldı," dedi. "Bence bu oldukça geçerli bir sebep."

"Evet," diye onayladı Ediz. Çimen yeşili gözleri buradan koyu görünüyordu. "Sarsıldı. Bu bana kendimi neden kötü hissettirsin ki? Ölmesine izin vermedim."

"Ediz..." Uygar'ın sesi sertleşmişti. Sözlerine devam edecekti ama Ediz sigarayı tuttuğu elini kaldırarak onu durdurdu: "Kes şunu." Sesi katillere özgü bir şekilde metalikti. "Kes. İyiyim. O da iyi olacak. Her şey yolunda. Neden birden onun melekleri kesildiniz? Onun için en iyisini ben bilirim, anladın mı?"

Uygar bir süre hiçbir şey söylemeden Ediz'e baktı. "Ona değer veriyorsun." Bunun üzerine Ediz de gözlerini Uygar'ın yüzüne dikti ve o da uzun süre sessiz kaldı. Bu cümle kalbimin sıkışmasına neden olmuştu. Bütün hücrelerim ayaklanmış, onun vereceği cevaba kilitlenmişti. Kâğıt gibi bir yüzle Ediz'i izledim.

"Bilmem," dedi sonunda.

"Bana kızacaksın, biliyorum ama sen zavallının tekisin."

Şok olmuştum. Uygar canına mı susamıştı? Ediz'in yüzünde kana susamış bir canavarın pençe izleri belirmişti ama o etkilenmemişe benziyordu. "O kızı kaçırmak istediğinde bizden yardım istemiştin. O zamanki nefretini dün gibi hatırlıyorum. Kızın ruhunu istiyordun. Ama şimdi ta kendisini istiyorsun."

Ediz elini tezgâha yasladı. Parmakları büyük bıçağa değince havayı değil, dehşeti soluduğumu sandım.

Ediz sakin bir sesle konuştu: "Elimden bir kaza çıkmadan önce çek git şu mutfaktan."

Bağırsaydı bu kadar etkili olmazdı. Öfkesi ağzından çıkan her kelimenin üstüne çökmüş bir halde etrafa yayılıyordu. Uygar onunla uzlaşmayacağını belli eden bir tavırla ve akıllıca davranarak yaslandığı yerden uzaklaştı, Ediz'in gözlerinin içine baktı.

"Pekâlâ," dedi bomboş bir ifadeyle. "Sadece pişman olacağın bir şey yapma, olur mu?"

Ediz karşılık vermedi. Bunun üzerine Uygar mutfak kapısına yöneldi ve ben korkuyla geri çekildim. Ses çıkarmadan kaybolma şansım yoktu, o yüzden kalbim deli gibi atarken Uygar'ın beni görmesini bekledim. Mutfaktan çıkınca gözleri bana takıldı. Bir an ne yapacağını bilemeyerek korktum ama bir süre yüzüme bakmaktan başka bir şey yapmadı. Ardından yanımdan geçip gitti.

Onun da sinirli olduğunu anlamıştım. Genelde gözlerinde küçük bir çocuğun gözlerindekini andıran haylaz bir ışık, dudaklarında bir gülümseme olurdu fakat şimdi tam yaşını gösteriyordu. Öfkesi sadece Ediz'e değildi, bunu gözlerinde görmüştüm. Son olaylardan sonra hem kendine hem Ediz'e kızgındı. Gece'ye bile kızgın olabilirdi.

Sis, duvarlarımın etrafından çekilmişti. Şimdi duvarlarım net bir şekilde içimde duruyordu ve ardındaki Doğa bana onaylamayan gözlerle bakıyordu. Başından beri tam anlamıyla bilincinde değildim ama Uygar bu oyunun sonunu ölüm biliyordu. Beni kaçırırken öldürüleceğimi sanıyordu, bunu bilmeme rağmen onun için üzülmem doğru değildi.

"Saf," diye homurdandı içimdeki ses. Yüzümü buruşturarak mutfağın önünden telaşlı adımlarla ayrıldım. Ediz'le karşı karşıya gelmeye henüz hazır değildim. Belki de söylediklerinin yüzünde ifadeye dönüşmesine hazır değildim, benim aksime o iyiydi. Biraz olsun renk vermesini bekliyordum fakat sanki beni hiç vurmamış ya da yarama uyuşturmadan dikiş atılmasına izin vermemiş gibiydi. Hiçbir şey yapmıyordu.

İçim sıkıntıyla doldu ve omuzlarıma uykunun yükü çökmüş gibi hissettim. Yapmak istediğim tek şey uyumaktı.

Banyoya doğru yürürken kırılıp keskinleşen parçalarım attığım her adımda ruhuma daha da saplanıyor gibiydi. Aklım sürekli Ediz'in yüz ifadelerini önüme kanıt olarak koyuyordu. Acı yüzünden net bir şekilde kavrayamadığım her şey şu an aydınlanmıştı.

Banyonun kapısını kapattım. Ediz'in endişeli yüz hatları göz kapaklarımın içine çizilmiş gibi gözlerimi her yumduğumda net bir şekilde önüme seriliyordu. Korku dolu gözleri, kül rengi yüzü, titreyen bedeni... Kollarımın arasında titremişti.

İçimdeki ses, Ediz'in o sırada soğuktan titrediğini öne sürerek bütün kanıtları çürüttü.

Suratım iyice asılmıştı. Tuvalette işimi hallettim ve ellerimi yıkamak için lavabonun başına geçtim. Soğuk su ellerimin üzerinden akıp giderken aynadaki yansımama baktım; saçlarım dağılmış, gözlerim şişmişti. Hatta genel olarak bütün suratım şişmişti, berbat görünüyordum.

Moralim iyice bozulunca bir an kendimi ağlayacak gibi hissettim ve nefretle aynadaki görüntüme baktım. Yaşadıklarımı hak ediyormuşum gibi bir his içimde filizleniyor ve hızla büyüyordu. Ortaya çıkan ağacın dalları her yerime saplanıyormuş gibi hissediyordum.

Öfkeyle musluğu kapattım ve hırsımı havludan almak istercesine ellerimi sildim. Kendimi, kendime duyduğum nefretin sayıklamalarıyla büyütmüştüm. Değersizlik ve fazlalık hissi köklerini topraklarıma salmıştı. Ayrıca bana dair her şeyi kullanan bir adam vardı ve onun karşısında gücüm yoktu. Herkes Ediz'in fahişesi olduğumu sanıyordu, alaycılığı ve soğukkanlılığı o kadar barizdi ki ailemi öyle bir şey olmadığına nasıl ikna edeceğimi bilmiyordum.

Kanıt için benden kontrol ve bekâret muayenesi yaptırmamı isteyeceklerdi.

Kaç gündür toprağın altına gömdüğüm sorular yerin altında titriyor, deprem yaratıyordu. Bundan daha utanç verici bir şey varsa o da ailem benim tecavüze uğradığımı düşünüyorken onlarla aynı odada bulunmak ve gözlerine bakmak olurdu.

Ellerimi lavabonun iki yanına yasladım ve beyaz mermere gözlerimi diktim. Ne yapacağımı bilmiyordum ama tüm bu olanlardan sonra buradan bir an önce ayrılmamı söyleyen bir tarafım ortaya çıkmıştı. Ediz beni umursamıyor, ona ulaşmama izin vermiyordu. Sadece kendi istekleri ve planları önemliydi. Canımın yanması, gözyaşlarım, yalvarmalarım onun için baş ağrısından başka bir şey değildi belki de. Ona hiçbir şekilde yardımım dokunmadığı gibi aksine ayak bağı oluyordum.

Ne yapacağımı bilmiyordum, ne yapmam gerektiğini bilmiyordum. Bakışlarımı aynaya kaldırdığımda fazla uyumaktan şişmiş ve en çirkin halini almış suratıma baktım. Zihnimin arka planında işleyen hayallerim birer birer önüme dökülüyordu şimdi.

Ediz'i istemiştim. O bana güven veriyordu. Ediz yuva gibiydi, içeri girip ardından kapıyı kilitlediğinde güvende hissetmek gibiydi. Ya da küçük bir çocuğun yorganın altına girdiğinde kendini güvende hissetmesi gibi...

Sonsuza kadar yanımda kalmayacaktı. Bu işin sonu benim istediğim gibi bitse de o sadece misafirdi.

"Bu iş bittiğinde ben de biteceğim." Ediz'in sesi zihnimin duvarlarında yankılanırken kalbimin sıkıştığını hissettim. Bu öyle bir ağrıydı ki nefes aldırmıyordu, öyle bir çaresizlikti ki artık uykular bile üstünü örtemezdi.

Onu tanımıyorken çaresizlik anne karnından yeni çıkmış bir bebek gibiydi. Şimdiyse kocaman bir kadın olmuş, karşımda bana yaşlı gözlerle bakıyordu.

Gitmeliydim. Bunu çok önceden yapmalıydım. O gün elime arabanın anahtarlarını tutuşturduğunda arkama bile bakmamam gerekiyordu. O fotoğrafı görmem sadece bir tesadüf müydü, yoksa kader denen şey bu muydu? Eğer gözlerinde sıcacık bir ifadeyle sevgi dolu bir Ediz Çağıran görmeseydim şu an evimde oturuyor, akranlarım gibi test çözüyor olacaktım.

Çukurlu yollar uzaktan bakan biri için kolay görünebilirdi ama o derin çukurların içinden geçmek hiç de kolay değildi. Ve ben artık bu yolda ilerlemek istemiyordum çünkü yolun sonunda ışık yoktu.

Hak ettiğim hiçbir şey yoktu. Bir köşede unutulmuş bir eşya gibiydim.

Titrediğini yeni fark ettiğim ellerimi lavabodan çekip banyodan çıktım ve salona doğru yürümeye başladım. Kendimi o kadar boş hissediyordum ki sanki iç organlarım bile yoktu.

Bir boşluktan düşüyor gibiydim. Bir şeye tutunmak için çırpınıyordum ama parmaklarımın arasından sadece hava geçiyordu. Bu duyguya aşinaydım aslında, kendimi bildim bileli insanlardan uzak durmuş ve tutunacak bir şeyler aramıştım. Sadece birkaç aydır Ediz'e tutunuyordum ve o öyle büyük bir umuttu ki...

Fakat o kadar umut ettikten sonra insanın tutunduğu dalın kırılması ve tekrar boşluğa yuvarlanması daha da kötüydü.

Boğazımda bir şeyler düğümlenirken salona girdim ve acımla baş başa kalarak uykunun kollarına atlamayı planladığım sırada onu gördüm. Ben kalakalsam da kalbim yerinden sıçramıştı. İçimdeki özlem yükselmeye başlamış, başını göz bebeklerimden dışarı uzatmış ve Ediz'e bakmaya başlamıştı. Dudaklarım hafifçe aralanırken ona olan kırgınlığım beni bozguna uğrattı.

Geldiğimi görmekten çok hissetmiş gibi bakışlarını bana çevirdi.

Çimen yeşili gözleri yüzüme takılı kalınca kafasının güzel olduğunu anladım, çakırkeyifti. Belki de ciddi anlamda sarhoştu çünkü göz altlarındaki mor halkalar, içerek geçirdiği uykusuz bir geceye işaret ediyordu. Orta sehpada duran ve dumanı tüten kahve, üçlü koltuğun bulunduğu tarafa yakındı ve odaya insanı rahatlatan bir koku yaymıştı. Ediz'in önündeyse içi kehribar rengi, yoğun bir sıvıyla dolu küçük bir kadeh vardı.

Genellikle sert içkiler içerdi ama uzun süredir bu kadar içtiğine şahit olmamıştım. Benim gözlerim fazla uyumaktan şişmişti, onun gözleriyse uykusuzluğunu haykırırcasına çökmüştü.

Tek kelime etmeden üçlü koltuğa yöneldim ve uykulu bir şekilde yumuşak battaniyenin üzerine oturdum. Radar gibi dikkatli gözler bir an bacaklarıma kayınca ilk başta sebebini anlamadım ama sonradan üzerimdeki bordo eteği hatırladım. Bu etek dolapta bulduğum en sıradan şeydi. Miniydi ama salaştı ve altımdaki siyah çorapla oldukça rahat etmiştim. Üstümde bana bir beden büyük gelen siyah bir kazak vardı ve kolları ellerime kadar iniyordu.

Sadece kalçalarımı kapatan ve bacaklarımı gözler önüne seren eteğimi düzeltmek için utanarak pozisyonumu değiştirdim ama bir şey söylemedim.

"Uyuyan güzel uyanmış," dedi Ediz alkol kokan kelimelerle. Çok içtiğini o an anladım. "Günaydın küçüğüm."

Bakışlarındaki karanlık ifadeden ürksem de yüzüm ifadesizdi, Uygar'a kızdığını biliyordum.

"İç." Çenesiyle önümdeki sehpada duran kahveyi işaret etti. Bakışlarım dumanı tüten kahveye kaydığında fincanın güzelliği dikkatimi çekti. Çok geniş ve siyahtı. Tam iki el arasına alıp, pencerenin önüne geçip yağan karı izlemek için yapılmış gibiydi. Ama midem hiçbir şey istemiyordu.

Ediz elindeki içkiden bir yudum alırken onun güzelliğini incelemeye başladım. İçki şeffaf, cam kadehte kayıyor ve dudaklarının arasından ağzına dökülüyordu. Ediz bakışlarını önüne eğmiş, içkisine bakıyordu.

"Uyuyabilir miyim?" diye sordum. Bakışları tekrar beni buldu ama ne düşündüğü gözlerinden anlaşılmıyordu. Hiç uyumamış mıydı? Mutfaktayken ona uzaktan baktığım için bunu anlayamamıştım ama şimdi görebiliyordum. Gözlerinin akında kırmızı damarlar vardı ve göz altları mosmor olmuştu. Buna rağmen bu kadar güzel olabilmeyi nasıl başarıyordu?

"Burada uyuyamazsın," dedi bir süre sonra. "İçeride yatak var."

"Burası iyi," diye mırıldandım. "Orada sen uyu."

"Ben uyumuyorum."

Bu ani itirafı bakışlarımı ona çevirmeme neden oldu. İçim bir an sızlasa da onu duymazlıktan geldim ve yorum yapmadım. Kâbuslar gördüğünü biliyordum, yanında birinin varlığına ihtiyaç duyduğunu da biliyordum. Fakat ona benimle birlikte uyumasını teklif etmek için kullanmam gereken kelimeler ağzımdan çıkmıyordu.

"Orada uyuyayım o zaman," dedim oturduğum yerden kalkarak.

"Yemek yemeyecek misin?" diye sordu, yüzünde gergin bir ifade vardı. Belki de ona direnmemi bekliyordu. Onun söylediklerine harfiyen uymam onu rahatsız ediyor, artık gücümün kalmadığını gösteriyordu.

"İştahım yok," dedim hastalık kokan bir sesle.

"Ama kaç gündür yemek yemiyorsun."

Bir an ona patlayacak ve umurunda olmayan şeyler için nefesini tüketmemesini söyleyecektim ama cümleler dilime ulaşsa da dudaklarımdan çıkamadı.

Yine kısaca, "Sorun değil," dedim ve yumuşak battaniyeyi alıp telaşsız adımlarla yürümeye başladım.

Salondan çıkıp banyonun yanındaki odaya girdiğimde yanlış yere gitmiş olmamayı diliyordum ama yatak odası olduğunu görünce rahatladım. Doğruca yatağa girip hissettiğim ne varsa üzerine uykuyu örtmek istiyordum. Kapıyı arkamdan kapatırken Ediz'in arkamda olduğunu son anda fark ettim.

Neredeyse çığlık atacaktım ama kocaman açılmış gözlerle ona bakmaktan başka bir şey yapamadım. Hangi ara gelmişti? Ya da benim kafam çok dalgın olduğu için onu fark edememiştim, bilmiyordum.

"Korkma hemen," dedi rengi atmış yüzüme bakarak. "Sargılarını değiştirmemiz gerekiyor."

"Ah..." Bir an ne diyeceğimi bilememiştim. Dikişlerle banyo yapmak tam bir felaketti ama yapmıştım, kandan arınmam gerekiyordu. Sargıyı en son o zaman yenilemiştim. Ama bunu tek başıma yaptığım için de hem acı çekmiş hem de zorlanmıştım. Ediz'in bana yardım etmesini beklediysem de hiçbir şey yapmamıştı.

"Malzemeler nerede? Halledeyim hemen," dedim.

"Kendin mi halledeceksin?"

Şaşkın gözlerle ona baktım, benimle tekrar iletişim kurması beklediğim bir şey değildi. Kaşlarımı kaldırarak, "Evet," dedim.

"Yatağa uzan Doğa." Ediz'in öfkelendiğini hissetmiştim, yine neye kızmıştı ki? Ben ona boş boş bakınca o da gözlerimin içine bakarak dişlerini sıktı. "Dediğimi yap."

"Ediz, boş ver. Ben..."

"Dediğimi yap." Sesi itiraz istemediğini açıkça belli ediyordu. Ona yorgun gözlerle baktım, neden beni hâlâ bu kadar zorladığını bilmek istedim ama hiçbir şey söylemeden yatağa yöneldim. Kapıyı kapattı ve ben yatağa sırtüstü uzanırken yanıma geldi.

"Kazağını çıkar," dedi ama ben kazağımı çıkarmak yerine sıyırdım ve beyaz bir sargı bezinin sarılı olduğu belimi açtım. Ediz bir an bana dik dik baksa da bir şey söylemedi ve yatağa çıkıp yanıma yerleşti. Elinde sargı bezi ve bir şişe olduğunu gördüm. Onları bir kenara bırakıp eski sargıyı çıkarmaya başladı. Ben de güzel bir tiyatro sahnesi izler gibi onu izliyordum.

"Kendini daha iyi hissediyor musun?" diye sorunca bakışlarımı ondan çekip kafamı yumuşak yastığa iyice bastırarak tavana baktım. Beyaz tavanda onlarca siyah kelime dolanıyordu ve hepsi de bana hiç iyi olmadığımı söylüyordu.

"İyiyim," diye mırıldandım.

"Bileklerindeki morluk geçti," dedi dalgın bir sesle. Ellerimi kaldırıp bileklerime baktım ve haklı olduğunu gördüm. Ediz'in dedesi beni bağladığında halat o kadar sıkıydı ki bileklerimde izler bırakmıştı. Aslında onlar Ediz'in bana inanması için kanıttı.

"O herif tüm bunların hesabını verecek," dedi.

"Aklından neler geçiyor, bilmiyorum ama saçma sapan bir olay yüzünden kendi kanından birini karşına almayacaksın, değil mi?" Sesim buz gibiydi. Her şeyde beni görmezlikten gelirken en göz ardı etmesi gereken olayda birden öne mi atılıyordum?

Ediz bana inanamayan gözlerle baktı ve dişlerinin arasından, "Tüm bunlar onun yüzünden oldu," diye hırladı. "Derdin ne senin?"

"Benim bir derdim yok Ediz." Sesim yorgun çıkıyordu. "Sadece bırak gitsin, anladın mı? Senin verdiğin kararların sonuçları bana patlıyor. Artık kaldıramıyorum, görmüyor musun? Hiçbir zaman umurunda değildim, şimdi de olmayayım."

"Benim adıma konuşmayı kes," diye tersledi beni. "Böyle olmasını ben istemedim. Beni dikişler yüzünden mi suçlayacaksın? Suçla, umurumda bile değil. O an öyle yapmak zorundaydım, yapmasaydım şimdi cesedin ailene ulaşmış olacaktı."

"Cesedimi onlara verir miydin?" Doğruluk mu, cesaret mi oyunu oynandığı gece söylediği cümleler aklıma gelmişti. Beni gömmeye bile layık bulmadığını söylemişti ama şimdi cenazemi aileme vermekten bahsediyordu. Bu durum farklı şartlarda kulağa dehşet verici gelebilirdi ama benim içimi ısıtmıştı. Dudaklarıma bir gülümseme yayılınca Ediz bu tepkim karşısında afalladı. "Teşekkür ederim," dedim.

Bir elini saçlarının arasına kaydırırken, "Doğa, Doğa..." diye mırıldandı ve başını iki yana salladı. "Seninle ne yapacağım ben?"

Gitmek istediğimi ve artık onunla olmayacağımı, anlaşmaya son verdiğimi söylemek istedim ama yüzü o kadar güzeldi ki onu karanlık bir öfkeyle lekelemek istemedim. Bu iş ikimizin de asla istemeyeceği bir boyuta geçmek üzereydi ve yol yakınken geri dönmek en iyisiydi.

"Aslında çok iyi bir adamsın," diye itiraf ettim. Nasıl olsa gidecektim, çok da sorun olmazdı. Ona iyi biri olduğunu söylemem kurallara aykırı değildi. Bana şaşkınlıkla bakarken normalden fazla tepki verdiğini fark ettim. Genelde yüzünde her şeyi görünmez kılan bir örtü olurdu ama bu sefer o örtü kalkmıştı. Belki de uykusuz olduğu içindi, bilmiyordum ama duygularını yeterince gizleyemiyordu. Bunun sebebi sarhoş olması da olabilirdi.

"Yanlış yorumluyorsun küçüğüm," dedi kuru bir sesle. "Ben senin karanlık bir sokakta karşılaşmak istemeyeceğin o adamım. Kim olduğumu hatırladın mı? En yakın arkadaşının duygularıyla oynayan, onu kullanan şerefsiz benim. Sen bütün masumiyetinle gülümserken seni izleyip öldürme planları yapan katilim. Ben gerçek bir katilim Doğa. Ellerimde kan kokusu var." Bakışları sertleşmişti, bana kızmış gibiydi. Ayak ucuma doğru kayınca ne yaptığını anlayamayarak ona baktım, gözlerini kapattı ve karnıma eğildi. "Eğer istersen..." diye mırıldandı, sıcak nefesi karnıma dökülüyordu, "...senden bekâretini bile hiçbir vicdan azabı duymadan alabilirim. İçindeki iyiliği kötülüğe çevirebilir, masumiyetini katledebilirim." Dudaklarını dikiş atılan yerlerin etrafında dolaştırmaya başladı ve tenime yumuşak öpücükler kondurdu. "Ben öyle kötü biriyim ki seni sonsuza dek yanımda tutarak hayatını cehenneme çevirmek istiyorum. Seni defalarca kırmak, belki defalarca yaralamak... Sırf günün sonunda bana sığınasın diye elindeki her şeyi almak istiyorum." Alnını karnıma yaslayarak güldü ama sesi neşeden uzaktı, ruhsuzdu. "Şimdi bir daha düşün Şahmeran: Sence ben iyi bir adam mıyım?"

"Bencil bir adamsın," dedim gözlerimi kapatarak. "Ama iyisin. İyi olduğuna inanmak istiyorum. Bırak, seni böyle hatırlayayım. Bana kanıtlarla gelme."

"Ama hayat kendini kandırman için fazla kısa küçüğüm." Karnıma bir öpücük daha kondurdu ve nefesim kesildi. "İnan bana, aramızdaki yaş farkının onlarca katı tecrübeye sahibim."

"Bırak, kendimi kandırayım," diye fısıldadım. "Böylesi daha kolay."

Bir süre öylece durdu. Nefeslerini hissedebiliyordum ve kalbime korkunç sancılar saplanıyordu. Ağlamak istemiyordum ama gözlerim taşmak üzere olan bir baraj gibiydi. Bir an önce uyumak istiyordum. O zaman sular çekilecekti ve ağlamanın ne olduğunu unutacaktım. Uyandığımda da kararımı ona söyleyecektim.

"Yaranı sarayım," dedi kaskatı bir sesle. Hiçbir şey söylemedim. Yaramı o yakıcı sıvıyla temizlerken yüzümü buruşturdum ama ağzımı açıp tek kelime etmedim. Sonunda belimi yine beyaz bir sargıyla sıkıca sardı.

"Bitti," dedi ama gözlerimi açmadım. Bir an önce gitmesini ve beni yalnız bırakmasını istiyordum. Dudaklarının değdiği yerler buz gibiydi, nerelere değdiğini ezberlemiştim.

"Gideyim ben," dedi. Bir an onu durdurmamı beklediğini hissettim fakat yine tek kelime etmedim. Artık onun yokluğuna alışmam gerekiyordu. Onunla son kez uyumam vedaya girerdi ama benim veda edecek bir durumum yoktu, ortada veda edilecek bir şey yoktu. Bir katil ve kurbanı... Ceylan aslana hoşça kal der miydi? Arkasına bakmadan kaçardı, ben de öyle yapacaktım. İçimde aslana hoşça kal diyebilecek bir ceylan var olsa da onu görmezlikten gelecektim.

Ediz'in gittiğini açılıp kapanan kapıdan anladım. Uyuyabilir miydim, bilmiyordum ama yatakta yan dönüp battaniyeye sımsıkı sarıldım. Ağlamayacaktım. Kararım buydu. Yine de zorlu bir mücadeleden sonra uykuya dalmadan hemen önce bir damla gözyaşı yastığıma süzüldü.

Kendimi arafta gibi hissediyordum. Ne cennette ne cehennemde. Tam ortada, karanlık bir noktada, unutulan birçok ruhun yanında cezayı bile hak etmeyen bir hiçmişim gibi hissediyordum.

Ediz kâbuslarıma konu olmayı bıraktığı an ya cenneti tadacak ya da cehennemin kapılarını çalacaktım. Hangisi olacaktı, bilmiyordum.

Ama uykudan uyandığımda ve gözlerimi araladığımda hiçbir şey hissetmiyordum. İnsan kendi kararıyla bir sonuca ulaşınca daha kolay oluyordu.

Yatakta diğer tarafa döndüm ve Ediz'i ayak ucumda, bir sandalyede otururken buldum. Uykulu gözlerle ona baktım, gözünü bile kırpmadan beni izliyordu. Yüzünde yine o ifadesizlik maskesi vardı ve duygular solup gitmişti.

"Saat kaç?" diye sordum pürüzlü bir sesle.

"Akşam oldu."

Gözlerimi kırpıştırıp esnerken bir elim başıma gitti. Ağrıyan başımı ovuşturdum. Bir süre kendime gelmeyi bekledikten sonra düşüncelerimin önünü tıkadım. Sadece verdiğim karara odaklandım yoksa fikrimi değiştirme ihtimalim vardı. Yattığım yerden doğrularak Ediz'e baktığımda yanında boş bir içki şişesi gördüm.

"Bu kadar çok içmemelisin," diye mırıldandım uykudan yeni uyanmış olmanın verdiği nahoşlukla. "Uyumalısın."

"Sen de benim işime karışmamayı öğrenmelisin."

Kaşlarımı çatıp bir süre ona baktım ve sonunda pes ederek, "Doğru," dedim. "Zaten bundan sonra istesen de karışamam." Bana beni anlamadığını gösteren bir bakış attı. "Anlaşmayı bozuyorum," dedim. "Buraya kadarmış. Artık gitmek istiyorum."

Ediz'in yüzü tamamen hareketsizdi, beklediğim tepkiyi alamamıştım. Aslında nasıl bir tepki beklediğimi de bilmiyordum ama tepkisiz kalmasını beklemediğim kesindi.

"Ağabeyini öldürmeme izin veriyorsun yani?" diye sordu sakin bir sesle. "Kapıdan çıkıp gittiğin an listedeki herkesi öldüreceğimi biliyorsun, değil mi?"

"Ben döndükten sonra kırmızı alarm verecek, ardından senin hakkında önlemler alacaklardır. Kimseyi kolay kolay öldüremeyeceksin."

Bu konuşmayı böyle ruhsuz bir şekilde yapacağımızı hayal etmemiştim. Daha öfkeli, daha gergin, belki de daha trajik... Ama Ediz öylesine sohbet ediyormuşuz gibi davranıyordu ve bu tavrı bana da bulaşıyordu. Aslında gidişimin onu çok da etkilemeyeceğini görmek daha iyiydi.

"Gitmiyorsun."

Aklımdaki bütün düşünceler bir el bombasıyla patladı ve parçalar planlarıma saplandı. "Anlamadım?" diye sordum şaşkınlıkla.

"Gitmiyorsun," diye tekrarladı. Yüzünde ölümcül bir ifade belirmeye başlamıştı. "Şu kapıdan dışarı tek bir adım atarsan seni öldürürüm."

Ona bakakalmıştım. "Ediz, saçmalıyorsun."

"Hayır, sen saçmalıyorsun. Beni bunca zaman oyaladın, şimdi öylece gidebileceğini mi sanıyorsun? Hiçbir yere gidemezsin Güngör. İzin vermem."

Ona kulaklarıma inanamıyormuş gibi baktım, yüzünde çelik gibi bir ciddiyet vardı. Sinirlenmişti. Hem de çok sinirlenmişti.

"Gitmek istiyorum!" diye bağırdım. "Artık tüm bu saçmalıklara katlanmayacağım! İstersen öldür beni, umurumda değil! Burada durup beni yok etmene izin vermeyeceğim!"

"Bağırma bana!" diye haykırınca hâlâ sarhoş olduğunu anladım ama aklı yerindeydi, gözlerindeki deliliğe rağmen bunu görebiliyordum. Belki de bir şeyler hissetmesini sağlayan tarafını sarhoş olarak yok etmeye çalışıyordu ama ne yaparsa yapsın körkütük sarhoş olamadığını fark etmiştim.

"Beni zerre kadar umursamıyorsun!" Bağırmaya devam ettim. Uykum bir anda dağılmıştı. "Benimle ilgili kararlar veriyorsun! Ben senin malın değilim!"

"Sen benimsin," dedi Ediz tehditkâr bir sesle.

"Değilim!" Üstümdeki battaniyeyi kenara iterek ayaklarımı soğuk zemine koydum. "Gidiyorum ben!" Acıya aldırmadan yataktan kalktım ve hızla kapıya yöneldim ama yanından geçtiğim sırada kolumu tuttu. Beni öyle bir çekti ki neye uğradığımı şaşırdım. Dizlerimin üstüne yığılınca karnıma korkunç bir acı saplandı ve çığlık attım.

Ediz'in önünde diz çökmüştüm. Parmakları saçlarımı kökünden kavrayınca ikinci şoku yaşadım. Saçımdan çekerek başımı yukarı kaldırdı ve alev alev yanan gözleriyle gözlerimin içine baktı. Yüzüme doğru eğilirken aklının gidip geldiğini görebiliyordum.

"Hiçbir yere gidemezsin! Sen benimsin. Artık çok geç."

"Canımı acıtıyorsun!" diye bağırdım.

"Gitmeyeceksin!" diye bağırdı karşılık olarak. "Sana iyi gelen tek şey benim, aptal! Bunu göremeyecek kadar körsün! Sen benimsin, duydun mu?"

"Canımı acıtıyorsun," diye inledim.

"Kapıdan dışarı adımını atamazsın. Benden habersiz nefes bile alamazsın!"

"Canımı acıtıyorsun," diye fısıldadım bu kez. Gözlerim benden bağımsız bir şekilde yaşlarla dolmaya başlayınca Ediz saçlarımı biraz daha çekti ama hemen ardından bıraktı ve hışımla ayağa kalktı. Sandalyeye tekme atınca öyle korktum ki ellerimle yüzümü kapatarak hıçkırıklarımı bastırmaya çalıştım.

"Allah kahretsin!" diye kükredi.

Ben öylece ağlarken odada volta atmaya başlamıştı, sinirden titrediğini görebiliyordum. Çok öfkeliydi. Ellerimi yüzümden çektiğimde iki elini birden saçlarına daldırdığını gördüm, kendini zor kontrol ediyor gibiydi. Birden bana dönünce gerileme ihtiyacı hissettim ama yerimden kıpırdayamadım.

"Sen," diye hırladı gözlerinde bir katliam havasıyla, "gözümün önünden bir saniye dahi ayrılırsan yapacaklarımı tahmin bile edemezsin!"

"Rahat bırak artık beni!" diye bağırdım hıçkırarak. "Beni mahvettin, daha ne istiyorsun?"

"Hiçbir bok istemiyorum! Sadece yanımda duracaksın! Başka bir halt istemiyorum!"

Ona öfkeyle baktım. "Sen bencilin tekisin!"

"Öyleyim!"

Çaresizce doğru olmasını dileyerek, "Senden nefret ediyorum!" dedim.

"Beni sevmen gerekmiyor zaten!" diye kükredi ve odadaki dolaba yöneldi. Dolabı açıp içini öfkeyle karıştırmaya başladı, ardından seçtiği kıyafetleri yatağın üzerine tek tek attı. Sonra dolabın altından siyah ayakkabılar çıkararak onları da gürültüyle yere fırlattı. "Bunları giy ve on dakika içinde hazır ol!"

"Bana emir verme!" diye bağırdım ama aldırmadan kapıya yöneldi.

"Dediğimi yapmazsan bedelini ödersin."

Arkasından öfke ve kırgınlıkla baktım, yaşlar gözlerimden yuvarlanıyordu. Kapıyı kapattığında topuklu ayakkabıları yerden öfkeyle alıp kapıya fırlattım.

"Allah belanı versin!"

Titreyen ellerimle bir süre öylece durdum. Bedenim hıçkırıklarla sarsılıyordu. Nasıl bu kadar kalpsiz olabiliyordu? Paramparçaydım.

Titreyerek doğrulup dudaklarımı birbirine bastırdım. Ağlamak istemiyordum. Güçsüzlüğümü sergileyerek dibinde yaşadığım bataklığı kabullenmek istemiyordum. Yanaklarımı titreyen elimin tersiyle silip yutkunarak hıçkırıklarımı bastırdım. Ediz'in seçtiği kıyafetleri iç çeke çeke giyerken dikişlerimi çok zorladığımı biliyordum ama umurumda değildi. Altımda ikinci bir ten gibi duran ve bütün hatlarımı gözler önüne seren deri bir tayt vardı. Üzerime giymem için ayırdığı siyah, askılı bluzu deri ceketle tamamlamıştı.

Beni bu kılıkla nereye götürecekti? İçimden yine ağlama isteği yükseldi.

Kapı açılınca hiç tepki vermedim ama ağır adımlar bana yaklaştıkça kalbim daha hızlı çarpmaya başladı. İri bir el, elimin içine kayıp onu sıkıca kavradı. Ardından Ediz beni çekerek kapıya yönlendirdi.

Adımlarına ayak uydurmaya çalışırken dikişlerim açılacakmış gibi acıyordu.

Uygar ve Gece salondaydı. Muhtemelen kavgamıza kulak misafiri olmuşlardı çünkü yüzleri ruh gibiydi. Uygar, Ediz'e endişeli gözlerle baktı ve başını hafifçe iki yana salladı ama yorum yapmadı.

Ediz'e kusmak istediğim bir ton kelime olsa da şu an konuşmanın hiçbir işe yaramayacağını biliyordum. Resmen delirmişti, deliliğini beslemenin bana bir yararı yoktu. Gözü dönmüştü ve bu halleri o kadar ürkütücüydü ki...

Dışarı çıktığımızda karın tutmaya başladığını gördüm, yine de hava yumuşaktı.

"Nereye gidiyoruz?" diye sordu Uygar.

"O adamı mahvedeceğim." Ediz'in sesi bomboştu. "Onu öldürmekten beter edeceğim, ölmek için yalvaracak."

Kimden bahsettiğini çok iyi biliyordum. Dedesinden bahsediyordu ve bu beni ürkütüyordu. Ne olursa olsun mantıklı düşünüldüğünde adam doğrusunu yapmıştı. Bana zarar vermemişti, sadece beni aileme teslim edecekti.

Ediz bunları görmek istemiyor gibiydi, sadece sonuçlara yoğunlaşmıştı. Şu an ne oluyorsa hepsi o adam yüzünden olmuştu ve Ediz bunun intikamını almak istiyordu.

"Ediz, öfkeyle hareket ediyorsun," dedi Gece. "Sen fevri bir adam değilsin. Biraz sakinleşsen?"

"Olanları görmedin mi?" diye patladı Ediz. "Yarasına dikiş atarken neler olduğunu ne çabuk unuttun? Hepsi o pezevengin suçu!"

"Ne olursa olsun o senin kanından ve..."

"Kesin artık!"

Uygar ve Gece bakıştılar. Ediz'in durumu iyiye gitmiyordu ve bunu fark etmek içime bir sıkıntının düşmesine sebep olmuştu. Onunla ilgili herhangi bir şey beni etkilememeliydi, onca şeyden sonra buna izin vermemeliydim. Hissettiğim merhamete engel olamıyordum ve duvarların ardına sakladığım benliğim, Ediz için gözyaşı döküyordu.

Tüm bunları nasıl kaldırıyordu?

Tüm bunları nasıl kaldırıyordum?

Beni arabaya bindirirken yüzündeki ifade kanımı dondurdu. O kadar yıkılmazdı ki onu bir harabenin önüne kurulan bariyerlere benzettim.

Ellerim yüzüne uzanmak için sızladı, sakallarını hissetmek ve ona her şeyin geçeceğini söylemek için sızladı.

Uygar ve Gece arka koltuğa oturduğunda Gece bana küçük bir çanta uzattı, bir makyaj çantası. "Yüzündeki kızarıklığı gidermen için," diye açıkladı.

Hiçbir şey söylemeden çantayı alırken içime dağılan parçaların saplandıkları yerlerden sızan karmaşa yavaş yavaş büyüyordu. Arabanın motoru çalıştığında ben de çantanın fermuarını açtım.

Titreyen ellerimle fondöteni tenime yedirmeye çalışırken güneşliği indirerek oradaki küçük aynadan kendime baktım. Solgun tenim ve morarmış göz altlarımla kötü görünüyordum.

Bir kat daha fondöten süreceğim sırada Ediz, "Yeter," dedi. Hiç yorum yapmadan fondöteni çantaya geri koydum. Yorgunluk omuzlarıma binmişti. Yaptığım makyaja bile nasıl karışabiliyordu? Dudaklara sürülen her şeyi es geçerek gözlerimdeki şişliği gizlemek için koyu bir göz makyajı yaptım. Daha doğrusu yapmaya çalıştım çünkü ellerim hâlâ titriyordu ve gözyaşlarım içimde saklıydı.

İşim bittikten sonra bütün makyaj malzemelerini yerine koyup fermuarı gürültüyle kapattım ve çantayı Gece'ye verdim.

"Gözümün önünden ayrılmayacaksın." Ediz bu sözleri dişlerinin arasından söylemişti. "Beni anladın mı?"

Sessizliğimi korumam daha da öfkelenmesine sebep oldu. "Sana beni anladın mı, dedim."

İçimdeki öfke bir harabenin içine saklanan canavar gibiydi; onu kontrol altına almaya çalışıyordum ama yaşadığım yıkım bütün gücümü elimden almıştı sanki. "Anladım," dedim.

Buz gibi bir sesle, "Güzel," deyince kırgın bakışlarımı cama çevirdim ve yolu izlemeye başladım. Araba gitgide hızlanıyor, yol altımızda nehir gibi akıyordu.

Ediz arabayı bir barın önüne park etti ve "Aklında ne var?" diye soran Uygar'a cevap vermedi. Arabadan inip önden dolandı. Ardından benim kapımı açarak elimi tuttu ve beni dışarı çıkardı. Bir an için dengemi kaybettiğimden ona tutunmak zorunda kaldım.

"İçerideki bar taburelerinden birinde oturacaksın," diye emir verdi. "Gözümün önünde olacaksın. Eğer gözden kaybolursan seni bulduğumda kıyametin olurum."

"Allah aşkına!" diye inledim. "Senden korkmuyorum!"

Birden durdu ve barın girişinde beni duvara yasladı. Şaşkınlıkla ona baktım. Gözlerindeki o tehditkâr ifade beni içine çeken bir bataklık gibiydi. Yüzünü yüzüme yaklaştırdığında gözlerinde yırtıcı bir hayvanın kükremelerinin gizli olduğunu gördüm. "Korkmalısın küçüğüm. Hem de çok korkmalısın."

Bir süre gözlerimin içine baktıktan sonra beni tekrar çekmeye başladı ve beraber bara girdik. İçerisi kalabalık değildi, hatta sadece birkaç masa doluydu. Ediz çevresine bakındıktan sonra bana döndü ve çenesinin ucuyla bar taburelerini işaret ederek, "Orada otur," dedi. "Tuvalete bile gitmeyeceksin. Ve hiçbir şey içme."

Bu sert tavrı karşısında bir an duraksadım, nefesim kesildiği için köprücük kemiklerim belirginleşmişti. "İştahım yok zaten."

"İyi," diye homurdandı ve elimi bırakarak masalardan birinde tek başına oturan bir adamın yanına gitti. Gözlerindeki gücün aksine bedeni yorgunluğunu ele veriyordu. Kaç gündür uyumuyordu acaba? Surat asıp bar taburelerinden birine oturdum ve üstümdeki ceketi çıkardım. Barmen bana yönelince yüzündeki yılışık ifadeye aldırmadan, "Bir bardak su alabilir miyim?" diye sordum.

"Tabii güzelim," dedi ve su istememi garipsemeden bana bir bardak su uzattı. Suyu aldığımda Ediz'e baktım, gözlerini dikmiş barmene bakıyordu.

Elimdeki suyu yudum yudum içmeye başladığımda yüzüme soğukluk maskemi takmıştım. Bu maske yüzümde olduğu zaman insanlar bana yaklaşmıyordu, o yüzden rahattım. Bir de başka sorunlarla uğraşmak istemiyordum.

Barmen mesajı almış olacak ki bana bir daha bakmadı bile. Zaten içeride benden çok daha güzel ve çekici kızlar vardı, adam dikkatini onlara vermişti. Elimdeki suya yüzümü buruşturarak baktım ve bardağı tezgâha koydum.

"Bakar mısın?" dedi biri. Sesin geldiği yöne bakınca yanımdaki bar taburesinde oturan adamın barmene seslendiğini gördüm. "Bir bira verir misin?"

Adam günün stresini atmak istiyormuş gibi kravatını gevşetti, sonra gözleri bana takıldı. Bir an yüzümü inceledikten sonra gülümsedi ve sevecen bir tavırla, "Merhaba," dedi.

"Merhaba," diye mırıldandım isteksizce. Omzumun üstünden Ediz'e baktığımda onun adama baktığını fark ettim.

"Seni daha önce hiç burada görmemiştim," dedi adam. Ediz'den birkaç yaş büyük gibi görünüyordu. "Üniversite öğrencisi misin?"

"Pek sayılmaz," dedim soğuk bir sesle. "Misafirim. Kalıcı değilim."

"Tahmin etmiştim," dedi barmenin ona verdiği birayı yudumlarken. "Seni görüp de unutmam pek mümkün olmazdı."

Yüzüme düşen saçlarımı kulağımın arkasına sıkıştırsam da saç tutamı kulağımın arkasından kurtuldu ve tekrar yüzüme düştü. Adam gülümseyerek hiç beklemediğim bir şey yaptı; elini uzattı ve önüme düşen saçlarımı kulağımın arkasına sıkıştırdı. Ve ne olduysa bunu takip eden saniyeler içinde oldu.

"O pis ellerini onun üzerinden çekmezsen..." diye başlayan bir cümle duydum ama devamını algılayamadım bile. Ediz birden adamın üstüne atlayınca çevredeki kızlardan birkaçı çığlık attı. Barmen şok olmuştu.

Ediz adamın sırtını tezgâha yaslayarak, "Canına mı susadın lan sen?" diye kükredi. Adama yumruk atınca yaşadığım şaşkınlık tıpkı bir sarmaşık gibi gözlerimdeki halelere dolandı. Ediz zaten patlayacak yer arıyordu, biliyordum ama böyle bir şey beklemiyordum. Pençelerini yine bana gösterir sanıyordum. Adamın çırpınmasına bile izin vermiyordu.

Çevredekiler onları ayırmaya çalışırken ben çoktan tabureden inmiştim ama hâlâ Ediz'in yüzüne bakıyordum.

Öfke, acı, çaresizlik, nefret... Hepsi yüzüne tutunmuştu.

"Sen delirdin mi?" Uygar'ın sesi barın içinde yankılandı. "Polisleri başımıza mı toplamaya çalışıyorsun?"

Uygar, Ediz'i güç bela adamdan uzaklaştırdı ama Ediz vahşi bir ses çıkararak ondan kurtuldu ve adama tekrar saldırdı. Bu kez Uygar'a bir iki kişi daha yardım edince Ediz onların elinden kurtulamadı.

"Ona kimse elini süremez!" diye bağırdı. "Duydun mu beni orospu çocuğu?"

"Ediz, kendine gel!" diye bağırdı Uygar ama Ediz onu duymuyordu bile. "Ediz! Kendine gel!"

"Doğa nerede?" diye hırladı Ediz. Bakışları beni bulunca yüzüne daha da karanlık bir öfke yayıldı. Onu tutan adamlardan kurtulup yanıma geldiğinde korkuyla geri adım attım ama beni tuttuğu gibi kendine çekti. Ardından barın çıkışına yöneldi.

"Ediz Bey!" Konuşmak için geldiği adam ona sesleniyordu. "Ediz Bey! Açacağınız dava ne olacak? Ediz Bey!"

Ediz ona aldırmadan yürüyordu ve adımları yeri titretecek kadar güçlüydü. Bu kadar kontrolünü kaybettiği zamanlarda ondan korkuyordum, adamı resmen hastanelik etmişti. Uygar ve Gece de peşimizden gelmeye başladığında etraftakilerden telaşlı mırıltılar yükseldi.

Ediz beni sertçe arabaya bindirirken gözlerinde hiçbir duygu kırıntısı yoktu. Bomboş bakışlar ve kaskatı bir çene... Fırtınanın yaklaştığını hissedebiliyordum, beni mahvedecekti.

Gece ve Uygar da arabaya bindi. O kadar telaşlıydılar ki onların paniği bana da bulaştı. Ediz vitesi sertçe takıp gaza yüklenince tekerlekler çığlık attı. Bu halleri çok korkutucuydu, delirmiş gibiydi.

Eve varana dek hiçbirimiz ağzımızı açamadık. Dışarıda yağmur yağmaya başlamıştı, daha doğrusu karla karışık yağmur yağıyordu. Büyük ihtimalle yarın bütün yollar buz tutacaktı ama bu şu an düşünmem gereken en son şey bile değildi.

Evin önüne geldiğimizde onun beni hırpalamasına fırsat vermeyerek arabadan çıktım. Yağmur damlaları hızla üzerime düşüyordu, ceketimi alamamıştım. Ediz arabadan çıkana kadar sırılsıklam olmuştum bile. Beni bileğimden tutup eve sokarken gözlerim korku ve şaşkınlıktan dolayı kocaman açılmıştı.

"Odaya gir ve gözüme görünme," diye hırladı. Ardından bağırdı: "Çabuk ol!"

"Ediz, ben..."

"Sus!"

Korkuyla bir adım gerileyerek ona baktım, her an cinnet geçirecekmiş gibi görünüyordu. Uykusuzluk ve sarhoşluğun üstüne gerginlik ve öfke de eklenince Ediz'in kontrolü cam gibi parçalanmıştı. Hiçbir şey söylemeden odaya yöneldim, bakışlarının ağırlığını sırtımda hissedebiliyordum. Odaya girip kapıyı hızla kapattım ve yatağın kenarına oturdum. Ellerimi alnımdan geriye doğru kaydırarak saçlarımı arkaya atıp kapıya baktım, kalbim hızla çarpıyordu. İçeride bir şeyler devrildi, çıkan her sesle birlikte irkildim. Ne olmuştu ona böyle? İyi bir adam olduğunu düşünürken ne kadar da yanılmıştım. İyi değildi, hem de hiç.

Geçmek bilmeyen saniyeler evin içine derin bir sessizlik getirdi. Bir süre korkuyla Ediz'in odaya gelmesini bekledim ama gelmedi. Üstümdeki kazak ıslak olduğu için beni rahatsız ediyordu, onu çıkarıp bir kenara attım. Sutyenim bile ıslanmıştı.

Ayağa kalkıp çekmeceleri karıştırmaya başladım ve etiketi üzerinde duran, bir servete mal olduğunu düşündüğüm iç çamaşırlarını görünce yüzümü buruşturdum. Üstümdeki sutyeni çıkarıp siyah sutyenlerden birini aldım ve hızla üzerime geçirdim.

Kopçaları takmaya çalışırken kollarım ağrımaya başladığı için omuzlarımı geriye attım ve kürek kemiklerim bir ressamın kaleminin ucuyla gölgelendirilmiş gibi belirginleşti. Ben kopçayla uğraşırken uzun, nemli saçlarım tenime değiyordu. O sırada elime değen başka bir ten hissedince donakaldım. Güçlü parmaklar sutyenin kopçasını ustalıkla kapattı ama sırtımdan uzaklaşmadı. Ediz parmak uçlarını tenimde gezdirdi. Dokunuşu bir bıçağın ucunun tenimde yavaşça ilerlemesi gibiydi, ürpermiştim.

Yavaşça ona döndüğümde şimdi simsiyah görünen gözlerinin derinlerine düşen meşalelerin ateşini seçebiliyordum. Yüzünde sakin bir ifade olsa da bu sakinliğin içine diri diri gömdüğü öfkesinin onu daha da tehlikeli bir hale getirdiğini biliyordum. Geri çekilmeden beni süzdü ve bakışlarındaki yoğunluk artınca tenimin ısındığını hissettim. Üstümde siyah bir sutyen, altımda deri bir tayt, ayağımda ince, uzun topukları olan bir ayakkabı vardı. Saçlarım nemliydi ve hafifçe kabarmış, birbirine karışmıştı. Göz makyajım gözlerimin altını hafifçe gölgelendirecek kadar akmış olmalıydı.

"Bana hâlâ kızgın mısın?" diye sordum, korkunun tadı damağıma yayılmıştı.

"Sence?" dedi boğuk bir sesle.

Gözlerimi gözlerinden kaçırarak, "Yanlış bir şey yapmak istememiştim," diye mırıldandım. "Sadece..." Sustum çünkü Ediz'in yüz ifadesi dilimde biriken bütün kelimelerin geriye devrilmesine sebep olmuştu.

"Sen benim sabrımı mı sınıyorsun?"

"Ne yaptığımı anlayamıyorum," dedim sessizce.

Gözlerini kapatıp bir süre öylece durdu. O sırada öfkesinin sakinliğine pençe attığını hissetsem de gözlerini tekrar araladığında sakinliğini koruduğunu gördüm. "O adamın amacı seni yatağa atmaktı."

"Sadece sohbet etmeye çalışıyordu!"

"Bir erkek barda güzel bir kızla sohbet etmek için sohbet etmez. Amacı farklıdır." Ediz'in sesindeki sabrın nabzı yavaşlamaya başlamıştı.

"Bana asılmadı," dedim kesin bir dille.

Ediz başını hafifçe geriye atıp gözlerini tavana dikti ve yavaşça yutkunurken âdemelması hareket etti. Bir süre öylece durduktan sonra bakışlarını gözlerime sakince indirse de bakışları korkmamı sağlayacak kadar sertti.

Bir eli yavaşça öne uzandı ve bileğimi tuttu. Beni çekmeye başladığında bir an ona direnecek gibi oldum ama ayağımdaki ayakkabılarla yere sağlam basamıyordum. Attığım her adımda topuklu ayakkabılarımın çıkardığı tok ses zemine su dalgaları gibi yayılırken beni sürüklemesine izin verdim.

Odadaki büyük aynanın önüne geldiğimizde gözlerimin içine baktı. Bir bebek tabutunu izler gibi izledim gözlerini; bana hem acı veriyordu hem de beni ürkütüyordu. Bir eli çıplak belimde yavaşça kayarak beni kavradı, kendine doğru çekip önüne aldı ve kollarını belime sardı. Nefesi tenime dökülmeye başladığında şeytanın kanatlarının üzerime kapandığını hissettim. Aynaya baktım ve göz göze geldik.

"Ne gördüğünü anlat bana," dedi yavaşça. "Kendine bak ve gördüğün kadını anlat."

Ama ben hâlâ ona bakıyordum.

"Kendine bak Şahmeran. Haydi."

Dediğini yaparak bakışlarımı aynadaki yansımama çevirdiğimde orada gördüğüm kadına onu ilk defa görüyormuş gibi baktım. Siyah sutyen göğüslerime tam oturmuştu, dibine ölülerin gömülü olduğu köprücük kemiklerim belirgindi, hafifçe aralık duran bacaklarım topuklu ayakkabılardan dolayı çok uzun görünüyordu ve badem şeklindeki iri gözlerim dalgın bakıyordu. Dağınık saçlarım ve hafifçe akmış makyajımla güçlü görünmekten çok uzaktım. Hemen arkamda duran adama sığınmış, sanki cennetten kovulduğum için cehennem kapısının önüne yığılmıştım.

"Duvarlarını yıkamıyorum." Beni daha sıkı sardı. "Ama dilinin bağını çözebilirim."

Saçlarımı omuzlarımdan geriye alarak boynuma yöneldiğinde sakallarının battığı yerlerden tanıdık bir güven duygusunun sızdığını hissettim. Dudaklarını boynuma bastırdığında bir ürperti hafif bir esinti gibi tüm vücudumu dolaştı.

"Sana seni göstereceğim," diye fısıldadı kulağıma doğru, sıcak nefesi göz kapaklarımın kapanmasına sebep olmuştu. "Sana hiç yaşamadığın bir şey yaşatacağım."

"Ediz..."

"Hişşşt," diyerek beni susturdu. "Bırak kendini."

Tamamen Ediz'e yaslandığımda bir kalemin ucundaki mürekkepten satırlara sırtlarını birbirine dayayan dağınık harflerle intihar cümleleri döküldü. Dudakları boynumu keşfetmeye başlayınca gözlerimi aralayarak aynadan ona baktım.

Eli tenimin üzerinde aşağıya doğru kaymaya başlamıştı. "Bana ne yapacaksın?" diye fısıldadım. Parmak uçlarıyla tenimde bir yangın başlatıyordu.

"Seni cennetime alacağım."

Ediz Çağıran'ın cenneti...

Onun cennetinde nehirler kandan, ağaç kökleri cesetlerden, gökyüzü alevlerden beslenirdi. Onun cenneti, cehennemin ta kendisiydi.

Başparmağıyla yavaşça karnımı okşamaya başladığında hızlanan nefeslerim hafifçe aralanan dudaklarımın arasından dökülüyordu. Gözlerimi kapatıp yüzümü Ediz'in boyun girintisine çevirdim.

Şeytanın asıl ini burasıydı ve cennetin içine saklanmıştı.

Ediz, "Gözlerini aç," diye fısıldadı ama dediğini yapamadım. "Gözlerini aç küçüğüm."

Ben yine gözlerimi açamayınca Ediz'in eli daha da aşağıya inmeye başladı. Parmak uçları deri taytımın içine kayınca donup kaldım.

"Benden korkma." Sesi güven vericiydi. "Sana zarar vermeyeceğim."

Ondan korkmadığımı, ateşten de olsa sığındığım tek kapı olduğunu söylemek için dudaklarımı aralasam da adını mırıldanmaktan başka bir şey yapamadım.

"Sence benim için çok mu kolaydı?" diye sordu, sesi yorgundu. "O anı izlemenin ne demek olduğunu biliyor musun? Ölmene izin veremezdim."

Gözlerimi hafifçe aralayıp ona baktım, tam şahdamarının altına sığınmıştım. İşte o kan nehri tam burada, boynundaydı.

Başımı çevirip aynadaki yansımamıza baktım. Geceye karışan ay ışığının altında her şey gri görünüyor, Ediz'in gözlerindeki boşlukta o meşale derinlere düşmeye devam ediyordu.

Kulağıma, "Utanmanı istemiyorum," diye fısıldadı, sesinde anlamını çözemediğim bir şeyler vardı. "Benim yanımda özgür ol."

Eli yavaşça daha da aşağılara kaydığında bedenim yay gibi gerildi ve dudaklarım aralanırken tenimin altına bir sıcaklık yayıldı.

"Bir daha gitmeyi aklından bile geçirme."

Elini iç çamaşırımın altına kaydırınca titredim. Dudaklarım kupkuru olmuştu. İnleyerek başımı geriye attım. Bütün hücrelerim aynı anda yanmaya ve buz tutmaya başlamıştı. Ediz'in gözlerindeki meşale en derine ulaşıp yere çarptığında alevler bir anda her yana yayıldı.

Dudaklarını kulağıma yaslayarak, "Sen benimsin," dedi. Sonra elini tam orama bastırıp beni bedenine iyice yaslayarak erkeksi bir sesle, "Her şeyin benim," dedi.

Dudaklarım iyice aralanırken nefesimin kesildiğini hissettim ve bana bile yabancı gelen bir sesle, "Ediz..." diye inledim.

Ediz iki parmağıyla o noktada daireler çizmeye başladığında tutunma ihtiyacı hissederek bir elimi geriye attım ve Ediz'in tişörtünü sıkıca kavrayıp kıvranarak küçük bir çığlık attım. Nefes alıp verişlerim hızlanmıştı, kalp atışlarımın sesi boğazımın gerisinden yükseliyordu.

Ediz otoriter bir sesle, "Gözlerini açmanı ve aynaya bakmanı istiyorum," dedi. "Gözlerini açmazsan sana istediğini vermeyeceğim."

"Senden ne istiyorum ki?" diye fısıldadım kurumuş dudaklarımın arasından.

Sanki o noktaya daireler çizen parmakları bir girdap oluşturuyor, bedenimdeki bütün hisler o girdaba çekilerek onun parmaklarının altında toplanıyordu. Tişörtünü daha sıkı kavrayıp çekerek dudaklarımı birbirine bastırdım ve kıvranarak inledim.

"Bedeninin istediği," dedi yavaşça. "Şu an bana muhtaçsın. Sana istediğini sadece gözlerini açıp aynaya bakarsan veririm."

Kendi içimde kaybolmuş gibi birkaç saniye bedenime komut verememesem de gözlerimi aralayarak yavaşça aynaya çevirdim ve kendime değil, ona baktım. Dağınık saçları, kemikli yüzündeki kirli sakalı ve gözlerindeki o yoğunlukla beni kolumdan tutup varlığından bile haberimin olmadığı mahzenlerime sürükledi.

"Yüzüne bak ve şu an ne kadar güzel göründüğünü fark et."

Gözlerimi kendi yansımama çevirdiğimde bir kolunu geriye atıp yaslandığı adama tutunan o kadını gördüm. Göğüs kafesi hızla inip kalkıyordu. Dudakları aralanmıştı ve gözleri parlıyordu.

"Bunu sevdim. Bana ihtiyacın var."

Onun da nefesleri hızlanmıştı ve bu, içimdeki yangını körüklüyordu.

"Söyle bana," diye fısıldadı. "Güzelsin. Bunu söyle."

O beni kendine daha da bastırıp işkencesine devam ederken acı ve zevkle, "Ediz..." diye inledim.

"Söyle."

"Güzelim." Sesim bir fısıltıdan farksızdı.

Gözlerimin önüne siyah bir perde inecekmiş gibi hissettiğimde, "Çok güzelsin," diye diretti.

"Çok güzelim," diye inledim.

"İşte benim kızım," dedi memnun bir şekilde. "Peki, sen kiminsin?"

"Kimsenin." Ediz elini biraz daha bastırınca inleyerek başımı arkaya attım ve tamamen ona yaslandım.

"Kiminsin?" diye sordu tehditkâr bir sesle.

"Seninim... Senin."

Dudaklarının kenarları, elleriyle öldürdüğü bir meleğin kanatlarını taşıyan şeytan misali zaferle kıvrılırken gözlerinde karanlık bir ifade vardı.

İşkencesine devam ederek, "Rahatlamak ister misin?" diye sorunca, "Lütfen buna bir son ver," diye yalvardım.

"O zaman şunu öğreneceksin: Ben, benim olanın gülümsemesini bile paylaşmam. Sadece bana gülümse. Bana o herife gülümsediğin gibi gülümsemiyorsun."

Bu sözleri içimde bir ormanın kendi ağaçlarının kökünü topraklarından atmasına ve intihar etmesine sebep oldu.

"Bir daha gitmekten bahsetmeyeceksin."

Gitmek istemiştim çünkü artık parçalanıyor ve keskinleşiyordum. Benliğimi kaybediyordum. Bir zamanlar kötülüğü bildiğimi ama istemediğimi düşünürdüm. Kötülüğü bilmediğimi onu soluyunca fark etmiştim. Şimdi onu öğreniyor ve topraklarına saplanıp kalmaktan korkuyordum.

Ediz boştaki eliyle çenemi sıkıca kavrayıp yüzümü kaldırarak kendi yüzünün hizasına getirdi ve dudaklarını dudaklarıma bastırdı. Dili dudaklarımı kolaylıkla aralayıp istila etti. Beni sertçe, tutkuyla öpmeye başladı.

Bedenimde oluşturduğu girdap büyüyerek vücudumdaki bütün hisleri içine çekti ve tek bir duygunun içinde boğmaya başladı. Girdap büyüdü, büyüdü. Ediz hızını artırdığında ona tutunan ellerim uyuştu ve bedenim yay gibi gerilirken dudaklarım dudaklarından ayrıldı, gözlerim yukarıya doğru kaydığında bir an için dünya karardı. Ardından içimde büyüyen his öyle bir dağıldı ki oluşan girdap bütün duygu cesetlerini serbest bıraktı.

Dizlerimin bağı çözüldüğünde Ediz, "Aferin küçüğüme," diye mırıldandı. Tekrar boynunun girintisindeki o şeytan inine sığındım. Bir elim cansız bir şekilde göğsünün üzerinde duruyordu. Bütün ağırlığımı ona vermiştim ve nefesim tenine dökülüyordu.

Beni kucağına alıp yatağa taşırken, yaşadığım değişimden dolayı hâlâ kendime gelememiştim. Yanıma uzandı ve gözlerimi hafifçe aralayarak ona baktım, teslim olduğum adama...

"Uyumama yardım eder misin?" diye sordu yorgun bir sesle. "Kaç gündür uyuyamıyorum."

Yatakta ona doğru kayıp başımı göğsüne yasladım ve kolumu beline sararak boşluğa baktım. O da kolunu belime sıkıca sardığında gözlerimi yavaşça kapattım.

Tanrı, şeytanın inini onun boynunun girintisine saklamıştı.

10. YILBAŞI

Yeni yıl.

Sırtında torbalar dolusu anıyı taşıyan bir kavramdı bu. Saatler gece yarısını gösterdiğinde insanın kulaklarını açılan yeni bir sayfanın sesi doldururdu. O bembeyaz sayfa, yeni anılar karalamak için titreyen bir kalemin ucunda gizlenen duygulara gebeydi.

"Ediz." Çimen yeşili gözler bana döndüğünde dün gece olanları düşünmemeye çalışıyordum ama kafamın içine yerleşmiş olan utanç, yanaklarımı kırmızıya boyuyordu. Ediz bakışlarını tekrar elindeki gazeteye çevirdi ve yarım bıraktığı makaleyi okumaya devam etti.

"Söyle ufaklık," derken gözlerini gazeteden ayırmamıştı.

"Beni kaçırdığında," diye söze başladım Uygar ve Gece'nin bakışlarına aldırmadan, "cebimde telefonum ve bir miktar param vardı. Onları attın mı?"

Ediz bakışlarını tekrar gazeteden kaldırdı ve gözleri gözlerimi buldu. Sorduğum sorudan şüphelenmiş ama yüzündeki ifadesizliği korumuştu. "Hayır."

Aklımda dönen yeni fikirler bana hüzünlü bir şekilde gülümserken, "Parayı alabilir miyim?" diye sordum.

"Paraya mı ihtiyacın var?" Bakışları sertleşmişti. "Paraya ihtiyacın varsa bana söylemen yeterli, biliyorsun değil mi?"

"Kendi parama ihtiyacım var," dedim omuz silkerek.

"Kaçmayı falan düşünüyorsan..." Bu sözler dün gecenin anılarını zihnime taşıyınca yine yanaklarımın ısındığını hissettim. Hiçbir şey olmamış gibi davranıyordu ve açıkçası böyle davranması daha rahat hissetmemi sağlıyordu. Herhangi bir imada bulunduğu takdirde daha da utanacaktım. Sözlerine devam etti: "...bunun cevabını aldın. Böyle bir şeye izin vermem."

Sesi sertleşince bir an ona baktım ve bir kez olsun bu tavrı takınmamasını diledim. Çok yıpratıcıydı ama bunun farkında bile değildi. Derin bir nefes alıp arkama yaslandım ve bir dizimi yukarı çekerek ayağımı koltuğa koydum. Beni dikkatle inceliyordu.

"Kaçmayacağım," dedim sessizce. "Yemin ederim."

Sadece aklıma içimi ısıtan bir fikir gelmişti ve onu hayata geçirmek istiyordum. Belki yapacağım şey çok da mantıklı değildi ama içimden geliyordu işte. Yoksa bir kurbanın katiline hediye aldığı tarihte pek görülmüş bir şey değildi.

Ama bunu yapacaksam da kendi paramla yapmak istiyordum. O para tamamen benim emeklerimin sonucuydu, babama ait değildi. Her gün okul çıkışı çalıştığım kitapçıda kazandığım, kitap sayfalarına bekçilik ettiğim günlerin karşılığında aldığım paraydı. Çok büyük bir miktar değildi belki ama bana aitti.

Hem Ediz'e öyle çok değerli bir şey alamazdım çünkü belki de çöpe atacaktı. Sonuca saplanıp kalmak yerine nedene yoğunlaşmak istiyordum, zaten her neden bir başka nedenin sonucuydu. Sadece içimdeki kuru yaprakları dökmek istiyordum ve bunu yapabilecek tek şeyin, Ediz'in o anki yüz ifadesi olacağını biliyordum.

Şaşkınlıkla bakan çimen yeşili gözler... Ediz'in yüz ifadesi olmayı seviyordum. Normalde her daim çelik gibi olan yüz ifadesi, söz konusu ben olunca sarsılıyordu. Sanki yüz hatlarının kıvrımlarından başımı uzatıyor ve kendi yüzüme bakıyordum.

Ediz soğuk bir sesle, "Sana inanmıyorum," dedi.

"Kendi paramla bir şeyler yapmak istiyorum," diye sızlandım. "İstersen yanımdan hiç ayrılmazsın."

"Zaten yanımdan hiç ayrılmayacaksın." Elindeki gazeteyi kenara koydu ve delici bakışlarını yüzüme çevirdi. "Elimi hiç bırakmayacaksın."

"O zaman sorun ne?" diye sordum gözlerinin içine bakarak. "Lütfen. Bu gece yeni yıla giriyoruz."

"Ne olmuş yani?" Bugünü zerre kadar umursamadığını yüz ifadesinden anlayabiliyordum, her zamanki gibi hayran kaldığım bir tepkiydi bu. Herkes sadece bir rakamın değişmesini kutlarken o kendi dünyasında, kendi gerçekleriyle nefes alıyordu.

"Haklısın," diye mırıldandım. Onunla laf dalaşına girmeyecektim ya da kaybedeceğimi bildiğim bir savaş ilan etmeyecektim.

Zaten saçma bir fikirdi. Mantık sınırları dışında, bir mayın tarlasında dolaşıyordum. Ediz'e doğru attığım her adımda mayın sayısı artıyordu ve ölüme daha çok yaklaşıyordum. Gözleri yüzümde dolaşırken hiçbir şey olmamış gibi bir kolumu koltuğun kolçağına dayadım ve pencereden dışarıyı izlemeye başladım.

Perdeleri olmayan, Fransız tarzı pencerelerden beyaz kar tanelerini net bir şekilde görebiliyordum. Bulutlardan kopan taneler aşağı yavaş yavaş süzülüyor, yere düşüp diğer kar tanelerine karışıyordu.

"Şahmeran?" Ediz'in kadife sesi kulaklarımı doldursa da ona bakmadım ve kar tanelerini izlemeye devam ettim. Büyük ihtimalle yine can sıkıcı bir şeyler söyleyecek, moralimi iyice aşağı çekecekti.

"Şahmeran." Bu sefer isteksiz bir şekilde başımı ona çevirdim. Gözlerinde tanımlanamaz bir ifade vardı, dile getirilmeyi bekleyen kelimeler dolanıyordu sanki.

"Efendim?" dedim ama o sırada zil çaldı. Bakışlarım ondan koparak kapıya çevrildi ve gergin bir şekilde kaşlarımı çattım. Kaldığımız süre boyunca bizim için bir sığınak görevi gören bu eve şimdiye kadar kimse gelmemişti. Uygar hiçbir şey olmamış gibi kapıya yönelirken Ediz hâlâ bana bakıyordu.

"Paranın hepsini mi istiyorsun yoksa bir kısmını mı?"

Bu basit cümle gözümün önünde havai fişek gibi patlarken şaşkınlıkla Ediz'e baktım. Yüzümde nasıl bir ifade belirdiğini bilmiyordum ama dudaklarının hafifçe kıvrıldığını gördüm. Tabii bu benim hayal gücümün bir ürünü de olabilirdi. Hangi ara bu kadar basit bir cümleden bu denli mutlu olmaya başlamıştım?

"Gerçekten verecek misin?" diye sordum kulaklarıma inanamayarak. Oysa ben çoktan beyaz bayrak sallamış ve pes etmiştim.

"Sence ben şaka yapan biri miyim Güngör?" Ediz kaşlarını kaldırdı.

"Hayır," dedim ama sesim gülümsüyordu. Çalan kapıyı ve gelen kişinin kim olduğuna dair aklımın bana yönelttiği soruları unutuvermiştim.

Uygar kapıyı açarken Ediz, "Gece dışarı çıkacağız," dedi. "Yanımdan bir saniye bile ayrılmamak şartıyla istediğini yapabilirsin. Fakat beni saçma sapan çocuk işleriyle yorma, yoksa eve geri döneriz."

Huysuzluk ettiği için bir an yüzümü buruşturmak istesem de kendimi tuttum ve aklımın duvarlarına asılı duran fikrime yoğunlaştım. Ona bir hediye alacaktım. Fikir bu yalın haliyle kulağa çok güzel geliyordu fakat derine indikçe kararsız kalıyordum.

Bir katile ne alınırdı ki?

Aklıma gelenlerle kafamda bir liste oluştururken tekrar Ediz'e baktım ve gözlerinde anlam veremediğim bir parıltı gördüm. Yüzündeki ifadesizlik hâlâ öylece duruyordu fakat gözlerinde başka bir şey yazılıydı.

Bakışlarımı ondan uzaklaştırıp soran gözlerle kapıya baktım ve bir an donup kaldım. Çimen yeşili gözleri hâlâ üzerimde hissedebiliyordum. Ediz verdiğim tepkiyi dikkatle inceliyordu.

"Egemen?" dedim inanamayarak.

"Şunun suratına bak!" dedi Egemen gülerek. "Şok oldu!"

"Biz geldik!" Kızlar arkadan bağırırlarken kapıdan içeri Gökalp girdi ve onu ayağındaki karları silkeleyerek içeri giren Kutay izledi. Hepsinin kafasında şapka vardı ve burunlarının uçları kızarmıştı. Eldivenlerini çıkarmakta olan Egemen'in yüzüne ışıl ışıl bir gülümseme yerleşmişti. Uygar kapıyı kapattığında kızlar da gülüşüyorlardı.

"Yollar buz tutmuş ya!" dedi Yeliz, Egemen'in yanına gelerek. "Neden şehir dışında ev tuttunuz ki?"

Hiçbir şeyden haberi olmadığı için bu durumu garipsediği ortadaydı ama fazla üzerinde durmadı. O sırada Yeliz'in başındaki şapkayı çeken Egemen'in gülümsemesi büyüdü. Bana bakarak kollarını iki yana açtı.

"Gel buraya zilli."

Bakışlarım Ediz'in yüzüne kaydığında tüm bunlardan haberinin olduğunu anladım, geleceklerini biliyordu. Ona dair yaşadığım ikinci şaşkınlık da bedenimi sararken oturduğum yerden kalktım. Dikişlerim acımıştı ama aldırmadım. Doğruca Egemen'in kollarına yöneldiğimde bütün bakışlar üzerimizdeydi.

Kollarımı boynuna sardığım zaman ilk hissettiğim şey soğuğun kokusu oldu, ardından burnumu parfümünün kokusu doldurdu ve o tanıdık güven hissini tattım. İçim sevinçle dolsa da kalbim sıkışmış, boğazıma bir şeyler düğümlenmişti. Gözlerim yaşlarla dolarken bunun hâlâ gerçek olup olmadığını düşünüyordum.

Egemen beni yavaşça bırakıp yüzüme baktı ve gözleri şaşkınlıkla büyüdü. "Ağlıyor musun sen?"

Gözyaşlarım yanaklarıma süzülürken titreyen alt dudağımı ısırdım ve başımı iki yana salladım.

"Doğa?" dedi Sıla. "Bizi gördüğüne sevinmedin mi?"

"Neden ağlıyorsun ya?" Yeliz dudaklarını sarkıtmıştı. Gökalp'in dudaklarındaysa küçük ama anlayışlı bir gülümseme vardı.

"Sevindim," dedim boğuk bir sesle. "Çok sevindim... Ne işiniz var burada?"

"Moralinin iyi olmadığını duyduk," dedi Kutay, bakışlarım ona kayınca gözlerimiz buluştu. "Yapacak başka işimiz yoktu, atlayıp geldik."

"Evet, seni çok özledik," dedi Yeliz. "Egemen sürekli seni ziyaret etmekten bahsediyordu zaten. Ve biliyor musun Doğa? Biz Egemen'le sevgiliyiz!" Gözlerinin içi parlamıştı. "Sen gittikten hemen sonra oldu ve sana haber veremedim. Senin şu Şahmeran hikâyen... çok ilham vericiydi."

Şahmeran'dan bahsetmesi beni biraz huzursuz etmişti, Ediz'in bunu bilmemesini tercih ederdim. Bakışlarının ağırlığını sırtımda hissetsem de aldırmadım ve gülümsedim. "Biliyorum. Hatay'dan ayrılmadan hemen önce yürüyüş parkının orada sizi el ele görmüştüm."

Egemen'in gözleri bir an hüzünle parladı. "Sinema sözümü tuttum."

Yanağımdaki yaşları elimin tersiyle silerken güldüm. Hem hüzünlü hem mutlu olmak böyle bir şeydi demek ki. Daha önce hiç almadığım, dilimin tanımadığı bir tattı bu. "Aferin size," dedim.

"Bizi misafirin olarak kabul ettiğin için teşekkürler," dedi Gökalp omzumun üzerinden arkama bakarak. Bakışlarını takip edip ben de arkama bakınca Ediz'in yanımıza geldiğini gördüm. Çok belli etmiyordu ama rahatladığını görebiliyordum.

"Önemli değil," dedi kendinden emin bir sesle. "Gelmeniz Doğa için iyi oldu."

Yüzüm Ediz'in yüzüne takılıp kalsa da bu durum dikkat çekeceği için kendime engel oldum. Bu yaptığının benim için ne kadar çok şey ifade ettiğinin farkında mıydı acaba? Sadece bunun için bile son zamanlarda yaşanan her şeyin üzerine kara bir çarşaf örtebilir, bütün kötü anıları silebilirdim.

Daha önce kimse benim için bir şey yapmamıştı, kimse kalkıp benim için gelmemişti.

İçimdeki kasvetli hava gözlerime gözyaşı olarak yansıyınca bunu engellemek için gülümsedim ve Yeliz'e baktım. Sıcacık bakışları beni buldu ve bir an için odaya garip bir sessizlik çöktü. Ardından ikimiz de gülerek birbirimize sarıldık.

"Seni ilk gördüğümde böyle sarılacağımızı söyleseler hayatta inanmazdım," dedi o neşeli sesiyle.

"Al benden de o kadar," derken onları gerçekten sevdiğimi fark ettim. Mesafeler bir şeylerin yerini dolduracak olan gerçekleri doğuruyordu, hissettiğim şey saf sevgiydi.

Daha önce hep arzuladığım ama hiç sahip olamadığım arkadaşlarımı bana Ediz vermişti. En büyük acıyı, en büyük utancı da o vermişti. Belki bunun üzerinde daha fazla durmam gerekiyordu fakat hayatımda hiç tatmayacağım kadar güzel şeyleri o sunmuştu bana ve bu benim için daha önemliydi. Sıla'ya sarıldığımda herkesin yüzüne bir gülümseme yayılmıştı. Tek bir kişi dışında: Ediz Çağıran.

Gökalp'e de sarılırken ceketine sinen sigara kokusu burnumu doldurmuştu ama bu kokuyu bile seviyordum. Onlara dair her şeyi seviyordum, onlarla ilgili her şey şu an içimi ısıtıyordu. Fakat sıra Kutay'a geldiğinde ikimiz de bir an tereddüt ettik.

Açık kahverengi tonlarındaki gözlerine baktığımda çok derin bir suçluluk hissettim. Beni nasıl sevebilmişti, bilmiyordum. Garipti çünkü onu kullanmıştım. Daha doğrusu onu kullanmaya zorlanmıştım ama bu gerçek, kendimi kötü hissetmeme engel olamıyordu.

Bana kalsaydı ona sarılmak ile sarılmamak arasında gidip geldiğim için öylece dururdum fakat Kutay beni bu ikilemden kurtardı.

Beni kollarının arasına çektiğinde tereddüt etmeden kollarımı ona doladım. Uzun boylu olduğu için başımı ancak omzuna yaslayabiliyordum. Beni sımsıkı sarmış, çenesini başıma dayamıştı.

"İyi misin?" diye sordu alçak sesle. "İyi şeyler olmamış, duydum."

Gözlerimi kapatırken içim suçlulukla kavruluyordu. "İyiyim."

Aslında bu koca bir yalandan ibaretti ve bunu Egemen ile Kutay'dan başka kimse bilmiyordu. Ediz, Uygar ve Gece zaten benim çöküşüme günbegün şahit oluyordu ama diğerleri işin aslını bilmiyordu.

Ben de bu gece görmezlikten gelecektim. Ayrıntıları rafa kaldırıp yıkımın panoramasını izlediğim o tepeden indim. Her şey yolundaydı. Bundan daha güzel bir an olabilir miydi?

Bu gece karanlık düşünceleri çöpe atacaktım.

Kutay'ın kollarının arasından çıkarken gözlerindeki ifadeyi çözemiyordum. Ne hissettiğini, ne düşündüğünü kestiremiyordum. Burada olmaktan memnun gibi görünüyordu fakat bu bir numara da olabilirdi.

"İyi olacak," dedi duvarların ardındaki Doğa. Hayatlarına dokunduğumuz insanlar genellikle mutlu olmuyorlardı. O gerçek mutluluğu bulduğunda biz güneşte kalmış buz parçaları gibi eriyip yok olacaktık. O günün geleceğini biliyordum, henüz on sekiz yaşındaydık. Hayat bizim için yeni başlıyordu. Daha doğrusu onlar için...

"Yapabildiğimiz kadar çok şey yapalım," dedi Yeliz dudaklarını bükerek. "Biz gelirken cips, çerez, aklınıza ne geliyorsa aldık. Gece yarısı olmadan dışarı çıkalım."

"Meydanda kutlama varmış," dedi Gece. "Bu arada hoş geldiniz."

"Hoş bulduk," dedi Yeliz herkes adına cevap vererek. "O zaman hemen işe koyulalım."

Yeliz'in o kadar masum, o kadar çocuksu bir heyecanı vardı ki bu hali herkese bulaşıyordu. Egemen sevgiyle gülümseyerek Yeliz'in başına bir öpücük kondurdu. Bunu yaparken kokusunu içine çektiğini fark ettim. Yeliz de ona gülümsedi ve sinir bozucu bir sesle, "Vampirler sevgilim," dedi. "Vampirler."

Gökalp, Sıla ve Kutay sesli bir şekilde kahkaha atınca vampirlerin aralarında hâlâ tartışma konusu olduğunu anladım. Yeliz küçük bir çocuk gibi kıkırdarken Egemen sabır dilercesine yukarı baktı. "Şimdi gösteririm ben sana vampirleri!" dediği sırada Yeliz çoktan kaçmaya başlamıştı. Egemen de peşinden koşmaya başlayınca Yeliz bir çığlık attı, ardından kapıyı açıp dışarı kaçtı. Dışarıdan çığlıklar ve gülüşme sesleri gelirken yüzüme tatlı bir gülümseme yayıldı.

"Haydi, malzemeleri getirelim," dedi Kutay gözlerini devirerek. "Bunlar yine oynaşacak."

Ediz'in bütün itirazlarına rağmen çorbada tuzum olsun diye ben de poşetlerin taşınmasına yardım ettim. Hava buz gibiydi ve bir şeyler taşımam yasaktı fakat umursadığım söylenemezdi. Ediz peşimden gelip elimdeki poşetleri almaya çalışınca ona öfkeli gözlerle baktım.

Fakat onunla savaşmak kesinlikle mümkün değildi. Bütün cephane ondaydı ve beni tek bir harekette yere serebiliyordu. Elimden aldığı poşetlerle içeri yürürken arkasından öfkeyle baktım, peşinden gitmediğimi görünce o da omzunun üstünden bana baktı.

"Yürümeyi düşünüyor musun?"

Somurttum. "Hayır."

"Beni yanına getirtme istersen." Sesinde yanıltıcı bir gülümseme vardı, sahte bir ifadeyle beni tehdit ediyordu. "İçeri gir Doğa."

"Yaptığım şeylere sürekli burnunu sokuyorsun," diye söylendim. Kaşlarını hafifçe çatsa da yüzünde alaycı bir ifade belirmiş, dudakları hafifçe kıvrılmıştı.

"Dua et, başka bir şey sokmuyorum."

Ben ağzım açık halde ona bakakalırken önüne dönüp yürümeye devam etti. Öfkeyle peşinden gittim ve "Sen ne edepsiz şeysin ya?" diye bağırdım. Yüzündeki alaycı ifade değişmemişti, benimle resmen dalga geçiyordu. "İğrenç herifin tekisin. Başka bir şeymiş, lafa bak!"

Ediz önüme geçerek bana kapıyı açtı ve eğlendiğini belli eden bir ifadeyle yüzüme baktı. "Bir daha edepsiz desene. O kelimeyi söyledikten sonra dudakların çok güzel aralanıyor."

İkinci bir şokla ona bakarken, "Kafana saksı falan mı düştü?" diye sordum ama bana aldırmadı ve dudaklarıma baktı. Ardından alaycı bir şekilde gülerek bakışlarını benden uzaklaştırdı ve mutfağa doğru yürüdü.

"Bak, nasıl da geldin peşimden," dedi gülerek. "İşte benim kızım."

"Oyunbozansın!"

Ediz hiçbir şey söylemeden tekrar güldü ve poşetlerin içindekileri çıkarıp tezgâha koymaya başladı.

Sonraki birkaç saatimiz kahkahalarla, sohbetlerle ve iğrenç esprilerle geçti. El birliğiyle kendimize bir şeyler hazırlamış, salondaki orta sehpayı çerezlerle, cipslerle doldurmuştuk. Erkekler hemen içkilere el atmışlardı. Ediz ise onlardan bağımsız bir şekilde benim yanımda oturuyordu.

Muhabbetlere ara sıra kısa cümlelerle katılıyor, onun dışında sürekli içiyordu. Bir kolunu benim yaslandığım yerin arkasına atmıştı ve belli aralıklarla yüzüme bakıyordu. Genel olarak güldüğüm için onu takip edemiyordum ama birkaç kez bakışlarını yakalayıp ona gülümsemiştim.

Belirgin bir şekilde rahatladığını görebiliyordum, evdeki hastalıklı hava dağılmıştı. Egemen ve Yeliz sürekli tartışıyorlardı ama tartışmalarını hiçbir sonuca bağlayamadan birbirlerini öperek sakinleştiriyorlardı.

O kadar güzellerdi ki onların mutluluğu benim de kalbimi dolduruyordu.

Tek sinir bozucu mesele, Başak'ın adının geçmesi olmuştu ve Kutay bu konuyu bilerek ortaya atmıştı.

"Başak'ın sana selamı var," dediğinde salona bir an sessizlik çökmüş, bütün bakışlar Ediz'e çevrilmişti. "Seni özlediğini söyledi."

Ediz, Kutay'ın yüzüne bakarken ben de Ediz'in yüzüne bakmıştım. Gözleri ifadesizdi, sanki Kutay'ın oturduğu yerde kimse yoktu. Bir an düşünüyormuş gibi başını hafifçe yana yatırmış ve muzip bir ifadeyle gülümsemişti.

"Başak kimdi?"

Bu soru üzerine Yeliz gülünce sessizlik bozulmuştu. Beni asıl şaşırtan, Ediz'in verdiği cevabın tatmin ediciliği olmuştu. Duvarların ardındaki Doğa olduğu yerde zıplamaya başlamış, sevinçle havaya bir yumruk savurmuştu.

Gereksiz diyaloglar havada uçuşurken bir ara Ediz oturduğu yerden kalktı ve gözden kayboldu. Gözüm sürekli kapıya takılsa da muhabbetten kopmamıştım fakat kendimi garip hissetmiştim, bu tür ortamların ona göre olmadığını biliyordum. Üstünde ceketiyle geri dönünce doğruca yanıma geldi.

"Gece yarısına az kaldı," derken elini bana uzatmıştı fakat salondakilere bakıyordu. "Gidelim artık."

Herkes saate bakıp söylene söylene ayaklanırken elimi Ediz'in elinin içine kaydırdım ama tereddüt etmiş, huzursuz olmuştum. Kimse aramızda neler döndüğünü bilmiyordu ve şüphelenmelerine de gerek yoktu. Bir an gözler birbirine kenetlenen ellerimize sabitlense de kimse soru sormadı ya da bir yorumda bulunmadı.

Arabalara dağıldık ve Uygar ile Gece bizimle aynı arabaya bindi. Diğerleri de kendi aralarında ayrıldılar. Hava gerçekten soğuktu. Ediz ısıtıcıyı açtığında iki dakikada buz gibi olan ellerimi ısıtıcının önüne tuttum.

"Kutay hâlâ sana karşı bir şeyler hissediyor," diye mırıldandı Ediz. Bakışlarım ona çevrilirken arabayı çalıştırdı ve güçlü motorun sesi içeriyi doldurdu.

"Bu senin suçun," dedim, içimdeki suçluluğu biraz olsun paylaşma ihtiyacı duyuyordum. Suç benimdi, kabul eden bendim. Böyle bir şeye asla ihtimal vermediğimdendi belki ama olmuştu işte. Kutay bir şekilde bana değer vermişti ve işler benim beklediğimden çok farklı gelişmişti.

"Işığıyla bir adamı kendine âşık eden küçük kız ben değilim," dedi Ediz kuru bir sesle.

"Sen istemiştin," diye homurdansam da Ediz cevap vermedi.

"Değişen tek şey takvimler," dedi bir süre sonra. "Bunu kutlamanın neresi mantıklı?"

"Öyle deme," dedi Gece arkadan. "Bir şeyleri geride bırakman için bir fırsat. Anılar yıllandıkça tazeliğini yitirir, bu bir umut."

"Senin hayatına da bir umut girdi, değil mi Ediz?" Uygar bunu öyle bir ses tonuyla sormuştu ki omzumun üstünden ona bakma ihtiyacı hissettim. Gözlerim onu bulduğunda bakışları Ediz'in üzerindeydi ve yüzünde ona meydan okuduğunu gösteren bir ifade vardı. Direksiyonu kavrayan elleri kasılsa da Ediz hiçbir şey söylemedi.

Aralarındaki gerginlik beni rahatsız ediyordu, bir haftadır bu halde olduklarını biliyordum. En son benim yüzümden tartışmışlardı ve o günden beri aralarında soğuk rüzgârlar esiyordu.

Önce Uygar'a, sonra Ediz'e bakarak, "Yapmayın böyle," dedim. "Bugün yeni bir yıla gireceğiz. Küs mü girmek istiyorsunuz?"

"Biz çocuk değiliz ki küselim," dedi Ediz. "Ayrıca yeni yıl takvimlerin değişmesinden başka bir şey değil. 'Yıla nasıl başlarsan öyle devam eder' saçmalığına da inanmıyorum."

Ediz inatçı domuzun tekiydi ama Uygar daha ılımlıydı. Geri adım atarsa araları düzelebilirdi. Bakışlarımı ona çevirirken gözümün önüne düşen saçlarımı kulağımın arkasına sıkıştırdım.

"Uygar, bari sen yapma," dedim huzursuz bir şekilde.

"Bunu onun iyiliği için yapıyorum," diye homurdandı Uygar. "İnadı yüzünden bütün hayatını mahvedecek. Kendini kandırıp duruyor, bu yüzden de başkaları zarar görüyor." Bakışları Ediz'e kaydı. "Hiçbir suçu olmayan, masum insanlar zarar görüyor," diye ekledi üstüne basa basa.

Ediz'in bedenine yayılan öfkeyi hissederek, "Uygar, yapma," dedim.

Uygar, "O kabullenmedikçe çok zarar göreceksin," diyerek pençelerini bana yöneltti. Bir an şaşkınlıkla gözlerimi kırpıştırdım ve hiddeti karşısında şok olarak ona baktım. Uygar'ı ilk kez böyle görüyordum.

"Neyi kabullenmedikçe?" diye sordum anlamayan gözlerle ona bakarken.

"Dön önüne," dedi Ediz bana. "Onun saçmalıklarını dinlemeyeceksin."

Arabanın içine yayılan gerginlik, sessizliği de beraberinde getirmişti. Kimse ağzını açmıyordu. Camdan dışarıyı izlediğim için merkeze yaklaştıkça her yerin hâlâ canlı ve uyanık olduğunu gördüm. İnsanlar sokaklara dökülmüştü ve ortalık karınca yuvası gibi kalabalıktı. Daha önce yılbaşını hiç dışarıda geçirmemiştim, insanların coşkusunu görmek heyecan vericiydi. Oysa Ediz'in de dediği gibi sadece takvimler değişiyordu.

Aklımdaki düşünce artıklarını temizleyip Ediz'e nasıl bir hediye alacağıma dair hayallere daldım. Yanıtına ulaşamadığım bir soruydu bu: *Ediz'e ne alacağım?*

Aklıma gelebilecek her şeye zaten sahipti.

Egemen arabayı bulduğu ilk müsait yere park ettiğinde Ediz de direksiyonu kırdı ve arabayı hiç zorlanmadan, tek hamlede Egemen'in arabasının arkasına park etti. Motoru durdurduğunda yüzü kaskatıydı. El frenini sertçe çekip arabadan çıktı.

Ben de dışarı çıkarken Egemen ve Yeliz arabadan inmişlerdi bile. Onların neşesi hâlâ yerindeydi. Ciddi bir kavgaya tutuşsalar bile sonunda aralarını düzeltebiliyorlardı ve bu hallerine imrenmemek mümkün değildi. Biz hiçbir zaman kaldığımız yerden devam edemiyorduk. Az önceki ufacık tartışma bile buzları ortaya çıkarmaya yetmişti. Öte yandan bunları düşünmem anlamsızdı çünkü "biz" diye bir şey yoktu, bir katil ile kurbanı arasındaki iki kişilik bir oyundu bu.

"Sorun ne?" dedi Egemen yanımıza geldiğinde. Bakışları Ediz'e kaydı. "Kavga mı ettiniz?"

"Her zamanki gibi," diye homurdandım. Egemen'in gözlerinde endişeli bir ifade belirince yorum yapmak istediğini ama Yeliz'den dolayı sustuğunu anladım. Diğerleri de yanımıza gelirken Yeliz yüzüme ciddi bir ifadeyle bakıyordu.

"Ediz hasta falan mı?" diye sordu kaşlarını çatarak. "En son gördüğümüzde kesinlikle daha formundaydı. Kilo vermiş gibi."

Bakışlarımı Ediz'e çevirip Yeliz'in dediği şeyin doğru olup olmadığını anlamaya çalıştım ama onu her gün gördüğüm için gözlerim değişimi seçemiyordu. "Üşütmüş," dedim.

"Keşke evde kalsaymış," diye karşılık verdi Yeliz, Egemen'e sokularak. "İyi görünmüyor. Yanına git istersen, belki onu eve dönmeye ikna edersin."

Ediz ne hastaydı ne de eve dönerdi. Ama bunları Yeliz'e açıklayamayacağımı bildiğim için hafifçe başımı salladım ve bizden uzakta duran Ediz'e doğru yürümeye başladım. Gerçekten kilo vermiş miydi? Duvarların ardındaki Doğa karanlığın içinden bana bakarak kaşlarını çattı.

Koluna girdiğimde Ediz bana şaşkınlıkla baktı. "Ne yapıyorsun?"

"Ya elimi tutacak ya da koluma gireceksin demiştin," diye hatırlattım. Fakat Ediz buz gibi bir ifadeyle gözlerimin içine bakarken saniyelerin pişmanlığı taşıdığı hissiyle doldum. Elimi yavaşça çektim, kendi kendilerini aşağılayan hücrelerim yine aklıma doğru yola çıkmıştı.

"Neden bıraktın beni o zaman?" diye sordu bana dönerek. "Böyle olmaz küçüğüm."

Ne yapmaya çalıştığını anlayamıyordum ama bir kolunu omzuma atıp beni kendine çekince ona direnmedim. Gerçekten kötü durumda mıydı? Kilo vermiş miydi? Son bir haftadır doğru düzgün uyumadığını biliyordum ama çöktüğünü hiç fark etmemiştim. Onu da kendimi de şaşırtarak göğsüne iyice sokuldum ve ona sarıldım.

Bir eli saçlarımın üzerinden kayıp ensemde durunca çok gergin olduğunu hissettim. Evet, bugün biraz olsun rahatlamıştı ve bu, arkadaşlarımın ziyareti sayesinde olmuştu. Gerginliği benden mi kaynaklanıyordu? Uygar'ın anlatmaya çalıştığı şey bu muydu?

"Ben iyiyim," diye mırıldandım. Cevap vermedi ve öylece birbirimize sarılmaya devam ettik.

Sonunda, "Paranı hâlâ istiyor musun?" diye sordu. Sesi nasıl bu denli sağlam çıkabiliyordu?

"Evet," dedim başımı göğsünden kaldırıp yüzüne bakarak. Ardından ona gülümsedim. "Telefonumu da versen fena olmaz."

Gözleri dudaklarıma yerleşen gülümsemeye kayarken biraz yumuşar gibi oldu ama bu, bakışlarındaki sertliğin yanında ufacık bir nokta kadar kalıyordu. Bakışları hâlâ buzdandı.

"Çok beklersin küçük," dedi biraz gevşeyerek. Onu bırakıp elimi öne uzattım ve yüzüne baktım. Gözlerini devirerek cebinden çıkardığı parayı avucuma koydu. Bunlar bankamatikten çekilmiş yeni paralar değildi, birçok elin değdiği yıpranmış paralardı.

"Ne yapmayı düşünüyorsun?" diye sordu gözlerimin içine bakarak.

Sorusuna soruyla karşılık verdim: "Mağazalar açıktır, değil mi?"

Bir an kaşlarını çatsa da kötü bir yorum yapmadı. "Evet, bütün şehir merkeze inmiş resmen." Bir elini saçlarının arasına kaydırdı. "Şimdi bana cevap ver bakalım: Ne yapacaksın?"

"Bir şeyler alacağım işte," dedim omuz silkerek. "Aklımda belli bir şey yok."

"Ediz! Doğa!" Gece'nin sesi konuşmamızı böldü ve ikimiz de sesin geldiği yöne döndük. Herkes toplanmış, bize bakıyordu. Gözlerindeki şaşkınlık kırıntılarını görebiliyordum, bakışları normal olan sadece Gece ve Uygar'dı. Onlar zaten öpüşmemize kadar şahit oldukları için artık hiçbir şeye şaşırmıyorlardı. "Haydi, gidiyoruz."

"Siz gidin," dedi Ediz. "Bu baş belasının halletmesi gereken işler varmış."

"Geri sayıma kadar gelmiş olun," dedi Egemen. "Havai fişek gösterisi varmış. Hep beraber izleyelim."

Ediz, Egemen'e ciddi olup olmadığını anlamaya çalışıyormuş gibi bakarken, "Geç kalmayız," diye karşılık verdim. Cevabı Ediz'e bıraktığım takdirde Ediz onu ya aşağılar ya da terslerdi, onu tanıyordum. Onu elinden tutup kalabalığın içine doğru sürükledim. Yüzü yine ifadesizleşmişti.

"Havai fişek dedi..."

Sesindeki alaycılığı duymazlıktan geldim, beraber insanların arasından geçerek yürüyorduk. O yanımdayken hediye alamazdım ama onu yanımdan uzaklaştırmanın bir yolunu bulabileceğimi düşünüyordum.

Aklımda bir plan olmadığı için ne yapacağımı bilmiyordum. Ayrıca o yanımda böyle isteksiz bir şekilde yürüdükçe attığı her adımda hevesim kırılıyor, isteğim yok oluyordu. Bunun bir saçmalık olduğunu söyleyen tarafım giderek güçleniyordu.

Yine de ne kadar açık mağaza varsa hepsine girip çıktım ve alabileceğim şeyleri sessizce inceleyip alternatifler belirledim. Ediz hiç soru sormuyordu, ellerini ceketinin cebine sokmuş, sabırsızlanarak beni izliyordu.

Sonunda alaycı bir tavırla, "Havai fişek gösterisini kaçıracağız," dedi.

"Canına minnet," diye mırıldandım, hiçbir şey içime sinmediği için hediye almaktan vazgeçmek üzereydim.

Ediz sonunda dayanamayıp, "Burada ne yaptığımızı sorabilir miyim?" dedi. "Ben senin peşinde dolanan, seni bir kenarda sessizce bekleyen kocan değilim."

Elime alıp incelediğim kol saatine boş boş baktım ve bakışlarımı ona çevirdim. Alt dudağımı ısırarak abartılı bir dikkatle saati yerine koyduktan sonra ona dönüp sakince, "Farkındayım," dedim. "Aptallık bende."

"Bence de aptallık sende," dedi ciddi bir sesle. "Erkek saati o. Ayrıca çok şıkmış. Senin kullanabileceğin bir şey değil."

Boş gözlerle ona baktım ve ben de alaycı bir tavırla, "Gerçekten mi?" diye sordum. "Sana alacaktım."

Bir an sessiz kalsa da şaşkınlığını hissetmiştim. Böyle bir şey beklemediği belliydi. "Bana mı?"

"Senden paramı istememin sebebi buydu," diyerek önüne bir de kanıt sundum. "Sana kendi emeğimle kazandığım parayla bir şey almak istemiştim. Senden aldığım para ne babama ne de ağabeyime ait, kendim kazanmıştım. Bu kadar mağaza gezmemizin sebebi de aptal gibi sana hediye almayı düşünmemdi."

Ediz'in kaşları hayretle kalktı, afallamıştı. "Benim için bir şey mi yapacaktın?"

Dümdüz bir ifadeyle suratına baktım. "Senin için değil, kendim için."

"O benim repliğim güzelim."

Onu duymazlıktan geldim. "Geri dönelim mi?"

Ellerini cebinden çıkarmadan yüzüme bakmaya devam etti, yerinden kıpırdamadı. Ona aldırmadan yanından geçip gidecektim ama kolumu sertçe kavradı ve beni durdurdu. Ben ona ters ters bakarken, "Bekle," diye emretti.

"Burada durmamızın bir anlamı yok," dedim duygusuz bir sesle. "Gidelim."

Cebinden çıkardığı telefonun tuş kilidini açıp geniş ekrana baktı ve telefonu tekrar cebine koydu. "Beş dakika kalmış. Yetişemeyiz."

"Yetişemeyeceğiz diye burada kamp kuralım istersen."

Ediz bana haddimi aştığımı anlatan bir bakış attı. Amacım onu terslemek değildi, daha çok kendime kızıyordum. Elini cebinden çıkarırken yüzüne baktım.

"Kendim için bir şey yaptırdım," dedi elini havaya kaldırarak. Elini yüz hizama kadar getirdikten sonra avucunu açtı ve bir kolye ucu yavaşça sallandı. Elinde tuttuğu zincire bakarken onun ne olduğunu bir an idrak edemedim. "Canım para harcamak istedi ve aklıma küçük, aptal bir kız geldi. Seni bahane ettim."

Zincire şaşkınlıkla bakarken ucunda yarısı yılan, yarısı kadın şeklinde ufak bir figür olduğunu fark ettim. Beyaz altındandı ve ince detayları vardı.

"Bu..."

"Şahmeran," diyerek sözümü kesti Ediz. "Yılan kadın. Gelmiş geçmiş en güzel kadın. Aynı zamanda zavallı bir adam yüzünden canından olup efsaneleşen kadın..." Ben şaşkınlıkla gözlerine bakarken yüzümü avuçlarının arasına aldı. Kolye tenime değerken, "Sen benim Şahmeran'ımsın," dedi. "Ve ben senin etini isteyen o vezirim."

Ne diyeceğimi şaşırmıştım.

Ediz'in elleri yüzümden boynuma kaydı ve saçlarımı kenara çekti. Ardından bana iyice sokuldu. Yüzü boynuma yaklaşınca dün geceki sahneler gözümde canlandı ve tüm gün inatla içimde tuttuğum utanç, zincirlerini kırdı.

Kolye göğsümde yerini aldıktan sonra Ediz boynuma bir öpücük kondurdu.

"Ben her şeye sahibim," dedi başını kaldırıp gözlerimin içine bakarak. "Her şeye. Bana verebileceğin hiçbir şey yok." Durdu. "Tek bir şey dışında: sen. Bana kendini ver."

Şaşkınlıktan küçük dilimi yutmuş gibiydim.

Ediz'in dudaklarında alaycı bir gülümseme belirdi ve "Yeni yıla nasıl girersek bütün yıl öyle devam eder diyorlar," diye fısıldadı. "Sen buna inanıyor musun?"

"İnanmak isterdim," dedim sadece ama boynumdaki zarif kolyenin birden ortaya çıkması dengemi sarsmıştı.

"Hımmm," diye mırıldandı Ediz ve yüzünü yüzüme yaklaştırdı. Dudakları dudaklarımdaki yerini alırken elleri sırtıma, oradan da belime kayarak beni kendine doğru çekti. Ruhu ruhuma dokunurken dudakları dudaklarımı iyice aralayarak beni fethetti.

Ve havai fişekler gökyüzünde coşkuyla patlamaya başladı.

11. ÇARESİZLİK

Boynumdaki zincir sanki olması gerekenden katbekat ağırdı.

Gerçek değilmiş gibi görünüyordu. Eşi benzeri olmayan, çok küçük ve zarif bir şeydi. Ediz'e ne kadara mal olduğunu düşünmek bile istemiyordum. Özel olarak tasarlandığı belliydi.

Dalgın dalgın kolyemle oynarken barda çalan hafif müziği dinliyordum. Egemen arayıp hemen geleceklerini, bir işlerinin çıktığını söylemişti. Boynumdaki kolyeyi tutarak gözlerimi boşluğa sabitlemiştim, düşüncelerim zihnime tutunamıyordu. O yüzden ayrıntılara pek odaklanamıyordum.

Sanki aralarında hiç gerginlik olmamış, hiç tartışmamışlar gibi kaldıkları yerden devam eden Uygar ve Ediz'e baktım. Uygar bir şeye kahkaha atarken bir elini Ediz'in sırtına koydu ve dostça sıvazladı. Bu tablo bir ressamın fırçasıyla ölümsüzleşen muazzam bir an gibiydi. Bir erkeğin içindeki körelmiş duyguları kâğıda dökmeyi düşünen bir insanı benim oturduğum koltuğa oturtmak yeterliydi.

Tekilayı kafasına diktikten sonra Ediz de hafifçe güldü ama bu onun sınırları dâhilinde, ruhsuz bir manzaraydı.

Uygar neşeliydi ve sürekli bir şeyler anlatıyordu. Ediz'in tepkisizliği ona dokunmuyor muydu? Bu aslında cevabını bildiğim bir soruydu çünkü Ediz bana karşı da böyleydi. Kurduğum onca cümlenin karşılığında tek bir kelime söylemesi bile benim için yeterli oluyordu.

Bakışlarımı onlardan ayırmadan, "Ediz'e neden yardım ediyorsunuz?" diye sordum. Göz ucuyla Gece'nin bana, onu takip eden saniyelerdeyse Ediz ile Uygar'a baktığını gördüm. Bir süre sessiz kalınca bakışlarımı ona çevirdim. Toprak altından çıkardığı anıları düşünüyor gibiydi ama ne olduklarına dair hiç renk vermiyordu.

Gözleri gözlerimi bulurken, "Eski hikâye," dedi ve parmağının ucunu elindeki bira şişesinin ağzında gezdirdi.

Ben, "Sakıncası yoksa dinlemek isterim," diye üsteleyince bakışlarını parmağının ucuyla ağzında daireler çizdiği bira şişesine indirdi ve sessizliğe gömüldü. Anlatmak istemediğini görebiliyordum ama bana azıcık da olsa kapılarını aralamıştı. Amacım o kapıdan içeri girmek olmasa da Ediz'in yanında olmalarının ve Ediz'in onlara güvenmemesinin altında yatan sebebi merak ediyordum.

Gece, "Kötü bir anı Doğa," derken durgunlaşmıştı. Duvarların ardındaki Doğa kaşlarını kaldırarak bana baktı. O da meraktaydı fakat meseleyi fazla kurcalamanın saygısızlık olacağının farkındaydım. Bu beni ilgilendirmeyen özel bir meseleydi. İnsanların hayatlarına elimi öylece daldıramaz, anı defterlerinden dilediğim sayfaları koparıp okuyamazdım.

"Özür dilerim," dedim kolyemle oynamayı bırakarak. "Sadece uzun zamandır beraberiz ve hakkınızda hiçbir şey bilmiyorum."

Gece derin bir nefes aldı ve "Haklısın," dedi. "Sanırım aramızdaki bir tür iletişim sorunu."

Bir şey söylemeden önümde duran kolayı elime aldım ve arkama yaslanarak yavaşça yudumladım. Haklıydı. Hiç iletişim kurmaya çalışmamıştık ama ben zaten buydum; biri benimle konuşmak istiyorsa gelip konuşurdu, ben asla çaba gösteren taraf olmazdım. Bu eski, varlığına alıştığım ve yok edemediğim bir alışkanlığımdı.

Gece konuyu değiştirmek için, "Uygar'la nasıl tanıştığımı öğrenmek ister misin?" diye sordu. Bakışlarım Uygar'a kayınca Ediz'le tekila içme yarışı yaptıklarını gördüm. Yine o eski, sempatik hallerine dönmüştü. Ne konuştuklarını bilmiyordum ama Ediz'in ona söylediği şeyler onu rahatlatmışa benziyordu.

"İsterim," dedim.

"Kemoterapi tedavisinde." Bakışlarım anında bardan kopup Gece'ye çevrildi. Sarf ettiği sözlerin hangi yola çıkacağını düşündüm, aklımda ihtimaller birikmeye başlarken Gece gülümsedi. "Bakma öyle. Kanser olan bizler değildik."

"Kemoterapi?" dedim şaşkın şaşkın.

"Uygar'ı ilk gördüğümde on sekiz yaşındaydı, ben ondan bir yaş küçüktüm. İkimizin kardeşi de lösemiydi ve aynı odayı paylaşıyorlardı. Orada tanıştık."

Yüzümde nasıl bir ifade belirdiğini bilmiyordum ama Gece bu halime güldü. "Kardeşler arkadaş olunca sen de mecburen karşı tarafla arkadaş oluyorsun. Bizimki de ilk başta normal bir arkadaşlıktı. Yani bakma kemoterapi falan dediğime, hastanede de arkadaşlıklar dışarıda olduğu gibidir." Gece hüzünle gülümsedi. "Kardeşim Güneş benden dört yaş küçük. Şu an on sekiz yaşında bir genç kız ama Uygar'ı hâlâ çok sever. Onu öz ağabeyi gibi görüyor. O zamanlar on üç yaşındaydı. Kemoterapi sırasında Uygar ona çok destek oldu."

Gülümsedim. "Kardeşinin iyileşmesine çok sevindim."

"Teşekkür ederim." Gece'nin sesi donuktu. "Tedavi yıllarca sürdü, ben üniversiteyi kazandığımda da devam ediyordu. Ama maalesef Uygar'ın kardeşi bu savaşı kazanamadı ve yenik düştü."

"Ah..." Bakışlarımı Uygar'a çevirdim ve yüzündeki gülümsemeye baktım. Böyle bir yarasının olabileceğini hiç tahmin etmemiştim.

"Güneş'in sonu da öyle olacaktı. Uygar çok zor zamanlar geçirdi. Bir insanın sevdiği birini kaybetmesi nasıl bir şey, tanımlayamıyorum bile. Uygar'ın elinden hiçbir şey gelmedi. Kimsenin iliği uymuyordu ve Ceren gözümüzün önünde eriyip gitti. Güneş nispeten büyüktü fakat Ceren bizden altı yaş küçüktü. Bünyesi daha fazlasını kaldıramadı."

Bakışlarım tekrar Uygar'a kaydı. Onu sevdiği birini kaybettiğini öğrenmiş halde, hastane koridorunda düşünmeye çalıştım. Zihnimde beyaz parkeli bir koridor uzanıyor, hastane kokusu burnuma doluyordu ama Uygar'ı o acının merkezine bir türlü yerleştiremiyordum. O an onları gerçekten hiç tanımadığımı fark ettim.

İçime gerçekten bir sis tabakasının çöktüğünü hissederek, "Çok üzüldüm," dedim. "Başınız sağ olsun."

"Teşekkür ederim." Gece gülümsedi. "Bunun hayatın bir gerçeği olduğunu öğrendik. Hepimiz bir gün kendimizi mezar başında, sevdiğimiz insanın bir yerlerde hâlâ yaşadığını hayal ederken bulmayacak mıyız?"

Bu gerçek, duvarların ardındaki Doğa'nın irkilmesine neden oldu. İki elini birden kulaklarına bastırdı. Geceleri başımı yastığa koyduğumda bu gerçek yüzünden az gözyaşı dökmemiştim. Dolu dolu bir hayat yaşayanlar için durum farklı olabilirdi ama her gün daha iyisini umut edenler için ölüm korkunç bir şeydi.

Babamla aramı düzeltmeden, hiç düzeltememekten korkarken onun öldüğünü düşünmek istemiyordum. Babamı, annemi veya ağabeyimi ne olursa olsun, ne yapmış olurlarsa olsunlar toprağa yakıştıramıyordum.

"Haklısın," diye mırıldandım.

"Sen daha küçüksün," dedi Gece bir abla gibi davranarak. "Kız kardeşimle aynı yaştasınız. Emin ol, belli bir zamandan sonra her şey daha kolay gelecek."

Hiçbir şey söylemedim çünkü bu kelimelerde gerçeklik payı göremiyordum. Yıllardır bu sözleri kendime kanıtlamaya çalışıyordum fakat hiçbir şey değişmiyordu.

"Ediz hayatımıza girdiğinde bir bataklığın içindeydik," diye devam etti Gece.

O sırada barda çalan şarkı değişti ve yumuşak notalar havaya karıştı. "Ediz sizin ona borçlu olduğunuzu söylemişti."

Gece bakışlarını Ediz'e çevirerek, "Öyle," dedi. "Bizi kurtardı."

Ediz'e baktım. Tezgâhın üzerinden eğilmiş, barmene bir şeyler söylüyordu ama yüzünde sert bir ifade vardı. Kavradığı kadehi, saçlarının arasına sızan gölgeleri, omuzlarının dik duruşunu incelerken içimde ateş ile suyun birbirlerinin etrafında dönerek ama birbirlerine hiç dokunmadan yükselmeye başladıklarını hissettim.

"Uyuşturucu bataklığı," dedi Gece sessizce. Bakışlarım ona çevrildiğinde yüz ifadem sabit kalsa da düşüncelerim birbirinin üzerine devrilmişti. "O bataklığa saplanıp da kurtulmak inan ki çok zordur," diye devam etti.

O dosyanın arasında gördüğüm fotoğraf, zihnimin zeminine çizilmeye başlamıştı. Ediz'in gözlerinin etrafında oluşan o morluklar, gözlerinin akındaki kızıl damarlar ve odaklanmakta zorlandığı belli olan bakışları yavaş yavaş zihnime otururken sessizce Gece'ye baktım. "O bataklığa giren, Uygar'ı da yanında sürükleyen bendim," dedi.

Bakışları dalgınlaştı ve elindeki bira şişesine çevrildi.

"Hayatınız bir bataklıksa ve Ediz hayatınıza girdiyse, o halde bataklığın içinde karşılaştınız," dedim sakinliğimi koruyarak.

Gece'nin gözlerinde birikmeye başlayan yaşlar parladı. "Güneş'i o kurtarmıştı," dedi çatlayan bir sesle. "Güneş de Ceren'in girdiği yola girmişti, gördüğü tedavi artık bir işe yaramıyordu. Çok korkunçtu, ailem için de benim için de... Güneş hayatı bu kadar severken ölüm onun ensesinde soluklanıyordu. Annem ve babam sürekli birbirlerini suçluyor, kavga ediyorlardı." Kaşlarını çattı ama yüzündeki ifade sert olmaktan çok, hüzünlüydü. "Ceren'in ölümünden sonra Uygar'ın anne ve babası ayrıldı. Bizim sonumuz da öyle olacaktı. Ben Uygar'dan çok daha ağır tepkiler verdim, hem de Güneş hâlâ hayatta olmasına rağmen. O süreçte Uygar hep yanımdaydı." Şimdi gözlerinde sevgi dolu bir ifade oluşmuştu. "Bir dönem Bilkent'te mimarlık okudum. Kampüse ilanlar astık, ilik nakli gerektiğine dair. Üniversitedeki çoğu kişi o ilanları görmezlikten geldi fakat ben onların başını Ediz'in çekeceğini düşünürken iliği uyan birinin bulunduğunu söylediklerinde onun adını duymak bende şok etkisi yarattı."

Dudaklarım hafifçe aralanırken bir düşünce içime bıçak gibi saplandı: Bir ölüm meleği kanatlarında yaşam taşır mıydı?

"Ediz'le hiç tanışmamıştık. İnanır mısın, ne bana ne Uygar'a ne de aileme tek kelime etti. İlik bağışında bulundu ve sadece Güneş'le konuştu." Gece güldü. "Garipti. Yani Ediz'den bahsediyoruz... Gelip hiçbirimize geçmiş olsun bile demedi."

Ediz zihnimin içinde, ardında kanlı ayak izleri bırakarak yürüyordu. Gece sözlerine devam etti: "Güneş iyileşti. Ediz ona ne söyledi, bilmiyorum ama o günden beri daha pozitif." Yine acı acı güldü. "Ayrıca bir aralar Ediz'e âşıktı."

Öğrendiğim şeylerin boğazımın gerisinde oluşturduğu yumrudan yutkunarak kurtulmaya çalışırken, "Sonra ne oldu?" dedim.

"Hiç." Gece omuz silkti. "Tüm bunlar yaşandığında Bilkent Üniversitesi'nde birinci sınıftaydım. Okulu bırakıp başka bir üniversiteye geçerek tıp okumaya karar verdim." Gözlerimin içine baktığında iç içe geçen halelerin geçmişin acısıyla parladığını gördüm. "Sonra uyuşturucu bataklığına sürüklendim."

Bakışlarım tekrar Ediz'e çevrildi ve içmeye ara verdiğini gördüm. Gülmüyorlardı ama gergin de değillerdi. Ediz bir şeyler anlatıyor, Uygar onu dinliyordu.

"Ediz'le asıl tanışmanız o bataklıkta mı oldu?" diye sorunca Gece hafifçe başını salladı.

"Ediz çok daha ileri gitmişti. Ben de onun yolunda ilerliyor, peşimden Uygar'ı da sürüklüyordum." Kaşlarını çattı. "Eroin kullanmadım ama kullandıklarım bana yetmiyordu artık. Uyuşturucu alabilmek için Uygar'la beraber başımızı çok büyük bir belaya soktuk." Ediz'e baktı.

"Bize yardım etmeseydi muhtemelen cesedimizi boş bir sokakta ya da bir çöp konteynerinde bulurlardı."

Ben de bakışlarımı Ediz'e çevirerek, "Yani sizi kurtardı," dedim. Her şey kafamda netleşmeye başlamıştı.

"Güneş'in hatırı için," dedi Gece. "Ama evet, kurtardı."

Ediz'i izlemeye devam ettim, içkisini yudumlayarak Uygar'ın söylediği bir şeye gülüyordu.

"Ediz aslında çok iyi bir adam Doğa." Bakışlarımı Gece'nin yüzüne çevirdiğimde orada yorgun bir ifade gördüm. "Sadece birinin onun elinden tutmasına ihtiyacı var. Karanlık bir kuyuda öylece dikiliyor. Elini kaldırıp birinin tutmasını beklemiyor. Onu sadece kuyunun dibindeki biri kurtarabilir."

Aklıma Şahmeran efsanesinin satırları döküldüğünde Gece'nin de aynı şeyi düşündüğünü hissettim.

"Şahmeran efsanesi," diye mırıldandım elimde tuttuğum bardağı önüme koyarak. "Kuyunun dibinde olan Tahmasp, zaten kuyunun dibinde yaşayan da Şahmeran'dı."

"Şahmeran kuyunun içinde olabilir ama cennet gibi bir dünyası vardı," diye ekledi Gece. "Ediz'in senin için kullandığı tabir. Cennet."

Gece bunu nereden biliyordu? Kaşlarımı çattım.

"Tahmasp, Şahmeran'a âşık oluyor," dedim soğuk bir sesle. "Onu öldürmek veya etinden yararlanmak istemiyor. Ediz kendine vezir diyor." Aklıma Ediz'in Şahmeran kolyesini bana verirken kurduğu cümleler düşmüştü. *Sen benim Şahmeran'ımsın, ben de senin etini isteyen o vezirim.* "Ediz'in bu hikâyede bir yeri varsa ve ben Şahmeran'sam o da vezirdir."

"Vezir, Şahmeran'ın ölümünü istiyordu," dedi Gece kaşlarını kaldırarak. "Padişahı iyileştirmek için Şahmeran'ın etine ihtiyaçları vardı. Ediz seni öldürmek istemiyor, aranızdaki anlaşma olmasaydı ve sen kalmak istemeseydin şu an evinde olacaktın. Ediz vezir değil."

Bir an dümdüz bir ifadeyle ona baktım ve masada öne eğildim. "Belki de haklısın. Ediz'in yaralı ve iyileştirilmeyi bekleyen bir adam olduğunu mu düşünüyorsun?"

"Aynen öyle," dedi Gece onaylayan bir bakışla. "Tahmasp."

Güldüm. "Gece, efsanede iyileştirilmeyi bekleyen Tahmasp değil, padişahtı. Bu durumda Ediz padişah oluyor. Uygar ve sen de vezirsin. Ediz'in iyileşmesi için beni yem olarak ortaya atıyorsunuz. Sizden yardım istediğim geceyi hatırlıyor musun? Ediz'in beni kaçırdığı geceyi? İşte o zaman Şahmeran'ı yakaladınız ve padişaha sundunuz."

Gece'nin kahverengi gözleri düşünceli bir şekilde bana baktı, haklı olduğumu biliyordu. Sonra bitkinlikle arkasına yaslandı ve önündeki menüyle oynamaya başladı. "O zamanlar durum çok farklıydı," dedi. "Ediz bizden yardım istediğinde babasının ölümünün üzerinden sadece iki hafta geçmişti. Ediz her zaman tehlikeli bir adamdı ama babasının ölümünden sonra korkunç birine dönüştü. Sessizdi, daha da sessizleşti, anlıyor musun? Gürültülü olsa tehlikeyi duyar ve önlem alırsın. Ediz karanlığın içinde akan sessiz ve ölümcül bir nehir gibi. Göz gözü görmüyor ve sen ilerliyorsun. Önünde bir nehir var, ölümcül bir hızla akıyor ama hiç ses çıkarmıyor. O nehre düştüğün an kurtuluşun olmuyor."

Bir süre Gece'nin yüzünü izledikten sonra, "Tepkisi nasıl oldu?" diye sordum. "Yani babasının ölümünü öğrendikten sonra..."

"Sessizlik."

Önümde ölümcül, sessiz bir nehir akıyormuşçasına dalgın bir şekilde ahşap masaya baktım.

"Sizden benim için mi yardım istedi?" diye sordum.

"Her şey için," diye karşılık verdi Gece. "Dürüst olmak gerekirse korkmuştum, hâlâ korkuyorum ama Uygar ve ben yardım etmeyi kabul edecektik, bu başından beri ortadaydı."

Anlattıkları zihnimde canlanırken dalgın dalgın onu dinliyordum.

"Geldiğinde nefret doluydu. Babasının ölümünün üzerinden henüz iki hafta geçmişti. Bir süre sonra seni gazetelerin manşetlerinde gördüm, saldırıya uğradığın yazıyordu. Sen kitapçıda saldırıya uğradıktan bir gün sonra Ediz bizi buldu ve seni kaçırmasına yardım etmemizi istedi." Gece'nin kaşları çatılmıştı. "O gün onu ve gözlerini görmeliydin. İnsan öyle bir nefretin varlığına inanmakta zorlanıyor, gerçek değildi sanki. Senden o kadar nefret ediyordu ki... Gerçekten seni doğrayıp çöpe atacağını falan sanmıştım."

"Buna rağmen ona yardım mı ettiniz?" diye sordum, hesap sormak hakkımdı. Benim hiçbir suçum yoktu, hiçbir şey yapmamıştım. Olayın ayrıntılarını bile tam olarak bilmiyordum. Buna rağmen sesim suçlayıcı olmaktan çok uzaktı, durumu çaresizce anlıyordum. Belki farkında olmasaydım, anlamasaydım her şey çok daha kolay olacaktı ama anlıyordum. Sadece anlıyordum. Dibinde bir canavarın yaşadığı o denizin yüzeyinde cesetler yüzdüğü için denize kızamıyordunuz, en azından ben bunu yapamıyordum.

"Ne desen haklısın," diye mırıldandı Gece.

Bir an masaya sessizlik çöktü ama biz öylece oturmaya başlayalı saniyeler olmuştu ki Uygar yanımıza geldi. Gülerek Gece'nin yanına oturdu, bir kolunu omzuna attı ve yüzlerimizi inceledi.

"Ne oldu?" diye sordu, sarhoş olduğu sesinden belliydi. "Yüzünüzden düşen bin parça."

Gece, "Hiç," diyerek gülümsedi ve ona sokuldu. "Konuşuyorduk öyle."

Uygar, Gece'nin kızıl saçlarını okşadı. "Ediz kafayı dağıttı bayağı. Ona durmasını söyledim ama kendisine karışılmasından nefret ediyor. Beni yanından kovdu."

Ediz şişenin içindeki son damlaları da kadehine boşalttığında bu sefer gerçekten sarhoş görünüyordu. Kaç kadeh devirmişti, kim bilir. Kaşlarımı çatarak yanına gitmek için ayaklanmıştım ki bir kız, Ediz'in yanına gidince olduğum yere çivilendim.

Sarımsı kumral saçları, gece mavisi mini elbisesi, dekoltesinden taşan göğüsleri ve bebek gibi yüzüyle Ediz'in yanındaki bar taburesine oturdu. Çimen yeşili gözler ona çevrildiğinde kız Ediz'e cilveli bir şekilde gülümsedi. Aynı yaşlarda olmalıydılar. Kaşlarım çatılırken kız saçlarını düzeltti ve bir şeyler söyledi.

Ediz kıza önce boş boş baktı, sonra gözleri kızın göğüslerine takıldı. Kız arsız bir tavırla sırıtırken onları izlemek istemediğimi fark ettim ama gözlerim ağlarına takılmıştı ve Ediz'in ne yapacağını merak ediyordum.

Ediz bir şeyler söyleyince kızın yüzündeki gülümseme daha da genişledi. Ardından Ediz'in bir eli saçlarına gitti ve zaten dağınık olan tutamları biraz daha dağıttı. İnsanın içini yakacak bir bakış attı kıza. Bunu özellikle mi yapıyordu?

Kız küçük el çantasını açtı ve karıştırdı. Ardından üzgün bir şekilde omuzlarını düşürdü ve çantayı kapatarak dudak büktü. Yeşil gözler kızı dikkatle incelerken kız saçlarını arkaya atıp üzgün bir tavırla bir şeyler mırıldandı. Ardından gülümsedi ve Ediz'e bir zavallı gibi bakarak bir şey sordu.

Ediz omuz silkip önüne döndükten sonra bir şeyler söyledi. Kızın yüzüne resmen güneş doğmuştu. Ne konuştuklarını deli gibi merak ediyordum. Kız bar taburesinden inip omzunun üstünden arkaya baktı ve göz kırptı. Kime göz kırptığını görmek için bakışlarını takip edince masalardan birinde kızların oturduğunu gördüm. Kendi aralarında kıkırdıyorlardı. Neler döndüğünü merak etmiştim.

Ediz gerekenden daha fazla miktarda parayı kadehin altına sıkıştırdı ve taburesinden indi. Bir an dengesini kaybedince kız hemen ona yardım etti. Ediz gerçekten sarhoştu.

"Ediz ne yapıyor?" diye sordu Uygar kaşlarını çatarak.

"O kızla mı gidecek?" Gece de şaşkın görünüyordu. "Derdi ne bunun?"

Uygar'ın bana baktığını hissettim ve bunu bilerek duygularımı saklamaya çalıştım. Şu an hissettiğim şey şaşkınlıktı ama şaşkınlık sıcaklığını kaybettikçe yerini öfkeye bırakıyordu. O kızla mı gidecekti gerçekten?

Ediz kolunu kızın ince beline sardı ve çıkışa doğru yürümeye başladılar. Kafası ciddi anlamda güzele benziyordu ama bu sefer dengesini kaybetmeden yavaşça yürüyordu. Ben gözümü bile kırpmadan onlara bakarken barın girişinde bizimkiler göründü. Egemen ve Yeliz birbirlerinden uzak duruyorlardı, yine kavga ettiklerini anladım. Kutay ve Sıla ortalarda yoktu. Gökalp ise Egemen ile Yeliz'in arasında yürüyordu, yüzünde bıkkın bir ifade vardı.

Ediz'i ve o güzeller güzeli kızı onlar da gördüler ve bir an susup onlara baktılar. Egemen kaşlarını çatarken onlara omzunun üstünden bakmıştı, Yeliz de aynı tepkiyi vermişti. Gökalp ise umursamamış görünüyordu. Yanımıza geldiklerinde Yeliz de umursamadan konuşmaya devam etti: "Gökalp söyle şuna, bir daha sakın benimle konuşmasın!"

Gökalp yardım istercesine bize bakarken Egemen karşıma oturdu, kaşları çatılmıştı. "Ediz'in derdi ne?"

"Herif hayatını yaşıyor," dedi Gökalp. Bir an için ona sinir oldum ama hiçbir şeyden haberi olmadığı için bunu bakışlarıma yansıtmadım. O ve Yeliz olayları bambaşka biliyorlardı ama Egemen durumun farkındaydı. Yüzümü dikkatle incelerken ona gülümsedim, daha doğrusu gülümsemeye çalıştım. Dudaklarım buz tutmuş gibi hissediyordum.

Duvarların ardındaki Doğa daha soğukkanlıydı çünkü zaten Ediz'den hiçbir beklentisi yoktu. Bana omuz silkerek baktı ve Ediz'in sarhoş olduğunu anımsattı fakat ben Ediz'in bana dokunduğu ellerle bir başkasına dokunuyor olduğu düşüncesiyle alev almak üzereydim. Böyle bir şey yapamazdı. Tamam, yapabilirdi ama yapmamasını istiyordum.

"Senin isteklerin kimin umurunda?" İçimdeki Doğa bu sözleri tırnaklarıyla duvara kazımıştı.

"Sıla seni çok öptüğünü söyledi," dedi Yeliz. "Ailesi sorun çıkarmasaydı daha kalacaktı. Kutay da gitmek istedi."

Bunun üzerine Kutay'a karşı hissettiğim suçluluk da kara bir mürekkep gibi Ediz'in yaptıkları karşısında hissettiklerimin üzerine yayıldı. Gitmek istemekte haklıydı, zaten buraya gelmesi bile büyük incelikti.

"İkisine de selam söyleyin," dedim üzgün bir şekilde. "Onlarla vedalaşmak isterdim."

"Vedaya gerek yok fıstık," dedi Egemen. "Sürekli görüşürüz zaten."

"Umarım," diye mırıldanınca durgunluğum Egemen'in dikkatini çekti. Gözleri yüzümü dikkatle incelerken bir şeyler kapmaya ve anlamaya çalışıyor gibiydi fakat ben yüzüme Ediz'den öğrendiğim ifadesizlik maskesini yerleştirdim. Şimdi Ediz'in neden böyle bir maske yarattığını anlamıştım.

Yeliz tekrar Gökalp'e dönerek, "Benimle barışmak için hiçbir şey yapmıyor," dedi. "Söyle ona, onunla bir daha asla konuşmayacağım."

Egemen doğruca Yeliz'e hitap etse de Yeliz ona sürekli Gökalp aracılığıyla bir şeyler söylüyordu. Şu an moralim sebebini bilmediğim bir şekilde bu kadar çökmüş olmasaydı onların bu haline gülebilirdim. Masadaki peçetelerden birini alıp yavaşça parçalamaya başladım. O sırada yanıma birinin oturduğunu hissettim ama başımı kaldırıp kim olduğuna bakmadım.

"Ediz?" Uygar'ın sesinden onun ismini duyunca başımı kaldırdım ve yanıma oturan Ediz'e şaşkınlıkla baktım. Yüzünde alaycı bir ifade vardı ama başını arkaya atıp koltuğun arkalığına yaslamış, gözlerini kapatmıştı. Yüzünde sarhoş olduğunu gösteren bir ifade vardı, saçları dağınıktı ve başını arkaya attığı için boynu ortaya çıkmıştı. Bacaklarını iki yana açarak rahatça oturmuştu. Şaşkınlığıma bir de anlam veremediğim bir his eklendi.

"Söyle," dedi alaycı bir sesle.

"Arkadaşınla gittiğini sanıyorduk." Uygar'ın söyleyeceği şeyi ondan çalmış gibi ben dile getirmiştim. Ediz çimen yeşili gözlerini açtı ve başını yasladığı yerden kaldırmadan bana çevirdi. Gözlerinde muzip bir ışıltı vardı, dudakları da alaycılıkla kıvrılmıştı.

"O benim arkadaşım değildi küçüğüm," dedi yüzündeki alaycılığı sesine de katarak. "Sadece yardım istedi."

Dışarıda her ne olduysa Ediz oldukça eğlenmişe benziyordu. Yüzünü incelerken ona bu kadar keyif veren şeyin ne olduğunu anlamaya çalıştım.

"Kız cüzdanını kaybettiğini söyledi ve onu eve bırakmamı istedi," dedi benim sormama gerek kalmadan. "Aslında onu becermemi istiyordu." Bir kahkaha atınca Yeliz ona şaşkınlıkla baktı. Bu kadar açık sözlü olmasına şaşırmış gibi görünüyordu ama bu bana gayet doğal gelmişti. Belki de Ediz'e ve tavırlarına alıştığım için böyle hissediyordum.

"Neden onunla gitmedin?" diye sordum buz gibi bir sesle.

Gözlerimin içine baktı ve güldü. Ardından, "Yoksa gitmemi mi tercih ederdin?" diyerek ortaya kinayeli bir soru attı ama cevabını beklemedi. "Şu sıralar esmerler ilgimi çekiyor."

İmalı bir şekilde yüzüme bakınca başta ne demek istediğini anlamadım, daha doğrusu anlamamak için aklımı geri plana attım ama bana öyle edepsiz bir bakış attı ki utanarak bakışlarımı kaçırdım. Ediz sarhoş olduğu için sınırlarda gezdiğinin farkında değil gibiydi, yoksa bu kadar tedbirsiz bir cümle kurmazdı. Ya da kurardı, bilmiyordum ama insanların bir şeyler öğrenmesinden duyduğum korkunun içime yayılmasını beklesem de onun yerini soğuk bir umursamazlık aldı.

Yerimden kalkıp, "Ben lavaboya gideyim," deyince Ediz hafifçe gülüp yüzünü tekrar tavana çevirdi ve gözlerini kapattı. Yüzünün teması alaycılıktı. Bakışlarımı ondan çekip yanından geçtim ve barın içinde ilerleyerek tuvalete yöneldim.

İçimde kızgın lavını bütün organlarıma akıtıp beni yakmak isteyen bir yanardağ gizliydi ve düşündükçe patlaması için eline fırsat veriyordum. Ellerimin tersini yanaklarıma bastırdım ve düşüncelerimin önünü tıkayarak başka şeylere yöneldim. Paylaştığımız onca andan sonra artık Ediz'den utanmamalıydım.

Tuvaletin kapısını omzumla ittim ve lavaboya yönelip aynadaki yansımama bakmadan musluğu açtım. Buz gibi su avuçlarıma dolmaya başlarken ellerime baktım. Ardından gözlerimi sımsıkı kapatıp suyu yüzüme çarptım. İçeri biri daha girmişti ama ben onun kim olduğuna bakmadan birkaç kez daha yüzümü yıkadım. Soğuk su iyi geliyordu. Keşke içimde çöreklenen sıkıntıya da iyi gelseydi.

Son bir kez daha yüzümü yıkadım ve başımı kaldırıp aynaya baktım. İlk gözüme çarpan asık suratım oldu ama bir saniye bile geçmeden başka birinin varlığını fark ettim. Şaşkınlıkla arkama baktım, Egemen beni izliyordu.

"Ah!" dedim afallayarak. "Burada ne arıyorsun?"

Egemen bana nasıl olduğumu sorunca güldüm, daha doğrusu şaşırdığımı belli eden bir ses çıkardım. "Neden kötü olayım ki?"

Egemen kaşlarını çattı, yine mantıklı ve ciddi hallerine bürünmüştü. Henüz çıkmaya başlayan sakallarını kaşırken bana inanmadığını belli eden bir bakış attı. "Sana bir soru sorabilir miyim?"

İçimdeki korku kükreyince kaşlarımı çattım. Ucu açık, şüphe uyandıran sorulardan nefret ederdim. Egemen'in bir şeyler anladığını görebiliyordum, fazla zekiydi. Ayrıca Ediz garip davranıyordu. Mermer tezgâha yaslanarak umursamaz görünmeye çalıştım. Bu yıllardır yaptığım bir şey olduğu için yüzüm alışkın olduğu emre anında itaat etti.

"Sor."

"Ediz'e karşı bir şeyler mi hissediyorsun?"

Düşüncelerimi bakışlarıma yansıtmamaya çalışarak Egemen'e baktım. Daha çok cinselliğe yönelik bir soru bekliyordum, belki de bu konu hakkında kendimi rahatsız hissettiğim için...

"Bu da nereden çıktı?"

"Ona değer veriyorsun, değil mi?" diyerek üstüme geldi.

Yüzündeki ciddi ve sorgulayıcı ifade içimdeki volkanın kaynamasına sebep olunca sessizce, belli belirsiz bir şekilde yutkundum. "Hayır," dedim sakinliğimi koruyarak. "Bu da nereden çıktı şimdi?"

"Ona bakışlarından," diyerek kanıtını önüme sürdü. "Ediz o kızla gidince yüzünde beliren ifadeden. Geri geldiğinde gözlerinin parlamasından. Ona sarılmandan, onun elini tutmandan..."

Bir şey söylemek için ağzımı açtım ama diyecek bir şey bulamadığım için kapattım. Egemen bunları yanlış yorumlamıştı ama sorduğu soru içimde, bir kafeste duran bir şeylerin önüne yem atmış gibiydi. Bir şey kalbimin duvarlarına pençelerini geçirmeye başlamıştı.

"Egemen..." dedim gülerek. "Öyle bir şey mümkün değil."

"Aranızda bir şeyler var," dedi Egemen bu işin peşini bırakmayarak. "Doğa, o bir katil. Daha da kötüsü seni kullanıyor."

Boğazıma bir yumru otururken bir kez daha hafifçe güldüm. "Egemen, burası kızlar tuvaleti ve..." Beni bakışlarıyla susturunca yorgun bir şekilde omuzlarımı düşürmemek için kendimi zor tuttum, küçük bir kız çocuğu gibi görünmek istemiyordum. "Pekâlâ. Sence aramızda bir şeyler olması mümkün mü? Senin de dediğin gibi tek amacı beni kullanmak."

"Sana ne yapıyor Doğa?"

Düşüncelerim bu soruyu havada yakalamıştı. Ediz'in bana ne yaptığını hiç taraflı bir şekilde düşünmemiştim. Kendime her zaman yönelttiğim sorular, Ediz'in başkalarına ne yaptığı ve ne yapabileceği hakkındaydı. Duvarın üstüne çıkıp oraya boylu boyunca uzanmış olan Doğa tırnaklarına bakarak güldü.

Benim aklıma gelen ilk yanıt Ediz'in bana kendimi güvende hissettirdiği olurken duvarların üstündeki Doğa, "O seni sadece kullanıyor," diye fısıldadı.

En olası yanıtı seçerek, "Ona yardım etmem için beni tehdit ediyor," dedim Egemen'e. "Eğer intikamını almasına yardım etmezsem aileme yöneleceğini söylüyor. Bunu ona başta ben önermiştim, yoksa ağabeyimi öldürecekti."

"Doğa, neden ortada yanlış bir şeyler varmış gibi hissediyorum?"

Omuz silktim. "Çünkü zaten normal bir durumun içinde değiliz."

Egemen başını iki yana sallayıp bana yaklaştı ve ellerini belimin iki yanına koyarak, "Bak Doğa," dedi. Sözlerine devam edecekti ki eli yaramın üstüne denk geldiği için acıyla irkildim fakat hemen kendimi toparlayarak tepkimi bastırdım. Egemen verdiğim tepkiyi anında fark etse de ilk başta anlamadı ama sargıdan dolayı yaramın üzerinde bir çıkıntı vardı.

Şaşkınlıkla, "Bu da ne?" diye sorunca ben hızla, "Önemli bir şey değil," dedim. "Küçük bir kaza."

"Nasıl bir kaza?" Eli kazağımın kenarını kavramıştı bile. Yukarı kaldıracağı sırada elinden kurtulup ona öfkeyle baktım. Daha fazla üstüme gelmesini istemiyordum çünkü bir kapıyı açtığı an diğer kapılar da aralanacak ve eğilip yol gösterircesine en derinlerime doğru açılacaklardı.

"Egemen rahat bırak beni!" dedim, içimden ağlamak geliyordu. Genelde insanları kendimden uzaklaştırmak istediğimde seçtiğim bu yol daha sonraları içimi kavuruyor olsa da en doğrusu buydu. Egemen bu ani çıkışıma şaşırmıştı.

"Doğa."

"Bir şeyim yok," dedim. Gözlerim dolu dolu olmuştu. "Lütfen irdeleme. İyiyim ben."

Gözlerimdeki yaşları görünce bir an duraksadı, ardından daha kararlı bir ifadeyle bana baktı ve sakin bir sesle, "Ne oldu?" diye sordu. "Söz veriyorum, bir şey yapmayacağım."

Başımı iki yana sallarken Egemen'in gözlerinde bu işin peşini bırakmayacağını anlatan o ifadeyi görebiliyordum. "Eğer sen söylemezsen Ediz'e sorarım," dedi. "Ve emin ol, Ediz'e sana yaklaştığım gibi yaklaşmam."

Hiçbir şey söylemeden, gözyaşlarım yüzünden puslanmış gözlerimle ona baktım. Egemen hafifçe başını sallayarak, "Pekâlâ," dedi ve kapıya doğru yürümeye başladı.

İçimdeki her şey korkuyla sarsılınca hızla Egemen'in önünü kestim ve "Saçmalama!" dedim. Gözlerimin daha fazla taşıyamadığı gözyaşlarım yanaklarıma süzülmüştü. "Ediz'le kavga mı edeceksin?"

"Evet," dedi ciddi bir sesle. Egemen de Ediz kadar uzundu ve güçlü bir çocuktu ama bu yaptığı yine de intihardan farksızdı. Yanımdan geçmeye yeltenince ellerimi göğsüne koyup onu durdurdum.

"Sen canına mı susadın? Sadece küçük bir kazaydı. Hiçbir şey olmadı. Hâlâ hayattayım ve iyiyim."

"İyi misin?" diye sordu Egemen dişlerinin arasından. "Doğa, şu an yüzündeki ifadeden haberin var mı?" Bir eliyle yüzümü kavradı, başımı sertçe aynaya çevirdi. Gözlerim aynadaki yansımamı bulduğunda içimde tuttuğum her şeyin patlak verdiğini gördüm. Yaşadıklarımın getirdiği o yorgunluk yüzüme yayılmıştı.

"Hep böyle hissetmene rağmen iyi numarası mı yapıyordun?"

Egemen yüzümü bırakmıştı ama damarıma basmaya devam edince daha fazla ağlamamak için kendimi sıkarak, "Benim tercihimdi," dedim. "Bu anlaşmayı ona ben teklif ettim. Sonuçlarından şikâyet edemem."

"Şu kaza meselesini bana açıklar mısın?"

Hiçbir şey söylemeden gözlerinin içine baktım. Bir an gözlerinde bir öfke parıltısıyla tekrar kapıya yöneldi ama onu durdurdum.

"Ediz beni yanlışlıkla vurdu," dedim bir solukta. Egemen durunca ellerimi başımın iki yanına bastırdım, Ediz'le kavga ettiklerini düşünmek beni korkutuyordu. Ediz onu gözünü bile kırpmadan öldürürdü. Onu sinirlendirme düşüncesi bile akıl kârı değilken Egemen onunla kavga etmekten bahsediyordu. Hızla açıklamaya devam ettim: "Silah aramızdaydı, ben onu elinden almaya çalışırken silah yanlışlıkla patladı."

Egemen şaşkınlıkla, "Vuruldun mu yani?" dedi, bunu hiç beklemediği ortadaydı.

"Dediğim gibi, yanlışlıkla oldu."

Egemen gözlerini kısmış, beni daha dikkatli incelemeye başlamıştı. "Her yerde aranıyorken seni hastaneye nasıl soktu?"

Bu sözler üzerine bedenim bana ihanet etti ve yarama dikiş attıkları anlar aklıma dolmaya başlayınca yüzümdeki kan çekildi. Kahverengi gözler bu değişimi anında fark etmişti. "Hastaneye gittiniz, değil mi?"

"Hastaneye gitmemize gerek yoktu," diye yalan söyledim. "Gece tıp okuyor... Zaten kurşun sadece sıyırmıştı... Dikiş atılması gerekiyordu ve Gece halletti. Şu an gayet iyiyim. Kavga çıkarma, olur mu? Her şey yolunda. Ben iyiyim. Gerçekten. Artık yanlarına dönelim, şüphelenecekler."

"Dikişi nasıl attı?" diye sordu Egemen bana aldırmadan. "Hijyen kurallarına uyduğundan emin misin? Malzemeleri eczaneden aldınız, değil mi?"

Dev soru işaretleri üzerime yürümeye başlıyor, beni köşeye sıkıştırıyordu. Yalan söylemeyi tercih ederek, "Evet," dedim.

"Doğa, neden rengin attı?" diye sorgu Egemen şüpheyle. "Bana anlatmadığın şey ne?"

Biriyle konuşup içimde biriken zehri akıtma ihtiyacı duysam da bunu görmezlikten gelmeye çalıştım. Zehri dışarı akıtmadan da yok edebilir, kurutabilirdim. Bir şekilde işin içinden çıkabilirdim. Egemen'in bunu bilmesine gerek yoktu ama öğrenmeden de peşini bırakacak gibi görünmüyordu. Şimdi ya çok iyi bir yalancı olacaktım ya da ona gerçeği söyleyecektim.

Bir süre vazgeçmesini umarak gözlerine baksam da o da gözünü bile kırpmadan bana bakmaya devam etti. Yorgunluğumun katlandığını hissederek, "Polislerden kaçmak zorundaydık," dedim. Olayı dramatize etmemeye, soğukkanlılıkla anlatmaya karar vermiştim. "Dedesi ona bir oyun oynadı ve suçu benim üzerime yıktı. Ediz'in de buna inanmak için geçerli sebepleri vardı. Böylece Atalay'ın peşine düştü. Ben de onu engellemeye çalışırken yanlış bir hareket yapıp silaha asıldım ve silah patladı." Aslında silah, Ediz parmağını tetikten çekmediği için patlamıştı. "Hastaneye falan gidemezdik çünkü polis peşimizdeydi. Ediz beni

Denizli'nin ilçelerinden birindeki bir sağlık ocağına götürecekti." Oysa bunun gerçekliğinden de şüpheliydim, o an her şey o kadar pusluydu ki...

Ben susunca Egemen, "Devam et," dedi.

"Ama sağlık ocağı bulamadık ve ben çok kan kaybediyordum. Ya bu yolu seçecekti ya da ölecektim." Yüzümün iyice solduğunu hissettim.

Egemen, "Hangi yolu?" dediğinde tenime saplanan iğnenin anısı düşüncelerime bulaştı.

"Köye hayvanların doğumuna yardım etmek için gelen bir veterinerden aldılar malzemeleri..." Cümlemde bir "ama" gizliydi.

"Ama?" diye diretti Egemen.

"Ama morfin yoktu," dedim titrek bir sesle. Egemen'in beti benzi atarken hızla ekledim: "Dediğim gibi, ya ölecektim ya da yarama dikiş atacaklardı. Zaten o kadar da kötü değildi, inan bana..."

Egemen soğukkanlılığını korumak için çok çaba sarf ediyor gibiydi. "O kadar da kötü değildi, öyle mi?"

"Evet," dedim hemen. "Acıya dayanıklıyımdır."

"Ve Ediz sana bunları yaşatmasına rağmen hiç utanmadan gelip sarılabiliyor, öyle mi?"

Duvarların arkasındaki Doğa arsızca güldü ve "Sadece sarılmak mı?.." diye sorup bir kahkaha attı. Ardından, "Fahişe," diye ekledi.

Konuyu kapatmak için Egemen'e, "İçeri geçelim mi?" diyerek kapıya yöneldim ama beni durdurdu.

"Ona karşı bir şeyler hissediyor musun?" Aynı soru... Artık kendimi patlayacak gibi hissediyordum, Egemen'in sorular sormayı kesmesini istiyordum. Bu tür soruları korkudan ben bile kendime soramıyorken o bana bunu neden yapıyordu ki? Bu sorunun cevabının ne önemi vardı?

"Aramızda duygusal hiçbir şey yok," dedim kuru bir sesle. "Egemen, ciddiyim. İçeri gidebilir miyiz artık?"

"Seni herhangi bir şeye zorluyor mu?" diye sordu gözlerini gözlerimden ayırmadan. Yüzümün beni ele vermemesi için çaba sarf ediyordum fakat, "Seni hiç öptü mü?" diye sorunca çok zorlandım. Egemen sonunda iyice gerilerek açık açık sordu: "Seni cinsel anlamda herhangi bir şeye zorluyor mu?" Bunun üzerine duvarların arkasından bir kıkırdama yükseldi. Kendi benliğim bana meydan okuyordu.

"Hayır."

"Peki, sana hiç dokun..."

"Hayır."

Egemen'in yüzü öfkeyle dolarken kafamı taşlara vurmak istedim. Henüz cümlesini bitirmeden, yalan söylediğimi âdeta haykıracak şekilde ona anında cevap vermiştim. Utançla gözlerimi kapattım, ölmek istiyordum.

"Gidelim," dedi Egemen ama sinirli görünmüyordu. Dehşete kapılmış gibi de görünmüyordu. Aslında genel olarak bakıldığında duyguları şeffaflaşmış gibiydi. Tepkisizdi ve bu biraz ürkütücüydü.

Sonunda Egemen'in büyük hasarlar alacağını bildiğim için, "Onunla kavga etme," dedim. "Lütfen." Utanç, damarlarımı kasıp kavursa da gözlerimi gözlerinden ayırmadan, "Benim isteğim dışında bir şey olduğu yok," diye fısıldadım.

"Senin isteğin dışında bir şey olduğu yok, öyle mi?" diye sordu yüzü yine öfkeyle renklenirken. "O seni kullanıyor!"

Bu gerçeği sürekli dile getiriyordu ve her dile getirişinde kalbim sıkışıyordu.

"Egemen, ortada hiçbir şey yok," dedim canımın yanmasına aldırmadan. Ama bana öyle bir bakış attı ki onu ilk kez böyle gördüğümü fark ettim.

"Her şeye tamam," dedi öfkeyle. "Her şeye tamam. Sana zarar vermesine ailen için katlanıyorsun. Peki, seni cinsel yönden kullanmak istemesine ne diyorsun? Ailen bunu ister miydi? İnan bana, kız kardeşimin bu duruma düşmesindense bir katilin peşime takılmasını tercih ederdim."

"Ağabeyim zaten benim..." Hemen sustum. Kafayı mı yemiştim ben? "Haydi, gidelim," dedim.

"Ağabeyin zaten senin?.." diye üsteledi Egemen yine bana aldırmadan.

"Egemen, haydi. Gidelim. Bir şey yok."

"Söyle," diye ısrar etti.

"Gidelim," dedim ben de öfkelenerek.

"Neler oluyor?"

"Egemen, sana ne!" diye patladım. "Hiçbir halt olmuyor!" Gözlerim yeniden dolmaya başlamıştı. "Sana bu şekilde davranmak istemiyorum! Lütfen, irdeleme!"

"Polisi arıyorum," dedi cebinden telefonunu çıkararak. "Bu işin devam etmesine daha fazla göz yummayacağım."

"Ne?" dedim dehşete kapılarak. "Sen delirdin mi? Egemen, saçmalama!"

Telefonuna polisin numarasını girmeye başlayınca, "Ağabeyim, Ediz'in bana tecavüz ettiğini sanıyor!" diye bağırdım. "Kes şunu!"

"İnan ki şu an ben de aynı şeyi düşünüyorum," dedi Egemen çakıl taşları gibi parlayan gözleriyle. Gözlerimi şaşkınlıkla kırpıştırarak baktım ona. Çok ciddi görünüyordu.

"Bu Ediz'in yapacağı bir şey değil." Birden Ediz'i savunma ihtiyacı hissetmiştim. "O kadar da kötü biri değil..."

Egemen bana kulaklarına inanamıyormuş gibi bakarak elindeki telefonu indirdi. Gözleri gözlerime kilitlenmişti, ardından bir hışımla tuvaletin kapısına yöneldi. Bir an ne olduğunu anlayamasam da ben de hızla peşinden gitmeye başladım, adımlarına yetişmek için koşmam gerekiyordu.

Masaya gittiğimizde Ediz ona değil, bana bakıyordu. Nerede kaldığımızı sorgular gibiydi. Yeliz, Gece'yle muhabbete dalmıştı ve Uygar ile Gökalp bir sigara markasını tartışıyorlardı.

"Seninle biraz konuşabilir miyiz?"

Egemen'in sözleri masada dönen sohbetleri böldüğünde Gece ile Uygar'ın bakıştıklarını gördüm. Yeliz sevgilisine onu anlamadığını gösteren bir bakış attı. Gökalp ise Ediz'e bakıyordu. Egemen'in kolunu tuttum ve yavaşça, "Egemen, yapma," dedim. Karşılaşacağım şeyden korktuğum için çimen yeşili gözlere bakamıyordum.

"Konuş," dedi Ediz buz gibi bir sesle.

Egemen, "Baş başa olalım. Doğa hakkında konuşacağız," deyince Ediz ona boş gözlerle baktı.

"Egemen..." Ediz'e baktım, o da gözlerini kısarak bana bakıyordu. Yeni yılın ilk saatlerinde kıyamet kopacak ve kabak benim başıma patlayacaktı. Yine... Kaçıp gitme isteğiyle dolmuştum ki Ediz beni şaşırtarak yerinden kalktı ve hiçbir şey söylemeden yanımızdan geçerken korkuyla arkasından baktım. Egemen de onun peşinden yürümeye başlayınca ben de onlarla gitmek için harekete geçtim fakat Egemen beni durdurdu.

"Bir şey olmayacak," dedi güven vermek istercesine ama Ediz'i tanımıyordu. Ediz zekâsıyla konuşmaya yön verir, Egemen'le kedinin fareyle oynadığı gibi oynardı. Canı sıkılınca da sahneye parmaklarının ucundaki eceli davet ederdi.

"Doğa, gelsene," dedi Yeliz olacaklardan bihaber bir şekilde. "Konuşsun onlar."

"Ama..."

"Gel haydi," dedi beni bileğimden tutup çekerek. Egemen bana kısa bir bakış attı ve yerime otururken arkalarından endişeyle baktım. Ne konuşacaklarını kestiremiyordum çünkü konu bambaşka noktalara kayacak gibiydi.

Gece ve Uygar da bariz bir şekilde tedirgin olmuşlardı. Yeliz gülerek bir şeyler anlatırken ben gözlerimi bir saniye bile üzerlerinden ayırmıyordum. Ediz barmene bir şeyler söyleyince adam önlerine iki kristal kadeh ve bir şişe viski koydu. Yine mi içecekti?

Ediz sanki Egemen yanında değilmiş gibi davranınca Egemen de bir süre aynı tavrı takındı, parmaklarını ritmik bir şekilde bar tezgâhına vuruyordu. Ediz kadehindeki yoğun sıvıyı dudaklarına götürürken Egemen bir şeyler söyledi. Sadece kısa bir cümle kurmuş ama Ediz'in duraksamasına sebep olmuştu.

"Ne?" Ediz'in dudaklarından bu kelimeyi okuyabilmiştim. Kusursuz dudaklarının kenarları alaycı bir ifadeyle yukarıya kıvrılırken bir şeyler daha söyledi. Egemen ise çok ciddi görünüyordu, korkuyla Uygar'a baktım. O da dikkatle onları takip ediyordu.

Egemen öfkeyle bir şeyler söyleyince Ediz başını yana yatırdı ve umursamaz bir tavırla ona karşılık verdi. Ne söylediğini bilmiyordum ama ortamın gerildiğini buradan bile hissedebilmiştim. Aslında Ediz onu umursamıyormuş gibi görünse de rahatsız olduğunu ve sinirlendiğini anlayabiliyordum. Artık hareketlerini az da olsa yorumlayabiliyordum.

Egemen öfkeyle sözlerine devam edince Ediz'in yüzündeki alaycı ifade yerini yavaşça ciddiyete, sonra da soğukluğa bıraktı ama hâlâ sakin görünüyordu. Bir şeyler söyledi ve omzunun üstünden bana baktı. Bakışlarımız bir an birleşince yeşil gözlerinde farklı bir şeyler gördüm ama ne olduğunu anlamama fırsat bırakmadan önüne döndü ve içkisini kafasına dikti. Ardından ayağa kalkıp Egemen'e bir şeyler söyledi ama Egemen onun gitmesine izin vermeyecek şekilde ayağa kalkarak önünü kesti. Aynı boydaydılar fakat Ediz hem Egemen'den beş yaş büyüktü hem de bir katildi.

Çenesinin kasıldığını gördüm, ardından kelimelerin üstüne basa basa bir şeyler söyledi. O kadar yavaş ve tane tane konuşmuştu ki dudaklarını okuyabilmiştim. "O benim."

"Kavga edecekler!" dedim korkuyla yerimden kalkarak. Bu sözlerimi takip eden saniyeler içinde Egemen, Ediz'i sertçe itti. Ediz bir adım gerilese de hiç etkilenmemişti ama Egemen'in bu hareketi sinirlerinin üzerinde çığ gibi büyümeye başlamış gibiydi. Hızla onlara doğru ilerlemeye başladığımda Uygar ve Gece de peşimden geliyordu. Gökalp ve Yeliz şaşkınlıkla kalakalmışlardı.

Ediz ölümcül bir sesle, "Seni öldürürüm," dedi.

"Egemen!" dedim korkuyla. Ediz'i ateşe vermek, sonunda buradaki herkesin zararlı çıkacağı bir süreci başlatırdı.

"Doğa sana hiçbir şey yapmadı!" diye bağırdı Egemen.

"Doğa benim yanımda güvende." Ediz'in bu sözleri üzerine Egemen onun üstüne yürümeye çalıştı fakat Uygar onu durdurdu. Ortamdaki gerginlik elle tutulacak kadar yoğundu ve çevredeki insanların dikkatini çekmeye başlamıştık.

"Doğa seni asla sevmeyecek," dedi Egemen. "Sen zavallının tekisin! Doğa'yı hiçbir şekilde hak etmiyorsun."

Ediz birden ona saldırmaya çalışınca ellerimi göğsüne yerleştirdim ve onu engelledim. "Sen Doğa hakkında bir bok bilmeyen orospu çocuğunun tekisin!" diye bağırdı Ediz. "Siktiğimin hiçbir haltını bilmediğin halde gelip onun iyiliğini istediğini söyleme bana!"

Ellerim korku ve çaresizlikle titremeye başlarken avuçlarımın içinde Ediz'in nefretle kasılmış kaslarını hissettim. Gözleri bir atmacanın gözleri gibi Egemen'in yüzüne odaklanmıştı. Yumruğunu sıkmıştı ve nefesi ölüm kokuyordu.

Çevredeki herkes kavganın kokusunu aldığı için ortama derin bir sessizlik çökmüştü.

"Egemen, senin derdin ne?" diye bağırdı Yeliz, sevgilisini tutmakta zorluk çekiyordu. Gökalp de Egemen'i tutuyor olmasa Egemen sevgilisini rahatlıkla aşabilecek kadar sinirli görünüyordu. Gözlerindeki o saf öfke âdeta kazanlarda kaynıyordu.

"Adam mısın lan sen?" diye bağırdı. "Şerefsiz piç!"

Dehşete kapılarak, "Egemen!" dedim, nefesim kesilmişti. Ediz'in zihninde patlayan silahların sesini duydum. Bunu takip eden saniyelerdeyse gerçek bir katil, göz bebeklerinden dışarı başını uzattı ve Ediz'in nadiren çıplak bıraktığı o soğukkanlı ruhun gölgesi net bir şekilde gözlerinin yeşiline yayıldı.

"Ediz, hayır!" diye bağırdım korkuyla. "Lütfen, yapma!"

Sanki ben şeffafmışım gibi Ediz beni görmüyordu. İçim korkuyla titrerken omzumun üstünden Egemen'e baktım. Gözünü bile kırpmadan Ediz'e bakıyordu ve kavgaya hazır görünüyordu. Ediz'i biraz tanıyorsam, Egemen'i hastanelik etmeden bırakmazdı, kan akıtmadan rahatlamazdı. Dişlerimi sıkarak bir elimi göğsünden boynuna kaydırdım ve kaskatı haldeki ensesine dokunarak beni fark etmesini sağlamaya çalıştım.

"Ediz!" O çimen yeşili gözler gözlerimi bulduğunda ona korkuyla baktım. "Lütfen..."

Bakışları bana kilitlenip kaldığında aklının gidip geldiğini fark ettim. Kanındaki alkole kör nefreti de eklenince anıları birbirine çarpıp patlıyor gibiydi. Bana odağını kaybetmiş gözlerle bakıyordu.

Egemen öfkeyle ama alçak sesle, "Hak ettiğin tek şey ona öylece bakmak," deyince Ediz yeşil gözlerini ona çevirdi. Benim varlığıma aldırmadan ilerlemeye başlamıştı ama ben ona engel olmaya çalışınca öfkeyle bana yöneldi. Beni kenara itti ama dengemi kaybetmeme neden olacak kadar sert değildi. Önünden çekilmemi sağlayacak kadar güç kullanmıştı. Fakat birden kasıldığım için karnıma korkunç bir acı saplandı.

Acı o kadar ani bastırmıştı ki karnıma bir boru parçası saplanmış gibi hissetmiştim. Nefesim kesilmişti. Sırtımı bar tezgâhına yaslarken acıyla karnımı tuttum ve çığlık atacak nefesi ciğerlerimde bulamadım. Ediz'i tutmaya çalıştıklarını göz ucuyla gördüm fakat aklım orada olmasına rağmen zihnim beni o andan koparmaya çalışıyordu. Karnımı tutarak dizlerimin üstüne yığıldım ve siyah saçlarım önüme perde gibi döküldü.

O sırada Yeliz'in, "Kesin şunu!" diye bağırdığını duydum. "Doğa'ya bir şey oldu!"

"Doğa!" Bu kez Gece'nin telaşlı sesini duyuyordum. "Kıza bir şey oluyor!"

"Ediz, kes artık!" diye bağırdı Uygar. "Doğa'ya bak! Ediz, sana Doğa diyorum! Kıza bir şey oluyor!"

"Doğa!" Biri yüzüme dökülen saçlarımı kenara çekerken karnıma çöken acı yüzünden hafifçe inledim. Bacaklarımın arasından akacak sıcak sıvıyı korkuyla bekledim fakat kanamaya dair hiçbir iz yoktu.

Ağlamaklı bir sesle, "Bu da ne?" diye inledim ve iyice iki büklüm oldum.

"Doğa, sorun ne?" diye sordu Yeliz. Ardından dehşetle mırıldandı: "İnsanlar çevremize toplanıyor."

"Doğa?" Ediz'in sesini duyunca bir an ağlayacak gibi oldum. Dudaklarım ona cevap vermeyi reddederken biri dirseğimi tuttu ve yanıma çöktü. "O pezevengi uzaklaştır buradan, yoksa elimden bir kaza çıkacak."

Egemen'den bahsettiğini biliyordum. Başımı kaldırıp Yeliz'e baktım. O da endişeli bir şekilde bana bakıyordu. "Onun yanına git," dedim. "Gökalp de gelsin seninle. Sakinleştirin onu, ben iyiyim..."

"Doğa..."

"Yeliz, Egemen'in sana ihtiyacı var." Acı nefesimi kesince bir kez daha iki büklüm olarak inledim ve kısık sesle, "Git," dedim. Artık bu acıyı hissetmek istemiyordum. Sadece bir hafta önce, tadabileceğim en dehşet verici acıyı tatmıştım. En azından bir mola olamaz mıydı?

"Doğa," dedi Ediz tekrar.

"Gidelim buradan." Uygar araya girmişti. "Doğa'yı arabaya ben taşırım."

"Neden sen taşıyormuşsun?" diye sordu Ediz. Sesi hâlâ fazlasıyla öfkeliydi ve bu, hareketlerine de yansıyordu.

"Sen sarhoşsun," diye homurdandı Uygar.

"Gerek yok," dedim acım hafifçe geri çekilirken. "Kendim gidebilirim." Titreyen ellerimle kenardaki bar taburesine tutunup çöktüğüm yerden kalkmaya çalışınca karnım yine kasıldı ve o korkunç ağrı küçük böcekler misali derimin altında hızla ilerledi. Tutunduğum bar taburesini zehir saçmış gibi bıraktığımda boş kalan ellerimi iri eller doldurdu.

"Seni inatçı aptal," diye homurdandığını duydum. Ardından bir kolunu bacaklarımın altına, diğerini sırtıma kaydırdı ve birden ayağa kalkınca bedenim acıyla kasıldı. Ona sıkıca tutunurken elimde olmadan küçük bir çığlık attım ve dudaklarımı omzuna yasladım. Dişlerimi omzuna geçirme isteğiyle dolup taşıyordum.

Ediz beni sarsmamaya özen göstererek yürürken, "Uygar, arabayı buraya getir," dedi. "Acele et."

"Sorun ne?" diye sordu Gece. Derdimin ne olduğunu tam olarak sadece Ediz biliyordu ama hiçbir şey söylemedi. Ona memnuniyetle biraz daha sıkı tutunurken kanamamın başlayıp başlamadığını bilmiyordum. Genelde hissedilir düzeyde oluyordu ama emin olamıyordum.

Ayrıca düşününce kanamanın daha erken başlaması gerektiğine karar verdim çünkü geçen seferin üzerinden bir aydan fazla zaman geçmişti.

"Kanaman var mı?" diye sordu Ediz sessizce, nefesi alkol kokuyordu.

"Bilmiyorum," diye mırıldandım.

"Biraz dişini sıkman gerekiyor." Sesi kuru ve mesafeliydi. Ona durumu açıklayacaktım ama bu soğuk tavrı karşısında ağzımdan çıkabilecek her kelime onun tavrı karşısında dondu ve bir şey söyleyemedim. Egemen onunla ne konuşmuştu? Bu işin böyle sonuçlanacağını biliyordum, onu uyarmıştım.

Gözlerimi kapattım ve bu kahrolası anların geçip gitmesini diledim. Yeni yılın ilk sayfası, kalemin akan mürekkebiyle kirlenmişti.

Araba motorunun sesini duydum, ardından bir kapı açıldı ve Ediz arabaya bindiğinde beni de kucağından indirmedi. Ani hareketinin doğurduğu ağrı karnıma saplandığında bunun normal olmadığını biliyordum. Normalde hiç böyle olmazdı, ağrı her zaman şiddetli olurdu ama böyle birden saplanmazdı.

"Gitmesinler," diye fısıldadım.

"Efendim?" dedi Ediz neden bahsettiğimi anlamayarak.

"Gitmesinler. Egemen, Yeliz ve Gökalp." Gerildiğini hissettim. "Lütfen. Egemen'le konuşmam gereken şeyler var. Ayrıca onlarla vedalaşmak istiyorum."

"Tamam, yorma kendini," dedi sertçe. "Konuşarak enerjini harcama. Kanaman var mı?"

Bu soruyu tekrar sorunca yanağımı göğsüne yasladım. "Yok sanırım."

"Bu şey ayda bir olmuyor muydu?" diye sordu yavaşça. Ediz'le bu tür şeyler konuştuğumuza hâlâ inanamıyordum ama ondan utanmamdan nefret ediyordu. Tamam, bunlar normal şeylerdi. Belki başka bir ortamda herhangi bir erkekten utanmayabilirdim fakat onunla konuşunca utanç bütün benliğimi ele geçiriyordu. "Bir aydan fazla oldu," diye ekledi Ediz.

"Sorun ne, bilmiyorum," diye fısıldadım.

Ediz, Gece'ye seslendi. Arabayı Uygar kullanıyordu ama gözlerim kapalı olduğu için nereden geçtiğimizi bilmiyordum. "Ara şunları, gitmesinler. Bir otelde kalsınlar."

Gece, "Emredersin," diyerek ona çıkıştı ama yine de dediğini yaptı.

"Bir jinekoloğa gidelim yarın," diye mırıldandı Ediz. "Ankara'dayken nereye gidiyordun?"

"Devlet hastanesine," dedim. "Düzenli olarak gittiğim bir doktorum vardı."

"Özel kliniğe gitseydin," dedi çenesini başıma yaslayarak.

Gözlerimi yavaşça aralayıp, "Babamdan para almak istemiyordum," dediğimde bir süre sessizliğini korudu.

"Bu inat meselesi haline getirilemeyecek kadar önemli bir durum, değil mi?" diye sordu ters bir tavırla.

"Tam tedavisi olmayan bir hastalık." Araba hızla ilerlerken yola belli aralıklarla yerleştirilen lambalar arada içeriyi aydınlatıyor, kaloriferin çalıştığını gösteren hafif bir uğultu duyuluyordu.

"Sen hayatımda gördüğüm en sorumsuz kızsın," diye homurdandı Ediz. "Bu önemli bir durum. Riskleri olamaz mı Şahmeran? Doğum yaparken ölmek mi istiyorsun?"

İç çekerek ona daha da sokuldum ve "Çocuk istemiyorum," diye mırıldandım.

Bir elini saçlarıma götürerek başparmağıyla başımı okşamaya başlayınca göz kapaklarım perde gibi iniverdi.

"Doğum yaparken ölenler şehit sayılmıyor muydu?" diye mırıldandım konuyu alakasız bir yere çekerek.

Ediz'in, "Siktir git Doğa," diye küfür etmesi içimde gülme isteği uyandırdı. "Her şey yolunda giderken doğum sırasında ölenleri bilemem ama bu resmen intihar. Bu durumda seni hamile bırakacak kadar aptal olan adamın aklını sikeyim."

"Kendimi anne olabilecek biri gibi hissetmiyorum," dedim sessizce.

Nefesi saçlarımın arasına dökülürken mırıldandı: "Çünkü sen hâlâ küçük bir kız çocuğusun. Eline oyuncak bebek versem bile nasıl oynandığını bilmediğin için ona gözlerini kocaman açıp bakarsın."

Hiçbir şey söylemeden göğsüne dolan nefeslerinin sesini dinlemeye başladım, nefeslerindeki yaşam bana güven veriyordu.

Eve geldiğimizde Uygar motoru durdurup el frenini çekti ve dışarı çıktı. Ardından bizim kapımızı da açıp hızlı adımlarla eve doğru yürümeye başladı. Hâlâ yanımızda duran Gece ise biz dışarı çıkarken temkinli gözlerle bize bakıyordu.

"Gece," dedi Ediz. "Kanaması başlamamış ama başlayabilir. Sende gerekli şeyler var mı?"

"Hayır," dedi Gece yüzünü buruşturarak. "Ne yapacağız?"

Saçlarım geriye dökülürken Ediz'in geniş omuzlarına tutunarak yanağımı göğsüne yasladım. Ediz, Gece'ye cevap vermeden eve doğru yürümeye başladı ama bu sefer adımları sarsıntılıydı. Karnıma saplanan küçük iğneler birleşerek dev gibi bir acıya neden olsa da ona sarılmaya devam ettim ve acıyı görmezlikten gelmeye çalıştım. Buna dayanabilirdim, çok daha kötüsünü de tatmıştım.

Uygar'ın açık bıraktığı kapıdan içeri girerken Ediz'in yüzü kaskatıydı. Ne düşündüğünü bilmiyordum ama öfkesi hâlâ tazeydi, kolay kolay bayatlamayacağının da farkındaydım. Egemen ile Ediz'i önümüzdeki bir asır boyunca yan yana getirmek aptallık olurdu.

"Kanaman başlarsa bir şey yapma," dedi beni yatağa yatırırken. "Kıpırdama yerinden. Bu konuda çok ciddiyim Güngör. Birkaç parça kıyafet ve çarşaf uğruna bu geceyi iyice mahvedersen kızarım." Gerçekten ciddi görünüyordu. "Yarın sabah erkenden iyi bir jinekoloğa gidiyoruz, haberin olsun."

"Gerek yok," diye itiraz edecek oldum ama Ediz beni bakışlarıyla susturdu.

"Gerek olup olmadığını sana soran olmadı zaten." Bakışları deliciydi. "Gidiyoruz diyorsam gidiyoruz. Evet veya hayır demeni gerektiren bir rica söz konusu değil."

Yorganı tutup kendime doğru çekerek, "Çok kabasın," diye mırıldandım.

"Bak sen!" dedi bana dik dik bakarak. "Yorgana iyice sarıl ve kendini sıcak tut. Ağrın çok fazla olursa Gece'den ağrı kesici al. Ben gelene kadar idare et."

Üzerimdeki gücünün farkındaydı. Başımı yastığa gömdüğümde kendimi onun yanında iyi hissetmemin ne kadar hastalıklı bir durum olduğunu bir kez daha düşündüm. Neyse ki şu an dikkatimi mıknatıs misali kendine çeken bir acıyla baş başaydım ve düşüncelerim çürük tahtalar gibiydi. Temelleri sağlam değildi ve en küçük bir acıda yıkılıyorlardı.

Yatakta zorlanarak diğer tarafa döndüm ve yorganı bacaklarımın arasına sıkıştırıp gözlerimi kapattım. Bu konuda bilgiliydim aslında. Regl dönemlerinde gecikmeler olabileceği konusunda uyarılmıştım fakat böyle bir acıdan bana kimse bahsetmemişti.

İçeriden sesler gelse de karanlık odada gözlerimi kapının altından sızan ışığa dikmekten başka bir şey yapmadım. Ne konuştuklarını tam olarak anlayamıyordum. Zaten bir süre sonra televizyon sesi gelmeye başladı.

Herkesin gecesi mahvolmuştu.

Elimi yumruk yaparak yorganı daha da sıktım ve gözlerimi daha sıkı kapattım. Her şeyin dışarıdan çok farklı göründüğünü biliyordum. Sanki Ediz'in gücüne ve güzelliğine boyun eğmiş gibi görünüyordum ama ben onun bana verdiği güven duygusunu seviyordum. Her zaman karanlıkta, soğukta tek başıma yürümüştüm ve o karanlığın içinde pek çok kez yere düşmüştüm ama şimdi yalnız değildim. Gece'nin sesi zihnimin duvarlarına tırmandı: *Ediz karanlığın içinde akan sessiz ve ölümcül bir nehir gibi. Göz gözü görmüyor ve sen ilerliyorsun. Önünde bir nehir var, ölümcül bir hızla akıyor ama hiç ses çıkarmıyor. O nehre düştüğün an kurtuluşun olmuyor.*

Bir süre sonra kapı çaldı ve içeriden sesler geldi. Ediz'in sesini duyunca gözlerimi araladım, içeride Gece ile Uygar'a bir şeyler söylüyordu. Aralarında gergin bir konuşma geçti ama ben sadece mırıltılar duyuyordum, zaten konuşmaları uzun sürmedi. Ediz odaya girdi ve bakışlarımı ona çevirdim.

"Kanaman başladı mı?" diye sorunca içimden homurdanmak geldi. Yatakta doğrulup, "Hayır, ama önlem alsam iyi olacak," dedim. Karnımdaki ağrıdan dolayı yüzümü buruşturduğum sırada Ediz dikkatle bana bakıyordu.

"Yardım edeyim mi?" diye sorunca başımı iki yana salladım. Yıllardır kendi işimi kendim görüyordum, tuvalete de kendim gidemeyeceksem garip olurdu. Ama bu seferki ağrı diğer ağrılara benzemiyordu, nefesimi kesecek kadar şiddetliydi.

Ediz nafile çabalarım karşısında gözlerini devirdi ve eğilip beni kucağına aldı. Biraz acıdan biraz da şaşkınlıktan küçük bir çığlık attım ve ona yine sıkıca tutundum. Beni banyoya soktuktan sonra yere indirince çıkıp gitmesini bekledim ama bana öylece bakmaya devam etti. Ben de soran gözlerle baktım. "Burada durmayı düşünmüyorsundur herhalde."

"Aslında tam olarak bunu düşünüyorum," derken yüzünde alaycı bir ifade belirmişti.

"Sarhoşluk sana iyi gelmiyor," dedim yüzümü buruşturarak. "Çıkar mısın dışarı?"

"Sende olanı birçok kadında gördüm, merak etme," dedi arsızca ve ben anında kıpkırmızı kesildim. Bu kadar edepsiz ve açık sözlü olmak zorunda mıydı? Yüzümün aldığı hale baktı ve alaycı bir tavırla tekrar güldü ama neyse ki fazla uzatmadan banyodan çıktı.

Acının el verdiği kadar seri bir şekilde işimi hallettim ve ellerimi, yüzümü yıkadıktan sonra banyodan çıktım. Ediz beni bekliyordu ama bu sefer kucağa alınmak istemiyordum. Yine de desteğe ihtiyacım vardı, bu yüzden koluna tutundum.

"Taşıyayım mı?" dedi ama başımı iki yana sallayarak onu reddettim. Kendimi garip hissediyordum. İlaç ve sıcak su torbası getirmişti. Beni yatağa yatırdıktan sonra küçük bir çocukmuşum gibi bana ilacımı içirdi, elime sıcak su torbasını tutuşturdu.

"Üstündeki kazağı çıkar," dedi kendi üstündeki kazağı çıkarırken. Ben ona soran gözlerle bakarken, "Isınman için," diye açıkladı. "Bir başkasının vücut ısısını paylaşınca daha iyi oluyorsun. Denemiştim."

Hiçbir şey söylemeden kazağımı çıkardım. Zaten içimde atletim olduğu için bunu sorun etmemiştim fakat Ediz'in üstü çıplaktı.

"Atletini çıkar," dedi ama ben sanki daha önce karşısında hiç sutyenle kalmamışım gibi utanıyordum. Ediz bunu fark edince bana dik dik baktı ve yatağa yaklaşmaya başladı. Ben korkuyla üstümdeki atleti çıkarırken gereğinden yüksek sesle, "Tamam," dedim. "Çıkardım."

Sırıttı. "Aferin."

Yatağa girip beni kendine doğru çekince ona yavaşça sokuldum. Kollarını bana doladığı için tenlerimiz birbirine değiyordu. Burnum göğsündeydi ve erkeksi kokusu içimi dolduruyordu.

Uzun süre öylece durduk, hatta bir ara Ediz'in uyuduğunu sandım.

Bir süre sonra biraz uykulu bir sesle, "Sana bir şey sorabilir miyim?" dedi. Sarhoş olduğunu biliyordum ama yine de ipleri elinde tutuyordu ve düşüncelerinin, algılarının canlı olduğunu görebiliyordum.

"Soru sormak için benden izin mi istiyorsun?" diye sordum gülümseyerek ama o benim gülümsediğimi görmemişti. Yine de hissetmiş gibi bir eliyle çenemi kavradı ve başımı hafifçe yukarı kaldırdı. Gözlerinde anlamını çözemediğim bir ifade vardı.

"Pek sayılmaz," dedi kaşlarını hafifçe çatarak. "Kanaman başladı mı?"

"Hayır," dedim, benim de kaşlarım çatılmıştı. "Bunu mu soracaktın?"

"Hayır." Bir eli belimden aşağı kaymaya başladı. "Bir şeyi bilmek istiyorum." Ona soran gözlerle baktım. "Ne hissettin? Yani sana dokunduğumda..."

Bir an duraksayıp boşluğa baktım ve bu sorunun nereden çıktığını anlamaya çalıştım. Ediz'in bu tarz sorular soracak, hatta düşünecek türden bir adam olmadığını biliyordum. Gözümün önüne Egemen'in yüzü geldi. Barda ikisi konuşurken Ediz'in yüzünde beliren ifadeleri düşündüm. Ve parmaklarım sırtına gömüldü...

"Farklıydı," dedim gözlerimi boşluktan çekerek.

Ediz sert bir sesle, "Biraz daha açıklamanı istiyorum," dedi. "Bana bütün düşüncelerini söyle."

Kendimi nasıl ifade edeceğimi bilemeyerek, "Farklıydı," diye tekrarladım. Benim için zor ve utanç verici bir andı ama bunu Ediz'e yansıtmak istemiyordum. "Öyle bir şeyi ilk kez yaşadığım için tarif edemiyorum," diye ekledim.

Ediz bir süre sessiz kaldı, bense Egemen'in ona neler söylemiş olabileceğini düşünüyordum. Sonunda sessizliğini bozdu: "Sana kendini kötü hissettirdi mi?"

Vücut ısımın arttığını hissettim ve "Hayır, en azından senin ima ettiğin açıdan değil," dedim. "Öyle bir anı seninle paylaştığım için pişmanlık duyacağımı da sanmıyorum. Sadece..."

"Sadece?"

"Sadece içinde bulunduğumuz durum..." dedim doğru kelimeleri arayarak. "Havaalanında kurduğun cümleyi hatırlıyor musun? Geri döndüğümde bana senin fahişeliğini yapmışım gibi bakacaklar ve ben..."

Sustum.

"Fahişelik mi?" diye sordu Ediz buz gibi bir sesle. "Önüme yatıp kendilerini o hale sokarak beni etkilemeye çalışan kadınlar gördüm ve bu..." Öfkesini kontrol etmek istiyormuş gibi sustu. Ardından gergin bir şekilde, "Bu duyduğum en saçma şey," dedi. Çenemi kavradı ve yüzümü kendisine çevirdi. Gözlerim hâlâ kapalıydı fakat sessiz emrini almıştım. Yavaşça gözlerimi açtığımda gözlerinin alev alev yandığını gördüm. "Sana fahişeliğin tanımını uygulamalı olarak öğretirdim ama dua et, iyi değilsin."

Gözlerine saplanıp kaldım, çok kızmıştı.

"Ve fahişelik birinin altına girmekle sınırlı değildir, emin ol. Sen bir orgazm yüzünden insanların sana fahişe gözüyle baktıklarını hissedeceksin, öyle mi?" Yüzümü yavaşça bırakıp tavana baktı. "Cidden, beni sınamak için mi gönderildin sen?"

"Üzgünüm," diye fısıldadım.

Tekrar bana baktığında bakışlarında kararlı bir ifade vardı.

"Pekâlâ, öğrenebilirim," dedi sertçe. Bana tekrar sokulduğunda güçlü parmakları bacaklarıma kaydı. İrkilerek ona baktım ve gözlerim şaşkınlıkla irileşti. "Hişşşt, sakin ol."

"Ediz..."

"Sakin ol küçüğüm. Beraber öğreneceğiz."

Ben ona soran gözlerle bakarken parmak uçlarını bacaklarımda gezdirmeye başladı. "Bu yok. Dokunmak yok." Parmaklarını yukarıya doğru çıkarınca şaşkınlıkla ona baktım. Parmakları bacaklarımın arasına kayıp iç çamaşırımın üzerinden geçtiğinde gözlerini kıstı. "Bu yok." Ardından karnıma ulaştı ve daha yukarılara doğru yol aldı. Eli yüzeysel bir şekilde, tam değmeden sol göğsümün üzerinden geçti. "Ve bu yok." Ardından gözlerimin içine baktı ve başparmağıyla yanağımı okşayarak "Seninle ne yapacağım ben?" diye fısıldadı.

Kendimi onun dokunuşlarının yumuşaklığına bırakarak gözlerimi kapattım ve sadece birkaç saniyeliğine düşüncelerime özgürlük tanıdım. Benim hiçbir kalıba oturtmama ihtiyaç duymadan zihnimin içinde oradan oraya savrulurlarken rüzgârın uğultusu kulaklarımı doldurdu.

"Bu çok mu kötü?" diye mırıldandı Ediz. Bu soru üzerine gözlerimi açınca kaskatı yüzünü gördüm. "Yani sana dokunmam kötü bir şey mi?"

"Hayır," diye itiraf ettim yavaşça.

Ellerini iki yanağıma koyup yüzünü yüzüme yaklaştırdı ve tatlı nefesini solurken kalp atışlarım hızlandı. Dudaklarını dudaklarıma bastırmadan hemen önce gözlerimin içine baktı. Sonra dudaklarımız hafifçe birleşti.

"Bu var mı, yok mu?" diye sordu bir saniye süren bir dokunuşun ardından. Gözlerimi açıp ona baktım, alev alev yanan gözleriyle o da bana bakıyordu. Bir elim istemsizce yüzüne gitti ve sakallarını avucumun içinde hissettim. Gözlerini yumduğunda güzelliği karşısında bir kez daha eridim.

Kendi sınırlarımı paramparça edip duvarların ardındaki Doğa'yı görmezlikten gelerek, "Var," diye fısıldadım. "Beni öpmeni seviyorum."

Bu ani itirafımı beklemediği için şaşırdığını hissetsem de Ediz bunu belli etmeden dudaklarıma yöneldi. Dudakları dudaklarımı bir kez daha buldu ama bu seferki öylesine bir dokunuş değildi. Beni sırtüstü uzanmam için hafifçe itti. Karnıma ağrı girmesine fırsat bırakmadan üstüme çıktı fakat ağırlığını vermiyordu.

Beni sertçe öpmeye başladığında ellerim saçlarına gitti ve tutamlar kum taneleri gibi parmaklarımın arasına kaydı. Odada ışık yoktu, sadece dışarıdaki lambadan sızan hafif aydınlık vardı. Ediz yorganı iki eliyle sertçe kavrarken bir kez olsun kendimi dinlememeyi denedim. Sarhoşluğun ve alkolün tadını alabiliyordum.

Ediz'in dudakları dudaklarımdan ayrılırken gözlerinde akan lavın kıvamını gördüm.

"Senin yanındayken cennette gibiyim," diye fısıldadı. "Ama bu, cehennemde olmaktan çok daha kötü." Alnını alnıma yasladı ve gözlerini kapatarak o erkeksi sesiyle, "Siktir," diye homurdandı. "Bu çok acımasızca."

Neden bahsettiğini bilmediğim için ne diyeceğimi bilemeyerek, "Ediz..." dedim. Gözlerini açtı ve yana kaydı. Beni kendine çekince sıcak nefesini tenimde hissettim.

"Bu çok acımasızca," diye mırıldandı tekrar. Kollarının arasına girdiğimde çenesi kaskatıydı. Bir süre tek kelime etmedi, ben de üstüne gitmedim.

"Bu nasıl bir şey, biliyor musun?" diye sordu yavaşça. "Yani senin yanındayken sana dokunamamak?.. Cennete bir kafeste konulmak gibi. Aklına gelebilecek bütün güzellikler senin olabilecekken sen sadece bir kafesin içinde durup onlara başkalarının sahip olmasını izliyorsun."

Gözlerini öfkeyle kapattı ve "Dokunmak yok," diye mırıldandı. "Dokunmak yok."

12. GERÇEK

Göz kapaklarım erimiş ve tenime yapışmış gibiydi. Ağzımın içinde yuvarlanan kelimeler bir anlam kazanamadan diğer tarafa dönüp yastığıma sarıldım.

Uyku kokan bir sesle, "Lütfen, beş dakika daha," diye mırıldanırken kendimi yatağın içine gömmek istiyordum. Sanki gözlerimi kapatmam ile açmam bir olmuştu, bedenimin dinlendiğine dair hiçbir işaret yoktu. Yüzüme dokunan bir el hissettiğimde iç geçirdim ve "Anne," diye mırıldandım. "Beş dakika daha. Söz veriyorum, kalkacağım."

Okula gitmek istemediğimi de ekleyecektim ama uyku ağzımdan çıkabilecek diğer kelimelerin üzerine örtülüyor, hareket etmelerini engelliyordu.

"Küçük kızım annesini özlemiş." Son damlasına kadar alaycılık dolu olan bu ses bir an için duraksamama sebep oldu. Elini uzatmış, uyku için dilenen zihnim bir an uykusuzluktan çökmüş gözleriyle bana baktı.

"Beni biraz daha uğraştırırsan seni saçından tuttuğum gibi kaldırırım Güngör."

Ediz'in sesi beni gerçek dünyaya taşıyıp iç çekmeme sebep olsa da gözlerimi açmadım. "Seni annem sandım," diye mırıldandım uykulu bir sesle. "Saat kaç?"

"Yedi buçuk."

Yine duraksadım. "Ciddi olamazsın," diye mırıldanarak yorganı başıma kadar çekip sızlanınca Ediz'in güldüğünü duydum ve sesi bana ninni gibi geldi. Zihnim tekrar uykunun sularına çekilmeden önce o sakinleştirici sesi dinledi.

"Randevuya geç kalırsak bu kadar sabırlı olmam Şahmeran." Yatakta bir hareketlilik hissettim. "Kalk."

Ciddi olduğunu fark ettiğimde mırlar gibi, "Ediz," dedim ve ağlamaklı bir ifadeyle yastığıma iyice gömüldüm. Önceki gece yılbaşı olduğu için geç saatlere kadar dışarıdaydık, eve geldiğimizde saat üçü geçmişti. Uykuya dalmamın da bir saatimi aldığını hesaba katarsak sadece üç buçuk saat uyuyabilmiştim.

"Doğa, haydi dedim."

İnleyerek sırtüstü döndüm ve başımı arkaya atıp bir süre öyle durdum. Bunu takip eden saniyelerde gözlerimi aralarken kirpiklerimin üzerinde ağırlıklar taşıyormuş gibi hissediyordum. Ağzımdaki kuruluğu gidermek için yutkunurken yeşil gözler beni izliyordu.

Yorganı ayağımla ittiğimde karnıma bir ağrı saplanmasını bekledim ama hiçbir şey olmadı, sadece dikişlerim acıdı. Bir an kafam karışsa da bunu düşünemeyecek kadar yoğun bir kıvamda olan beynim keskin bir ağrıyla isyan etti. Yattığım yerden doğrulup karmakarışık haldeki saçlarımın arasına elimi daldırdım ve yarı açık gözlerle uykulu bir şekilde Ediz'e baktım. Üzerinde spor bir gömlek, altında kot pantolon vardı. Gömleğinin kollarını sıvamıştı. Dağınık saçlarıyla oldukça genç ve benim aksime hem dinç hem de sağlıklı görünüyordu.

Ben onun ifadesiz suratını incelerken, "Kanaman başladı mı?" diye sordu. Gözlerim olması gerekenden daha fazla oyalanarak yüzünü dikkatle incelemeye çalışırken kaşlarımı çattım ve bakışlarımı kaçırdım. "Bilmiyorum."

"Giyin de gidelim hemen. Kahvaltı yapma, kan tahlili gerekebilir."

Tekrar inlerken kendimi yatağa bırakmamak için zor tuttum. İğnelerden, serumlardan ve kan tahlillerinden nefret ederdim.

"Mızmızlanma küçük," dedi Ediz alaycı bir tavırla. "Haydi, acele et. Ben arabayı yerinden çıkarıyorum."

Ben hiçbir şey söylemeden yataktan kalkarken tam olarak uyandığımdan emin olmak istercesine yüzümü inceledi. Sonra karmakarışık haldeki saçlarıma alaycı bir gülümsemeyle baktı ve odanın kapısına yöneldi. Arkasından bir süre bakıp ayakta durdum ve esnedim, ardından banyoya doğru giderken kendimi sürünüyormuş gibi hissediyordum.

Kanamam başlamamıştı ve bu daha önce karşılaştığım bir durum değildi. Bir haftalık işkencemi şimdiye kadar her ay mutlaka çekmiştim.

Diğer yandan bunların hastalığımın sonuçları olduğunu da biliyordum, bu konuda bilgilendirilmiştim. O yüzden dikkat ettiğim tek şey, yüzümü yıkarken biraz olsun dağılan uykumdan tamamen kurtulmaktı.

Odaya geri döndüğümde içinde bize ait olmayan kıyafetlerin bulunduğu dolabı açtım ve hızla bir kot ve kazak çıkardım. Koyu renkli kot üzerime tam oturmuştu ama bej kazak boldu ve yakası tek omzumu açıkta bırakacak şekildeydi. Aldırmadan ayağıma ayakkabılarımı geçirdim ve iflah olmaz saçlarımı hızla taradım.

Sonuç, elektriklenip daha da kabaran teller olunca bulduğum ilk tokayla gür saçlarımı topuz yaptım. Topuzumdan bağımsız bir şekilde ensemden sarkan ince tutama aldırmadan odadan çıkarken gözlerim hâlâ uyku ihtiyacıyla sızlıyordu.

Üzerime kalçama kadar inen bir mont geçirirken arabada uyuma hayalleri kuruyordum fakat soğuk havaya çıkınca biri uykumu yavaş yavaş süpürmeye başlamış gibi hissettim. Bu bana biraz da okula gitmek için evden çıktığım zamanları anımsatmıştı. Pencereden bana bakan annemin hayali zihnime düşerken içimin özlemle yandığını hissettim. Ne kadar öfkeli olsam da annem şu dünyada kıyamayacağım nadir insanlardandı ve iyi olduğunu biliyordum. En azından yediği kurşun onu korktuğum kadar etkilememişti.

Evin önünde beni bekleyen son model Toyota Corolla'ya binerken aklımda anneme dair soruları karaladım. Daha önce Ediz'le onu kimin vurduğuna dair bir konuşma yapmamıştım ve bu kötü hissetmeme sebep olmuştu.

Arabaya bindikten sonra ben kapıyı kapatırken Ediz bana kısa bir bakış attı ama yorum yapmadı. Kontağı çevirip kaloriferi açtı, ardından radyoda iyi bir istasyon bulup direksiyonu kırdı. Küçük bir U dönüşü yaptıktan sonra araba Denizli'ye doğru yol almaya başladı.

Bir süre ikimiz de tek kelime etmedik. Ne düşündüğü yüzünden belli olmuyordu ama profilinden gördüğüm kadarıyla sakindi. Bu elbette benim açımdan iyiydi, sarhoş ve düşünmeden hareket eden bir Ediz her zaman benim zararıma oluyordu.

"Ediz," dedim içerisi iyice ısındığı için tekrar uyku bastırırken. "Annemi kimin vurduğunu öğrenebildin mi?"

Ediz önümüzdeki arabayı sollamak için sinyal verdi ve direksiyonu kırdı. "Birkaç seçenek var."

"Neden böyle bir şey yaptılar?" Bu gecikmiş konuşma kalbimin üzerine kara bir bulut gibi çökerken annemin bana kırgınlıkla bakan gözleri zihnimde canlandı. Umursamaz olmayı öğreneli uzun zaman olmuştu ve sürekli toprağın altına gömdüğüm başım olaylardan kaçmamı emrediyordu. Fakat bu kez söz konusu olan annemdi ve benim her şeyden önce bu konunun peşinden gitmem gerekiyordu. Bu özelliğim, kişiliğimin üzerine siyah mürekkeple yazılmış gibiydi. Bir gün bütün sevdiklerimi kaybettiğimde onların değerini ancak o zaman tam olarak anlayacakmış gibi hissediyordum.

Buzdan duvarların ardında kollarını bedenine sarmış olan Doğa, "Onlar da senin değerini sen ölünce anlayacaklar," dedi ve o gün Ankara'daki kafede gördüğüm gülümseyen yüzleri benimle alay ediyormuşçasına zihnimin derinliklerinden çıkardı.

"Seni yanımdan uzaklaştırmak için," diye cevap verdi Ediz, düşüncelerimden bihaber bir şekilde. "Büyük ihtimalle o Gökhan denen şerefsizin işi."

Bir süre sessiz kalarak Gökhan'ı ve amacını düşünmek için kendime zaman tanıdım. Ediz onu daha önce hiç görmediğini dile getirse de Gökhan aynı ortamda bulunduklarını iddia etmişti. Ayrıca Ediz'e karşı öyle bir kin besliyordu ki olayların hangi yönde ilerleyeceği konusunda herhangi bir tahmin yürütemiyordum. Düşüncelerimi taze kalmaları için zihnimdeki buzluğa attım ve bu konuyu en ince ayrıntısına kadar irdelemek üzere kendime bir de hatırlatma notu ekledim. Bakışlarım potansiyel katilime kayarken kaşlarım çatıldı.

"Beni annemle görüştüreceğini söylemiştin," dedim bana verdiği sözü hatırlatmak için. Bunu çok daha önce yapmam gerektiğini biliyordum ama işin duygusal boyutunda kalamayacak kadar ağır şeyler yaşamıştım. Belki de bu sadece bir bahaneydi.

Soğuk bir sesle, "Hallederiz," diyerek konuşmamıza hayalî bir nokta koydu. Yüzümü buruşturup bakışlarımı ondan uzaklaştırdım ve yolu izlemeye başladım. Radyoda hafif bir müzik çalıyordu.

"Yarım saatlik yolumuz kaldı," dedi Ediz bakışlarını bana çevirerek. "Uyuyakalıp iş çıkarma bana baş belası. Arkadaki poşette birkaç roman var, alıp okuyabilirsin."

"Roman mı aldın?" Şaşkınlıktan dolayı sesim olması gerekenden yüksek çıkmıştı. Hızla arkama dönünce dikişlerimin ısırdığı tenim gerildi ve ince bir acıyla kasıldım. Yüzümü buruştursam da aldırmadan arka koltukta gördüğüm koyu mavi poşete uzandım.

"Bir ara almıştım, sana vermeyi unutmuşum," dedi Ediz umursamaz bir sesle.

Poşetin içindekileri kurcalamaya başlarken bütün uykum dağılmış gibiydi. Romanları ve iki filmi poşetten çıkardım.

"Bu filmi merak ediyordum," dedim elimdeki kutuyu havaya kaldırarak. "Bunu izleyelim."

Ediz kaşlarını kaldırdı. "Güzel miymiş?"

Kutunun üzerine yapıştırılmış küçük resme bakarken, "Bilmiyorum," diye mırıldandım. "Senaristi tanıyorum, ince bir zekâsı var. Ayrıca filmde oynayan adamı da beğeniyorum."

Ediz kaşlarını biraz daha kaldırdı ve bakışlarını yoldan çekip elimdeki filme göz attı. Ardından boş bakışlarını yüzüme çevirdi ve sadece dudaklarını oynatarak, "Zevksiz," dedi.

"Bunu izlemeliyiz," dedim onu duymazlıktan gelerek. Ediz kendinden başka kimseyi beğenmezdi zaten, ondan olumlu bir yorum beklemiyordum. Bana kısa bir bakış attı, ardından yine aldırmaz bir tavırla yola döndü.

"Diğer film daha güzel bence," derken sesi ifadesizdi. Ona itiraz edecektim ki elimde tuttuğum filmi birden kaptı ve arka koltuğa attı. "Kitap oku." Bir şey söyleyecektim ama bakışlarını bana çevirdi. "Sana kitap oku dedim."

Kaşlarımı kaldırarak ona baktıktan sonra kitaplardan birini elime aldım. Ediz'in kiraladığı ev Denizli'nin ilçelerinden birinde olduğundan merkeze ulaşmak uzun sürüyordu. Ayağımdaki botları çıkardıktan sonra koltuğa iyice kurulmak için montumu da çıkardım. Ayaklarımı torpidonun üzerine uzatırken yeşil bakışları üzerimde hissedebiliyordum.

Bir süre sonra, "Ağrın yok sanırım," dedi.

"Yok," dedim kitabın kapağını açarken. "Nedenini bilmiyorum."

"Önemli bir şey midir sence?" Bir an gözlerim kitaba takılı kaldı, ardından başımı kaldırıp ona baktım. Dudaklarım hafifçe aralanırken aklımdan geçen sözcükler boğazıma düşerek garip bir yumru oluşturdu. Ediz'in sesi bu durumu önemsiyormuş gibi çıkıyordu ama bu benim hayal ürünüm de olabilirdi. Kalbim anlık bir sızıyla atınca kötü bir şey yapmışım gibi bakışlarımı hızla kitaba çevirdim. Böyle şeyler düşünmeyi kendime yasaklayalı çok olmuştu. "Sanmıyorum," dedim kaşlarımı çatarak.

Cevap vermedi. Ben de bakışlarımı önümdeki kitaba çevirdim ama bir şeyler içimdeki okuma isteğini yok ediyordu. İlk paragrafa takılıyor, tekrar tekrar aynı cümlelere dalıyordum. Aklıma bir şey girmiyordu.

En sonunda pes ettim ama kitabı kapatmadım. Arkama iyice yaslanarak yoldaki beyaz şeritleri izlemeye başladım.

"Neden okumuyorsun?"

Bakışlarımı ona çevirdim ve omuz silkerek, "Bilmem," dedim. "İçimden gelmiyor." Az önceki isteğimden ve sevinç dolu şaşkınlığımdan sonra kurduğum bu cümle Ediz'in tek kaşını kaldırmasına sebep olmuştu. Bu güzel tabloyu izlerken içimdeki can sıkıcı duyguyu kıskançlık olarak tanımladım. Tekrar önüme dönüp huzursuz bir şekilde yolu izlemeye başladım.

İkimiz de kendi kabuğumuza çekilmiş, yol boyunca tek kelime etmemiştik. Ben de anılarımı kurcalayıp önüme dökerek hatıraları kendimce yeniden kurguladım. Bu her zaman kafa dağıtıcı bir yöntemdi; hiçbir beklenti doğurmayan, geçmişe asla dönemeyeceğiniz gerçeğinin bilincinde olsanız da istenmeyen düşünceleri dağıtan bir yoldu.

Ediz arabayı açık otoparka park ettiğinde geldiğimiz kliniğe baktım. Camları mavi, duvarları beyaz olan ve yeni açılmış gibi görünen özel bir klinikti. Ediz son model arabayı ustalıkla park ettikten sonra motoru durdurup el frenini çekti. Ayaklarımı yasladığım yerden indirdim ve okunmayı bekleyen kitabı duygusuzca kapattım.

"Adın Doğa ama soyadın Yavuz. Evliyiz." Ediz cebinden bir şey çıkardıktan sonra yüzüme bomboş gözlerle bakarak avucunu bana uzattı. "Alyansı tak. Ve hastalığınla ilgili ne şikâyetin varsa hepsini söyle."

Elindeki alyansa kısa bir bakış attıktan sonra kararsız ellerimle onu aldım ve sakince yüzük parmağıma geçirdim. Parmağıma tam olmuştu. Elimi öne uzattım ve beyaz altına baktım, garipsemiştim.

"Bu kadar tantanaya gerek yoktu," desem de Ediz beni duymazlıktan gelerek arabadan çıktı. Ben de alyansa bakmaya bir son verip ayağıma botlarımı geçirdim ve montumu hızlıca giydim. Ben arabadan çıkarken Ediz arabanın arka tarafına geçmişti. Kapıyı kapatıp ellerimi ceplerime soktum ve ona doğru yürümeye başladım. Uzaktan kumandayla arabayı kilitleyince farlar yanıp söndü ve bir tık sesi duyuldu.

Beraber kliniğin girişine doğru sessizce yürüdük. Bugün hava daha yumuşaktı ama içerideki ve dışarıdaki sıcaklık farkı biz iki yana açılan otomatik kapıdan içeri girerken kendini açıkça hissettirdi. İçerideki havanın sıcaklığı dışarıdaki havanın sertliğini iyice vurgulamıştı.

Danışma masasında işlerimizi hallederken Ediz'den birkaç yaş büyük gibi görünen esmer kız sürekli Ediz'e bakıyordu. Kaşlarımı çatarak kızı iyice inceledim. Kilolu değildi ama iri göğüsleri büyük beden kıyafetler giymesine sebep olmuş gibiydi. Ediz'e o kadar odaklanmıştı ki Ediz ismimi iki kere tekrarlamak zorunda kaldı, sıkıldığı yüzünden belli oluyordu.

İşlemler halledilirken ayağımdaki botlarla zemine görünmez desenler çizmeye başladım. Nedense içimde gitgide büyüyen bir sıkıntı vardı, klinikler beni her zaman geriyordu.

"Mehmet Bey'in odası üçüncü katta efendim," dedi kız tatlı bir sesle. Ediz ona teşekkür bile etmeden hasta kartını aldı ve bana baktı. Bakışlarımı ona çevirince onun da ruh halinin karardığını fark ettim. Bana elini uzatırken sessiz emrini duyar gibi olmuştum. Onunla zıtlaşamayacak durumda olduğum için elimi elinin içine kaydırdım.

Asansöre doğru yürüdüğümüz sırada, "Bir sorun mu var Doğa?" diye sordu. "Suratın asıldı."

"Gerginim sadece."

Asansör düğmesine basarken beni sakinleştirecek herhangi bir şey söylemedi, zaten böyle bir şey beklemiyordum ama yine de bunu umut eden bir tarafımın olması beni şaşırtmıştı. İçimde hâlâ Ediz'in bu tavırlarına kırılan bir taraf vardı.

Asansör geldiğinde kapı iki yana doğru açıldı ve içeri girdik. İçeride iki kız vardı. Bakışları bir an Ediz'e kaysa da elimi tutan elini gördükleri an rahatsız olmuş gibi başka tarafa bakmaya başlayıp sohbetlerine devam ettiler.

"Baha'nın evinde kalmış dün," dedi kız küçümseyen bir sesle. "O kaşardan nefret ediyorum."

"Baha zaten kullanıyor onu," dedi diğer kız. "Yasemin'in de canına minnet. Onu öpmeye kalkışmasına bir kere hayır dedi mi acaba?"

"Nasıl bir kız ona zerre kadar değer vermeyen bir erkeğin onu öpmesine izin verir ki?"

Bir an bakışlarım kıza çevrildi. Kalbime buzlu su dökülmüş gibi hissetmiştim. Kızlar bakışlarımı fark etmemişlerdi ama Ediz'in fark ettiğini biliyordum. Genelde her lisede dönen bu tür dedikodular bana tanıdık geliyordu. Aklım tuttuğu defterin sayfalarını gürültüyle geriye doğru çevirdi ve Umay'la kantinde oturduğumuz güne gitti.

"Kıza bak ya!" diye homurdanmıştı Umay karşımdaki sandalyeye otururken. "Tam bir kaşar. Bir de millete laf ediyor. Sevgilisiyle yaptıklarını bilmiyoruz sanki..."

"Ne yaptı yine?" Umay okuldaki bir kızla kavgalıydı ve kızın kirli çamaşırları o kadar çoktu ki bunu kendisi bile inkâr edemiyordu.

"Kendince bana laf atıyor kaltak. Tek yaptığı boş boş konuşmak. Konuşmadığı bir an var mı acaba? Tabii o adi sevgilisinin dudaklarını sömürdüğü anları saymazsak... Bir de demiyor mu, bana değer veriyor diye? Yıldızları görüyorum resmen. Kaşar, sen kimsin de o sana değer verecek? Herifin tek derdi uçkuru."

Asansörün durduğunu haber veren metalik ses beni düşüncelerimden koparırken ağzımda acı bir tat hissettim. İçimdeki ses bana gülerken duvarların ardındaki Doğa, "Ne o? Kendini mi gördün?" diyerek benimle alay etti. Elimi zehirli bir şeymiş gibi Ediz'in elinden kurtarırken bir ton soru işareti kalbime vurarak orada bir delik açmaya çalışıyordu.

Asansörden çıktığımız sırada Ediz'in bakışlarını üzerimde hissedebiliyordum ama hiçbir şey söylemedi. Dar ve uzun koridorda yürürken dudaklarım kurumuştu. Bütün keyfimin üzerine asit dökülmüş, biri onu yakmış gibi hissediyordum.

Bir şeyleri fark etmem için her zaman birilerinin beni dürtmesi gerekiyordu. Bir hata yaptığımda beni hep Umay uyarırdı ama artık hayatımda bir Umay yoktu. Ben en yalın haliyle kendi kafasının içinde yaşayan biriydim.

Bir kapının önünde durduğumuzda Ediz gergin ve sinirli görünüyordu fakat zihnim ona takılamayacak kadar yoğundu. Kapıyı çalıp araladı ve başını içeri uzattı. Kısa bir konuşmanın ardından kapıyı sonuna kadar açarak geçmem için kenara çekildi.

Ben kül rengi bir yüzle içeri girerken peşimden geldi. Boş bakışlarımı otuzlu yaşlarının başında gibi görünen adama çevirdim. Adam bana sempatik bir tavırla gülümsedi ve elini uzattı.

Ben ruhsuz bir tavırla elini sıkarken adam, "Mehmet Uzun," dedi. "Hoş geldiniz Doğa Hanım."

"Merhaba," dedim alçak sesle. Adam oturmam için masasının önündeki deri kaplı sandalyeleri işaret etti. "Lütfen oturun."

Ben mekanik bir şekilde adamın dediğini yaparken bilinçaltım sorgu odasına çekilmişçesine bulunduğumuz ortamdan tamamen kopmuştu. Ediz de karşımdaki koltuğa oturdu. Dikkatle yüzüme bakıyordu ama ben ona bakamıyordum.

"Evet," dedi doktor son kelimeyi uzatarak. "Çay, kahve? İçecek bir şeyler alır mıydınız?" Başımı iki yana salladım. "Pekâlâ. Dediğim gibi ben Jinekolog Mehmet Uzun. Ediz Bey sizin için bana bir servet ödedi." Güldü. "Bu yüzden elimden gelenin fazlasını yapacağımdan emin olabilirsiniz."

Ona karşılık veremeyecek kadar kötü bir ruh hali içinde olduğumdan başımı belli belirsiz sallamakla yetindim, adam kaçık falan olduğumu düşünecekti.

"Yaşınız kaç Doğa Hanım?"

Bu konuyu Ediz'le konuşmamıştık, gözlerim tedbirli bir ifadeyle çimen yeşili gözlere kaydı.

"On sekiz," dedim doğruyu söyleyerek. Ediz bir tepki vermeyince hata yapmadığımı anladım.

"Yeni evlisiniz, öyle mi?" Doktor gülümsedi. "Eşinizle telefonda kısaca konuşmuştuk ama bir de sizden dinleyeyim. Şikâyetiniz nedir?"

Boğazımı temizleme ihtiyacı hissettim. "On üç yaşımdayken endometriozis tanısı konulmuştu. Bir tedavisi olmadığından yapılacak bir şey olmadığı ve ağrı kesicilerle bunu atlatmaya çalışmam gerektiği, zamanla yok olabilecek bir şey olduğu söylenmişti. Fakat on üç yaşımdan bu yana ağrılar aynı şiddetle devam ediyor." Ediz'in varlığı beni huzursuz ettiği için rahatça konuşamıyordum. "Bu ay kanamada gecikme oldu. Daha önce hiç böyle bir şey olmamıştı."

"Kaç yaşında regl olmaya başlamıştınız?"

"On iki," dedim gözlerimi doktordan ayırmadan. Adam başını hafifçe sallarken önündeki not defterine bir şeyler karaladı.

"Endometriozis hakkında bize biraz daha bilgi verebilir misiniz?" Ediz bu soruyu sertçe sormuştu. "Tam olarak nasıl bir hastalık? Neden tedavisi yok?"

Bakışlarım istemsizce ona çevrildi, bu ilgili hali canımı acıtmıştı.

"Şöyle anlatayım Ediz Bey; rahmin iç tabakası âdet döngüsünün seyrinde her ay kalınlaşan ve belli bir süre sonunda kanamayla vücut dışına atılan bir dokudur. Rahim iç tabakası rahim iç yüzeyi dışında bir yere yerleştiğinde âdet döngüsüyle birlikte yine kalınlaşma gerçekleşir ve doku yine kanamayla uzaklaştırılmaya çalışılır. Endometriozis hastalığının yerleştiği dokular vajinayla dış ortama açılan rahmin aksine kapalı sistemlerdir ve kanama bu kapalı sistemin içinde, genelde karın boşluğunda veya yumurtalık dokusu içinde gerçekleşir."

Ediz kaşlarını çatmıştı. "Daha anlaşılır bir dille anlatsanız?"

"Kısaca endometriozis bir tür iç kanamadır."

Çimen yeşili gözler birden bana şaşkınlıkla baktı. Doktor, Ediz'in bakışlarını görünce sempatik bir tavırla güldü. "Eşinizde hayati risk teşkil edecek bir durum yok. Her ay düzenli olarak gerçekleşen bu iç kanamanın vücut tarafından yok edilmesi sürecinde bölgede iltihabi bir durum ve ciddi yapışıklıklar oluşur. Bu yapışıklıkların derecesine göre hastada çeşitli belirti ve bulgular ortaya çıkar. İç kanama tabirinin kullanılması, bazı hastaların bu iç kanamanın hayati tehlike teşkil edip etmediğini merak etmelerine neden olabiliyor. Fakat bu iç kanama âdet kanamasıyla aynı şeydir. Hatta çoğu durumda âdet kanamasından daha azdır ve hayati tehlike oluşturmaz."

Bunlar hakkında herhangi bir bilgim yoktu, tedavisi olmayan bir hastalık olduğu söylendiği için araştırma zahmetine girmemiştim. "Peki, gecikme bununla mı ilgili?" diye sordum.

Doktor bana gülümsedi ve başını hafifçe yana yatırarak, "Olabilir," dedi. "Ama aklımda başka bir sebep var." Bilgisayarına dönüp bir şeylere bakmaya başladı. "Eşinizin isteği üzerine sizi detaylı bir şekilde muayene edeceğim ama öncesinde bir gebelik testi istiyorum."

Adama boş boş baktım. "Gebelik testi mi?"

"Evet."

Yüzümü buruşturdum. Bu kesinlikle yaşamak istediğim bir tecrübe değildi. Büyük ihtimalle benden kan alacaklardı ama bunun sebebinin gebelik testi olmasını istemiyordum.

"Hamile değilim," dedim kendimden emin bir sesle. Doktor evli olduğumuzu sanıyordu ama değildik. Böyle bir şey yaptırmak istemiyordum. "Dün bu şüpheyle gebelik testi yaptım ve bir şey çıkmadı," diye ekledim.

Doktor duraksadı. "Ah, anlıyorum."

Ediz gözünü bile kırpmadan bana bakıyordu. Doktor da ellerini birbirine kenetleyerek masanın üzerine koydu ve bana baktı.

"O zaman biraz daha detaya ve özele inmem gerekiyor." Ediz'le bakıştık, gerilmiştim. Adam özür dilercesine gülümsedi ve "İlişki sırasında ağrı hissediyor musunuz?" diye sordu. Kanımın yüzüme doğru yol aldığını ve yanaklarımın yandığını hissederken adama bakakaldım.

"Aslında durum biraz karışık," dedi Ediz yardımıma koşarak. "Zaten evleneli sadece birkaç ay oldu. Bu konuyu askıya aldık, henüz ilişkiye girmedik. Doğa ürkek davranıyor. Biz de bu sorunu halledene kadar o işi erteledik."

Doktor bir an şaşkınlıkla bana bakınca pancar gibi kızardım. Adama gebelik testi yaptığımı söylemiştim. Hiç ilişkiye girmeyen biri olarak nasıl gebelikten şüphelenip test yapmış olabilirdim ki? Ediz beni hem yalancı çıkarmış hem de korkak ilan etmişti. Aslında bunlar gerçeklerden başka bir şey değildi ama yine de utanmıştım.

Doktor, "Anlıyorum," dedi ama kafası karışmış gibiydi. Ben zavallı adam için üzülürken Ediz'in bana alaycı bir gülümsemeyle bakmasını bekledim ama suratı asık ve sertti.

"Tabii bunlar özel şeyler." Doktor öksürdü. "O zaman ihtimalleri sayıyorum: Gebeliği elediğimiz için bu normal bir gecikme olabilir ya da bir kist durumu söz konusu olabilir."

"Kist mi?" diye sordu Ediz tek kaşını kaldırarak.

"Endometrioma denen ve halk arasında çikolata kisti olarak adlandırılan durum. Karın boşluğunda biriken kanın pıhtılaşmasıyla oluşuyor. Kan pıhtısı gitgide koyulaşıyor. Bu riskli bir durum. Çözümü ameliyat fakat hasta doğurganlığını kaybedebilir. O yüzden bu yöntem pek tercih edilmiyor."

"Zaten doğum riskli değil mi?" diye sordu Ediz ters bir ifadeyle. "Doğurganlığın engellenmesi daha mantıklı değil mi?"

Doktor şaşırmıştı. "Doğumun riski yok," dedi. Onu dinlerken kaşlarımı çatmıştım. "Aslında her doğum ölüm riski taşır. Fakat böyle bir durumda doğum yapmalarını hastalara öneririz. Doğum sırasında rahim iç tabakasında biriken hastalık ve endometrioma atılır. Genel olarak hastalar doğumdan sonra herhangi bir sorunlarının kalmadığını söyler."

"Hamile kalmanın riskli olabileceği söylenmişti bana," dedim, kaşlarım hâlâ çatıktı.

"Doğum yapmanın riski yok, yani doğum sırasında özellikle bu hastalık yüzünden ölüm pek görülmez. Ama hamilelik risklidir. Hamile kalmak da çok zordur. Kalsanız bile düşük yapma ihtimaliniz yüksek. Ayrıca bebek karnınızda ölürse bu sizin açınızdan da riskli."

"Bunu bildiğimiz iyi oldu." Ediz'in yüzü ifadesizdi ama sesinden rahatladığını sezmiştim.

Doktor gülümseyerek, "Bu konuda rahat olun," dedi. "Sorun yok. Şimdi sizden bazı tahliller isteyeceğim. Ultrason, idrar ve kan tahlilleri. Sonuçları hemen çıkar zaten. Ne durumdayız bir bakalım."

Kan tahlili sözünü duyar duymaz yüzüm düşmüştü. Doktor bilgisayarda bir şeylere tıkladı ve yazıcıdan üç kâğıt çıktı. Kâğıtlara bir şeyler yazıp kaşeledi ve imzaladı, ardından hepsini Ediz'e uzattı. "En alt katta laboratuvar var, sonuçları oradan alabilirsiniz."

"Şimdi mi gidelim?" diye sordu Ediz.

Doktor arkasına bastığı kalemini masaya bırakırken, "Önce bir şeyi saptamak istiyorum," dedi. "Doğa Hanım, karnınızı açıp şu masaya uzanır mısınız? Pantolonunuzun düğmesini ve fermuarını da açın lütfen." Gergin bir yüzle Ediz'e baktım ama hiçbir şey söylemedi. Bana söyleneni yapmak için ayağa kalktığım sırada bakışları üzerimdeydi.

"Küçük bir kaza geçirdim," dedim muayene masasına uzanırken. "Dikiş atılması gerekti. Sorun olur mu?"

"Rahim çevresinde değilse sorun yok."

Ben montumu çıkarırken Ediz ayağa kalktı ve yanıma gelip onu elimden aldı. Kazağımı göğüslerimin altına kadar sıyırdım, ardından pantolonumun düğmesini ve fermuarını açtım. Doktor yanımıza geldiğinde Ediz çıplak karnıma bakıyordu ve yüzünde durumdan hoşnut olmadığını gösteren bir ifade vardı.

"Herhangi bir ağrı hissedince söyleyin lütfen." Doktor iki elini birden karnıma bastırdı. "Ağrı var mı?" Başımı iki yana salladım. Ellerini biraz kaydırdı ve tekrar baskı uyguladı. "Şimdi?"

Yüzümü buruşturdum. "Biraz."

Ellerini iyice kenara kaydırdı ve tekrar karnıma bastırınca bir an kıvranacağımı sanarak, "Ah!" diye inledim. O tanıdık acı baş göstermişti. Doktor bu kez sağ tarafıma geçip baskı uyguladı ama acı yoktu. Sol tarafımda uyanan acı benimle alay edercesine gülümsedi. Ediz yüzünde ciddi bir ifadeyle bizi izliyordu.

"Kalkabilirsiniz Doğa Hanım. Bir tahminim var ama emin olamıyorum. Seçenekleri tahlil sonuçlarıyla birlikte değerlendirelim."

Uzandığım yerden kalkarken Ediz bana yardımcı oldu.

Doktor, "Şimdi gidebilirsiniz," dedi.

Ben Ediz'e tutunup kalkarken o da bir koluyla bana destek olmak için belime sarıldı. Kokusu burnuma dolunca içim karıncalandı ve beni dehşete düşüren bu hissi hemen uzaklaştırdım.

Sonrası tam bir felaketti. Kan tahlilini en sona bırakmıştım. Önce en basit işlemden başlayarak idrar örneği vermiştim. İdrar kabını laboratuvara Ediz teslim edeceği için kat kat peçeteyle sarmıştım. Ediz bunu görünce abartılı bir şekilde gözlerini devirmiş ama yorumda bulunmamıştı.

Ultrason kısmı daha da kötüydü çünkü bana bir buçuk litre su içirmişlerdi ve aç karnına o kadar çok su içince midem kalkmıştı. Doktor erkekti ve benden üzerimde sadece iç çamaşırlarım kalacak şekilde soyunmamı isteyince tedirgin olmuştum. Daha yeni mezun olmuş gibi görünüyordu, gençti. O sırada Ediz beni dışarıda bekliyordu. Bu işin çabucak bitmesini istediğim için sadece kot pantolonumu çıkarmış ve ultrasona öyle girmiştim.

Kan tahlili için kliniğin içinde ilerlerken kendimi bayılacak gibi hissediyordum. Vurulmuştum, uyuşturulmadan yarama dikiş atılmıştı ama ben hâlâ kan vermekten korkuyordum. Kabinin önüne geldiğimizde bile tırnaklarımı kemirmeye devam ettim.

"Sakin olur musun?" diye tersledi beni Ediz. "Alt tarafı kan vereceksin. Bu kadar dert etme."

Ben de ona ters bir bakış attım ama bir şey söylemedim. Kan vermeyi oldum olası sevmemiştim. Sıra bana geldiğinde kabine Ediz'le beraber girdik. O sırada yaşlı bir teyze koluna bastırdığı pamukla kabinden çıkıyordu. Midemin bulandığını hissederken korkuyla hemşireye baktım, annem yaşlarında bir kadındı.

"Otur ve kolunu aç tatlım," dedi sevecen bir sesle. "Bayılacak gibi görünüyorsun, sakin ol."

Hemşirenin talimatıyla yumruğumu sıktım. Kadın kolumu bir şeyle bağlayıp pamukla silerken Ediz'in bir eli boynuma gitti ve başımı kendine doğru çekti. Yüzüm kaslı gövdesine gömülünce saçlarımı yavaşça okşamaya başladı. Kalp atışlarımın hızlandığını hissediyordum. Ruhum onun bu hareketi üzerine garip bir acıyla şekillendi. "Sakin ol küçüğüm."

Boştaki kolumla ona sarılmak istesem de bunu yapmadım ama bana iyi gelen ve gevşememi sağlayan kokusunu içime çektim. Saçlarımı okşayan eline yoğunlaşınca bedenim iyice gevşedi. Koluma batan iğneyi hissettim ama zaten korktuğum şey iğnenin verdiği acı değildi, kanla ilgili her şeyden nefret ediyordum.

Hemşire koluma bağladığı şeyi çözerken, "İşte bitti," dedi Ediz. "Pamuğu koluna bastır."

Ondan uzaklaşıp dediğini yaparken tüpe bakmamaya çalıştım. Oturduğum yerden kalktım ve Ediz'e de bakmadan hızla kabinin çıkışına yöneldim.

Ediz içeride işlemleri hallettikten sonra yanıma geldi. "Sen doktorun yanına çık, ben tahlil sonuçlarını alıp geleceğim."

Hafifçe başımı salladığım sırada o çoktan yürümeye başlamıştı. "Sağ ol, ben iyiyim," diye mırıldandım arkasından ve kendimi her zamankinden de hastalıklı hissederek asansöre yöneldim. Asansör düğmesine basarken etrafta kimse yoktu. Zaten kliniğin garip bir mimarisi vardı. Sabırsızlanarak düğmeye bir kez daha bastım ve sıkıntıyla etrafıma baktım.

Karşı koridorda birinin olduğunu fark edince bir an kaşlarım çatıldı ve daha dikkatli baktım. Onun da bana baktığını fark edince bir an gerilsem de beni hiç tanımıyormuş gibi arkasını dönüp yürümeye devam etti. İçim korkuyla dolmuştu. Beni yalnız yakalamaya çalıştıklarını biliyordum. Neyse ki o sırada asansör geldi ve kendimi hızla içeri attım. Büyük ihtimalle paranoya yapmaya başlamıştım.

Asansörde bir doktordan başka kimse yoktu. En arkaya geçerek köşeye yaslandım ve iyice dağılan topuzumla ve uykusuzluktan çöken gözlerimle aynaya baktım. Kötü ve yorgun görünüyordum.

Asansör durduğunda kollarımı bedenime sararak koridora çıktım ve yürümeye devam ederken omzumun üstünden kapanan asansör kapısına baktım. Bu katta insanlar vardı. Kimi ayakta kimi oturarak bekliyor, kimileri yürüyordu.

Doğruca doktorun odasına giderken birilerinin beni izlediği hissine kapıldım; bu his bana Ediz'in varlığını hatırlatıyordu. Onun yanında olduğum sürece bana kimsenin zarar veremeyeceğine beni öylesine inandırmıştı ki yokluğu boşluk yaratıyor, bu da beni dehşete düşürüyordu. Kim potansiyel katiline bu kadar güven duyardı ki?

Moralim yerle bir olurken odanın önüne geldiğimde somurtarak kapıya baktım. İçeride hasta var mıydı acaba? Bir an kapıyı tıklatıp içeri bakmak istesem de geri çekilip yüzümü buruşturarak bu fikirden uzaklaştım. Dikkatleri bir anda üzerime çekmekten nefret ederdim.

Duvara yaslanıp Ediz'in gelmesini beklemeye karar verdim ve çevremi incelemeye başladım. Hemen karşımda bir çift oturuyordu ve kadının karnı burnundaydı. Yirmili yaşlarının ortasında gibi görünen kadın, kocasının kollarının arasına girmişti. Hemen yanlarında duran iki yaşlarındaki kız çocuğuysa bir elini annesinin dizine koymuş, iri gözleriyle etrafı inceliyordu.

Bakışlarımız buluştuğunda kız beni bir süre inceledi, ardından yüzünde kocaman, sıcacık bir gülümseme belirdi. Uzun kirpiklerinin çerçevelediği gözleri kısılmıştı. O kadar güzeldi ki... Onun gözlerinin de yeşil olması garip bir şekilde çocuğu kucağıma alma isteği uyandırmıştı bende. Zihnimde bir kız çocuğunun gözlerine Ediz'in gözlerini yerleştirirken bu düşüncenin neden olacağı dehşeti erteleyerek o güzel görüntünün keyfini sürdüm. Ediz'in bir kızı olsaydı muhtemelen dünyanın en güzel kızı olurdu. Benim de dudaklarım kıvrıldı ve küçük bir tebessümle kıza baktım.

Ben asla çocuk sahibi olmak istemiyordum. Benden her şey olabilirdi ama anne olmazdı. Anne olamayacak kadar umursamaz ve yetersizdim. Kendime bile yetemiyorken bir bebeğe asla bakamazdım. Zaten zihnim gibi bedenim de sorunluydu. Taşıdığım rahim bile bir bebek için uygun değildi.

"Doğa." Ediz'in sesiyle düşüncelerimden sıyrıldım ve şaşkınlıkla ona baktım. Geldiğini fark etmemiştim. Dikkatli bir şekilde bana baktığını gördüm. Sonra bakışları kısa bir an için küçük kıza kaydı. Kız ona da gülümsedi ama Ediz bunu umursamadı bile. Kızın yüzündeki gülümseme solarken onu tekrar gülümsetme isteğiyle doldum fakat bunu nasıl yapacağımı bilmiyordum.

"Geldiğini fark etmedim," dedim ifadesiz bir sesle. "Ne oldu?"

"Kan tahlili sonuçları on dakika içinde çıkacakmış, odaya gönderecekler. Haydi, içeri girelim." Bir şey söylememi beklemeden kapıyı çaldı ve içeri girdi. İçeride doktordan başka kimse yoktu. Ben de içeri girerken omzumun üstünden kıza göz kırptım ama kızın nasıl bir tepki verdiğini göremeden Ediz kapıyı kapattı.

Ultrason sonuçlarına baktığı sırada doktorun kaşları çatılmıştı. Ediz'in gerildiğini hissettim. Yolunda gitmeyen bir şeyler mi vardı?

"Bir sorun mu var?"

Doktor bakışlarını Ediz'e çevirdi ve bir an bakıştılar. Ardından boğazını temizleyip gülümsedi. "Hayır." Ama ona inanmamıştım. "Sadece bu ultrason görüntüleri net değil gibi geldi. Sorun yok."

Ediz'e baktım. Yüzü sertti, bütün hatları gerilmişti. Ne düşündüğü belli olmuyordu. Doktor bir şeyler karalarken idrar sonuçlarıma da baktı ve not almaya devam etti. Bir süre sonra kan tahlili sonuçlarım da odaya getirildi. Doktor onları da incelerken içime bir sıkıntı düşmüştü, bir sorun vardı.

Doktor bir süre sonra bakışlarını bana çevirerek, "Bir tedavi uygulayacağız Doğa Hanım," dedi. "Doğum kontrol hapı kullanıyor musunuz?"

Ediz'e kısa bir bakış attıktan sonra başımı iki yana salladım. Doktor sözlerine devam etti: "Rahminizde kist var ve bir süre kanamayı engellememiz gerekiyor." Bu cümlenin devamına, sonunda üç nokta olan bir "aksi takdirde" ifadesi gizli gibiydi. Doktor, Ediz'e döndü. "İşin maddi boyutu sizin için önemli değil, öyle değil mi?"

"Parayı sorun etmeyin," dedi Ediz kuru bir sesle.

"Doğa Hanım, sizden doğum kontrol hapı kullanmanızı isteyeceğim. Reçetenize yazıyorum." Doktor önündeki reçeteye bir şeyler karaladı. "Aslında bu yöntemlere ameliyattan sonra başvurulur fakat biz kanamayı bir süre engelleyeceğiz. Sizi geçici olarak menopoza sokmak durumundayız." Kaşlarım kalkmıştı. "GnRH analogları sizi geçici menopoz dönemine sokacak fakat yan etkileri gidermek için doğum kontrol hapı da kullanmanız gerekiyor." Doktor önündeki kâğıda yine bir şeyler karaladı. "Bunu bir süre deneyelim. Ayrıca ilişkiye girmeniz durumunda korunmanız gerekmiyor, GnRH analogları zaten hamile kalmanın önüne geçiyor."

Utanamayacak kadar gergindim şu an. Sorun neydi? Ediz reçeteyi alırken kaslarının gerildiğini gördüm. Zaten gömleğini zorlayan kasları şimdi iyice belirginleşmişti.

Doktor ayağa kalkarken, "Sizinle tanıştığıma sevindim Doğa Hanım," dedi. "Dediklerimi yapın, ilaçlarınızı düzenli kullanın. Sonuç alma ihtimalimiz var. Bu arada dediğim gibi, hazır olduğunuzda çocuk sahibi olmayı düşünün. En etkili çözüm."

Ediz bana montumu uzatırken, "Yapmamız gereken başka bir şey var mı?" diye sordu. Montumu alıp üzerime geçirdim.

"Hayır, şimdilik bu kadar."

"Sizinle irtibata geçerim," dedi Ediz soğuk bir sesle. "İyi günler."

"İyi günler Ediz Bey." Doktor bana dönerek hafifçe başını eğdi. "Doğa Hanım."

"İyi günler," diye mırıldandım. Ediz elimden tutup beni kapıya yönlendirdi. Odadan çıkarken teninin altına işlemiş olan gerginliği hissedebiliyordum ama sebebini sorgulamadım. O küçük kız ve ailesi hâlâ koridordaydı ama zihnim o kadar dağınıktı ki o tarafa bakmamıştım bile.

Asansörü beklemek yerine merdivenlerden indiğimiz sırada, "Sorun ne Ediz?" diye sordum. "Bir sıkıntı var, değil mi?"

"Nereden çıkardın bunu?" dedi yüzüme bakmadan, ne düşündüğü yine anlaşılmıyordu. "Bir sıkıntı olsa neden senden saklayalım?"

Beni korkutmamak için saklarlardı. Ama Ediz'in yüzü ve ses tonu bu düşüncenin üzerine eklendiğinde her şey çok saçma geliyordu. Neden bana kendimi daha rahat hissettirmek için yalan söyleyecekti ki? O böyle biri değildi, hatta gerçeği acımasızca yüzüme vururdu.

Konuyu değiştirdim. "Peşimizde birileri olabilir mi?"

Bir an duraksadı. "Peşimizde her zaman birileri var Güngör. Bir şey mi gördün?" Ona asansöre binmeden önce gördüğüm şeyi anlatınca kaşlarını çattı. Ardından kaskatı bir çeneyle etrafına bakmaya başladı ve "Bu iş can sıkıcı olmaya başladı," dedi.

"Neden vazgeçmiyorlar?" diye sorarken Ediz'in kötü şeyleri benden sakladığını fark ederek şaşırdım. Peşimizde her zaman birilerinin olduğunu söylediğine göre bizi takip edenlerin varlığından haberdardı ve bunu bana söylememiş, beni yanından ayırmamakla yetinmişti. Kalbim bir an için ısınınca onu azarladım. Böyle tepkiler vermeye hakkı yoktu, Ediz bizim katilimizdi.

Klinikten çıktıktan sonra otoparka doğru yürürken, "Çünkü," dedi Ediz, "seni kaçırdığımdan beri adamakıllı bir şey yapmadım. Tek yaptığım, Uğur denen o şerefsizi polise teslim etmek oldu." Arabanın yanına geldiğimizde durdu ve alaycı bir şekilde güldü. "Sadece polise teslim etmek... Bunun ne kadar komik olduğunu anlıyor musun? Aslında sorun da tam olarak bu. Artık beni kolay lokma olarak görmeye başladılar çünkü kararlarımı bir şekilde etkiledin."

Ben ona şaşkınlıkla bakarken Ediz şoför koltuğuna geçti. Yerime geçer geçmez, "Sen neden bahsediyorsun?" diye sordum.

"Yani eğer o herifi polise teslim etmek yerine öldürüp önlerine atsaydım şu an kimse peşinde olmazdı. Ben yanındayken zaten beş metre yakınına bile yaklaşamazlar ama onu öldürseydim işler değişirdi. O zaman tek başına bir sokakta bile yürüsen dönüp sana bakamazlardı."

"Onu öldürmen ile polise teslim etmen aynı şey değil mi?" diye sordum kuru bir sesle. "Sonuçta onu etkisiz hale getirmiş oluyorsun."

Motoru çalıştırdı ve otoparktan çıkmaya başladı. Direksiyonu kırarken, "Emin ol, güzelim," diye mırıldandı, "benim elimden ölmektense şişlenmeyi tercih edersin..."

Sesindeki ölümcül hava ürpermeme neden olunca onu birini öldürürken hayal ettim ve bu hiç de zor olmadı. Azrail'in vücut bulmuş hali gibiydi. Zaten ilahî bir güzelliği vardı ve ölüm ona inanılmaz yakışıyordu.

"Ne yapmayı planlıyorsun?"

Kırmızı ışıkta dururken işaret parmağıyla direksiyona hafifçe vurdu ve umursamaz bir tavırla omuz silkti. "Sanırım buna bir son vermem gerekiyor," dedi yavaşça. "Elimde dosyalar ve kanıtlar var. Bir şekilde hepsinin sonu olmak istiyorum."

Bu iş son bulduğunda ben eve dönecektim ve kalbim oturduğu yerden kalkarak buna itiraz etmeye başladı. Sanırım böyle bir şeye hazır değildim. Dudaklarımı yavaşça birbirine bastırdım ve pencereden dışarı baktım. Böylesi daha iyi olacaktı.

"O zaman kaldığımız yerden devam mı ediyoruz?" diye sordum bakışlarımı ona çevirmeden. Hafifçe başını salladığını gözümün ucuyla gördüm. "Sırada ne var peki?"

"Yarım kalan dosyaları kapatmak istiyorum," dedi Ediz alçak sesle. "Dedem olacak o şerefsize bir dava açacağım ve elinde ne varsa alacağım. Belki bir sabah ani bir kalp kriziyle ölür." Karanlık bir ifadeyle bana gülümsedi, ona şaşkınlıkla baktım. "Tarık var sırada. Onların işini bitirdikten sonra Gökhan denen herife yoğunlaşacağız. Zaten o da ortadan kalktığı an gerisi çorap söküğü gibi gelir."

"Tarık denen o adama ne oldu?" Beni bunca zamandır olanlar hakkında hiç bilgilendirmediğini şaşkınlıkla fark ettim. Ben de bir şeyler öğrenmek için çaba göstermemiştim ama aslında yoğunlaşmam gerekenler tam olarak bunlardı.

"Kahvaltı edelim," dedi Ediz arabayı yavaşlatırken. "Orada konuşuruz." Ona aç olmadığımı söyleyecektim fakat aklımdan geçenleri okumuş gibi, "İtiraz istemiyorum," diye ekledi. Sözleri harflerden oluşan ağır bir gülle gibiydi. Yüzümü buruşturdum ve itiraz etmek için kurduğum bütün cümleleri çöpe attım.

Ediz arabayı kenara çekerken alyansların hâlâ parmaklarımızda olduğunu fark ettim. Ama bunu ona söyleyeceğim sırada arabadan çıktığı için cümlelerimle baş başa kaldım. Başımı kaldırıp geldiğimiz yere baktım ve kapımı açtım. "Burası çok güzel."

Ediz çimen yeşili gözleriyle yüzümü incelerken şaşkın bakışlarımı ona çevirdim. Eat'n Joy diye bir yere gelmiştik ve o kadar güzel bir mimarisi vardı ki şaşırmıştım.

"Beğendin mi?" Ediz'in sesinde küstahça bir tını vardı. Bakışlarımı restorana çevirerek hafifçe başımı salladım.

Kafe ve bar kısmının girişine doğru yürürken büyük harflerle yazılmış ve tasarım kokan Eat'n Joy yazısına baktım. Böyle bir yere benim bütçem asla yetmeyeceği için ancak uzaktan bakabilecekken şu an içine giriyordum.

Girişte oturan adam bize baktı. "İyi günler. Size nasıl yardımcı olabilirim?"

"En iyi masanızı istiyorum," dedi Ediz kısaca. Adam kaşlarını kaldırarak önce Ediz'i, sonra beni süzdü. Ediz her zamanki gibi harika görünüyordu ama aynı şeyi kendim için söyleyemeyecektim.

"Yer ayırtmış mıydınız efendim?"

"Hayır." Ediz çok rahattı. "Şimdi bana en iyi masanızı verir misiniz?"

"Şey... efendim, yer ayırtmadıysanız..."

"Kendi mekânımda yer mi ayırtmam gerekiyor?" Ediz'in sesi çok sert çıkmıştı. Adam da ben de şaşırmıştık. "Burası Çağıranlara ait değil mi?" diye devam etti Ediz. Adam beti benzi atmış bir halde başını salladı. "Güzel. Ben Ediz Çağıran. Patronunuz olacak o pezevengin torunuyum. Hâlâ yer ayırtıp ayırtmadığımı soracak mısın bana?"

Adam bir an için ne diyeceğini şaşırmış gibi Ediz'in yüzüne baktı.

"Bir sorun mu var?" dedi yanımıza yaklaşan takım elbiseli bir adam. Ediz'in ölümcül bakışlarını görünce bakışlarını ona dikti. "Size nasıl yardımcı olabiliriz beyefendi?"

"En iyi masanızı vererek." Ediz'in sesinde yanıltıcı bir tatlılık vardı. Adam bir an bana baktı. Göz göze geldiğimizde onu bir yerlerde görmüş olabileceğimi düşündüm çünkü bakışları anılarımı sarsmıştı. Kaşlarımı çatarak onu daha dikkatli inceledim. Ediz'le sorunu hallediyorlardı. En sonunda ikna olan adam, "Kusura bakmayın efendim," dedi, "daha önce burada hiç görülmediğiniz için çalışanlarımız sizin kim olduğunuzu bilmiyor. Şöyle buyurun."

Adama kesinlikle kabalığa girecek şekilde dik dik baktığımı fark edince bakışlarımı yere indirdim ve kaşlarımı hafifçe çattım. Aklım ağına takılan yüzleri hızla inceliyordu, gözüm bu adamı bir yerden ısırıyordu.

Ortasında büyük bir masanın bulunduğu alana iki de lobi koltuğu yerleştirilmişti. Masaya yerleşirken adamın tuhaf bir hareket sergilemesini bekliyordum ama göze batacak herhangi bir şey yapmadı.

Elimize otuz beş sayfalık menüler verilince yüzümü ifadesiz tutmak için ayrı bir çaba harcadım fakat Ediz bana aldırmadı bile. İkimizin adına sipariş verirken sinirli görünüyordu. Adam siparişleri bizzat not alsa da garsona benzemiyordu.

"Hemen ilgileniyoruz efendim," dedi ve yanımızdan ayrıldı. Ediz adamın arkasından bir süre gözünü bile kırpmadan baktı. Ben de gözlerimi o tarafa dikmiştim. Bir şeyler yanlış geliyordu fakat bunun sebebi bugün beni ele geçiren paranoya da olabilirdi.

"Sana dosyaları vereyim, kendin incele." Ediz gözlerimin içine baktı. "Bu konuyu konuşmayı sevmiyorum. Bir ton sahte dava var, anladın mı? Babamın yaptığı bütün savunmaların birer aslı, birer tane de sahtesi var. Sahte olanlarda özellikle müvekkilin aleyhine sözler kullanılmış ve olay bambaşka bir boyuta taşınmış."

"Nasıl yani?"

Ediz bıkkın bir tavırla nefes aldı. "Sadece dediğimi yapsan olmaz mı? Boş ver bu işleri. Bir şeyleri açıklamaktan nefret ederim. Var bir bildiğim."

"Ama anlarsam kendimi daha rahat hissedeceğim," dedim. İki garson masayı kahvaltılıklarla doldurmaya başladıklarında Ediz duraksadı. Garsonlar uzaklaşırken benim dikkatim de masaya kaydı, önümüze o kadar çok şey koymuşlardı ki bu kadar kahvaltılığı hayatım boyunca bir arada görmemiştim.

"Dosyaları sana vereceğim, kendin incele," dedi Ediz. "Ama sonra bu konu hakkında ömrünün sonuna dek çeneni kapalı tutacaksın, anlaştık mı?"

Ben hafifçe başımı sallarken Ediz oturduğu yerden kalktı. "Nereye?" diye sordum ama sorduğum soru sırtına çarptı ve yere döküldü. Ediz beni duymazlıktan gelerek restoranın içinde ilerledi, bir süre sonra gözden kayboldu.

Bir garson gelip önüme koca bir bardak dolusu portakal suyu koydu, bir fincan kahveyi de Ediz'in oturduğu tarafa yerleştirdi. "Afiyet olsun efendim," dedikten sonra gözden kayboldu. Hiçbir şey anlamayarak masaya baktım ve o kocaman bardağı alıp bir yudum portakal suyu içtim. Ağzım ekşi ile tatlı karışımı bir tatla dolarken bardağı yerine koydum. Elma dilim patates kızartmalarından birini ağzıma atarken gerçekten aç olduğumu fark ettim ve çatalımı alıp önümdeki omlete yöneldim. O sırada hafif bir piyano sesi yükselmeye başladı. Daha önce hiç bu kadar güzel bir kahvaltı görmemiştim.

"Baba?"

Az önce bize yardımcı olan adamın sesini duyunca bakışlarım içeriye çevrildi ve onları ilgisiz gözlerle inceledim. Aklım Ediz'in nereye gittiğine takılmıştı fakat içeriye girenin bir zamanlar Ediz'in yaraladığı Tarık denen adam olduğunu görünce donup kaldım.

"Oğlum," dedi adam az önce bize yardımcı olan adamın yanına geldiğinde. "Nasıl gidiyor işler?"

Adamın gözleri bana çevrildi ama bakışlarımı kaçırmadım. Tarık da oğlunun bakışlarını takip ederek bana baktığında gözleri bir an şaşkınlıkla açıldı. Onlardan bakışlarımı kaçırmak yerine kaşlarımı çattım ve elimdeki çatalı bırakıp bu adamın burada ne halt ediyor olabileceğini düşünmeye başladım. Adam babasını dirseğinden tuttu, bana son bir bakış attılar ve birlikte gözden kayboldular.

Tamam, bu iyiye işaret değildi. Burası Çağıranların mekânıydı, yani Kemal Çağıran'a aitti ve Tarık denen adam Levent Çağıran'ın arkasından iş çevirmesine rağmen oğlu burada çalışıyordu. Arkama yaslandım ve Ediz'in bunu duyduğu takdirde nasıl bir tepki vereceğini düşündüm.

Zaten hemen ardından Ediz bir dizüstü bilgisayar çantasıyla içeri girdi ama öfkeliydi. O da mı onları görmüştü acaba? Yanıma geldiğinde olanları anlatmak için ağzımı açtım ama karşımdaki koltuğa kurulmadan önce telefonunu resmen gözüme soktu.

"Sevgili arkadaşların seninle konuşmak istiyor. Egemen telefonda," deyince ona anlamayan gözlerle baktım. Bir an yüzüne bakakalsam da hemen ardından telefonu kulağıma götürdüm.

"Egemen?"

"Doğa?" Onun sesi de gergin geliyordu. Ediz'le aralarında yine tatsız bir konuşma geçtiğini anladım. Ben de gerilerek bakışlarımı masaya indirdim. "Nasılsın?" diye sordu Egemen.

"İyiyim," derken Ediz'e baktım, konuşmayı kısa kesmemi işaret ediyordu ve oldukça ciddiydi. "Sen nasılsın?"

"İyiyim," dedi bu kez daha sakin bir sesle. "Bizim yakın zamanda Hatay'a dönmemiz gerekiyor. Seni görmek istiyoruz."

"Görüşelim," dedim hemen. "Ne zaman dönüyorsunuz?"

"Yarın."

"O zaman şöyle yapalım... çünkü şu an telefonu kapatmam gerekiyor..." Hem Ediz'e Tarık meselesini söylemeliydim hem de Ediz konuşmayı kısa kesmem konusunda ciddi görünüyordu. "Ben seni arayayım, ona göre ayarlayalım."

"Tamam." Egemen'in sesi tuhaf geliyordu. "İyisin, değil mi? Yeliz falan da çok merak etti seni."

"İyiyim ben," dedim yaptığımız konuşmayı düşünmemeye çalışarak. "Boş verin beni. Şimdi telefonu kapatmam gerekiyor. Ben sizi ararım."

"Ara mutlaka."

"Tamam," dedim sakin bir sesle. "Görüşürüz."

"Görüşürüz."

Egemen telefonu kapatınca kendini suçlu hissettiğini fark ettim ama bunu düşünmeyi erteleyip telefonu Ediz'e uzattım. Telefonunu ruhsuz bir şekilde kenara koyarken kahvesini eline aldı.

"Tarık burada," dediğimde bir an bana baktı ve fincanı tutan eli havada kaldı. Kaşları çatılmıştı. "Siparişlerimizi alan adam," diye ekledim, "onun oğluymuş. Tarık az önce geldi."

Ediz kahvesinden bir yudum bile almadan fincanını tekrar masaya koyup etrafına baktı. "Nerede?"

"İçeri gittiler."

Ayağa kalkarken yüzünde kaskatı bir ifade vardı. Bir an ne yapacağından korkarak ben de ayağa kalktım ama beni bakışlarıyla âdeta ezdi. "Otur ve kahvaltını yap," diye emretti. "Beni burada bekle."

"Ne yapacaksın?" diye sordum ama bana aldırmadan içeri yürümeye başladı. Bu umursamaz tavırları sinir katsayımı yükseltmişti. Bir süre öfkeyle arkasından baktım, sonra hırsla yerime oturup homurdandım. Bunaklar gibi huysuzlanmaktaki amacı neydi?

İştahım falan kalmamıştı ama yine de ağzıma zorla birkaç lokma attım. Hem meraktan hem de sinirden, yediğim şeyin tadını alamıyordum. Bakışlarımı sürekli Ediz'in gittiği yöne çevirsem de dakikalar geçmek bilmiyordu, hâlâ gelmemişti.

Artık sıkılmaktan çok endişelenmeye başladığım sırada onu kontrol etmek için ayağa kalkacaktım ki Ediz çimen yeşili gözlerinde alevlerle çıkageldi. Ben ona soran gözlerle bakarken, "Gidiyoruz," dedi.

"Nereye?"

"Sadece dediğimi yap." Gerçekten öfkeli görünüyordu. Eşyalarını alırken hiçbir şey söylemedim ve fazlasıyla güzel görünen masaya son bir kez bakıp Ediz'in peşinden gitmeye başladım. Öfkesini somut bir şeymiş gibi hissedebiliyordum.

Arabaya binerken Ediz telefonda birileriyle konuşmaya başlamıştı. Bir şeylerden bahsediyordu ama isimler ve mekânlar hakkında hiçbir fikrim yoktu. En sonunda akşam geleceğimizi söyleyip telefonu kapattı.

Sonraki birkaç saat boşluktan ibaretti. Eve döndüğümüzde Ediz bir odaya kapanmış ve sürekli evraklarla, telefon görüşmeleriyle meşgul olmuştu. Egemen'i aramak istiyordum ama Ediz'in odasına gitmeye korkuyordum açıkçası.

Neyse ki akşama doğru odasından çıktı ama eskisinden de gergin görünüyordu. Altında bir kumaş pantolon vardı ve elinde bir gömlek ile takım elbisesinin ceketini tutuyordu. Üstü çıplaktı, saçlarıysa çalışırken onları sürekli karıştırmış gibi fazlasıyla dağınıktı.

"Hazırlanman gerekiyor," dedi. "Bir yere gideceğiz."

"Önce Egemen'i arayabilir miyim?" diye sordum. "Ne zaman buluşacağımıza karar verecektik, onu arayacağımı söylemiştim. Üzerinden saatler geçti."

"Doğa." Ediz'in ses tonu sabrını zorladığımı gösteriyordu. "Şu an işler fazlasıyla karışık durumda ve emin ol, düşüneceğim en son şey Egemen denen o herifin beklediği telefon."

"Ama..."

"Aması yok," dedi öfkeyle. "Git ve hazırlan."

Ben ona şaşkınlıkla bakarken yüz ifadesi biraz daha sertleşti. Bir süre gözlerimin içine baktıktan sonra banyoya yöneldi. Yaptığı her şey çok bilinmeyenli bir denklem gibiydi, çözemiyordum.

Onunla bu konuyu da konuşmam gerektiğini biliyordum, peşinden banyoya doğru yürürken kapının açık olduğunu gördüm. Ağır adımlarla kapıya yaklaştığım sırada onunla nasıl iletişim kurabileceğimi düşünüyordum. Bana bir şeyleri dayatmadığı sürece sağlıklı iletişim kurabilirdik.

Banyonun kapısında duraksadım ve ona baktım. Ne düşündüğünü anlamamın imkânı yoktu. Çenesini yukarı kaldırmış, gözlerini aynaya dikmişti. Tıraş bıçağını yavaşça aşağı kaydırınca tıraş köpüğü katmanında uzun bir yol oluştu. Musluğu açıp tıraş bıçağını suyun altına tuttu ve yavaşça yüzündeki köpükten arınmaya devam etti.

Güzel yüzündeki sakalları yok ederken gözleri aynada beni buldu, ifadesizdi ama yine de öfkesini çok net hissedebiliyordum.

Beni terslemesini beklediğim saniyeler öylece geçerken tıraş ettiği yüzünü yıkadı. İçime bir ağırlık çökmüştü, kendimi sorguluyordum. Babama bu kadar benzemesi canımı yakıyordu. Onun suçlu olduğunu biliyordum ama bir yolunu bulup o bana kendimi suçlu hissettiriyordu. Musluğu kapatırken aynaya bir bakış attı ve kenarda duran ütülü beyaz gömleğini alıp üzerine geçirdi.

Siyah takım elbisesinin ceketi de bir kenarda duruyordu. Resmî bir ortama gireceğini anlamıştım ama dikkati dağınık gibiydi. Favorisinde kalan bir parça tıraş köpüğünü görmemişti bile, bu da onun hâlâ çok sinirli olduğunu gösteriyordu.

Duvarların ardındaki Doğa aklımdan geçen düşüncelere eşlik ederken ayaklarım harekete geçti ve yavaşça Ediz'e yaklaştım. Açıkçası korkuyordum, kendimden emin değildim. Ediz beni görmezlikten gelerek gömleğinin düğmelerini iliklemeye devam etti. Bir sonraki adımı ceketini alıp hiçbir şey söylemeden çekip gitmek olacaktı. Bunu daha önce izlediğim bir filmin sahneleri gibi biliyordum.

Kol düğmelerini iliklemeye başladığı sırada beni görmezlikten gelmesine aldırmadan önüne geçtim. "Çocuk gibi davranıyorsun."

Bana bakmamıştı bile. Cesaretim balon misali anında söndü. Ediz'e ulaşmanın imkânsız olduğunu biliyordum. Onun topraklarına ancak izin verdiği ölçüde girebilirdim. Kalbim vereceği tepkiden korksa da bir elim favorisindeki köpüğü silmek için harekete geçti. Kaskatı yüzünü avuçlarımda hissedince yüreğim korkuyla çarptı.

Gözlerimiz birbirine kenetlendi ama ne hissettiğini anlayamıyordum. Köpüğü başparmağımla yavaşça silerken elim titremişti. Yüzü pürüzsüzdü ve avucumun içine tam oturmuştu. Giderek hızlanan nabzım neredeyse parmaklarımdan hissedilecek kadar şiddetliydi. Elimi geri çektim. Bu kadar heyecanlanmak can sıkıcıydı.

"Senin hakkında hiçbir bok bilmeyen bir ergenden bahsediyoruz," dedi dişlerinin arasından ama ruh hali daha aydınlıktı. En azından siyah değil, koyu griydi. "Asıl çocuk gibi davranan sensin."

"Sen de mi birilerinin bana değer vermesini imkânsız buluyorsun?" diye sordum buruk bir gülümsemeyle. "Aslında haklısın. Belki de Egemen sadece sana kızgın ve beni bahane ederek üstüne geliyor."

"Ben öyle bir şey mi dedim?" diye sordu kaşlarını çatarak.

"Hayır." Sesim sakindi. "Haklısın sadece. Çocuk gibi davranıyorum. Egemen'i arayacağım, onlara gitmelerini söyleyeceğim." Bu kararım Ediz'i şaşırtmıştı ama benim içimde alev alev yanan kırgın bir taraf vardı. "Ne giymemi istersin?" diye sordum.

"Doğa, ben öyle bir şey demek istemedim."

Saçımdaki tokayı çıkarıp dalgalı saçlarımın omuzlarımdan aşağı dökülmesine izin verdim. "Saçlarımı açık mı bırakayım, yoksa toplayayım mı? Resmî bir ortam sanırım. Dolapta bordo bir elbise görmüştüm, onu giyeyim."

Ediz öfkeyle kaşlarını çatarak, "Kes şunu," diye çıkıştı. Ona aldırmadan yanından geçecektim ki beni kolumdan tutup durdurdu ve kaba bir hareketle tekrar önüne çekti. Gözlerinde yeşil alevler dalgalanıyordu ve dudakları düz bir çizgi halini almıştı. Takım elbisesinin içinde her zamankinden de sert görünüyordu. "Ben öyle bir şey demek istemedim."

"Önemi var mı?" diye sordum ama bütün hücrelerim ayaklanmış, Ediz'in beni biraz olsun ikna etmeye çalışması için sızlamaya başlamıştı. Ediz'in iki kaşının arasında bir çizgi belirirken kalp atışlarım kulaklarımda uğuldamaya başladı. Bakışlarım gözlerinden dudaklarına kayınca kendimi yasak meyvenin tadına bakmak isteyen Havva gibi hissettim. Bir süre öylece durduk ve geçen her saniye kalbime kürekler dolusu toprak attı.

Ediz kolumu birden bıraktı. "Git ve giyin."

Ben onun dengesizliği karşısında şaşırarak gözlerimi kırpıştırırken o umursamaz bir tavırla ceketini alıp giydi. Ardından banyonun kapısına yönelince bir süre arkasından boş gözlerle baktım ve omuzlarım düştü. Onunla başa çıkmak her geçen gün biraz daha zorlaşıyordu.

Başımı iki yana sallayarak odaya gittim ve dolabı açıp askılardaki elbiseleri karıştırmaya başladım. Bu işi bir an önce bitirmek en mantıklısıydı. Bordo elbiseyi ararken gözüme kadife bir elbise çarptı. Siyah, mini bir şeydi ve o kadar iddialıydı ki elbiseye bakmam ile onu elimden bırakmam bir olmuştu. Göğüs kısmının ortasından göbeğe kadar inen bir dekoltesi vardı ve o dekolteyi kapatan tek şey siyah, transparan bir kumaştı. Elbisenin sırt dekoltesi de derindi. Bu da yetmiyormuş gibi çok kısaydı ve insanın üzerinde ikinci bir ten gibi görünecek kadar dardı.

Yüzümü buruşturarak daha makul görünen bordo elbiseyi elime aldım ve yatağın üzerine koyup bej rengi kazaktan kurtuldum. Pantolonu da çıkarıp bir kenara fırlattım ve elbiseyi hızla üzerime geçirdim. Sonra altıma ince, siyah bir çorap giydim. Üstümdeki elbiseye uygun siyah bir kaban ve bir çift siyah çizme bulup kenara ayırdım. Beni en çok saçlarım oyaladı. Maşayla iri dalgalar verdiğim saçlarımı elimle dağıttım ve hızla sade bir makyaj yaptım.

Aynada kendime son bir kez baktıktan sonra odadan çıkıp salona yöneldim ve kapıda durdum. Ediz içerideydi. Eşiğe yaslandım ve büyük bir dikkatle kravatını bağlamakta olan katilimi göz hapsine aldım. Gergin çenesini kaldırmış, kravatını çekiştiriyordu. Jilet gibi ütülü takım elbisesi başka bir dünyaya ait gibi görünüyordu. Ediz yakasını son kez düzeltirken bu güzel manzarayı saatlerce izleyebileceğimi hissettim ve gerildim.

Düşüncelerimi bastırmak için alaycı bir tavırla, "Fazla düzgün görünüyorsun," dedim. Çimen yeşili gözler beni kendimi çıplak hissettirecek şekilde dikkatle süzdü. Onun da dudakları alaycılıkla şekillenmişti. Kaşlarını kaldırdı.

"Sen de fazla alımlı olmuşsun Güngör."

Ben de onun gibi kaşlarımı kaldırdım ve umursamaz bir şekilde sokak kapısına doğru yürümeye başladım. Bileklerimi biraz geçen siyah topuklu çizmeler ahşap zeminde tok sesler çıkarıyordu. Ediz beni takip etti.

Güneş çekilince soğuk hava iyice hissedilir olmuştu ve kar taneleri bulutlardan küçük pamuk parçacıkları gibi koparak yeryüzüne süzülüyordu. Maşayla çok uğraşarak şekil verdiğim saçlarımı kardan korumak için sağ omzuma aldım ve kabanın kapüşonunu başıma geçirdim.

Araba hemen evin önünde olduğu için soğuk hava çoraplı bacaklarıma yeterince nüfuz edemeden arabaya bindim. Ediz şoför koltuğuna geçerken benim aksime oldukça umursamaz ve rahat görünüyordu. Ne yaptığından emin olmadığı bir an var mıydı acaba? Bazen bu rahatlığı insanı gerçekten sinir ediyordu.

Motoru çalıştırdı ve hemen ardından tekerleklerin toprak yolda çıkardığı sesi işittim.

"Bir şey sorabilir miyim?" dedim ama soracağım sorudan o kadar da emin değildim. Ediz bana bir bakış attı. Tereddüdümü fark etmiş gibiydi. Hiçbir şey söylemeden tekrar yola bakınca bunu onay olarak yorumladım. "Ağabeyim kaç yıl ceza alır?"

Direksiyonu tutan ellerinin kasıldığını görünce dudaklarımı birbirine bastırdım ama bu sorunun cevabını öğrenmem gerekiyordu. Atalay şu an âdeta buzlu zeminde ilerliyordu ve her an kayıp düşebilirdi. Ölmesindense hapse girmesinin daha iyi olacağını biliyordum ama yine de hapis ve Atalay düşüncesi yan yana gelince içime bir sıkıntı çörekleniyordu.

Ediz sahte bir sevimlilikle, "Yasalara göre sevgili ağabeyinin içeride kaç yıl yatacağı suçu işleme amacına göre değişir," dedi. "Ama açıkçası masum olsa ve o an durumlar gerçekten onu yapmasını gerektirse bile idam cezasının kalkmasına ilişkin karara bayağı sövdüğümü söylemem gerek."

Karanlık ses tonu ürpermeme neden olmuştu. "Müebbet almaz, değil mi?"

Arabanın içindeki hava aniden değişmişti. Ediz'in ruh halinin değişken olduğunu biliyordum ama bu kez öfke barajının kapakları bir anda açılmış gibiydi. "Umarım sadece müebbetle kurtulur Doğa," dedi hırlarcasına. "Zira seninle yaptığımız anlaşmaya uyup uymayacağımdan asla emin olamazsın."

"Ne?" dedim dehşete kapılarak. "Uyacağını söylemiştin!"

"Ben öyle bir şey söylemedim," dedi buz gibi bir sesle. "Hatta çok iyi hatırlıyorum küçük hanım, bana o anlaşmayla geldiğinde sana, bana nasıl güveneceğini sormuştum. Sen de en azından ailen için savaşmış olacağını söylemiştin."

Gözlerimi şaşkınlıkla kırpıştırdım, Ediz çok ciddi görünüyordu. "Ama o zamandan bu yana çok şey değişti!" dedim.

Şaşkınlıktan yüksek çıkan sesimde korku da gizliydi. Ediz'in istediğinde Atalay'ı gözünü bile kırpmadan öldürebileceğini biliyordum. Ona duyduğu saf nefretin farkındaydım, haklı olduğunu da biliyordum ama Atalay'ın her şeyden habersiz olma ihtimali de vardı.

Hiçbir şey bilmiyorsun.

Ben vurulduktan sonra Atalay'ın sarf ettiği bu sözler unutuldukları yerden çıkmıştı. "Atalay sana ulaşmaya çalıştığını ve bir şeyler anlatması gerektiğini söylemişti," dedim. Sonra o zamandan bu yana değişenin ne olduğunu dehşetle fark ettim: İlk öpücüğümü beni kullanan bir adama vermiştim, beni yatağında sadece rahat uyumasını sağladığım için isteyen bir adama... Zamanında Umay'la hayatlarını masaya yatırıp hiç de hoş olmayan sıfatlarla eleştirdiğimiz o kızlardan farkım kalmamıştı. Peki ne uğrunaydı? Sonunda Atalay ölürse bu yaptıklarımdan dolayı aynaya bile bakamazdım.

"Yalanlara ayıracak vaktim yok," dedi Ediz. "Ama Doğa, eğer ailen bu işin içindeyse ve babamı onun masum olduğunu bile bile öldürdülerse elimden kurtulamazlar."

"Suçlu değiller," dedim telaşla. "Bilmediklerinden eminim. Tamam, harika bir aile olmayabiliriz ama onlar kötü insanlar değil."

Ediz'in bakışları beni buldu. Ne düşündüğünü bilmiyordum ama giderek durulan bir ifadeyle gözlerimin içine baktı. Ardından yola döndü ve sessizliğe gömüldü. İçimde dile getirilmek için kıvranan onca şey varken konuşmadan durmak çok zordu ama söyleyeceğim hiçbir şey Ediz'in kararlılığına darbe indirmezdi, bunu biliyordum.

Kalbim sızlamaya başlarken, "Eğer anlaşmaya uymayacaksan lütfen ailemin yok oluşuna çıkan yolda benden daha fazla yardım isteme," dedim. "Bu hiç adil değil. Beni öldürmeni tercih ederim. Böyle bir şeyle nasıl yaşarım? Tüm bunların sonucunda bütün yükü benim omuzlarıma mı yükleyeceksin?"

Ediz bakışlarını yoldan ayırmadı ve yine tek kelime etmedi. İçime sis gibi çöken sıkıntı boğucuydu. Kendimi mezar başında ağlarken hayal edemiyordum, düşüncesi bile korkunçtu.

Dudaklarım nefesimle yanarken o sıkıntıyı kovma isteğiyle gözlerimi kapattım ve ne yapmam gerektiğine dair düşünceleri aklımın duvarlarından koparmaya çalıştım. Elim kolum bağlı haldeyken ne yapabilirdim ki? Hiçbir fikrim yoktu. Ediz'e verebileceğim bir şey de yoktu. Duvarların ardındaki Doğa korku içinde kaşlarını çattı. Aslında Ediz'e verebileceğim bir şey vardı... Ama bu düşünce o kadar dehşet vericiydi ki anında kapı dışarı ettim.

Bekâretimi de ailemi katledebilecek bir adama verip bu işi daha da çirkin hale getiremezdim.

Denizli'nin merkezine gelene kadar içime bir kurt düşmüştü. Her şey ihtimaller üzerineydi. Bütün hayatım bir katilin ruh haline bağlıydı ve bu bir uçurumun iki yakasına bağlanmış ince bir ipin üzerinde dengede durmaya çalışmak gibiydi.

Ediz cep telefonunu radyonun bulunduğu kısımdaki bölmeye koymuştu ve titreşimde olan telefon çalınca garip bir ses çıkmaya başladı. Ediz uzanıp telefonunu eline aldı, ekrana baktı ve gözlerini devirerek bana uzattı.

"Sen cevapla," dedi rahat bir gülümsemeyle, ruh hali yine değişmiş gibiydi. "Seni bir daha aramamasını sağla."

"Kimmiş?" diye sordum. Onun aksine benim ruh halim yarım saat öncesinin izlerini taşıyordu. Ediz bana cevap vermeyince ekrana baktım ve numaranın kayıtlı olmadığını gördüm. Ekrandaki imgeyi yana kaydırarak aramayı cevaplarken kaşlarım çatılmıştı.

"Alo?"

"Alo?" İnce bir kız sesi kulağımı doldurmuştu.

"Kimsiniz?" diye sordum. Ediz dikkatle beni izliyordu. Ona bakarak ve sadece dudaklarımı oynatarak, "Kim bu?" diye sordum.

"Sen de kimsin?" diye sordu kız da. "Ben Ediz'i aramıştım."

Ne diyeceğimi bilemeyerek, "Şu an konuşamaz," diye karşılık verdim. "Müsait değil."

"Ona acil bir durum söz konusu olduğunu söyler misin?" Kızın ses tonu bana meydan okuduğunu anlatıyordu. "Bardaki kız dersen anlar.

İşi olduğunu söyleyip beni taksiye bindirmiş, daha sonra görüşebileceğimizi söylemişti."

Bardaki kız!

Anlam veremediğim bir duyguyla kavrulurken, "Öyle mi?" dedim ve Ediz'e ölümcül bir bakış atmamak için kendimi zor tuttum. "Ama Ediz şu an telefonla konuşamaz çünkü duşta."

"Duşta mı?" Kız bunu duygusuz bir sesle söylemişti. O sırada Ediz'in yüzünde alaycı bir ifadeyle beni izlediğini biliyordum.

"Evet." Kızın bir şeyler daha söyleyeceğini anladığım an buz gibi bir sesle, "Onu bir daha arama," dedim ve telefonu yüzüne kapattım. İçimde Ediz'e hesap sormam için boğazıma yapışan bir taraf vardı ama çenemi kapalı tutarak telefonu Ediz'e uzatmakla yetindim. Canım o kadar sıkılmıştı ki bir daha asla geçmeyecekmiş gibi hissediyordum.

"Duş?" dedi Ediz muzip bir tavırla. "Daha yaratıcı olmalıydın."

Bu değişken hallerinin beni daha fazla delirtmesine izin vermemek için kısaca, "Bence de," diye karşılık verdim ve arabadan indim. Onun için çok kolaydı; anında parlayabilir, yarım saat sonra sakinleşebilirdi. Kaybedeceği bir şey yoktu ama ben sırtımda kaç canın yükünü taşıyordum ve buna aile fertlerimin canları da dâhildi.

Ediz de arabadan çıkmıştı. Nereye geldiğimizi bilmiyordum, dışarıdan bakıldığında normal bir apartman dairesi gibi görünüyordu ya da belki biraz daha lükstü, bilemiyordum. Ediz arabayı kilitleyip yanıma geldi ve apartmanın girişine yöneldik.

"İçerideki fahişelere renk verme," dedi. "Genelde insanın ağzından bir şeyler koparmaya çalışırlar."

"Fahişeler mi?" dedim sözlerine bir anlam veremeyerek.

"Buraya gelenler gecenin sonunda eğlenmek için genelde yanlarında fahişe getirirler," Ediz'in bu sözleri üzerine ona buz gibi bir bakış attım. Kız arkadaşı rolünde olacağımı zannediyordum, fahişesi rolünde değil. Ters bir yorum yapacaktım ama vazgeçtim çünkü böyle hissettiğim zamanlarda abartılı tepkiler verebiliyordum.

Ediz alt kata yönelirken onu sessizce takip ettim ama topuklu ayakkabılarım tok sesler çıkarıyordu. Belki koluna girip ona tutunsaydım kendimi çok daha iyi hissedecektim ancak bu isteğimi bastırdım ve kollarımı göğsümde kavuşturdum.

Hareket sensörlü lambalar apartmanı aydınlatırken Ediz dairelerden birinin ziline bastı. İçeriden sesler geldi ve birinin gözetleme deliğinden bize baktığını fark ettim. Ardından kapı açıldı ve takım elbiseli olmasına rağmen kravatı olmayan, gömleğinin ilk üç düğmesi açık, kısa boylu ama iri yapılı bir adam bizi içeri aldı.

Ediz'e, "Hoş geldiniz beyim," demesi tuhafıma gitti. Ardından bana döndü: "Hoş geldiniz hanımım."

Hanımım mı? Sanırım Ediz beni onlara fahişe olarak tanıtsaydı böyle karşılanmazdım. Ediz dönüp elimi tutunca içimdeki sıkıntının küçük bir kısmı daha köreldi. Ama dokunuşu nazik değildi, aksine gereksiz güç kullanarak canımı yakmıştı.

Beraber içeri girdiğimizde koltukların erkeklerle dolu olduğunu ve yanlarında gerçekten fahişelerin bulunduğunu fark ettim. Hayatlarını bedenlerini satarak kazanan kadınlarla daha önce hiç karşılaşmamıştım, açıkçası bu biraz ürkütücüydü. Farkında olmadan Ediz'e biraz daha sokularak ikimizi de şaşırttım. Bir an bana baksa da yüzündeki o mekanik ifadeden ödün vermedi.

Adamlardan biri bana da elini uzatınca ne yapacağımı bilemedim çünkü yüzündeki o alaycı ifade beni ürkütmüştü. "Merhaba küçük hanım."

"Oturalım," dedi Ediz adamı görmezlikten gelerek. Beni kenara çekince adamın eli havada kaldı. Bu çok kaba bir hareket olmasına rağmen adam sesini çıkarmadı. Diğerleri de yorum yapmayınca ondan çekindiklerini düşündüm. Kim olduğunu biliyorlar mıydı?

Beni yanına oturturken kendimi küçücük hissettim, girmemesi gereken bir yere gizlice girmiş bir çocuk gibi... Adamlar birbirlerine gergin bakışlar atarken içine jartiyer giydiği belli olan kısa elbiseli esmer bir kız bir şeyler servis etmeye başladı ve bu kızlardan, buradaki adamlardan daha çok korktuğuma karar verdim. Böyle şeyleri sadece filmlerde görmüştüm, Türkiye sınırları içinde de bu tür şeyler olabileceği hiç aklıma gelmemişti.

En yakınımızda oturan adam yanındaki dizüstü bilgisayar çantasından kâğıtlar çıkardı ve "Bu dosyaları neden istediğinizi bilmiyorum ama buyurun, buradalar," dedi. "Tarık'ın baktığı bütün davalar bunun içinde."

Dosyaları alırken Ediz'in yüzü çelik gibiydi. Kâğıtlara hızla göz gezdirerek, "Levent Çağıran'la çalıştıkları zamana ait olan dosyaları istiyorum," dedi. "Hepsi burada, değil mi?"

"Evet," dedi adam sigarasının dumanını üflerken. "Fakat kim olduğunuzu ve bunları neden istediğinizi bize hâlâ açıklamadınız."

Ediz'in gözleri tehditkâr bir şekilde parladı. Mekanik bir hareketle başını kâğıtlardan kaldırdı ve adama baktı. "Açıklama yapmam gerektiğini mi düşünüyorsun?" Adamın bakışları değişmişti. Gergin bir şekilde boğazını temizledi ve karşısında oturan adama kısa bir bakış attı.

Sonra sakince, "Hayır," dedi ama telaşını görebiliyordum. "Sadece merak etmiştim. Levent Çağıran birçok pis işe bulaştığı için ölmeden önce polisler tarafından aranıyordu da..."

Adama birden acıdım, yangına körükle gidiyordu. Ediz'in öfkesini kaynar sudan yükselen buhar kadar net bir şekilde görebilsem de Ediz bunu ustaca sakladı ve aldırmaz bir tavırla arkasına yaslandı. "Bunu kapanmamış bir hesap olarak bil ve gerisine karışma."

Kıvırtarak yürüyen bir kızın Ediz'e sırıttığını gördüm. Ona gerçekten edepsizce bir bakış da attı ama Ediz onu umursamadı. Bu beni anlam veremediğim bir şekilde memnun ederken kızın bakışları bana çevrildi. Tamam, ben de üstümdeki mini elbiseyle yanlarında rahibe gibi görünmüyordum ama kesinlikle daha oturaklı olduğumun farkındaydım.

"Bu babamın imzası." Ediz bunu o kadar alçak sesle söylemişti ki dibinde oturuyor olmasaydım onu asla duyamazdım. Bakışlarım ona kayarken hızla cebinden katlanmış bir kâğıt çıkardı ve açtı. Fazla belli etmeden merakla eğilerek kâğıda baktım fakat Ediz kolunu birden omzuma atınca irkildim. Bana kısa bir bakış attı, ben de sırf kâğıdı görebilmek için ona iyice sokulup yanağımı göğsüne yasladım.

Elindeki şey bir savunmaydı. Ediz iki kâğıdın da sonuç ve talep bölümlerine bakıyordu. Gözlerimi kısarak ben de yazıyı okudum.

Yukarıda yazılı nedenlerle müvekkilim Ahmet Yüksel'in üzerine atılı faili belli olmayan adam öldürme ve adam öldürmeye tam teşebbüs suçlarından beraatına, verilecek cezanın para cezasına çevrilerek ertelenmesine, TCK'nın 59. maddesinin uygulanmasına ve bihakkın tahliyesine karar verilmesini talep ederim.

Yazının altında oldukça düzgün ve zarif bir imza vardı. Diğer kâğıda bakınca önceki kâğıdın bir kopyası olduğunu gördüm. Tek fark, sonuç ve talep kısmında başka birinin isminin yazıyor olmasıydı.

"Tarık'ın oğlu," dedi Ediz sertçe. "Babam onun oğlunun davasına bakmış."

Bedeni gerilmiş, işaret parmağı Levent Çağıran yazan kısmın altına atılan imzanın üzerinde donup kalmıştı. Dikkatle imzalara baktım. İlk bakışta aynı görünüyorlardı ama dikkat edince bir tanesinin taklit olabileceğini fark ettim. Biri net ve pürüzsüzken diğerinde pilot kalemin mürekkebi ilk bakışta fark edilemeyecek kadar hafifçe dağılmıştı.

Sahte dava.

"Neler oluyor?" diye sordum korkuyla ama adamların gözleri üzerimizdeydi. Ediz bir şey olmadığını anlatmak istercesine dudaklarını saçıma bastırdı ve beni iyice kendine çekti. Bedenim gevşerken bütün dikkatim başımdaki dudaklarına kaymıştı. Kalp atışlarımın hızlanmasına verdiğim tepki yoğun bir öfke oldu. Neden böyle saçmalıyordu?

"Size bir şeyler ikram edelim," dedi bizi karşılayan adam. "Ne içersiniz beyim?"

Ediz yine gözlerini kâğıtlardan ayırmadan, "Sert bir şeyler," diye mırıldandı. "Bir de sigara."

"Hanımım, siz?" Adam bana dönünce Ediz'in omzumdaki kolu kendini hatırlattı. Boğazımı temizledim. "Şey..."

Ediz araya girerek, "Vişne suyu," dedi. Ardından kafasını kaldırdı ve tehditkâr bakışlarını adama çevirdi. "Eğer içine alkol kattığını fark edersem seni yaşatmam. Duydun mu beni?"

Adam Ediz'in ölümcül bakışları karşısında hemen sinmiş, bu çıkışından dolayı afallamıştı. "Ta... tabii beyim." Zavallı adam kekeleyince ona sempati duydum. Aslında biraz saf birine benziyordu ve orta yaşlıydı. Şu an yalnız olsaydık Ediz'e ona daha kibar davranması gerektiğini söyleyebilirdim ama açıkçası başkalarının olduğu bir ortamda buna cesaretim yoktu. Beni ikimizin baş başa olduğu bir anda terslemesi sorun olmazdı. Fakat onu yiyecekmiş gibi görünen kızların yanında terslemesi... Bunu düşünmek bile rengimin atmasına neden oldu.

Adamlardan biri Ediz'e sigara paketini uzatarak, "Buyur koçum," dedi. Ediz ona kısa bir bakış attı ve hiçbir şey söylemeden paketten bir sigara çekti. Ardından adamın uzattığı çakmağı da alıp sigarayı dudaklarının arasına sıkıştırdı. Çakmağı yakıp sigarasının ucuna tutarken kaşlarını hafifçe çatmıştı. Bir nefes çekip çakmağın kapağını kapattı ve onu adama uzattı.

Ediz'i büyülenmiş gibi izlediğimi fark edince duvarların ardındaki Doğa dehşete kapılarak bir çığlık attı. Bunun üzerine bakışlarımı Ediz'den çektim.

Az önceki zavallı adam bir bardak vişne suyu ile kristal kadehe doldurduğu viskiyi yanımıza bıraktıktan sonra ellerini önünde birleştirerek bize başka bir isteğimizin olup olmadığını sordu. Ediz ona tek kelime etmeden gitmesini işaret edince içimden onu yumruklamak geldi. Bu kadar kaba olmak zorunda mıydı? Adama teşekkür etmek için hafifçe gülümsedim. Ona gülümsediğimi görünce adamın gözleri sevecen bir ifadeyle parladı.

Ediz'in nasıl bu kadar duygusuz olabildiğini anlayamıyordum.

Vişne suyunu almak için uzandım ve bardağı elimde tutarken Ediz'in bana baktığını gördüm. Ona aldırmadan içeceğim sırada beni durdurdu ve bardağı elimden aldı. Ben şaşkınlıkla ona bakarken vişne suyumdan bir yudum aldı, kontrol ediyordu.

Ardından bardağı tekrar bana verdi ve alçak sesle, "İç," dedi. Tamam, canı sıkkındı. Hem de çok sıkkın. Bu ayrıntıyı düşünürken kaşlarımı çatarak bardağa baktım ve Ediz'in içtiği yerden özellikle içmedim.

"Misafirimiz ne zaman gelecek?" diye sordu. Neler olduğunu çok merak ediyordum. Anladığım kadarıyla Tarık'ın oğlu bir cinayete karışmış ve Levent Çağıran onun avukatlığını üstlenmişti. Ama daha sonra da Levent Çağıran'ın arkasından bir tezgâh çevrilmişti.

"Eli kulağındadır," dedi çaprazımızda oturan adam. Ediz sigarasından sabırsız bir nefes çekti ve dumanı yavaşça üfledi. İçkisinden bir yudum alırken yüzünde sert bir ifade vardı, ne düşündüğünü deli gibi merak ediyordum.

Odaya gergin bir sessizlik çökünce ciddi anlamda korkmaya başlamıştım. Bedenim içgüdüsel bir şekilde onu koruyacak olana sığınıyordu ama o kişi maalesef yanımda duran ve aslında odadaki herkesten daha tehlikeli olan adamdı. Ediz korkumu sezince bir elini saçıma koydu ve öylece durdu.

O sırada zil çalınca içimdeki sıkıntı iyice büyüdü. Ediz'in avına saldırmaya hazırlanan bir avcı gibi gerildiğini hissettim. Kötü bir şeyler olacaktı. İçkiyi başına dikip kadehi gürültülü bir şekilde orta sehpaya koydu. Ağzım korku ve adrenalinden dolayı kuruduğu için bir yudum vişne suyu içtikten sonra ben de bardağımı masaya koydum. Ediz benden uzaklaşıp oturduğu yerde hafifçe doğrulmuştu.

Kapı açıldı ve konuşma sesleri duyuldu. Gelen kişinin ona kapıyı açan kişiyle ettiği ayaküstü sohbet, salona girdikleri sırada da devam ediyordu. Tarık'ı görünce gözlerim kocaman açıldı. Ediz'in oturduğu yerden kalktığını görünce ben de otomatikman ayağa kalktım. Bakışlarımı Tarık'tan ayıramıyordum. Bacağındaki bıçak yarası iyileşmiş gibiydi.

Tarık bizi henüz fark etmemişti çünkü içeri girerken başını arkasına çevirmiş, benim saf bulduğum adamla konuşuyordu. Ediz'in elini beline götürdüğünü gördüm ve silah çıkardığını fark edince yüzümdeki bütün kan çekildi. Silahı Tarık'a doğrultunca herkes şok olmuştu ama asıl görülmeye değer olan, önüne döndüğünde bizimle ve silahla burun buruna gelen Tarık'ın yüz ifadesiydi.

"Dışarı," dedi Ediz odadakilere. Açık seçik elbiseler içindeki kızlar anında toz olmuşlardı zaten. Adamlar bir an donup kalırken Ediz öfkeyle kükredi: "Dışarı dedim!"

"Ediz?" dedi Tarık şaşkınlıkla.

"Çıkın lan!" diye bağırdı Ediz. "Dediğimi yapmazsanız hepinizi gebertirim!"

Şok olan adamlar akıllılık ederek odadan çıktılar, bunu hiç beklemedikleri ortadaydı. Ediz polise haber vermelerinden korkmuyor muydu? Gerçi hepsi de polisle husumeti olan tiplere benziyordu.

Ediz olduğu yerde kalakalan Tarık'a bakarak dişlerinin arasından, "Konuş," dedi. "Ne iş çevirdiniz lan? Konuş!" Benim de Tarık'tan bir farkım yoktu, donup kalmıştım. Ediz silahı kurdu ve yeri titretecek kadar kendinden emin ve güçlü adımlarla Tarık'a yaklaştı. "Gözümü bile kırpmam, beynini dağıtırım."

Tarık kendini biraz toparlamayı başarınca titrek bir sesle, "Kızın yanında böyle bir şey yapmazsın," dedi.

"Bu kız hayatıma girdiğinden beri hepiniz kendinizi güvende sanıyorsunuz, değil mi?" diye hırladı Ediz. "Ama haklısın, bunu onun yanında yapmam. Belki de beynine kurşun harcamak yerine kafanı içi su dolu küvete sokmalıyım."

Sanırım gerçekten dilim tutulmuştu. Tarık bir adım gerileyerek korkuyla, "Be... ben bir şey yapmadım," diye kekeledi. "Yemin ederim."

"Kes lan!" Ediz'in hiddeti karşısında Tarık bir adım daha geriledi. "Olduğun yerde kal!"

Tarık ona hemen itaat ederken bedenimi saran buzlar yavaş yavaş çözülmeye başladı. Silahların anılarımda çok da iyi bir yere sahip olduğu söylenemezdi. Henüz alınmamış olan dikişlerimin sızladığını, midemin bulandığını hissettim.

"Bence senin bundan çok daha önemli problemlerin var," dedi Tarık yutkunarak. "Kızın peşindeler. Görülmüş şey değil ama bir sürü erkek bu bakire kızı yatağında istiyor."

"Benim yanımdayken ona hiçbir şey olmaz," dedi Ediz tehditkâr bir sesle. "Onu mu istiyorlarmış? Almayı bir denesinler bakalım. Hepinizin gelmişini geçmişini sikerim."

Duvarların ardındaki Doğa hızla karanlığa kaçtı ve gözden kayboldu. Benimse bütün hücrelerim sessizliğe gömülmüştü. Ediz'i birine bu kadar kararlı bir şekilde silah doğrulturken daha önce de görmüştüm; o sırada namlunun ucunda ben vardım. O anlarda hissettiğim dehşet de duygularımın arasına sızarken Tarık'ın yüzünün gerildiğini fark ettim. Orta yaşlı bir adamdı fakat dinç görünüyordu.

"Senin babanı bu kızın ağabeyi öldürdü!" diyerek karşı saldırıya geçti. "Bana bulaşacağına git de öldürmen gerekenleri öldür."

Ediz ona doğru bir adam atarak, "Sana mı soracağım lan?" diye bağırdı. "Canım seni öldürmek istiyor. Beni engelleyebilir misin?"

Tarık tek kelime edemezken az önce söylediklerine itiraz etmek istedim ama dilim buz tutmuş gibiydi. Ayrıca korkudan dudaklarım birbirine yapışmıştı, ateşim çıkmış gibi hissediyordum. Ediz'in eli bileğimi birden kavrayınca az kalsın düşüp bayılacaktım. Bana zarar vermeyeceğini bilmeme rağmen bu halleri ödümü koparıyordu.

Beni çekiştirerek ilerlemeye başladı ve "Yürü," diye emretti. Ben ona anında itaat ederken aynı emri Tarık'a da verdi. Ama ona ellerini havaya kaldırmasını da söylemişti. Hep birlikte sokak kapısına yöneldik.

"Canımı acıtıyorsun," diye mırıldandım korkuyla. Parmakları etime öyle bir gömülmüştü ki elime kan gidip gitmediğinden emin değildim. Ediz bir an duraksayıp bana baktıktan sonra kaba bir hareketle kolumu bıraktı. "Arkamdan ayrılma."

Böyle bir delilik yapmayacak kadar kendimdeydim şu an. Eğer kaçmaya çalışsaydım o silah büyük ihtimalle bana doğrultulurdu. Her şey bir kenara bana tecavüz etmek için fırsat kollayan bir erkek ordusunun varlığından haberdar olduktan sonra Ediz'e yapışasım geliyordu.

"Kapıyı aç," diye emretti Ediz. Tarık bu emri hemen yerine getirirken kalbim âdeta kulaklarımda atıyordu. Nefes alıp verişlerim o kadar hızlanmıştı ki fazla oksijenden başım dönüyordu.

Merdivenlere yöneldiğimizde ayağımdaki topuklu çizmeler sinir bozucu sesler çıkarıyordu. Koşmamızı gerektiren bir durumda koşamayacağımı biliyordum. O yüzden merdivenlerden çıkarken eğildim ve kısa çizmeleri çıkarmaya başladım. Hareket sensörlü lamba yanmadığı için apartmanın içi karanlıktı fakat Ediz'i seçebiliyordum. Tarık ve o biraz daha ilerlemişti.

"Bırak silahını." Başka bir erkek sesi duyunca donup kaldım. Apartman zifiri karanlık değildi ama yine de etrafı zor görüyordum. Birinin Ediz'in sırtına silah dayadığını anlayınca bir an buz kesildim.

"Kız burada," dedi Tarık hemen. "Kızı alın!"

Ayak sesleri duyunca dehşete kapılarak geri çekildim. *Bir sürü erkek bu bakire kızı yatağında istiyor...* Çoraplı ayaklarımın altında soğuk zemini hissederken sessiz adımlarla biraz daha geriledim ve karanlıkta beni görmemeleri için dua ettim. Sırtım apartmanın pürüzlü duvarına yaslanınca Ediz öfkeyle bir şeyler mırıldandı ama kulaklarımdaki uğultu yüzünden ne söylediğini anlayamadım.

Bir adam alaycı bir sesle, "Küçük ceylan burada," dedi ve güçlü bir el, bileğime yapıştı. Ben korkuyla çığlık atarken birden boğuşma sesleri yükseldi. Ardından apartmanın içinde kulakları sağır edecek kadar şiddetli bir silah sesi yankılandı. Olduğum yerde kalakalırken korkuyla, "Ediz!" diye bağırdım. Ona bir şey olmuş muydu? "Ediz!" Hızla o tarafa gitmeye çalışsam da adam beni engelledi. "Bırak beni! Ediz!"

Ben deli gibi çırpınırken adam, "Rahat dur küçük fahişe," diye hırladı ama ona aldırmıyordum bile. Ayrıca çırpındığım için dikişlerim o kadar sızlıyordu ki bir an patlayacaklarını sandım.

"Ediz!" diye bağırmaya devam ettim. Kalbim âdeta ağzıma gelmişti, gözlerim aniden bastıran yaşlar yüzünden yanıyordu. "Ne yaptınız ona?" Sesim titriyordu. "Ediz!"

"Bırak onu, yoksa patronunu öldürürüm." Ediz'in sesini duyunca yaşadığım ani duygu değişimi yüzünden bir an dizlerimin bağı çözülecek sandım. Kalp atışlarım hâlâ göğüs kafesimi parçalayacak gibiydi.

"Bırak kızı!" dedi Tarık, sesi korku doluydu. "Bırak onu hemen!"

Bileklerimdeki eller çekilince titreyen parmaklarımla yüzümü kapattım ve yaşadığım şoku atlatmaya çalıştım. Silah sesini duyan apartman sakinlerinin telaşlı konuşmalarını duyabiliyordum, havaya paniğin metalik kokusu karışmıştı.

"Doğa, buraya gel," dedi Ediz sertçe. "Ayrıca sana söylüyorum piç kurusu, onun saçının teline bile dokunursan ikiniz de buradan sağ çıkamazsınız!"

Yüzünü göremediğim adamın yanından geçerken hâlâ titriyordum. Ediz yaralanmış olabilirdi, kolay kolay pes etmediğini biliyordum. Ona doğru ilerlerken apartman kapısının camından içeri süzülen sokak ışığını gördüm, yerde giderek büyüyen bir kan gölünü aydınlatıyordu. Dehşete kapılarak Ediz'in kollarının arasına girdim, elindeki silah hâlâ Tarık'ın kafasına dayalıydı.

"İyi misin?" diye fısıldadı kulağıma. Titreyen kollarımı bedenine sarınca sıcaklığını hissettim, yaralandığına dair hiçbir iz yoktu. Hafifçe başımı sallarken içimdeki korku kıyıya çekildi ve yerini müthiş bir adrenalin aldı.

Ediz, Tarık'a, "Ayağa kalk," diye emir verdi ama Tarık onun dediğini yapmadı.

"Sen de silahını indirmelisin." Bakışlarımı az önce beni tutan adama çevirdiğimde Ediz'e silah doğrulttuğunu gördüm. O sırada üst katlardan sesler gelmeye başladı, birileri apartman boşluğuna çıkmıştı.

"Apartmanda birileri var!" dedi bir kadın korkuyla. "Memur bey, bir el silah sesi duyuldu."

Ediz adama bakarak, "Benimle oynama," dedi. "Sonu senin açından kötü olur, zira patronunun eceli çoktan geldi."

Ediz'in sesindeki kararlılık tüylerimi ürpertmişti. O kararlılığı Tarık da görmüştü. Kurtuluşu yoktu. "Kızı vur!" Öyle bir bağırmıştı ki heyecandan sesinin ne kadar yüksek çıktığını fark etmemiş olmalıydı. "Şimdi!"

Adamın silahı bana doğrulttuğunu gördüm. Ediz'in kollarının arasında olduğum için önünde duruyordum, adam beni rahatlıkla vurabilirdi. Gözlerim dehşetle açılırken Ediz'in iyice gerildiğini hissettim. Birden silahını adama doğrulttu ve hemen kulağımın dibinde iki el ateş etti.

Bedenim kilitlenirken dudaklarım aralandı. Yaşadığım şok iliklerime kadar işlemişti. Ediz'in vurduğu adam da donup kalmıştı. Elindeki silah düştü, ardından kendisi de bez bebek gibi yere yığıldı.

Gerçek anlamda şoka girmiştim ama apartman kapısının açılıp kapandığını duydum. Ardından Ediz bir küfür savurdu ve benim zemine yayılan kana kilitlenip kalmış olan gözlerime baktı.

"Doğa, gitmemiz lazım," dedi dümdüz bir sesle. "Haydi güzelim."

"Onu vurdun," dedim. Alt dudağım titriyordu. "Onu vurdun..."

"Evet." Sesi hâlâ ifadesizdi. "Gitmemiz gerek."

"Öldü mü?" diye sordum dehşetle. Titreyen ellerimi kontrol edemiyordum. Ediz kaşlarını çatmış, dikkatle bana bakıyordu. Yüzümde nasıl bir ifade olduğunu bilmiyordum ama Ediz'in endişelendiğini hissedebiliyordum.

"Bilmiyorum," dedi sertçe. Beni kollarının arasından çıkarıp kolumdan tuttu ve apartman kapısına yöneldi. Bilinçli bir şekilde hareket edemiyordum, ayaklarım Ediz'in komutlarına cevap veriyordu sadece. Onun hızına ayak uydurarak apartmandan çıkarken bir arabanın hızla uzaklaştığını gördüm.

Ediz beni arabaya bindirirken aşırı öfkeli görünüyordu. Ben şok olmuş bir halde etrafıma boş boş bakarken o hızla direksiyon başına geçti ve motoru çalıştırıp gazı kökledi. Tarık'ın arabasının peşine takıldığında kalbim deli gibi çarpıyordu. Böyle bir şeye şahit olmak o kadar kötüydü ki her an kusacakmış gibi hissediyordum.

Ediz, "Doğa, kendine gel!" diye bağırarak hızla bir caddeye girdi. Bir an korna sesleri yükselse de kontrolü hemen eline aldı. Öndeki siyah Mercedes'i takip ederken onu hiç böyle görmediğimi düşündüm. Aklımın içindeki bütün bilgiler birleşmiş ve tek bir kelime ortaya çıkmıştı: katil.

Ediz gaza daha da yüklenirken kameralara ve polis radarlarına yakalandığımızdan emindim. Ediz önündeki arabaları ustaca sollarken ellerimi daha fazla titremesinler diye yumruk haline getirerek kucağımda birleştirdim.

Kelimelerim kuruyup tükenmişti sanki. Söylemek istediğim tonlarca şey olsa da ağzımı açamıyordum. Böyle bir şey yaşayacağım hiç aklıma gelmezdi. Ediz'in böyle bir şey yapacağını hiç düşünmemiştim.

"Bak, sorun yok, tamam mı?" dedi Ediz yüksek sesle. "Onları sadece yaraladım! Ölmediler, sakin ol!"

Onlar mı? İlk kurşunu da mı o sıkmıştı?

"Lütfen gidelim," diye mırıldandım. "Ediz, lütfen..."

Ama beni duymazlıktan geldi. Tüm bunlar gerçek değilmiş gibi geliyordu bana. Gözlerimi kapatıp soğukkanlı tarafımı ortaya çıkarmaya çalıştım ama o tarafım da duvarların ardında, karanlıkta kalmıştı. Sakin olmam gerekiyordu, içimden sürekli bunu tekrarlarken iki adamın sadece yaralandığı gerçeğine tutundum. Bir cinayete şahit olmamıştım, tabii Ediz bana yalan söylemiyorsa...

O sırada ani bir manevra yapınca gözlerimi açtım ve koltuğuma sıkıca tutundum. Tarık o kadar iyi araba kullanamadığı için aramızdaki mesafe kısa zamanda kapanmıştı. Girdiğimiz sokaktaki insanlar hızla ilerleyen iki son model arabaya şaşkınlıkla bakarken Tarık direksiyonu sola kırdı ve sonunda bir inşaatın bulunduğu bir sokağa girdi. Ediz sokağın ortasında duran kepçenin yolu kapattığını görünce gülümsedi. Bu ruhsuz hali iliklerime kadar ürpermeme neden oldu.

İki araba aynı anda dururken farların aydınlattığı sokakta Tarık'ın arabadan çıktığını gördüm. Ediz de dışarı çıkarken yapacaklarından korkarak ve onu engelleme umuduyla harekete geçtim. İnşaat alanında çoraplı ayaklarımla arabadan inip hızla kapıyı kapattım ve Tarık'ın peşine düşen Ediz'in arkasından koşmaya başladım.

Dikişlerim o kadar zorlanıyordu ki patlamalarına ramak kaldığını hissedebiliyordum. Ayaklarımın altında pürüzlü zemini hissetsem de acı hissedemiyordum. Aklım sadece ölüm saçan katilimdeydi. Tarık'ı yakalamak için fazla uğraşmasına gerek kalmamıştı. Orta yaşlı adamın yirmili yaşlarındaki bir katil karşısında pek şansı yoktu.

Yanlarına ulaştığımda nefes nefeseydim ve ciğerlerime dolan soğuk hava yüzünden göğsüm yanıyordu. Ediz, Tarık'ın yüzüne sağlam bir yumruk indirince adam anında yere yığıldı ve acıyla haykırdı.

"Benimle oyun oynayabileceğinizi mi sanıyorsunuz lan?" diye kükredi Ediz nefretle. "Babama yaptığınız onca şeyi yanınıza bırakacağımı mı sandınız?"

Ediz, Tarık'ın üzerine yürürken, "Ediz, dur!" dedim. Ama ben görünmezmişim gibi ayağındaki botlarla adamın kaburgalarına tekmeyi indirdi. Adam acıyla feryat ederek iki büklüm oldu ve kaçmaya çalışmadı, sonunun geldiğini anlamış gibiydi. Kapana kısılmıştı.

"Baban," dedi kesik kesik soluyarak, "aptalın tekiydi. Hayatını bir kadın uğruna karartan bir salak... Ayrıca sandığın kadar masum değildi. Pisliğin tekiydi."

Bunun üzerine Ediz öyle bir haykırdı ki onu durdurma umudum uçup gitti. Ben korkuyla bir adım gerilediğim sırada, "Seni geberteceğim!" diye bağırdı ve adamın kaburgalarına bir tekme daha indirdi. Gücünü nefretinden alıyordu ve bu güç, kaslarının sahip olabileceğinden katbekat fazlaydı.

Tarık, "Sen de kaybedeceksin," diyerek güldü ama karnına saplanan acı, kahkahasını yarıda kesmesine neden oldu. "Şu kız yüzünden senin sonun da babanınki gibi olacak. Zaten her zaman babana benzemeye çalışan aptal bir çocuktun. Benzeyeceksin ona, merak etme. Kızı elinden aldıklarında babandan daha fazla perişan olacaksın çünkü bu kız benim oğlumun altında zevkten inlerken can verecek. İntikam neymiş, o zaman göreceksin..."

Söylediği şeyler mümkünmüş gibi yüzüm bembeyaz olmuştu. Nasıl bir belaya bulaştığımı düşündüm, aklımda kocaman bir soru işareti yanıp sönüyordu.

Ediz adamı yakasından tuttuğu gibi kaldırdı ve yüzüne yumruğu indirdi. Onu ikinci yumruk takip etti. Adam üçüncü yumrukta bilincini kaybetmişti ama Ediz cinnet geçiriyormuş gibi ona vurmaya devam etti. Ardından adamı bir paçavra gibi yere bırakıp doğruldu. Belindeki silahını çıkardığını görünce, "Dur!" dedim. "Dur!"

Yanına giderken işlerin daha ne kadar kötü bir hal alabileceğini düşünüyordum.

"Çekil önümden!" diye hırladı. Kararlılıkla önünde dikilirken ondan korkmamaya çalıştım ama ödüm kopuyordu. Ama birini öldürmesine göz yumamazdım.

"Onu polise teslim et!" dedim. "Lütfen."

"Karışma işime!"

Bunun üzerine başta siner gibi oldum ama hemen ardından içim öfkeyle doldu. Ediz sadece işine geldiği zaman bana geliyordu. Uyumak istediğinde, öpüşmek istediğinde veya bir çıkarı olduğunda kapımı çalıyordu. Ona doğru olanı yapmasını söylediğimdeyse işine karışmamamı söylüyordu.

"Hiçbir şeyden emin değiliz!" diye bağırdım. Bedenim hâlâ geçirdiğim şokun etkileriyle boğuşuyordu ama şu an hissettiğim her şeyi rafa kaldırmam gerekiyordu, buna mecburdum. "Herkes babanın masum olduğunu söylüyor ve..."

"Babama laf etme!" Ediz öyle bir nefretle bağırmıştı ki bir an şaşkınlıkla gözlerimi kırpıştırdım. Fakat sonra öfkem daha da büyüdü. "Nereye kadar 'ben her şeyi bilirim' havalarında gezeceksin? Atalay sana bilmediğin şeyler olduğunu söyledi! Kimseyi dinlemiyorsun! Madem baban masumdu, bütün bunlar niçin yaşanıyor?"

Ediz ruhsuz bir kahkaha attı ama gözü dönmüş gibiydi. "Her babayı kendi baban gibi mi sanıyorsun?" Sözlerini bir an idrak edemedim. Ardından kalbime öyle bir darbe indi ki bir an için nefesim kesildi. Ona anlattıklarımı bana karşı kullanıyordu. Başıma gelmesinden korktuğum için yıllarca duvarların ardında yaşamama neden olan şey şu an gerçekleşiyordu. "Sakın babama laf edeyim deme," diye devam etti Ediz.

Korkunç bir şekilde kırıldığım için ona bu laflarını yedirmek istedim ama yapabileceğim hiçbir şey yoktu. Haklıydı. Yine de bunları ondan duymaya dayanamıyordum. Öfke kendini tekrar gösterirken ağzımda en az benim kadar kırgın harflerin tadını hissettim.

"En azından ben babamın nasıl biri olduğunu biliyorum!" diye bağırdım nefretle. "Senin gibi kendini beğenmiş serserinin teki değilim! Babanı örnek alıyordun, değil mi? Baban da senin gibi dünyanın onun etrafında döndüğünü sanan bencilin tekiyse başına gelen her şeyi..."

Birden kırbaç sesine benzeyen bir ses yankılandı ve sözlerim ağzıma tıkıldı. Başım yana savrulurken yanağımda çok şiddetli bir acı hissettim. Kan tadı almam sadece birkaç saniye sürmüştü.

Aramıza ölüm sessizliği çökerken elimi şaşkınlıkla yanağıma götürdüm ve yanağımın varlığını sorgularcasına yüzüme dokundum.

Duvarların ardındaki Doğa karanlıktan çıkıp, "Sana tokat attı!" diye bağırdı. O kadar şaşırmıştım ki yaşadığım şok, hissettiğim korku, kapıldığım öfke tıpkı bir toz bulutu gibi anında yok oldu.

Gözlerimi Ediz'e çevirip perde misali yüzüme dökülen buklelerimin arasından ona baktım. Yüzündeki saf şaşkınlığı ve büyüyen gözlerini görünce kalbimdeki acı yanağımdaki acıyı solladı. Bir süre ne yapacağımı şaşırmış halde etrafıma bakındım. Aniden durulan bir deniz gibi hissediyordum kendimi. Söyleyecek çok şeyim vardı ama aynı zamanda da hiçbir şeyim yoktu.

Bakışlarım bilinçsiz bir şekilde yerde yatan Tarık'a kaydı ve nasıl bir işe bulaştığımın bir kez daha farkına vardım. Meseleyi bir çocuğu kendime âşık etmekten, şehir değiştirmekten ve her gece bir adamın kollarında uyumaktan ibaret sanmıştım. Ama Ediz gerçek bir katildi ve ben bunun bilincine ancak varıyordum.

Aslında ben bir adamın değil, bir katilin kollarında her gece uykuya dalıyordum.

13. İZLER

Gözlerim boşluğa yayılmış, bakışlarım var olmayan bir noktaya takılı kalmıştı.

Dizlerimi çeneme yaslamıştım ve zihnimin boş sokaklarında dolaşan rüzgârın uğultusunu duymazlıktan gelmeye çalışıyordum. Sanki zihnimde sabahın ilk saatleri yaşanıyordu, düşüncelerimin üzerine derin bir sessizlik çökmüştü. Ayrıca soğuktu. Dizlerimi çıplak gövdeme doğru biraz daha çekerken ayaklarımın altındaki sıcak su birikintisi hareketlendi. Kollarımı kendime daha sıkı sardım ve suyun sıcaklığını daha fazla hissetmeye çalıştım.

Küvete çökmüş, sırtımı soğuk mermere yaslamıştım. Tepemden dökülen su hissettiğim soğuğun aksine fazla sıcaktı. Kaç dakikadır banyoda olduğumu bilmiyordum ama içerisi buhar dolmuştu.

Gözlerimi kapattım ve kendimi öylece akıp giden suyun saflığına bıraktım. Sanki bedenime işleyen karanlığı da kiri de alıp götürebilirmiş gibi tenimi yakıp geçmesine izin verdim.

Fakat bedenimin pasifliğine karşın iç sesim oldukça aktifti. Duvarların ardındaki Doğa ilk defa ben ağladığım için ağlıyordu ama onu görmezlikten geliyordum. Bana nefretle baktıktan sonra duvarımızı kalınlaştırmak için eline bir tuğla daha aldı, omuzları çökmüştü.

Benimle sürekli dalga geçen, kendimi sevmemem için sebepler sunan Doğa bile yorgundu.

Gözlerimi daha sıkı kapatarak, "Hak ettin," diye fısıldadım. "Senin hatandı."

Hani insan kendisiyle baş başa kalınca geçmişte yaptığı hatalar su yüzüne çıkardı ya, yaşadığım şey tam olarak buydu. Kendimi küçük düşürdüğüm her an göz kapaklarıma kazınmış gibiydi, onlardan kaçamıyordum.

Bana dokunmasına, beni öpmesine, beni kullanmasına izin vermiştim. Eskiden ağlayan biri değildim, gözlerim yaşlarla sızlasa bile kendimi tutardım. Bir katilin pençesine düştüğümden bu yana ağlıyordum.

Ama bu sefer gözlerim çöller kadar kuruydu. Kendime duyduğum öfkeden başka bir şey hissetmiyordum. Ne Ediz'i suçluyor ne de kendi hatalarımı ona yükleyebiliyordum.

Beni öpmesine izin vermiş, bana dokunmasına ses çıkarmamıştım. Ona güvenen bendim. Yıllardır kapalı kapılar ardında güvenmem gereken kişileri elemiş ama en güvenmemem gereken kişiye güvenmiştim.

Sonuç büyük bir hüsran ve yıpranmış kelimelerdi.

Bilmek ile anlamak arasında çok fark vardı. Hele ki ortada sivri oklar misali duran gerçekleri size güvendiğiniz biri saplıyorsa fark kesinlikle çok büyüktü. Bunca zaman neden kimseye güvenmediğimi bir kez daha hatırlatmıştı bana.

Kendime bu yüzden kızıyordum. Ediz'in attığı tokadın izleri yanağımda eriyerek tenime karışmıştı. Bunu düşününce hem fiziksel acıyla hem de derin bir aşağılanma duygusuyla kıvranıyordum. Bana tokat attığı eline sıkıca tutunduğum zamanlar olmuştu, korktuğumda parmaklarım hep o parmaklara kenetleniyordu. Ama şimdi o parmaklar yüzümde aptallık konulu bir pandomim sergiliyordu.

"Bir saatten fazla oldu." Gece'nin sesi kafamın içinde dönen toz bulutunu dağıtınca gözlerimi açtım ve kulak kesildim. "Ben gidip kıza bir bakayım."

Eve geleli kaç saat olmuştu, bilmiyordum ama gece yarısına az kalmış olmalıydı. Diğerlerinin ne yaptığı konusunda hiçbir fikrim yoktu. Ben banyoya girdiğimden beri ev derin bir sessizliğe gömülmüştü.

"Otur oturduğun yerde." Ediz'in sesi demir gibi sertti. Bu hali karşısında Gece'nin afalladığını düşünmüyordum, ne de olsa Ediz'e ve davranışlarına alışmışlardı. Ama Ediz normal bir insanın duraksamasına neden olacak bir ses tonuyla konuşmuştu.

"Kendine zarar vermeye falan kalkışmasın..."

Bakışlarımı banyo kapısına çevirdim. Belki de burada bunca zamanı kurban etmemin sebebi birinin gelip benimle ilgilenmesini bekliyor olmamdı. Bu düşünce kaşlarımı çatmama neden oldu. Birilerine muhtaç olmaya devam mı edecektim? Ama bu istekleri görmezlikten gelemiyordum, şeffaflaştırsam bile oradaydılar.

"Doğa aptalın teki," Ediz'in sesi öfkeli çıkıyordu, "ama kendine zarar verecek kadar da değil."

Ah.

Sarf ettiği sözler kalbimi sızlatmıştı. Gözlerimi tekrar kapatıp başıma akan suyun sesine odaklanmaya çalıştım ama burası büyük bir ev değildi ve duvarlar ses geçiriyordu.

"Derdin ne senin?" diye sordu Gece, hem şaşırmış hem de kızmış gibiydi. "Kıza hakaret edip durma."

"Ne zamandan beri Doğa'yla ilgilenir oldun?"

"Farkında mısın, bilmem ama onca zaman geçti. Artık arkadaşız Ediz. Sana borcumuz olduğu için değil, seni sevdiğimiz için buradayız. Ve sen şu an saçmalıyorsun." Gece'nin koyu renkli gözlerini Ediz'e diktiğini göremesem de biliyordum, bu ani çıkışı beni de şaşırtmıştı.

"Bir bok bildiğin yok!" Ediz'in sesi sertti.

"Hey, saçmalamayın." Ortam aniden gerilince Uygar araya girmişti. "Kavga mı edeceksiniz?"

"Sevgilin işime burnunu sokuyor," diye hırladı Ediz. "Gerçekten cinlerim tepemde. Sadece susun, olur mu? Onu da yalnız bırakın. Biraz sakinleşsin, ben halledeceğim."

Birkaç saniye sessizlik olunca daha da kulak kesildim ve Gece'nin söylendiğini duydum. Ardından topuklu ayakkabıların ahşap zeminde çıkardığı tok sesleri işittim ve yan odanın kapısı açılıp kapandı.

"Bana öyle bakma," dedi Ediz hiddetle. "Sinirli olduğum belli olmuyor mu? Sinirliyken bana bulaşmasın."

Uygar'ın duraksadığını hissettim. "Doğa'yla kavga mı ettiniz?"

"Çok üstüme geldi." Ediz savunmaya geçmişti. "Onu uyardım ama devam etti. Aptal işte. Niye susmuyor?"

Bu soruyu ben de kendime yöneltirken yerden destek alarak yavaşça ayağa kalktım. Uygar, "Ne yaptın kıza?" diye sorunca yanağım kendini hatırlatmak istercesine sızladı. Sıcak su hâlâ bedenime çarpıyordu.

Ediz bu soruyu duymazlıktan geldi ve bütün sesler çekildi. Geriye yalnızca gerginlik kalmıştı. Duyduğum tek ses su sesiydi ve artık banyodan çıkmam gerektiğini biliyordum. El ve ayak parmaklarımın buruşmasına neden olacak kadar uzun süre suda kalmıştım ve sıcaklık yüzünden saç diplerim acımaya başlamıştı.

Suyu kapatıp saçlarımı yana aldım ve sıktım. Ardından duşakabinden yavaşça çıkıp kenardaki havluyu aldım. Havlunun nemli olması bir başkası tarafından kullanılmış olduğuna işaret ediyordu ama aldırmadım.

Yüzümün son durumundan habersiz olsam da vücudumdaki hasarı bir kez daha görmüştüm. Dikişlerim erimeye başlamış, yaram kapanmıştı ama dikişlerimin ne zaman tam olarak yok olacağını bilmiyordum. Bedenimdeki morlukların nasıl oluştuğu hakkında da en ufak bir fikrim yoktu, fark etmeden oluşan morluklara benziyorlardı.

Aynanın buğusunu elimle sildim. İçerideki sıcak buhar nefes almayı zorlaştırıyordu. Buğu kayboldukça görüntüm aynada belirdi ve gözlerim yüzüme takılı kaldı.

Parmaklarım kararsız bir şekilde yanağıma gitti ve yavaşça gezindi. Beş iri parmağın izi yüzümde imza gibi duruyordu. Ediz'in gücü söz konusu olduğu için iz kalacağını biliyordum ama bu kadar kötü görüneceğini tahmin etmemiştim. Kaşlarım çatıldı. Dudağımın kenarında da küçük bir yara vardı.

Donuk bakışlarla Ediz'in eserini incelerken saç uçlarımdan yere su damlıyordu. Kenardaki dolaplardan birini karıştırmaya başladım. Yüzümdeki izin görülmesini istemiyordum. Bu Ediz'i memnun ederdi, ona o tatmini yaşatmak istemiyordum. Dayanıklıydım ben. Beni alt etmesine izin veremezdim. Bu savaşta benden çok daha güçlü olabilirdi ama cephemi yerle bir ettiğini ona belli etmeyecektim.

Alttan ikinci çekmecenin makyaj malzemeleriyle dolu olduğunu gördüm ve makyajı sevmediğimi bir kez daha anladım. Parfüm kullanmaktan bile nefret ederdim.

Sonunda cam şişeli bir fondöten buldum, onu tezgâhın üstüne bıraktım ve işime yarayacak başka bir şeyler bulma umuduyla çekmeceyi karıştırmaya devam ettim. Hepsi de elime bile almaya gerek duymadan eleyeceğim şeylerdi. Çekmeceyi sertçe kapatıp aynaya baktım, donuk gözlerimde bu sefer kararlılık da vardı.

Kapağını açıp fondötenden avucuma bir iki damla damlattım. Benim ten rengime uygun değildi, açık bir tondu. Bu yüzden onu yüzümün her tarafına sürmem gerekiyordu. Yanaklarıma, alnıma ve çeneme bir miktar sürdükten sonra şişenin kapağını kapattım ve iki parmağımla yüzümde daireler çizerek fondöteni tenime yedirmeye başladım. Umay'ın fondötenini birkaç kez kullanmıştım ama onunla her seferinde on dakika uğraşmam gerekmişti, bu fondöten ise tenime hemen uyum sağlamıştı. Bizim dergilerden sipariş ettiğimiz ucuz kozmetiklerin aksine oldukça pahalı ve kaliteli bir şeye benziyordu.

Yüzümdeki iz ten rengi tabakanın altında kaybolmuştu ama dudağımdaki yara için yapabileceğim bir şey olmadığının farkındaydım. Ediz bana ne kadar şiddetli vurduğunun farkında değildi, dolayısıyla yüzümde iz kalıp kalmadığını merak etmek aklına gelmeyecekti.

Şimdi çok daha sağlıklı görünen yüzüm kendimi biraz daha iyi hissetmemi sağlamıştı. Fondöteni yerine koydum ve kapıya yöneldim. İçeriden hâlâ ses gelmiyordu, ne yaptıklarını merak etsem de onlara hiç bakmadan yattığım odaya geçmekte kararlıydım. Odaya sessizce süzülecek, üstümü değiştirecek ve yorganın altına kıvrılacaktım.

Kapıyı yavaşça araladım ve banyonun içindeki buhar dışarı süzüldü. Ben de buhar gibi şeffaf olabilmeyi dileyerek banyodan çıktım ve kapıyı dikkatle kapattım. Kaloriferlere ve içeride yanan şömineye rağmen üşümüştüm. Bir an önce odaya gidip üstüme bir şeyler geçirmek istiyordum.

Elimi kapıdan çekmeden sessizliği dinledim, ev boş gibiydi. Ediz'in bir yerlerden çıkmamasını umarak odaya doğru yürümeye başladım ve kimseye görünmeden içeri girmeyi başardım.

Saçlarım sırtıma yapışmıştı, atkuyruğu yapmak için kenardan bir toka aldım ve şifonyere yöneldim. Çekmeceden bir iç çamaşırı takımı çıkarıp yatağın üzerine attım. O kadar dalgındım ki her şeyi başka bir boyuttan izlediğim hissine kapılmıştım. Uyku iyi gelecekti, biliyordum. Bir an önce uyumalıydım.

Dolapta doğru düzgün bir şey olmadığı için yine o bordo eteği çıkardım, üstüne beyaz bir kazak buldum ve onları da yatağın üstüne attım. Islak saçlarım beni rahatsız ediyordu, dalgın dalgın yatağa bakarken saçımı toplamam gerektiğini hatırladım.

Toka. Toka bulmam gerekiyordu. Az önce elimdeydi, onu kim bilir nereye atmıştım. Tokayı aramaya başladığım sırada üstümdeki havlunun ne kadar nemli olduğunu fark ettim. Odanın her yerine bakmıştım ve aradığım şeyi bulamamak sinirlerimi iyice germişti. Aptal bir toka için onca zaman harcamıştım. "Nerede bu lanet olası toka?"

"Bileğinde."

Bu sakin ses irkilmeme neden olmuştu. Hazırlıksız yakalanmıştım. Şaşkınlıkla omzumun üstünden arkama baktım, Ediz odanın ortasında dikiliyordu. Yüzü mesafeliydi ve dudakları gerilerek ince bir çizgi halini almıştı. Bakışlarım bileğime kaydı, dakikalardır aradığım toka gerçekten bileğimdeydi.

O sırada Ediz'in beni incelediğini fark ettim. Odanın ışığını açmamıştım ama onu net bir şekilde görebiliyordum. Sadece renklerin üstüne gri bir örtü serilmiş gibiydi.

"Dalgınsın Şahmeran."

Gözleri vücudumda gezinmeye başlayınca duruşumu bozmamak için bütün uzuvlarıma sert bir emir gönderdim, Ediz'in bakışlarından çekinmeyecektim. Üstümdeki havlu sadece kalçalarımı kapatacak uzunlukta olduğu için bacaklarımı gözler önüne seriyor olsa bile... Havlunun altında çıplak olsam bile... Bunları düşünmek kararlılığımı perçinlemişti. Bütün düşüncelerimi kapı dışarı ettim ve öylece durdum.

Ediz tekrar yüzüme bakarken ne düşündüğünü anlayamıyordum ama gözleri simsiyah görünüyordu.

Yavaşça boğazını temizledi ve "Pekâlâ," diye mırıldandı. Gözünü bile kırpmıyordu. Ben de aynı dikkatle ona bakıyordum ama ne hissettiğim konusunda hiçbir fikrim yoktu. Ona söyleyebileceğim her şeyi zaten yutup sindirmiş gibi hissediyordum. "Konuşalım mı?" diye sordu.

Ben Ediz'in yüzüne boş boş bakmaya devam ederken içimdeki Doğa kaşlarını kaldırdı. Konuşmak mı? Ediz bir şeyler söylememi beklediğini belli eden bir ifadeyle öylece duruyordu ama tek kelime etmeden yüzüne bakmaya devam ettim. Ne diyebilirdim ki? Evet, konuşulması gereken pek çok şey olabilirdi fakat benim söyleyebileceğim hiçbir şey yoktu.

"Susacak mısın?" diye sordu ve ağır adımlarla bana doğru yürümeye başladı. Geri çekilme arzumu elimin tersiyle iterek yüzüme Ediz'den öğrendiğim ifadesizlik maskesini yerleştirmeye çalıştım ama kalbim deli gibi çarpıyordu.

Ediz bana iyice yaklaşırken onunla göz temasını kesmemek için elimden geleni yapsam da bakışları o kadar deliciydi ki cesaretimi kırıyordu. Her adımında korkum büyüyordu sanki. Ondan gerçekten korkuyordum ama bu gerçeği gizlemek konusunda kararlıydım.

Tam önümde durduğunda aramızdaki boy farkına lanet ettim. Boyum ancak omuzlarına geliyordu ve yüzünü görebilmek için başımı kaldırmam gerekiyordu. Ama bunu yapmadım. Sakalsız çenesine bakarken duygularımı gizlemek için alakasız şeyler düşünmeye başladım. Sokak kedileri karınlarını nasıl doyuruyorlardı acaba?

"Ne düşünüyorsun?" diye fısıldadı Ediz.

Barınaklar hayvanlar için yeterli imkânları sunuyor muydu?

"Doğa," diye fısıldayınca tatlı nefesi içimi ürpertti. Nefesinin güzel kokusu beynimi bir an için uyuşturunca istemsizce gözlerine baktım. O gözlerde bulmayı beklediğim şey ifadesizlikti ama bu kez başka bir şeyle karşılaşmıştım. Bana o kadar dikkatli bakıyordu ki...

Hımmm, acaba hangi üniversitenin şartları daha iyi?

"Cidden konuşmayacak mısın?" Ediz'in sesi artık daha sertti. Öylece suratına bakmaya devam ettim. Başını hafifçe kaldırıp tavana baktı ve boynu dikkatimi dağıtınca kendi kendimi azarladım. Başka şeyler düşünmem gerekiyordu. Kalbim deli gibi çarparken düşüncelerimi karıştırmaya başladım, en alakasız şey bile şu an beni kurtarabilirdi.

Ardından Ediz bana iyice yaklaştı. Bedeni bedenime değince geriledim ama sırtımın şifonyere değmesi uzun sürmemişti. Ediz ellerini iki yanımdan şifonyere yaslayarak beni kollarının arasına hapsetti ve kararlı bir sesle, "Konuş," dedi. "Akıt zehrini. Bağır, çağır, vur. Susma."

Bana vurduğu için aramıza biraz olsun mesafe koyar sanıyordum ama beni rahat bırakmama konusunda kararlı görünüyordu. Nasıl bu kadar kalpsiz ve dengesiz olabiliyordu? Dilime düşen kelimelerin acılığını hissettim. "Ne söylememi istersin?"

Sesim kuru, ruhsuz ve boştu. Kelimelerim o kadar renksiz ve suskundu ki ağzımdan çıktıkları an havada eriyip gittiler. Ediz'in kaşları çatılmıştı. Amacımı anlamaya çalıştığını görebiliyordum, vereceğim tepkiyi ölçer gibiydi.

"Bana şu an ne hissettiğini söyleyerek başlayabilirsin."

Bakışlarımı ondan kaçırarak bu sorunun cevabını düşünmeye çalıştım. Gerçekten ne hissediyordum? Kendime duyduğum öfkeden başka... Ah, bir de kalbimdeki o yakıcı acıdan başka...

"Hiç."

"Hiç mi?" diye sordu Ediz başını hafifçe sallayarak.

"Hiç," diye fısıldadım.

Ediz kısa bir duraksamanın ardından, "Sana kızgınım," dediğinde kendimi çok yorgun hissettim. Ediz'in bana olan duyguları başımın üstünde aylardır kara bir bulut misali dolanıyordu. Nefret, öfke, bazen şefkat, bazen acıma, bazen de hiçbir şey... "Beni iyi dinle küçüğüm," deyince karnımın içinde bir şeylerin kıpırdandığını hissettim. "Bu konuşmayı bir daha yapmayacağım. Bana karışma, beni durdurmaya kalkışma ve ben sinirliyken konuşma. Zararlı çıkarsın. Benim sınırım yoktur, anlıyor musun? Acısını çıkarırım."

Kendimi öyle değersiz hissetmiştim ki bir an ağlayacağımı sandım ama gözlerim bu sefer benden yanaydı, kapımı çalan yaşları görmezlikten geldiler. Güçsüz ellerimle havlumu tutarak başımı hafifçe salladım. Kendimi hiç bu kadar çaresiz ve küçük düşürülmüş hissetmemiştim. Belki ikisini ayrı ayrı pek çok kez tatmıştım fakat ikisini aynı anda hiç hissetmemiştim.

"Aileme zarar verme, tamam mı?" Ses tonum beni bile şaşırtmıştı. "Ne istersen yaparım."

Ediz bir an yüzüme bakakaldı ama hemen ardından gözleri anlam veremediğim bir şekilde sertleşti. Bedenine yayılan öfkeyi hissedebiliyordum. "Ne istersem yaparsın, öyle mi?" diye sorduğunda kalbim ağzımda atmaya başladı, beni bakışlarıyla delik deşik ediyordu. "Senden ne istediğimi biliyorsun, değil mi?"

Titremeye başlamıştım. Odanın ısısı düşmüş gibi hissediyordum ve ellerim buz kesmişti. Ne istediğini biliyordum. Lanet olsun ki biliyordum. Ellerim kendimi korumak istercesine havluyu sıkı sıkı tutarken kulaklarım uğulduyordu. Ben onun bu isteğini karşılayabilecek son kızdım belki de. Cinsel ilişkiye girme düşüncesi beni dehşete düşürüyordu. Ediz'i çıplak görme düşüncesi bile kanımı dondurmaya yetiyordu. Bu belki bedenim açısından sorun olmayabilirdi ama psikolojik açıdan iyice çökeceğimi biliyordum. Korktuğumu Ediz'e belli etmeden gözlerinin içine baktım. Korkumu tahmin ediyor olabilirdi ama gözlerimden okuyamayacağını biliyordum.

"Her gece," dedi sadece dudaklarını oynatarak. "Nerede istersem..."

Dişlerimi sıktım. Nasıl bu kadar alçak olabiliyordu? Onda aydınlığa dair hiçbir şey göremiyordum. Ediz karanlıktı, zifiri karanlık... Ve ben o karanlığın içinde tek başıma ilerliyordum. Önüme sürekli çukurlar çıkıyordu, dengemi kaybediyordum.

Aklıma Ediz'in benden istediği şeye dair görüntüler düşerken bir an nefes alamayacağımı sandım. Korku boğazımda düğümlenmişti. Bir şey söylemek için dudaklarımı araladım ama titrek bir nefes almaktan başka bir şey yapamadım.

"Havluyu bırak. Bırak düşsün, Doğa."

Sesinin ismimi telaffuz ederkenki tınısı kalbime süzülürken onun karşısında kendimi gerçekten çaresiz hissettim. Çok ciddi görünüyordu. Ellerim savunmaya geçercesine havluyu daha da sıktı ama kaçacak yerim yoktu.

"Beni daha ne kadar aşağılayacaksın?" diye sordum yavaşça. Kısa bir an yüzüme baktıktan sonra dudaklarını boynuma yaklaştırdı. Ondan kaçmaya çalıştım ama kapana kısılmıştım. Kalbim âdeta çırpınıyordu, bense donup kalmıştım. Tek yapmak istediğim ağlayarak onu yumruklamaktı. Bir işe yarayacağını ya da onu daha da tatmin etmeyeceğini bilseydim yapardım. Ellerini havlumun üstünden belime yerleştirince gözlerimi kapattım ve ölmeyi diledim.

"Benim hiçbir şey bilmeyen bir şerefsiz olduğumu düşünüyorsun, değil mi?" diye sordu alçak sesle. "Sen gözlerime baktıkça..." Sustu. Başım dönüyordu, bir yerden destek almam gerekiyordu ama tutunabileceğim tek şey Ediz'in bedeniydi ve ben ona dokunmamakta kararlıydım. "Bir şeyleri düzeltmemi bekleme, bir işi mahvetmeye başladığımda duramıyorum," diye devam etti.

Sakinleşmeye çalışırken aksine daha da paniğe kapılmıştım. O işin korktuğum kadar kötü olamayacağını kendi kendime kabul ettirmeye çalışıyordum. Fakat Ediz bu kadar yakınımdayken, sadece birkaç saat önce bana tokat atmışken ve beni aşağılamışken bu pek mümkün olmuyordu. Ağzından çıkan kelimeler ve teninden yayılan koku beni dibe çekmek için ant içmiş gibiydi.

Yüzünü boynumdan çekip benim yüzümün hizasına getirerek, "Konuşmayacak mısın?" diye sordu. Neredeyse burunlarımız birbirine değecekti, o kadar yakınımdaydı. Bir şey daha söylemek için ağzını açtığı sırada cebindeki telefonun sesi duyuldu.

Tanıdık melodi karanlık odanın içinde gezinirken Ediz'den bana bir elektrik akımı geçiyormuş gibi hissettim. Hücrelerim belli belirsiz uyuşmuştu. Ediz ısrarla çalan telefonunu görmezlikten gelerek ellerini belimden aşağı kaydırmaya başladı. Gözlerini gözlerimden ayırmıyordu. Bense nefesimi tutmuş, kendimi sakinleştirmeye çalışıyordum.

"Ailen için benimle yatar mısın?" diye sordu duygusuz bir sesle. Dişlerimi sıktım. İşlerin bu noktaya gelmesine izin verdiğim için kendimden nefret ediyordum. Ediz'in parmakları iyice aşağıya kayıp havlumun alt kısmını kavrayınca gözlerimi kapattım ve ne olacaksa bir an önce olup bitmesini diledim.

Ediz sakince emretti: "Cevap ver."

"Ailem için," dedim sadece. Sesim dümdüz çıkmıştı, hüznüm henüz kelimelerime ulaşamamıştı. "İstediğini al ve git."

"İstediğimi alayım ve gideyim, öyle mi?" Ediz'in dudakları belli belirsiz kıvrılmıştı ama yüzünde bu kez alaycılık yerine hüzün vardı. Ellerini havlumun içine yavaşça kaydırırken korkudan bayılmak üzereydim. Belime ulaştığında kulaklarım çınlıyordu, gözlerim kocaman açılmıştı. Kalp atışlarım ciğerlerime öyle bir baskı uyguluyordu ki nefes alıp verişlerim hızlanmıştı. Artık gizleyemediğim bir korkuyla Ediz'e bakıyordum, o da dikkatle beni izliyordu.

Canımı acıtacak mıydı?

Benim gibi düşüncelerim de donup kalmıştı. Elbette canımı acıtacaktı. Hep acıtmıyor muydu zaten? Bu kez tokat yemekten, kurşun yarasından ya da tenime dikiş atılmasından korkmadığım kadar korkuyordum belki de. Kendimi bu ihtimale çok daha önce hazırlamam gerekirdi.

"Hayalet görmüş gibisin," dedi yavaşça. "O kadar mı korkuyorsun?"

Cevap vermedim. Ne bekliyordu ki? Henüz on sekiz yaşındaydım. Ediz'in ilk cinsel deneyiminden bahsettiği anlar geldi aklıma. O zamanlar liseye gittiğini ve üst sınıflardan bir kızla birlikte olduğunu söylemişti. Kız büyük ihtimalle benim yaşlarımdaydı ve Ediz benim yaşımdaki biriyle cinsel deneyim yaşarken sadece on beş yaşındaydı.

Kulağa şaka gibi geliyordu.

Telefon susmuş ama bir dakika bile geçmeden tekrar çalmaya başlamıştı. Arayan kişinin bu ısrarı durumun önemli olduğunun göstergesiydi ama Ediz hiç aldırmıyordu. Bense ya bir şeylerin beni kurtarmasını bekliyor ya da bu işin çabucak bitmesini diliyordum.

Ediz'in elleri öldürücü bir yavaşlıkla daha da yukarı çıkmaya başlamıştı. Dokunduğu yerler tutuşurken aramızda bir bariyer gibi duran anlaşmamızın darmadağın olduğunu hissediyordum.

"Ediz!"

Uygar'ın sesini duyduğumda dizlerimin bağının çözülmek üzere olduğunu hissettim. Bedenim kurtulma beklentisiyle dolarken Ediz'in kaşları çatıldı. Başını hafifçe yana çevirip boşluğa baktı ve dikkat kesildi.

"Ediz?" Uygar kapıyı çaldı.

"Ne var?" diye karşılık verdi Ediz sertçe.

"Harun Bey sana ulaşamıyormuş, önemli bir gelişme varmış."

Ediz'in çenesi kasılmıştı, sinirlendiğini görebiliyordum. Bakışlarını bana çevirince içimdeki korku tekrar kabardı. Ediz gözlerimin içine birkaç saniye baktıktan sonra ellerini vücudumdan çekti ve "Bu iş burada bitmedi," dedi. Geriye doğru bir adım atıp benden uzaklaşırken ürperdim. Arkasını dönüp gidecekti ki aklına bir şey gelmiş gibi durdu ve komodine baktı.

"Doktorun verdiği ilaç ve doğum kontrol hapı," dedi alaycı bir şekilde. Neden bir anda böyle düşmanca bir ruh haline büründüğünü anlayamıyordum. Sırf babası hakkında öfkeyle bir şeyler söylediğim için mi böyle davranıyordu?

"Onları kullanmayı unutma."

Bu imalı sözleri kulaklarımda çınlarken beynim uyuşmuş gibiydi. Odadan çıkıp kapıyı sertçe çektiği an yere yığıldım. Ellerim titriyordu, bütün vücudum buz kesmişti. Attığı tokat yetmemiş miydi? Nasıl bir bataklığın içine düşmüştüm ben? Ediz elimde ne var ne yok alacaktı.

Zihnim benden bağımsız bir şekilde kendini olası bir cinsel deneyime hazırlamaya başlamıştı ama aslında hâlâ şoktaydım. Komodinin üstünde duran eczane poşetine baktım. Daha önce doğum kontrol hapı görmemiştim bile. Ediz'in yaptığı imayı hatırlamak beni ikinci kez dehşetin kıyısına iterken ayağa kalkmak için şifonyerden destek aldım.

Doğum kontrol hapları. Onları içmem gerekiyordu. Ediz beni hamile bırakır mıydı? Bir an yön duygumu kaybetmiş gibi etrafıma bakındım. Karnımda bir can taşıdığımı hayal bile edemiyordum. Ediz Çağıran'ın çocuğu... Her zerrem büyük bir panik içindeydi. Tüm bunlar nereden çıkmıştı?

Üstümdeki havluyu bir kenara atıp hızla giyindim ama hâlâ buz gibiydim. Düşüncelerimden sıyrılmak istesem de yapamıyordum, aklımın duvarlarına yapışmış gibiydiler. İçimdeki Doğa da yine karanlığa çekilmiş, beni yalnız bırakmıştı.

O sırada zil sesi duydum, içeriden konuşma sesleri geldi ve biri kapıyı açtı. Poşeti elime alıp içindeki iki ilaca baktım. Hangisinin doğum kontrol hapı olduğunu bile bilmiyordum. İkisini de poşetten çıkardım. Mutfağa gidip su almak istiyordum ama açıkçası Ediz'i görmeye cesaretim yoktu. Elimdeki tabletlere bakarken omuzlarımda bütün dünyanın yükünü taşıyormuşum gibi hissettim. Kafamda öyle bir basınç vardı ki kafatasımın çatlamasından korkuyordum.

Yatağa oturup kendi kendime sövdüm. İşlerin bu noktaya gelmesine göz yummuş ve elimde koca bir hiçle kalakalmıştım. Tarık denen o şerefsize ne olduğunu bilmiyordum, belki de ölmüştü. Ediz bana o adama vurduğu gibi vursaydı oracıkta ölürdüm. Belki de tokadı sandığım kadar sert değildi. Gücüne tanık olmuştum, benim üzerimde de bütün gücünü kullansaydı hasarın daha fazla olması gerekirdi.

Nemli saçlarım üstümdeki kazağın da nemlenmesine sebep olunca bileğimdeki tokaya baktım. Saçlarımı toplamayı pek sevmezdim. Gür saçlarımı yaz aylarında bile toplamadan durabilirdim. Tokayı bileğimden çıkarıp yatağın üstüne attım ama içimdeki korkuyla uyuyamayacağımı biliyordum. Huzursuzluktan yerimde duramıyordum. İnsan böyle bir duruma nasıl hazırlanabilirdi ki?

Ayağa kalkıp ellerimi enseme götürdüm, parmak uçlarım buz gibiydi. Ardından kapıya yöneldim. Ediz korktuğumu hissediyordu. İçimi okuyormuş gibi hissettiğim her şeyi biliyordu. Fakat ona bir de görsel şölen yaşatmayacaktım, beni nasıl mahvettiğini görmesini istemiyordum.

Odanın kapısını açıp dışarı çıktığımda salonda bir yabancının oturduğunu gördüm. Sırtı bana dönük olduğu için yüzünü görememiştim. Ediz koltuğun kolçağına oturmuştu. Gece ve Uygar da salondaydı. Ediz'in bütün vücudu gerilmişti ve adamı büyük bir dikkatle dinliyordu.

"Polisler binadakinin sen olduğunu biliyorlar," dedi adam, sesinde resmî bir hava vardı. "Ayrıca vurduğun adamlardan biri olay yerinde can vermiş. Şu an iki cinayetten, adam yaralamadan, tecavüzden ve adam kaçırmadan aranıyorsun Ediz. Araştırma kapsamını iyice genişlettiler."

Silah sesleri ve adamın yere yığılırkenki hali zihnimi doldururken Ediz'e daha dikkatli baktım. Gerçekten Azrail'in vücut bulmuş hali gibi görünüyordu. İlahî bir kötülük.

"Osman Güngör ne âlemde?" diye sordu Ediz. "Yani havaalanında olanlardan sonra..."

Babamın ismini duyunca kaşlarım hafifçe çatıldı. Aslında duyacağım şeylerden korkuyordum. Ediz'in buz gibi sesi ve canımı acıtan sözleri kafamın içinde dönüp duruyor, hislerime çarpıyor, içimi yakıyordu.

Her babayı kendi baban gibi mi sanıyorsun?

Kalbimdeki sızı katlanırken dalgın gözlerle Ediz'e bakmaya devam ettim. Bakışlarımı hissetmiş gibi o da gözlerini bana çevirdi. Ne düşündüğünü anlayamıyordum ama öfkeli görünmüyordu. Banyoya doğru yürümeye başladığım sırada adam içeriden, "Kızını bulmadan durmayacaktır," dedi. "Adam iyice çökmüş, sürekli senin izini sürüyor."

Banyonun kapısında duraksadım. Ediz'in görüş alanından çıktığım için pişman olmuştum. Tam şu anda gözlerinin içine bakmak vardı. Beni en hassas noktamdan vurmuştu ama en azından gözlerinin içine bakarak sessizce, *benim babam da iyi biri,* diyebilirdim. Benim açımdan çok zavallı bir durum olurdu ama ona biraz olsun gününü göstermiş olurdum. Gerçekten çok canımı yakmıştı, kalbime kızgın şişler saplanmış gibi hissediyordum.

Duvarların ardındaki Doğa karanlıktan çıkmadan seslendi: "Zavallı!" Onu duymazlıktan geldim, belki de o benden daha kötü durumdaydı. Ediz'in tokadı onu altüst etmişti ve ağlayıp sızlanıyordu.

Banyonun kapısını kapattım. İçeride hâlâ nemli bir hava vardı. Küçük havalandırma camını açtım ve dolaptan saç kurutma makinesini çıkardım. Salonda konuşulanları hâlâ duyabiliyordum ama duymamayı tercih ederdim. İntikam kokan diyaloglar, soğukkanlılıkla yapılan planlar ve sıradan haberlermiş gibi verilen ölüm haberleri...

İki cinayet, adam yaralama, adam kaçırma, tecavüz.

Sabıkası bu kadar kabarıkken Ediz bu işten nasıl sıyrılacaktı? Hatay'da ben kimya testleriyle boğuşurken, bana bu işten kurtulabilirse eğitimine devam edeceğini söylemişti. Onu avukat olarak hayal edebiliyordum ama bu işlerden sıyrılabildiğini hayal edemiyordum. Tam anlamıyla çıkmazdaydı ve etrafı kuşatılmak üzereydi. Fakat kurtulabildiğini hayal edemediğim gibi onu bir mahkemede yargılanırken de düşünemiyordum.

Saç kurutma makinesinin fişini prize takarken kendimi daha önce hiç bu kadar boş hissetmediğimi düşündüm. Kalbim korkuyla çarpıyor, benliğim sızlanarak bir köşeye çekiliyor olabilirdi ama zihnim kervansaray gibiydi. Yoldan geçen düşünceler orada konaklıyor, ardından çıkıp gidiyorlardı. Hiçbiri kalıcı değildi.

Saçlarımı elimle dağıtarak kurutmaya başladım. Saç kurutma makinesinin sesi bütün sesleri bastırmıştı. İçeride neler konuşulduğunu merak etmiyordum çünkü artık Ediz'i durduracak gücümün olmadığını anlamıştım.

Saç kurutma makinesini kapattığımda saç diplerim yanıyordu ama daha rahattım. Ellerimi hâlâ sıcak olan saçlarımın arasına daldırarak aynadaki yansımama baktım. Kendimi o kadar tuhaf hissediyordum ki aynaya baktığımda her zamanki Doğa'yı görmek beni şaşırtıyordu.

Sabit bakışlarla yüzümü biraz daha inceledikten sonra kapıya yöneldim. Açıkçası içeriden gelen seslere kulak tıkamak istiyordum. Bilinçaltıma yerleşen o ihtimal, yaşanacakların kokusunu almış gibi soğukkanlılıkla bana doğum kontrol hapını almamı söylüyordu. Bir hap hamile kalmayı nasıl önlerdi ki?

Bu düşünce yüzümü buruşturmama sebep olmuştu. Banyodan çıktım. O hapları sadece hastalığım için alacaktım, tuhaf fikirlere kapılmama gerek yoktu. Ediz sadece blöf yapıyordu. O kadar kibirliydi ki karşısındaki kişinin isteksiz olduğu bir şeyi yapmazdı. Benim onu arzulamamı beklerdi, değil mi? Benliğini ele geçirmiş olan kibir, gözlerimdeki nefreti ve isteksizliği ona bir yenilgi olarak sunardı.

Odaya dönüp doğum kontrol hapını ve diğer ilacı elime alırken aklım hâlâ bu düşünceleri tartıyordu. Avucumda duran iki hapa baktım ve gözüme zehir gibi göründüler. Oysaki görünüş olarak herhangi bir ilaçtan farkları yoktu. Yumruğumu sıkınca avucumun içinde sıkıştılar. Onları bir bardak suyla içmek için tekrar odadan çıktım.

Gergin bir şekilde parmaklarımı kabaran saçlarımın arasından geçirince şampuanın kokusu genzimi doldurdu. Büyük salonun ışığı sönmüştü, mutfağa geçmiş olmalıydılar. Kuruyan damağımda acı bir tatla ben de mutfağa yöneldim.

"Seni anlıyorum Ediz. Fakat durum biraz karışık."

Mutfağın ışığı karanlık salona eğri bir dikdörtgen şeklinde düşüyordu. Bir an duraksadım.

"Sorun nedir?" Ediz'in sesi sertti. Öfkenin kokusunu anında almıştım. Duyguları o kadar kesin ve netti ki bir şeylerin yolunda gitmediğini hemen fark ediyordum. Yanlarına gidip gitmemek konusunda kararsızdım.

"Kemal Çağıran'ın hesabından yüklü miktarda para çekilmiş ama bu para herhangi bir yatırım için kullanılmamış." Adamın sesi de gergin çıkıyordu. Birkaç adım daha atıp kapıya yaklaştım ve neler olduğunu anlamaya çalıştım. "Çağıran Holding'in giderleri arasında yok ve ne gariptir ki kişisel harcama da yapılmamış."

"Bir sürü para öylece kayboldu yani?" Ediz'in sesi yine ruhsuzdu. "Ne zaman oldu bu? Babamın ölümünden sonra mı yoksa önce mi?"

Sözlerini akıl süzgecimden geçirerek ne düşündüğünü anlamaya çalıştım. Ortadan kaybolan bir parayla Levent Çağıran'ın nasıl bir ilgisi olabilirdi? İçeriden kâğıt hışırtıları geldi ve bir fermuarın açılıp kapandığını duydum. Ardından birkaç saniye sessizlik oldu.

"Babanın ölümünden iki hafta sonra para ortadan yok olmuş."

Ritmik tıkırtılar duydum. Biri parmaklarıyla masada tempo tutuyor olmalıydı. Zihnim, önünde kalem ve kâğıtlarla sandalyeye yayılmış sert bakışlı Ediz'i masada parmaklarıyla ritim tutarken resmetti. Yeşil gözlerindeki soğukluğu da düşününce ortaya çıkan görüntü güzeldi ama bela kokuyordu.

"Herhangi bir kişisel harcama yapılmadığından emin misin?" Sesi fırtına öncesi sessizliği anımsatıyordu. "Holdingle ilgili olmak zorunda değil. Kadınlar, fahişeler, gizli bir metres... Gece kulüpleri..."

"İsteğin üzerine dedeni takip ettirdik." Adam hâlâ gergindi, hata yapmak istemediğini belli eden bir tını vardı sesinde. Ediz'den korkuyor olmalıydı. "O tür şeylere harcama yapmadı. Gizli bir metresinin olduğunu da sanmıyorum, herhangi bir ize rastlamadık."

Mutfağa yine asırlarca sürecekmiş gibi gelen bir sessizlik çökmüştü. Ardından kâğıt sesleri duymaya başladım. Ediz'in kiminle konuştuğunu merak ediyordum. Belki gizlice bakabilirim düşüncesiyle harekete geçtim ama beceremeyecektim. Sakarlığımın üstüne karanlık da eklenince tekli koltuğa çarptım ve ahşap zeminden uğursuz bir gıcırtı yükseldi.

Alt dudağımı ısırdım. Birkaç saniye sonra da Ediz'in güçlü sesi kulaklarımı doldurdu. "Kim var orada?"

Ben daha ne yapacağımı bile kestirememişken ayak sesleri duydum ve Ediz'in iri gövdesi mutfaktan salona vuran ışığı engelledi. Keskin gözleri bir an karanlığı taradı, ardından metal dedektörüne yakalanmış metal bir eşyaymışım gibi üzerimde durdu. "Doğa?" Sesindeki tehdit dağılmıştı, bana meraklı bir bakış attı. "Ne yapıyorsun karanlıkta?"

Suratına boş boş baktım. Sarf ettiği sözler ve talepleri aklımdan çıkmıyordu. Ediz'in dudaklarının kenarları belli belirsiz kıvrıldı ama bu bir gülümsemenin sıcaklığını barındırmaktan uzak bir hareketti. Sessizliğimi kendine göre yorumlayarak, "Anlıyorum," dedi. Ardından eşiğe yaslanıp sordu: "Bizi mi dinliyordun?" Bu adamın gözünden kaçan bir şey var mıydı acaba?

Yine sessiz kalarak ona bakmaya devam ettim.

Ediz başını hafifçe yana eğdi, gözünü bile kırpmıyordu. "Hımmm..." Bir süre öylece bakıştık ama ben bile ruhsuzluğumun farkındaydım. Ona daha önce hiç kayıt yapmamış bir kamerayla bakıyordum sanki. "Gel de seni Harun Bey'le tanıştırayım," dedi.

Ne yapmaya çalıştığını anlayamayarak ona baktım ve birkaç saniye sonra hiçbir şey söylemeden mutfağa doğru yürümeye başladım. Kimseyle tanışmak falan istemiyordum, tek istediğim şu lanet ilaçları içip yatağıma dönmekti.

Ben mutfak kapısına yaklaşırken Ediz yerinden kıpırdamadı. Üzerindeki siyah kot ve tişörtle fazla karanlık görünüyordu. Kapının önüne gelince duraksadım ve kenara çekilmesini bekledim ama hareket etmedi. Bunun üzerine başımı kaldırıp dikkatli bakışlarına karşılık verdim.

"Yüzünde iz kalmamasına sevindim," dedi birden. Bu sözler yüzümdeki fondötenin akmasına neden olacakmış gibi hissedince elimi yanağıma götürme isteğiyle doldum. Işık yüzüme doğrudan vurmadığı için Ediz'in makyajımı fark etmesi imkânsızdı ama yine de huzursuz olmuştum.

Ben hiçbir şey söylemeden öylece suratına bakarken içimdeki Doğa fondöteni silip yaptıklarını Ediz'in yüzüne vurmamı istiyordu fakat bunun hiçbir şeyi değiştirmeyeceğini bildiğimden yine sessiz kalmayı tercih ettim. Ediz bana ne kadar sert vurduğunun farkında değil gibiydi.

Bir şeyler daha söylemek için ağzını açtı ama ona aldırmadan ve hafifçe çarparak yanından geçtim. Bu tavrım karşısında arkamdan baktığını ve kaşlarını çattığını hissetsem de hiçbir şey olmamış gibi mutfak tezgâhına yöneldim. Dikkatle bana bakmakta olan adama da aldırmamıştım. Dolapları açıp bardak aramaya başladım.

"Bu küçük hanım, Güngörlerin aranan kızı değil mi?" diye sordu adam resmî bir sesle. Ben o sırada parmaklarımın ucunda yükselmiş, raftan büyük bir su bardağı almaya çalışıyordum. Durup omzumun üstünden ona baktım, şaşırmıştım. Benim kim olduğumu biliyor muydu?

"Ankara'da olaylar fena kızışmıştı en son," diye devam etti adam. O sırada Ediz'in yanıma geldiğini fark ettim ve yine sessiz kalmayı tercih ederek bardağa uzanmaya çalıştım. Ama ne kadar uğraşırsam uğraşayım bardağa bir türlü ulaşamıyordum. Kocaman bir elin arkamdan rafa uzandığını gördüm. Ediz benim ulaşamadığım bardağa rahatlıkla uzanırken bir elini de belime koymuştu. Kolumu kaldırdığım için kazağım biraz sıyrılmıştı. Ediz'in çıplak tenime dokunan parmakları omurgamda bir ürperti hissetmeme neden oldu. Parmaklar tenimde biraz oyalandıktan sonra tişörtümü aşağı çekti.

Ediz'le bakışlarımız karşılaşınca dudaklarım gerilerek düz bir çizgi halini aldı. Rahatsız olduğum için biraz geri çekildim. Mutfağın ortasında sergilediğimiz bu gösteriyi izleyen adama aldırmadan Ediz'in elindeki bardağı aldım ve damacanaya doğru ilerledim. Ama onun dokunduğu yer yine yanmaya başlamıştı.

O sırada Ediz adama, "Atalay Güngör'ün ortadan kaldırdığı dosyalara ulaşabildin mi?" diye sordu. Bana gösterdiği fotoğrafları ve ağabeyimin o fotoğraflardaki yüzünü hatırlayınca kaşlarım çatıldı. Elimde bardakla tezgâha yaslanıp adama dikkatle baktım.

Adam bana temkinli bir bakış atarak, "Bazı tuhaflıklar var," dedi.

"O bu işin sonuna kadar benimle." Ediz bakışlarını bana çevirmişti. "Onun yanında istediğini söyleyebilirsin, sorun yok."

Kaşlarımı kaldırarak elimdeki bardağa baktım, ardından avucumu dudaklarıma götürdüm ve iki hapı birden ağzıma attım. Bu işten tek yudumda kurtulmak istiyordum. Haplar boğazımdan geçerken yüzümü buruşturarak alt dudağımı ısırdım.

Kendimi böcek yutmuş gibi hissediyordum. Ediz gözlerini bile kırpmadan beni izlemeye devam ederken adam durumdan habersiz olduğu için ilgisini kaybetmişti.

"Atalay Güngör bir cinayetin peşinde." Adam yine resmî ses tonunu kullanmıştı. "Ama bu, teşkilattan bağımsız bir mesele. Sürekli bir şeyler arıyor. Sanki bir cinayeti örtbas etmeye çalışıyor."

"Atalay mı?" Sesim istemsizce yüksek çıkmıştı ve öfke kokuyordu. "O bir cinayeti örtbas edecek bir adam değil."

Adam şaşkınlıkla bana bakarken sesimdeki düşmanlık iyice hissedilir hale geldi. "Sizin derdiniz ne, anlamıyorum. Atalay'ı tanıyan siz değilsiniz, benim."

"Babamın suçsuz olduğunu kanıtlayan dosyaları kendisine yollamama rağmen babamı öldüren bir adamdan bahsediyor." Ediz'in sesinde yine nefretin kırıntıları vardı. Ona dönüp bağırmak istesem de çenemi tuttum.

"Bakın," dedim adama. "Babam da ağabeyim de işlerini ciddiyetle yapan insanlar. Özellikle de babam. Tamam, belki iyi bir insan değil. Belki mükemmel bir baba değil..." Ben bu sözleri en yalın gerçeklerimmiş gibi sarf ederken çimen yeşili gözleri üzerimde hissettim. "Ama işini çok ciddiye alan bir polistir. Oldukça başarılı ve disiplinlidir. Hata yapabilir ama suçsuz olduğunu düşündüğü birinin peşine kafasına silah dayasalar bile düşmez."

"Doğa Hanım, elimizde Levent Çağıran'ın suçsuz olduğunu kanıtlayan tonlarca belge var. Polis gerekli incelemeleri yapmamış, kanıtlar kendilerine gönderildiği halde onları görmezlikten gelmişler." Adamın yüzüne boş boş baktım. Bu suçlamaları babama da Atalay'a da konduramıyordum. İşlerini ciddiye alan insanlardı. Oturup gece yarılarına kadar dosya incelerlerdi.

"Dosyanın ellerine ulaştığından emin misiniz?" diye sordum. Çok gerilmiştim. Ağzıma dolan onca cümle sadece ailemle ilgiliydi. Son olaylardan sonra geriye sadece onları savunurken kullanabileceğim düşüncelerim kalmıştı. "Şu Gökhan denen adam, sonra Tarık denen adam ve daha kim olduklarını bilmediğim bir sürü insan Çağıranların peşinde. Dosyayı onlar ele geçirmiş olamaz mı?"

Adam önce bana, sonra Ediz'e baktı. Gözlerinde bir tereddüt ışığı görmüştüm. Ediz ise parmaklarını saçlarının arasına daldırmıştı, kendini kontrol etmeye çalışıyor gibiydi. Söz konusu babası olduğunda ne kadar hassas olduğunu görmüştüm. "Evinize postalamıştım," dedi. "Bir başkasının eline geçmiş olması mümkün değil."

Gardım bir an için düştü ve şaşkınlıkla, "Postayla mı göndermiştin?" diye sordum. Levent Çağıran hayattayken ve tüm bunlar başlamadan önce evimize gelen postalardan biri Ediz'e mi aitti? Ediz'in yüzündeki ciddiyeti görünce onun da aynı şeyi düşündüğü fikrine kapıldım. Bunların yaşanacağı o zamanlar ikimizin de aklının ucundan geçmezdi.

"Evet," dedi yavaşça.

"Tam olarak ne zaman?" Gözümü bile kırpmadan yüzüne bakıyordum, bakışlarımı ondan kaçırma isteğine direnmek zor olsa da karşısında ezilip büzülmeyecektim. Söylenmesi gereken şeyleri söylemeliydim, aramızda yaşananlar bunu gerektiriyordu. Onurumu ve gururumu bir kenara atıp bu olaya bir son verebilecek şeyler sunabilirdim.

"Ne zaman gönderdiğimin bir önemi var mı?" diye sordu Ediz. "Bunları kurcalamanın anlamı ne?"

"Anahtarlık," dedim gözlerinin içine bakarak. "Sadece benim anahtarlığımda posta kutusunun anahtarı vardı. Gelen faturaları, mektupları hep ben alıp götürürdüm eve. Anahtarlarım da hep sırt çantamda dururdu, hiç çıkarmazdım. Zarf mı göndermiştin?"

Ediz kaşlarını çatar gibi oldu. Daha önceki tavrımdan sonra böyle konuşmam kafasını karıştırmış olmalıydı. Ama artık bir terazi olduğumu ve bir tarafımda ailemi, diğer tarafımda bir katili taşıdığımı anlamıştım. Kilit nokta bendim ve dengeyi bir şekilde değiştirebilirdim.

"Evet, zarftı," diye karşılık verdi Ediz.

"Zarfın boyutu nasıldı?"

"Büyük zarflardandı."

Kaşlarımı çatarak hafızamı zorladım. Genelde bu tür şeyler merkeze giderdi. Bize gelen zarflar küçük olurdu ve genel müdürlükten geldiklerini bilirdim. Fakat büyük bir zarf gelseydi dikkatimi çekerdi ve ne olduğunu merak ederdim, bundan emindim.

"Bize öyle bir zarf gelmedi," dedim. Okul çıkışı servisten indiğimizde Umay yanımda durup takıldığı çocukları bana anlatırken ben onu dinliyormuş gibi yapar, posta kutusuna bakardım.

"Ne demek gelmedi?" Ediz bu soruyu ona az önce küfür etmişim gibi sert bir sesle sormuştu. "Postacının apartmana girdiğini gözlerimle gördüm."

"Gelmedi," dedim üstüne basa basa. Daha iğneleyici şeyler söylemek isterdim ama onun yerine bardağı sertçe tezgâha koydum ve kapıya yöneldim. Ediz ne yaptığımı anlamayarak, "Nereye?" diye sordu.

"Sana ancak bir şeyleri kafanda kurmaktan vazgeçip iyice araştırarak öğrenmeye karar verdiğinde yardımcı olabilirim," diye karşılık verdim. "Senaryolar yazmaya devam et."

"Doğa," dedi uyarı dolu bir sesle. "Haddini aşma."

Pekâlâ, ona kafa tutmak akıl kârı değildi. Zaten ona kafa tuttuğum zamanlarda nabzım tavan yapıyordu. Ediz'den gerçekten korkuyordum. Biriyle konuşmak nasıl bu kadar adrenalin salgılama sebebi olabilirdi ki?

Odaya doğru ilerlemeye başladığımda peşimden gelmedi. Normalde gelir, mutlaka hesap sorardı fakat bu sefer durum gerçekten ciddi olmalıydı. Levent Çağıran'ın ölümünden iki hafta sonra ortadan kaybolan para ne anlama geliyor olabilirdi? Ediz'i bu kadar geren şey neydi?

"Ben böyle bir şey yapmam, anlıyor musun?" Gece'nin sesi odasının kapalı kapısının ardından yükselince duraksadım. Benim yattığım oda koridordaydı. Koridorun sonunda banyo, diğer ucundaysa Gece ile Uygar'ın odası vardı. Işıkları yanmıyordu ama içeride olmalıydılar. Ben saçlarımı kuruttuğum sırada çil yavrusu gibi dağılmalarının sebebi neydi acaba? Konuşmalarını dinlemek gibi bir amacım yoktu ama adımın geçtiğini duyunca kapılarının önünde durdum.

"Neden Doğa yapmıyor da ben yapıyorum?"

İşte bu kafamı karıştırmıştı.

"Gece, sakin olur musun?" Uygar'ın sesi de gergindi ama Gece'nin öfkesi çok büyüktü.

"Bizi göz göre göre tehlikeye atıyor! Bu kadarı da fazla! Beni resmen adamın koynuna gönderiyor! Neden ben? Doğa bu işler için burada değil mi?"

Şaşkınlıktan gözlerim kocaman açılmıştı. "Gece..." Uygar'ın sesinde uyarı vardı.

"Yalan mı?" diye çıkıştı Gece.

Kırgınlığım bir yaradan sızan kan gibi uğursuz bir şekilde etrafıma yayılıyordu. Neden böyle tepkiler verdiğimi anlamıyordum. Belki de zamanla onları sevmiştim.

"Bak, sen hazırlan şimdi. Ediz'le bir orta yolunu buluruz, tamam mı? Birazdan yola çıkarız. Şimdi sinirlenirse her şey çok daha kötü olur."

Zaten kabuğundan çıkmadan yaşayan bir insandım ve kendimi çevremde olup bitenlerden soyutluyordum. Bunca zamandır yanlarında olma sebebimi bile unutmuştum. Ben o tür işler için buradaydım. Ediz beni baştan uyarmıştı. Gözlerimi kapattım ve kendime birkaç saniye tanıdım.

Benim için yararlı gibi görünen o anlaşma için kapısına dayandığımda, "Yani söylediğim her şeyi yapacak mısın?" diye sormuştu.

Belki de bu savaşı kazanacağıma dair aptalca bir fikre kapılarak, "Evet," demiştim sessizce.

"Şimdi senden bir üst geçide çıkmanı ve gelip geçen arabalara karşı göğüslerini açmanı istesem yapar mısın?"

Ediz rengini en başından belli etmişti ama aptal olduğum için görememiştim. Beni açık açık uyarmasına rağmen kuyruk gibi peşine takılmıştım ve şimdi hatalarımın bedelini ödüyordum. Tecrübesizlik aldatıcıydı; insan tecrübesiz olunca her şey ağza atıldığında önce tatlı gelen ama sonradan acılaşan nane şekeri gibi oluyordu. Bu meselede de tatlı devri bitmiş, sıra acıya gelmişti.

Odaya girip kapıyı kapattıktan sonra sırtımı kapıya yasladım ve bütün cephelerim bombalanmış gibi hissederek etrafıma göz gezdirdim. Ardından kararlı adımlarla dolaba yöneldim. Aldığım her nefes öfke doluydu. Hızla dolabı açtım ve kıyafetleri karıştırmaya başladım.

Şimdi senden bir üst geçide çıkmanı ve gelip geçen arabalara karşı göğüslerini açmanı istesem yapar mısın?

O sırada Ediz'in şaka yaptığını, gözümü korkutmaya çalıştığını sanmıştım. Fakat Gece'nin sarf ettiği sözler yanıldığımın kanıtıydı. Ediz ciddiydi. O hiç şaka yapmazdı ki!

Gözlerim aşina olduğum elbiseye takılı kalmıştı ama iç dünyamda çıkan kar fırtınası önümü görmemi engelliyordu. Elbiseyi askıdan alıp yatağın üzerine attım, sonra da aynadaki karanlık yansımama baktım.

Neden ben? Doğa bu işler için burada değil mi?

Üstümdeki kazağı çıkarırken içimdeki Doğa'yla zıt düşmediğimiz nadir anlardan birini yaşadığımızı fark ettim, şu an o da benim kadar durgundu. Kazağı yere atıp eteği de sıyırdıktan sonra elbiseye uzandım.

Hazırlanmam biraz uzun sürmüştü, hatta içeriden sesler geldiğini duymasam daha da sürecekti. Beni en çok zorlayan, saçlarıma maşa yapmaktı. Bu tür şeylerle uğraşmayı sevmiyordum. Zaten aynadaki görüntüm cesaretimi yeterince baltalıyordu. Fakat omuzlarımı dik tutup çenemi azıcık kaldırınca uzun süredir yabancı olduğum birine dönüşüyordum. Güçlü bir bedene...

Rujumu yaymak için dudaklarımı birbirine bastırarak kenarda duran siyah kabana uzandım. Ardından derin bir nefes alıp odanın kapısına baktım. Kalp atışlarım hızlanmıştı. Ateşe yürümek gibiydi bu. Topuklu ayakkabılarla kapıya doğru yürürken kabanı üzerime geçirdim ve avuçlarımı elbiseme sildim.

Başlıyorduk.

Salonda yine ışık vardı. Kendime durup düşünme fırsatı tanımadan sakin adımlarla ilerlemeye devam ettim fakat içimdeki fırtınanın şiddeti artmıştı.

Salon kapısında duraksadım. Üstümdeki elbisenin göğüslerimin arasından karnıma kadar uzanan derin dekoltesi siyah tülle kapatılmıştı. Sırtı da aynı şekildeydi. O kadar dikkat çekici bir elbiseydi ki herkes taşıyamazdı. Bu benim alışkın olmadığım bir şeydi, ben böyle bir kız değildim; kot pantolonların ve siyah tişörtlerin kızıydım. Bu evdeki her şeye yabancıydım.

Sanki biraz daha baksam salonun üstüne serilen örtü kalkacak ve altından kendi evim çıkacaktı. Mutfaktaki düdüklü tencerenin sesini duyacaktım, her akşam izlediğimiz haberlerdeki spikerlerin yapmacık seslerini işitecektim. Garip bir duyguydu. Ediz'in açtığı yaranın tadını almak istercesine dudağımın kenarını ısırdım. Uçuk tadı gibi metalik bir tadı vardı. Daha önce aldığım hiçbir darbe yüzümde iz bırakacak kadar şiddetli değildi. Ya babam yeterince güçlü değildi ya da katilim fazla güçlüydü.

Salondakiler benim varlığımı fark etmemişlerdi. Ediz'in her hareketinde bedeninden âdeta duman çıkıyordu. Gece ile Uygar ise temkinli bakışlarla onu izliyordu. Gece'nin üzerinde resmî bir elbise olduğunu fark ettim.

Ediz tek elini saçlarının arasından geçirerek, "Uygar," dedi. "Doğa'nın yanından bir saniye bile ayrılma."

"Ediz, neler oluyor?" diye sordu Gece. Sesinde tereddüt vardı. "Ne oldu?"

"Soru sormayın." Ediz'in sesiyse hareketleri kadar soğuktu. "Küçücük bir şüphen bile olursa beni hemen ara."

Eşikte durup onları izlerken kalp atışlarımı boğazımda hissediyordum. Yapacağım şey yüzünden o kadar gergin ve tedirgindim ki bedenimi saran elbisenin her yanında küçük iğneler varmış gibi hissediyordum.

Sonunda Ediz sehpadan arabasının anahtarını ve telefonunu aldı. Bakışlarını yüzüme sürüklerken bir an kalbimin duracağını sandım.

Şaşırmıştı. Gözleri irileşti ve dudaklarının hafifçe aralandığını gördüm. Yüzümdeki ifadesizliği korumak çok zor olduğu için dişimi sıkıp iralemi son damlamasına kadar kullandım.

Hiçbir şey yokmuş gibi bakışlarımı Uygar'a ve Gece'ye çevirdim. Onlar da çok şaşkındı. Gece'nin yüzünde odadayken kustuğu öfkenin izlerini göremiyordum. Belki de avukatla ilgili bir şey olmuştu. Gece'nin susup sinmesini sağlayacak bir şey...

"Bu da ne demek oluyor şimdi?" Ediz'in sesi o kadar soğuk çıkmıştı ki bir an nefesinin buz kristalleri halinde döküleceğini sandım. Gözlerimi kırpmadan gözlerinin içine bakmaya devam ettim. Yeşil bakışlarındaki öfkenin hedefinin ben olacağımı düşünmüştüm fakat Gece oldu.

"Sen yaptın!" dedi Ediz birden. "Ona bir şey söyledin, değil mi?"

Gece de şok olmuştu. "Ben..." diye başladı ama sözlerinin devamını getiremedi.

"Senden sadece bir adamı oyalamanı istemiştim!" diye bağırdı Ediz öfkeyle. "Boktan bir dinleme cihazını yerleştirmek bu kadar mı zor? Onu bu işten uzak tutmaya çalışıyordum!"

"Ediz..." dedi Uygar. Sesinde uyarı vardı.

"Ne?" diye gürledi Ediz. "Bu kız bu gece olacakları nereden biliyor?"

Bu konuyu konuşmuşlar mıydı? Dikkatleri bende olmadığı için şaşkınlığımı da kimse fark etmemişti. Hangi ara konuştuklarını anlamamıştım. Fakat Gece'nin suskunluğu kapalı kapılar ardında şiddetli bir tartışmanın yaşandığına işaret ediyordu.

"Ben ona bir şey söylemedim." Gece'nin zaten bembeyaz olan teni iyice solmuştu. Ediz ise kaskatı kesilmişti, resmen deliye dönmüştü. Bu gece ne olacaktı? İçimdeki korku iyice büyüdü ve kalbimin üstüne çöktü.

"Sanki senden adamla yatmanı istedim!" diye bağırdı Ediz.

Gece de öfkelenmeye başlamış gibiydi ama aynı zamanda da korkuyordu. "Bizi tehlikeye atmayacağına söz vermiştin!" diye bağırdı. Uygar sakin olmasını istediğini anlatmak için elini sevgilisinin omzuna koydu. Ediz'in gözleri alevlere boğulmuş bir orman gibiydi. Siyah duman, düşüncelerinin arasından doğan bir belayı haber veriyordu.

Başını iki yana sallarken öfkeli gözleri beni buldu. Yaptığım şeyden bir an pişmanlık duydum ama artık çok geçti. Başını sallamaya devam ederek kollarını iki yana açtı ve hiçbir şey söylemeden sokak kapısına yöneldi. Dışarı çıktıktan sonra kapıyı öyle bir çarptı ki ayağımızın altındaki zeminin titrediğini hissettim.

Hiçbir şey olmamış gibi, Gece ile Uygar orada değilmiş gibi ben de kapıya yöneldim. Benden istenen de bu değil miydi zaten? İstedikleri neyse onu yapıyordum fakat kimse bu durumdan memnun değildi.

Ediz'in aksine kapıyı sakince açtım ve soğuk hava anında tenimi ısırdı. Evin önünde duran arabanın motoru çalışıyordu. Farları ince bir çizgi halinde havayı deldi ve göz alıcı bir parlaklıkla büyüdü. Gözlerimi kısmak zorunda kaldım.

İçimde kaynayan paniği görmezlikten gelmeye çalıştım, korkunç bir şekilde pişman olmuştum. Bu duygular bedenime yavaş yavaş yayılırken artık geri adım atamayacağımı biliyordum. Hem Ediz başıma bir şey gelmesine izin vermezdi, değil mi? Aklımın bir köşesine sığınan bu düşünceye tutunmaya çalıştım.

Arabaya doğru yürürken yüzümün renginin attığını biliyordum. İçeri girdiğimde neler olacağına dair hiçbir fikrim yoktu. Açıkçası Ediz'in yapabilecekleri beni korkutuyordu. Ayaklarım geri geri gitse de cesur olmaya çalışarak arabaya bindim.

Ne halde olduğumu, nasıl göründüğümü bilmiyordum. Ediz'in yüzüne bakmadan kapıyı kapattım. Parmakları direksiyonu öyle bir kavramıştı ki eklemleri bembeyazdı.

Bir süre hiçbir şey söylemeden öylece durdu.

"İntikam..." dedi. "Derdin intikam, değil mi?"

Yüzüne baktım ama o bana bakmıyordu. Araba çalışır halde olduğu için o kadar memnundum ki... Çünkü içerisi sessiz olsaydı kalp atışlarımı duyabilirdi.

"Sana soruyorum!" diye bağırdı. Nasıl oluyordu da Ediz gibi bir adam benim kadar aciz bir kızdan intikam bekliyordu? Belki de dışarıdan o kadar da aciz görünmüyordum. Fakat toprağı pençeleriyle kazarak gün yüzüne çıkan benliğim bunu acizlik olarak tanımlıyordu.

"Konuşsana!" diye kükredi Ediz.

Bakışlarını yüzüme çevirdi. Bir şey söylemek için ağzını açtı ama hemen ardından vazgeçti ve eli vitese kaydı. Araba hareket ettikten sonra direksiyonu sertçe kırarak yola çıktı.

Tamam, gerçekten korkuyordum.

Telefonu çalmaya başlamıştı ama bakmadı. Zincirlerinden kurtulmaya çalıştığını görebiliyordum, sinirlenince gözü dönüyordu. Ve bu gece ikinci bir hataya göz yummayacak gibiydi.

Zaman geçmek bilmiyordu, Denizli'nin içindeki termal otellerden birine gelene kadar kıvam kazandı sanki.

Ediz arabayı otelin dışında bir yere park ederken kurumuş dudaklarımı ıslattım. Ağaçların üzerine karanlık çökmüş, belli aralıklarla yerleştirilen ışıkların çevresi dışında her yer geceye gömülmüştü. Ediz kontağı kapatınca sessizlik oldu. Öylece duruyorduk.

"Oradan uzaklaşmasaydım arkadaş katili olacaktım," diye mırıldandı boşluğa bakarak. "Buradan bir oda tutmuştum, dikkat çekmemek için. Ben dedemle konuşurken sen odaya gidersin."

Kaşlarım çatıldı. "Kimin dikkatini dağıtacağım?"

Bakışlarını öfkeyle bana çevirdi. "Kimsenin. Unut bunu."

"Şu işi yapalım, bitsin," dedim mesafeli bir sesle. Ediz kendini kontrol etmekte gerçekten zorlanıyormuş ve temiz havaya ihtiyacı varmış gibi kapısını hızla açıp kendini dışarı attı. Ardından kapıyı sertçe kapattı. Ben arabadan çıktığım sırada otele doğru yürümeye başlamıştı bile.

Kabanımın düğmelerini kapatarak peşine düştüm. Rüzgâr saçlarımı dağıtırken, "Ediz!" diye seslendim ama bana bakmadı bile. Otele doğru hızla ilerliyordu. Dilimde öfkenin tortusunu hissettim ama yine de adımlarımı hızlandırdım.

"Bu yaptığın çocukça!" diye sesledim. "Her istediğin kusursuz olacak diye bir şey yok!"

"Dedem söz konusu olduğunda seni hiçbir şekilde ortaya atmayacağım! O yüzden nefesini boşuna tüketme."

"Ben babandan daha mı önemliyim?"

Sihirli sözleri söylemişim gibi durdu ve şaşkınlıkla bana baktı. Ardından yüzüne öfkeyle karışık bir alaycılık yayıldı. "Ne dedin sen?"

"Ne dediğimi duydun. Babanın intikamını almak için yapıyorsun bunları." Bu kendi ölüm fermanımı hazırlamak anlamına gelse de Ediz'in damarına basmak istiyordum. Doğru yolda olduğumu da görebiliyordum. Ediz yumruklarını sıkarak içeri girerken artık aralık bir kapı bulduğumu anlamıştım, daha sakin hareket edebilirdim.

İçeri girdiğimizde hâlâ önden gidiyordu. Resepsiyonun önünden geçip lobinin ortasına geldiğimizde durdu ve bana baktı. Başka fırsatım olmadığını biliyordum, dudaklarım söyleyebileceğim her şeye hazırdı.

"Plan neydi?" diye sordum sakince.

"Ben dedemle konuşurken Gece dedemin yardımcısını barda oyalayacak ve çantasına dinleme cihazı yerleştirecekti."

"Tamam, bunu ben de yapabilirim." Aslında bundan o kadar da emin değildim ama şu an tereddüt etme zamanı değildi. Ediz bana ters ters baktı fakat babası hakkındaki sözlerim, üzerinde soğuk duş etkisi yaratmış gibiydi. Derdimin ne olduğunu bilmesem de onu ikna edeceğimi görebiliyordum çünkü buna hazırdı.

Korkum kelimelerimi pençeleriyle indirmeye çalışıyordu ama yılmadım. "Elimizde başka seçenek yok. Polis aramayı genişletti, bir açığını bulacaklardır."

Ediz yine tek elini saçlarının arasına daldırarak suratıma baktı; olanları, olacakları ve olabilecekleri tarttığını görebiliyordum ama ben kararlı ve nettim. Ediz kendine fazla güveniyordu. Belki de haklıydı; onu zirveye çıkaran bir zekâya ve mantığa sahipti ama bunun bilincinde olmadan hareket etseydi onun için çok daha iyi olurdu. Zarar göreceği ortadaydı ve ben bunu engellemek istiyordum. Korkum bir kez daha kükredi. Bu sefer Ediz'e olan duygularım yüzünden bana saldırmaya çalışıyordu.

Fiziksel olarak görebileceğim zarardan çok, duygularımdan korktuğumu o an anladım.

Ediz sonunda kararını vermişti: "Her saniye mesajlaşacağız."

Sadece, "Tamam," dedim ama belli etmesem de onun beni korumasına ihtiyacımın olduğunu biliyordum. Eğer herhangi bir şey olursa kendimi onun kollarına atacaktım, atmak zorundaydım. Bu bir oyun değildi. Bir noktadan sonra gururum için ölümü bile göze alabilirdim ama tecavüz düşüncesi kesinlikle kanımı donduruyordu.

"Git o zaman," dedi Ediz. Bu kararımıza sadık kalacağı gözlerinden belli olsa da isteksiz olduğunu anlayabiliyordum. Hafifçe başımı salladım ve gitmek için harekete geçtim ama sıcak parmaklar ince bileğimi sarmaşık gibi sardı. Anlamayarak önce bileğimdeki eline, sonra ona baktım. Gözleri hâlâ alev alevdi.

"Sana dokunmasına sakın izin verme."

Bir süre gözlerine baktıktan sonra kalbimin yandığını hissettim. İçimde bir şeyler acıyla kıvranıyordu. Yüzüm gibi kalbimi de ifadesiz kılmak isterdim ama laf dinlemiyordu. "İzin vermeyeceğim," dedim Ediz'e.

"İşte benim kızım..." Az önceki alaycılığından eser kalmamıştı. Eskiden bu sözlerin ardında gizli bir gülümseme olurdu. Bunu fark edince bakışlarımın grileştiğini hissettim, yüklerini bırakmak üzere olan bulutlar gibi...

Ediz bileğimi bırakınca ona bakmadan otelin barına doğru ilerledim. Bakışlarını sırtımda hissedebiliyordum. Omzumun üstünden ona bakma isteğiyle dolsam da bana karşı ne kadar acımasız olabildiğini hatırlayınca vazgeçtim.

Bara girdiğimde artık onun görüş alanının dışındaydım.

İçerisi otelin diğer bölümleri kadar ıssız değildi ama kalabalık da değildi. Sonuçta insanlar termal otellere çılgınca eğlenmek için gitmezlerdi. Etrafta sadece bir şeyler içmeye gelen erkek ve kadınlar vardı. Girişte bir an duraksadım. Bir adam bana bakıyordu ama göz göze gelmemizle bakışlarımı kaçırmam bir oldu. O sırada kabanımın cebindeki telefonun titrediğini hissettim.

Topuklu ayakkabılarımla ilerleyip bar tezgâhına yöneldim. Ediz barmene güvenebileceğimizi söylemişti, adamdan uzaklaşmamam iyi olacaktı. O sırada cebimden çıkardığım telefonun tuş kilidini açtım ve gelen mesaja baktım.

Kimseyle göz göze gelme. Kimseden kastımın erkekler olduğunu biliyorsun. Bu bir emir.

Yüzümü buruşturarak bar taburesine oturdum ve üstümdeki kabanı çıkarmadan önce hızlıca mesaj yazmaya çalıştım. Fakat elime aylardır telefon almadığım için doğru harfleri bulmakta zorlanıyordum.

Ben de sanki erkeklere bakmak için can atıyordum. Göz göze gelsek ne olur ki?

Telefonu tezgâhın üstüne bıraktım. Ediz Çağıran'la mesajlaştığıma inanamıyordum. Hiçbir zaman mesajlaşmayı seven bir insan olmamıştım ama şimdi bir tarafım bu durumdan hoşlanmıştı. Bunu düşününce kendime kızdım. Ediz'le mesajlaşmaktan hoşlanan tarafım onun bana yaptıklarını görmezlikten geliyordu, gurursuzdu. Bu düşünceleri zihnimden uzaklaştırdım. Kabanımı çıkarıp çıkarmamak konusunda kararsız kalmıştım, sonuçta giydiğim elbisenin işimi kolaylaştırmayacağı ortadaydı.

Kendi kendime kızarak, “Aferin,” diye mırıldandım. “İyi halt ettin.” Bazen gerçekten ama gerçekten saçmalayabiliyordum.

Telefon titredi.

Sikerim :)

Mesajın sonundaki gülücüğe rağmen yazdığı şeyden dolayı yüzümü buruşturdum. Bir kızla konuştuğunu unutan öküzün tekiydi. Duvarların ardındaki Doğa uykulu bir sesle, "Ne zaman hatırladı ki?" diye sordu.

Sen kimsin? Benim tanıdığım Ediz Çağıran asla gülücük işareti kullanmaz.

Ben kabanımın büyük düğmelerini açana kadar telefon tekrar titredi.

Cidden tatlı tatlı gülümsediğimi düşünmüyorsun, değil mi?

O sırada barmen bana doğru geldi. Beni hiç tanımıyormuş gibi davranıyordu. "Ne içersin?"

Saçlarını üç numaraya vurdurmuştu ve tişörtünün altından kolundaki dövmenin bir kısmı görünüyordu. O kadar doğal davranıyordu ki bir an gerçekten benim kim olduğumu bilip bilmediğinden emin olamadım.

"Bira?" dedim sorarcasına. Ediz'e mesaj yazmakla meşgul olduğum için bakışlarımı telefondan ayırmamıştım.

"Yaşamayı seviyorum," dedi adam yarım yamalak bir gülümsemeyle. "Sana alkol verecek kadar canıma susamadım. Çağıran'ın beni ziyaret etmesini istemem."

Gözlerimi kırpıştırarak adama baktım. Tamam, beni kesinlikle tanıyordu. O da kaşlarını kaldırarak bana bakarken Ediz'in onu tehdit ederkenki halini hayal etmeye çalıştım ama görüntüler kafamda oluşmayı reddediyordu. Boğazımı temizledim ve yavaşça, "Meyve suyu," dedim.

"Harika bir tercih," dedi sırıtarak. "Hemen getiriyorum."

En başarılı estetik cerrahlar bile senin gibi bir adamın yüzüne bir gülümseme yerleştiremez.

Yazdığım mesajlar mesafeli ve soğuktu ama Ediz buna aldırmıyor gibiydi. Yine birkaç saniye içinde telefon avuçlarımın arasında titredi.

Gülümseyebiliyorum.

Gözlerimi devirdim ve olabildiğince hızlı bir şekilde cevap yazdım.

Hiç inandırıcı olmadı.

Vereceği cevabı bekledim ama bu sefer biraz zaman geçti. Kabanımı çıkarırken elbisemi düşünmemeye çalıştım. Barmen, Ediz'in adamıydı ve bu durumda kimsenin bana asılamayacağını, hatta yanıma bile yaklaşamayacağını biliyordum.

Telefon titredi.

Neden?

Buna cevap olarak pek çok şey yazabilirdim ama açıkçası onunla uzun uzun konuşmak için ne isteğim ne de enerjim vardı. Sadece içinde bulunduğumuz durumdan dolayı böyle bir şey yapıyordum, onunla karşı karşıya geldiğimizde kelimeler dilimin üzerinde kuruyup gidiyordu.

Çünkü hiç gülümsemiyorsun.

Barmen önüme kocaman bir bardak dolusu meyve suyu koydu. Bardağın alt kısmı dardı ve yukarıya doğru genişliyordu. "Afiyet olsun," deyince cansız bir gülümsemeyle ona baktım. Ediz'e verdiğim yanıtın yetersiz, belki de konuşmanın akışına göre yersiz olduğunu biliyordum ama gerçekten onun için uzun cümleler kuramıyordum. Artık ona ne kadar kırgın olduğumu iyice anlamıştım. Bir yanım ona hiç cevap vermemek istiyordu, ne de olsa şu an olayları konuşmuyorduk, normal bir sohbetti bu. Fakat onu yanıtsız bırakmam –özellikle de böyle mesajlaşırken– trip atıyormuşum gibi anlaşılabilirdi. Ve ben potansiyel katilime trip atacak kadar tuhaflaşmak istemiyordum.

Bana tokat atmış mıydı? Atmıştı. Normalde çok daha kötü şeyler de yapabilme kapasitesine sahip miydi? Evet. Bu durumda kırgınlığımı ona belli etmemin bir anlamı yoktu; o katildi, ben kurban. Belki bir gün beni de öldürecekti, bu yüzden hissettiğim ne varsa içimde tutmak zorundaydım. Tek yapabileceğim eskisi gibi davranmamaktı ve bu da tepki olarak değil, ancak akıllı davranmak olarak adlandırılabilirdi.

Telefon tezgâhın üzerinde durduğu için bu kez titrerken daha fazla ses çıkardı.

Çünkü sen de benden başka herkese gülümsüyorsun.

Dudaklarım hafifçe aralandı ve ekrana bakakaldım. Bu ne demekti şimdi? İçimdeki bütün hücreler ayaklandı ve her kafadan bir ses çıkmaya başladı. Korkum zindanının parmaklıklarını yamultarak aralayınca boğazımın kuruduğunu hissettim.

"Hişşşt," dedi barmen. Şaşkın bakışlarımı ona çevirdim ve çenesiyle bana birini işaret etti. "Şu adam..." Gösterdiği yere bakınca barın girişinde duran bir adam gördüm. Elinde bir dizüstü bilgisayar çantası vardı ve koyu renkli bir takım elbise giymişti. Yaşlı değildi ama Ediz'den büyük olduğu belliydi. Üstü başı çok düzgündü. "Puştun teki değildir," barmen beni hızlıca bilgilendirmeye çalışıyordu, "o yüzden onu etkilemekte biraz zorlanabilirsin diyecektim ama şu haline bakınca..."

Bakışlarını yüzüme sabitlemişti. Göğüs dekolteme bakmamak için çaba sarf ettiğini görmek beni utandırmıştı ama yüzüm kızarmadı. "Bol şans," dedi. "Bir aksilik olursa ben buradayım. Onu elimden geldiğince engellemeye çalışacağım."

"Teşekkürler," diye mırıldandım ve bakışlarımı adama çevirdim. Oldukça yorgun olduğunu görebiliyordum. Doğruca bara yöneldi ama benim yakınıma oturmadı.

Barmen onunla ilgilenmeye başladı. Benim kurtarıcım olmuştu. O gelmeseydi Ediz'in attığı mesaja cevap veremezdim, cevabım yoktu. Mesaj yazarken parmaklarımın belli belirsiz titrediğini fark ettim.

Adam geldi ama uzağıma oturdu. Ne yapacağım?

Yanıt beklerken telefonu elimde çevirmeye başladım. Ediz nedenini anlayamadığım bir şekilde bana kendi telefonunu vermişti. Adam ismini ilk kez duyduğum bir içki sipariş ederken ben telefonu çevirmeyi bıraktım ve gerginliğimi biraz olsun atabilmek için içindekileri karıştırmaya başladım. Fazla uygulama yoktu, oyun hiç yoktu. Galeriye tıkladığımdaysa şifreli olduğunu fark ettim.

Galeriyi açamayacağımdan emindim ama yine de yaygın olarak kullanılan şifreleri girmeye başladım. Ediz'in doğum tarihinden başlayarak onun için önemli olabileceğini düşündüğüm birkaç tarihi denedim. Bir tarafım merakla Ediz'in atacağı mesajı bekliyordu. Öylesine Galatasaray'ın kuruluş tarihini girdim ama olmadı, ardından Fenerbahçe'ninkini denedim.

Ve kilit açıldı.

Şaşırmıştım, bu kadar sıradan bir şifre tercih etmesini beklemiyordum. İlk öldürdüğü adamın doğum yılını tercih etmiş olsaydı anlardım ama Fenerbahçe'nin kuruluş tarihi?.. Ediz'in takım tuttuğunu bile düşünemiyordum. Maç izleyen bir Ediz zihnimde canlanmıyordu.

Telefon yine titredi. Fotoğraflara geri dönmeyi aklımın bir köşesine yazdım ve mesajlara girdim.

Aklını kullan.

Aklım bana alaycı bir tavırla benim için bu kadar büyük bir işe girişmeyeceğini söylerken omuzlarımı dik tutmakta zorlandığımı hissettim. Ben bu işlerden ne anlardım ki? Ayrıca dışarıdan bakılınca erkekler konusunda kendine güvenen bir kıza mı benziyordum?

Gözüm kenardaki sigaraya kayınca aklıma bir fikir geldi ama Ediz'in hoşuna gitmeyecek bir fikirdi bu. Hem de kesinlikle hoşuna gitmezdi.

En masum yol, elime bir sigara alıp ona ateşinin olup olmadığını sormak.

Cevap alt dudağımı ısırmama neden olacak kadar hızlı gelmişti ama Ediz'in öfkesi bana mesajından bile önce ulaşmıştı.

UNUT BUNU.

Kelimelerim olası bir kavga için kollarını sıvadı ve en ücra yerlerimdeki kaslarım bile gerildi.

Diğer seçenek, adamın yanına fahişe gibi yaklaşmak. Hangisi? Sen seç.

Tamam, büyük oynuyordum. Ama açıkçası Ediz'in yemediği halt kalmamıştı zaten, daha ne kadar kötü bir şey yapabilirdi ki bana? Dövebilirdi belki ama bu saatten sonra fiziksel şiddet de beni eskisi kadar etkilemezdi. Yine de korkuyordum.

Oradan çıkıp yanıma geliyorsun. DERHÂL.

Ediz'in yüksek volümlü sesi aklımın duvarlarına çarptı ama onu duymazlıktan geldim.

Başka seçenek yok. Anladık, bana senden başka kimse zarar veremez. Karşılığında yüzüme iki tokat daha patlatır, acısını çıkarmış olursun ama bu iş bu gece bitecek. Senden ne kadar hızlı kurtulursam o kadar iyi!

Kalbim içime aniden dolan öfkenin ağırlığı altında ezilmeye başlamıştı. Dişlerimi gıcırdattım ama korku da yine baş gösteriyordu. Ediz'e fazla sert çıkışmıştım, sırf bu yüzden beni burada, kurtların arasında bırakabilirdi. Pişman olmuştum, öfkeyle kalkanın zararla oturacağını biliyordum.

Telefon titredi ama ben ona aldırmadan kenardaki sigara paketine uzandım. Kendime bir daha düşünme fırsatı bırakmadan paketin içinden bir sigara çekip aldım. Taburemde dönerken ancak kalçalarıma kadar inen ve bütün vücuduma yapışan elbisem yüzünden rahatsız hissediyordum. Oturduğum yerde hafifçe doğrulup bukleler halinde belime kadar uzanan saçlarımı omuzlarımdan sırtıma aldım.

Yerimden kalkmadan, "Ateşin var mı?" diye sordum. Sesimin normal çıkması için çaba göstermem gerekmişti. Adam bakışlarını bana çevirdi, ben de sakin bir şekilde ona bakıyordum. Koyu kahverengi gözler beni kısa bir süre süzdükten sonra elimdeki sigaraya kaydı. Kendimi çıplak hissetmiştim. O sırada telefon bir kez daha titredi.

Adam elini ceketinin cebine attı ve gümüş kaplama gibi görünen çakmağını bana uzattı. Uzanıp çakmağı alırken kalbim korkuyla çarpıyordu. Boyumdan büyük işlere kalkıştığımın bilincinde olmama rağmen durmuyordum. Dudaklarımın arasına koyduğum sigarayı yaktım ve dumanı içime yavaşça çektim. Ciğerlerim bir an tıkanır gibi olsa da öksürmemeyi başarabilmiştim. Yine de boğazım yanıyordu.

Ben çakmağı ona geri uzatırken adam beni dikkatle izliyordu. Bir an bu işten kurtulmak istesem de dikkat çekmemek için dumanı yavaşça dışarı üfledim. Kapalı alanda sigara içmek yasaktı ve bu otelin kurallara uyduğunun farkındaydım.

Umursamaz görünmeye çalışarak, "Ceza yazarlar mı?" diye sordum.

"Muhtemelen," diye karşılık verdi ama dikkatini çekip çekmediğimi hâlâ bilmiyordum. Radarına en azından üstümdeki elbisenin yakalanması gerekmiyor muydu? Adam hiç renk vermiyordu. O sırada gözüm parmağındaki alyansa takıldı ve bir an öksürük krizine gireceğimi sandım. Evliydi!

"Hımmm," diye mırıldandım ve hızla düşüncelerimi karıştırmaya başladım. Canım söz konusu olsa bile evli bir adama böyle bir şey yapmazdım. Adamı geçtim, karısına, varsa çocuğuna bunu yapamazdım. Farklı yollardan dikkatini dağıtmam gerekiyordu ya da onu buradan bir şekilde uzaklaştırmam.

Telefonum bir kez daha titredi.

"Siz erkekler neden bu kadar ısrarcısınız?" diye sorduğumda adam bana baktı ve beni anlayamadığını anlatmak istercesine kaşlarını kaldırdı. Çenemin ucuyla telefonumu işaret ettim. "Erkek arkadaşım. Sürekli mesaj atıyor."

"Cevaplamayı denesen?"

Ah, pekâlâ. Zaten zayıf olan özgüvenime büyük bir darbe daha inmişti, şimdi kendimi gerçekten fahişe gibi hissediyordum. Kaşlarımı kaldırıp indirdim ve utanarak bakışlarımı diğer tarafa çevirdim.

"Rahatsız ettiysem özür dilerim," diye mırıldandım. "Sadece bir büyükten tavsiye alayım demiştim, bir ağabeyden... Yabancılarla dertleşmek iyi gelir derler. Hem benim dertleşebileceğim kimsem yok."

Amacım duygu sömürüsü yapmaktı ama bu sözleri sarf ederken bunların aynı zamanda benim saklı gerçeklerim olduğunu fark etmiştim. Kendimi eskiden de yalnız hissederdim fakat beni ne olursa olsun dinleyen, söyleyecek bir şey bulamasa bile benimle birlikte sessizce oturan, sonra da erkeklerle yaşadığı çılgınca maceralarını anlatarak beni güldürmeyi başarabilen bir arkadaşım vardı.

Umay'ın hayatımdaki yeri ve değeri tekrar şekillenirken eski halimi düşünüp kendimi kötü hissettim. Aramızdaki yakınlığı hep zorunlu bir arkadaşlık olarak görmüş, başka seçeneğim olmadığı için onunla dertleşmiştim. Zaten yıllardır aynı ortamdaydık, somurtup oturmak ikimize de bir yarar sağlamayacaktı. Ama şimdi ne kadar kötü biri olduğumu fark ediyordum. Bu da beni, başıma gelenleri hak ettiğim düşüncesine götürüyordu.

O gün pastanede herkes gülümsemeyi başarabildiği için kızmış ve üzülmüştüm ama belki de olması gereken buydu. Ben onlar için zor bir sınavdım, kimse benim gibi bir çocuğu olsun istemezdi.

Adam iç geçirdi ve "Anlat bakalım," dedi. İyi birine benziyordu, yakışıklı sayılabilirdi ve gerçekten yorgun görünüyordu.

"Başınızı şişirmiş olmayayım..."

Beni bu kılıkla yanlış değerlendirebileceğini düşündüm ama yüzüme bakıyordu. Vücuduma bakmayan ikinci erkek... Bu, Ediz'in sinirlerini yatıştırabilirdi. Tabii beni burada yalnız bırakıp gitmediyse...

"Anlat," diye üsteledi adam. "Patronum torunuyla uzun süreceğini tahmin ettiğim bir toplantı yapıyor. Gecenin bu saatinde ne toplantısı olduğunu anlamış değilim zaten." Durumdan memnun olmadığı her halinden belliydi. "Evde bir karım ve sürekli ağlayan bir bebeğim var. O yüzden sus pus oturarak zaman geçirebileceğimi sanmıyorum."

Normal bir hayat, normal yorgunluklar, evde bekleyen aile için duyulan endişe... Benim hiçbir zaman tadamayacağım şeylerdi bunlar.

Onunla ne konuşacağımı planlamadığım için elimdeki sigaraya baktım ve daha fazla zehir solumamaya karar vererek onu söndürdüm. Bakışlarımı izmaritten çekmeden, "Anlatsam komik gelir herhalde," diye mırıldandım ama sadede gelmezsem şansımı kaybedeceğimi biliyordum. "Hiç karına el kaldırdın mı?"

Adam şaşırmıştı. "Asla. İnsan değer verdiği birine nasıl vurabilir ki? Üstelik kadınlar erkeklerin yanında bu kadar masum kalırken... Kadına şiddeti anlamıyorum."

Hafifçe başımı salladım ve "Doğru, kimse değer verdiği birine el kaldırmaz," diye mırıldandım. Tezgâhın üstünde kenetlediğim ellerime bakarken kendimi yine bomboş hissettiğimi fark ettim. Sanki içimdeki her şeyi ateşe vermişler gibi...

"Şey," dedi adam bir an tedirgin olarak. "Yersiz bir şey söyledim sanırım."

"Yo, hayır," dedim hemen ve ellerimi hafifçe kaldırıp tavana baktım. Ardından ellerimi tekrar tezgâha yerleştirdim. "Çok yerinde bir yorum oldu. Babamın da o adamın da bana değer vermediğini biliyorum."

Adam söylediklerine pişman olmuş gibi bana baktı. "Özür dilerim."

Lanet olsun ki hâlâ bir kulağım telefonda, gözüm kapıdaydı. Ediz'in beni zorla alıp götürmesini mi bekliyordum? Gerçekten de bunu beklediğimi fark edince bir an ağlayacak gibi oldum. Bu ne kadar hastalıklı, ne kadar can yakan bir istekti... Ediz onun sözünden çıkmamın bedelini bana büyük ihtimalle ödetecekti. Şu ana kadar yapabileceği en kötü şeyleri yaptığını düşünüyordum ama yanılmış olabilirdim.

Ediz'in yapabileceği en kötü şey –öldürmekten bile kötü– beni bu kadar aç kurdun ortasında yaralı bir halde bırakması olurdu. Ve bunu yapmaktan çekinmeyeceğini biliyordum.

"Âşık olduğun adam öyle biri olduğu için üzüldüm."

Bakışlarım bir an boşluğa takılı kaldı. *Âşık olduğun adam!* Ben daha bu cümleyi idrak edemeden adam sözlerine devam etti: "Belki acımasızca olacak ama şunu söylemek zorundayım: Bırak gitsin. Bu hem baban hem de sevdiğin adam için geçerli. Git ve hayatına bir çizgi çek."

Âşık olduğun adam... Gözümün önüne çimen yeşili gözler düşünce bir an yüreğimin burkulduğunu hissettim.

"Sana değer verecek insanlar karşına çıkacaktır."

Âşık olduğun adam... Dudaklarıma dokunan dudaklarının sıcaklığını hatırladım ve karnımda bir şeyler uçuştu.

"Ne olursa olsun kendini çaresiz hissetme."

Âşık olduğun adam... Kollarındayken hissettiğim güveni başka hiç kimsede bulamadığım gerçeği de beni korkutuyordu. "Âşık değilim!"

dedim aniden. Adam soran gözlerle bana bakınca, "Yani o adama âşık değilim," diye düzelttim.

Kaşlarını kaldırdı ve gözlerinde soru işaretleri olmasına rağmen omuz silkerek, "Sen öyle diyorsan..." diye karşılık verdi.

"Neden öyle düşündün ki?" Bu soru boğazımın yanmasına neden olmuştu.

"Çünkü bana karıma vurup vurmadığımı sordun." Adam başını hafifçe yana yatırmış, tezgâhın üstünde gevşekçe tuttuğu kadehe bakıyordu. "Bir kadına değil, karıma." Kafam karışmıştı ama adamın dudaklarında zekice bir gülümseme filizlenmişti. "Karı koca arasında duygusal bir bağ olur."

Bu kadar detaycı olması beni şaşırtmıştı. Sahi ona neden bir kadına değil de, karısına vurup vurmadığını sormuştum?

Düşüncelerim temiz hava almak için parmaklarının ucunda yükselirken ben yüzümü buruşturarak meyve suyumdan bir yudum aldım.

O sırada bir mesaj bildirim sesi duyulunca ben duraksayıp dikkat kesilirken adam elini cebine daldırdı ve telefonunu çıkardı. Ediz'in bana verdiği telefon sessizdi. Dudaklarımın kenarları aşağıya doğru kıvrıldı çünkü Ediz'in neden hâlâ gelip beni saçımdan sürüklemediği meselesine canımı sıkmakla meşguldüm. Korkumdan açamadığım mesajlarına bakmak için ben de telefonumu elime aldım.

Emin ol, elimden bir tokatla kurtulamazsın!

Ünlem kılığına bürünmüş o kocaman tehdide bakarken yanaklarımın içini ısırdım. Açıkçası bu tarz tehditleri umurumda değildi.

Şu siktiğimin barından çık. Hemen. ŞİMDİ.

Her bir harf öylesine yoğun bir öfkeyle yazılmıştı ki ekranımın nasıl kırılmadığına şaşırmıştım. Başımı kaldırıp etrafıma bakmaya başladım, gözlerim öfkeyle ama kontrollü bir şekilde hareket eden bir silüet arıyordu.

Hemen yanımdan bir fermuar sesi yükselince bakışlarımı isteksizce adama çevirdim. Kadehinin yanına koyduğu bilgisayar çantasını açıyordu. İçine dinleme cihazı yerleştirmem gereken siyah çantaya bakarken barmenin gözlerini üzerimde hissedebiliyordum, yapacağım şeyden o da haberdar olmalıydı.

Adam çantasından bir kâğıt çıkarırken beni gördüğü takdirde anlam veremeyeceği bir dikkatle onu izliyordum.

"Koçum, bakar mısın?" dedi barmene. Aslında genç sayılırdı, erken yaşta evlenip hayatını karartan tiplere benziyordu sadece. "Çantam ve paltom burada," diye açıkladı. "Ben Kemal Çağıran'ın yanına kadar gidip geleceğim."

Barmen kısaca başını sallarken adam taburesinden indi, sonra aklına yeni gelmişim gibi bana döndü. Kadınlara karşı fazla kayıtsızdı, bu sadakatin her erkekte olmadığından emindim. "Bak, sana karışmayacaktım çünkü beni ilgilendirmez ama madem bir büyükten tavsiye istiyorsun, işe önce kendini tanıyarak başlamanı öneririm. O adama âşıksın. Haddimi aşıyorsam özür dilerim ama ben birkaç cümlelik konuşmamızdan bile bu kadarını anlayabiliyorken senin bunun farkında olmaman ya bir şeyleri bastırdığın ya da kendini tanımadığın anlamına gelir."

Onu barmen de duyuyordu. Ediz'le aralarında nasıl bir muhabbet olduğunu bilmediğimden rahatsız olmuştum. Gidip ona bir şeyler söyler miydi? Barmene bakınca mavi gözlerini yüzüme diktiğini gördüm. Ne düşündüğünü bilmiyordum ama bakışlarım onu bulduğu an başka yöne kaymıştı.

"Neyse," dedi adam. "Benim işlerim var."

Başını hafifçe eğerek bana selam verdi ve barın çıkışına yöneldi. Arkasından bakarken az önce nefesimi tuttuğumu fark ettim. Ciğerlerimi dolduran havayı dudaklarımın arasından yavaşça bırakırken zaman kaybetmemem gerektiğini biliyordum. Kabanımın cebine attığım dinleme cihazını hızlıca aldım ve oturduğum yerden kalktım.

Ayaklarımı ağrıtmaya başlayan topuklulara aldırmadan zeminde tok sesler çıkararak ilerleyip çantanın başında durdum ve hareketlerimi izleyen barmene bakarak, "Bu bir oyun değil, öyle değil mi?" diye sordum.

Mavi gözleri etrafı hızlıca taradı. "Sanmıyorum. Adam seni tanımadı. Kemal Çağıran'ın, torununun aşk hayatını çalışanlarıyla paylaştığını sanmıyorum."

Mavi gözlere boş bir bakış attım. Dilime bu meselenin aşk meşk gibi saçma bir şeyden ibaret olmadığını haykıran cümleler düşse de onları yutarak kendimi durdurdum çünkü barmen işin özünü bilmiyor olabilirdi. Sadece omuz silktim.

Çantayı incelemeye başladım. Adamın dinleme cihazı yerleştirildiğini fark etmeyeceği bir yer arıyordum ama yoktu. Çantanın bütün gözleri doluydu. O sırada barmen tezgâha bir çakı bıraktı.

"Çantanın içine küçük bir delik aç," dedi. "Ama çok küçük olsun." Ben bir an tereddüt edince mekanik bir sesle ekledi: "Yerinde olsam acele ederdim. Her an gelebilir."

Çakıyı elime aldım ve fermuarı boylu boyunca açıp elimi çantanın dibine uzattım. Barmenin önerdiği gibi astara ufacık bir kesik attım. Çok dikkatli bakılmadığı sürece görülmeyecek büyüklükteydi ama biraz zorlarsam içine dinleme cihazını sığdırabilirdim. Heyecandan buz gibi olan parmaklarımla cihazı kesikten içeri ittim. Etrafı benim yerime kolaçan eden birinin olduğunu düşünerek sakinleşmeye çalıştım.

Çakıyı tekrar tezgâha koyduğumda barmenin güçlü eli hemen üstüne kapandı ve onu tezgâhtan kaydırarak aldı. Bense açtığım deliği dosyalarla kamufle etmeye çalışıyordum.

"Şimdi doğruca restorana gitmen gerekiyor," dedi. "Çağıran öyle söylemişti." Bir an duraksadı. "Şey, beni yanlış anlama ama kabanını giysen iyi olur. Kesin emir."

Gözlerimi devirmemek için kendimi zor tuttum. "Ediz'le uğraşmak zor, değil mi?"

Güldü. "Hem de nasıl! Bu yüzden işimi daha da zorlaştırma, olur mu?"

Bu sefer kendimi tutamayarak gözlerimi devirdim ve tabureme geri dönüp siyah kabanı üzerime geçirdim. Ardından tezgâhta duran telefonu alıp saçlarımı kabanın içinden çıkardım. Elektriklenen saçlarımdan birkaç çıtırtı yükselmişti.

"Kolay gelsin," dedim çıkışa yönelmeden önce.

Barmen yine mesafesini koruyarak, "Teşekkürler Doğa," dedi. Ediz'in ona neler söylemiş olabileceğini bir an gerçekten merak ettim. Özellikle de bu gecenin gerginliği üzerine sinmişken birilerini tehdit ettiğini düşünemiyordum. Ediz buraya o sinirle uğradıysa etrafa ölümün kokusu sinmiş olmalıydı.

Ona mesaj çekebilirdim ama açıkçası parmaklarım tuşlara gitmiyordu. Şu an ne yaptığını ya da ne yapmayı düşündüğünü bilmiyordum. Daha da önemlisi sarf ettiği o sözlerden sonra bunları düşünmek istemiyordum. Babam hakkında söyledikleri de yüzümdeki fondöten gibi tenimle bütünleşmişti.

Restoran kısmının bulunduğu tarafa yönelirken sürekli etrafıma bakıyordum. Beni tek başına yakalamak için fırsat kollayan insanların gölgelerin arasına saklanabileceğini biliyordum artık. Kendimi güvende hissedebilmek için Ediz'i bir an önce bulmam gerekiyordu. Tabii hâlâ buradaysa... Ediz'i biraz tanıyorsam ona meydan okuduğum sırada yanıma gelip beni sürükleyerek götürmesi gerekiyordu ama gelmemişti.

Bu farkındalık içime korku tohumları ekiyordu.

Kollarımı bedenime sararak yürümeye devam ettim. Restoranın girişini bulamamıştım, otelin karmaşık bir mimarisi vardı. Birilerine sormak için çift kanatlı bir kapıdan içeri girdim. Adımlarımı iyice hızlandırarak uzun koridoru geçtim ve karşıma çift kanatlı bir kapı daha çıktı. Zemin küçük motiflerle süslü bir halıyla kaplanmıştı ve koridor boyunca duvarlarda bir sürü tablo vardı.

Tekrar kapıdan geçmeden önce omzumun üstünden arkama baktım, tedirgindim ama ortalıkta benden başka kimse yok gibiydi. Uzun koridorda girinti çıkıntı olmadığı için birilerinin gizlenebileceği bir delik de yoktu. Biraz rahatlayarak ilerlemeye devam ettim ve restoranı gördüm.

İçerisi neredeyse boştu. Ediz ve dedesinin nerede olduğunu bilmiyordum. Kocaman salona göz gezdirirken yanımdan bir kadın geçti. Parfüm şişesine düşmüş gibi kokuyordu. Yüzünü görememiştim fakat kürek kemiklerinin ortasına kadar inen düz saçlarını görmüştüm. Güzel bir vücudu vardı ve benim elbisemle yarışacak kadar cesur bir elbise giymişti.

Restoranın içinde ilerlemeye başladım. İlk bakışta bütün köşelerini göremediğim için biraz gezinmem gerekiyordu.

Ediz'i bulmam beş dakikadan fazla zamanımı almıştı. Beklediğim gibi yalnız olmadığını gördüm ama yanındaki Kemal Çağıran değildi. Bayan Parfüm Şişesi, Ediz'in yanındaki sandalyeye oturmuştu ve işveli olduğunu buradan bile anlayabileceğim bir edayla ona bir şeyler anlatıyordu. Ama Ediz'in yeşil gözleri boşluğa takılmıştı. Kızı duymuyor gibiydi.

Yine de kız pes edeceğe benzemiyordu. Ediz daha rahat oturabilmek için sandalyesini biraz geriye itmiş olmalıydı çünkü kızın Ediz'in karnına dokunduğunu rahatlıkla görebilmiştim. Ediz şimdi bakışlarını ona çevirmişti. O sırada ben de kızın oldukça minyon yapılı olduğunu fark ettim. Arkadan bakınca yaşını da büyük sanmıştım ama en fazla yirmi yaşında olmalıydı.

Ediz'in vereceği tepkiyi beklerken kalp atışlarımın hızlandığını hissettim çünkü kızın bebek gibi bir yüzü vardı. İkimizi yan yana koysalar ve hangimizin daha güzel olduğunu sorsalar hiç şüphesiz Bayan Parfüm

Şişesi seçilirdi. Zihnimin içindeki trafik birden tıkandı. Kendimi ne diye onunla kıyaslıyordum ki şimdi? Ben kendime kızmakla meşgulken kız Ediz'in bakışlarını yakaladı ve peynir kokusu almış fare gibi fırsatı değerlendirmeye çalıştı.

Bir şeyler söyledi ama ne söylediğini duyamamıştım. Dudaklarından okuduğum kadarıyla eğlenmekle ilgili bir şeyler söylemişti, hatta üstüne basa basa "eğlence" demişti. Biraz gerileyerek kenardaki kolonun arkasına saklandım ve onları izlemeye devam ettim.

Kızın eli Ediz'in karnından aşağıya doğru yavaşça kaymaya başladığında bütün hücrelerim ayaklandı ve top peşinde koşturan bir futbolcuyu izliyormuş gibi kocaman gözlerle sahneyi izlemeye başladılar. Dişlerimi sıktığımı fark ettim. Ediz dikkatle kızın yüzünü incelerken kız elini iyice aşağıya kaydırdı. Hedefini anlayınca şoka girdim.

Kız, Ediz'e pantolonunun üzerinden dokununca katilimin yüzünde yavaş yavaş bir tebessüm belirdi. Ardından kıza arsız bir bakış attı. Kapıların tamamen açıldığını anlayan kız da gülümseyince Ediz ona göz kırptı.

Ağzım kurumuştu. Acı verici duygularım o ikisini daha fazla izlememem için bakışlarımı boşluğa çekmeye çalışıyordu. Kaçıp gitme isteğimin asıl sebebini görmezlikten geldim ve kendimi insanların özel hayatlarını gizli gizli izlememem gerektiği için böyle yaptığıma ikna ederek yavaşça arkamı döndüm. Adım atıyor ama boşlukta yürüyor gibiydim, kulaklarım uğulduyordu. Beynim tehlikeyi göz ardı ederek aptallık etmeye başlamış ve bütün uzuvlarıma buradan uzaklaşma emri göndermişti.

Az önce yürüdüğüm yerlerden kör gibi geçtim ve bir an ne yapacağımı bilemeyerek, şuursuz bir şekilde etrafıma bakındım. Duvardaki devasa saatin akrebi gecenin birini işaret ediyordu. Bir an kendimi daha önce hiç hissetmediğim kadar yorgun hissettim. Can çekişmekte olan mantıklı tarafım bana Ediz'in yanına dönmemi haykırıyordu fakat ben onu duymazlıktan geliyordum.

Kendimi o kadar aşağılanmış hissediyordum ki! Bedenimi kendi zevkleri için kullanmak istiyordu, benimle sahte bir anlaşma yapmıştı. Kalbimin kimsenin ulaşamadığı odalarına girmiş ve beni korkutan sırlarımı öğrenmişti. Tüm bunları yüzüme vurduğu yetmiyormuş gibi bana bir de tokat atmıştı.

Parmak uçlarımı şakaklarıma bastırarak bu aşağılanmışlık hissinden kurtulmaya çalıştım ama beni bütün alaycılığıyla, bütün gerçekliğiyle istila etmişti. Duvarlarımın ardında yıllardır komadaydı ve şimdi uyanmış, eskisinden çok daha kararlı bir şekilde boğazıma yapışmıştı.

Cebimdeki telefon titreyince midemin altüst olduğunu hissettim. Karanlık, her şeyi yutan, acımasız bir hiçlikti bu. Kalbimde, aklımda, bedenimde ve ruhumda o kadar büyük bir baskı hissediyordum ki her an bayılabilirdim.

Yere çöküp ağlamak istiyordum. Küçük bir çocuk annesine kavuşmak için nasıl ağlarsa ben de yere çöküp eski hayatım için ağlamak istiyordum... Ediz Çağıran'ın karanlığını değil, kendi karanlığımı istiyordum. Onu tek başıma solumak istiyordum. Belki de Ediz'in dikkat çekmemek için tuttuğu odaya çıkmışlardı şu an. Gözlerindeki arsızlığı görünce o işin yatakta biteceğini ben bile anlamıştım.

Cebimdeki telefon bir kez daha titredi.

Temiz havaya resmen muhtaç olduğumu hissederek otelin arka kapısına yöneldim. Yine de buradan tek başıma çıkıp gitmeye çalışmayacak kadar aklım başımdaydı. Kendimi iyice kaybetmemek için başka şeyler düşünmeye çalışıyordum ve temiz hava bana iyi gelecekti. Şu an isteyen istediğini yapabilirdi. Bütün kalkanlarım inmişti, çırılçıplak kalakalmıştım. Ediz gelmeyecekti. Zaten birazcık bile umurunda olsaydım bana o tokadı atmazdı, o sözleri söylemezdi. Merhametli olsaydı dudaklarından o kelimeler dökülmezdi.

Dışarı çıkınca kocaman bir havuz gördüm. O kadar büyük ve derindi ki fobimi anında tetiklemişti. Şelalelerden bile korkan bir insan olarak havuzun kenarına yaklaşmak gibi bir düşüncem kesinlikle yoktu.

Soğuk hava bacaklarımı ısırıyor, bulduğu boşluklardan sızarak tenime dokunuyordu. Dişlerimi iyice sıkarak gözlerimi kapattım ve düşünmemeye çalıştım. Düşünmek her şeyi daha kötü hale getiriyordu, kalbimin yükünü artıyordu.

Kendimi sakinleştirmek için dakikalar harcarken bir kadın sesi duydum: "Bana bak!" Gözlerim anında açıldı ve bir an sesin nereden geldiğini anlayamayarak çevreme baktım. Kaynağı bulmam uzun sürmedi. Ediz'in yanındaki kızın havuz başında telefonla konuşmakta olduğunu görünce bir an gözlerimi şaşkınlıkla kırpıştırdım. "Adam benimle resmen alay etti," dedikten sonra bir süre karşı tarafı dinledi. "Ya kes! Bana adamı oyalamam için para verdin ama bu işin devamı da vardı. Çağıran benimle yatmadı!"

Bu sözleri bir an idrak edemedim.

"Gökhan, paramı istiyorum!" Kız sessizce de olsa çığlık atmıştı resmen. "Şu an başka bir iş üzerinde olabilirdim, beni ilgilendirmiyor. Senin adam âşık olmuş, yoksa ne kadar umursamaz olursa olsun yaptıklarıma karşı koyamazdı."

Gökhan! Senin adam âşık olmuş! Göz bebeklerim iri iri olmuş, ağzım açık kalmıştı. Bu işte Gökhan'ın parmağı mı vardı?

"Adam elimi itti resmen!"

Mantıklı tarafım meseleye kafa yormaya devam ederken diğer tarafım yumruğunu havaya kaldırmış, olduğu yerde hoplayıp zıplıyordu. Hâlâ şaşkın olan tarafımsa bir karış açık kalan ağzım gibi öylece duruyordu.

"Nereye gidecek? Kızı aramaya gitti. Doğa da Doğa! Ne kızmış ya! Güzel bir şey olsa bari!"

Pekâlâ, bu kadarı yeterliydi.

Ben ona doğru ilerlemeye başladığım sırada kız öfkeyle telefonu kapatmış ve kendi kendine söylenmeye başlamıştı.

Cebimden telefonumu çıkarıp hızla mesaj yazmaya başladım: *Havuzun oradayım. Az önce yanında oturan fahişe şu an burada. Onu Gökhan kiralamış. Onları oyalayabilirim.*

Aklımdaki plan kızın üstüne atlamaktan başka bir şey değildi. O sırada telefonum avucumun içinde titredi. Tuş kilidini hemen açıp mesajlara girdim ama gözümü kızdan fazla ayırmıyordum.

Oradan uzaklaş. O tarafa geliyorum, sen de bana doğru yürü. Dediğimi yap Doğa.

Ruhum omuzlarını düşürmüş, kalbim teklemişti. Nasıl olsa Ediz buraya geliyordu ve etrafta da kimse görünmüyordu. Bir kıza bir kızın hesap sorması daha adil değil miydi? Ayrıca çok sinirlenmiştim, bütün vücudum gerilmişti. Ediz'den çıkaramayacağım bir öfkeyle doluydum, bunu o fahişeden çıkarmak gayet mantıklıydı.

"Hişşşt, baksana!" Kız bana doğru dönerken havuzu düşünmemeye çalıştım ve o daha ne olduğunu anlayamadan, kendimden bile beklemediğim bir hızla suratına tokadı yapıştırdım. Öyle şiddetli vurmuştum ki elimin acıdığını hissettim. Daha önce Başak'a da tokat atmıştım. Bunun bana kendimi bu kadar iyi hissettirmesi normal miydi?

Toparlanmasına fırsat vermeden kızı ittim. Geriye doğru sendelerken öfkeyle, "Sen ne yaptığını sanıyorsun?" diye çığlık attı. "Seni sürtük!"

"Bana sürtük diyene bak!" diye bağırdım, kendime gerçekten inanamıyordum. "Gökhan bunu yapman için seni kaç kere becerdi?"

Tamam, kavga etmek iyi olduğum nadir şeylerdendi ama laf yetiştirmede pek başarılı değildim. O yüzden tekrar kızın üstüne yürümeye başladım fakat beni bileklerimden tutup engelledi. Minyon olmasına rağmen kemikli elleri güçlüydü. Bir yandan bileklerimi kurtarmaya çalışıyor, bir yandan da öfkeyle yüzüne bakıyordum. Aslında sinirlenince bana deli gücü gelirdi.

"Doğa Güngör'e bak sen!" Bu Gökhan'ın sesiydi. Afallayarak bakışlarımı sesin geldiği yöne çevirdim. Gökhan duvara yaslanmış, yüzünde alaycı bir ifadeyle bizi izliyordu. "Ediz'in seni neden bu kadar istediğini şimdi daha iyi anlıyorum."

"Seni şerefsiz!.." diye bağırdım ama kız üstüme atılınca duraksadım. Kızdan kurtulmaya çalışırken devam ettim: "Başta anneme yaptıkların olmak üzere her şeyin bedelini ödeyeceksin!"

Gökhan alaycı bir kahkaha attı. Ardından elindeki içki şişesinin boyun kısmını yavaşça diğer avucuna vurdu.

"Göreceğiz Şahmeran."

Kız kedi gibi yüzüme saldırınca boynumun çizildiğini hissettim. Ona karşılık vereceğim sırada cam kapı iki yana açıldı ve Ediz hızla bahçeye çıktı. Etrafına bakmadan dışarı fırladığı için gözleri Gökhan'ı es geçmişti. Gökhan tüm bunların olacağını biliyormuş gibi adi bir gülümsemeyle Ediz'e arkadan yaklaşırken Ediz hem öfke hem de endişeyle burnundan soluyarak, "Doğa!" diye seslendi.

"Ediz, dikkat et!" diye bağırdım ama yanımdaki çıyan beni omuzlarımdan itince dengemi kaybettim. Ve suyun tenimi yuttuğunu hissetmeden hemen önce Gökhan'ın şişeyi Ediz'in başına indirdiğini gördüm.

Su çığlığımı da sömürürken bir an öyle bir korkuya ve paniğe kapıldım ki bedenimin bunu kaldıramayacağını düşündüm. Havuz ışıklandırmalı olduğu için suyun altı karanlık değildi ama havuz derin olduğu için korku resmen boğazımı parçalıyordu. Suyun içinde dans eden saçlarım yüzüme dokunurken dibe kadar battım. Kapıldığım korku ve panikten çok daha yoğun bir şey daha vardı.

Endişe.

Kocaman şişe Ediz'in kafasında parçalanmıştı.

Gökhan'ın ne yapacağını bilmiyordum ama bu durumda Ediz'den onlarca adım öndeydi. Deli gibi çarpan kalbim bana ihanet ediyordu. Su korkumla savaşamıyordum. Ayrıca suya düşmeden önce nefes alma fırsatı bulamadığım için ciğerlerim hemen yanmaya başlamıştı.

Ayaklarımın değmediği her yerden korkardım. Boyumu geçen her su benim için karanlık, dibi görünmeyen bir kuyudan farksızdı. Kalbim göğüs kafesimi âdeta parçalıyordu. Yüzeye çıkmaya çalıştıkça daha da dibe batıyor gibiydim. Panik ciğerlerimdeki azıcık havayı da boşaltırken gözlerimin karardığını hissettim.

Ediz nasıldı? Kalbim sızlıyordu.

Gözlerimi sımsıkı kapatıp sakinleşmenin bir yolunu aradım ama hâlâ biri beni ayak bileğimden tutup daha da dibe çekecekmiş gibi hissediyordum. Ayaklarımın altında zemini hissetmeye ihtiyacım vardı.

Oksijensiz kalan bedenim bilinçsizliğe kucak açmaya başlamışken güçlü bir kolun belime dolandığını hissettim. Bir an daha da korktum ama hemen ardından suyun kulaklarımdaki uğultusu hiçliğe karıştı ve yüzümü okşayan havayı hissettim.

"Doğa!"

Sesler yüzüme çarparken dünyanın hızla döndüğünü hissettim.

"Doğa, gözlerini aç!"

Sırtım havuzun duvarına yaslanmıştı ama boğazımdan aşağısı hâlâ suyun içindeydi. Hava burnumdan içeri süzülünce boğazımdan korkunç bir öksürük yükseldi. Gözlerimi açmış olmama rağmen bedenim hâlâ kırmızı alarm veriyordu, nefeslerimi düzenleyemiyordum. Endişeyle açılan gözler hemen karşımdaydı. Şaşkınlıkla çevreme bakınınca suda hafif bir kırmızılık gördüm.

Kan.

"Ediz..." dedim titrek bir sesle.

Ediz rahat bir nefes aldı ama yüzü bembeyazdı. "Tamam, güvendesin," dedi. Etraftan bağrış çağrışlar yükseliyordu. "Korkma, yanındayım. Bacaklarını belime sar. Birazdan sudan çıkacağız."

Bir an bile düşünmeden ona tutundum. Şu an hiçbir şey umurumda değildi, sudan çıkmak istiyordum. Ayrıca haklıydı; güvendeydim. Bu lanet olası adamın yanında olduğu her saniye güvendeydim.

"Başın kanıyor," dedim saçlarının arasından suya karışan kana bakarken.

"Boş ver." Sesi yatıştırıcıydı. "Uygar birazdan burada olur. Bizi buradan çıkarır."

Bu sözlerine bir anlam verememiştim, neden kendimiz çıkamıyorduk? Ediz'in ruh gibi göründüğünü o an fark ettim. İyi değildi. Hem de hiç iyi değildi. Beni tutan kolları güçlüydü ama her an yıkılabilirdi.

"Sen iyi misin?" diye sordum korkuyla.

Ediz yavaşça, "Gökhan'ın çaresine Yakup bakacak," dedi. "Barmenden bahsediyorum. En azından buradan uzaklaşmasını sağlayacaktır. Merak etme."

"İyi değilsin." Sesimdeki korku büyüyordu. Kalbimin üzerine yakıcı bir acının aktığını hissettim.

"Ne yapmam gerekiyor?" diye sordum, yine paniklemiştim. "Ediz... İyi ol." Sesim yalvarır gibi çıkmıştı.

"Merak etme, güvendesin," deyince bir an ona bağırmak istedim. Benim güvenliğim için iyi olmasını değil, iyi olmasını istediğim için iyi olmasını söylüyordum ona! Boynuna sıkıca sarıldım. Ağlamak geliyordu içimden.

"Bana bir şeyler anlat," dedi zayıf bir sesle. "Doğa... bayılmama izin verme."

Sesinde belli belirsiz bir korku vardı. Ona ne anlatacağımı bilemediğim için bir an bocaladım. Ardından konuşmaya başladım: "Benden istediğini yaptım. Ayrıca sigaradan sadece bir nefes çektim, yemin ederim. Dediğin gibi bedenimi hiçbir şekilde kullanmadım."

"Aferin," dedi ama anlattıklarım bir işe yaramıyor gibiydi. "İşte benim kızım..."

"Ediz!" dedim korkuyla. "Ediz!"

Gözlerinin tamamen kapandığını görünce yüzünü avuçlarımın arasına aldım. Kirli sakalını avuçlarımda hissederken hiç düşünmeden dudaklarımı dudaklarına bastırdım. Öpüşmeyi bilmiyordum, hep o beni yönlendirirdi. O yüzden dudaklarım dudaklarında öylece durdum ama Ediz'in sırtımdaki eli donup kalmıştı.

Bunu hiç beklemediği her halinden belliydi. Gözlerim sımsıkı kapalı olsa da onun gözlerinin açıldığını hissedebiliyordum. Ardından sırtımdaki eliyle kabanımı hafifçe kavrayıp dudaklarını araladı. Beni havuzun duvarına bastırarak başını hafifçe yana eğdi ve dudaklarıma hâkim olabileceği bir pozisyon belirledi. Öpüşmeye başlamıştık.

Dudaklarım dudaklarına uyum sağlarken havuz suyunun tadını alabiliyordum ama elim Ediz'in yüzünden ensesine kayınca başındaki sıcak sıvıyı hissettim. Elim anında kana bulanmıştı. Durumun tahmin ettiğimden daha kötü olduğunu anlamıştım. Elimi hemen ensesine indirdim ve bacaklarımı belime daha da sıkı sardım.

Sımsıkı kapattığım göz kapaklarımın ardında her şey kayboldu. Bütün görüntülerin silindiğini hissettim. İçinde bulunduğum suyun yoğunluğu bile hücrelerimin arasında toza dönüştü. Parmaklarımın ucunda sadece Ediz'in sıcaklığı vardı, kalp atışlarım kulaklarıma ulaşabilecek bütün sesleri kovuyordu.

Bir an nefes almak için dudaklarımız birbirinden ayrıldı ama mesafeyi açmadık. Gözlerimi aralayınca bana adını koyamadığım duygularla bakan yeşil gözlerle karşılaştım. Ediz yavaşça gözlerini kapatıp alnını alnıma dayarken ona sıkıca sarıldım.

"Bir kere de sözümü dinle be kızım," diye mırıldandı. "Bir kere..."

Ben de gözlerimi kapattım ve ne diyeceğimi bilemeyerek öylece durdum. Ediz alnını alnımdan çekip tekrar dudaklarıma yöneldiğinde bu kez onu durdurmak istedim. İhanete uğramışlık hissi olanca acımasızlığıyla harekete geçmişti ve vicdanımın hiç susmayan sesinden besleniyordu. Önümde, içine ailemin kanının karıştırıldığı bir bardak su vardı sanki. Ve ben günlerdir, haftalardır su içmemiş gibi hissediyordum. Bardak önümdeydi. İçim yanıyordu. Dudaklarım, gözlerim bile kurumuştu. O bir bardak su benim kurtuluşumdu. İçimdeki yangını söndürebilir, dudaklarımdaki kuraklığı giderebilirdi.

Bardak şu an elimdeydi ve ben susuzluktan yanarak ona bakıyordum. Dudaklarım suyun tadına varmak için sızlıyordu. Artık dayanamıyordum.

Beni büyük bir açlıkla öpen bu dudaklar, o bir bardak suydu işte. Kuruyup gitmemek uğruna ihaneti sindirebilir miydim? Bütün hücrelerim daha da büyük bir acıyla kavrulurken çaresizlik bedenimi terk etmek için yalvarıyordu ama onu inatla orada tuttum.

Son yaşananlardan sonra bir şeylere dur demek istiyordum. Ediz'in güzelliği ulaşamayacağım kadar uzağımdaydı. Kim olduğumu, nereden geldiğimi, neler yaşadığımı unutmamam gerekiyordu.

Ediz'i saran kollarım gevşerken ciğerlerimin can çekiştiğini hissettim. Bu benim en zor sınavımdı.

"Ediz!"

Tanıdık bir ses havada asılı kalmıştı. Ediz durmadı, parmaklarını sırtıma iyice geçirerek beni öpmeye devam etti.

"Ediz!"

Uygar'ın sesi giderek yaklaşırken Ediz'den uzaklaşmaya çalıştım ama beni bırakmadı. Başta onu bilinci kapanmasın diye ben öpmüştüm ama şu an beni öpmesine izin vermek için bir bahane bulamıyordum. Ona hiçbir şekilde gücüm yetmezdi, bunu biliyordum fakat dudaklarının arasından dökülen o acı sözlerin tadını hâlâ alabiliyordum. Kalbimi ateşe veren kelimelerin külü ağzımda kalmıştı.

Kalbime bıçaklar saplanıyormuş gibi hissettim. Canımın bu kadar yanması hiç adil değildi.

Gözlerimi sımsıkı kapattım ve her şeyi zamanın sırtına yükleyerek yalnızca Ediz'i hissetmeye çalıştım. Eskiden insanların kendilerini göz göre göre aşağılatmalarına bir anlam veremezdim fakat şu an ben de onlardan biriydim. Beni bu kadar aşağılamasına neden izin verdiğimi bilmiyordum.

Kendimi onun yanında güvende hissediyordum. Kollarının arasında olmak bana her şeyden daha iyi geliyordu. Ama tüm bunların adını koymak beni o kadar korkutuyordu ki... Ayrıca benim âşık olduğumu söyleyen o adam yanılıyordu, yanılmak zorundaydı. Karanlık ve aydınlık bir araya gelebilirdi fakat iki karanlık birbirini boğmaktan başka bir şey yapmazdı. Daha da yoğun, daha da derin bir karanlık sadece kalpleri çürütürdü.

Gözlerimden yaşlar süzüldüğünü tuz tadı alınca fark ettim. Bu aslında çaresizliğin tadıydı.

En dipteydim. Bunu biliyordum.

Yeşil gözleri yüzümde hissettim ama karanlıkta kalmayı tercih ettim. Olabilecek en kötü yerdeyken Ediz'in gözlerini umut belleyerek kendimi kandırmak istemiyordum. Sessiz gözyaşlarım yanaklarımdan yavaşça süzülüyordu. Ediz'in bir şeyler söylemesini istiyordum. Bir şeyler söylemesine ihtiyacım vardı. Ama hiçbir şey söylemedi.

"Neler oluyor?" Uygar'ın panik dolu sesi artık tam tepemden geliyordu. "Ediz, başın kanıyor."

Ediz ona cevap vermedi. Belimi saran kolları biraz daha güçlenmişti. "Bitti Şahmeran," diye mırıldandı. "Gözlerini aç."

Biten neydi, bilmiyordum ama bir an önce yorganın altına girip her şeyden kaçmak istediğim için gözlerimi araladım. Bakışlarındaki yoğunluk kalbimi daha da acıtmıştı.

Havuzun kenarında duran Uygar'a baktı. "Pek iyi olduğum söylenemez." Gözleri açıktı ama bayılmamak için hâlâ savaştığını görebiliyordum. "Ellerim tutmuyor. Doğa'yı çıkar buradan."

"Şu an sen Doğa'ya tutunuyorsun," dedi Uygar sertçe. "Ver elini, önce seni çıkarayım."

"Doğa da bana tutunuyor." Ediz'in sesi öfkeli çıkmıştı. "Dediğimi yap. Sudan korkuyor, panik yapar."

"Ediz, önce sen çık," dedim endişeyle ona bakarak. Hiç iyi görünmüyordu, onu ilk kez böyle güçsüz görüyordum. Bana sert bir bakış attı ve çenesi meydan okurcasına kasıldı. Dediğini ikiletmemizden nefret ederdi, biliyordum.

"Doğa, dediğimi yap..." Sesi giderek kısılmıştı. Bir an gözlerini kırpıştırınca bilincinin gidip geldiğini anladım. Korkuyla ona sarılınca yaşadığı paniği görmekten çok hissettim. Beni tutan parmakları gevşemişti.

"Uygar, çıkar onu sudan!" diye bağırdım dehşetle. "Ediz! Kendine gel! Ediz!"

Ediz yanağını, tokat attığı yanağıma yavaşça yaslayarak bir şeyler söyledi ama anlamsız bir mırıltıdan başka bir şey duymadım. Bedenini sıkıca kavramama rağmen onu hissedemez olunca bilincinin kapandığını anladım.

"Bayıldı!" dedim korkuyla. Ediz Çağıran bayılmıştı. "Uygar, çıkar onu!" diye bağırdım. Uygar diz çöküp havuza doğru eğildi, ben de suyun içinde hareket ederek Ediz'le yer değiştirdim. Uygar onu kollarının altından tutup çekince suyun içinde tek başıma kalmıştım. Korkuyla kenara tutundum ve paniklememek için derin bir nefes aldım. Şimdi sırası değildi, hiç sırası değildi...

Uygar onu havuzun kenarına boylu boyunca yatırdıktan sonra bana uzandı. Güçlü kolu beni hemen sardı ve hiç zorlanmadan sudan çıkardı. Suyun ağırlığından sonra hava o kadar hafif gelmişti ki kendimi külçe gibi hissettim. Ayrıca soğuk, tenime âdeta saplanmıştı.

Üstümden su süzülüyordu ama kendime zaman tanımadım. Endişe bütün benliğimi sarmıştı. Ayağımdaki ayakkabıları çıkardıktan sonra doğruca Ediz'in yanına gittim ve diz çöküp ceketinin düğmelerini açmaya başladım. "Bana ceketini ver!" dedim Uygar'a. "Hava çok soğuk. Gökhan başına şişeyle vurdu."

Uygar bir küfür savurarak ceketini çıkardı ama, "Sen giy," dedi. "Yoksa Ediz benim canıma okur."

Kulaklarıma inanamayarak, "Baygın olan ben miyim?" diye sordum. "Saçmalama!"

"Ediz'i tanımıyormuş gibi konuşma." Uygar'ın sesi endişeli çıkıyordu. "Ona bir şey olmaz."

"Ah, gerçekten mi?" diye sordum sesime öfkeli bir alaycılık katarak. "O da insan. Doğaüstü bir varlık değil. Başında içki şişesi parçalandı. Şu an umursayacağım en son şey bu geri zekâlının ne düşüneceği!"

Uygar bana bakakalırken Ediz'den bir inilti yükselince bakışlarım hemen ona çevrildi. Kendini toparlamaya çalıştığını ama bunu başaramadığını görebiliyordum. Onu oturur pozisyona getirip üstündeki ceketi çıkardım. Hava o kadar soğuktu ki dişlerim birbirine çarpmasın diye kendimi sıkmaktan çenem kaskatı olmuştu.

Sırılsıklam ceketi bir kenara attıktan sonra gömleği de çıkardım. Uygar'ın ceketini hızla üzerine geçirdim. Uygar beyaz gömleği yerden alıp sıkarken ben ceketin fermuarını kapatıyordum. Uygar sıktığı için kırışan gömleği bana uzattı ve "Bunu başına bastır," dedi. "Buradan hemen gitmemiz gerekiyor."

"Onu hastaneye götürmeliyiz," dedim.

Uygar, Ediz'in bir kolunu omzuna aldı, diğer tarafına da ben geçtim.

"Saçmalama. Polis her yerde Ediz'i arıyor."

"Ama Hatay'dayken gitmiştik!" diye hatırlattım. "Onu o zaman da arıyorlardı!"

Ediz'i ayağa kaldırırken bir an ağırlığı altında ezileceğimi sandım ve çıtkırıldım bir kız olmadığım için içimden şükrettim. Ediz zorlandığımı hissetmiş gibi ağırlığının bir kısmını üzerimden çekince şaşırdım. Yüzünü buruşturdu, kendisiyle kavga ettiğini görebiliyordum. Bu durumunu acizlik olarak tanımladığından adım gibi emindim. Kolumu beline sardım.

"Hatay'dayken bir havaalanında polislerle silahlı çatışmaya girmenin eşiğine gelmiş miydi Doğa?" Ediz zar zor olsa da adım atabiliyordu. "Hastaneleri, alışveriş merkezlerini, her yeri takibe aldıklarından eminim. Baban arama kapsamını genişletmiş. Şu an Türkiye'deki bütün polisler Ediz'in izini sürüyor."

Babamın bahsinin geçmesi yine içime bir kova buzlu su dökülmüş gibi hissetmeme neden olunca kaşlarımı çattım ve duygularımı bastırdım. Her şeyin bir zamanı vardı, şu an alınganlık edemezdim.

"Ya durumu kötüyse?" diye sordum yavaşça.

"Kanama fazla değil," dedi Uygar. "Ayrıca emin ol, başında ilk kez şişe kırılmadı."

Ediz'in kapkara kalemlerle yazılmış geçmişini düşünmek istemiyordum ama panik, kelimeleri ağzıma itiyor gibiydi. "Sen nereden biliyorsun? Ediz'i benden daha iyi tanıdığını sanmıyorum."

"Ediz'le aynı okula gidiyorduk," diye hatırlattı. "Pek sevilen biri olmadığı için, bulaştığı belalar dilden dile dolaşırdı. Kulağımıza mutlaka bir şeyler gelirdi."

"Ediz hiç sevilmiyor muydu?"

Uygar bir süre cevap vermedi. Hafızamı yoklayınca Ediz'in bana bundan bahsettiğini hatırlar gibi oldum.

"Kaşarlar ve platonik âşıkları dışında seveni yoktu." Uygar'ın sesindeki alaycılığı sezmiştim. "Platonik âşıkları ona hiç yaklaşamazdı, kaşarlar da Ediz istediği sürece çevresinde olabiliyorlardı. Ediz'in de okuldakileri pek sevdiği söylenemezdi zaten, kimsenin suratına bakmazdı."

Kibirli piç.

Otelin ön tarafına yaklaştığımız sırada sessizliği insan sesleri bozmaya başladı. Birileri öfkeyle bağırıyordu. Kaşlarımı çatarak girişe bakmaya çalıştım ama bir şey göremedim. Ediz adımlarını kendi gücüyle yönetmeye çalışırken beni kolumdan çekmek istedi ama ona izin vermedim.

"Araba ileride," dedim Uygar'a.

"Doğa..." Güçsüz sesini duyunca bakışlarımı Ediz'e çevirdim, kaşlarını çatmıştı ama gözleri hâlâ kapalıydı.

"Arabaya kadar dayanman gerekiyor," dediğimde gözlerini hafifçe araladı ve yüzünü buruşturdu. Ardından kolunu omzumdan çekmeye çalıştı. Kolunu çekememesi için omzumdan sarkan elini tutsam da elini kurtardı ve başına götürdü.

"Uygar," dedi kelimeleri zar zor toparlayarak. "Gökhan'ın peşine düş."

Duraksadı ve kolunu Uygar'ın omzundan çekti. Dengesini kaybedince geriye doğru düşecek gibi oldu. Elini başından çekip parmaklarına bulaşan uğursuz sıvıya bakarken, "Haydi," diye üsteledi.

Fakat Uygar tereddüt ediyordu, bana kaçamak bir bakış attı. "Ediz, ben..."

Ediz, "Ne?" dedi ama ben Uygar'ın yüzüne bakınca aklından geçenleri anlamıştım. Ediz tam olarak kendinde olmadığı için bunu fark edememiş gibiydi. Uygar, Gökhan'ın peşine düşmeyecekti. Birden kendimi huzursuz hissettim. Ama Uygar'a kızma veya onu yargılama hakkına sahip değildim, sonuçta bunların hiçbirini yapmak zorunda değildi.

"Polisler iyice işin içine girdi," diye açıkladı. "Polisin bizim izimizi sürmeyeceğini söylemiştin, bu iş en başından beri böyleydi. Kendi geleceğim söz konusu ve hapse girmek istemiyorum."

Ediz bir an durdu ve donuk bir ifadeyle Uygar'a baktı. "O zamanlar arkadaş bile değildik," dedi. "Şu an arkadaşız, değil mi? Bana borcunuz falan yoktu, bunu konuşmuştuk. Arkadaş olduğumuz için yanımdaydınız. Yardımına ihtiyacım var oğlum. Görmüyor musun?"

"Arkadaşız ama..."

"Ne aması lan!" Ediz öyle bir bağırmıştı ki bu haldeyken sesinin nasıl o kadar gür çıkabildiğine şaşırmıştım. "Ne aması?" Uygar'a bakışlarındaki kırgınlığı görmek kalbimi paramparça etmişti. Nefesim kesilince gözlerimi kırpıştırdım.

Başına aldığı darbeden dolayı hafifçe titreyen eliyle beni işaret ederek, "Sadece şu kız mı yanımda?" diye sordu. "Babamın katilinin kanından biri mi yanımda lan?" İki elini birden başına iyice bastırarak bir kahkaha attı ama neşeli olmaktan çok uzak bir kahkahaydı bu. O kadar ruhsuzdu ki algılarım bunu yorumlamayı reddetti. "Tabii, pardon," dedi sonra yavaşça. "O da kendi çıkarları için yanımda."

Bu suçlayıcı sözleri sinirlerimi bozunca tokat attığı yanağım kendini hatırlatmak istercesine sızladı. "Ne bekliyordun?" diye sordum kulaklarıma inanamayarak. "Bana tokat atabilen birinin yanında kendi isteğimle mi kalacaktım?"

Uygar bana uyarı dolu bir bakış attı ama onun da bir şey söylemeye hakkı yoktu. Şu an ikimiz de Ediz'in üzerine gidiyorduk. Yaptığım her şey yanlışmış gibi beni her fırsatta ezmesinden bıkmıştım. Hoşuna gitmeyen bir şeyle karşılaştığında pençelerini bana çeviriyor ve saldırmaya başlıyordu.

"Benim yerimde..." Konuşmakta zorlanıyor gibiydi. "Benim yerimde başka biri olsaydı emin ol, o tokat sana okşama gibi gelirdi."

Dişimi sıktım. Ona olan öfkemi kusmak istiyordum ama diyebileceğim hiçbir şey yoktu. Haklıydı. Ne yazık ki haklıydı. Bunu bilmeme rağmen şu an içimde hâlâ kabaran bir öfke vardı. İç sesim başını iki yana salladı; hayır, bu öfke değil kırgınlıktı.

Ediz'le gözümüzü bile kırpmadan birbirimize bakıyorduk. Çok yakınımdaydı ama aramızda kilometrelerce mesafe varmış gibiydi.

"Kimse gerçekleri kabullenemeyen birinin yanında kendi isteğiyle kalmaz," dedim. Amacım canını yakmaktı. "Babam konusunda haklıydın. Ben bunu kabul edecek kadar olgunlaştım artık ama sen hâlâ bana hak veremeyecek kadar kibirlisin."

Aramızda kavga kıvılcımları çıkmaya başlarken Ediz bana öfkeyle baktı. "Kandırılması kolay bir insansın."

"Farkındayım," dedim tiksintiyle başımı sallayarak. "Aptalın tekiyim. Aptal olmasaydım bütün şerefsizliklerine rağmen kendimi senin yanında güvende hissetmezdim!"

Bu sözler ağzımdan çıkar çıkmaz pişman olmuştum. Kendimi onun yanında güvende hissettiğimi zaten biliyor olmalıydı fakat benim itiraf etmiş olmam bambaşka bir şcydi. Hiçbir şey söylememişim gibi bana baktı. Aklından neler geçtiğini merak ediyordum. Dudaklarıma kilit vurup öfkeyle bakışlarımı başka yöne çevirdim ve kollarımı üşüyen, hatta donmakta olan bedenime sardım.

Bana yaklaştığını fark ettim ama inatla ona bakmamaya devam ettim. Kolumu kavradı. Güçlü değildi ama yine de etkiliydi. Beni kendine doğru çekince şaşırdım, bunu hiç beklemiyordum. "Gidiyoruz," dedi. Ardından bakışlarını Uygar'a çevirdi. "Sen de ne bok yiyorsan ye."

"Ediz..." dedi Uygar ama Ediz onu duymazlıktan geldi. Kolumu elinden kurtarırken yeşil gözler hiddetle bana çevrildi. Bakışlarında ölümün donukluğu vardı ama ben ona aldırmadan Uygar'a baktım. Mantıklı düşünmeye çalışarak, "Sen eve git," dedim. "Şu an çok sinirli."

"Ben kendi adıma konuşabilirim," diye araya girdi Ediz. "Onu istemiyorum."

Ediz'e kısa bir bakış atıp tekrar Uygar'a döndüm ve yalvaran gözlerle ona baktım. "Lütfen eve git, bizi orada bekle."

Ediz tekrar araya girdi: "Neden beni düşünüyorsun ki? Çekip gitsinler. Beni yüzüstü bırakmalarına neden bu kadar takıldın?"

Boğazımda bir yumru vardı. Yaptığı onca şeye rağmen benimle hâlâ alay ediyordu. Bana böyle bakarken kendimi o kadar aciz hissetmiştim ki...

"Seni düşündüğümü de nereden çıkardın?" diye sordum aşağılayıcı bir sesle. "Sen başından beri yalnızdın zaten, doğduğundan beri... Babanı bu kadar sevmene şaşmamalı. Ne de olsa seni yalnız bırakmayan tek insan, değil mi?"

Gerçek düşüncelerim bunlar değildi ama Ediz canımı o kadar yakıyordu ki acısını çıkarmak istiyordum. Yine de hiç etkilenmiyormuş gibi bana bakıyordu. Gözlerindeki gölgeli öfkenin sebebi ona meydan okumamdı. Ona zarar vermenin hiçbir yolu yok muydu?

Ne düşündüğüne dair hiçbir iz yoktu. Bu öfkemin üzerine öfke katarken dişlerimi gıcırdattım. "Herkes senden nefret ediyor!" diye bağırdım. "Ben senden nefret ediyorum! Onlar da sırf sen iki dakikalığına insan olmaya karar verip zor günlerinde hayatlarına bir umut ışığı tuttuğun için yanındalar!"

"Doğa..." dedi Uygar ama konuşmasına izin vermedim.

"Ne o?" diye sordum soğuk bir alaycılıkla. "Gerçekleri söylüyorum işte! Atsana bir tokat daha!"

Ediz, "Gerçekleri mi istiyorsun?" diye sordu. Yüzü kaskatıydı. Bana doğru atılınca bir an vuracağını sandığım için refleks olarak kolumu yüzüme götürdüm ama parmakları kolumu sıkıca kavrayıp çekmekten başka bir şey yapmadı. Bu sefer güçlüydü. Zaten Ediz gücünü kaslarından değil, içindeki nefretten alıyordu.

Bunu onu ilk gördüğüm andan itibaren biliyordum, saf bir gerçek olarak ortada duruyordu. Parmakları bileğime gömülmüştü. Yürümeye başladı ama düzenli adımlar atamıyordu, yine de dengesi yerindeydi. Saçları kanla ıslanmıştı ve parlıyordu.

Daha beş dakika önce onun için endişelenmekten ölecektim. Şimdi düşüp bayılsa yine endişeleneceğimi biliyordum ama ayakta olduğunu görmek korkuyu defediyordu.

"Arabayı bin," dedi dişlerinin arasından. Beni öne doğru itince bir an dengemi kaybedecek gibi oldum. Ben ona öfkeyle bakarken, "Dediğimi yap!" dedi. "Eğer yapmazsan seni burada bırakıp giderim. Üstüne çökmeleri iki dakika sürmez."

"Adi herif!" Kalbim şiddetle çarpıyordu ve öfkeden kıpkırmızı olmuştum.

"Sana ne yaparlar, biliyor musun?"

"Bilmiyorum." Islak saçlarımı yüzümden çektim ve avucumu gözüme bastırdım. "Bilmiyorum!"

Bileğimi kavradığı için kolumda kanlı parmak izleri vardı. Üstümde de onun kanı vardı. Hatta parmaklarımda, tırnak içlerimde... Öfke pençelerini bedenime geçirmişti, beni terk etmemek için bütün gücüyle direniyordu. Kanı görmemek için ellerimi arkamda kenetledim ama Ediz'in kül rengi yüzü karşımdaydı işte.

Bana asırlar gibi gelen bir süreden sonra, "Konuşmazsak bunun bir sonu olmaz," dedi. Gözlerine titreyen bir öfkeyle baktım. Gecenin karanlığı soluduğum her nefesle birlikte ciğerlerime doluyor gibiydi. Ne diyeceğimi bilmiyordum, ne yapacağımı bilmiyordum. Her şey birbirine girmiş gibi hissediyordum.

Ben öylece gözlerine bakarken Ediz atıldı ve tekrar bileğimi kavradı. Ayaklarımla yerden destek almaya çalışarak ona direndim ama ben bu savaşı en başından kaybetmiştim. "Bırak!" diye bağırarak çırpınmam onu biraz zorlasa da sonunda beni arabanın içine soktu ve kapıyı sertçe kapattı. Kendisi şoför koltuğuna geçene kadar arabadan çıkabilir, kaçabilirdim. Fakat bildiğim tek bir şey varsa o da Ediz'in peşimi bırakmayacak olmasıydı. Beni er ya da geç yakalardı ama onun, başına aldığı darbe yüzünden güçsüz düşüp iyice dağılacağını biliyordum.

Gözlerimi kapattım. Kendimi patlamaya hazır bir bomba gibi hissediyordum. Ellerimi başımın iki yanına yerleştirip bastırarak, "Aptal!" diye bağırdım kendime. "Aptal! Zavallı!"

Arabanın kapısı açılınca içeri soğuğun o tanıdık kokusu doldu. Üstümdeki bütün kıyafetler ıslak olduğu için soğuğu mıknatıs gibi çekiyordum. Ediz şoför koltuğuna geçtiğinde saçlarının hâlâ kanla parladığını fark ettim. Ruhunun bir parçası bedenine bulaşmış gibiydi. Ellerinde, kıyafetlerinde, yüzünde, boynunda, saçında... her yerde kan vardı.

"Bu halde araba kullanamazsın!" diye bağırdım. "İkimizi de öldürmek mi istiyorsun?"

Arabanın motoru belli belirsiz bir homurtuyla çalıştıktan sonra Ediz beni duymazlıktan gelerek gaza bastı ve arka tekerlekler bir an boşta döndü. Hemen ardından araba yolda hızla ilerlemeye başladı.

"Pekâlâ," dedim öfkeyle. "Durma, devam et!"

Hem şehir merkezinden uzaktaydık hem de gece yarısını geçtiği için her yer çok ıssızdı. Ediz'in elleri direksiyonu olabildiğince sıkı kavramıştı ama gücünü henüz toparlayamadığını görebiliyordum.

"Ne var, biliyor musun?" Öfke sesimin yakasına yapışmış, onu yavaş yavaş yukarı kaldırıyormuş gibi hissediyordum. "Umarım direksiyon başında bayılırsın! İkimiz de ölürüz ve bu oyun biter!"

Ediz gaza iyice yüklendi. Hızımız giderek artarken nefretle parlayan gözlerimi göstergeye diktim.

"Gerçeklerden bahsediyorduk, değil mi?" dedi ölümcül bir sesle. "Devam edelim." Yüzü tekrar gölgelerin arasına gömülse de hiddetinin yüz hatlarını ele geçirdiğini, duygularını sıkıştırdığını hissedebiliyordum. "Evet, gerçekçi olalım." Alaycı gülüşü aramızda asılı kalırken başını iki yana salladı, gözlerini yoldan ayırmıyordu. "Bu oyun sadece ben öldüğümde biter."

"Hani ancak ikimiz de ölürsek biterdi?" diye sordum ona kendi sözlerini hatırlatarak.

"Bırak süslü lafları!" diye bağırdı birden. "Sana kandırılması kolay biri olduğunu söylerken çok ciddiydim!" Yanaklarımın içini dişlerken tırnaklarımı avuçlarıma gömdüm ve mantık dışı bir şey yapmamak için acıyı düşüncelerimin arasına serptim. Ediz sözlerine devam etti: "İkimiz birden ölsek ne olur sanıyorsun? Gazeteciler için iyi bir malzemeden başka ne oluruz? Bir de yalandan bir aşk hikâyesi kondururlarsa al sana skandal!"

Neden bilmiyordum ama söyledikleri bana dokunmuştu. Sanki mümkünmüş gibi araba daha da hızlanıyordu. Yollar bomboş olsa da Ediz'in bir anlık dikkatsizliği bizi ölüme götürebilirdi.

Başımı iki yana salladım. Haykırmam gereken pek çok şey vardı. Zehirli cümlelerin arkasına saklanan acımı şimdi akıtabilirdim, amacım buydu ama dilime kilit vurdum. Belki de zehrini akıtması gereken Ediz'di. Belki de hızla kaçmak istediği bir şeyler vardı. Maddiyatın değil, maneviyatın koynunda sabahlayan bir şeyler...

"Ne var, biliyor musun?" diye bağırdı. Bakışlarımı kelimelerinden kaçırabiliyordum; kulaklarım kaçamıyordu ama gözlerim acımasızlığa şahit olmaktan kaçabiliyordu. "Sorunu neden kendinde aramıyorsun?" diye devam etti. "Bir şeyleri batıran belki de sensindir? Babanla aranız sonradan bozulmadı mı? Belki de her şey mükemmelken bir şeyleri sen batırıyorsundur?"

Bakışlarım hafifçe aşağı kaydı, camdan dışarıyı izlemek yerine ışığın terk ettiği arabanın içine baktım. Her babamdan bahsedişinde içime bir şeyler usul usul çöküyordu.

"İnatla görmezlikten geliyorsun!" diye gürledi. "Seninle konuşmak bir bebekle konuşmaya çalışmaktan farksız! Sürekli sana ulaşmaya çalışıyorum!"

Tırnaklarım avuçlarıma geçmişti. Dudaklarımın kenarları kıvrılırken yüzüme zehir yayılmış gibi hissettim. "Bana ulaşmaya çalışıyorsun, öyle mi?"

Bu bir soru değildi, zehirli bir alaycılığa bandırılmış, soğuk bir cümleydi. Bakışlarımı mekanik bir hareketle Ediz'e çevirdim. Gözlerim o kadar kuruydu ki göz kapaklarım gözlerime yapışacak sandım.

Ediz ağzını açtı ama ona fırsat vermedim. Karanlıkta hiç iyi görünmüyordu. Bir an gerçekten arabanın kontrolden çıkmasını istedim.

"Bence seninle yatsaydım ne söylediğimle o kadar da ilgilenmezdin."

Yeşil gözler bir an bana döndü. Bakışlarımızın kenetlendiğini hissettim. Ediz'in yüzünü tam olarak göremiyordum ama gözlerimin içine baktığını tuhaf bir şekilde hissedebiliyordum.

"Öyle mi?" diye sorduğunda ben kendi sözlerime noktayı çoktan koymuştum. Her şey bu kadar basitti işte, ne olduğunu çözmek için sabahlamak gerekmiyordu. O istediğini alırdı ama istediği şeyin ayağına gitmeyecek kadar da kibirliydi. Ona istediğini kendi ellerimle vermemi bekliyordu.

"Öyle mi?" Sorusunu yine duymazlıktan geldim. Ona özellikle bakmıyordum, başımı çevirip gözlerimi yüzüne dikme isteğime rağmen...

"Sandığım kadar aptal değilmişsin," dedi.

Ardından bu sözleri kıvam kazandı ve arabanın içindeki bütün havayı emdi. Dudaklarım belli belirsiz aralanmıştı. Gözlerimi kapatmak istedim ama yapamadım. Bu fikri ortaya zaten ben atmıştım, Ediz'in doğrulaması neyi değiştirirdi ki? Ama değiştiriyordu işte.

"Durdur arabayı." Sesim pürüzsüz ve net çıkmıştı.

"Ne?"

"Dediğimi duydun. Durdur arabayı. Bitti. Bu kadar." Araba yolda hızla ilerlemeye devam ederken Ediz'in bedenindeki gerilimi hissedebiliyordum. İçimde her şeyi içine çeken bir kara delik vardı sanki.

"Saçma sapan konuşma."

"Sana arabayı durdurmanı söyledim!" Öyle bir bağırmıştım ki ben bile şaşırdım. Ediz'e daha önce de sesimi yükseltmiş olabilirdim ama hiç bu kadar ileri gitmemiştim. İçim öfkenin ateşiyle kavruluyordu. "Durdur şu lanet arabayı!"

"Hayır."

"Durdur!" Sesim titremişti, belki öfkemin esiri olduğumdan belki de içimdeki kara zehrin etkisiyle...

"İşi daha da çıkmaza sokmadan kapa çeneni!" diye gürledi Ediz. Sesi arabanın içinde resmen yankılanmıştı. Onun kadar güçlü duramayacağımın bilincindeydim. Ellerimdeki kurumuş kana baktım. Son üç aydır bütün yazgım kurumuş kan rengini almıştı sanki. Bu rengi bir yatakta görmeyecektim. İçimdeki Doğa'yı öldürüp duvarlarımı bu renge boyamayacaktım. Ailem yüzüme baktığında yanaklarım bu rengi almayacaktı. Onlara, sizi öldürmek isteyen ve kendini bu intikama adayan bir adamla yattım, demeyecektim. Ediz yıllardır içimde tuttuğum her şeyi sırtından defalarca bıçaklamıştı, bütün kelimelerim kan revan içindeydi. Daha fazla kan görmek istemiyordum, hayatımın sönmesinin gözüme normal bir şeymiş gibi gelmesini istemiyordum.

"Senin emirlerini yerine getiren bir köle değilim ben!" diye bağırdım. "Durdur şu arabayı!"

"Bunu senden özür dilemem için yapıyorsan unut gitsin. Senden özür dilemeyeceğim."

Öfkeyle güldüm. "Senin özrüne ihtiyacım yok!"

"Bir tokat yüzünden kendini yakacaksın, öyle mi? Yüzünde iz bile kalmadı!"

Bir an sinir krizi geçireceğimi sandım. Nefret ile acının dayanılmaz bir karışımıydı bu. İnsanın yüreğine çöküyor, her şeyi yerle bir ediyordu. Arabanın içini kurcalamaya başladığımda bakışlarının bana çevrildiğini hissettim, ne yaptığımı anlayamamıştı. Kapının kenarındaki göze, arka koltuğa baktıktan sonra hızla torpidoyu açtım ve aradığımı orada buldum. Kapağı sertçe kapattım ama aceleci davrandığım için kapanmadı.

Kapağı kırmaya çalışıyormuşum gibi büyük bir öfkeyle tekrar kapatınca, "Ne yapıyorsun?" diye sordu.

Onu duymazlıktan gelerek paketten bir ıslak mendil çıkardım ve yüzümdeki makyajı silmeye başladım. Acıyan yanağımı daha da acıtmak istercesine iyice bastırıyordum mendili. Acı iyiydi, bilinci açık tutmayı sağlardı ve bilince ihtiyacım vardı.

Yüzümdeki fondöten yerini parmak izlerine bırakırken tavan lambasını açtım ve yanan gözlerle Ediz'e baktım. Bakışları önce gözlerimi, ardından yanağımı buldu ve o birkaç saniye asırlara dönüştü. O iki kalp atışlık zaman dilimi bana çok uzun geldi.

Tekerleklerin çığlık attığını su altından duyuyormuş gibi hissettim. Bir an öne fırlayacak gibi oldum ama elim radyonun yanına yaslandı ve arabanın ön camına yapışmaktan son anda kurtuldum. Araba yolun ortasında durmuştu.

Ediz gözlerini kırpıştırdı. "Bunu ben mi yaptım?"

Ona şaşkınlığından kurtulması için fırsat tanımadan kapıyı açtım ve dışarı çıkıp soğuğu tekrar iliklerime kadar hissettim. Kapıyı kapatma zahmetine bile girmeden bir an etrafıma baktım. Ediz farları kapatmıştı ama etrafı görebiliyordum, ay her şeyi gri bir ışıkla yıkıyordu.

Bir an ne yapacağımı şaşırmış bir halde öylece durdum. Bu kılıkla şehir merkezine kadar gitmem imkânsızdı ama burada durmak da istemiyordum. Belki karanlık bir köşeye sığınıp güneşin kızıllığını beklerdim. Gözlerim ağlamak için sızlıyordu ama onlara fırsat vermeyecektim, sadece biraz sabretmem gerekiyordu. O zaman bütün yitirdiklerimi karşıma alabilir ve onları gözyaşları eşliğinde izleyebilirdim.

Yön duygumu yitirmiş bir halde, ne tarafa gittiğimi bilmeden yürümeye başladım. Arabanın kapısının açılıp kapandığını duydum ama aldırmadan adımlarımı hızlandırdım.

"Doğa!" Kaç adım atmıştım ki? "Doğa!" Sesler yaklaşıyordu ve ben artık koşmak istiyor ama yapamıyordum. Saçlarım nemliydi, üşüyordum. Ayaklarımın altındaki zemini hissetmiyor gibiydim.

Askerlerini bile bile ölüme gönderen bir kumandandan farkım yoktu, bütün duygularım kanlar içinde tek tek yere yığılıyordu. Adımlar... Ediz hızla yaklaşıyordu. Gitmeme izin vermeyecekti. Güçlü bedeni etten bir duvar gibi önümü kestiğinde dejavu hissiyle sarsıldım. Beni kaçırdığı ilk gün yine ıssız bir yolda, kaçamayacağımı bile bile, soğuktan donarak adımlar attığım anları tekrar yaşıyor gibiydim.

"Şahmeran." Gözlerimin içine bakan gözlerinin kıyısına şiddetli dalgalar vuruyor gibiydi. Tek kelime etmeden yanından geçmek için hareketlendim fakat kolunu belime doladı ve beni tekrar önüne çekti.

"Güzelim..." Nefesleri yüzümü okşuyordu. "Konuşalım."

Şimdi çok daha sakindi, en azından bağırmıyordu. Hiçbir şey söylemeden gözlerine baktım, yeşil gözleri yanağıma takılı kalmıştı. "Bunu gerçekten ben mi yaptım?" diye sordu.

Ensesinden boynuna kadar uzanan kan izlerini görmek içimdeki öfkeyi zayıflatıyordu, buna izin vermeyecektim. Ellerimi göğsüne yerleştirdim ve ondan kurtulmaya çalıştım ama bana engel oldu. İyi olmadığını biliyordum, belli etmese de görebiliyordum. Hiç iyi değildi ama bu haliyle bile benden çok daha güçlüydü.

Son bir gayretle kollarından kurtulmaya çalışarak, "Attığın tokat umurumda bile değil!" diye inledim ama gitmeme izin vermedi.

"Benim umurumda." Sesi sertleşmişti. "İntikamını alabilirsin."

İntikam falan alamazdım. Kim gerçeklerin intikamını alabilirdi ki? Bunun adı sadece acısını çıkarmak olurdu, babam hakkında söylediği gerçeklerin acısını çıkarmak... O kadar. Sadece yok olup gitmek istiyordum. Bu hayattan eksilsem dünya ne kaybederdi ki?

Ediz rahat durmayacağımı anlamış gibi beni arabaya doğru çekiştirmeye başlamıştı. Adımları dengeliydi ama her an yere yığılacakmış gibi bir his vardı içimde.

"Bırak!" diye bağırsam da her zamanki gibi beni duymazlıktan geldi. Yine de beni arabaya bindirmeye çalışırken onu cidden çok uğraştırdım. Zaten gücünün son kırıntılarını kullanıyordu. Ona karşı koyarak elinden kurtulamayabilirdim belki ama en azından beni bir bez bebek gibi kolayca oradan oraya sürükleyemiyordu.

Elini karnımda hissettim. Beni canımı acıtacak kadar sert bir şekilde arabaya yasladı. Gözlerinde öfkenin tekrar filizlenmeye başladığını görebiliyordum.

Yüzünü tehditkâr bir şekilde yüzüme yaklaştırarak, "Bir," dedi. "Gitmene izin vermeyeceğim. Bunu kafana sok." Beni kendisi ile araba arasına sıkıştırırken gözlerimi kapattım ve onunki kadar etkili bir şeyler söyleyebilmek için zihnimin raflarını karıştırdım.

"Seninle yatmayacağım," dedim fakat sesim ancak o raflardaki toz kadar etkiliydi. Gözlerimi açtım ve kararlılıkla ona baktım. "Seninle yatmayacağım."

"Bence bu işin sonunu ikimiz de biliyoruz."

"Beni daha fazla aşağılamana izin vermeyeceğim," dedim, sesim titriyordu. "Bu kadarı yetmedi mi? Daha ne istiyorsun?"

"Söylediğin şeylerle ilgileniyorum!" diye bağırdı. Çenesi öfkeyle kasılmıştı. "Ve bundan nefret ediyorum. Sen sadece bir çocuksun ama bu umurumda bile değil. Evet, bedenini istiyorum." Hiç çekinmeden yaptığı bu itiraf, kalbimin korkuyla sıkışmasına neden olmuştu. *İstiyorum*. Ediz Çağıran bunu söylediği an her şeyin bittiğini biliyordum. "Ve alacağım da..." diye ekledi. "Ama bunu sen de isteyeceksin."

Bataklığın en dibindeydim, çamur içindeydim, nefeslerim bile çamurluydu. "Asla," dedim dişlerimin arasından.

"Göreceğiz."

"Tokat attığın elinle bana dokunmana asla izin vermeyeceğim!" diye bağırdım. Bağırmamın sebebi korkuydu çünkü Ediz'in bakışları çok netti, geleceği görüyormuş gibiydi.

"Elimden bunun izlerini silebilirim," dedi kaşlarını kaldırarak. Alaycı bir sesle ona bunu nasıl yapacağını soracaktım ki yumruğunu yerimden sıçramama neden olacak kadar hızlı bir şekilde arabanın camına geçirdi. Hemen arkamdaki camın şangırtısını duydum ve gözlerim irileşti.

Donup kalmıştım. Ediz gözlerini yüzümden bir an olsun ayırmıyordu. Gözlerinde gerçekten yorgun bir ifade vardı. Başındaki kanama çoktan durmuş olmalıydı ama çok kan kaybettiğini biliyordum.

"Sildim bile," diye mırıldandı. Gözlerim bana tokat attığı eline kayarken bedenim felç olmuş gibiydi. Şaşkındım.

"Oldu mu?" diye sordu.

Parmaklarının ucundan süzülen kanı görünce, "Kendine zarar vermekten vazgeç!" diye bağırdım. "Hastasın sen!"

"Bunu yeni mi anladın?" Gözlerinde karanlık bir ifade vardı. "Kanın her şeyi silebildiğine bizzat şahit olduğumdan bu yana istediğim tek şey o. Çok safsın. Ben iyi bir adam değilim. Hiçbir zaman da olmayacağım."

Ben mi kaçırmıştım? Ediz ilk zamanlar bu denli karanlığın içinde değildi sanki. Gözlerinde bir şeyler yardım için çırpınıyordu. Karanlığın yuttuğu bir insan, bir ruh... Ediz'in bu çırpınışlardan haberi yok gibiydi ama ben görebiliyordum. O varlık her geçen gün daha da kayboluyordu.

"Benden ne istiyorsun?" diye sordum, gözyaşlarım gözlerimi yakıyordu. Duvarların ardındaki Doğa yavaşça, "Yardım," diye mırıldandı. "Yardıma ihtiyacı var."

Ediz, bakışları kadar sert bir sesle, "Yanımda kal," dedi. "Senin polislere anlatacakların bu işi bitirir. Sonunu görmeye ihtiyacım var. Anlamıyor musun? Boğuluyorum." Anlıyordum. Lanet olsun ki anlıyordum. "Bana borcunuz var," diye devam etti. "Kimin kanından olduğunu çok iyi biliyorsun. Ben seni seçtim. Bana güzel bir hayat borcun var. Ağabeyinden intikam almama yardım etme borcun var."

"Kendimi feda etmemi mi istiyorsun?" Artık ağlıyordum. Çaresizliğim yüzüme yavaşça yayılıyordu.

"Evet," dedi gözlerini bile kırpmadan. "Senin aydınlığını istiyorum."

"Ben karanlığım," dedim alçak, titrek bir sesle.

"Biliyorum. Ama ben o kadar karanlığım ki senin karanlığın benim ulaşabileceğim tek aydınlık."

Dudakları dudaklarıma yaklaşırken titrek bir nefes aldım. "Benden kendimi feda etmemi istiyorsun."

Bakışları dudaklarıma kayarken, "Gerçek kurbanlar..." diye fısıldadı ve bana iyice yaklaştı. "Gerçek kurbanlar ölür. Ben senin ruhunu istiyorum."

Yaşlar gözlerimden süzülmeye başladı. Ediz kanayan elinin tersiyle saçlarımı omzumun arkasına attı ve boynuma yavaşça dokundu. Kanının sıcaklığını boynumda hissedince ondan korktuğumu anladım. Sınırları olmayan bir ruh hastası gibiydi.

"Sana dokunmayacağım," dedi. "Ta ki sen bana kapılarını açana kadar... Sandığının aksine ben senin söylediklerinle ilgileniyorum."

Sessizce yutkundum. Ona inanmıyordum, tüm bunlardan sonra inanamazdım. Daha doğrusu ona inanmak istemiyordum çünkü bir şey daha görmüştüm – aksini iddia edemeyeceğim bir gerçek. "Bunun sebebi sözlerimi bana karşı kullanmak istemen, öyle değil mi?" Gözlerimi kapattım, konuşunca dudaklarım hareket etmiş ve onun dudaklarına değmişti.

"Orası bana kalsın," diyerek beni daha da sıkıştırdı. Dudaklarını dudaklarıma dokundurdu ama bu çok yumuşak bir dokunuştu. Üst dudağımı yavaşça öptü ve geri çekildi. "Dokunmak yok."

Ediz öpüşmeye de görünmez, şeffaf bir sınır çizerken gözlerimi yavaşça açtım. Bir süre derin bir sessizlik içinde birbirimize baktık. Sanki boğazımda pürüzlü bir tabaka vardı, içimde bir yerler durmadan kanıyordu.

Ondan uzaklaşmaya çalıştım ama bana izin vermedi. Gözlerimde parlayan yaşlar bana daha ne yapacağını sorar gibiydi. Daha ne yapabilirdi? Ne istiyordu?

"Bir şey daha," diye fısıldadı. "Bir konuya daha açıklık getirelim." Ben ona soran gözlerle bakarken sözsüz bir anlaşma yapıyormuşuz gibi gözlerimi izledi. Ardından dudaklarını yavaşça boynuma bastırarak ürpermeme neden oldu.

"Burası," dedi. "Kalbine giden damarın üstü. Burası benim, Şahmeran. Her şeye bir sınır koyabiliriz ama burası benim. Vazgeçmem."

14. UMUT

Zihnimin en kuytu köşelerine sinmiş, eski bir alışkanlık misali belleğime kazınmış bir şeydi bu. Akan kandan etkilenmek. Fazla derin düşünen insanlara özgü bir zayıflıktı belki de. Akan şey kan değil de o insanın ruhuymuş gibi hissederdim çoğu zaman. Bileklerini kesenlerin ruhlarını hapsettikleri kafeslerin kapılarını açık bıraktıklarını, özgürlüğün tertemiz sayfalarına uğursuz, kan kırmızı bir kalemle aktardıklarını hissederdim. Burnuma dolan koku, bir ruhun izlerini taşıyordu sanki.

Ediz'in parmakları tenimde yavaşça kayarken boynumda uzun, kan kırmızısı çizgiler bırakmıştı. Tam dudaklarını bastırdığı yerde, kalbime giden damarların üstünde...

Karanlığı emmiş gibi kapkara görünen gözleri gözlerimi buldu. Dudaklarım hafifçe aralanmıştı.

Kalbine giden damarın üstü.

Bu sözler kan kokuyordu. Belki ona ait oldukları için, belki de kalbimi delip geçerken kana bulandıkları için...

Ediz'in nefreti bana bazen yavaşça yudumlanan bir içkiyi anımsatıyordu. Hem yıllanmış şarap kadar kaliteliydi hem de kapıldığı ve hissettirdiği diğer bütün duygulardan çok daha tazeydi. Bazen dibi görünmeyen bir uçurumun kıyısında durduğumu, aşağıya, boşluğa baktığımı hissediyordum. Ediz'in karanlığı beni bir örtü gibi sarıp sarmalamak istiyordu, onun yarattığı boşlukta öylece yuvarlanmamı bekliyor gibiydi. Ne iyi olmamı istiyordu ne de ölmemi...

En güzeli de şefkatiydi. Çocukluk ile olgunluk arasında sıkışıp kalmıştım, birinin elimden tutup bana yol göstermesine alışkın değildim. Kollarını bana sardığında küçük bir kız çocuğu gibi kucağına yerleşmek, yüzümü boynunun altına saklayarak uyumak istiyordum. *Güven.* Bu kelime bana yabancıydı. Aslında Ediz Çağıran'ın verdiği güven herkese yabancıydı, ucundan kan damlayan bir kelimeden ibaretti.

Her şeye rağmen tanıdık, soğuk yatağın aksine oldukça sıcak ve güvenliydi.

Kelimeler de ruha bağlanır mıydı? Bazen o konuşurken bağlandıklarını hissediyordum. Eğer kelimeler de mürekkep izleri gibi mat ve yalınsa kalbimi acıtan, teklemesine neden olan şey neydi?

Bir an ona sarılıp sadece ağlamak istedim. Her şey –öfke, kırgınlık, nefret– kalbimde toplanmıştı. Kalbim, içi toprakla doldurulmuş çürük bir çuval gibi her an bir yerlerden patlak verecekti sanki. Ama içim kan revan içinde olsa bile Ediz'e sarılamayacağımı biliyordum.

Her babayı kendi baban gibi mi sanıyorsun?

İşte oradaydı, tam boğazımda. Bir öksürükle bütün harfler ağzıma dolacaktı. Saniyeler sırtlarında yük taşıyormuş gibi ağır ağır ilerlerken yeşil gözler, gözlerime kilitlenmişti. Ediz bana böyle baktığı zamanlarda ruhum bedenimden ayrılmış gibi hissediyordum. Acaba tekleyen kalbimin sancısını, boğazımda biriken kelimelerin bayatlığını nefesimden anlayabilir miydi?

Kafamda bir şeyleri yerine oturtmak için umutsuzca çırpınarak, "Seni anlayamıyorum," diye mırıldandım. Gözlerimin içine bakmaya devam edince sessizce yutkundum ve bakışlarımı başka yöne çevirerek esaretinden kurtulmaya çalıştım. Neye baktığımı bile bilmiyordum, varlığı afallamama neden oluyordu.

"Sana dokunmayacağım," dedi sonunda. "Bedeninden önce ruhunun tadına bakmak istiyorum."

Bu sefer korkunun soluğunu ensemde hissetmiştim. Bir panik dalgasıyla göz bebeklerim küçüldü ve boğazımın kuruduğunu hissettim. Tam olarak ne istiyordu anlayamıyordum, çözemiyordum...

"Elin," dedim sadece. Bu kelime dudaklarımın arasından benden umudunu kesmiş gibi kendiliğinden dökülmüştü.

Ediz beni duymazlıktan geldi. "Konuşacağın günü bekleyeceğim. Ruhu yaralı, küçük bir kızla *sevişmeyeceğim.*"

Ah, hayır. O kelime. Gözlerimi kapatırsam başını toprağa gömmüş bir deve kuşu gibi mi görünürdüm? O kelimeyi Umay'ın ağzından pek çok kez duymuştum, kendi ağzımdan da öyle. Aramızda dalgasına kullanır ya da çok sevdiğimiz bir erkek şarkıcıyı dinlerken, "Bu adamın sesiyle sevişebilirim," derdik.

Ama bunlar tamamen şakaydı. Bu kelimenin asıl anlamıyla alakamın olacağı hiç aklıma gelmemişti ve bu beni telaşa sürüklüyordu.

"O zaman öyle bir şey hiç gerçekleşmeyecek," diye mırıldandım. "Çünkü benim ruhum kapanmayacak yaralarla dolu."

Ediz kaşlarını çattı ve bir şey söylemek için ağzını açtı ama ona fırsat vermeden beni sıkıştırdığı yerden kurtuldum. Bir an ellerimi nereye koyacağımı bilemeyerek avuçlarımı ıslak kabanıma sildim ve "Eline bir şey sarsak iyi olur," dedim. Konuşmasını istemiyordum, o konuştukça gece iyice karanlığa gömülüyordu.

Sanki yarayı tamamen unutmuş da ben hatırlatmışım gibi eline baktı. Kanı avucundan bileklerine, oradan da ceketinin içine doğru süzülürken yüzünde anlaşılmaz bir ifade vardı. Canı yanmıyor muydu? Sanki onun yerine acıyı ben hissediyordum.

Elini indirip sıkıntıyla iç geçirdi. "Arka koltukta fular gibi bir şey olacaktı. Gece'nin sanırım."

Konuya nokta konulmasından memnun bir şekilde ve eline bakmamaya özen göstererek camı kırılmış olan arka kapıyı açtım. Kalbim hâlâ sakinleşmemişti, kanım kulaklarımda uğulduyordu. Karanlıkta bir şey göremediğim için elimle koltuğu yokladım ve fuları buldum. Burnuma gelen yoğun parfüm kokusu yüzümü buruşturmama neden olmuştu. Kozmetikler arasında en nefret ettiğim şey parfümdü.

İç sesim Ediz'in parfümünün güzel koktuğunu dile getirince onu hemen susturdum ve kapıyı kapatıp Ediz'e döndüm. Dikkatle beni izliyordu. Tek kelime etmeden yanına gidince o da hiçbir şey söylemeden elini bana uzattı. Kanı karanlıkta simsiyah görünüyordu. Yüzümü ekşitmemek için ayrı bir çaba sarf etmem gerekmişti. Ne yapacağımı bilemeyerek yüzüne baktım ve göz göze geldik.

"Sıkıca sarıp bağla," dedi yavaşça. "Korkacak bir şey yok."

"Sıkınca canın yanmayacak mı?"

Gözlerinde nehir misali akıp giden ifadeler birden duraksadı, hemen ardından daha da hızlı bir şekilde akmaya devam etti. Bu sefer aralarında zayıf bir öfke de görür gibi olmuştum.

"Canımın yanıp yanmayacağını mı düşünüyorsun?" diye sordu. "Üstelik ben bu elimle senin canını yakmışken... Dikkatli olmana gerek yok, sıkıca bağla işte."

Kısa bir an için tekrar bakıştık. Haklıydı, belki de özellikle canını yakmam gerekirdi. Yine de yapamadım ve yavaşça, kendime itiraf edemesem de canını yakmaktan olabildiğince kaçınarak elini sardım.

Ediz kaskatı bir ifadeyle beni izliyordu. Islak kıyafetlerim ve soğuğun işlediği kafa derim dışında bir şeyden dolayı buz gibiydim, özellikle de parmak uçlarım donuyordu.

Ne düşündüğünü anlayamıyordum, gözleri beni boğuyor gibiydi.

"Gidelim," dedi. "Titriyorsun."

Bunun farkındaydım, soğuk resmen tenimi delip iliklerime sızıyordu. Dişlerim takırdamasın diye çenemi sıkıyordum. Ediz yüzüme son bir kez baktıktan sonra elini ceketinin cebine soktu ve arabaya yöneldi. Telaşsız adımlarla benden uzaklaşıp şoför tarafına geçerken arkasından onu izledim ve gelecek kıyametin habercisi olan bedeninin de yüzü kadar sert olduğunu fark ettim. Bu gece olanlar Uygar ve Gece'yle aralarında büyük bir tartışmanın yaşanacağını gösteriyordu. Açıkçası eve gitmek istemiyordum.

Yine de elim kolum bağlı bir şekilde arabaya bindim. Ediz çoktan direksiyona geçip motoru çalıştırmıştı. Bense o sırada eline pansuman yapılması, belki de dikiş atılması gerektiğini düşünüyordum. Dikiş düşüncesi ürpermeme neden olunca koltuğuma yavaşça sindim.

Ediz gaza bastı ve Corolla hiç zorlanmadan, su gibi akmaya başladı. Arka cam kırık olduğu için soğuk hava içeri doluyor ve sivri bir şey gibi tenime saplanıyordu. Ben oturduğum yere iyice gömülünce bana hızlı bir bakış attı, sonra tekrar yolu izlemeye devam etti.

"Bir şey sorabilir miyim?" Sesimin de içeri dolan soğuk hava kadar etkili olmasını diliyordum ama sadece ifadesizdi.

Ediz kısaca, "Sor," dedi.

"Baban çok mu zengindi?"

Bu soru üzerine kaşlarını çattı, amacımı anlamamış gibiydi. "Evet," dedi yine kısaca. Kollarımı bedenime dolayıp ön camdan yolu izlemeye başladım. Farların aydınlattığı yolda beyaz şeritler göz alıcı görünüyordu.

"Polis bütün hesaplara el koymadı mı?" Bunun daha önce aklıma gelmesi gerekirdi ama bu konulara hiç kafa yormamıştım. Ediz bir şekilde para buluyordu, belki de gizli gizli banka soyuyordu. Paranın kaynağını öğrenmemin pek bir anlamı yoktu.

İçimdeki Doğa çirkin bir kahkaha attı ve sordu: "Polis seni sorguya çektiğinde Ediz hakkında olabildiğince az şey bilmek istediğin için olmasın?" Onu hızla susturdum ve bu soruyu bir kavanoza kapatıp ulaşılması en zor rafa kaldırdım. Böyle şeyleri düşünmek yasak bölgeye girmek demekti. Ediz hakkında öğrendiğim en ufak bir detay bile mayına basmak gibiydi.

"Banka hesaplarına el koydular," diye açıkladı. "Babam parasını kasada saklardı. Dağ evindeki kasada. Bankada sadece benim eğitimim için ayırdığı para vardı."

"Anladım," diye mırıldandım ve tekrar sessizliğe gömüldüm.

"Neden sordun?"

Ediz'e baktım. Yolu izliyordu, yüzünde umursamaz bir ifade vardı. Bu soruyu öylesine sormuş gibiydi.

"Çok para harcıyorsun da," diye açıkladım. "Bitmeyen para mı ürettiler diye düşünüyordum."

Bir an gülecek sandım ama kaskatı yüzündeki hareketsiz dudakları belli belirsiz bir titremeyle yetindi. Yine de gözlerinde ufacık bir ışık belirmişti, yani Ediz standartlarına göre az da olsa yumuşamıştı. "Neden dedeme dava açtığımı sanıyorsun ufaklık?" Kaşlarımı kaldırdım ve Ediz sorusunun cevabını kendisi verdi: "Parası için. Holdingde babamın payına ve benim payıma düşen hisseleri alacağım."

"Paran mı bitti?" dedim kulaklarıma inanamayarak.

"Hayır. Yani en azından şimdilik var."

"Seni beş parasız ortada kalmış halde düşünemiyorum," diye mırıldandım. Bana kısa bir bakış attı ama yenilgiyi asla kabul etmeyeceğini gösteren yüz ifadesi susmama yetmişti. Parasızlık onu durduramazdı.

"Eski hayatına dönebilirsen lükse veda etmen gerekecek galiba." Bunu söylemekten kendimi alamamıştım. Ediz'in bir yandan okurken bir yandan da yarı zamanlı bir işte çalıştığını hayal edemiyordum. Belki de yine saman altından su yürütür, kiralık katil falan olurdu. Sanırım bu işleri yapması, bir kafede garsonluk yapmasından çok daha mantıklıydı.

Bu sözlerimden sonra ondan alaycı bir cevap bekliyordum fakat, "Eski hayatıma dönmeyeceğim," dedi. Gayet ciddi görünüyordu.

"Hapisten kurtulamayacağın için mi?"

Bu kez bana alaycı bir bakış attı. "Bu işin sonunda hapisten kurtulamayacak biri varsa o da Atalay'dır."

Kaşlarım çatıldı. Ciddiyeti bana da bulaşmıştı. "Bilkent'e geri dönmeyecek misin?" diye sordum ve cevabı hemen, "Hayır," oldu. İşte buna gerçekten şaşırmıştım çünkü bana her şey bittiğinde kaldığı yerden devam etmek istediğini söylemişti.

Şaşkınlığımdan biraz sıyrılınca, "Neden?" diye sordum. Cevap vermeyince de, "Babanın bıraktığı işleri devam ettireceğini sanıyordum," diye ekledim. Tuhaf bir hayal kırıklığı yaşamıştım, kim bilir avukatlık ona nasıl yakışırdı. Hem de ellerine bulaşan onca kana rağmen... Ama bu işlerle uğraşıp da elleri temiz kalan kaç kişi vardı ki?

Ediz yola bakmaya devam ederek duygusuz bir sesle, "Bunun yanıtını alacaksın," dedi. "Neden bahsettiğimi bu iş bittiğinde anlayacaksın."

"Bu da ne demek şimdi?" diye sordum ama yine sessiz kaldı. Her şeye rağmen gözlerinin parlamasını sağlayan bir hayalden, bir hedeften, idealinden mi vazgeçiyordu? İçime garip bir huzursuzluk çökmüştü, neden böyle bir karara vardığını anlayamamıştım.

Kafamda ihtimalleri değerlendirip bir sonuca ulaşmaya çalıştım ama Ediz'in ne düşündüğünü, ne hissettiğini çözmek o kadar zordu ki... Yine cevapsız kalmıştım, aklım soru işaretleriyle doluydu.

Eve geldiğimizi ancak Ediz el frenini sertçe çektiğinde fark etmiştim. Arabadan çıkmadan önce artık damarlarımda yabancı madde gibi dolaşan bir huzursuzlukla onu inceledim. Ediz'i o kararı almaya iten şey neydi? Belki ülkeyi terk edecek, belki kendine yeni bir yaşam kuracaktı. Belki de holdingi devralacak ve her şeye sıfırdan başlayacaktı.

Yine de içime sanki bir paranoyanın neden olduğu garip bir huzursuzluk oturmuştu.

Kapımı açıp dışarı çıktım. Ediz bana aldırmadan eve doğru yürümeye başlamıştı bile. Kapıyı sakince kapattım ve telaşsız adımlarla, ona yetişmeye çalışmadan evin yolunu tuttum. Kafamın içinde uzun bir soru listesi vardı ve cevapları arıyordum.

Salonda ışık vardı ama Ediz zile basmadı. Elini ceketinin cebine atıp anahtarı yokladı fakat üstündeki kendi ceketi değildi. Ben zile basınca bir küfür mırıldandı.

Kapıyı açan Gece halimizi görünce –kan revan içinde, dağılmış ve sırılsıklam– gözlerini ardına kadar açtı. Ediz ise ona hiç aldırmadan içeri geçti. Onu tamamen görmezlikten gelmişti. Gece'yle göz göze geldiğimizde ben de bakışlarımı kaçırdım ve içeri girdim. Açıklama yapma ihtiyacı duymamıştım.

Ediz üstündeki ceketi çıkarıp koltuğun üstüne attı. Ensesi ve eli kan içindeydi. Çıplak bedeninde de yer yer kan lekeleri vardı.

Hiçbir şey söylemeden banyoya yönelirken arkasından endişeyle baktım. Bedeni açık yaralarla doluyken duşa girmek gibi bir saçmalık yapmazdı, değil mi? Ama banyonun kapısı sertçe kapandıktan sonra suyun sesini duydum ve mutfaktaki kombi sıcak suyun açıldığını gösterecek şekilde uğuldadı.

Öylece salonun ortasında dikilmeye devam ettim. Gece de sokak kapısını kapatmış, girişte dikiliyordu. Omzumun üstünden ona kısa bir bakış attım. Bir şey söylemek için ağzını açtı ama önüme dönüp odaya doğru yürüyerek söyleyeceği her şeyi ağzına tıkamış oldum. Odaya girip kapıyı kapattım. Onca şeyden sonra benimle konuşmaya çalışmayacaktı, değil mi?

Üstümdekileri çıkarırken ben de duş almaya ihtiyacım olduğunu fark ettim. Sıcak ve rahatlatıcı bir duş. Banyodan hâlâ su sesleri geliyordu. Ediz çıkana kadar üzerime kuru bir şeyler geçirmeye karar verdim ama odanın ışığını açmadım. Yatağın kenarına oturduğumda zihnimin büyük bir kısmını hâlâ Ediz'in gelecek planları meşgul ediyordu. Ayrıca hangi akla hizmet o yaralarla banyoya girmişti ki? Umarım saçlarını şampuanla yıkamak gibi bir saçmalık yapmazdı. Bunu yaptığı takdirde canının nasıl acıyacağını düşündüm ve kendi canım yanmış gibi yüzümü buruşturdum.

Ama tam bir mazoşist olduğu gerçeği göz önünde bulundurulursa böyle bir şey yapmasına çok da şaşırmamak gerekirdi.

Kombi çalışıyor olmasına rağmen üşüyordum, bu yüzden yorganın altına girip iki büklüm oldum ve buz kesen parmaklarımı bacaklarımın arasına sıkıştırıp ısıtmaya çalıştım. Dakikalar geçmiş ama Ediz hâlâ banyodan çıkmamıştı, düşünceler de aklımı terk etmiyordu.

Gözlerimi kapatıp zihnimdeki avukat görüntüsünden kurtulmaya çalıştım. Sanki Ediz'in isteği benim hayallerimin arasına davetsiz bir misafir gibi girivermişti. Bedenim yavaşça ısınırken nahoş bir yorgunluk hissettim. Tam uykuya dalmak üzereydim ki omzumda hissettiğim bir el irkilmeme sebep oldu. Beynimin yerinde yapışkan bir madde varmış gibi hissederek gözlerimi araladım ve omzumun üzerinden yanı başımda dikilen karartıya baktım. Bir an korksam da onun sesini duymak gevşememi sağladı.

"Sıcak bir duş al," dedi sessizce. "Hastalanacaksın."

Boğazımda yine o pürüzlü tabaka vardı. Boğazımı temizledim ve yataktan destek alarak yavaşça doğruldum. Karanlıkta yüzünü göremiyor olsam da bakışlarını hissedebiliyordum. Üstümdeki yorganı itip yataktan, bedenimi gevşeten sıcaklıktan çıktım ve kendimi hiç iyi hissetmememe rağmen ayağa kalktım.

Ediz bir şey söylemedi ama kapıya doğru ilerlediğim sırada bakışlarının ağırlığını sırtımda hissedebiliyordum.

Işık bir an için gözlerimi acıtsa da duşun altına geçmemle bedenimdeki uyuşukluğun, zihnimdeki sisin dağılması bir oldu. Sıcak suya doğru başımı kaldırdım ve gözlerimi kapatarak yüzüme akmasına izin verdim. Bedenimdeki kurumuş kan silinip giderken sinirlerim de gevşemişti. Bunun keyfine vararak uzun bir süre banyoda kaldım, aynı zamanda içeride olabilecek şeylerden kaçmış oluyordum. Saat gecenin üçüne geliyor olmalıydı. Günün bütün yorgunluğu tenime tırnaklarını geçirmiş gibiydi.

Sonunda musluğu kapattığımda parmaklarım fazla suda kalmaktan buruşmuştu. Havlu ıslak denecek kadar nemliydi. Onu benden önce Ediz kullanmış olmalıydı. Bunu düşünmemeye çalıştım. Havluya sarınacak, odaya öyle geçecektim ama sadece birkaç saat önceki tavırlarını anımsayarak yüzümü buruşturdum ve odadayken giydiğim kıyafetleri tekrar üzerime geçirdim. Saçımın ıslaklığını havluyla olabildiğince alıp kurutmadan bıraktım, sonra da havluları yerine astım.

Banyodan çıktığımda kendimi en azından fiziksel olarak çok daha iyi hissediyordum. İçeriden hiç ses gelmiyordu fakat salonun ışığı yanıyordu. Uygar eve gelmiş miydi acaba? Sessizliğe bakılırsa henüz gelmemişti, aksi takdirde Ediz kıyameti koparırdı.

Ama içeri girdiğimde yanıldığımı gördüm; Uygar salondaydı ve koltukta, Gece'nin yanında oturuyordu. Ediz beni görmezlikten gelerek elindeki baştan savma sargıyı incelemeye devam etti. Kimse tek kelime etmiyordu. Ediz'in bu umursamaz tavırları kaşlarımı çatmama sebep olmuştu. Tekrar banyoya döndüm ve dolapları karıştırmaya başladım. Biri yapmazsa o yaraya asla pansuman yapılmazdı, biliyordum.

Dolapları karıştırdıktan sonra işime yarayacak şeyleri içinde pamuk ve tentürdiyot bulunan poşete koyup nemli banyodan çıktım. Bu sessizlik neydi? Fırtına öncesi sessizliği andırıyordu ve rahatsız ediciydi.

Belki de bir şeyleri sakince konuşarak medeni bir şekilde yoluna koymak için düşünmeye ihtiyaçları vardı. Ama Ediz ve "sakince konuşmak" eylemini bir arada düşünemiyordum. İçeri girdiğimde onları bıraktığım şekilde buldum.

Ediz oturduğu yerde öne eğilmiş, dirseklerini dizlerine yaslamıştı. İkili koltukta oturan Gece ve Uygar da en az onun kadar suskundu. Ediz'in yeşil gözleri boşluğa bakıyordu. Kafasında dönen çarkların sesini duyabiliyordum, bir şeyler düşünüyordu ama ne düşündüğü hakkında en ufak bir fikrim yoktu.

Arkamdaki koltukta oturan Gece ile Uygar'ın bakışlarını üzerimde hissediyordum. Ne diyeceğimi bilemeden omzumun üstünden onlara baktım.

Göz göze gelince Uygar, "Nasılsın Doğa?" diye sordu. Yüzünde yorgun bir ifade vardı. Sonra o yorgunluk dudaklarına düştü ve cansız bir gülümsemeye dönüştü.

"İyiyim," dedim kararsız bir şekilde. Ediz homurdandı.

"İyi," dedi Uygar. Gözlerini bir an Ediz'e çevirdi ama sonra hemen başka tarafa baktı. Ediz'e dönünce yüzünde avcılara özgü bir ifadeyle Uygar'a baktığını gördüm. Gözlerinde yeni bir nefret vardı sanki.

"Başına baksam iyi olacak," dedim dikkatini dağıtmak için. Her an yerinden fırlayıp arkadaşının üstüne atlayacakmış gibi görünüyordu. Delici bakışlarının hedefi şimdi ben olmuştum ama aldırmadım, onun bu haline bağışıklık kazanmaya başlamıştım.

Düşmanca bir sesle, "Gerek yok," dedi. Ona aldırmadan poşetin içinden gerekli malzemeleri çıkardım, daha doğrusu işime yarayacağını düşündüğüm şeyleri. Vurulduğunda ona dikiş atmak zorunda kalmıştım. Ediz benim aksime hiç tepki vermemişti. Yine de benim açımdan hiç hoş bir deneyim değildi.

"Başını yana çevirir misin?" diye sordum ama kılını bile kıpırdatmadı. Dudaklarımı birbirine bastırarak sabırlı olmam gerektiğini kendime anımsattım. Bu onun her zamanki haliydi. Ediz buydu. İç geçirince saçlarından şampuan kokusu geldiğini fark ettim. Yanılmadığımı görmek iç karartıcıydı.

Başına ulaşmak için bir dizimi koltuğa, hemen yanına yasladım ve beni itmesinden korkarak saçlarını parmak uçlarımla araladım. Yaranın yerini saptamak için tutamların arasında hafif dokunuşlarla gezindim. Neyse ki Ediz beni itmedi. Parmaklarıma yine o uğursuz sıvı bulaşınca yüzümü buruşturdum. Gece bu konuda benden çok daha bilgiliydi ve benim kadar zayıf bir bünyesi olmadığından emindim fakat şu durumda bizimle aynı odada olmaları bile bir mucizeydi. Parmaklarımı birbirine sürterek kanın dağılmasını sağladım ve poşete uzandım. İş yine başa düşmüştü.

"Sence dikiş atmamızı gerektirecek bir durum var mı?" diye sordum.

"İyi görünmüyor." Ediz'in yüzü de iyi görünmüyordu ama bunu dile getirmedim, göz altlarında belli belirsiz mor halkalar vardı.

Cevap vermedi, öylece karşı koltukta oturan arkadaşlarına bakıyordu. Yine de ona aldırmadım, daha doğrusu aldırmamaya çalıştım. Amacım ona yardım etmekti, yardım etmemem gerektiğini biliyordum ama içimde büyük bir endişe vardı.

Paketten yumruk büyüklüğünde bir pamuk koparıp üstüne biraz tentürdiyot döktüm. Doğru adımları attığımdan emin değildim ama küçükken düştüğümde veya yaralandığımda annem yaramı hep bu yakıcı sıvıyla silerdi. Ama Ediz zaten şampuan kullanmıştı, bir de tentürdiyot sürmek daha kötü olmaz mıydı?

"Açık yaraya tentürdiyot kullanılması zararlıdır." Ediz'in sabit sesi sessizliği bozmuştu. Bakışlarını bana çevirdi. Sanki aramızda sessiz, düzensiz bir alfabe vardı. Daha doğrusu o benim dilimi çözmüştü. Duraksadığımda bile ne hissettiğimi, ne düşündüğümü anlayabiliyordu. Fakat ben ona ulaşmaya çalıştığımda tek hissettiğim karanlık oluyordu, hiçliğin ortasında kalakalıyordum.

Ne diyeceğimi kestiremediğim için elimdeki pamuğa baktım.

Ediz, "Genelde oksijenli su kullanılır, hücrelerin ölmemesi için," diye devam ederek iç geçirdi ve bakışlarını bana çevirdi. "Devam et."

Ne yapacağımı bilememiştim. "Oksijenli suyumuz yok sanırım," diye mırıldandım.

"İstemiyorum zaten," dedi. Bakışları hâlâ yüzümdeydi; sert, soğuk ve boş. Terk edilmiş bir arazide, kuruyan toprağın üzerinde esen rüzgârı anımsatıyordu bu bakışlar. "Merak ettiğin için cevapladım," diye ekledi Ediz, "durman için değil."

"Sana zarar verecek değilim," diye homurdandım. Zaten kendine yeterince zarar veriyordu. Ama bu sözlerim gözlerinde bir öfke alevinin parlamasına sebep olmuştu. Göz bebeklerinde ışıldayan küçücük bir kıvılcımdı bu ama her yeri ateşe verecek kadar kuvvetliydi. Aldırmadım; gözlerine, yüzüne fırça darbeleri gibi vurulan bu karanlığa alışmıştım. "Suyla temizleyeyim," dedim.

Pamuğu poşetin üzerine dikkatlice koyup su almak için yanından ayrılacaktım ki güçlü parmaklar saniyeler içinde bileğime yapıştı. O kadar ani ve sert bir hareketti ki şaşırmıştım. Gözlerimi kırpıştırarak ona baktım, çenesi kaskatıydı.

"Kes şunu!"

Rüzgârla beraber hızla ilerleyen, sonra birden yön değiştiren bir dalga gibiydi. Birbirine karışan bu tezatlık, kuvvetli bir girdap halinde bana saldırıyordu. Durup dururken, hiçbir sebep yokken ruhu ve hisleri yeni bir rota belirliyordu. Ona uyum sağlamaya çalışırken zihnim bir anlığına duruyor ve kıyılarıma sessizliğin yankısı vuruyordu.

"Yine ne yaptım?" diye sordum. Sesimdeki duygunun ne olduğunu ben bile anlayamamıştım. Kızgınlık? Öfke? Şaşkınlık? Belki de hepsi birden. Ama bunun çok da önemi yoktu, bütün duygularım aynı masaya otursa bile hiçbiri Ediz'in tavırlarındaki payını belirleyemiyordu.

Üzgün müydü? Bilmiyordum. Kırgın mıydı? Bilmiyordum. Şaşkın? Öfkeli? Neye şaşırmıştı? Neye öfkeliydi?

"Neden beni düşünüyorsun?" diye sordu bağırarak. "Bırak zarar versin!"

"Bana bağırma!" Ben de bağırmıştım. Gözlerinde öyle bir ifade parlıyordu ki düşünceleri yanıp sönen harflerle ortaya dökülmüştü sanki. İnce bir çaresizliğin kokusunu alır gibi oldum, ocakta unutulan bir yemekten yayılan yanık kokusunu andırıyordu.

Ediz bir şeyleri kaldıramıyordu. Bu fiziksel bir şey değildi, kendine verdiği onca zararın izlerini vücudunda taşıyordu. Hissettiği yük, fiziksel bir yükün çok daha ötesindeydi. Bazen onu gözümde yenilmez, yıkılmaz bir varlık haline getirdiğimi fark ediyordum. Şimdi de o anlardan birindeydim. Ne olursa olsun Ediz de insandı ve yaptığı onca şeye rağmen kalpsiz olmadığını biliyordum. İyi biri değildi; bu sarsılmaz, altında Ediz'in imzasını taşıyan bir gerçekti ama kesinlikle kalpsiz de değildi.

Patlayacak yer arıyordu, hedef tahtası yine bendim ve bu gerçek, öfkeme öfke katıyordu. Zehirli oklarının hedefi hep ben oluyordum. Sadece bana yöneliyor, öfkesini benden başka kimseye kusmuyordu. Herkese kapkara bir nefretle yaklaşıyordu ama herkesten topladığı öfkeyi sadece bana kusuyordu. Biraz kırgınlık, biraz da değersizlik hissiyle bulanıklaşan düşüncelerimin arasına yeni bir gerçek daha yavaşça sokuldu. Belki de aklımın kuytu köşelerinden sızıp gelen, içten içe farkında olduğum bir şeydi bu: *Ediz'in benden başka kimsesi yoktu.*

"İstemiyorum, duydun mu?" dedi. Gözlerinde bir meydan okuma vardı. "Senden gelecek hiçbir iyiliği istemiyorum!"

Sanki damarlarımdan kan değil de yakıcı bir sıvı geçiyordu. Kalbimde patlak veren yangın damarlarımı da hızla ateşe vermişti. Bütün vücudum yanmaya başlamıştı. Bu kızgınlık değil, kırgınlıktı.

Sonunda var sesimle, "Ben sana ne yaptım?" diye bağırdım. Uygar ve Gece'nin ayaklandıklarını, tedirgin yüzlerle bize baktıklarını fark etmiştim. Ediz'in canı sıkkın olduğu için bana patladığını biliyordum, belki de içten içe alttan almamı istiyordu. Fakat bu gece ikimiz de kuyunun dibindeydik. Bu yaptığı çamurlu botlarıyla omuzlarıma basıp beni dipte bırakarak kuyudan çıkmaya çalışmak değil de neydi?

"Git de aynaya bak!" diye kükredi. "Suratın bu haldeyken bana yardım etme!"

Oysa ben onun üstüne basıp geçmektense onunla sırt sırta verip o kuyudan beraber çıkmaya hazırdım. Gözlerim dolmaya başlarken bunun imkânsızlığını anladım, ancak birimiz galip gelecekti.

"Sadece yardım etmeye çalışıyordum," dedim dişlerimin arasından.

"Etme!" diye bağırdı. "Benim sana yaptıklarımdan sonra iyiliğimi düşünme!"

Kalbimin üzerine ağır bir yük çöktü. Ediz dudaklarını birbirine bastırmış, gözünü bile kırpmadan gözlerimin içine bakıyordu. Bakışları en kuytu köşelere gizlenen soruları bulup çıkarıyordu. Daha önce cevabını hiç düşünmediğim ya da düşünmekten korktuğum soruları... Mesela bana vurduktan sonra aklından neler geçmişti?

"Gerektiği gibi davranıyorum sadece," dedim. Bu kez bağırmamıştım ama sesim hâlâ sertti.

"Davranma o zaman!"

Öfkeyle başımı iki yana salladım. Ona bu saçma tutumundan bıktığımı söylemek istiyordum. Ağzıma bir yığın cümle doldu ama hepsini yuttum. Onunla tartışmak imkânsızdı, ne dersem diyeyim yine kendini haklı görecekti.

"Ediz, otur konuşalım," dedi Uygar. "Böyle yaparak hiçbir yere varamayız." Fakat sesi kendinden emin olmadığını gösteriyordu.

Ediz'in nefreti sıcak hava dalgası gibiydi, ben onu somut bir varlık gibi hissederken Ediz ölümcül bakışlarını çoktan Uygar'a çevirmişti. İşaret parmağını ona doğru uzattı, çenesi kaskatıydı. "Sen sakın konuşma!"

Uygar onun aksine sesinin ayarını koruyarak, "Kızın üstüne gitme artık," dedi. "Sinirlisin. Pişman olacağın bir şey yapma."

"Çok mu umurunda lan?" dedi Ediz ona doğru atılarak. Uygar'ı tanıyordum. Tamam, belki Ediz'i tanıdığım kadar iyi tanımıyordum. Belki yeterince vakit geçirip konuşmamıştık ama o kapalı bir kutu değildi. Aksine yüz hatlarının gerilişinden bile düşüncelerini çekip çıkarabiliyordum ve kötü bir niyetinin olmadığının farkındaydım.

Ediz'in gücü tükenmiş gibiydi, o yüzden ondan daha hızlı davranarak Uygar'a saldırmadan önüne geçebilmiştim.

"Ediz, yapma." Ama bana yöneldiğinde onu durduracak kimse olmuyordu ve öfkelendiğinde birinin onu durdurması gerektiğini biliyordum. Bir noktada Ediz'in öfkesini ve nefretini hak ediyor olabilirdim ama Uygar farklıydı. Ediz beni duymamış gibi ona ulaşmaya çalıştıysa da ellerimi göğsüne yerleştirerek onu durdurdum. Avuçlarımın içini dolduran kasları gerilmişti, kalbinin şiddetle çarptığını hissedebiliyordum. Öfke bütün bedeninde inliyordu.

Bakışları yüzüme çevrildi. "Sakın işime karışma."

"Polislerin onlardan haberi yok," diye açıkladım hemen. "Eskiden yurt dışında olduklarını söyleyerek kurtulabilirlerdi ama artık Denizli'de olduğumuz biliniyor. Eğer onlar da senin bulunduğun bir ortamda fark edilirlerse hayatları kararır." Omzumun üstünden onlara baktım. Uygar gergin olsa da sakinliğini korumayı başarabiliyordu ama Gece'nin zaten solgun olan teni iyice solmuştu. Bakışlarım tekrar yeşil gözleri buldu. "Onları bekleyen bir hayat var. İkimizin aksine."

Ediz bir an gözlerimin içine baktı, sanki bir anahtar deliği bulmuş da oradan ruhuma göz atmaya çalışıyormuş gibiydi. Bedenindeki gerilim belli belirsiz azaldı ama vücudu hâlâ kaya kadar sertti. "Seni bekleyen bir hayat yok mu?" diye sorarken bileklerimi tuttu ve eline rastgele sardığı bezi tenimde hissettim. Yarasını baştan savma bir sargıyla geçiştirmişti. "Seni bekleyen bir hayat yok mu?" diye tekrarladı.

Aklımda yarattığım Ediz'le elini doğru düzgün sarması gerektiğini tartışırken, "Bence bu sorunun cevabını biliyorsun," diye karşılık verdim. Gözlerindeki yakıcı ifade kirpiklerine de bulaşmış gibiydi, sanki gözlerini kırptığı an yanaklarına dökülecekti. Ediz bileklerimi çekip ellerimi göğsünden ayırdı ve arkamda, bel hizamda birleştirdi. Sonra bakışları yavaşça arkamdaki bir noktaya sabitlendi. Soğukluğu gözlerine sis gibi çökmüştü.

"Utanıyor musun?" diye sordu yavaşça. Beni tutsakmışım gibi sarmasının el verdiği kadar omzumun üstünden baktım ve bakışlarını takip ettim. Gece'ye bakıyordu. "Onun hakkında söylediklerinden sonra utanıyor musun?"

Gece önce Ediz'e baktı, ardından gözleri çok kısa bir an için benim gözlerime değdi. Bir saniye bile sürmemişti. Ben hâlâ dikkatle ona bakmakta olduğum için Ediz'in yüzünü yüzüme yaklaştırdığını fark etmemiştim. Önüme döndüğümde irkildim. Ediz bana aldırmadan dudaklarını kulağıma yaklaştırdı.

"Ona bir adamı oyalaması gerektiğini söylediğimde bana ne dedi, biliyor musun?" Nefesi tenimi yakmıştı, ateşi mi vardı? "'Doğa o işler için burada değil mi?' Ve sen çıkıp onları korumaya çalışıyorsun, öyle mi?"

Pekâlâ, yine haklıydı. Kendi açımdan baktığımda bu sineye çekilecek bir şey değildi ama şu an olanların odak noktası onlar ve ben değildik, bu olayların içinde benim adım geçmemeliydi. "Bu durumu kişiselleştirmem çocukluk olur."

Ediz birden, "Asıl bu yaptığın çocukça!" diye bağırdı. "Kendini düşün aptal! Kendini düşün!"

Bileklerimi ondan kurtarmaya çalıştım ama teni tenime yapışmış gibiydi. Bırakmadı, aksine daha da sıkı tuttu. Canımı acıtacak kadar sıkı...

"Canımı acıtıyorsun!" dedim ellerimi kurtarmaya çalışarak. "Bırak! Karışmayacağım, lanet olsun, karışmayacağım! Bırak!"

Yaptığı her analizin altında muhakkak bir hakaret olurdu, biliyordum. Davranışları beni incitiyordu, bunu görüyordu ve görmesine rağmen umursamaması daha çok canımı yakıyordu. Kırılıp etrafa saçılan gururumu da toplayıp sessizliğe gömülemez miydim? Olması gerektiği gibi bir köşeye çekilip sadece sonu bekleyemez miydim? Ağzımı açmam her şeyi daha da kötüleştiriyordu. Bunun farkında olmama rağmen bana tokat atan birine ne diye yardım etmeye çalışıyordum ki?

"Bu konuşma henüz bitmedi."

"Bitti!" dedim kararlılıkla. Artık ağzımı açmayacaktım, burada birbirlerine girseler bile onlara karışmayacaktım. Sadece sessizliğe gömülecek ve karanlık odada bekleyecektim, sonun şekil bulmasını ve tüm bunların bitmesini bekleyecektim...

İnatla, "Hayır," dedi ama bileklerimi bu sefer daha hızlı çektim ve parmaklarının esaretinden kurtuldum. Çelik kadar sert elleri kollarıma yapışıp beni durdurmaya çalıştı fakat ondan uzaklaştım.

"Bitmedi," deyince bir an yüzüne baktım. Yüz hatlarına sinen öfkenin bir kısmı geceden kalma, bayatlamış bir duyguydu, geri kalanıysa şu dakikalarda şekil bulmuş gibi tazeydi. Ona cevap vermeden yürümeye başladığım sırada arkamdan, "Sana bitmedi diyorsam bitmedi!" diye bağırsa da tek kelime etmeden ilerledim ve bitişikteki odaya yöneldim. Kalbim deli gibi çarpıyordu. Ediz'in arkamdan geldiğini hissetmiştim fakat yeterince hızlı olamamıştı, kapıyı kapatıp kilitlemiştim bile. Ellerim buz kesmiş, korkudan dudaklarım kurumuştu. Yine de geri adım atmayacaktım.

"Doğa, aç şu kapıyı!" diye gürleyerek güçlü elini kapıya indirdi. "Sana dediğimi yap!" Bir adım gerileyip kapıya baktım.

Titremeye başlamıştım, kapıyı kırıp kırmayacağını merak ediyordum. İhtimalleri hızla tartınca bunun kaçınılmaz olduğunu anladım çünkü kapıya öyle bir güçle yüklenmeye başlamıştı ki duvar bile sarsılıyordu.

"Doğa!"

"Ediz, dur!" diye bağırdı Uygar.

"Sen karışma!" Ediz resmen kükremişti.

"Açmayacağım!" diye bağırdım. "Rahat bırak beni!"

Kapıya son bir kez daha yüklenince menteşeler yerinden oynadı. Kilidin dilinin kırıldığını gördüm ve kapı hızla açılıp duvara çarparak korkunç bir ses çıkardı. Ediz içeri girmişti. Üzerime yürüyünce korkuyla geri adım attım.

"Uzak dur benden!" diye bağırsam da sesim titremişti, o üzerime geldikçe ben geri geri gidiyordum. Kalçam kalorifer peteğine değince durdum ve Ediz olanca heybetiyle üzerime yürürken kalbimin de durmaması için sakinleşmeye çalıştım. Ne olursa olsun bakışlarımı ondan kaçırmayacaktım ama çok ürkütücü görünüyordu.

"Bana meydan okuma!" diye hırladı. "Duydun mu?"

Cevap vermedim.

"Dediğim her şeyi yapacaksın," diye devam etti. "Duydun mu?" Yine cevap vermedim ve bu durum öfkesini ikiye katladı. "Duydun mu?" diye üsteledi. Ona cevap vermeme konusundaki kararlılığım zedeleniyordu. Beni kenara iyice sıkıştırmıştı, aramızda sadece santimler kalmıştı.

Kendimi o kadar tehdit altında hissediyordum ki, "Duydum," demek zorunda kaldım.

"İyi," diye fısıldadı ve geri çekildi. Ben ondan korkunç bir patlama beklerken o sadece benden uzaklaştı, bir süre sonra da arkasını dönüp odadan çıktı. Gece ile Uygar kapının önünde durmuş, endişeyle bize bakıyorlardı. Ediz yanlarından geçerken kenara çekildiler. Hepimiz olduğumuz yerde kalakalmıştık.

Sokak kapısının açılıp sertçe kapandığını duydum. Uygar bir şey söyleyecek oldu ama yanan gözlerimle onu susturdum. Konuşamayacak kadar öfkeliydim. Gece ve Uygar birbirlerine baktılar ve beni yalnız bırakmaya karar verdiler. Uzun zamandır ilk kez gözlerim öfke yüzünden dolmuştu.

Ve belli belirsiz bir kırgınlık yüzünden... Görmezlikten gelmeye çalıştığım, beni dehşete düşüren o his yüzünden...

Gidip kapıyı çarparak kapattım fakat dili kırılan kapı yavaş yavaş tekrar açıldı. Bir şeyleri yumruklamak istiyordum ya da kendime zarar vermek. Avazım çıktığı kadar bağırmak veya derin bir sessizliğe gömülmek. Sessizlik. Sanırım bu en iyi seçenekti ve onu ele geçirmenin en iyi yolu da uykuydu. Ateş gibi yanan yanaklarıma ellerimi bastırdım, yanıyordum ama donuyordum da.

Yorganı yataktan koparır gibi çektim ve altına girdim. Ediz'in yattığı taraftaydım, yastık tamamen Ediz kokuyordu. Bir an yastığı fırlatıp atmak istedim ama yapamadım. Öfkeyle yüzümü yastığa gömerek yatağın içinde cenin pozisyonunu aldım. Yine ellerimi bacaklarımın arasına sıkıştırmıştım.

Gözlerimi sımsıkı kapattım, kalbim deli gibi çarpıyordu. Sakinleşmeden uykuya dalamayacağımı biliyordum ama Ediz'in kokusunu alırken ve çok yorgun olduğum için bu o kadar da zor olmadı.

Bütün günün yükü üstüme anında çullanmıştı. Kalp atışlarım yavaşça düzene girdi, parmaklarım ısındı, yüzümdeki kan çekildi ve nefes alıp verişlerim yavaşladı. Ardından uyku beni kolumdan tutup kendi topraklarına çekti.

Rüyada yüksek bir yerden boşluğa yuvarlanma hissinin neden olduğu o korku, uykunun esiri olan bedenimi tehlikenin kokusunu almış gibi çekip kurtardı ve irkildim. Karanlık gözlerime dolduğu için ne olduğunu anlayamamıştım. Yön duygumu kaybetmiş bir halde başımı yastıktan hafifçe kaldırdım ve etrafıma bakındım. Odada yalnız olduğumu anlamam birkaç saniyemi aldı.

Ediz yoktu.

Uykunun getirdiği arınmışlık ve tarafsızlık yavaş yavaş kaybolurken kırılan kapının sesi ve öfkeyle üzerime yürüyen heybetli silüet su yüzüne çıktı. Ağzıma acı bir tat yayılmasına neden olan bakışlar ve diyaloglar ağır ağır zihnime akarken su borularından gelen sesi fark ettim. Biri sifonu çekti ve öksürmeye başladı.

Bu gece yalnız uyumuştum. Saatin kaç olduğunu bilmiyordum ama güneş henüz doğmamıştı, yani ancak bir saat kadar uyumuş olmalıydım. Uyku mahmurluğunu bedenimin her zerresinde hissettim ve başım tekrar yumuşak yastığa düştü. Sağa dönüp gözlerimi kapattım.

Bir öksürük sesi duydum ve kısık sesle edilen bir küfür. Uykunun pençesindeki algılarım bir adım geriden geliyor gibiydi, o yüzden neler olduğunu ilk başta anlamadım ama hemen bitişikteki banyodan bir şeyin düştüğüne işaret eden bir ses gelince gözlerim açıldı. Ediz! Öksüren Ediz'di. Ya öğürme sesleri? Birden allak bullak olmuştum. Ediz kusuyor muydu? Yattığım yerden doğruldum, bu sefer sadece başımı kaldırmak yerine bedenimi de sürüklemiştim.

Ayağa kalkıp hızla odanın kapısına yöneldiğimde yüzüm şişmiş gibi hissediyordum, boğazımda ekşi bir tat vardı. Kilidin dili kırık olduğu için kapı tam olarak kapanmıyordu, dolayısıyla sesleri de tam olarak engellemiyordu.

Doğruca banyoya yöneldim. Artık içeriden ses gelmiyordu. Kalbim endişeyle çarpmaya başlarken kapıyı tıklattım. "Ediz?" Ses gelmedi. "Ediz, iyi misin?" Yine ses yoktu. "İçeri giriyorum," dedim.

Kapının kilitli olmasından korkmuştum ama kolu indirdim ve kapı açıldı. Işık gözümü aldığı için bir an yüzümü buruştursam da ellerini lavabonun iki yanına yaslamış ve hafifçe lavaboya doğru eğilmiş olan Ediz'i görünce bütün hislerim kayboldu. Yerlerini yakıcı bir korkuya bıraktılar. Ediz'in yüzü ruh gibi beyazdı, gözleri kapalıydı ve her an yere yığılacakmış gibi bir hali vardı.

"Ediz!" Sesim yükselmişti. Gözleri aralandı ve bana ışığı sönmüş, cansız bir bakış attı. Gerçekten kusmuş muydu? Banyoda buna dair herhangi bir iz yoktu ama yüzünün solgunluğu çok şey anlatıyordu.

"Şahmeran?"

Yavaşça musluğu kapattı. Göz altlarındaki mor halkaları ona yandan baktığımda bile görebiliyordum. Elimi yüzüne uzatırken buldum kendimi. Parmaklarım hafif sakallı çenesini kavradı. Yüzünü kendime doğru çevirdiğimde dudaklarının nefes almak için hafifçe aralandığını fark ettim.

"Neler oluyor?" diye sordum şaşkınlıkla. Yatmadan önce toplayıp tekrar poşete doldurduğum sargı malzemeleri yerde duruyordu, duyduğum sesin kaynağı muhtemelen bunlardı. Ediz yüzünü elimden kurtardı, ben de ona tekrar dokunmaya yeltenmedim.

"Bir şey yok," diye mırıldandı ama ellerini lavabodan çektiği an dengesini kaybeder gibi oldu. Onu hemen tutunca bedeninin kaskatı olduğunu fark ettim. Düştüğü takdirde ne yapabileceğimi bilmiyordum. Ediz'in yanında çok cılız kalıyordum ve gücünün onda birine bile sahip olmadığından emindim.

"Sakın bayılma," dedim korkuyla.

"Bana bir şey olmaz."

Tekrar yüzüne baktım, gözlerinde belirsiz bir ifade vardı. İyi görünmüyordu. "Ben o kadar emin değilim," diye mırıldandım ve Ediz daha da kasıldı. Bunu acizlik olarak gördüğüne kalıbımı basabilirdim, uğraşması ve laf anlatması güç biriydi.

"O kadar içerdim," diye fısıldadı, "hiç midem bulanmazdı, bu lanet şey de nereden çıktı? Başım da dönüyor."

Diğer kolumu da beline sardım. Aklım hızla analize başlamıştı ama hiç de iç açıcı sonuçlara varamıyordum. En kötüsü beyin kanaması riskiydi çünkü Ediz başına ağır bir darbe almıştı. Banyonun ısısı düşüyormuş gibi hissettim ve onu daha da sıkı sararken buldum kendimi.

"Uyuşukluk falan var mı?" diye sordum. Beyin kanaması hakkında bildiklerim puslu bir pencerenin ardındaydı sanki. Belki yıllar önce meraktan araştırmış veya bir filmde bir şeyler duymuş olabilirdim.

Ediz sesimdeki paniği fark etmişti. "Hişşşt," dedi beni sakinleştirmek için. "Ben iyiyim küçüğüm. Geçer birazdan."

Yenilgiyi kabul etmeyen tarafı aynı zamanda da tam bir yalancıydı. Normalde her konuda açık sözlü olduğunu biliyordum, kalp kırmaktan da çekinmezdi ama iş zor durumda olduğunu itiraf etmeye gelince gerçekten korkaktı.

Ondan yavaşça uzaklaşmaya çalışarak, "Ben Uygar'a haber vereyim," dedim ama beni tekrar kendine doğru çekti. Yanağımı göğsüne yaslayınca bir eli başıma gitti. O biraz gevşediği için ben de gevşediğimi hissettim ama yine de çok huzursuzdum.

"Bence bunu yapmak istemezsin," dedi. Sesi hâlâ güçsüz çıksa da belli belirsiz bir alaycılık hissetmiştim. Neden bahsettiğini anlayamayarak kendimce bir çıkarımda bulundum: Gurur mu yapıyordu?

"Ediz..."

"Sessiz ol ve dinle." Sözümü kesmişti. Neden bahsettiğini anlayabilme umuduyla başımı göğsünden çekmeye çalıştım fakat buna izin vermedi. "Sadece dinle ufaklık."

Sırf o istediği için kulak kabarttım. Başta tek duyduğum düzenli nefeslerinin sesiydi ama sonra kulaklarıma inlemeye benzeyen sesler de sızmaya başlayınca donup kaldım. Bu tepkim Ediz'i güldürdü. Aslında keyifsiz, alaycı bir kahkaha atmıştı. Sadece yüzüm değil, boynum, gövdem, hatta ayaklarım bile kıpkırmızı olmuş, ağzım bir karış açık kalmıştı. Bir an elimi kolumu nereye koyacağımı şaşırmıştım. Şapşal gibi Ediz'e bakıyordum.

"Uygar," diye mırıldandı Ediz. "Şanslı piç."

Tiksintiyle inleyerek yüzümü boynunun altına sakladım ve tişörtünü sıkıca kavrayıp elimi sırtında yumruk yaptım. Böyle bir şeye şahit olduğuma inanamıyordum. İçeriden gelen sesler midemi bulandırmıştı. Ediz tek eliyle sırtımı yavaşça sıvazladı.

"İnanamıyorum," diye fısıldadım. Utançtan yerin dibine girebilirdim. "Onlar içeride..." diye söze başladım ama devam edemedim. Ediz halime acıyarak musluğu açtı ve akan suyun şırıltısı diğer sesleri bastırdı.

Aramızda uzun bir sessizlik oldu. Ne düşündüğünü bilmiyordum ve o kadar utanmış, şaşırmıştım ki yüzüne bakmaya cesaret edemiyordum.

"Seninle kavga etmekten nefret ediyorum," diye fısıldadı sonunda. Gözlerimi kapattım ve kokusunun içime dolmasına izin verdim. Geçtiği yerleri, beynimi, algılarımı, ciğerlerimi uyuşturuyordu.

"Ben de," diye itiraf ettim sonunda. "Öfkelenince çok korkunç oluyorsun." Sanki birden içimde bir şeyler ısınmıştı, istemsizce ona daha da sokuldum ve gururum bana tiksintiyle baktı.

Ediz bana yapmadığını bırakmamıştı ama ben hâlâ tam bir onursuzluk örneği sergileyerek ona sarılabiliyordum. Bir an bunu umursamamak istedim, gururumu ve onurumu yatıştıracak bir bahane aradım ama yoktu. Tüm gerçekler ortada en yalın haliyle duruyordu. Ediz kollarımdan tutup beni onlardan kopardı.

Hâlâ utanç içinde olduğumdan gözlerine bakamıyordum ama bakışlarını yüzümde hissedebiliyordum.

"Benden korkman iyi," dedi. "Aklını başına toplamanı sağlar."

Evet, uğruna gururumu bir paçavra gibi kenara attığım adam buydu işte. Değer miydi? Hayır. Fakat bunun tam aksini iddia eden bir tarafım da vardı ve o tarafım beni Ediz'den bile daha çok korkutuyordu.

Yüzümü buruşturmamak için bütün iredemi kullanarak asıl konuya döndüm: "Bir doktora gitsek iyi olacak." Bunun için endişelenmem o kadar da yıpratıcı değildi, ne de olsa insan yoldan geçen herhangi biri için de endişelenebilirdi. Başına darbe almış herhangi bir insan için de telaşlanılabilirdi. Duvarlarımın ardından boğuk bir kahkaha sesi yükseldi, alaycı ve aşağılayıcıydı. Onu susturdum.

Ediz kararlı bir sesle, "Öleceğimi bilsem bile doktora gitmem," dedi. Elimde olmadan bakışlarımı gözlerine çevirdim ve utandığım için hemen kaçırdım. İkimiz de yan odada neler olduğunun farkındayken gözlerinin içine bakamıyordum. Yanaklarım tekrar alev aldı ve kafamın içinde utancın küllerinin uçuştuğunu hissettim.

"Ya beyin kanaması geçiriyorsan?" diye sordum. Sesim zayıf çıkmıştı. Yanaklarım neden yanıyordu ki? Neden ben de onun kadar kayıtsız olamıyordum? Ediz cevap vermeyince ona tekrar bakmak zorunda kaldım ve dudaklarında küçük bir gülümseme gördüm. Hayır, tam olarak gülümseme değildi, gözlerine kadar ulaşan minicik bir duyguydu. Herhangi birinin yüzünde bu şeffaf bir tepki olurdu ama söz konusu Ediz olunca kalp atışlarımın hızlanmasına neden olan bir ayrıntıya dönüşüyordu. Bu çok hastalıklı bir durumdu.

Ediz, "Böyle utanman çok tahrik edici," deyince bir kat daha kızardım. Artık bordoya dönüşmüş olmalıydım. Normalde böyle bir şey söylese ona ters ters bakardım, yüzüm kızarmazdı ama o neyi nerede söylemesi gerektiğini çok iyi biliyordu. Yüzündeki muzip, sıcak ifadenin yerini hızla alaycılık aldı.

"Beyin kanaması," dedim kaşlarımı çatarak. Sırıtır gibi olunca, "Ediz, dalga geçme," diye azarladım onu.

Sesim sert çıkmıştı çünkü böyle davranarak beni gıcık ediyordu. Ciddi bir durum söz konusu olmasına rağmen o hâlâ benimle uğraşıyor, beni utandırmaya çalışıyordu. Dudaklarımın gerilip ince bir çizgi halini almasını, kaşlarımın çatılmasını keyifle izledi fakat yüzü hâlâ solgundu.

"Varsın beyin kanaması olsun güzelim," dedi umursamaz bir sesle. "Kurtulursun işte benden."

Dişlerimin arasından, "İyi fikir ama senin açından," diye karşılık verdim. "Ben senin gibi katil değilim."

"Beni öldüren beyin kanaması olacak, sen değil." Bu sözleri söylerken gözlerinde yine muzip bir ifade parlamıştı.

Boğazımı temizledim ve onunla göz göze gelmemek için başka yerlere baktım. Sonra kollarımı bedenime sararak, "Yoo," dedim, "göz yummuş olacağım." Saçmalıyordum. "Dolaylı yoldan ben de katil oluyorum."

Keyfi yerine gelmiş gibiydi. "Hımmm."

Mümkünmüş gibi daha da kızardım. Konuyu değiştirmek için amansızca çırpınırken gözüm eline takıldı. Yarasına hâlâ doğru düzgün pansuman yapılmamıştı. Elini işaret ettim ve "Sarsak iyi olacak," dedim. "Malzemeler salondaydı, ben gidip getireyim." Kaçmak için bahanemi bulmuştum işte.

Telaşımı ve utancımı görünmez harflerle havaya kazıyan bu hallerim onu daha da eğlendirmiş gibiydi. Kapının önüne geldiğimde duraksadım. Malzemeler zaten yerdeydi, avucumu alnıma vurmamak için kendimi zor tutarak omzumun üstünden Ediz'e baktım.

Bakışları yüzümde değil, kalçamdaydı.

"Ne oluyor?" dedim öfkeyle. Bakışları yüzüme kaydı ama yüz ifadesi hiç değişmedi. İstifini bozmamıştı. Onun yerine benim tavırlarım değişmişti, yüzüm cayır cayır yanıyordu. Yatağıma geri dönmeliydim. Ediz bu haldeyken nasıl oluyordu da canından başka her şeyi düşünebiliyordu? Bu ruh hastasına benim nasıl bir yardımım dokunabilirdi ki?

Somurttum.

Ediz hiçbir şey olmamış gibi elini bana uzattı. "Pansuman?"

"Sen ciddi misin?" diye sordum öfkeyle, bu tepkileri ve değişken ruh hali insanı kolayca delirtebilirdi. Yüz ifadesi yine hiç değişmemişti. Onu öylece bırakıp yatağa dönme fikrimi tekrar gözden geçirdim ama vicdanım el vermedi. Acınacak halde değildi, yardıma muhtaç gibi de görünmüyordu fakat karşımda küçük bir çocuk varmış gibi yüreğim sızlıyordu.

Ona doğru yürüdüm. Suratım iyice asılmıştı. "Sadece yüzüme bakarsan sevinirim," dedim.

Dudaklarında çarpık bir tebessüm belirmişti. "Merak etme," dedi bana güven vermek için. "Hemen yanımızdaki odada iki arkadaşım gecenin keyfini çıkarsa da ben sana dokunmayacağım." Aklım söylediklerini süzgeçten geçirince "arkadaş" kelimesini kullandığı dikkatimi çekti. Her şeye rağmen onlardan "arkadaş" olarak bahsetmesi kalbimin sıkışmasına neden olmuştu. *Sadece şu kız mı yanımda?*

Ediz'in o anki kırgınlığını yansıtan sesi hafızamın derinliklerinden çıkınca dudaklarımı birbirine bastırdım.

"Gözlerine de sahip çıksan nasıl olur?" dedim ve eğilip yere saçılan malzemeleri toplamaya başladım.

"Kafesin içinde olmak sadece dokunmanın yasak olduğu anlamına gelir," diye karşılık verdi, bu kez ciddiydi. "Senin kokunun, görüntünün keyfini çıkarmayacağım diye bir şey yok. Ayrıca sen benimsin, sana istediğim gibi davranırım."

Dişimi sıktım, onunla tartışmanın bir anlamı olmadığını biliyordum ama yine de ona kısa bir bakış atarak sessizce karşılık verdim: *Ben senin malın değilim.* Bana aldırmadı bile. Malzemeleri lavabonun kenarına koydum, hiçbir şey söylemeden elindeki baştan savma sargıyı çıkardım ve elindeki kesiklere baktım. Korkunç görünüyordu.

Yüzümün aldığı hali görünce, "Ne oldu ufaklık?" diye sordu.

"Sen mazoşistsin!" diyerek azarladım onu. "Ayrıca bu pamuk yaraya yapışır." Pamuğu elime aldım ve birazdan canının ne kadar yanacağını düşünerek yüzümü ekşittim. "Canın yanacak."

"Yine başladın," dedi Ediz öfkeyle. "Ben senin canının yanıp yanmamasını önemsiyor muyum? Sen neden öyle yapamıyorsun?"

Gözlerim gözlerine değince kalbimin sızladığını hissettim. Elbette önemsemiyordu ve bunu gayet açık bir şekilde kanıtlamıştı. Yaralayıcı sözleriyle, attığı tokatla, bana karşı tutumuyla... Ne diyeceğimi bilemedim.

Sonunda teslim olup, "Haklısın," diye mırıldandım. "Bazen ne olduğumuzu unutuyorum."

Gözlerinde çok kısa bir an için pişmanlık kırıntıları görür gibi oldum ama belki de aklımın bana bir oyunuydu bu. Pamuğu ıslatıp yarasını olabildiğince temizledim. Avucunun içi uzun çizgilerle doluydu. Dudaklarımı parmaklarına dokundurma isteğiyle dolduğumu fark edince irkildim.

"Ne oldu?" diye sordu ama ona cevap vermedim, pansumana devam ettim. Bakışlarının ağırlığını üzerimde hissetsem de ona bakmadan elini sıkıca sardım. Bittiğinde malzemeleri topladım.

"Hadi yine iyisin," dedi imalı bir tavırla. "Sesler kesildi, işlerini bitirmişler."

Bense bambaşka şeylerle boğuşuyordum. Bu kez yüzüm kızarmadı, hatta hiç tepki vermedim. Herhalde Ediz'in beklediği bu değildi ki kaşlarını çattı ve sorunun ne olduğunu anlamak istercesine suratıma baktı. Eşyaları yerine yerleştirirken hiçbir şey söylemedim.

Ben senin canının yanıp yanmamasını önemsiyor muyum?

İşte bu acıtıyordu. Yutkunarak boğazımda gittikçe büyüyen yumrudan kurtulmaya çalıştım ve kapıya yöneldim. Sanırım bundan sonrasını Ediz'e bırakmak en mantıklısıydı. Haklıydı, onu önemsememem gerekiyordu. Bu yüzden istikamet, yorganın altıydı. O yataktan hiç çıkmamalı, hiç endişelenmemeliydim.

Ama endişeleniyordum işte! Ve bundan nefret ediyordum.

Odaya girdim ve kapı yine aralık kaldı. Aldırmadan yatağa doğru ilerledim, yorganın altına girdim. Düşünmeyi reddediyordum ama çok huzursuzdum. Gerçekten beyin kanaması geçiriyorsa ne olacaktı? Karşı odanın kapısının açıldığını duydum, mırıltılar geldi ve banyonun kapısı da açıldı.

"Doğa bu tür şeylere alışkın değil," diye fısıldadı Ediz ama sesi sertti. "Kız neye uğradığını şaşırdı. Biraz daha sessiz olmaya çalışın."

"O uyumuyor muydu?" diye sordu Uygar, şaşırmış gibiydi. Kendimi gerçekten çocuk gibi hissediyordum.

"Hayır," dedi Ediz. "Onu ürkütmeyin." Ah, bunu yapan biri varsa o da kendisiydi. Beni baskı altında tutuyordu. Az önce bu durumu kullanarak benimle oynuyordu. Şimdi böyle bir tavır takınması anlamsızdı. Belki de sadece çatacak yer arıyordu.

"Daha dikkatli oluruz," dedi Uygar sadece. "Ben duşa gireceğim." Duraksadı. "Bir sigara içer miyiz?"

"Mutfaktayım." Ediz'in yanıtı kısa ve netti. Kapı aralığından karaltısını gördüm, ardından banyonun kapısının kapandığını duydum.

Gözlerimi kapatınca yanıma geldiğini, yatağın kenarına oturup saçlarımı okşadığını hayal ettim. Hayali bile rahatlatıcıydı, o yüzden bu duyguya sıkıca tutundum.

Birkaç dakika sonra banyodan gelen su sesi kesildi, ardından banyonun kapısının açıldığını duydum. Uygar mutfağa doğru yürürken umutsuzca uykuya dalmaya çalışıyordum ama nafileydi. Zihnim çok kalabalıktı.

Sonunda yatakta doğruldum ve uykumun tamamen kaçtığını fark ettim. Acaba ne konuşacaklardı? Açıkçası çabalıyordum. Umursamamaya, aldırmamaya çalışıyordum ama zihnimin tam ortasında kocaman bir soru işareti vardı. Uygar'a benden bahsedecek miydi? Ah, bunu neden merak eder olmuştum ki şimdi?

Belki de dışarı çıkıp biraz hava almalıydım. Hem evin içindeki atmosferden hem de zihnime çöken sorulardan, saçmalıklardan kurtulurdum. Kalkıp dolaba gittim ve işime yarayacak bir mont buldum. Ediz'den izin alıp almama konusunda tereddütlüydüm. Aslında itiraf etmek gerekirse konuşmalarına "kulak misafiri" olmak istiyordum.

Odadan çıkıp kapıyı yavaşça çektim ve içeriye doğru yürüdüm. Mutfağın ışığı yanıyordu.

"Bak Ediz, bu süreçte arkadaştan da fazlası olduk," dedi Uygar. "Başına kaktığımı düşünmeni istemediğim için sana hiçbir şekilde senin için şunu yaptım, bunu yaptım demeyeceğim. Takdir senin." O sırada çakmak sesi duyuldu. "Fakat beni anlamalısın. Polisler artık köşe bucak seni arıyor, Denizli'de olduğunu herkes biliyor. Seninle aynı okuldaydık, beni burada görmeleri çok şüphe çeker." Uygar sıkıntılı bir nefes aldı. "Bizimkileri biliyorsun, kardeşim gittiğinden beri zaten..."

"Sorun değil." Ediz onun sözünü kesmişti. Uygar'ın uzun açıklamasından sonra onunki çok kısa ve net olmuştu.

"Anlamadım?" dedi Uygar şaşkınlıkla.

"Sorun değil," diye tekrarladı Ediz. "Seni anlıyorum."

"Bu bir oyun mu?" Uygar şüpheliydi.

Ediz iç geçirdi. "Hayır, değil." Sonra bir an duraksadı. "O kız bazı şeylerin farkına varmamı sağlıyor."

Uygar, "Doğa mı?" dedi ve benim kalbim hızla çarpmaya başladı. "Bu arada iyi görünmüyorsun. Neyin var?" diye devam etti.

Tam da tahmin ettiğim gibi Ediz onun son sorusunu duymazlıktan geldi. "Evet, Doğa," dedi. "Bazen benden daha olgun davranabiliyor. Benim yerime düşünüyor gibi." Sessizlik... Kalbim acı verici bir umutla sızlıyordu. Bu yabancı duygu, damarlarımı dağlıyordu. "Kandırılması kolay biri," diye ekledi Ediz.

Yine sessizlik oldu. "Yapabileceğim bir şey var mı?" Uygar'ın sesi samimi geliyordu. "Bir şeylerin farkına varmanı sağlayabilirim. Kabul edememeni anlıyorum ama..."

"Ben salak değilim." Ediz yine araya girmişti. "Her şeyin farkındayım."

"Anladım," dedi Uygar düşünceli bir sesle. "Benden istediğin bir şey varsa elimden geleni yaparım."

"Aslında kafamı kurcalayan bir soru var," dedi Ediz sigarasının dumanını dışarı üflediğini belli eden bir sesle. "Biraz özel bir soru olacak ama deneyimimin olmadığı bir konu hakkında. Beni bilirsin, bir şeyi yapıyorsam mükemmel yapmalıyım."

Gülüştüler. Bir anda yumuşamışlardı ve bu o kadar şaşırtıcıydı ki... Aslında bu duruma okuldayken pek çok kez şahit olmuştum. Birbirlerine yumruk yumruğa girişip bir teneffüs sonra hiçbir şey olmamış gibi davranan sınıf arkadaşlarıma benziyorlardı. Gerçek arkadaşlar gibiydiler.

"Sor," dedi Uygar tereddüt etmeden.

"Gece bakire miydi?"

Gözlerim kocaman açılırken dudaklarım aralandı, donup kalmıştım. Uygar da şaşırmış olmalıydı çünkü mutfağa yine sessizlik çökmüştü. Ardından boğazını temizledi ve kendini toparladı. "Şey..." dedi tereddüt ederek, "evet."

"Nasıl davranılması gerekiyor?"

Yüzümün rengi atmıştı. Ediz, arkadaşından bilgi alıyordu. *Hayır*. Parmak uçlarım buz tutmuştu. Ayaklarım benden bağımsız bir şekilde bir adım geriledi. Bütün hücrelerim donmuştu.

"Bahse girerim benden daha tecrübelisindir," dedi Uygar boğuk bir sesle.

"Hiç bakire bir kızla birlikte olmadım." Ediz'in sesinde tedirginlik ve merak vardı, sicilinde böyle bir durum olmadığı için daha önce bu konuya hiç kafa yormamış gibiydi. Bense kanımın son damlasına kadar donmuştum.

"Doğa'nın canını özellikle yakacaksın, değil mi?" Uygar'ın sesi bu kez sıkıntılıydı, olacakları önceden görüyormuş gibi bir tını taşıyordu. Ediz ona cevap vermeyince kalbimin ezildiğini hissettim, kollarımı bedenime sarma isteğiyle dolmuştum.

"Uygar..." dedi Ediz, sesinde anlam veremediğim bir şeyler vardı. Duraksadı. "Emin ol, ben can yakmayı çok iyi biliyorum. Bunu gelip de sana sorma nedenimin Doğa'nın canını hangi yollardan yakacağımı öğrenmek olduğunu mu sanıyorsun? Aşağılamayı ve can yakmayı çok iyi bilirim ben."

Gözlerim yanıyor, nefesim dudaklarımı kavuruyordu.

"Ona değer veriyorsun, değil mi?"

Bu soru aklımın en bakir topraklarına küreği sapladı ve toprağı kazıp bir hazine gibi saklanmış soru işaretlerini çıkarmaya başladı. Ama yanılıyordum, ellerimi kanata kanata gömdüğüm soru işaretleri zehirdi, bir canavar...

"Yine başlama," diye hırladı Ediz. Sadece bir an, çok kısa bir an için bana değer verdiğini düşünmüştüm. Bu düşünce o kadar güzeldi ki... Bedenimin kaldıramayacağı dozda huzur içeriyordu, altın vuruş gibi. Karanlık daha iyiydi ve duvarların ardından bana boş gözlerle bakan Doğa da benimle aynı fikirdeydi. Bu hayali kapı dışarı ettik ve toprağı kendi ellerimizle, kanımızı akıtarak çukura doldurmaya başladık.

"Ediz, sana bir dost tavsiyesi vereyim mi?" Uygar'ın kendinden çok emin olmadığı sesinden belli oluyordu. Söyleyecekleri Ediz'in hoşuna gitmeyecekti, bunu anlayabiliyordum. Elimle duvardan destek aldım çünkü nefes almakta zorlanıyordum.

"Söyle," dedi Ediz sadece.

"Bunu Doğa'ya yapma." Bu sözler, ardında gözyaşlarımın biriktiği barajın kapağını tekmeledi ama yeterince güçlü değildi. Sadece yanaklarıma süzülmemek için direnen gözyaşlarıma yenileri eklenmişti. Uygar sözlerine devam etti: "Az çok biliyorum... yani o konuda nasıl davrandığını. Doğa bunu kaldıramaz, yaşı yeterli olabilir ama yan yana durduğunuzda küçük bir çocuktan farksız görünüyor."

"Onun için en iyisi benim," dedi Ediz bomboş bir sesle.

"Ediz, yapma." Uygar ona olabildiğince yumuşak davranmaya çalışıyor gibiydi. "Bunun doğru olmadığını hepimiz biliyoruz. Doğa günden güne çöküyor, hem de henüz böyle bir şey olmamasına rağmen... Çok zayıfladı, ilk zamanlar çok daha sağlıklı görünüyordu. Bunların farkında değil misin?"

"Farkındayım!" dedi Ediz öfkeyle. "Ona zarar vermekten başka bir şey yapmıyorum ama onu istiyorum. Bu yeterli, tamam mı? Onun için en iyisi benim ve onu istiyorum. Ve alacağım." Göğüs kafesimin içinde atan kalbim umurunda bile değildi, onun umurunda olan tek şey benden faydalanmaktı.

"Dur artık Ediz," dedi Uygar. "Kıza yapmadığın kalmadı."

Bakışlarım gözyaşlarımdan dolayı puslanmıştı. Bir adım daha gerileyince birine çarptım ve küçük bir çığlık attım. Ama başka bir çığlık daha yükselmişti. Gece'yle birbirimize kocaman açılmış gözlerle bakarken benim yanaklarımdan yaşlar süzülmeye başlamıştı bile.

"Beni korkuttun!" dedim inlercesine. Ediz ve Uygar da hızla yanımıza gelmişlerdi. Gece omzumun üstünden arkama baktı.

"Neler oluyor?" diye sordu Ediz ama Gece'nin bakışları tekrar yüzüme çevrilmişti. Bakışlarında hüzün vardı, bir de pişmanlık. Gözlerimden sessiz yaşlar aktığına sadece o şahitti.

"Üzgünüm," dedi sadece. Samimi görünüyordu ama o kadar ezilmiş bir haldeydim ki hiç faydası olmadı.

"Doğa?" dedi Ediz ama ona dönmedim.

"Sizi duydu," diye açıkladı Gece. O sırada Ediz'in bana yaklaştığını hissederek oradan kaçmaya çalıştım ama benden önce davranıp kolumu tuttu. Bedenimi kendine doğru çevirince gözlerimden akan yaşları gördü ve bir an afalladı.

Fırsattan istifade ederek elinden hızla kurtuldum ve gözyaşları içinde, "Sakın bana dokunma!" diye bağırdım.

"Doğa," dedi tekrar bana dokunmaya çalışarak fakat ondan kaçtım. Gece de konuşmaları dinlemiş gibi görünüyordu. Ona döndüm ve "Bana yardım et," diye yalvardım. "Buna izin verme! Bir şeyler yap!" Şok olmuş bir halde, kocaman açılmış gözlerle yüzüme baktı. Onu hızla itince geriye doğru sendeledi ve dengesini son anda sağlayabildi.

"Doğa!" Ediz bana yaklaşmaya çalıştı ama ondan kaçtım. O sırada ayaklarım birbirine dolandı ve yavaşça yere düştüm. Saçlarım önüme bir perde gibi dökülürken hıçkırmaya başladım. Fahişesi olmamı istiyordu!

Bana doğru eğildiğini görünce gözyaşlarımın arasından, "Dokunma bana!" diye bağırdım ve geri geri kaçmaya çalıştım. Durumun ciddiyetini anlamış gibi elini hızla çekti. Kaçacak yerimin olmadığını fark edince kollarımı yere yaslayıp yüzümü kollarımın üzerine kapattım. "Lütfen bana yardım et!" diye haykırdım hıçkırarak. Belki inancım doğrultusunda gökyüzüne doğru, belki Gece'ye, belki de Ediz'e sesleniyordum. "Lütfen..."

Artık kaldıramıyordum. Pes etmenin eşiğine gelmiştim; darağacında, boynuma ip geçirilmiş bir halde çevremde toplanan kalabalığa bakıyormuş gibi hissediyordum kendimi. İdam mahkûmu gibi. Pes ederek ölümü kabullenmek ama son bir meydan okumayla ayağımın altındaki sandalyeyi kendim itmek istiyordum.

Ağlarken omuzlarım şiddetle sarsılıyordu. Hıçkırıklarımın arasında sesleri zar zor seçiyordum. "Odanıza geçin... bizi yalnız bırakın..."

Birkaç mırıltı daha geldi, sonra saçlarımın arasından baktım ve uzaklaşan ayakları gördüm. Koridordan sağa sapıp gözden kayboldular. Yalnızdım. Yeniden.

Bir süre öylece durdum. Etraf o kadar sessizdi ki Ediz'i hissedemiyordum, belki o da gitmişti. Umursamadım. Hıçkırıklarım yerini sessiz gözyaşlarına, gözyaşlarım ise titrek iç çekişlere bırakana kadar öylece durdum. Sonunda vücudum sakinleştiğinde göz kapaklarım ağırlaşmıştı. Uyku bana kollarını açmıştı ve çok daha etkili bir sakinleştirici sunuyordu.

"Şimdi nasılsın?" Ediz'in sesini duyunca şaşırsam da vücudumdaki dinginlik, uyuşukluk ve yorgunluk dağılmadı. Cevap vermedim, ağır ağır gözlerimi kırpıştırdım. Saçlarım önüme geldiği için yüzüm terlemişti ve nefeslerim fazla sıcaktı. Bir iç çekme sesi duydum ve hareketlilik hissettim ama yine aldırmadım. Gözlerim kapandı.

Bir el saçlarımı yüzümden çekince tekrar aralanan gözlerim Ediz'in bakışlarını yakaladı. Beni kollarımdan tutup çekince tepki vermedim, cansız bir bedeni sürüklüyor gibiydi. Sırtını duvara yaslayıp beni kollarına aldı.

"Sen gerçekten kilo verdin," dedi dalgın dalgın. "Doğru düzgün bir şey yemiyorsun." Kaşlarını çattı, elini saçlarımdan çekti ve doğruca konuya girdi: "Ben buyum Doğa. Daha önce neysem oyum. Hep böyleydim."

Boş bakışlarla yüzüne bakmaya devam ettim, arada bir de burnumu çekiyordum. "Bakma bana öyle," dedi.

Sessizliğimi koruyunca nefesini dışarı üfledi ve gözlerini kapatıp bir süre öyle durdu. Gözlerini açtığında daha kararlı görünüyordu. "Özür dilemeyeceğim." Sesi net ve kararlı çıkmıştı. "Bunu daha önce denedim, bir işe yaramıyor." Yüz hatları sertleşti ama bu sefer öfkesi bana değildi, böyle zamanlarda o kadar güzel görünüyordu ki canım yandı. "Söyle aptal, şimdi kendini daha mı iyi hissediyorsun? Sana tecavüz etmeye yeltendikten sonra özür dilemiştim, daha mı iyi hissetmiştin? Başak'la yattığım gün senden özür dilemiştim, o gece çektiğin acılar geçti mi? Sana tokat attığım için, seni bir fahişeye çevirmek istediğim için veya baban hakkında canını yaktığım için özür dilesem ne değişecek?"

Gözlerimi bir kere kırptım ve cansız bakışlarla onu incelemeye devam ettim. Kararlılıkla bana ulaşmaya çalışıyordu.

"Gözlerindeki ışığın sönmesine izin verme," dedi birden. "Bana öyle bakma."

Hiç tepki vermedim. Tek yaptığım arada gözlerimi kırpmak ve nefes almaktı.

"Ben değişmeyeceğim," dedi net bir sesle. "Hiçbir zaman. Ama bana bir şeyler öğretirsen ben onları kendi mayama katarak bir şekilde uygulayabilirim. Bana öğret, haydi." Boş, ruhsuz bakışlar... "Bana bir yara nasıl sarılır, öğret." Boş, ruhsuz bakışlar... "Bildiğini biliyorum. Bazen ruhumdaki yaraları sarıyorsun." Kalbimden yükselen bir acı... Boş, ruhsuz bakışlar... "Pekâlâ. Ciddi değildim. Baban hakkında söylediklerim sadece canını yakmak içindi. Öfkeden gözüm dönmüştü çünkü aptal gibi davranıyorsun. Bazen beni gerçekten delirtiyorsun, lanet olası. Aslında babanın seni sevdiğini düşünüyorum." Kalbim şişlenmiş gibi hissediyordum, gözlerim yanmaya başlamıştı ama göz pınarlarım boştu. "Umarım seni teselli etmeye çalıştığımı düşünmüyorsundur," dedi. "Çünkü ben bunu yapacak en son insanım. Ailen seni seviyor. Annen, baban, Atalay... Umay... Hepsi seni seviyor."

Haklıydı; bir özür, gözüme hiç bu kadar anlamsız gelmemişti. İnsanın birine yanlışlıkla çarptığında söyleyebileceği bir şeydi bu, derin yaralar açtığında değil. Gözlerim doldu, dudaklarım aralandı ve yakıcı nefesim ruhumdaki yangından kopup geliyormuş gibi hissettim.

"Yalnız değilsin Şahmeran." Sustu ve gözlerinde yoğun bir karanlık belirdi. Çok derindi, deliciydi. "Emin ol, ben yalnızlığın ne demek olduğunu çok iyi biliyorum."

Kavga ettiğimiz sırada sarf ettiğim sözler zihnimden fırlayıp bütün organlarımı baltalamaya başlamıştı: *Sen başından beri yalnızdın zaten, doğduğundan beri... Babanı bu kadar sevmene şaşmamalı. Ne de olsa seni yalnız bırakmayan tek insan, değil mi?* Ediz'in gözlerinde beliren ifade anılarıma kazınmıştı. Kan kusacağımı sandım. Ne yapmıştım ben?

"Beni duydun mu?" deyince aklım şimdiki zamana döndü. "Yalnız değilsin küçüğüm. Benim pisliğimden kurtulduğunda seni güzel bir hayat bekliyor olacak. Bir adam çıkacak karşına." Bunu söylerken gözleri dalmıştı. "Belki üniversiteye başladığında, kampüste klasik bir çarpışmayla başlar hikâyeniz. Birbirinizin telefon numarasını alırsınız, sonra mesajlaşmalarla devam edersiniz. Çok klişe ama iyi gelir sana." Gözlerime baktığında derin bir azap gördüm ve o azabın onlarca, binlerce kat kötüsünü kendi içimde hissettim. "Vücudunda bıraktığım bütün izleri silecek bir adam. Eline bıçakla yara açmayacak, tokat atmak yerine okşayacak bir adam." Gözlerine karanlık çökerken yavaşça yutkundu. "Seni, sana kıyamıyormuş gibi öpecek bir adam, benim aksime..." Sustu. Anlattıkları zihnimde canlanmıyordu, bir şeyler yanlıştı. Gözümün önüne başka erkekler geliyordu ama başımı kaldırdığım an çimen yeşili gözlerle karşılaşıyordum. Her yerde o vardı. Her yerde. Sözlerine devam etti: "Benim aksime korkuyla ağlamana neden olacak türden değil de kendini iyi hissederek sevişmeni sağlayacak bir adam."

Gözlerimden yaşlar akmaya başlamıştı. Acı her yerdeydi. Acı bir kampüste benimle çarpışıyordu, acı yere düşen kitaplarımı topluyor, acı benden numaramı istiyordu. Acı benimle mesajlaşıyordu, acı ellerimden tutuyordu, acı vücudumdan onun bıraktığı izleri siliyordu. Acı yanağımı okşuyordu, acı bana kıyamıyormuş gibi dudaklarımdan öpüyordu, acı benimle sevişiyordu.

"Sus," diye yalvardım. "Lütfen." Bunu bana neden yapıyordu?

"Yalnız değilsin," diye tekrarladı. "Güzel günler seni bekliyor."

"Sen de yalnız değilsin," dedim hıçkırarak. "Özür dilerim." Ben onun gibi değildim, onunki kadar güçlü bir iradem yoktu, özür dilemekten daha iyisini yapamıyordum. Ellerimle yüzümü kapatarak, "Yalnız değilsin," diye hıçkırdım. "Yemin ederim öyle demek istememiştim. Sinirliydim çünkü beni aşağılamıştın. Canını yakmak istemiştim." Ellerimi yüzümden kaydırarak çektim ve kesik kesik konuşmaya devam ettim: "Belki çok anlamsız ve senin için bir seçenek bile değil ama ben de senin yanındayım..."

Beni kendine iyice çekince bütün bariyerlerim yerle bir oldu ve tekrar deli gibi ağlamaya başladım. Beni sımsıkı sararak, "Hişşşt," diye mırıldandı, ardından dudaklarını alnımda hissettim. "Ateşin var küçüğüm."

"Senin de," diye fısıldadım ağlamaktan kısılan sesimle.

"Boş ver beni," dedi kısaca. Bir sessizlik çöktü ve birbirimize sarılmış halde yerde öylece oturmaya devam ettik.

"Muhtemelen canını yakacağım," diye mırıldandı. "Hiçbir şey beni kararımdan vazgeçiremeyecek. Bunu nasıl görmek istiyorsan öyle gör, sana açıklama yapmayacağım. Fakat bekâretini aldığımda bundan bir an bile pişman olmayacağımı bil." Donup kalmam onu durdurmamıştı. Göğsündeki elimi yumruk yaptım ve tişörtü avucumun içinde kırıştı. "Eğer beni yönlendirirsen canını daha az yakmış olurum."

Hiçbir şey demedim. Ne diyebilirdim ki? Kafasında planlar kurmaya çoktan başlamıştı, karşısında köşeye sıkışmış bir hayvan varmış gibi davranıyordu. İşi ağırdan alıyordu ve sonuç ortadaydı; beni kafesine alacaktı.

"Korkuyorum," diye mırıldandım. Beni sıkıca sarmaya devam etti ama bir eli saçlarıma gitti, sonra yavaşça aşağıya doğru indi.

"Korkmalısın."

Dokunuşlarının bir kibritin ucundaki aleve benzeyen sıcaklığı, elime tutuşturulmuş bir eşantiyona benziyordu. Duygu eşantiyonları. Yorucu ve tüketiciydi. Kokusu tenimde gezinen somut bir varlık gibiydi.

"Bunların hesabını sormanın bir yolunu bulacağım," diye mırıldandım. "Seni de alt etmenin bir yolu çıkacak karşıma."

"Önündeki silahları göremeyecek kadar körsün," diye fısıldadı, dudakları saçlarımın üzerinden kulağıma değiyordu.

"Ben senin karanlığından başka hiçbir şey göremiyorum," dedim.

"Uyu Şahmeran," dedi karşılık olarak. Söyleyecek çok şeyim vardı, mesela ona asla izin vermeyeceğimi haykırmak istiyordum. Gözyaşlarıma değmeyeceğini, onun için hiç umut olmadığını haykırmak istiyordum. Öfke dolu birkaç cümle bile yeterliydi ama zihnime çöken sis yüzünden doğru yolu bulamazdım.

Sanki bedenim onun bedenine karışıyordu. Düzenli nefeslerini dinleyerek geçirdiğim dakikaların ardından uyku beni bir kez daha esir aldı.

• • •

Çok huzursuz olsam da deliksiz uyumuştum. Rüyalar bilinçaltıma ayak basmamıştı. Düşüncelerimdeki pürüzlere ve kalbime çöreklenen acıya rağmen bedenim eriyip yattığım yere karışmış gibiydi.

Uyanmıştım fakat gözlerimi bir süre açmadım. Yorgunluğun sis gibi çöktüğü zihnimi ağır ağır yokladım; uyumadan önce olanlar bir anlık bir tereddüde bile yer bırakmamıştı, hâlâ aynı koltukta oturuyorlardı. Fakat geceden kalan hiçbir duygum taze değildi, hepsi bayatlamış bir şekilde sadece yer kaplıyordu.

Dudaklarımı hafifçe yalayıp gözlerimi açtım ve ışık canımı yakınca kaşlarımı çattım. Yerde değil, koltukta yatıyordum ve üzerime yumuşak bir battaniye örtülmüştü. Kendimi hasta ve yorgun hissediyordum, bütün uzuvlarım ağrıyordu.

"Gelirken sigara alır mısın?" Ediz'in bitkin sesini duyunca kısık gözlerimi sesin geldiği yöne çevirdim. Kenardaki koltukta oturuyordu ve önündeki sehpa kâğıtlarla doluydu. "Evet, Uygar. On paket içsem bile yetmeyecek."

Karşı tarafı dinledi ve sadece, "İyi," deyip telefonu kapattı. Onu dikkatle izlerken dün gece hissettiğim tedirginliğin kırıntılarını yakaladım ve aslında rahatladığımı hissettim. Sapasağlam bir şekilde karşımdaydı, iyiydi.

Uyandığımı fark etmeden bir süre daha önündeki dosyaları incelemeye devam etti ama sonra kızarmış gözleri beni buldu. Bir süre bakıştık ve sessizlik çöktü.

"Günaydın Şahmeran."

"Saat kaç?" diye sordum başım yastığa gömülü halde.

"Sekize geliyor."

"Saat daha sabahın sekizi mi?" diye sordum inler gibi, daha çok kendimle konuşuyordum. "Uzun uzun uyumak istiyorum."

"Saat akşamın sekizi Doğa. Yaklaşık on altı saattir uyuyorsun." Ona boş boş baktım. O kadar saat uyuduğumu hissetmek bir yana, düşünemiyordum bile. Hiç dinlenememiştim.

"On altı saat mi?" diye mırıldanırken salona çöken kokuyu fark ettim. Sigara kokusu. O sırada sehpada duran kül tablasını ve içi boş sigara paketini gördüm. "Sen ne yapıyorsun?" Kül tablasının içinde bir sürü izmarit vardı.

Bana cevap vermeye tenezzül etmez sanıyordum ama elindeki dosyayı kaldırarak beni şaşırttı ve "Babamın davalarını inceliyorum," dedi.

"İyi misin peki?"

Bu sefer cevap vermedi, gözlerini kaçırıp önündeki dosyalara bakmaya devam etti. O an bir şeylerin yolunda gitmediğini anladım. Aslında bunun izleri her yerdeydi; boş sigara paketi, sigara kokusu, Ediz'in gözlerine yerleşen kırmızı damarlar...

Yattığım yerden kalkarak, "Sorun ne?" diye sordum ve Ediz'in yüzünde beliren ifade tam anlamıyla allak bullak olmama sebep oldu. Bana öyle yoğun bir acıyla bakmıştı ki ne olduğunu anlayamadım, zaten çözmeme fırsat bırakmadan teni o ifadeyi yuttu. Sert yüz ifadesi hemen geri dönmüştü ama artık şahit olduğum şey silinmezdi.

Battaniyeyi üzerimden atıp ayağa kalktım ve yanına gidip koltuğa çöktüm. Her yanım ağrıyordu.

"Ediz? Ne oldu?"

"Bir şey yok." Elindeki kâğıdı o kadar sıkı tutuyordu ki kâğıdın kenarı buruşmuştu. Kaşlarımı çatarak kızarık gözlerine bakmaya çalıştım ama bakışlarını benden kaçırdı. Çenesini tutup onu bana bakmaya zorladım. Nasıl bir cesaret yüklenmişti parmaklarıma, bilmiyordum. Belki de uyku mahmurluğundandı.

O güzel gözlerine acı çektiğini gösteren bir ifade çökmüştü.

"Hişşşt," dedim şaşkınlıkla. "Ne oldu?"

Çenesi kasılsa da ellerimden kurtulmaya çalışmadı, gözlerimin içine baktı. Yine yardım dilenen bir ruh gördüm orada, Ediz onun kafasını suya batırıp boğmaya çalışıyormuş gibi dehşet içindeydi. Duvarların ardındaki Doğa kıpırdandı ve gözlerini bana dikti. Çoğu zaman ben de ona bunu yapmak istiyordum.

"Bir şey yok güzelim." Normalde kullandığı bu sıfatlar ağzından öylesine çıkan, kuru kelimeler gibi gelirdi. Sesinde ilk kez samimiyet yakalamıştım ve bu, kalbime dokundu. "Hâlâ yorgun görünüyorsun," diye devam etti. "Git de sıcak bir duş al."

Parmaklarım kaydı ve kirli sakalının belirginleştiği yanaklarına ulaştı. Yüzünü iki elimle kavradım. "Bok gibi görünüyorsun."

Çok kısa bir an için gözleri parlar gibi oldu ama kara deliklere benzeyen göz bebeklerinde belli belirsiz bir ışıktan ibaretti bu. Yüzünde hâlâ sert bir ifade vardı. Sonunda itiraf etti: "Öyle hissediyorum."

Dosyalara baktım. "Bir şeyler mi buldun?"

"Gökhan'ın kim olduğunu buldum sanırım," diye mırıldanınca kaşlarım hayretle kalktı, bu cevabı beklemiyordum.

"Kimmiş?"

"Erzurumlu olduğunu hatırlıyor musun? Ailesi Erzurum'da yaşıyor. Babam orada patlak veren bir olaya karışan müteahhidin davasına bakmış. Dava kazanılmış ama sonuçları iyi olmamış." İçimden göz altlarındaki mor halkalara dokunmak geldi ama bunu yapmadım. Sözlerine devam etti: "Olayın ayrıntılarını henüz bilmiyorum, araştırıyorum. Bu işte büyük ihtimalle Gökhan'ın parmağı var."

Ediz'in anlattıkları, onun bu kadar kötü görünmesine neden olacak kadar ciddi şeyler değildi. "Bunun için mi üzülüyorsun?" diye sordum.

Üzgün olduğunu inkâr etmesini bekledim, Ediz Çağıran'ın kitabında işler inkârla yürürdü ama bunu yapmadı. "Tabii ki hayır, aptal," diye homurdanınca iyice şaşırdım. Artık bağışıklık kazandığım için hakaretine aldırmadan suratına bakmaya devam ettim ama ellerimi yüzünden çektim. Kucağıma düşen ellerime bakarken bir an gözüme daha da sıkıntılı göründü.

"Gökhan'la ilgili birkaç araştırma yaptırmıştım," diye açıkladı. "Hakan'ı hatırlıyor musun?" Başımı iki yana salladım. "Atalay'ı vurmasını söylediğim adam. Seni tehdit etmiştim." Banyoda bana soyunmamı söyleyen Ediz'in görüntüsü kafamın içine doldu, diğer her şey bunu takip etti ve yüzümde patlayan tokadın sesini işitir gibi oldum. İçim buz kestiği için tepki vermedim. Ediz devam etti: "Atalay birkaç dosyayı ortadan kaldırdı, fotoğraflarını sana göstermiştim. Başta o dosyaların babamın suçsuzluğunu kanıtlayan dosyalar olduğunu sanmıştım ama belki de oyun oynuyorlardır..."

"Ne demek istiyorsun?" diye sordum kaşlarımı çatarak.

"Atalay bilmediğim şeyler olduğunu söylerken belki de bundan bahsediyordu."

Ediz'in kafasından neler geçiyordu, bilmiyordum ama gözlerime bakarken suyun altına soktuğu ruhunun kafasını bir an çıkardı ve belli belirsiz bir yabancı gördüm orada. Eski biri, antika bir beden...

"Babam yaşıyor olabilir mi?"

Sadece ses tonu bile damarlarımda öyle yoğun bir pişmanlık hissetmeme neden oldu ki boğulacağımı sandım. Sesindeki umut içimde ne var ne yok yerle bir ederken dudaklarım şaşkınlıkla aralandı ve ona bakakaldım. Onun bu halimi nasıl yorumladığını bilmiyordum ama beni şaşkına uğratan, babasına duyduğu o saf sevgiydi. Babasını kullanarak üstüne gittiğim her saniyeden derin bir pişmanlık duyuyordum.

"Ediz..." dedim ne diyeceğimi bilemeyerek. İlk kez benden onay bekliyordu, ağzımdan çıkabilecek küçücük bir "belki"yi bekliyordu. Ona bunu söylemek istedim, karşımdaki bu adamı elinden tutup ayağa kaldırmak istedim ama bu çok iyimser bir hayaldi.

"Babamın ölümünden sonra büyük miktarda para ortadan öylece kayboldu. Belki de babam o parayı kaçmak için kullandı..."

Öylece gözlerinin içine baktım. Ardından, "Babanın kanını kendi gözlerimle gördüm," dedim. Kelimeler ağzımdan zar zor dökülüyordu. "Ediz, bu fikre nereden kapıldın, bilmiyorum ama..." Devam edemedim.

"Sen ne anlarsın ki!" diye tersledi beni. Hassas bir durumda olduğunu görebiliyordum ama ben ona yardım etmeye çalışırken –hem de yaptığı onca şeye rağmen– böyle bir tavır takınması kanıma dokunuyordu. Ben de öfkelendiğimi ve gözlerimin parladığını hissettim.

"Seni kandırmamı mı istiyorsun?" dedim bağırmamak için kendimi zor tutarak. "Baban yaşasaydı tüm bunlara göz yumar mıydı sence?" Yüzüme bakmaması öfkemi katlasa da sabırlı olmaya çalıştım. "Sen duygularından yola çıkan biri değilsin Ediz. Böyle devam et. Yoksa tökezlersin."

Düşmanca bakışları bana çevrildi. "Sen benim hakkımda ne biliyorsun ki?"

Bir süre gözlerine baktım ve hiçbir şey söylemeden yavaşça yanından kalktım. Bakışları bir an değişir gibi olunca bir şey söyleyecek sandım ama hiçbir şey söylemedi. Ben de oyalanmadan ondan uzaklaştım. Ne diye sorguluyordum ki? Ne diye ona yardım etmeye çalışıyordum? Ben kimdim ki?

Dün gece kolumda tuttuğum montun hâlâ salonda, yerde olduğunu görünce oraya yöneldim. Hava almaya ihtiyacım vardı. Ben montu alıp sokak kapısına doğru yürüyünce, "Nereye?" diye sordu.

"Hava alacağım," diye karşılık verdim kuru bir sesle. "Hemen evin önündeyim."

"Evin önünden ayrılayım deme. Sakın."

Cevap vermedim. Ayakkabılarımı giydim, kapıyı açıp dışarı çıktım ve montu üzerime geçirdim. Soğuk hava bacaklarımı ısırınca evin ne kadar sıcak olduğunu anladım. Dışarıda kuru bir kış soğuğu vardı. Fermuarı gürültüyle çekip kapüşonu kafama geçirdim ve ellerimi ceplerime soktum.

Şehir merkezinden uzakta olduğumuz için etrafta sadece birkaç ev vardı, hepsinin de perdeleri çekilmişti. Ediz'in bu evi kiraladığını biliyordum ama burası daha çok dikkat çekmez miydi? Umursamadım ve sırtımı duvara verip kenara uzandım. Soğuk hava iyiydi, en azından düşünceleri uzaklaştırıyordu. Başımı geriye atıp duvara iyice dayadım. Kararan gökyüzüne bakmaya çalıştım, hiç yıldız yoktu.

Gözümü bile kırpmadan durup soğuğun tenime nüfuz etmesine izin verdim. İçimden Ediz'e sitem ediyordum. İç sesim de gururumla bir olmuş beni azarlıyordu. Tokadın üzerinden sadece bir gün geçmişti.

Babam bana vurduğunda kıyameti koparıyorken neden bu adam vurduğunda öylece sineye çekmiştim ki? Bu gerçek, midemin kaynamasına neden olunca yüzümü buruşturdum.

Dakikalar birbirine yapışmış gibi hızla akıyordu. Bir ara Ediz'in pencereden bana baktığını gördüm ama onu görmezlikten geldim. Evin önünde olduğumdan emin olunca tekrar geri çekilmişti. Eh, en azından merak ediyordu. Bu da bir şey sayılırdı.

Dudaklarımın arasından süzülen beyaz buharı dalgın dalgın izlemeye devam ettim. Ediz pencerenin önünden çekileli birkaç dakika olmuştu ki evin yan tarafından bir ses geldi. Olduğum yerde sıçradım ve kocaman açılan gözlerim karanlığı taradı. Duvardan destek alarak hızla ayağa kalkarken dikkat kesilmiştim. Yüzümdeki kanın çekildiğini tahmin edebiliyordum.

Hareket etmekten çekinerek karanlığa doğru, "Kim var orada?" diye seslendim. Sanki koşmaya başlayıp kapıyı yumruklasam üstüme bir şey saldıracakmış gibi öylece kalakalmıştım. O sırada yine belli belirsiz bir ses duydum ve zaten soğuk olan havanın sanki daha da soğuduğunu hissettim.

"Kim var orada?" Cevap gelmeyince iyice paniğe kapıldım ve zar zor yutkunarak, "Ediz!" diye seslendim ama sesim yeterince yüksek çıkmamıştı. Tekrar, "Ediz!" diye bağırdım. Sesim panik kokuyordu. Ediz birkaç saniye sonra kapıyı açınca onun da bu kokuyu aldığını fark ettim.

Suratıma bakıp kaşlarını çatarak, "Ne oldu?" diye sordu. "Hayalet görmüş gibisin."

"Biri var. Orada biri var." Bu sözlerim bakışlarının ciddileşmesini sağlamaya yetmişti. Hemen yanıma geldi. Beni kollarına alacaktı ama izin vermedim. Ona sokulup yüzümü göğsüne saklamak istesem de kendime engel oldum.

Ediz kaşlarını çatarak bana baktı ve "İçeri gir hemen," dedi. Fakat sonra gözlerini iyice kısarak yüzünü ekşitti ve başını iki yana salladı. "Ya da hayır, yanımdan ayrılma."

Elimi tutmasını engelleyememiştim, parmakları parmaklarıma kenetlenirken bir an ne yapacağını şaşırmış gibi göründü gözüme. Boşta kalan elini kotunun cebine daldırdı ve arabanın anahtarını çıkarıp bana verdi. "Eğer sayıları birden fazlaysa koşmaya başla. Hemen arabaya bin ve gazı kökle."

Hem afallamış hem de iyice paniğe kapılmıştım. "Ne?" dedim. "Beni yalnız mı bırakacaksın?"

Bana doğru eğilerek, "Onları kim oyalayacak?" diye fısıldadı ama bu daha çok tehdit barındıran bir hareketti. "Dediğimi yap sadece." Duraksadı. "Sakın yakalanma. Toplu katliam havamda değilim. Eğer sana el sürerlerse seni de öldürürüm."

Gözlerimi kırpıştırdım ve öfkeyle, "Sen tam bir maçosun!" diye homurdandım. "Kıro!"

Bana karşısında ağzı açık bir orangutan duruyormuş gibi baktı. Gözlerinde sert bir ifade olsa da bu hali komik gelmişti. Bedenim adrenalin yüzünden alarm durumunda olmasaydı belki gülerdim ama yüzüm kaskatı bir buz kütlesi halinde kaldı.

Ediz beni şaşırtarak gözlerini devirdi ve bir şeyler mırıldandı. Ardından benim tepki vermeme fırsat bırakmadan yürümeye başladı. Nasıl bu kadar soğukkanlı hareket edebiliyordu, anlamıyordum. Ben anında paniklemiştim ama o sadece gerilmişti.

Evin yan tarafına geçtiğimiz sırada elimi bırakıp kolunu belime sardı ve beni kendine doğru çekti. Aptallık ediyordum; tepkimi ortaya koymam gereken yerde koymuyor, ona sığınmam gereken yerde ondan uzak duruyordum. Yüzümü buruşturdum, ben artık gerçekten bataklığın dibindeydim.

Gözleri karanlığı taradı ama görünürde hiçbir şey yoktu. Etrafta ne bir duvar ne de birilerinin saklanabileceği doğru düzgün bir yer vardı. Sadece çöp konteyneri ve çevresine bırakılan çöpler...

"Ses duyduğundan emin misin?" diye sorduğu an çöpün içinden bir şey fırladı ve ben korkuyla çığlık atarak Ediz'e yapıştım. Ellerimle kulaklarımı kapatmıştım. Küçüklükten gelen bir alışkanlıktı bu, ne zaman korksam deve kuşu gibi kulaklarımı kapatıp gözlerimi yumardım. Şimdi de Ediz'in göğsüne sığınmıştım. O da ilk anda çok gerilmişti ama sonra gevşediğini hissettim.

Ardından alaycı bir kahkaha duydum, Ediz'in kahkahasıydı bu.

"Sizi küçük piç kuruları," dedi gülmeye devam ederek. Ellerimi kulaklarımdan yavaşça çektim ve başımı kaldırıp ona baktım. Yüzündeki ifade beni bir anlığına rahatlatmıştı. Omzumun üstünden arkama bakarken bütün vücudum kaskatıydı. Ama gördüğüm manzara beni de güldürdü, sinirlerim bozulmuştu. Bir yavru kedi çöp konteynerinin kenarına çıkmış, karanlıkta parlayan gözleriyle bize bakıyordu.

"İt yavrusu," dedi Ediz.

Kediye bakmaya devam ederek ondan uzaklaştım. "O bir köpek değil, kedi." O sırada kedi de beni desteklemek istercesine miyavladı.

"Her neyse," dedi Ediz umursamaz bir sesle. Kedi yalnız değildi, yanında bir yavru kedi daha vardı. Yüzüme bir gülümseme yayılırken konteynerin kenarındakine yaklaşmaya başladım. Kedi bir an gerildi ve kaçacak gibi oldu ama ellerim başını yavaşça okşamaya başlayınca rahatladı.

"Ediz, şu güzelliğe bak," dedim ben de iyice rahatlayarak. "Nasıl da mırlıyor..."

"Aman ne güzel, ne güzel!" dedi yapmacık bir gülümsemeyle. "Lağım faresine benziyor."

"Az önce it diyordun," dedim somurtarak.

"Hem ite hem de fareye benziyor." Bir şeye kızmış gibiydi. Onun dengesizliğini artık sorgulamadığım için tekrar kediye döndüm ve somurtan dudaklarıma yeni bir gülümseme yerleşiverdi. Ne derse desin çok güzeldi, kehribar rengi tüyleri vardı. Biraz pisti, o kadar.

Diğer kedi de bana sokulmaya başlamıştı. Onun dişi olduğunu fark ettim, tüyleri kül rengiydi.

"Haydi, içeri girelim," diye huysuzlandı Ediz. Ben onu duymazlıktan gelip kedileri sevmeye devam edince boğazını temizledi, bu bir uyarıydı. Bakışlarımı ona çevirip alt dudağımı gergin bir şekilde ısırdım.

Gözlerime baktığı an ne düşündüğümü anlamıştı. "Hayatta olmaz!" diye bağırdı. "O itleri hayatta evime sokmam!"

"Kedileri," diye düzelttim somurtarak. Hemen ardından da, "Ediz, lütfen..." diye yalvarmaya başladım. "Lütfen, lütfen! Alt tarafı iki yavru kedi. Çok tatlı değiller mi?" Birbirlerine sürtünen kedilere bakıp gülümsedim. "Hava çok soğuk, onları burada bırakamayız."

"Öyle bir bırakırız ki!" dedi. Gözleri öfkeyle parlıyordu. "Bu itlerden nefret ederim!"

Gözlerim hayretle irileşti. "Kedi!" dedim tekrar. "Ayrıca ne yaptı sana bu hayvanlar?"

Bir şeyler söylemek için ağzını açtı ama sonra sustu. Kedilere öfkeyle bakıyordu. "Lütfen," diye yalvardım. İki kedi için yalvarıyor olmama şaşırmış olacaktı ki bana tuhaf tuhaf baktı. Gözlerindeki öfkeye anlam veremiyordum. "Lütfen..." diye yalvardım tekrar.

Ona şirin bakışlar atmaya çalıştım ama karşımdaki Ediz Çağıran'dı. Biraz olsun yumuşamamıştı, çok kararlı görünüyordu. Yüzüm düştü, kedilere baktım ve kaşlarımı çattım. Kül rengi dişi kedi de bana bakıp miyavladı.

"Al işte," dedi Ediz kollarını göğsünde kavuşturarak. "Kendini gör. Aynı böylesin." Kedicik masum masum miyavlıyor, gözlerini kısıp kuyruğunu dikerek erkek kediye sokuluyor, başını sürtüyordu.

"Benim sana sırnaştığım falan yok!" dedim hayretle. Ama sesim incecik çıkmıştı.

Ediz beni duymazlıktan gelerek işaret parmağını burnuma kadar uzattı ve kesin bir sesle konuştu: "Sadece bir gece. Sabah uyandığımda bu itleri kapının önüne koymuş olacaksın. Yoksa bil ki seni şu ağaca saçlarından asarım."

Çenesiyle işaret ettiği meşe ağacına baktım, gerçekten çok büyüktü. Yüzüm asıldı çünkü ciddi olduğunu çok iyi biliyordum.

"Tamam," dedim yavaşça. İtiraf etmek gerekirse izin vermesini hiç beklemiyordum bile. Ben kedilere bakıp gülümserken Ediz homurdandı ve eve girdi. İki kediyi de kucağıma aldım. Sırıtmamak için zor tutuyordum kendimi. Ardından Ediz'in peşinden içeri girdim.

"İtlere bile gülümsüyor," diye homurdandığını duyunca olduğum yerde kalakaldım. O kadar şaşırmıştım ki kucağımdaki kediler huysuzlanıp kıpırdanmasa uzun süre heykel gibi dikilebilirdim. Ediz onu duyduğumu fark etmemiş gibiydi. Kendini koltuğa attı ve hemen önündeki dosyalara uzandı.

"Gözüme görünmeyin," dedi suratıma bile bakmadan. Bense kilitlenmiş halde ona bakıyordum. Bakışlarımın yoğunluğu onu dürtüyormuş gibi bıkkınlıkla bana döndü ve dümdüz bir sesle, "Ne istiyorsun?" diye sordu.

"Hiç." Sesim zayıf çıkmıştı. Boğazımı temizledim ve "Hiç," dedim tekrar. Bu kez o beni şüpheyle süzmeye devam ederken hızla salonun kapısına yöneldim. Attığım adımların bile farkında değildim.

"Doğa." Bana seslendiğinde kapının önüne gelmiştim, durup omzumun üstünden ona baktım. "O kedileri yıka."

"Kediler yıkanmaz," dedim kaşlarımı kaldırarak. "Su, derilerindeki koruyucu tabakaya zarar verir."

"Umurumda bile değil."

Derin bir nefes alarak ona döndüm. O sırada dişi kedi kucağımda kıpırdanınca onu daha sıkı tuttum.

"Kedilerin tükürüğü antibakteriyeldir ve zaten kendilerini..."

"Dediğimi yap." Sözümü sertçe kesmişti. "Titiz hayvanlar olduklarını biliyorum ama az önce çöpten çıktılar. Onlarla çocuk gibi oynayacağını biliyorum. Kendilerine bir zararları olmayabilir fakat sen hastalanırsın. Başıma iş açma."

Neredeyse bir asır bakıştık, oysa muhtemelen sadece birkaç saniye sürmüştü. "Tamam," dedim.

Ediz de hiçbir şey söylemeden önündeki dosyalara döndü ve dikkatini anında işine verdi. Bu sefer gözlerimi dikip ona bakmamayı başarmıştım. Doğruca banyoya yöneldim, birazdan çekecekleri işkence için kedilere acıyordum.

Erkek kedi sorun çıkarmamıştı ama dişi kedi fazla hareketliydi. Hatta başına ılık suyu döktüğüm an minik ama sivri tırnaklarını elime geçirmiş, geride üç uzun tırnak izi bırakmıştı. Normalde kızardım ama sudan ne kadar nefret ettiklerini biliyordum.

Sonunda yıkanma işini hallettiğimizde yarım saatten fazla zaman geçmişti. Minicik bedenlerini havlulara sardım. Saç kurutma makinesinden korkacaklarını bildiğim için ikisini de havluyla elimden geldiğince kuruladım. İçeride zaten şömine yanıyordu. Onları ateşin önüne koyduğum an sıcaklığın tadını çıkarmaya başlayacaklarını biliyordum.

Kedilerle birlikte içeri geçtiğimde Ediz yerinde yoktu. Sehpanın üstü eskisinden de dağınıktı, kâğıt tomarları yenilerini doğurmuş gibiydi. Kedileri şöminenin önüne bırakınca şaşkın şaşkın miyavladılar ve bir an kaçacak gibi oldular fakat sıcaklığı hissettikleri an teslim oldular.

Yukarıdan onları izlerken bir film karesinde gibi hissettim kendimi. Bütün hayatım küçücük bir odada, dört duvar arasında geçmişti. Arada duvarlarıma astığım şehir posterleri dışında tamamen betondan bir hayatın içinde yılları devirmiştim. Bu sahne o kadar güzeldi ki insan kendini kaptırmadan edemiyordu.

Mutfaktan su ısıtıcısının sesi geliyordu. Erkek kediyi ayağımın ucuyla yavaşça okşadıktan sonra mutfağa yöneldim. Ediz dolabın üst rafından bir fincan almak için uzandığından tişörtü hafifçe yukarı çıkmıştı ve teni görünüyordu. Başka tarafa bakarak yanına gittim ve tezgâha yaslandım, beni görmezlikten geldi.

"Bana da hazırlasana bir fincan," dedim ona profilden bakarken. Saçlarını karıştırdı. Yorgunluğu saçlarına kadar bulaşmış gibi tutamları dağınık ve cansızdı. Bana hiç bakmadan, bir şey söylemeden dolaptan bir fincan daha çıkardı.

"Süt tozu istiyor musun?" diye sordu düz bir sesle.

Başımı hafifçe sallayarak, "Evet," dedim. Tamamen kahve yapmaya odaklanmıştı, ben de kollarımı göğsümde kavuşturmuş, onu izliyordum. Aklımın benden bağımsız bir köşesi, Ediz'in gerçekten ondan başka her şeye, herkese gülümsüyor olmama takılıp takılmadığını düşünüyordu. Belki de Ediz sadece homurdanmak için bahane arıyordu. Öte yandan bunu ikinci kez dile getirmişti.

"Beni bakışlarınla taciz etmendeki amaç ne?" diye sordu. Hâlâ bana bakmamıştı ama dudaklarının bir kenarı alaycı bir şekilde yukarı kıvrılmıştı. Bakışlarım dudaklarına takıldı ve bu sahneyi zihnime kazıdım. Dikkatimi bu kadar kolay dağıtabilmesinin adil olmaktan ne kadar uzak olduğunu düşünüyordum.

"Kediler diyecektim," diye uydurdum. "Bizimle kalsalar olmaz mı? Onlarla meşgul olurum ve seni bir daha hiç rahatsız etmem."

"Beni zaten rahatsız edemezsin," dedi kibirle. "O ancak ben izin verirsem olur."

Ona boş boş bakıp gözlerimi devirdim. "Her neyse. Ayak altında dolanmam işte."

Dumanı tüten kahveyi bana uzattı. Fincanı elinden dikkatle aldım, ikimizin de eli yanmasın diye uğraşıyordum. Neyse ki fincanı kazasız belasız alabildim. Ediz kendi fincanını kulpundan tutarak tezgâha yaslandı ve kahvesinden bir yudum aldı. Bir yandan da beni izliyordu.

"Bundan benim çıkarım ne olacak?" diye sorarken gözlerinden hınzır bir ışıltı geçti.

Ben de kahvemden bir yudum aldım, o kadar lezzetliydi ki ardından dudaklarımı emdim. Bir yudum daha almadan önce, "Bir düşüneyim," dedim fakat hiçbir sonuca varamadım. "Bence uzlaşabiliriz."

"Uzlaşmak mı?" Bu fikir hoşuna gitmiş gibiydi. Aklından neler geçiyordu, bilmiyordum ama gözlerinde şeytani bir pırıltı vardı. Bela kokuyordu.

"Evet." Omuz silkip kahvemden bir yudum daha aldım. Ediz de beni taklit ederek dudaklarını birbirine bastırdı ve hafifçe emdi. Dikkatimi dağıtmıştı. Kaşlarımı çattım ve kendime kızdım, hangi ara bunlara dikkat edecek kadar hassaslaşmıştım?

"Seçeneklere açığım," dedi kendinden emin bir şekilde. "Ama işin sonunda ödül sadece kedilerin gitmesi veya kalması olmasın, daha eğlenceli hale getirelim şunu." Kendine duyduğu güvenden doğan o keyifli ifade suratına yayılmıştı. "Eğer ben kazanırsam..." başını yana eğdi ve düşünür gibi gözlerini kıstı, "...ilk olarak kediler gider. İkinci olarak benimle körkütük sarhoş olana kadar içersin. O gece neler olduğunu hatırlamamıza engel olacak kadar çok... Sabah uyandığımızda ne olur, artık orası şansa kalmış."

Yine kaşlarım çatılmıştı, aklından neler geçtiğini çok iyi biliyordum.

"Peki ya ben kazanırsam?" diye sordum kaşlarımı kaldırarak. Tek kaşımı kaldırabilmeyi çok isterdim ama maalesef öyle bir yeteneğim yoktu. Ben kahvemi yudumlarken o hafifçe uzamış sakallarla kaplı çenesini kaşıdı ve bir süre düşündükten sonra, "Kediler kalır ve bir gün boyunca sen ne istersen onu yaparım," dedi.

Güldüm. "Bir gün boyunca ben ne istersem onu yaparsın, öyle mi?"

"Evet," dedi güldüğüm için kaşlarını çatarak.

"Ne yani, sana gidip polislere teslim olmanı söylersem gidecek misin?"

Bana boş boş baktı ve yapmacık bir kahkaha attı. "Sen uçmuşsun kızım." Sesinde alaycılık vardı. "Seni atmosferin içine davet ediyorum. Beynine oksijen gitmesi açısından."

"Çok komik," diye homurdandım.

"Senin için yemek yapabilirim ve sana iki saat boyunca hakaret etmeden durabilirim."

Ona şüphe dolu bir bakış attım, bunun pek adaletli bir anlaşma olmadığının farkındaydım. "Bu çok hafif kalır," dedim. Onun benden istediklerini düşününce bu sonuca varmıştım.

"Burada benden bahsediyoruz ufaklık," dedi gayet ciddi bir tavırla. "Terslenmeden ya da somurtmalarıma maruz kalmadan geçirebileceğin iki saat. Az şey mi?"

"Hangi konuda uzlaşacağımıza bağlı," dedim. Tehlikeli sularda yüzdüğümün farkındaydım. Kendimi uyuşturacak kadar sarhoş olduğumda mantığım iptal olacak ve geriye sadece Ediz'in ayartmaları ile söz dinlemeyen hormonlar kalacaktı.

Ediz'in keskin bakışları çevreyi taradı, sonra bir noktaya takıldı. "Dart oynamaya ne dersin?"

Bakışlarını takip ederek omzumun üstünden duvardaki dart tahtasına baktım. "Daha önce hiç oynamadım."

"Ben de," dedi. "O zaman gayet adil olacak."

Onun el becerileri bu kadar mükemmelken mi? Dart oynamak isteyip istemediğinden o kadar emin değildim. Ediz fincanını tezgâha bırakıp yanımdan geçti ve dart tahtasına saplanmış okları alıp yanıma geldi.

"Deneyelim bakalım," diye mırıldandıktan sonra oklardan birini sertçe fırlattı. Ok tahtaya hızla saplandı ama hedeften oldukça uzaktaydı. Ediz'in biçimli, kalın kaşları çatılırken ona hayretle baktım. İtiraf etmek gerekirse oku tam hedefe atmasını bekliyordum.

"Dikkat dağınıklığı," diyerek burun kıvırdı. "Yoksa o ok tam hedefe gelirdi."

"Ya tabii," dedim alaycı bir tavırla.

Sarı oku kaba bir şekilde elime tutuşturarak, "Çok biliyorsan sen yap," diye tersledi beni. Alaycılığım toz bulutu gibi yok olmuştu, o bile hedefi tutturamadıysa benim hiç şansım yoktu. Gözlerimi kısıp kırmızı noktaya hedef almaya çalıştım. Ediz yüzüme bakarken odaklanmakta zorlanıyordum ama ona aldırmamayı başararak oku fırlattım. Benim kullandığım kuvvet Ediz'in kullandığı kuvvetin onda biri bile değildi ama yine de ondan daha iyi bir atış yapmıştım.

Alaycı bir tavırla, "Ne oldu?" diye sordum.

Surat asarak, "Göreceğiz," diye homurdandı. "Başlayalım."

"Puanlama nasıl oluyor ki?"

"Bull bölümünde yeşil noktaya gelirse yirmi beş, tam kırmızı noktaya gelirse elli puan," dedi.

"Hani bilmiyordun?" diye sordum.

Omuz silkti. "Bilmiyorum demedim, hiç oynamadım dedim." Dart tahtasından okları alıp yerine geçti. "Triple çizgileri gelen puanın üç katı demektir, ona göre. Mızıkçılık yapmak yok. Double çizgiler de gelen puanın iki katı demektir."

"Ne diye mızıkçılık yapacakmışım?" diye homurdandım. Bana aldırmadan triple ve double çizgilerinin yerlerini gösterdi.

"İki yüz puana ulaşan, oyunu kazanır." Bana ciddi bir bakış attı. "Herkes kendi skorunu sayacak. Bir yerde takılıp puanını unutmayacak kadar zeki olduğuna inanıyorum."

Ona öfkeyle baktım. "Aptal değilim."

Ediz, "Şüpheli bilgi," diye homurdanınca içimden hedef tahtası yerine onu kullanmak geldi, ne kadar da rahatlatıcı olurdu şu an. Öfkeli bakışlarımı görmezlikten gelerek yerini aldı. "Benimle birlikte körkütük sarhoş olacağın geceye hazır ol Şahmeran."

Cevabımı beklemeden oku fırlattı. Öyle bir güç kullanıyordu ki okun ucu resmen tahtanın içine gömülüyordu. Bu sefer atışı daha isabetliydi ama yine de yeterince iyi değildi. Elinde kalan beş oku da fırlattı ve toplamda altmış iki puan aldı.

Somurtarak gidip okları tahtadan söktüm. Onları çıkarmak için biraz çaba sarf etmem gerekmişti ama sonunda Ediz'in eline düşmeden çıkarmayı başarabilmiştim. Tekrar yanına gittiğimde keyfi yerine gelmiş gibi görünüyordu. İçimdeki sıkıntının biraz dağıldığını hissettim ama yine de bu duygunun yüzüme yansımasına izin vermedim. Hedef tahtasına bakarken somurtuyordum.

"Bekle bizi geceler!" diyerek beni sinir etmeye çalıştı ama aldırmadım. Kırmızı oku elime aldım, gözlerimi kısıp hedefi kestirmeye çalıştım ve ardından oku fırlattım. Ok yirmi numaralı şeride saplandı. Bingo!

"Ne oldu?" diye sordum yine kıkırdayarak. Bakışları dudaklarıma kayarken yüzünde şaşkınlık vardı. Verdiği tepki dikkatimi dağıttığı için bakışlarımı hızla başka tarafa çevirdim. Ediz'i düşünmemeye çalışarak bütün dikkatimi elimdeki diğer oka verdim.

Belirlediğimiz rakama ulaşana kadar zorlu bir mücadeleye giriştik. Ediz bir ara işi batırır gibi oldu ama sonra toparladı. Sonlara doğru çok iyi oynamasına rağmen onu yedi puan farkla yendim.

Ben el çırparak yerimde zıplarken o homurdanıyordu.

"Bana yemek yapmaya hazır ol Çağıran!" diye bağırdım neşeyle. Kollarını göğsünde kavuşturmuş, bana kötü kötü bakışlar atıyordu ama ben zaferin getirdiği sevinçle onu görmezlikten geliyordum.

"Kediler de bizimle yani?" diye çığlık attım bir kez daha. Ediz bana, beni boğmak istiyormuş gibi baksa da sabrını korudu, zaten ondan korkmuyordum. "İsimlerini ne koyalım?" O bana ciddi olup olmadığımı sorgular gibi bakarken ben hızla isim alternatiflerini listeledim. "Dişi kedinin adı Matmazel olsun mu?"

"Şaka mısın kızım sen?" dedi boş bir sesle. "Seninle oturup kedi ismi mi tartışacağım?"

"Huysuzluk etmezsen ölürsün, değil mi?"

Gözlerinde alaycı bir ışıltı belirdi. "Olmazsa olmaz güzelim."

Ona aldırmadım. "Eros nasıl?"

Şimdi bana karşısında uzaylı varmış gibi bakıyordu. Birkaç saniye öylece durdu, ardından bana bir suç işlemişim gibi bakmaya başladı.

"Koy koy," dedi başını sallayarak. "Günün yirmi dört saatini 'erospu çocuğu' diyerek geçirmezsem şerefsizim."

"Sen zaten şerefsizsin," diye mırıldandım. Ediz kaşlarını kaldırınca bunu söylediğime hemen pişman oldum. Neye ne tepki vereceğini kestiremediğim için onun yanındayken nasıl davranmam gerektiğini bilmiyordum.

"Doğru söyledin," diyerek beni şaşırttı. "Ama bu bana böyle hitap edebileceğin anlamına gelmez. Sinirlendirme beni." Ne diyeceğimi bilemeyerek sustum, o da bir süre sessiz kaldı. Ardından iç geçirip bana delici bir bakış attı. "Tekila."

"Ne?" dedim anlamayarak.

"Tekila," diye tekrarladı. "Kedinin adı."

"Sen ciddi misin?"

Bana umursamaz bir ifadeyle baktı. "Diğerinin adını da Viski koyabiliriz." Ciddi görünüyordu.

Gözlerimi devirerek ona baktım ve başımı hafifçe iki yana salladım. "Senin çocuğuna acıyorum. Allah bilir zavallıya isim olarak bir sigara markasını seçersin."

"Eh, çocuğumun olması gibi bir ihtimal olsaydı koyardım, evet."

Kısa bir an için bakıştık. Ardından herhangi bir kadının karnında onun çocuğunu taşıdığı düşüncesi kafamın içinde tur atmaya başladı. Etimi kemiklerimden sıyırıyorlarmış gibi tarifsiz bir acıyla dolmuştum. Bunun ne olduğunu biliyordum ama düşünmeyi reddettim. Bu fikir beni korkutmuyordu, kelimenin tam anlamıyla dehşete düşürüyordu.

"Dişi kedinin adını Misha koyacağım," dedim konuyu değiştirmiş olmak için.

"O zaman erkek kedinin adı Tekila olsun." Orta yolu bulmaya çalışıyordu.

"Kediye bir içki ismi mi koyacağız cidden?" Homurdandım. Ediz tartışmaya açık görünüyordu ama yüzüne yerleşmiş ve artık onun bir parçası gibi görünen o kararlılıktan işin nereye varacağını kestirebiliyordum. Bir an hemen pes etmiş gibi olmamak için tavrımı korumak istedim fakat onunla uğraşmak oldukça yorucuydu. Zaten kedileri kabul etmesi bile büyük bir sürprizdi, pürüz çıkarma yoluna girmedim.

"Tamam," dedim. "Tekila ve Misha."

"Kim bilir ne tuhaf ebeveynler olurduk." Bu sözleri söylerken umursamaz görünüyordu ama ben kalbime bir tekme atmış gibi hissetmiştim. Bu hastalıklı tepkiyi yok etmek istedim ama bedenim benim komutlarımın dışında hareket ediyor gibiydi.

"Seni bilmem ama benden anne falan olmaz," derken gergin bir tavırla saçımı kulağımın arkasına sıkıştırdım. Ediz başını hafifçe yana yatırdı ama gözleri elime takılı kalmıştı. Kaşları çatılınca neye baktığını anlamak için ben de elime baktım ve kedilerden birinin yaptığı, kabarık, uzun tırmık izlerini gördüm.

"Misha yaptı," diye açıkladım. Ediz yanıma gelip elimi elinin içine aldı. Bu teması kalbime anında yansımıştı. Elimi çektim ve bir an nereye koyacağımı bilemedim. "Önemli bir şey değil."

Bu ani hareketim hoşuna gitmemiş gibiydi. "Sen öyle diyorsan..."

Bir tarafımın Ediz'in ısrarla elime bakmasını arzuladığını fark edince canım sıkıldı.

"Yarın dedemle görüşmem gerekecek," dedi konuyu değiştirerek. "Seni yalnız bırakmamam gerekiyor, o yüzden yine benimle geleceksin."

"Deden benden nefret ediyor," dedim sakince.

"Ne hissettiğinin çok da önemi yok," diye homurdandı. "Sana zarar veremez, merak etme. Öyle bir şeye bir kez daha kalkışırsa ona bedelini ödetirim." Dedesinin geçen sefer yaptığını sineye mi çekmişti? Yüzündeki ifadeden öyle olmadığı belli oluyordu.

"Annene benzediğimi düşünüyor," deyince bana bomboş bir ifadeyle baktı.

"Onu canlı olarak göremesem de fotoğraflardan biliyorum. Tek ortak noktanız esmer olmanız." Omuz silkti. "Sırf sen huzursuz olasın diye öyle davranıyordur, ona aldırma. Sana bir daha dokunamayacak, ben de ona bir daha güvenmek gibi bir hata yapmayacağım."

Ne diyeceğimi bilemediğim için sadece başımı salladım. Rahatsız edici sessizlik bozulmayınca Ediz yüzüme kısa bir bakış attı ve "Ben dosyalara bakacağım," diyerek mutfak kapısına yöneldi. Ama sonra aklına bir şey gelmiş gibi durdu ve omzunun üstünden bana baktı. "Sana berbat kavga ettiğini söyleyen olmuş muydu?"

Kaşlarımı kaldırdım ve dümdüz bir sesle, "İyi kavga ettiğimi söyleyen olmuştu," dedim.

"O kız senden çok daha ufaktı ama hamleleri seninkilerden iyiydi."

Yüzümü buruşturarak, "Dikkatim dağıldı," dedim. "Arkanda Gökhan vardı ve sen onu fark etmemiştin. Kıza pek odaklanamadım."

Son sözlerimi kafasında tartar gibi oldu ve kaşları çatıldı. "Üzerine rahat bir şeyler giy. Dışarı çıkalım."

"Neden?"

"Sana dövüşmeyi öğretsem iyi olacak. Sürekli başını belaya sokuyorsun ve bana ayak bağı oluyorsun."

Kanımın öfke ve utançla yüzüme yol aldığını hissederek, "Ben dövüşebiliyorum," diye homurdandım. Ediz'in dudaklarında hafif, alaycı bir tebessüm belirdi ama gözlerine ulaşamayan bir tebessümdü bu.

İçeriye doğru yürümeye başlayarak, "O zaman şu içindeki vahşi kızı bana göstermeyi dene," dedi. Yürürken sesini yükseltmişti. "Dediğimi yap ufaklık."

Gözlerimi öfkeyle devirerek dart tahtasındaki oklardan birini çıkardım ve söylenmeye başladım. Ben ayak bağı falan değildim. Tamam, belki de öyleydim çünkü kendi başımın çaresine bakmayı hiç denememiştim. Nasıl olsa Ediz hallediyor diye düşünüyordum ve bu benim bir zamanlar hiç hoşlanmadığım bir yaklaşımdı.

Oku öfkeyle fırlattım. Havalı bir atış yapıp hedefi tam on ikiden vurmak isterdim ama ok sekiz numaranın bulunduğu kısma saplanmıştı. Yüzümü buruşturarak kapıya yöneldim ve ışığı kapatıp odaya geçtim. Dolapta eşofman namına hiçbir şey yoktu, o yüzden bir kot giydim. Üstüne de vücuduma yapışan bir tişört geçirmek zorunda kaldım. Polar bir hırka buldum ve beni sıcak tutacağına karar vererek onu da giyip fermuarını çektim.

Dışarı çıkarken Ediz'in de üzerine rahat bir şeyler giydiğini fark ettim. Benim giydiklerimi onaylamadığını anladım ama hiçbir şey söylemedi. Yüzünde belli belirsiz bir muziplik vardı, babasını düşüncelerinden uzaklaştırmış gibiydi. Bu durumdan memnun bir şekilde onu takip ettim.

Ediz berbat bir öğretmendi ve bu su götürmez bir gerçekti. Yarım saattir bana bir şeyler göstermeye çalışıyordu ama açıkçası onu dinliyormuş gibi görünmeye bile çalışmıyordum. Gösterdiği teknikler sadece erkeklere uygundu.

"Ediz," diyerek durdurdum onu. "Bunu neden yapıyoruz?"

"En son yaşananlardan dolayı olmasın?" Gözleri parlıyordu.

"Emin ol, ben başımın çaresine bakabilirim." Bana inanmayan gözlerle bakınca, "Kaldır ellerini," dedim, "yumruk atacağım. Sıkı yumruk atarım."

"Sen mi?" dedi alaycı bir tavırla. "İnanmam."

"Kaldır ellerini," diye homurdandım.

Kocaman ellerini kaldırırken yüzünde keyifli bir ifade vardı. Ben gözlerimi kısarak ona bakınca, "Dikkat et de bileğini incitme," diye uyardı beni. Fazla hafife alınıyordum ve açıkçası bu hoşuma giden bir durum değildi. Meydan okurcasına gözlerine baktım ama onun aksine fazla kasılıyordum.

Yumruk atmayı bildiğimi anlatmaya çalışarak zaman harcamadım ve bildiğim tekniği uygulayarak eline sertçe vurdum. Tenin tene çarpmasıyla çıkan o ses kulaklarımı doldururken Ediz'in biçimli kaşları yukarı kalktı.

"Sıkı vuruyormuşsun," deyince göğsümü gere gere böbürlenmemek için kendimi zor tuttum.

Küçük, alaycı bir gülümsemeyle yetindim. "Senin sandığının aksine başımın çaresine bakabilirim."

Alaycı bir kahkaha patlattı. Sesi keyifli olmaktan uzaktı ama gözlerinde bir duygu parlamıştı. Neydi bu? Heyecan mı? Muhtemelen bana günümü göstereceği saniyeler şu an fırında pişiyordu ve hazır olmak üzereydi.

"Bundan o kadar emin olma Şahmeran," dedi. Kendinden oldukça emin görünüyordu. "Rakibin seni tek darbede yere serer."

"Rakibim sen olacaksan tabii ki yere serilirim," dedim küçümseyici bir tavırla. "Bana bir kere bile vursan muhtemelen tahtalıköyü boylarım." Duraksadım ve ona alaycı bir bakış attım. "Ama dur! Bunu zaten denemiştik, öyle değil mi? O kadar da dayanıksız değilmişim."

Yüzündeki o uysal ifade kayboldu ve gözlerine kapkara bir gölge düştü. Çenesi kasılmıştı. Onu böyle kışkırtmak akıl kârı değildi, biliyordum ama kolay kolay boyun eğmeyecektim. Bu sefer olmazdı. Normal şartlarda olmadığımızı ve konumlarımızdan dolayı ona hesap soramayacağımı biliyordum. O benim ağabeyim değildi, sevgilim değildi, babam değildi; o bir katildi ve bana tokat attığı için ona karşı tavır alsam bile beni umursamazdı.

Yaptıklarını her fırsatta yüzüne vurarak ve limonataya buz ekler gibi onunla normal bir şekilde konuşmaya devam ederek amacıma çok daha verimli bir şekilde ulaşmış olurdum.

"Plansız bir şeydi," dedi sertçe. "Ve emin ol, gücümün yarısını bile kullanmadım. Aksi takdirde yıldızları görürdün." Beni öldürecekmiş gibi bakıyordu. "Haydi, vur," dedi. Bakışlarına karşılık vererek dişlerimi sıktım ve var gücümle eline vurdum. Aslında yüzüne bir darbe indirebilmeyi çok istesem de bunu yapmaya cesaretim yoktu.

"Normal bir tokat insanın yüzünde çok kısa bir süre iz bırakır," dedim eline bir kez daha vururken. "Sen benim yüzümde iz bıraktın Ediz. Bana gücünü kullanmadığını mı söylüyorsun?"

Eline bütün gücümle abandığım için elim biraz acımaya başlamıştı ama umursamadım. Ediz dikkatle yüzüme bakıyordu, bana cevap vermemişti. Bu beni daha da sinirlendirdi ve eline bir yumruk daha indirdim. Bir kez daha, bir kez daha. Genelde Umay'ın kavgalarını ben üstlenirdim, her kavga garip bir şekilde benim için iyi birer terapi gibi oluyordu.

İçimdeki öfkeyi geceye salmak, karanlığı içimde birkaç dakikalığına da olsa tutsak etmek... Ama bunların normal şeyler olmadığını biliyordum.

"Sana yumruk atmayı kim öğretti?" diye sordu Ediz. Artık ısınmaya başladığım için eline daha sert yüklenebiliyordum.

"Atalay," dedim kısaca.

"Silah kullanmayı da biliyor musun?"

Sanki yumruk atabilmem çok büyük bir lütufmuş gibi bana beklentiyle bakıyordu. Onu şaşırttığımı görmek güzeldi. Babam ağabeyimi atış talimine götürdüğü zamanlarda ben de silahı elime alıp bir şeyler öğrenmediğim için içten içe hayıflanarak, "Pek sayılmaz," dedim.

"Öğrenmek ister misin?" Başta benimle dalga geçtiğini sanmıştım ama alacakaranlıkta simsiyah görünen gözlerinde ciddi bir ifade vardı. Ne düşündüğünü biraz olsun anlayabilmek için derinlere dalmaya çalıştım ama ziftin içine başımı sokmaktan farkı yoktu bunun. Eline bir kez daha vurunca saçlarım hafifçe önüme döküldü.

"Tüm bunlar nereden çıktı?" diye sordum. Nefes nefese kalmıştım. Dinlenmem için ellerini indirdi, yüzü hâlâ ciddiydi. Bu hali bana onu ilk gördüğüm andaki gibi Azrail'i anımsatmıştı. Vücut bulmuş ölüm meleği...

"Herhangi bir durum olursa kendini savunman gerekecek," dedi sakin bir sesle. "Seni oradan kurtaramayabilirdim. O kızı rahatça yere sermen gerekiyordu, seni havuza itmesine izin vermemeliydin."

Kaşlarımı çattım. "Bir sürü kız kavgasına dâhil oldum Ediz. Umay bu konuda pek iyi değildir, birinin bu işi üstlenmesi gerekiyordu." Parmaklarımı çıtlatarak gözlerinin içine baktım. "Ben zayıf değilim." Ama bunun doğru olmadığını biliyordum. Onun gücüne ve koruyuculuğuna kendimi kaptırdığımı fark etmiştim, eski halimden eser yoktu. Yorulmuştum artık, o kadar yükü taşımak ağır gelmişti ve Ediz güvenli bir çatı gibiydi. Ne kadar garip bir durumdu bu. Çünkü Ediz bir yandan da yükümü çoğaltıyordu. "Dikkatim dağıldı," dedim tekrar. "Gökhan sana vuracaktı ve..."

"Sen kendini düşünsene kızım," diye tersledi beni. "Sadece kendini düşün."

"Sigara içerken çocuğuna sigara içmemesini öğütleyen babalara benziyorsun Ediz," dedim inatla. Zihnimin kıyılarında eski benliğime dair bir şeyler arıyordum. Kaçırılmadan önce, normal şartlarda kendimi böyle bir şeyin içinde bulsaydım ne yapardım? Zihnimde imzalamış olduğum yenilgi beyannamesini yırtıp attım ve inadıma tutundum.

Ediz ellerini tekrar kaldırıp, "Bu da ne demek şimdi?" diye sordu. Ona cevap vermeden önce eline sıkı bir daha yumruk indirdim. O kadar tepkisizdi ki darbeyi hissedip hissetmediğini bile bilmiyordum.

Yukarı sıyrılan hırkamı aşağı çekerken, "Sen neden sadece kendini savunmuyorsun?" diye sordum. Bir an için bakışları yüzüme takıldı ve kaşları hayretle kalktı. Onu ikinci kez şaşırtıyordum. "Birbirimizin arkasını kolluyoruz işte," dedim.

"Aynı şey değil." Sesi buz gibiydi.

"Bal gibi de aynı şey."

"Değil," dedi. "Aramızda beş yaş var Doğa. Her konuda, hem de aklına gelebilecek her konuda senden çok daha tecrübeliyim. Sen sadece hatalar yapan bir çocuksun." Gözlerine çöken karanlığın sebebini anlayamamıştım.

"Beni fazla küçümsüyorsun," dedim yüzümü tiksintiyle buruşturarak. Ayrıca üstümde öyle bir baskı kurmuş, öyle bir otoriteye sahip olmuştu ki farkında olmadan düşünmeyi bile kendime yasaklamıştım. Hareketlerini analiz etmekten çekiniyordum, davranışlarını yorumlamaktan korkuyordum. Beni tamamen baskılamıştı ve bu nedenle düşüncelerim de sinmişti.

"Yalan mı?" diye sordu çelik kadar sert bir sesle. "Senden daha büyük ve tecrübeli değil miyim? Senin attığın adımları ben yıllar önce attım ufaklık. Neyin ne olduğunu senden çok daha iyi biliyor, çok daha iyi görüyorum."

"Yine de uçkuruna düşkün ergenler gibi davranıyorsun," dedim öfkeyle. Eline vurdum ama artık yeterince güçlü değildim. Hava soğuk olmasına rağmen terlemiştim. Beni tersler, laflarıyla köşeye sıkıştırır ya da en azından en iyi yaptığı şeyi yapar ve aşağılar sanıyordum ama bir süre hiçbir şey söylemedi. Ben de ona vurmaya devam ettim, canını yakabilmeyi o kadar isterdim ki...

"Bunun zevkle bir ilgisi yok," dedi sonunda buz gibi bir sesle. Bu sözleri o kadar yalın bir şekilde söylemişti ki başkası duysa herhangi bir şeyden bahsettiğini düşünebilirdi ama benim düşüncelerimin arasına pimi çekilmiş el bombası gibi düşmüşlerdi.

"Ne dedin?" diye sordum şaşkınlıkla.

"Bunun zevkle bir ilgisi yok!" diye bağırdı bu sefer. Sesi irkilmeme neden olacak kadar güçlü ve yüksek çıkmıştı. Ona şaşkınlıkla bakarken öfkesinin suratıma sıcak hava dalgası gibi çarptığını hissettim. "Beni anladın mı?" diye sordu. "Bahsettiğin gibi bir durum söz konusu olsaydı şu an çok daha farklı alıştırmalar yapıyor olurduk, emin ol."

Sesindeki soğuk ve ruhsuz ima, yüzümdeki kanın çekilmesine sebep olmuştu. "Öyle mi?" diye bağırdım. "Peki, neyle ilgisi var? Senin yenilmek bilmeyen egonla mı?"

"Sana açıklama yapmak zorunda değilim," diye hırladı. Gözleri alev alevdi. "İstediğini düşün."

"Ne demek bu?" diye sorarken onun gözlerindeki alevlerin benim gözlerime de sıçradığını hissettim. "Aramızda beş yaş var Ediz!" Onun sözlerini ona satıyordum. "Benim geçtiğim yollardan çoktan geçtin. Bahsettiğimiz şey..." Bekâretim hakkında onunla tartışmak o kadar garip ve utanç vericiydi ki yanaklarımın yandığını hissettim.

"Ben bunu göz önünde bulundururum," dedi benim aksime sakin bir sesle. "Buna dikkat edecek tek kişi benim."

Başımı hafifçe iki yana salladım. "Neden bahsediyorsun sen Ediz? Uygar'a söylediklerini duydum. Sağır değilim, beni kandırma."

"Her şeyi yanlış yorumluyorsun!" diye kükredi. "Her şeyi! Neden bu kadar huysuzsun?" Ben de aklımdan geçenleri ona haykırmak için ağzımı açtım ama bana izin vermedi. "Uygar'a o meseleyi sormamın amacı..." Sustu. "Her ne boksa! Canını yakabilirim ama bunun için öyle bir yol seçmem. Ben bile bir kızı o şekilde aşağılayacak kadar adi değilim."

Boğazıma bir yumru oturmuştu. "Ne bu Ediz?"

Boş boş suratıma baktı. "Ne ne?"

"Bu!" diye bağırdım. "Takıntı mı? İntikam mı?" Aklımda çok daha delice bir şey filizlenmişti ama onu hemen ayaklarımın altına alıp ezdim. O ihtimalin gerçekleşmesi imkânsızdı. Ayrıca onu dile getirecek kadar cüretkâr ya da deli değildim.

Ediz, "Bir önemi var mı?" diye sorunca gözlerime yaşlar batar gibi oldu ama onları öfkeyle ittim. Şimdi olmazdı, ağlamanın ne yeri ne de zamanıydı. Yutkunarak boğazımdaki yumruyu da derinlere gönderdim ve Ediz'e meydan okumaya hazır bir şekilde yumruklarımı sıktım.

"Benim hakkımda ne düşünüyorsun?" Anın öfkesinden ve üzüntüsünden doğan bir soruydu bu. Normalde böyle bir şey sormak aklımın ucundan bile geçmezdi. Ediz'in de şaşırdığını fark etmiştim. Onun neler hissettiğini bu zamana kadar hiç sorgulamamıştım, kendi içimde bile yapmamıştım bunu. Yasaktı. Fazla imkânsızdı. Fakat ağzından incitici ve ezici de olsa bir şeyler duymak istiyordum. Kesin bir şeyler... Dönüşü olmayacak türden ve somut denebilecek kadar net sözler...

"Neden merak ediyorsun?" O bu soruyu sorarken gözlerinde yakaladıklarım kalbimin teklemesine sebep oldu. Yüzü hâlâ sertti, çelik gibiydi ama bakışlarında bir şeyler yumuşamıştı. Sanki günlerdir bu soruyu bekliyordu.

Boğazımın kuruduğunu hissettim ve sonunda kendime bile itiraf etmekten korktuğum şeyi dile getirdim: "Benden nefret etmiyorsun." Artık korkunç bir yola girmiştim, şimdiye dek en ufak bir meselede bile benden nefret ettiği düşüncesine sığınıp kaçabiliyordum. Korkaklık ediyordum çünkü incineceğimden o kadar emindim ki...

"Hangi açıdan baktığına bağlı," dedi. İtiraz etmemişti.

"Bu da ne demek oluyor?" diye sordum ama, "Sana açıklama yapacak değilim," dedi. "Cevabı kendin bulmaya ne dersin?"

"Ben seni çözemiyorum," dedim. Kalbim deli gibi atıyordu. Korktuğumu itiraf edemiyordum ama Ediz'in bunu görebildiğini biliyordum. Benim aksime o, gözlerimin içine baktığı an aklımı okuyabiliyordu.

"Açıklarım," deyince beklentiyle doldum. "Ama bir şartım var."

Gözünü bile kırpmıyordu. Meseleyi açıklarsa bedelinin ne olacağını bilmiyordum. Buna değip değmeyeceğini de bilmiyordum. İçimdeki Doğa kollarını bedenine sardı ve bana şüpheyle baktı, hızlı bir analiz yapıyorduk. Bir şeylerin net olması çok daha iyi olmaz mıydı? En azından belli bir düzen içinde aramıza mesafe koyabilir, bir şeylere dur diyebilirdim. Bunu bunca zamandır neden yapmadığımı sorgulamaya başladığımda aklıma o kadar çok soru hücum etti ki görmezlikten geldiğim soruların da aslında çekip gitmediklerini, bana saldırmak için kapının önünde beklediklerini anladım. Kalbim öyle kuvvetli çarpıyordu ki başım dönmeye başlamıştı.

"Şartın ne?" dedim kuru bir sesle.

Ediz düşünüyormuş gibi gözlerini kısarak, "Aslında o kadar da zor bir şey değil," dedi. "Sadece dürüstlüğe ne kadar önem verdiğin düşünüldüğünde ve başka bir şeyden ötürü biraz zor gelebilir..."

"Sen neden bahsediyorsun?" Gözlerinde bir anlayış ışığı görür gibi oldum ama bu o kadar kısa sürdü ki sonradan benim hayal ürünüm olabileceğini düşündüm.

"Evine döndüğünde bir şey yapmanı istiyorum." Sesi ciddileşmişti. Şüpheyle kıpırdandım, huzursuz olmuştum. "Seni dinliyorum..."

Yavaş, telaşsız adımlarla bana yaklaştı ve tam önümde durdu. Gözleri karanlık kuyuları andırıyordu. Sanki o karanlık beni yutacak, midesine indirecekti. Aynı solukları paylaşacak kadar yakın duruyorduk birbirimize, bir an kalbimin duracağını sandım.

"Seni sorguya çekecekler," dedi. "Her konuda. Osman Güngör'ün kızı olman hiçbir şeyi değiştirmez, seni konuşturana kadar susmayacaklardır. Senden onlara bir şey söylemeni istiyorum." Onu dinlerken kanımın damarlarımda donduğunu hissetmeye başlamıştım. Konuşamıyordum. Ediz devam etti: "Onlara benim sana tecavüz ettiğimi söyle."

Göz bebeklerim irileşmiş olmalıydı. "Ne?" diyebildim sadece, ciğerlerimdeki hava çekilmiş gibiydi. Ediz'in amacını kestiremiyordum. "Sen kafayı mı yedin? Babam seni bulur ve öldürür ve Atalay ve ben..." İşaret parmağını dudaklarıma bastırarak beni susturdu. Telaştan üst üste kullandığım "ve" bağlacı kulağa çok komik gelmiş olmalıydı ama ikimiz de gülmüyorduk.

"Dinle Şahmeran," dedi ciddi bir sesle. Parmağını dudaklarımdan çekmişti. "Eğer aksini iddia edersen işler karışır."

"Sen neden bahsediyorsun? Onlara yalan söyleyecek değilim!" Her şey bir yana bu çok utanç vericiydi. Atalay'ın ve babamın bulunduğu bir odada böyle bir şeyi dile getirdiğimi düşünemiyordum. Dehşet vericiydi.

"Ne demeyi düşünüyordun?" diye sordu soğuk bir sesle. "Benim yanımda anlaşmayla kaldığını mı?"

Ben, "Evet," deyince bana öyle bir bakış attı ki kendimi aptal gibi hissettim.

"Bu seni sadece benim suç ortağım yapar." Beni az sonra pataklayacakmış gibi bir hali vardı. "Nasıl bu kadar aptal olabiliyorsun, anlamıyorum," dedi dişlerini gıcırdatarak. "Sen bana yardım ediyorsun Şahmeran. Bunun farkında mısın?"

Ellerim buz kesmiş, gözlerim kocaman olmuştu. Yaptıklarımın kanun önündeki karşılığını hiç düşünmediğimi anladım ama Ediz her şeyi biliyor gibiydi.

"Seni hiçbir şey kurtaramaz," dedi karanlık bir sesle. "Hiçbir şey. Hapishane köşelerinde sürünürsün. Benim yaptıklarımın bedelini sen ödersin. O yüzden bırak dürüstlüğü, onlara yalan söyle."

"Beni zorla alıkoyduğunu söyleyebilirim!" dedim. Kendimi çok adi hissetmiştim ama hapse girme düşüncesi kanımı donduruyordu. "Tecavüze uğradığımı söylemem gerekmiyor. Ben... bunu yapamam. Utanç verici."

"Yapacaksın," dedi kesin bir sesle. "Bir bildiğim var."

"Senin açından da kötü bir durum," dedim onu anlayamayarak. "Yeterince şeyle suçlanıyorsun zaten."

"Değil." Çok ciddi görünüyordu. "Benim için hiçbir şey kötü olmaz. Benim her zaman bir planım vardır, bu iş için de var." Gözlerimi kırpıştırarak ona bakıyordum. Sözlerine devam etti: "Senden bunu yapmanı rica etmeyeceğim, bu bir emir. Yapacaksın." Ağzımı açtım ama konuşmama izin vermedi. "Soruna gelince..." Eli kalktı ve elinin tersini yanağımda yavaşça kaydırdı. Ürkerek geri çekilir gibi oldum ama yerimden yeterince kıpırdayamamıştım.

"Aklıma babam gelmediği zamanlarda senden nefret etmiyorum," dedi yumuşacık bir sesle. "Seninle geçirdiğim her gün bana senin bir suçunun olmadığını daha çok kanıtladı ama bu gerçek bazen umurumda olmuyor. Ne olursa olsun sen onların kanındansın ve..." Öfkeyle nefes aldı. "Ve bu senden nefret etmem için yeterli bir sebep."

Artık gözlerim feci şekilde yanıyordu, ağlamamak için bütün irademi kullandım.

"Anlamıyorum..." diye fısıldadım titrek bir sesle. "Ben hiçbir şey yapmadım ki... Bana zarar veren sensin."

"Hayır, sensin," diye itiraz etti. Göz pınarlarımda yaşlar birikmeye başlamıştı. Düşünceleri kovmaya çalıştım ama gece düşüncelere bulaşınca her şey daha da zorlaşıyordu. Ediz o kadar yakınımdaydı ki elimi kaldırsam yüzüne dokunabilirdim ama kendimi durdurdum.

"Bana tokat attığında..."

"Sana tokat attığımda sen hiçbir şeydin," dedi ciddi bir sesle. "Senden ne nefret ediyordum ne de seni..." Doğru sözcüğü bulmaya çalışıyormuş gibi duraksadı. "Sana acıyordum." Ah, bu kötüydü işte. Bana acımasını istemiyordum. Sözlerine devam etti: "Sadece mantığımı yitirdim ve ne yaptığımı bile anlamadan oldu işte."

"Bunu hiçbir zaman unutmayacağım."

Omuz silkti ama yüzü hâlâ ciddiydi. "Bunun çok da önemi yok."

Kalbimi acıtıyordu. Yenilgiyi kabul ederek ondan uzaklaştım ve başka tarafa bakarak gözlerime dolan yaşları gizlice silmeye çalıştım. Bu anlamsız bir çabaydı ama ona döndüğümde gülümsemeyi başarabilmiştim.

"Daha sert yumruk atmanın yolu ne?" diye sordum konuyu değiştirmek için.

Bana kaşlarını çatarak baktı ve sert bir sesle, "Dövüş konusunda bir işe yaramazsın," dedi. "Aslına bakarsan çoğu konuda işe yaramazsın. O yüzden dövüşmeyi sadece kendini savunacak kadar bilsen yeter, zaten yumrukların güçlü. Bu kadar alıştırma yeter."

İçim buz gibi olmuştu. "Bana neden böyle davranıyorsun?"

İşte bu yüzden aklımın topraklarında onun bana değer verdiğine dair hiçbir düşünce yetişmiyordu. Aklımın toprakları taşlıydı, oldukça verimsizdi.

"Çok alıngansın," dedi.

Ona öfkeyle baktım. "Alıngan falan değilim."

"Öylesin," diye üsteledi. "Korkaksın. Her şey istediğin gibi olsun istiyorsun ama gerçek bu. Gerçekleri kaldıramıyorsan bu benim sorunum değil. Sırf sen öyle istiyorsun diye..."

İçim yakıcı bir öfkeyle doldu ve korkunç bir şey yaptım. Belki bunu uzun zamandır yapmak istiyordum, belki içimde bir yerlerde kök salan bir istekti. İlk saniyelerde acayip bir rahatlama yayıldı içime, zehir gibiydi. Önce uyuşturan, sonra yakan bir zehir... Elime ise bir acı yayılmıştı, çıkan ses içimdeki korkuyu kamçılamıştı.

Ediz'in başı hafifçe yana çevrilmişti. Kalbim korkudan olduğu yerde tepiniyordu. Bakışları ağır ağır bana dönerken, ona tokat attığımı sanki az önce yanında değilmişim gibi yeni fark etmiştim. Ciğerlerimdeki bütün hava boşaldı ve korkuyu solur oldum.

Ediz elini yüzüne götürdü. "Sen... sen bana vurdun mu?"

Gözlerindeki ölümcül bakışlar en yoğun halini almıştı. Hangi akla hizmet böyle bir şey yapmıştım? Bir anlığına rahatlamıştım, evet ama o boşluğun yerini anında ölüm kapanını andıran bir korku doldurmuştu. Ediz afallamıştı. Benden böyle bir şey beklemek bir yana buna cesaret edeceğimi bile düşünmemiş olmalıydı. Bu sayede şaşkınlıktan sıyrılmamı sağlayacak birkaç değerli saniye kazanmıştım.

Bana doğru bir adım atmasıyla âdeta yer titredi. Bembeyaz bir yüzle bir adım gerilerken ciğerlerimin yandığını hissettim.

Daha önce hiç duymadığım bir sesle, "Sen öldün," dedi. Geri geri kaçmaya devam ederken ayağım bir taşa takıldı ve düşecek gibi oldum. Son anda dengemi sağladım, hiç düşünmeden arkamı döndüm ve koşmaya başladım. Belki de hata yapmıştım, bilmiyordum ama hayatta kalma içgüdüm tırnaklarını yüzüme saplamıştı.

"Doğa!" diye kükredi Ediz. Onu duymazlıktan gelip koşmaya devam ettim. Birden adrenalin yüklenen damarlarım ölüm fermanımdan kelimeler de taşıyor gibiydi. İçimde çanlar çalıyordu resmen, telaşım ayaklarıma vuruyordu.

"Doğa!" Ediz'in sesi o kadar da yakından gelmiyordu. Nereye kaçacağımı bilmiyordum, bir yere gidemeyeceğimin farkındaydım. Ondan kaçamazdım, beni ne olursa olsun yakalardı ama bunu düşünemeyecek kadar panik yapmıştım. Asfalta çıkıp yol boyunca koşmaya başladım.

İçimden kendime lanetler yağdırırken bir yandan da uzaklaştıkça kahkahalar atmak istiyordum. Ediz Çağıran'a tokat atmıştım. Kemikli yüzüne çarpan elimde ince bir sızı vardı ama bu bir tür ödül gibiydi. Belki birazdan beni öldürürdü, belki bedeli ağır olurdu ama ben Ediz Çağıran'a meydan okumuştum.

Buna daha önce cesaret edebilen biri var mıydı acaba? Belki de o haklıydı; ben tam bir aptaldım fakat bu gerçek, içimden yükselen histerik kahkahaları bastıramıyordu. Koşarken harcadığım efor nefesimi kesmeseydi gülerdim ama sonuna kadar gidecektim. Bu işin sonu zaten ortadaydı, bu sefer öylece pes etmeyecektim.

Arkama bakmak istiyor fakat cesaret edemiyordum. Bu, insanın yatağına usulca sokulan ölüm soğukluğu gibi bir şeydi, açıkçası beni ürpertiyordu ama güzel bir tarafı da vardı.

Uzun zamandır doğru düzgün fiziksel aktivitede bulunmadığım için bacaklarım isyan etmeye başlamıştı ama buna aldırmadan koşmaya devam ettim. Ayaklarıma ağırlıklar bağlanmış gibiydi, adımlarım yavaşlıyordu. Kaçınılmaz sona hızla yaklaştığımı biliyordum.

Bir el, üstümdeki hırkayı kavrayıp beni sertçe çekince tiz bir çığlık attım ve duvar gibi sert bir bedene çarptım. Bir an ikimizin de yere kapaklanacağını sandım. Onun ağırlığı altında ezileceğimden emindim fakat çarpışmanın etkisini onun bedeni üstlendi. Saçlarım yüzüne dökülürken ellerim sert göğsüne yaslandı.

Bakışlarımız birleştiğinde hissettiğim korkuyu bir an unutur gibi oldum ama beni üstünden itince neye uğradığımı şaşırdım. Hemen yanına, beton zemine sırtüstü düştüğümde yüzünde öyle bir ifade vardı ki gazabından korktum. Başım hafifçe de olsa betona çarpmıştı ve ani hareketler yüzünden zemin bedenimin altında dönüyormuş gibi hissediyordum.

Bacaklarını iki yana açarak karnıma oturdu ve kaçmamı imkânsız hale getirdi.

"Sen..." dedi öfkeyle. Boynundaki damarlar şişmişti ve gözlerinde keskin bir ifade vardı.

"Ödeştik," dedim ama kollarımı korkuyla yüzüme kapatmıştım, bana vurabilirdi. Fakat elini saçlarının arasına daldırmaktan başka bir şey yapmadı. Bundan cesaret alıp altında kıpırdandım ve ondan kurtulmaya çalıştım.

"Nasıl bir hismiş?" diye bağırdım ardından. "Güzel mi?"

"Kes sesini!" diye gürledi. Açıkçası gözlerindeki ifade bile geri adım atmam için yeterliydi ama kendime engel olamıyordum. Adrenalin yüzünden miydi, yoksa başka bir şeyden dolayı mıydı, bilmiyordum ama susmak istemiyordum. "O kadar da işe yaramaz değilmişim, ha? Ne dersin?"

"Seni öldürebilirim!" diye hırladı öfkeyle.

"Hiç durma!" diyerek meydan okudum. Oysaki Ediz'in blöf yapmayacağını çok iyi biliyordum. Gözlerimi kaçırmadan gözlerinin içine baktım. Resmen burnundan soluyordu. Dişlerini gıcırdatınca yanağında bir çukur oluştu. Öylece birbirimize bakıyorduk, ıssız yolda çıt çıkmıyordu. Etrafta lüks evler vardı ama hiçbirinin ışığı yanmıyordu.

"İçin rahatladı mı?" diye sordu dişlerinin arasından. Soran gözlerle ona baktım, beklediğim tepki bu değildi. "Sana soruyorum!" diye kükredi. "İçin rahatladı mı?"

Bir an cevap veremedim. "Evet..."

"Bana vurmaya cesaret edebilecek kadar aptalsın." Gözleri öfkeyle parlıyordu ama orada başka bir şey daha vardı; iyi bir şey değildi, zifirî karanlığın ortasındaki ateş gibiydi.

"Sen bana vurabiliyorsun da ben sana vuramıyor muyum?" diye sordum hayret içinde.

"Şimdi ne saçmalamaya başlayacaksın?" diye bağırınca kendini zor kontrol ettiğini anladım. Bana doğru eğilip bileklerimi tuttu ve asfalta yaslanan dirseklerimin acımasına neden olacak kadar üzerime yüklendi. Yüzünü yüzüme yaklaştırınca zaten hızla çarpmakta olan kalbim bir maratonun ortasındaymışım gibi daha da hızlandı. "İstiyorsan bir de kadın erkek eşitliği diye saçmala!"

"Sen tam bir maçosun!" diye bağırdım.

"Öyleyim!" diye karşılık verdi. "Var mı yapabileceğin bir şey?"

"Kadın erkek eşitliği, öyle mi?" Yabancı bir ses duyunca ikimiz de aynı anda başımızı sesin geldiği yöne çevirdik. İzleyicilerimizin olduğunu yeni fark ediyordum, belki de az önce gelmişlerdi. Ediz'in bedeninin kaskatı kesildiğini hissettim.

"İlham verici," diye devam etti tok sesli adam. Şaşkın gözlerle ona baktım ve yirmili yaşlarının sonlarında olduğuna karar verdim. Gözüm onu bir yerlerden ısırıyor gibiydi. Kim olduğunu anlamaya çalışırken üzerimdeki ağırlığın kalktığını hissettim, ardından iri parmaklar tekrar bileğime yapıştı. Ediz'in beni yerden kaldırırken kullandığı güce hazırlıksız yakalanmıştım. Kollarına tutundum ve ondan destek aldım. Beni kendine doğru çekti.

"Dilini mi yuttun Çağıran?" Adamın yanında bir kadın vardı ve gözlerini dikmiş, bana bakıyordu. Yirmi beş yaşlarında olduğunu tahmin ettim. Bakışları o kadar sertti ki az önce bağırdığım, beni deli gibi korkutan adama sığınma ihtiyacı duydum. O da beni daha sıkı sardı.

"İyi hamle," dedi boş bir sesle. Sesinde gerginlik yoktu ama bedeni kasılmıştı.

"Kızın fazla vahşi. Onu hâlâ evcilleştiremedin mi?" Kadının yüzünde alaycı bir gülümseme belirmişti, bense hâlâ adamı nereden tanıdığımı kestirmeye çalışıyordum. Adamın da bakışları bana çevrilince bir kolum istemsizce Ediz'in beline dolandı ve küçük bir kız çocuğu gibi göğsüne sokuldum. Oyun buraya kadardı.

"Çağıran seni güzelleştirmiş Doğa. Seni en son gördüğümde somurtkan bir şeydin."

Kaşlarım çatıldı ve "Seni bir yerlerden tanıyorum," dedim.

Adam sırıttı. "Beni çıkaramadın mı?" Ediz'in meraklı bakışları bana çevrildi, gözleri hâlâ öfkeyle parlıyordu ama neye öfkeli olduğunu çözemedim. Bana mıydı öfkesi, yoksa bu adama mı?

"Darılıyorum güzelim," dedi adam.

"Ona öyle hitap etme," dedi Ediz sertçe. Adam ona da sırıttı. Bense onlara aldırmadan zihnimi karıştırmaya başlamıştım, Ediz'in kokusunun beni sakinleştirmesini bekliyordum. Dilinin ucunda olan bir şeyi söyleyememek gibiydi bu, hızla anılarımı yokluyordum.

"Yolun sonuna geldik Ediz Çağıran."

"Ben bu lafları çok duydum," dedi Ediz alaycı bir tavırla. "Anca konuşursunuz."

Ama rahat değildi, gerilmişti. Onun açısından bir şeylerin yolunda gitmediğini görebiliyordum. Normalde bu kadar gerilmezdi, şu anda da yüzü rahat görünüyordu ama bedeni aynı şeyi söylemiyordu.

Adamın bakışları tekrar bana çevrildi. "Salonunuzda oturmuştum," dedi net bir sesle. "Hatırlamıyor musun gerçekten? Babanla gözümün önünde tartışmıştınız."

İpucunu havada kapan zihnim parçaları hızla bir araya getirdi ve o akşam gözlerimin önüne döküldü. Atalay ile babamın bir misafiri gelmişti. Annem ona yardım etmem için beni yanına çağırmıştı ama ben salonda oturup somurtmaktan başka bir şey yapmamıştım. Babamla küçük çaplı bir tartışma yaşamıştık.

"Seni hatırlıyorum," diye mırıldandım. Atalay'la tokalaşmalarını ve neşeli kahkahalarını hatırlayınca dehşete düştüm. Ediz bana bakıyordu, tepkim onu endişelendirmiş gibiydi. Başımı kaldırıp gözlerine baktım ve korkuyla, "O kim?" diye sordum. Vereceği cevaptan korkuyordum.

"Ben açıklayayım," dedi adam keyifle. "Atalay Güngör'e Levent Çağıran konusunda yardım etmiştim. Küçük bir anlaşmamız vardı." Güldü. "Hatta ona Levent'in yerini ben haber verdim."

Donup kalmıştım. Adam sözlerine acımasızca devam etti: "Şu an sarıldığın adamın babasının ölümüne dair planlar yaparken sen bize ikramda bulunmuştun."

Ediz'in nefreti elektrik akımı gibi bana da bulaşmıştı. Korku dolu gözlerim güzel yüzünü taradı. Yüzüme bakmıyordu ama beni tutan kolları yavaşça gevşemişti. Sessizce yutkundum ve onun beni bırakmasını beklemeden ben onun kollarından uzaklaşmak için harekete geçtim ama bu sadece kollarının tekrar kasılmasına sebep oldu. Beni kararlılıkla kendine doğru çekti.

Şu durumda beni ortada bırakmasına kızamazdım bile. Daha on dakika önce olanların izleri silinip gitmişti, yaptığım şeyden pişman olmuştum zaten.

"Ediz..." diye fısıldadım. Belimdeki kolu yukarıya doğru kaydı, elini başıma koydu ve yüzümü göğsüne bastırdı. "Sakin ol," dedi sadece.

"Üzgünüm," diye fısıldadım ama hiçbir şey söylemedi.

"Atalay'la bağlantın ne?" diye sordu Ediz. "Niçin sattın babamı?"

"Polisler daha büyük bir davanın peşinden gidebilmek için küçük bir yardım karşılığında daha küçük davaları satabiliyorlar. Eh, hapis riskini göze alamazdım. Ayrıca şu kızla evlere kapandın, formdan düşüyorsun Çağıran."

"Boş boş konuşma," dedi Ediz, soğukkanlıydı.

"Hiç değişmemişsin."

Ediz kılını bile kıpırdatmayınca adamın iç çektiğini duydum. "Aslında Atalay ve Gökhan'la iş yapmak eğlenceli. İkisi oldukça iyi anlaşıyor gibiler."

O an bütün uzuvlarım buz tuttu ama bir yandan da başımdan aşağı kaynar sular dökülüyormuş gibi hissediyordum. Gökhan ve Atalay... Nefes almakta zorlanarak elimi yumruk yaptım ve Ediz'in tişörtünü sıktım. Benim aksime o hiç tepki vermemişti.

"Buraya bunu söylemek için mi geldin?"

Hâlâ adını bile bilmediğim adam, "Aslında kızı almak için gelmiştim," diye açıkladı. "Fakat sizi izlerken aklıma çok daha eğlenceli bir şey geldi. Atalay'ın tek istediği Doğa olabilir ama biz ilham verici şeylere her zaman açığız."

"Onu istesen de benden alamazsın." Ediz çok ciddi görünüyordu, kalbimin eridiğini hissettim. Bu çok hastalıklı bir durumdu ama sanki mümkünmüş gibi ona daha da sokuldum. Lanet olası adam beni Atalay'a götüreceğini söylüyordu, şimdi koşup onun yanına gitmem gerekmez miydi?

"Doğa'yı kurtaran hep sen oldun, değil mi Çağıran?" Adam bana bakarak başını iki yana salladı. "Ah, siz kadınlar... Her konuda eşitlik istersiniz ama söz konusu böyle durumlar olunca süt dökmüş kedi gibisiniz."

"Ne istiyorsun?" Ediz'in sesi, sabrının taşmak üzere olduğuna işaret ediyordu. Omzumda onun elleri dışında bir el hissedince az kalsın çığlık atacaktım. Bir başkası da Ediz'i çekmeye çalışmıştı. Ediz beni bırakmak zorunda kalıp dirseğini geriye doğru savurdu ve biri acıyla homurdandı. Bu boşluktan faydalanarak biri beni Ediz'den kopardı ve bu kez çığlık attım.

Bu kadar insan nereden çıkmıştı? O sırada üç adam Ediz'i yakaladı ve Ediz tek olmasına rağmen onlara direndi. Hatta oldukça iyi gidiyordu ama beni tutan adam saçlarıma asılınca acıyla çığlık attım ve Ediz'in dikkati dağıldı.

Yüzüne darbe almamayı başarmıştı fakat adamlar ona zorla diz çöktürdüler.

Dehşete kapılarak, "Ediz!" diye bağırdım. Adamlardan birinin silahını çıkardığını görünce tekrar, "Ediz!" diye haykırdım. Silahın namlusu dağınık saçlarına dayandığında çimen yeşili gözleri beni buldu. Yüzünde korkudan eser yoktu, benim zarar görüp görmediğimi anlamak istercesine bakışları hızla bedenimi taradı.

"Hep erkek kızı kurtarır," dedi adam bana yaklaşarak. "Bu sefer rolleri değiştirelim ve kız erkeği kurtarsın..."

Kalbim deli gibi çarpıyordu, gözlerim iri iri açılmıştı. Panik kusacağımı sandım. Ediz'in kafasına dayanan namlu, beni sıkıca tutan eller... Ne olduğunu anlayamamıştım fakat o anlamış gibi görünüyordu. Yeşil gözleri öfke ve nefretle büyüyünce orada bir şey daha gördüm; endişe... Ediz, "Hayır!" diye bağırdı.

Ve bütün gözler bana çevrildi.

15. EV

Şahmeran'ın bedeninde taşıdığı zehir, bir kalbin atışlarını sömürecek, bir ruhu hiçliğe gömecek kadar güçlüydü ama bulunduğu bedene, Şahmeran'a zarar veremiyordu. Gerçek daha keskindi, daha yoğundu, ciğerleri kurutacak kadar taze olan o zehirden daha güçlüydü. Şahmeran sevdiği adamı özgür bıraktığında asırlardır kendi bedeninde taşımasına rağmen pay alamadığı ölümün gerçek tarafından, daha doğrusu aşk tarafından ruhuna işleneceğinin farkındaydı.

Bir söz istemişti Tahmasp'tan; özlediği hayatı tekrar solumaya başladığında, hangi sebeple olursa olsun başka insanlarla beraber suya girmeyecekti. Su mürekkep, Tahmasp ise ölüm fermanının işleneceği, yıpranmış bir kâğıt olacaktı. Söz verdi Tahmasp ama verdiği sözü somutlaştıran kelimeler dudaklarından dökülürken bile ihaneti haber veren birer elçiden başka bir şey değildi.

Ve ihanet, bedeninde zehri taşıdığı gibi şifayı da taşıyan Şahmeran'ın kapısını en acımasız haliyle çaldığında onu öldüremeyen zehir gibi şifası da acısı karşısında yetersiz kalmıştı. Aşkı uğruna ölümü en iyi şekilde ağırlayan Şahmeran'ın aksine Tahmasp, özlediği ailesi için sevdiği kadının gözlerindeki ışığı kurban etmişti.

Şahmeran'ın kanıyla birlikte bütün kelimeler de akıp gitmişçesine hikâyenin devamında ne olduğunu kimse bilmiyordu. Belki Tahmasp'ın yaşadığı pişmanlık satırlara sığamayacak kadar büyüktü, belki de acının insanı içine çeken cazibesi bu kadarına ihtiyaç duymuştu. Sebebi ne olursa olsun asırların sırtlanıp günümüze kadar getirdiği bütün hikâyelerin özünde fedakârlık yok muydu?

Bir çift yeşil göz dışında bütün gözler fedakârlığımdan bir parça et koparmak istercesine üzerimde toplanmıştı. Pençelerini gösteren ve duygulardan beslenen doyumsuz yüreklerden başka bir şey değildiler. Garip bir şekilde düşüncelerim geçmişe ev sahipliği yapıyordu: Acaba Tahmasp nasıl biriydi? Saçlarının, gözlerinin, teninin rengi neydi? Ediz Çağıran zihnimde ilk kez vezir veya Şahmeran'ın etindeki şifaya, onun ölümünden gelecek sağlığa muhtaç olan padişah değil de Tahmasp olarak şekillenmişti. Ailesi uğruna terk ettiği kadının fedakârlıklarını soluyan bir adam... Bu imkânsızdı. Belki de değildi.

Aslında sorulacak birçok hesap, dile getirilecek birçok cümle vardı ama karanlıkta simsiyah görünen o yeşil gözlere bakarken hiçbir cümle tırnak içine sığmıyordu.

"Sessizlik?" diye sordu adam, sesinde alaycılık vardı.

Evet, sessizlik. Verilebilecek en gürültülü cevap.

"Söyleyeceklerinin hiçbirini yapmayacak." Ediz bakışlarını adama çevirdiğinde gözlerindeki net kararlılık sesine de yansımıştı. "Onu ailesine götür."

"Bence bunu kendisine soralım." Adam bana yöneldiğinde Ediz'in kurduğu cümlenin yarattığı şaşkınlık damağıma yayılmaya başlamıştı, ne beklediğimi bilmiyor olsam da beklemediğim şeyin bu olduğuna emindim. "Sen ne diyorsun Doğa?" diye sordu.

"Benden ne istiyorsun?" Bu kumar masasına yatırmamı istediği bedelin ne olduğu kestiremiyordum, ne de olsa bana zarar vermesi onun aleyhine olurdu. Yine de tahminler üzerinden hareket etmek mantıklı olmayacağı için diken üzerindeydim ve Ediz'in seçtiği kelimeleri reddediyordum.

"Cevap olarak pek çok ihtimal var," diyerek kollarını göğsünde kavuşturdu. "Sen söyle Doğa: Onu kurtarmak için ne yapardın?"

Bu sorunun cevabını bilmiyordum. Sahi, ne yapardım? Sessizliğe gömülme sırası düşüncelerimdeydi. Beni içgüdülerime ve hislerime bırakmış, en ücra köşelere çekilmişlerdi. Hiçbir şey söyleyemedim.

"Sen söyle Çağıran." Adam Ediz'le konuşsa da gözlerini gözlerimden ayırmamıştı. "Sence senin için ne kadar ileriye gidebilir?"

"Ondan uzak dur." Ediz'in cevabı net ve yalındı, sözlerinde hiç tereddüt yoktu.

Adam düşünüyormuş gibi başını hafifçe yana eğdi ve bana asırlar gibi gelen saniyeler boyunca gözlerimin içine baktı. Bakışlarımı her ne kadar kaçırmak istesem de irademe hâkim olup öylece durmayı başarabildim. Adam bu rahatsız edici bakışmayı sonlandırdığında elini havada şöyle bir salladı ve "Kızın ellerini bağlayın," diye emretti.

Tenim bir panik dalgasıyla karıncalanınca beni tutan kollardan telaşla kurtulmaya çalıştım. Beni zapt etmek için daha da sıkı kavrayan parmaklar etime gömülse de aldırmadan çırpınmaya devam ettim.

"Bırak beni!" diye bağırdım ama beni tutan adamın beni bırakmayacağını, bu kocaman ellerden kurtulamayacağımı biliyordum. Tek eliyle iki bileğimi birden kavradı ama onu zorladığım için biraz homurdandı.

Arkamdaki adamın, "Götürün," emrini duymasıyla beni öne doğru itmesi bir oldu. Hazırlıksız yakalandığım için dengem bozulmuştu, az kalsın yere kapaklanacaktım.

"Yürü." Sesi tok ve güçlüydü, yürümediğim takdirde zor kullanacağını açıkça belli ediyordu. Korkuyla Ediz'e baktım. Gözleri öfkeyle yanıyordu, yüzü gerilmişti. Zor zapt ettiği bir duygu yüz hatlarına sinmiş gibiydi. Neydi bu? Endişeye bulanmış çaresizlik miydi? Bilmiyordum.

"Ona dokunursan seni pişman ederim." Bağırmamıştı ama bağırsaydı bile bu kadar büyük bir etki bırakamazdı. Sesinde ölümün soğukluğu vardı. Bakışlarımdaki ifadeyi kontrol altına almaya çalıştım, gözlerimde şahit olacağı tek bir yanlış ifade her şeyi mahvedebilirdi.

"Elin kolun bağlıyken mi?" Adamın sesindeki alaycılık beni korkutuyordu. Ediz'i öfkelendirecek kadar sinir bozucuydu ve öfkesi sınırlarını yerle bir ettiğinde Ediz'in, başına yaslanan namluya aldırmayacağını biliyordum. Gözü kararınca mantığı köreliyordu.

Ediz güldü, ona meydan okuduğu sesinden açıkça belli oluyordu. "Durma. Adamına tetiğe basmasını söyle. Aksi halde olacaklardan sorumlu değilim."

Bir an bile tereddüt etmeden sarf ettiği bu sözler korkusuz bakışlarıyla birleştiğinde ortaya insanın kanını donduran bir tablo çıkıyordu. Beni yürümeye zorlayan adamı, ayaklarımı yere sertçe basarak ve adım atmayı reddederek durdurmaya çalıştım ama hiçbir işe yaramadı.

"Bırak!" diye bağırdım ama sesim korkuyla karışık öfkeyle doluydu.

"Neredeyse inandırıcı olacaksın Çağıran." Adam elini kaldırıp durmamızı işaret edince beni yürümeye zorlayan adam durdu ama kollarımı sıkıca tutmaya devam ediyordu. "Beni neredeyse korkmadığına inandıracaksın," diye devam etti sözlerine.

Sokak lambasından yayılan zayıf ışık, gölgelere can veriyordu. Ediz'in yere vuran gölgesi de ruhunun bir yansımasıydı sanki. Her geçen gün artan acısını hissetmeyi reddetmesinden doğan karanlık, kapı dışarı edilen bu acıdan besleniyordu ve durdurulamaz bir şekilde büyüyordu.

"Beni ölümle korkutamazsın."

Bu cümlenin arkasında güçlü bir dayanak olmalıydı, bir plan... Babasının intikamını alma isteği ve inancı o kadar güçlüydü ki onu bile yıkabilirdi. Muhtemelen onu öldüremeyeceklerinden emindi, ne de olsa bu adamların hepsi bu oyuna sonradan dâhil olan kuklalardı.

Ama artık aşina olduğum bakışları neden yanıldığıma dair bir hisse kapılmama sebep oluyordu?

"Elimizi seni korkutan bir şeye atarız o zaman." Adamın bu sarsılmaz duruşu korkumu tetikliyordu. Ama bana yaklaşmaya başlamasıyla birlikte o korkunun somutlaşıp damarlarımı tıkadığını hissettim. Kalp atışlarım güçlendi, nefes alıp verişlerim hızlandı ama yüz ifademi olabildiğince sabit tutarak korkumu o ifadesizliğin ardına gizlemeye çalıştım.

Adam güçlü eliyle kolumu kavrayıp bana gülümsediğinde yüz hatlarımın arasına sıkışıp kalan korku artık tenime yayılmaya başlamıştı. Bakışlarımı Ediz'e çevirdim. Kemikli yüzünü iyice ortaya çıkaracak kadar güçlü bir şekilde dişlerini birbirine bastırmıştı ve gözünü bile kırpmadan yanımdaki adama bakıyordu.

Adam beni Ediz'e doğru çekmeye başlamıştı. Neler olduğunu anlayamıyordum ama kötü bir oyunun kötü bir sahnesini sergileyeceğimize dair huzursuz edici, adi bir düşünce zihnime sızmıştı. Aramızdaki birkaç adımlık mesafe de kapanıyordu.

"Diz çök." Ediz hemen önümde, dizlerinin üzerinde duruyordu. Bakışlarımı ona indirdiğimde gözlerini bana çevirdiğini gördüm, dikkatle yüzüme bakıyordu. Planım itiraz etmek olsa da yeşil gözler bana bunu yapmamamı söylüyor gibiydi. Bir an kafam karıştı. Gözlerimi gözlerinden ayırmadan ben de yavaşça dizlerimin üzerine çökmeye başladım. Ediz gözleriyle gözlerimi takip ediyordu. Dizlerim pürüzlü, soğuk asfalta değdiğinde artık en savunmasız halimdeydim.

Aramızdaki mesafe azaldığında gözlerinin saf yeşili o siyah tabakanın yerini almıştı; bakışlarıyla, yüzündeki ifadeyle, kirli sakalıyla, her şeyiyle tamamen oydu. Her bir ayrıntıyı belleğime kazımak istercesine yüzünü incelesem de onun gözleri sadece gözlerime bekçilik ediyordu.

"Evet, Çağıran. Ona iyi bak," dedi adam alaycı bir şekilde. Yeşil gözler keskin bir ifadeyle, bir saniyeyi bile ziyan etmeden bana bakıyordu. "Ona iyi bak ve yarattığın harabeyi gör."

Ediz'in yüz hatları sertleştikçe dudakları düz bir çizgi halini aldı. Özellikle ifadesiz tutmaya çalıştığım yüzümden bir şeyler okuması imkânsızdı ama zaten yüzüme değil, gözlerimin içine bakıyordu.

Adam eğildi ama dizlerinin üzerine çökmedi. Şimdi hepimiz aynı seviyede olsak da onun eli kolu bağlı değildi. Alaycı bakışlarını bana çevirdi ve "Bir gerçeği duymak ister misin?" diye sordu ama cevabımı beklemedi. "Eve dönsen de hiçbir şey değişmeyecek."

Neden bahsettiği konusunda ancak tahmin yürütebilirdim, kastettiği şeyin ne olduğunu tam olarak anlayamamıştım. Dolayısıyla bakışlarım ve hislerim sabitti.

"O akşam kitapçıda," dedi adam, "Ediz sana saldırdıktan sonra Atalay olayların nasıl gelişeceğini çok iyi biliyordu." Gözlerinde soğuk bir acımasızlık vardı, başını sabit tutarak gözlerini Ediz'e çevirdi. "Sen mi anlatmak istersin, yoksa ben mi devam edeyim?"

Soluduğum havaya zehir karışmış gibi ciğerlerim yanmaya başlamıştı. Hayal kırıklığıyla büyüyen gözlerim Ediz'in yüzüne takılıp kaldı. Yüzümdeki dehşet dolu ifadeden rahatsız olmuş gibi görünüyordu, çenesi iyice kasılmıştı.

"Onu izlemeye devam et." Adamın sesinde zaferin getirdiği neşe vardı. "Yüzünde belirecek her bir ifadeyi görmeni istiyorum."

"Kes şunu," diye hırladı Ediz.

"Tamam, sorun değil," dedi adam, çok eğleniyor gibiydi. "Ben anlatırım."

Ediz onu tutan adamları zorlayacak gibi olsa da bunu yapmadı, öfkeyle homurdanarak bakışlarını bana çevirdi ve orada ilk defa endişeyi tüm çıplaklığıyla gördüm, karanlığa bulansa da oradaydı.

"Kitapçının önündeki saldırıdan sonra Ediz, Atalay'a ulaşmıştı. Bunu biliyor musun?" Acı oturduğu yerden kalktı ve bana hangi noktadan saldıracağını kestirmeye çalışıyormuş gibi bütün bedenimi gözden geçirmeye başladı.

"Ediz onu açıkça tehdit etse de yapabileceği bir şey yoktu," dedim çaresizce. "Her yere koruma yerleştirseler dahi eminim Ediz bir yolunu bulur, beni yine kaçırırdı."

Adam soğuk bir kahkaha patlattı ve alaycı sesi Ediz'in gözlerindeki endişenin daha da yoğunlaşmasına neden oldu. Dikkatle beni inceliyordu. Acı içimde yavaşça ilerlemeye başladığında önüme sürülen bu gerçeğe karşı geçerli bir sebep arama çabasına girişmedim, adamın alaycı kahkahası anında pes etmeme neden olmuştu.

"Emin ol, Atalay bu işi en başında bitirebilirdi. Kimse zarar görmezdi ama o seni kendi idealleri uğruna kurban etti." Adam alaycı bir şekilde sırıtarak sorusunu tekrarladı: "Gerçeği duymak ister misin?"

Ediz gözlerini öfkeyle kapattı ve yine, "Kes şunu," dedi. Sesinde ölüm soğukluğu vardı. Gözlerini tekrar açtığında yine o alevleri gördüm. Ama adam ona aldırmadı.

"Atalay sana zerre kadar değer vermiyor," dedi gözlerimin içine bakarak. "Bunu bizzat gördüm, sana değer vermediğine kendi gözlerimle şahit oldum."

Küçük, basit bir cümle. Gramer kurallarına göre bir eylem cümlesi. *Atalay sana değer vermiyor*. Atalay cümlenin öznesi. Kime değer vermiyor? Bana. Dolaylı tümleç. Düşüncelerimin ilerlediği yol beni neredeyse güldürecekti. Basit bir cümle nasıl da kırabiliyor, nasıl da yakabiliyordu insanı...

"Merak ediyorum, söylesene, olduğun kadar değersiz hissediyor musun kendini?"

Ediz düşünmeme fırsat vermeden araya girdi ve öfkeyle soluyarak, "Doğa, onu sakın dinleme," dedi. "Sakın. Seninle oynuyor."

İçimdeki fırtına kana susamış bir halde her yerimde kapanması imkânsız yaralar açıyor ve kanımdan besleniyordu. Adamın kurduğu cümledeki her bir harf boğazıma pürüzlü bir tabaka gibi yapışıyordu.

Başımı dik tutsam da bakışlarım asfalta düştü, gözlerimdeki yalnızlığı ve gözlerimin arkasına saplanan gözyaşlarını silmeye çalışıyordum. Acıya beni yerle bir etmesi için birkaç saniye tanıdım. Bu ıssız duygularıma şahit olmalarını istemediğim için boğazımdaki bütün harfleri yutana kadar öylece durdum. Ardından bakışlarım yerden kalktı ve hemen karşımdaki yeşil gözlere mıhlandı.

"Bu doğru mu?"

İtiraz etmesini bekledim, itiraz etmesine ihtiyacım vardı. Böyle bir yalana hemen kandığım için o yeşil gözlerde bir aşağılama veya alaycılık pırıltısı görmeyi bekledim ama Ediz'in yüzündeki ciddiyet gözlerine de sıçramıştı. Bana sadece baktı.

Bu gerçekle yüzleşmeye hiç hazır olmasam da, "İdealleri uğruna seni kurban etti derken neyi kastettin?" diye sordum. Ediz'in beni kaçırmasına göz yumması Atalay'ın kitabına nasıl dâhil olabilirdi? Atalay bundan ne gibi bir çıkar sağlayabilirdi?

Adam eğlendiğini açıkça dile getirerek, "Eğer söylersem ne eğlencesi kalır?" diye sordu. "Kimsenin bilmediği de bu zaten..."

Bakışlarımla her hareketini takip ediyordum. İçimde kaynayan onca duyguya rağmen nasıl bu denli soğukkanlı kalabildiğimi bilmiyordum ama saniyeler geçtikçe patlamaya yaklaştığımı hissediyordum.

"Bildiğin ne?"

"Bildiğim ne mi?" Adamın sesinin yakıcılığı, hemen ardından gelecek olan cümlenin indireceği darbenin habercisi gibiydi. "Güzelliğini bu adama sunarken Atalay'ın neden Ediz'le görüşmek istediğini düşünmek aklına bile gelmedi, değil mi?"

Havaalanında olanlardan sonra kendi acıma, kendi ruhumun kara deliklerine gömülmüştüm. Belki düşünmek istemediğimden, belki de düşündükçe ulaşacağım sonuçlardan korktuğum için tüm bu soruları zihnimin bir köşesinde paslanmaya terk etmiştim. Bu soruya verecek bir cevabım olmadığından gözlerimi adama diktim.

"Benden ne istiyorsun?" diye sorduğumda sesimde yanıltıcı bir ifadesizlik vardı, sanki kurduğu cümlelerin tek bir harfi bile bana ulaşamamış gibi... Yüzümde hislerimden izler aradığını bildiğim için olabildiğince kıpırtısız kalmaya çabalıyordum.

Adam istediği etkiyi bırakamadığı izlenimine kapılmış gibi kaşlarını çatsa da, "Bunu daha önce de söylemiştim; Ediz'i kurtarmak için ne yaparsın, onu merak ediyorum," dedi. "Aydınlat bizi."

"Ya onu kurtarmak istemiyorsam?" Dudaklarımdan dökülen bu ruhsuz, içi boş kelimeler bir an sessizliği de beraberinde getirdi, sokağa iğne atılsa sesi duyulabilirdi. Adam güldü. Aslında amacım bu işin sonunun nereye varacağını belirlemekti, öylece çekip gidemeyeceğimi biliyordum.

"Bu iş gittikçe ilginç bir hal alıyor." Adam tekrar gülünce kulaklarımı kapatmak istedim ve bakışlarımı Ediz'in gözlerine çevirdim. Ne hissediyordu, ne düşünüyordu, bilmiyordum ama bakışlarımız buluştuğunda sözlerimi onayladığını anladım. Onun için bir şey yapmamı istemiyordu. Bu gerçek, ona boş boş bakmama sebep oldu.

"O zaman senin açından çok ilginç bir şey olmayacak," dedi adam ellerini dizlerine yaslayarak ayağa kalkarken. "Sapasağlam bir şekilde evine dönmüş olacaksın." Bir şeye dikkat çekmek istercesine güldü. "Ama dur... Unutma, geri döndüğünde hiçbir şey değişmeyecek."

Kulaklarımı kapatamıyordum belki ama ruhuma giden bütün yolları kelimelere kapatmıştım. Dozu arttığı sürece acı, aklımı kaybetmeme sebep olacaktı. Bakışlarım Ediz'in gergin yüzünü buldu. Dişlerini öyle bir sıkmıştı ki bir an kırılma sesleri duyacağımı sandım. Nefretini somut bir varlık gibi hissetsem de dudaklarında tek bir kelime can bulmuyordu.

Duyduklarını sindirmeye çalışan zihnim, darmaduman olmuş düşüncelerimin arasında doğru kelimeleri bulmaya çalışırken adamın, "Kızı götürün," dediğini duydum ve sesindeki telaşı hissettim. Güçlü bir el beni kolumdan tutup kaba bir şekilde ayağa kaldırınca, "Durun!" diye bağırdım ve korkuyla Ediz'e baktım, ifadesizliğini koruyordu. "Ona ne olacak?" diye sordum.

"Polisler onu yakaladığında mı?" Adam omuz silkti. "Pek bir şey olmayacak. Gazeteciler için fiyakalı bir haber ama..." Güldü. Neşeli olmaktan uzak, tamamen ezici bir kahkahaydı bu. "Ah, bir de kan gövdeyi götürecek." Ben soran gözlerle ona bakınca kaşlarını kaldırdı. "Atalay'ın veya Gökhan'ın onu yaşatacağını düşünmüyorsundur umarım?"

Nefesim kesildi. "Ne?"

"Bir hata yapıldıysa ödenecek bir bedel mutlaka vardır Şahmeran." Bu ismi sert ve aşağılayıcı bir şekilde vurgulamıştı. "Sen onun düşmanı çekerken kullanacağı tuzağıydın ama kendi kazdığı kuyuya kendisi düştü."

"Ne istiyorsun?" diye sordum. Kalbime korkunç bir sancı saplanmıştı, dayanılmazdı. Adam gözlerime öylece bakmaya devam edince, "Ne istiyorsun?" diye tekrarladım.

"Onu kurtaracak mısın?" Bakışlarım Ediz'e çevrildi, gözlerimin içine bakıyordu ve aslında bana öfkeyle bağırıyordu. Bunu yapmamı istemiyordu. Gözlerimin gördüklerine değil, zihnimin sunduklarına yoğunlaştım. Kendisine doğrultulan silaha meydan okurcasına bakarken bir kere bile kırpmadığı gözleri düşüncelerimden beslenerek karşımda can buldu.

"Onu kurtaracak mısın?" diye tekrarladı adam.

Yerde, kendi kanının etrafında yatan bir adamın görüntüsü... Gökhan beni Levent Çağıran'ın kanının aktığı betona itmiş, parmaklarım bir ruhun döküldüğü o zemine tutunmuştu. Sanki ellerimi kaldırıp koklasam ölümün kokusunu alabilirdim. Aylar o kuruyan kanın bekçiliğini yapmıştı, o kanı kimse temizlememişti. Ediz'e de mi böyle olacaktı? Ruhu bir yere dökülecek ve kimsenin temizlemediği kanı imzası mı olacaktı?

"Ölmesini istemiyorum," diye mırıldanırken buldum kendimi, bunu düşünmek bile içimden parça koparmıştı. Varlığına o kadar alışmıştım ki yokluğu imkânsız geliyordu.

"Doğa, hayır!" diye bağırdı Ediz hiddetle. Bir an başına yaslanan namlunun varlığını unutmuş gibi öne atılacaktı ama arkasındaki adam namluyu başına daha sert bastırarak kendini anımsattı. Ona bakmadım, gözlerinde göreceğim hiçbir şeye hazır değildim.

"Benimle yatar mıydın?" Adam bunu öyle bir ciddiyetle sormuştu ki kelimeleri idrak etmekte zorlandım. Olanları sessizce izleyen kadın öfkeyle homurdandı ama yorum yapmadı. Yüzümün gitgide solduğunu hissettim. Adamın yüzündeki ciddiyet birkaç saniye daha yerini korudu, ardından bir kahkaha duydum. "Rahatla, şaka yapıyorum."

"Ne istiyorsun?" Ona öfkeyle bağırmak istemiştim ama sesim boğuk bir iniltinin ötesine geçememişti.

"Onu gerçekten kurtaracak mısın?" Benimle açıkça dalga geçiyor, eğleniyordu. Zaten altüst olan sinirlerimi iyice mahveden bu tutumu, sürekli bu soruyu tekrarlaması ağzımı zehirli kelimelerle dolduruyordu. Konuştuğum an patlayacağımı bildiğim için ona boş boş bakmakla yetindim.

"Şimdi ellerini çözeceğim," dedi gözlerimin içine bakarak. "Ama söylediğim her şeyi yapacaksın, beni duydun mu?"

Tepkisizliğimi bir süre korusam da sonunda başımı salladım. Adam elini, arkamda bağlanmış ellerime götürdü. Parmakları tenime değerken dişlerimi gıcırdattım ve ellerim serbest kaldığında sızlayan bileklerimi ovdum. Ardından Ediz'e baktım.

Gözlerini kıstığı için kirpiklerinden yanaklarına karanlık dökülmüş gibi hissettim, göz bebeklerinde akan kanın ışıltısı vardı sanki. Onun kelimelere ihtiyacı yoktu, tek bir bakışıyla her cevabı verebiliyordu.

"Ayağa kalk."

Bu emir karşısında Ediz'in gözlerinden belli belirsiz bir alaycılık geçip gitti. "Onu bu oyuna dâhil etmene izin vermeyeceğim." Sesindeki karanlık ürkütücüydü, kararını çoktan vermiş gibiydi. Dudaklarının kenarları ruhsuz bir şekilde kıvrıldı. Boyun eğerek kurtulmaktansa kontrolü ele alarak ölmeyi tercih ettiğini anladım.

"Ayağa kalk." Adamın sesi artık öfkeli çıkıyordu ama Ediz buna aldırmadan, gözünü bile kırpmadan ona bakmaya devam etti. Gitgide artan gerilimi ve öfkeyi hissedebiliyordum. Ediz kısa bir an için bakışlarını bana çevirdi ve gözlerimin içine baktı. Bana bir şeyler anlatmaya çalışıyor gibiydi ama ne demek istediğini anlayamıyordum.

Adam kolunu belime sarıp beni kendine doğru çekti. "Zoru mu oynamak istiyorsun?"

"Ediz..." İsminin dudaklarımdan istemsizce ve korkuyla dökülmüş olması Ediz'in yüzündeki ifadenin hafifçe sarsılmasına neden olmuştu. Kısa bir an adama baktıktan sonra bakışları tekrar bana çevrildi ve tereddüt ettiğini gördüm. Yine de olduğu yerde kaldı, o sarsılmaz duruşundan taviz vermedi. O sırada adam beni ondan birkaç adım uzaklaştırdı, Ediz'den uzaklaşmak tehlikeye yaklaşmak demekti, kalbimin âdeta boğazımda attığını hissederek ona baktım.

"Öldürdüğün adamlar senin intikamın mıydı?" Adamın sesinde zaferden kaynaklanan bir meydan okuma vardı. İstediği sonucu almış gibiydi. "Küçük bir kıza tecavüz edince intikam mı almış oldun?" Güldü. "Veya birkaç polisi öldürünce sonuca ulaşabildin mi?"

Telaştan ve korkudan bu sözlerin taşıdığı anlamı ilk başta idrak edemedim ama anladığımda bütün uzuvlarım kilitlendi.

"Ne?" dedim şaşkınlıkla. "Ne dedin sen?"

Ediz her zamankinden de boş bakıyordu bana. Duyduklarından zerre kadar etkilenmediği yüzünden okunabiliyordu, açık ve netti. Bu ifadesizlik, daha farklı bir tepki beklediği açıkça belli olan adamın zaferinden pay çalsa da geri adım atmayacağı ortadaydı. Başımı başka tarafa çevirerek Ediz'in yüzündeki ifadesizliği görüş alanımdan çıkardım.

"Seni bu kadar tatmin eden ne?" İri parmaklar çenemi sertçe, canımı acıtacak kadar sıkı bir şekilde kavradı ve Ediz'e bakmamı sağladı. "Bu kızın çığlıklarının polis merkezinde aylarca gündemde kalması mı? Birine tecavüz etmenin seni güçlü biri haline getireceğini mi sanıyorsun?"

"Ona dokunma," dedi Ediz sakin bir sesle ama bu dinginlik fırtına öncesi sessizliği andırıyordu.

"Öyle bir şey olmadı!" diye inledim çaresizce. "Bana dokunmadı."

"Ben itiraz edecek değilim." Ediz'in sesi hâlâ ifadesiz ve soğuktu. "O da kabul edecek değil. Evet, ona tecavüz ettim ve cinsel baskı uyguladım."

"Ediz!" dedim şaşkınlıkla. Derdi neydi?

"Seni çözemiyorum Güngör," dedi adam, artık çenemi daha da sıkı tutuyordu. "Nasıl oluyor da hâlâ onu kurtarmayı düşünebiliyorsun?"

"Öyle bir şey olmadı," dedim öfkeyle. "Bana dokunmadı!"

"Dört polis öldürdü," dedi. Bağırmasa da sesi öfkeliydi. "Dört! Duydun mu?" Dişlerimi birbirine bastırdım. Böyle bir şey olsaydı bilirdim, benimle oynuyor olmalıydı. "Nasıl oluyor da hâlâ onu kurtarmayı düşünebiliyorsun?" Parmaklarının baskısı azalsa da çenem sızlıyordu. "Dört polis öldü ve biri şu an yoğun bakımda. Kim, biliyor musun?" Bütün hücrelerim ayaklandı ve duyacaklarından korktukları için kaçacak delik aradılar. Ama ben hâlâ burada bir bütün halinde duruyor ve adamın nefeslerini hissediyor, acımasız sesini duyuyordum. "Hakan Aksoy."

Kelimeler yüzüme öyle bir şiddetle çarpmıştı ki beni tutan kollar olmasaydı boş bir çuval gibi yere yığılırdım. Şaşkınlık bütün bedenimi uyuşturmuştu. "Hakan Aksoy mu?" Sesim titremişti. "Yalan söylüyorsun!"

Ediz'in beni kaçırmasının üzerinden kaç ay, kaç gün geçmiş, akrep ve yelkovan kaç tur atmıştı? Hem fiziksel hem de ruhsal acı o kadar yoğundu ki akla gelebilecek her şeyden soyutlamıştım kendimi, bedenimde ağırladığım tek şey uykuydu.

Umay'ın, babasıyla arası çok iyiydi, her zaman kıskandığım türden bir ilişkileri vardı. Umay'ı yoğun bakım ünitesinin önünde saçları dağılmış, gözleri şişmiş ve kızarmış halde hayal edince içimin parçalandığını hissettim.

"Bunu sana söylemedi, değil mi?"

Gözlerim dolmaya başlarken Ediz'e baktım, o da bana bakıyordu. Adam da bakışlarını Ediz'e çevirdi ve "Ona söylemiş miydin?" diye sordu, cevabını zaten bildiği bir soruydu bu.

Ediz'in itiraz etmesini bekledim. Nefesimi tutmuş, dilinden çözülecek itiraz cümlelerini tatmayı bekliyordum ama Ediz hiçbir pişmanlık izi barındırmayan gözleriyle öylece bana bakıyordu. Aramızdaki sessiz alfabe yine devreye girmiş gibiydi, yanıp sönen kırmızı "evet" kelimesi havayı delip geçtiğinde kalbimin teklediğini hissettim.

"Bunu yapmadın, değil mi?" diyebildim sadece. Hiçbir açıklama yapmayacağını biliyordum, öylece gözlerimin içine bakınca yanılmadığımı anladım. Ne zaman olmuştu bu? Evet, Ediz Çağıran ile katil etiketi birbiriyle bütünleşmiş, sembol haline gelmiş şeylerdi ama ben onun sadece kötü insanları öldürdüğünü sanıyordum. Yanılmış mıydım?

"Nasıl oldu?" diye sordum titrek bir sesle. Hâlâ o günü anımsamaya çalışıyordum. Sisi elle dağıtmaya çalışmaktan farksız bir şeydi bu; hiçbir şey göremiyor, hiçbir şeye ulaşamıyordum. Ediz'in her şeyin geçeceğini fısıldayan sesinden, parmaklarıma bulaşan kanın sıcaklığından ve acıdan başka hiçbir şey hatırlayamıyordum.

Kimse sorumu yanıtlamadı.

"Öldüremeyeceğin tek insan Doğa, değil mi?"

Ediz bu soruyu da yanıtsız bıraktı. İfadesizliğinin doğurduğu soğukkanlılık kanıma dokunuyor, öfke ve kırgınlığımın her geçen saniye artmasına neden oluyordu. Umay'ın ne halde olduğunu düşünmek bile istemiyordum. Beni kaçırmasının yanı sıra babasının ölüm fermanını imzalamak üzere Azrail'in kapısını çalan bir adama zamanında "sevgilim" diyordu. Belki de gerçekten sevmişti onu. Gözlerindeki ışık hatıralarımdan beslenip düşüncelerimde şekil bulduğunda yanılmış olabileceğimi düşündüm.

"Durumu nasıl?" Hava her saniye biraz daha soğuyordu sanki.

"Komadan çıksa bile felç kalma ihtimali var."

Suçluluk duygusu üzerime çullanırken gözlerimi kapatmamak için kendimi zor tuttum. Her pikniğe gidişimizde babamın aksine bizimle oradan oraya koşturan, voleybol oynayan o neşeli adamın tekerlekli sandalyede öylece oturduğunu düşünmek, acıyı en keskin haliyle bedenime saplamıştı.

Vicdan insanın en büyük düşmanı olmalıydı, en büyük acıyı doğuruyor, en derin pişmanlığı kaleme alıyordu.

Daha bilmediğim neler vardı? Öfkeyle Ediz'e baktım, dilimin ucunda biriken kelimeler o kadar keskindi ki sanki az sonra dilimi kesecekler ve ben kan tadı alacaktım. Onu anlayabilirdim, acısı büyüktü ve benim ailem suçluydu. Onların kanını taşıyor olmam bana karşı tutumunu da açıklardı, bu yüzden tavırlarını da sineye çekebilir, hatta bana yaptıklarını düşünüp vicdanımı bir şekilde hafifletebilirdim. O kadar aşağılanmaya göz yumabilirdim. Ama hiç suçu olmayan insanlar...

Gözlerinin içine bakarak boğulur gibi bir sesle, "Neden?" diye sordum. Neden güvendiğim insanlar beni yarı yolda bırakıyordu? Her şey üst üste geliyordu ve ben kendimi boğulacak gibi hissediyordum. Belki de bu boğulma hissi, aklımı kaybederken anılarımın isyan etmesinden kaynaklanıyordu.

Keşke küçülüp yok olabilme şansım olsaydı.

"Artık buna bir son ver," dedi Ediz kuru bir sesle.

"Ayağa kalk," dedi adam.

Ediz'in gözleri gözlerime dokundu ve çok kısa bir an orada oyalandı. Ardından yıpranmış elleriyle yerden destek alarak yavaşça ayağa kalktı. Bu hareketi her şeyi durdurmuş gibiydi, yüzüme hücum eden kanı bile. Hislerim o kadar hızlı renk değiştirdi ki öfkemin korkuya dönüşmesine ben bile şaşırdım. İnsanın elini kolunu bağlayan, kendini çaresiz hissetmesine neden olan bir şeydi bu.

"Kalktım," dedi duygusuz bir sesle. "Artık buna bir son ver."

"Söyleyeceklerimi yapacak mısın?"

Ediz sessiz kaldı. Sancılı saniyeler yavaşça ilerlerken gözlerimin içine baktı ve can çekiştiğimi gördü. Kimsemin olmadığını anladığım bu saniyeler, en az Ediz'in de benden başka kimsesinin olmadığını anladığım saniyeler kadar şaşırtıcıydı. Bakışlarımı ondan kaçırdım, artık olayların hangi yönde ilerleyeceği umurumda değildi.

"Yapacağım."

"Kurtuluş biletin Doğa olacak ama bu bileti kendi ellerinle keseceksin," dedi adam. "Senden daha önce de yaptığın bir şeyi isteyeceğim."

Ediz bu sefer mecazi anlamda değil, gerçekten ruhunu kaybetmiş gibi duruyordu. Hiçbir şey söylemedi.

Adam, "Doğa'yı bir yatağa kendi ellerinle bağlayacaksın," dediğinde içim o kadar boştu ki korkuyu bile hissedemedim. Benim tepkisizliğime rağmen Ediz'in göz bebekleri irileşmişti.

"İki kelepçeyle," diye ekledi adam.

"Senin ecdadını sikerim, orospu çocuğu!" Ediz öne doğru atılınca arkasındaki adamın parmağı tetiğe gitti ve midem öyle bir kasıldı ki bir an kusacağımı sandım. Neyse ki adam tetiğe basmak yerine Ediz'in kolunu kavramakla yetindi. Fakat Ediz kafasına dayalı bir silah yokmuş gibi kolunu sertçe çekip ondan kurtardı ve yüzünü namluya çevirdi. Yaşadığım şaşkınlık boğazımdan tırmanarak ağzıma doldu. Korkuyla geri çekilince belimde bir sertlik hissettim. Bir silahın belime batan namlusu...

"Durma," dedi Ediz buz gibi bir sesle. Bu sefer sesinde alaycılık veya gözdağı yoktu, o kadar korkusuzdu ki kulaklarım uğuldamaya başlamıştı. "Tetiğe bas!"

"Ediz..." Sesim bir fısıltıdan ibaretti. Bedenimde hâlâ öfkenin kalıntıları vardı, ona hâlâ çok kızgındım ama bir yandan da deli gibi korkuyordum, kalbim acıyla çırpınıyordu ve bu paradoks bütün benliğimi altüst edecek kadar güçlüydü.

"Durmasana lan!" diye bağırdığında herkes şaşkınlığa kapılmıştı. Açıkçası böyle bir çıkış beklediğim için korkudan başka bir şey hissetmiyordum, o yüzden herkesin kapıldığı şaşkınlıktan faydalandım. Kararlı bir hamleyle farkında olmadan gevşeyen ellerden kurtuldum.

Silahın konumunu belirlemek zordu. Elimi uzattığım an silahı almam mucize olurdu, bu yüzden dirseğimi adamın yüzüne geçirdim. Sağlam bir darbe değildi ve benim de canım acımıştı. Acıya aldırmadan hızla adamın beline sıkıştırmaya çalıştığı silaha uzandım. Parmaklarım soğuk metali kavradığında adam şaşkınlığından sıyrılmıştı. Silahı hızla çektiğimde ağırlığını bir an garipsedim ve onu nasıl tutacağımı bilemedim, bu nedenle geri gidip biraz zaman kazandım.

Her şey çok hızlı olmuştu, göz açıp kapayıncaya kadar yaptığım bu hamle dengemin bozulmasına neden olabilirdi ama neyse ki öyle bir şey olmadı. Yine de namluyu Atalay'ın iş birliği yaptığı adama doğrulttuğumda bedenime yayılan titremenin önüne geçememiştim.

Korku ve adrenalinin etkisiyle hızlı hızlı nefes alıp vererek, "Söyle adamına," dedim, "onu bıraksın."

Babamın ve Atalay'ın silahlarını elime almışlığım vardı fakat daha önce hiç ateş etmemiştim. Şu an gözümü kırpmaya bile korkuyordum.

"Onu mu koruyorsun?" diye sordu adam şaşkınlığını gizleyemeyerek. Gözlerine bakılırsa böyle bir şeyi hiç beklemediği belliydi. Açıkçası şimdi birkaç ay önceki halim vücut bulup karşıma dikilseydi o da aynı tepkiyi verirdi.

"Söyle adamına," diye tekrarladım, bu kez sesim daha güçlüydü ama yine de yeterli değildi. Ediz'e hem daha önce hiç olmadığım kadar kızgındım hem de onun için endişeliydim, korkuyordum. Bedenime aynı anda indirilen darbeler gibiydi bunlar, arada ezilip kalmıştım.

"Seni aptal çocuk," diye homurdandı adam.

"Onu bırak!"

En az hislerim kadar altüst olan düşüncelerimi toplamaya çalışınca daha da paniğe kapıldım. Onu kurtaracak mıydım? Öyle görünüyordu. Geri döndüğümde aileme ne diyecektim? Geri dönebilecek miydim ki? Bunu yapmaya yüzüm var mıydı? Öğrendiğim onca şeyden sonra o eve girebilecek miydim?

Adam, "O iyi biri değil, seni kandırıyor!" diye bağırdığında gecenin karanlığının bütün benliğime sızdığını hissettim. İçimdeki acıyı usulca besledi ama yine de, "Onu bırak!" diye bağırdım. Gözlerim yansa da ağlamıyordum, çaresizliğim gitgide büyüyordu. Ne yapacaktım?

"Mantığını kullan," deyince kelimelerin üzerimdeki baskısını hissettim. Bu hissin beni sarmasıyla silahı daha da sıkı kavramam bir oldu. Bakışlarımı başka yöne çevirdiğim an dikkatim dağılacakmış gibi hissettiğim için Ediz'e doğrudan bakamıyordum ama göz ucuyla hâlâ öylece durduğunu görebiliyordum.

"Onu bırakmazsan tetiğe basarım," dedim ama bu cümleyi neyin takip edeceğini ben bile kestiremiyordum. Tetiğe basar mıydım? Evet? Hayır?

"Yapamazsın." Adamın gözlerinde tereddüt vardı, bunu yapıp yapamayacağımdan emin olamıyordu. Tek güvendiğim şey, yılların yüz hatlarıma ince ince işlediği soğukluk ve o soğukluğun önüme zırh gibi ördüğü buzdan duvarlardı. İstediğimde o kadar ifadesiz ve mesafeli olabiliyordum ki karşımdaki kişi ne hissettiğimi, ne düşündüğümü kestiremiyordu. Yapar mıydım, yapmaz mıydım? Seviyor muydum, sevmiyor muydum? İstediğim neydi? Çözemiyorlardı.

"Yaparım," dedim. Sesim hissettiğimden çok daha güçlüydü. "Yapmak istemiyorum ama yaparım. Bırak onu."

"Onunla yola devam edeceksin, öyle mi?" diye sordu adam kuru bir sesle. "Eğer bu gece ölmezse daha çok kan akacak."

"Bırak!" diye bağırdım, artık gözlerim nemlenmişti. Haklı olduğunu biliyordum ama Ediz'in ölümüne şahit olacak veya ertesi gün haberlerde ölüm haberlerini görecek kadar güçlü değildim. Ağlamak istiyordum, ciğerlerim parçalanana kadar ağlamak ve çaresizliğimi gözyaşlarıma katıp bedenimden uzaklaştırmak...

Adam, "Blöf yapıyorsun," deyince parmağım tetiğe yerleşti. Kaybedecek hiçbir şeyimin olmadığını bana gerçekleri vererek öğreten bu adam blöf yaptığımı mı düşünüyordu? Kaybedecek neyim vardı sahiden?

Adam bakışlarımı görünce duraksayarak, "Tamam," dedi. "Tamam. Sakin ol."

"Onu bırakın," dedim dişlerimin arasından. Kısa bir an daha gözlerimin içine baktı ve deliliğimi görmüş gibi adamına çenesiyle işaret verdi. "Çağıran'ı bırak."

Ediz'in kafasına silah dayayan adam bir an tereddüt etse de patronunun dediğini yaptı ve silahı indirdi.

"Doğa Güngör," dedi adam. "Atalay bana neler olduğunu sorduğunda ona burada olanları, Ediz'i nasıl koruduğunu bir bir anlatacağım. Bu adam seni yarı yolda bıraktığında değmediğini anlayacaksın." Bu sözleri duyunca dudaklarımın ardında bir kahkaha birikti.

Bakışlarımı Ediz'e çevirdim, bana bakıyordu ve bir şeyler anlatmaya çalışıyor gibiydi. Yavaşça duvarlarımın arkasına çekildiğimde aramızdaki kalın tabaka bile bana yetersiz geldi ve kendi içimde de gerileyerek karanlığa sığındım, ondan kaçtım.

Aramızda giderek büyüyen mesafeyi sezmiş olacak ki, "Onu dinleme," dedi. "Sakın beni dinlemeden ona inanma."

"Git buradan," diye mırıldandım ama sesimi duyduğundan emin değildim.

"Doğa..." dedi fakat onu dinlemek istemiyordum. "Git buradan!" diye bağırdım, nemlenen gözlerim ağlamayı reddediyordu. Neler olacağına, olayların nasıl gelişeceğine dair en ufak bir fikrim yoktu. Tek istediğim beni ve bütün nefretini burada, tam bu noktada bırakıp ardına bakmadan gitmesiydi.

"Seni bırakıp gideceğimi mi sanıyorsun?"

Gitmesini istemiyordum. O gittiğinde geriye sadece bana emanet ettiği karanlığı kalacaktı ve bu karanlık o kadar yoğundu ki gözlerimi kör edeceğini, dilimdeki kelimeleri öldüreceğini biliyordum. Gitmediği takdirde o karanlığa kendim adım atacak, kelimeleri kendim öldürecektim. Böyle bir şeyi kendi ellerimle yapmaktansa beni karanlığa itmesini tercih ederdim çünkü o zaman kendimi değil, onu suçlayabilirdim.

Ona bir kez daha gitmesini söyleyecektim, belki de gitmesi için yalvaracaktım fakat sokağın sonundan bize doğru yaklaşmakta olan bir aracın farları Ediz'in yüzüne vurunca hiçbir şey söyleyemedim. Gelen arabaya arkam dönük olduğu için ışık benim yüzüme değmemişti. Ediz ışığın tamamen ortaya çıkardığı yeşil gözlerini kıstı.

Araba yaklaştıkça yere düşen gölgeler uzadı, yüzlerdeki davetsiz merak arttı. Kimin geldiğine bakmaya korkuyordum. Yoldan geçen biri miydi? Masum muydu, yoksa bu geceyi iyice çıkmaza sürükleyecek biri miydi?

Arabanın motoru durduğunda farlar da söndü ama hâlâ bir ışık hüzmesi vardı, bu da birden fazla aracın olduğuna işaret ediyordu. Kapıların açıldığını duyduğumda kalbim korkuyla tekledi, ardından sokağa sessizlik çöktü.

"Ediz Bey?" Bu ses, zihnimin bir köşesinde silinmeye yüz tutmuş bir yazıyı tazelemişti sanki. Bir yerlerden tanıdık geliyordu ama bir o kadar da yabancıydı.

"Hakan?" Ediz'in sesi donuk olsa da rahatladığını görebiliyordum. Onun açısından tehlike arz etmeyen biri olmalıydı. Omzumun üzerinden adama baktım. Sesi hafızamı sarsacak kadar tanıdık olsa da siması gözlerime tanıdık gelmiyordu. Yüzüne daha dikkatli bakmak istesem de şu an gözlerimi silah doğrulttuğum adamdan ayırmak hata olurdu.

"Neler oluyor burada?" Bu soruyu soran sesi daha önce hiç duymadığımdan emindim.

Ediz soruyu yanıtsız bırakarak bana döndü ve "Silahı indir," dedi. "Yapmak üzere olduğun şeyi yapmak istemezsin."

"Onlar kim?" diye sordum ama sadece, "Artık güvendesin," dedi. Kısa bir an gözlerine baktım, kendinden emin görünüyordu. Silah doğrulttuğum adam gergin olsa da yüzünde bana meydan okuduğunu gösteren bir ifade vardı. Alaycılığı, hissettiğim acıyla dalga geçiyor olması içimdeki kana susamışlığı dürtüyordu.

Yapabileceklerimden korkarak silahı indirdiğimde çenem kaskatıydı. Bu kadar nefret bana bile fazlaydı, başımı döndürüyordu.

"Hep dört ayağının üzerine düşüyorsun Çağıran." Adam sırıttı.

"Ama ben senin için aynı şeyi söyleyemeyeceğim." Ediz'in Hakan diye hitap ettiği adam yanımıza yaklaştığında neler olduğunu anlayamamıştım, açıkçası anlamak için de çaba sarf etmiyordum. Aslında adam artık kendisine doğrultulmuş bir silah olmadığı için hepimizi kolaylıkla alt edebilirdi ama adamlarına, "Geri çekilin," dedi.

Ediz yanına yaklaşan Hakan'a, "Burada ne arıyorsun?" diye sordu. Sesi mesafeli ve soğuktu. Hakan ona iyice yaklaştı ve alçak sesle, "Biri ihbar etmiş," dedi. "Sizi acilen şehirden çıkarmamız gerekiyor."

Adam gülünce konuşulanları onun da duyduğunu anladım. Birilerinin bizi polise ihbar ettiğini de biliyor olmalıydı, bu kadar kolay geri çekilmesinin sebebi buydu. O sadece bir maşaydı ve bizi burada tutmasının sebebi oyalamaktı.

İçimdeki sıkıntı gitgide büyürken ne ailemin yanına dönmek ne de yola onunla devam etmek istediğimi düşündüm. Yalnızca nereye gittiğimi bilmeden koşmak ve bilmediğim yerlerde kaybolmak istiyordum.

"Geçmiş olsun," diye sırıttı adam.

"Eğer ihbar edildiyse bütün çıkışlar sarılmıştır," dedim ruhsuz bir sesle. "Şehirden çıkmak mümkün mü?"

Bütün düşüncelerim işe koyulmuş, kıvrak bir şekilde bir çıkış yolu aramaya başlamıştı ama aynı zamanda hislerim onları doyuracak bir şeyler için yalvarıyordu. Her ne kadar onsuz adım bile atamayacağımı iddia eden bir yanım olsa da bu yaşananlardan sonra o bile boynu bükük bir halde kaçıp gitmemizden yanaydı.

Sadece güneş yeni bir günü müjdelediğinde manşetlerde onun ismini görmeyeceğimden emin olmak istiyordum.

Adam, "Kemal Bey sizi çıkaracak," dedi ve bana tuhaf bir bakış attı. "Ben Uygar ve Gece'yi çıkarmak için geldim."

"Kesin çıkacaklar, değil mi?" Ruhum parmak uçlarımdan yavaşça çekiliyormuş gibi hissediyordum. Bu saatten sonra ne yapacak, nereye gidecektim? Ediz şüpheyle bana baktı. Yeşil gözlerinde soru işaretleri vardı, neden üstelediğimi anlayamamış gibiydi.

"Evet," dedi Hakan dümdüz bir sesle.

"Güzel," diye mırıldandım.

"Doğa'yı arabaya götürün," dedi Ediz, Hakan'la birlikte gelen adamlardan birine. "Yanından ayrılmayın."

İtirazlarıma hazır olduğunu belli eden bir ifade vardı yüzünde ama amacım itiraz ederek zaman kaybetmek değildi. Dikkatle yüzüne baktım; bu yıkımın başlangıcına, duvarlarımdaki eksik tuğlaya... Kalbim acıyla sızladı. Bunun bana kendimi böyle hissettirebileceğini daha önce hiç düşünmemiş, tahmin edememiştim.

Adamlardan biri yanıma gelip nazikçe, "Doğa Hanım?" dediğinde kulaklarım uğulduyordu. Parmaklarım soğuk silahı daha da sıkı kavrarken boş bakışlarımı adama çevirdim, bana biraz çekinerek biraz da ona zorluk çıkarmamamı rica eder gibi bakıyordu.

Hiçbir şey söylemeden arabalara doğru ilerlemeye başladığımda Ediz'e bakmadım. Ayaklarım yere basmıyor gibiydi, uyuşmuştum. Adam da yanımda yürürken ona zorluk çıkarmayacağımdan emin olmalıydı ki beni tutmuyordu.

"Silahı alabilir miyim?" diye sorunca ona boş bir bakış attım, yolu yarılamıştık. Omzumun üstünden arkama baktığımda Ediz'in çoktan az önce küçük bir tiyatro oyunu sergilemiş olan adama yöneldiğini gördüm, sırtı bana dönük olduğu için yüzünü göremiyordum. Boş bakışlarım tekrar yanımdaki adama çevrildi.

"Tabii," dedim, parmaklarım belli belirsiz titriyordu. Az sonra yapacağım şeyden dolayı kalbim bir an atmayı reddetse de düşündükçe daha da çıkmaza gireceğimi bildiğim için kararımı analiz etmedim. Elimi tetikten özellikle uzak tutarak bütün gücümle silahı adamın kafasına indirdim. Bir an silahı düşürecek gibi oldum ama kontrolü hemen elime aldım.

Duraksamadım. Adam hazırlıksız yakalandığı için toparlanamamıştı. Bütün gözlerin üzerimizde olduğunun farkındaydım ama aldırmadım. Aramızdaki mesafe açılmıştı ve bu benim kovalamacaya önde başladığım anlamına geliyordu.

Yol boyunca koşmaya başladım. Aylar kapıma alacaklı gibi dayandığında, uzun zaman önce bütün öfkemi, korkumu sırtlanıp kaçmam gerektiğini anlamıştım. Kalmak hataydı. Güvenmek hataydı. Kafesimin kapılarını açık bıraktığı o yerde, o dağ evinde onu ve acılarını bırakıp kaçmalıydım.

"Doğa!" Ediz'in gök gürültüsünü andıran sesine aldırmadan sokak lambalarının aydınlığından kaçtım ve geceye sığındım. Yoldan çıkıp yazlık evlerin arasına karışırken bir an bile duraksamadım. Ondan daha ince ve kıvraktım, tek sorunum çabuk yorulacak olmamdı ama izimi kaybettirirsem bu kovalamaca uzun sürmezdi.

Çalılıkların arasından geçerken tenimi tırmalayan dalları umursamadım. Kalbim boğazıma kadar yükselmişti. Bir an elimdeki silahı atmayı düşündüm ama bunu yapmamı engelleyen içgüdüm daha da paniklememe sebep oldu.

"Doğa!" Ediz'in sesi hangi yönden, kaç dakikalık bir mesafeden geliyordu? Karanlıkta hangi yöne doğru ilerlediğimi bile kestiremiyordum. Tek bildiğim soğuğun dudaklarımdan sızıp ciğerlerimi yaktığıydı. Ne kadar hızlansam da yetersiz geliyordu. Evlerden birine sığınma şansım da yoktu çünkü kış ortasında bütün yazlıklar boştu.

"Doğa!" Ediz'in sesi artık çok yakından geliyordu. Çaresizce daha da hızlı koşmaya ve karanlığın içinde etrafıma bakınarak saklanacak bir yer bulmaya çalıştım. O bir yıkımdı ve yıkım hızla bana yaklaşıyordu. İnce bir ipin üzerinde durduğum, dibi görünmeyen bir uçuruma baktığım hissine kapılmama neden oluyordu.

Daha fazla dayanamayacağımı anladığımda iki evin arasından geçmeye karar verdim ve koşmaya devam ettim. Karanlığın beni gizleyeceğini, koruyacağını düşünmüş, aslında beni tuzağa çektiğini çok sonra fark edebilmiştim. İleride büyük, demir bir kapı vardı ve kapalı olduğu her halinden belliydi.

Nefes nefese kalmış halde kapıya bakarken arkamdan gelen ayak seslerini duydum ve hızla arkamı döndüm. Ediz kapkara bir gölge gibi görünüyordu, karanlık onu da gizliyordu. Korkuyla birkaç adım geriledim ama bana doğru gelmeye devam etti.

O yaklaştıkça ben geriledim ve sokak lambasının cılız ışığı üzerimize döküldü. Hâlâ gölgeler içinde olsa da yüzünü seçebiliyordum. Suratının bir kısmı karanlıkta kaldığı için ürkütücü görünüyordu, o da nefes nefese kalmıştı.

"Kaçacak yerin yok," deyince, "Git buradan," diye fısıldadım. Bana yaklaştıkça çaresizliğim katlanıyordu.

"Konuşalım Doğa..."

Başımı hızla iki yana salladım ve "Git buradan!" diye bağırdım. Gözyaşlarım gözlerime hücum etmişti ama ağlamayacaktım, ağlamak istemiyordum. Ediz bana doğru bir adım atınca hiç düşünmeden silahı ona doğrulttum. Parmaklarımın arasındaki metali sıkı sıkı kavradım. Ellerim titriyordu ve ben bu sarsıntının kaynağı ruhummuş gibi hissediyordum.

"Git!" diye bağırdım tekrar. Namluyu ona çevirmem onu hiç etkilememişti. Gözlerimin içine bakarak bana doğru yürümeye başladığında kalbim başımı döndürecek kadar şiddetli bir şekilde çarpmaya başladı.

"Beni dinle," diye üsteledi ama başımı iki yana salladım.

"Bana yaklaşma!"

Ama yaklaşmaya devam etti. Parmağım tetiğin üzerinde, bedenimden gelecek komutu bekler halde dursa da o komutun asla gelmeyeceğinden emin olan sadece ben değildim. Tetiğe basamayacağımı Ediz de biliyordu. Belki de birkaç adım gerilememin nedeni bundan doğan korkuydu.

Ediz gözlerimi görünce durdu. Bakışlarımda nasıl bir ifade taşıdığımı bilmiyordum ama içinde bulunduğum durumu yansıtıyorsa oldukça ürkütücü olmalıydı.

"Doğa," dedi derin bir sesle. "Lütfen."

"Git," diye fısıldadım, sesim artık yanaklarımdan süzülmek için benimle savaşan gözyaşlarım yüzünden çatallanmıştı. "Lütfen."

"Olmaz," dedi sertçe. "Gitmeyeceğimi biliyorsun."

Başımı iki yana salladım, hiçbir şeye gücüm yoktu. Parmaklarının ucunda gülümsemeleri taşıyordu o, zamansızca çalınan mutluluklar ellerine bulaşmıştı. Kandan daha acı, kandan daha dehşet vericiydi bu.

"İstemiyorum," dedim, artık ağlamanın kıyısındaydım. Bir şey söylemek için ağzını açtı ama göz pınarlarımı dolduran ve görüşümü bulanıklaştıran yaşlar iri damlalar halinde yanaklarıma süzülünce sustu. Gözlerinde beliren ifade bardağı taşıran son damla olmuştu. Çaresizce ağlamaya başladığımda aramıza derin bir sessizlik çöktü, sanki acı bütün sesleri susturmuştu.

Geri dönüşü olmayan, telafisi imkânsız olayların sonucunda elimde çare olarak bir tek yalnızlık kalmıştı. Bu saatten sonra tek başınaydım.

"İstemiyorsun, öyle mi?" diye sordu Ediz soğukkanlı bir sesle. Bana iyice yaklaşmaya başlamıştı. "O tetiğe basmandan korkmuyorum Doğa." Gözlerini bile kırpmadan yüzüme bakıyordu. "Beni istemiyor musun? O zaman o tetiğe gerçekten basman gerekecek çünkü seni bırakmaya hiç niyetim yok."

Gözyaşlarım akmaya devam ederken dudaklarımın arasından dışarı süzülen buhar, içimdeki yangının dumanı gibiydi. Ediz bir adım daha attı. Bir adım daha. Bir adım daha.

"Haydi Şahmeran." Israrcı bakışları içime işliyordu. "Ya benimle gel ya da bas şu tetiğe..."

Aramızda birkaç adımlık bir mesafe kalınca durdu ve ruhumun en ücra köşelerine bile sızana kadar gözlerimin içine bakmaya devam etti. Ağladıkça çaresizliğim artıyor gibiydi, azalacağı yerde daha da güçleniyordu ve beni kaçınılmaz sona doğru acımasızca itiyordu.

Silahı yavaşça indirdim ve "Yapamam," diye fısıldadım. Ne onunla gidebilirdim ne de tetiğe basabilirdim.

"Şimdi beni dinle, tamam mı?" dedi ama başımı bir kez daha iki yana salladım. Titreyen ellerimle silahı ona uzatırken gözyaşlarım hiç durmadan yanaklarıma süzülüyordu. Her bir damla etimden kopan bir parçaymış gibi daha şimdiden başım ağrımaya başlamıştı. Ediz bana, beni anlamadığını gösteren bir ifadeyle baktı.

"En başından beri yapman gerekeni yap," dedim gözlerinin içine bakarak. "O akşam kitapçının önünde yapman gerekeni... Ya da beni kaçırdığında dağ evinde yapman gerekeni... Seninle geçirdiğimiz her saniye yapman gerekeni yap." Can çekişiyormuş gibi hissediyordum. "Artık cesedime ne yapacağın bile önemli değil çünkü umursayacak kimse yok."

Ediz bir an bakışlarını benden kaçırdı ama bu çok kısa sürmüştü. Tekrar gözlerimin içine baktı ve acımın her zerresine şahit oldu. Ardından aramızdaki mesafeyi kapatıp silahı siyah kotunun beline sıkıştırdı.

"Ağlama." Yüzümü kocaman avuçlarının arasına alarak parmak uçlarıyla gözyaşlarımı sildi. "Ağlama." Beni yakan bu gözyaşlarının onun parmaklarını da yakıp yakmadığını merak ettim.

Gözlerimi yavaşça kapattım. İçimde biriken hisler boğazımın gerisinde bir yumrunun doğmasına neden olduğu için güçlükle yutkundum ve bu duygunun geçmesini bekledim. Onun sadece bir hayal olmasını, bu uykudan uyanmayı veya bir toz bulutu halinde tenime yağmasını diledim.

"Gözlerini aç," diye fısıldadı. Artık gözlerine bakacak gücüm bile yoktu, göz kapaklarımın ardına saklanmaktan başka çarem yoktu. "Gözlerini aç Doğa."

Ben tepki vermeyince, "Ben yapmadım," dedi. "Beni duydun mu? Ben yapmadım."

Hem ona inanmayı her şeyden çok istiyordum hem de bu metruk duygulardan arınmaya ve ona tekrar güvenebilmeye ihtiyacım vardı. Her şeyi kaybetmiştim, elimde sadece o ve kendi inancı doğrultusunda beni dâhil ettiği bu oyun kalmıştı ama artık bu da elimden kayıp gidiyordu.

"Sana inanmıyorum." Kelimeler dudaklarımdan yenilgi tadında çıkmıştı.

"Ben yapmadım."

Hissettiğim duyguların hiçbiri bir replik olamadı, can bulamadı kelimelerde. Sadece sustum, bütün güvenim yerle bir olmuştu. Ona duyduğum güven o kadar büyüktü ki ardında içinden hiç kimsenin canlı çıkamayacağı bir harabe bırakmıştı.

Ellerini yüzümden çekmeden beni yönlendirdi. Böyle bir şey beklemediğim için gözlerim aralanmıştı. Sırtımı evin duvarına yasladı ve beni kendi bedeni ile duvar arasında hapsetti. Sıcak nefesinin tadını alabileceğim kadar yakınımdaydı şimdi.

"Ben yapmadım," diye fısıldadı. "Ben yapmadım."

İşte bu tanıdığım Ediz'di; yüz hatlarına hâkim olan o serseri soğukluğa, gözlerindeki dayanılmaz sertlik eşlik ediyordu. Ne düşündüğüne dair bütün izler oralarda bir yerlerde olsa da hepsi teninin altına gömülüp kalan harflerden ibaretti. Yine de bir şeyler farklıydı, kaşlarının arasında oluşan o derin çukurda başka bir şeyler gizliydi sanki.

"Neden benden gizledin o zaman?" diye sordum, sesim bitkin ve güçsüzdü. "Sana neden inanayım?"

Başparmağıyla gözlerimin altında biriken yaşları yavaşça sildi, yüzünde sert bir ifade vardı. "Çünkü ben yalan söylemem. Sana hiçbir zaman yalan söylemedim."

Ona inanmak için direnen yanım bile içten içe inanmıyordu ve bu beni mahvediyordu. Birbirimizin gözlerinin içine baktıkça daha da kayboluyor gibiydim ve bu hastalıklı duygu, çaresizliği yavan ekmekle besliyordu.

"Bir şey söyle," dedi Ediz ama öylece gözlerine bakmaya devam ettim. Bakışları gözlerimden dudaklarıma kaydığında kalbim duracak gibi oldu, yüzünü yüzüme yaklaştırmaya başladığında bayılacağımı sandım. Gözümün önünden geçen görüntüler birbirine karışıyor, renkler anlamsız figürlere dönüşüyordu.

Umay'ın ağlamaktan kızarmış gözleri Ediz'in gülümsemesine, Hakan amcanın sıcacık sesi Ediz'in sesine, Atalay'ın gözleri Ediz'in yüzünün güzelliğine karışıyordu. En kötüsü de beni öptüğü takdirde bunları silebileceğini bilmemdi, bunu hep biliyordum. Belki de dudaklarımın ona izin vermesinin sebebi buydu.

Ama artık silmek istemiyordum. Acı bana kim olduğumu sürekli anımsatıyor, beni kandırmıyordu.

Dudaklarımız birbirine değmek üzereyken, "Yapma," diye fısıldadım. "Yalvarırım, yapma."

Gözlerini yumdu ama ne mesafeyi kapattı ne de benden uzaklaştı, öylece durdu. Sonra gözlerini açıp benden yavaşça uzaklaştı. Bir yanım geri gelmesi için yalvarırken diğer yanım benden uzaklaştığı için memnundu.

"Polisler gelecek." Sesi ifadesizdi. "Benimle gelmek zorundasın. Seni almadan gitmeyeceğim."

Gözlerimi kaçırdım.

"Doğa, buna izin vermeyeceğim!" diye bağırdı. "Polisleri bekleyelim o zaman. Beni götürdüklerinde sen de istediğini elde etmiş olursun."

"İstediğim bu değil!" Kelimelere bağırmamı sağlayacak kadar öfke yüklediğimi sansam da sesim boğuk bir iniltiden farksızdı. "İstediğim bu değil, Allah'ın belası!"

"O zaman gel benimle. Söz veriyorum, sana her şeyi anlatacağım."

Düşünceler kafamın içinde küçük çaplı bir sarsıntıya neden olmuştu, delirmeme ramak kalmış gibi hissediyordum. Tereddütle yüzüne bakınca öfkeyle, "Doğa," dedi. Tepkisiz kalmaya devam ettim. Bunun üzerine beni kolumdan tuttuğu gibi sertçe çekmeye başladı. Olması gereken buydu belki de, beni yönlendirmesine ihtiyacım vardı. Aksi halde seçeneklerin arasında gidip geliyor, çıldıracak gibi oluyordum.

Beni bir bez bebek gibi sürükleyerek karanlıktan çıktı. Gözlerimi başının arkasına dikmiş, öylece onu izliyordum. Çevremdeki hiçbir ayrıntıya dikkat edemiyordum.

Bir süre sonra elini cebine atınca ifadesiz gözlerle etrafa baktım ve evin önüne geldiğimizi fark ettim. Cebinden çıkardığı anahtarla Corolla'nın kilidini uzaktan açtı.

Beni ön koltuğa yönlendirirken gözlerimin içine baktı ama hiçbir şey söylemedi. Ruhsuz bir şekilde koltuğa yerleştiğimde kapıyı kapattı ve arabanın önünden dolanarak şoför tarafına geçti. Motorun çalışmasıyla birlikte arabanın aydınlanan paneline boş gözlerle baktım.

Araba geriye doğru hareket ederken, "Kediler ne olacak?" diye sordum.

"Düşündüğün şey bu mu?" deyince birkaç yakıcı cümle dilimi tırmaladı ama hiçbir şey söylemedim. Ağlamak uykudan uyandığım hissine kapılmama neden olmuştu, bomboştum.

Camdan dışarı baktım ve yol kenarına yerleştirilmiş lambaların kısa aralıklarla yüzümü aydınlatıp tekrar karanlıkta bırakmasıyla oluşan o hızlı döngüye düşüncelerimi teslim ettim. At çiftliğine gelene kadar ikimizin de ağzını bıçak açmadı.

Ediz arabayı park ettiğinde bakışlarımı ona çevirdim, o da bana bakıyordu.

"Benim bir telefon görüşmesi yapmam gerekiyor," dedi sakin bir sesle. "Sen içeri gir." Duraksadı. "Şu an neler hissettiğini anlayabiliyorum ama işleri daha da çıkmaza sokma, olur mu?"

Hafifçe başımı sallayarak kapıyı açarken düşüncelerim kendilerini belli etmek adına türlü oyunlara başvuruyordu ama o kadar bitkindim ki hepsini görmezlikten geldim. Arabadan çıkıp keskin soğuğa adım attığımda Ediz hâlâ bana bakıyordu.

Boş bir sesle, "İçeride bekliyorum," dedim ve kapıyı yavaşça kapattım. Çiftliğe doğru ilerlemeye başladığımda gözlerinin ağırlığını sırtımda hissetsem de dönüp ona bakmadım.

Çiftliğin kapısı kilitli değildi. Zaten kimseyle karşılaşmak istemiyordum ve bu durum içimi biraz olsun rahatlatmıştı. Boğazımda biriken onca şeyden kurtulmak için bir bardak suya ihtiyacım vardı. Aslında en çok da yalnız kalmaya ihtiyacım vardı ama bunun imkânsız olduğunu biliyordum.

Çiftliğin kapısını arkamdan kapattım. Salonun ışığı yanıyordu ama ortalıkta kimse yoktu. Telaşsız adımlarla içeriye doğru yürüdüm ve etrafa bakındım. Kemal Çağıran muhtemelen odasına geçmiş, torununu nasıl kurtaracağına dair çözüm arayışlarına girmişti.

Ediz'in telefon görüşmesi yapacağını sanmıştım ama ben henüz mutfağı bulamadan geldi. Yüzünde gergin bir ifade vardı.

"Dedem nerede?" diye sorduğunda kuru bir sesle, "Yukarıda sanırım," dedim. Bana başıyla onu takip etmemi işaret etti ve hızlı adımlarla merdivenlere yöneldi. Bir süre arkasından baktım ama sonra neler olduğunu merak eden tarafım baskın çıktı ve peşinden gitmeye başladım. Yine de onun aksine ben telaşsız adımlarla ilerliyordum.

Ediz koridorun sonuna ulaşmıştı, bense henüz koridorun başındaydım. Altından ışık süzülen bir kapıya yöneldiğinde bütün kasları gergindi. Kapıyı çalma zahmetine girmeden odaya daldığı sırada ben koridoru ancak yarılamıştım.

Ediz bir anda donmuştu.

Eli kapının kulpunda kalakalmıştı ve bedeni öyle gerilmişti ki bir an ne olduğunu anlayamadım. Bu manzara damarlarıma güçlü bir korkunun yayılmasına, adımlarımın hızlanmasına neden oldu. Ediz hızla odaya girdiğinde ben de koşar adımlarla ilerledim ve şahit olacağım şey her neyse ondan korkarak kapının önünde durdum.

Gözlerime bulaşan bu görüntü, ruhumun derinliklerine yayılan zehirle bir olup dengemi altüst etti. Şokun etkisiyle bütün uzuvlarım buz kesildi. Kafamın içinde o kadar gürültülü bir sessizlik oluştu ki ruhum bütün duygularımı sakinleştirmek zorunda kaldı. Boşluk gitgide büyüdü ve zihnime çöken bu sessizlik o boşluğu doldurmaya yetmedi.

"Dede?" Ediz'in şaşkın sesi kapıldığım dehşete paralel bir şekilde yükselmişti, zemin ayaklarımın altında dönüyordu. Bir şeyler daha söyledi ama söylediklerini belli belirsiz duyuyordum çünkü kulaklarım uğulduyordu. Nabzım o kadar hızlanmıştı ki sesi kulaklarıma kadar tırmanmıştı.

Yerde kanlar içinde yatan, Kemal Çağıran'dan başkası değildi.

Ediz iki parmağını yaşlı adamın boynuna koyduğunda nefesimi tuttuğumun farkında değildim.

"Nabız yok." Sesi kulaklarıma çöken uğultuyu zar zor aşıyor, sanki uzaklardan geliyormuş gibi belli belirsiz duyuluyordu. Net bir şekilde duyduğum tek şey nefes alıp verişlerim, net olarak gördüğüm tek şeyse etraflarında kırışık bir derinin toplandığı, bomboş bakan çimen yeşili gözlerdi. Gözler asla yaşlanmıyordu. İnsanın tenine sığınan yıllar geride beyaz saçlar ve çökmüş bir beden bıraksa da gözlere ulaşamıyordu. Ruhsuz bakışların düştüğü bu gözler de bana kanımı donduracak kadar tanıdıktı. Ediz'i hep ölü bakışlarla hayal etmiştim ama bu tablonun yanına bile yaklaşamamıştım. Gerçeği çok daha kötü, çok daha can yakıcıydı.

"Doğa, bana yardım et!" Ediz'in sesindeki korkuyu hissetmiştim. Karşılaştığı manzara karşısında soğukkanlılığını korusa da bir kayıp daha vermek, en ücra köşelerinde tozlanan anılarını gün yüzüne çıkarmış gibiydi.

Hissettiğim şok bütün uzuvlarımı kilitler, beni olduğum yere çiviler sanıyordum ama ona doğru ilerlemeye başladım. Attığım adımları hissedemiyordum, sanki ayaklarım yere basmıyordu. Kan... Çok fazla kan vardı ve başımın dönmesine neden oluyordu. İlk defa ruhu tarafından terk edilmiş bir beden görüyordum.

Ediz hızla çevreyi taradı, uzanıp kenarda duran ceketi aldı ve hâlâ kanayan yaranın üstüne bastırdı. "Ceketi bastır, kanamayı durdurmamız lazım."

O kadar çok kan vardı ki kurşun yarasının yerini kestirmek zordu. Ayrıca bu saatten sonra yapacak hiçbir şey yoktu. Ama Ediz bunu kabullenmeye hazır değilmiş gibi görünüyordu. Yavaşça dizlerimin üzerine, Kemal Çağıran'ın yanına çöktüm ve cansız gözlerine baktım. Titreyen parmaklarım ceketi kavradığında bile gözlerine bakıyordum. Ediz gözlerini Levent Çağıran'dan almıştı, Levent Çağıran ise babasından, yani Kemal Çağıran'dan... Bu adamın bıraktığı en büyük miras gözleri olmalıydı. Bu gözler tek bir bakışla en derin yaraları açabilecek güce sahipti. Nefes almaya çalıştım. Kulaklarım uğulduyordu. Bu korkunç bir kâbus olmalıydı.

Ediz'in bir şeyler söylediğini işittim ama kelimeler de zeminle birlikte ayaklarımın altında dönüyor gibiydi. Ellerini Kemal Çağıran'ın kalbinin üzerine yerleştirdi, gözlerinde öyle sert bir ifade vardı ki bu hali beni ürkütmüştü. Ardından dedesine kalp masajı yapmaya başladı. Parmakları dedesinin ruhunu geri çağırıyordu, belki de dönmesi için yalvarıyordu, bilmiyordum.

"Bir, iki, üç..." diye saymaya başladı. Duygular yüzünden geçip giderken çaresizliğin kırıntıları yavaş yavaş birikiyordu. Saydıkça sesi zihnimde yankılanıyordu. Saydı, saydı. "...on iki, on üç, on dört..." Ediz durmadan saymaya devam ederken kanın sıcaklığı parmaklarıma ulaşmıştı. "...on beş, on altı, on yedi..."

"Lütfen," diye fısıldadığını duydum. Daha doğrusu sessizlik, duyularıma bu kelimeyi armağan etti. Dudakları belli belirsiz kıpırdamıştı ama sanki zihnimin içinde konuşuyormuş gibi sesini net bir şekilde duymuştum. *Lütfen.*

Ediz dedesinin nabzını bir kez daha kontrol etti ama sonuç ortadaydı; Kemal Çağıran ölmüştü.

Hiçbir şey söylemedim, sessizlik dışında her şey anlamsızdı. Ediz ellerini çektiğinde yüzündeki sert ifadenin üzüntüsünden beslendiğini fark ettim, bunun başka bir anlamı olamazdı. Duygularını seçemiyordum ama içindeki karanlığın onu adım adım ele geçirdiğini görebiliyordum.

Bakışlarım tekrar Kemal Çağıran'ın bomboş bakan yeşil gözlerine çevrildi ve gözümü bile kırpmadan ona bakmaya başladım. Düşüncelerimi toparlayamıyordum, her şey birbirine karışmıştı, sadece bakıyordum.

"Doğa?" Ediz'in boğuk sesi bir işe yaramadı. "Doğa, bana bak." Hâlâ Kemal Çağıran'a bakıyordum, kâbuslarıma uzun bir süre konu olacak olan o yüze inatla, onu belleğime kazımak istercesine bakıyordum. Çok kötü titriyordum, kışın ortasında çırılçıplak kalmış gibi.

"Doğa, şok geçiriyorsun."

Ediz'in kanlı parmakları çenemi tuttu ve yüzümü kendi yüzüne doğru çevirdi. Gözlerinde birçok duygu vardı artık, o sert kabuk giderek çatlıyor gibiydi. Diğer eliyle ceketi bastıran ellerimi çekmeye çalıştı ama ben buna izin vermeyerek hem onu hem de kendimi şaşırttım.

"O öldü." Ediz'in sesinde garip bir tını vardı. "Yapabileceğin bir şey yok. Haydi, bırak onu."

Boğazıma bir yumru oturmuştu. Dediğini yapmak istiyor olmama rağmen bedenime komut veremiyordum, sadece titriyordum ve tamamen uyuşmuştum. Ediz'in parmakları bileklerimi sarınca bakışlarımı yavaş yavaş ona çevirdim, temkinli bir ifadeyle bana bakıyordu.

"Doğa," dedi. "Bırak. Haydi güzelim."

Bu yeşil gözler canlıydı, az önce gördüğüm gözlerden çok farklıydılar. Ediz'in gözlerinde ne barınırsa barınsın, nefretin ve öfkenin bile bir sıcaklığı vardı ve bu sıcaklık parmaklarımın yavaşça çözülmesini sağladı. Bakışlarım titreyen ellerime düşünce kan o kadar canlı geldi ki yaşlı adamın ruhunun kokusunu alır gibi oldum.

Ediz beni ayağa kaldırdığında olanları bir sis perdesinin ardından izliyor gibiydim, ellerimde kanın sıcaklığını hâlâ hissedebiliyordum. Beni kapıya yönlendirirken onun bedeni de kaskatıydı ama benim aksime insanı ürkütecek kadar soğukkanlı hareket ediyordu.

"Hakan birazdan burada olacak," diye fısıldadı kulağıma. "Birazdan bitecek. Sakin ol güzelim, tamam mı? Sakin ol."

Bitecek olan neydi? Kimi kandırıyordu?

Aşağıdan bir kapının açılıp kapanma sesi gelince Ediz, "Hakan!" diye seslendi. Nasıl oluyordu da sesini bu kadar iyi kontrol edebiliyordu? Bu uğursuz kızıllık, Ediz'in yalnızlığının somut bir kanıtıydı ve genelde en derin yalnızlıklar en güçlü yankıları bırakırdı. Fakat bu yankıyı duyabilmek için önce onun haykırması gerekmez miydi? Sessiz haykırışlara sığan avaz avaz bağırmalar? Ediz Çağıran ya çok iyi bir oyuncuydu ya da gerçekten ruhunu bastırıp duygularından arınmıştı.

Korkusunu anımsadım. Duran bir kalbin yeniden ritmik bir şekilde çarpması için yaptığı sayım gözümde canlandı. Hayır, Ediz Çağıran ne kadar istese de ruhunu bastırıp hislerinden sıyrılamıyordu.

Bütün o gürültülü cümleler yerini derin, yorgun bir sessizliğe bıraktı.

Hakan merdivenlerden çıkarken, "Şu an adamın icabına bakıyorlar," dedi ama bizi görünce donup kaldı. Ellerimize, yüzümüze ve hatta ruhumuza bulaşan kan, onun da betinin benzinin solmasına sebep olmuştu. "Neler oluyor?"

"Dedem," dedi Ediz. "Ölmüş. Biri onu vurmuş." Hakan'a yaklaşmıştık. Sahi hâlâ yürüyor muyduk? Farkında bile değildim.

Hakan gözlerini iyice açarak şaşkınlıkla, "Ne?" dedi.

"Hakan, şu an gerçekten soğukkanlı olman gerekiyor," dedi Ediz. "Doğa'yı uzaklaştır buradan."

Beni bırakacağını anladığımda neredeyse kusacaktım ama midem boştu, bacaklarımdan ruhum çekiliyormuş gibi hissediyordum.

"Ben..." Hakan'ın yüzü kireç gibi olmuştu.

"Doğa'yı götür, ben hemen geliyorum."

Hakan bir an duraksadıktan sonra beni Ediz'den aldı ve az önce hareketlerime yön veren eller değişti. Kendisinin de şokta olduğu her halinden belli olsa da Ediz'in dediğini yaparak beni merdivenlere yönlendirdi.

Kan kadar hızlı kuruyan bir şey var mıydı? Elimde kurumaya başlayan kana bakınca nefesim ciğerlerimde sıkışıyor, bütün düşüncelerim ayağıma dolanıyordu. Beni tutan kollar olmasaydı öylece yere yığılırdım.

Çiftliğin kapısına yönelirken Hakan telaşlı bir sesle, "Doğa?" dedi. "Seninle konuşmam gerekiyor." Konuşacak durumda olmadığımı hissetmeme ve hâlâ titrememe rağmen adama baktım, çökmüş görünüyordu. "Şu an hiç zamanı değil ama Kemal Bey böyle olsun istemezdi," dedi.

"Neler oluyor?" diye sordum. Sesim de ellerim kadar şiddetli bir şekilde titriyordu, çiftlikten çıkmıştık.

Hakan, "Yürüyebilecek misin?" diye sorunca sesindeki hüzün içimi dağladı, ben bu yıkımı bu denli tadacak son kişi olmalıydım belki de. Bencillikti bu, o adam benim bir şeyim değildi ama bu iki insan için bir şeyler ifade ediyordu.

Sakinleşmeye çalışarak Hakan'dan uzaklaştım. Bir an düşeceğimi sansam da ayaklarım yere basıyordu. Hakan olanlara inanamıyormuş gibi parmaklarını ensesinde kaydırdı ve sıkkın bir ifadeyle bana baktı.

"Benim kim olduğumu biliyor musun?" diye sorduğunda ben hâlâ kendimi sakinleştirmeye çalışıyordum, soğuk hava ciğerlerime nüfuz ettikçe işim kolaylaşsa da titremem geçmiyordu. "O gün telefondaki kişi bendim. Ediz senden birkaç çirkin talepte bulunduğunda ve yapmadığın takdirde Atalay'ı öldürmekle tehdit ettiğinde hattın diğer ucunda ben vardım."

O geceye dair görüntüler anılarımın arasından sızarken Ediz'in o yabancı bakışları, nefreti, bana soyunmamı söyleyen tehditkâr sesi zihnimin duvarlarına tırmanmaya başladı. Sırtımı yakan o buz gibi su, bana acımasızca bakan zehir yeşili gözler... Hakan'a bakakalmıştım.

"Lütfen benden korkma," dedi. "Seninle konuşmam gerekiyor ve gerçekten önemli bir konu. Fakat bundan Ediz'e bahsetmemelisin."

Şimdi, burada, benimle bu konuyu konuşmasının sebebi neydi? Bu kadar şeyi kaldırabileceğimi nasıl düşünebilirlerdi?

"Ne istiyorsun benden?" Neredeyse avazım çıktığı kadar bağıracaktım.

"Kemal Bey bu gece Ediz'i neden istedi, biliyor musun?" Sesini sakin tutmak için çabalıyor gibiydi ama sıkıntısını, üzüntüsünü ve şaşkınlığını bastıramıyordu. "Ediz'i akıl hastanesine yatırmak için."

İlk başta kulağıma anlamsız bir harf yığını gibi gelen bu cümle bir şeyler ifade etmeye başlayınca büyük bir şaşkınlığa kapıldım. Yüzümde nasıl bir ifade olduğuna dair hiçbir fikrim yoktu ama adamın gerginliğini daha çok tetiklemiş gibiydim. Omzunun üstünden bir kez daha arkasına baktı.

"Ne?" dedim şaşkınlıkla. Bir buz tabakası iç dünyamı kapladı ve bütün ifadeler gözlerimin kıyılarından çekildi. Karanlığın düşüncelerimden sızarak gözlerime yayıldığını, her yeri kapladığını hissettim.

"Ediz şu an bataklığın içinde ve her geçen gün daha da batıyor," diye açıkladı Hakan. "Polislerin elinden kurtulmasının, bu işten paçayı sıyırmasının imkânı yok. Kemal Bey böyle bir yol bulmuştu, onu hastaneye yatırıp rapor alacaktı." Bir an duraksadı. "Ayrıca Ediz gerçekten iyi değil. Bunu en iyi sen biliyorsundur."

"Evet, iyi değil!" diye bağırdım. Öfke içimi ateşe veriyordu ve alevlerin yavaş yavaş yükseldiğini hissedebiliyordum, dilim yanıyordu. Bu gece yaşananlar hafızamdan ömrüm boyunca silinmeyecekti. "Bunu yaparak ona yardım edeceğinizi mi sandınız? Onu gerçekten delirtmek mi amacınız?"

Telaş... Hayır, telaş yapmamı gerektiren şey içerideki kandı. Hayır, belki de hepsi telaş yapmam için yeterliydi. Düşüncelerim un ufak oldu, dağıldı ve cam parçaları gibi içime saplanmaya başladı. Tüm bunlar korkunç bir kâbus olmalıydı.

"Artık öyle bir seçenek kalmadı zaten," dedi Hakan, çenesi kasılmıştı. "Kemal Bey öldü. Ediz'in arkasını gizliden gizliye de olsa kollayacak kimse kalmadı." Burun kemerini sıktı ve düşüncelerini toparlamak istercesine bir süre durdu. "Ediz daha önce de yardım almıştı. Alkol ve uyuşturucu problemi yüzünden. Uyuşturucu bataklığına saplandı ve bilincini kaybedecek kadar çok içiyordu. Hastaneye yatmayı reddetti ama babasının hatırına ayakta tedaviyi kabul etti."

Ediz'in devirdiği onca şişeyi, sarhoş olduğunda ortaya çıkan o saldırgan adamı anımsadım.

"Bu iş hiç iyi bir yere gitmiyor Doğa. Doktor majör depresyon denen bir depresyon türünden bahsetmişti. Ayrıntıları hakkında bilgim yok ama doktorun yüzündeki ifadeden anladığım kadarıyla Ediz'in felaketi olabilecek bir şey."

"Şimdi ne olacak?" diye sorduğumda Hakan gözüme çok yorgun göründü.

Elini cebine sokarken, "Burada kalamazsınız," dedi ve cebinden küçük bir flash bellek çıkarıp bana uzattı. "Kemal Bey de bu işin aslını araştırıyordu. Şirketi de ilgilendiren birçok mesele vardı. Hesaptan yüklü miktarda para eksilmişti, bu konunun üzerine gidiyordu." Aslında Ediz de bu konuyu araştırıyordu ama bulguları onu hep dedesine yönlendirmişti. Şimdi onun da bundan habersiz olduğunu öğreniyordum, ortada büyük bir hata vardı. Hakan sözlerine devam etti: "Bellekteki dosyalarda Ediz'in aradığı bilgiler mevcut. Son zamanlarda harcamaların yapıldığı hesaplara ulaşmaya çalışıyordu. Dosyalarda ekstreler de dâhil her şey var."

Bahsettiği şeyler hakkında hiçbir fikrim olmadığı için, "Ediz bana bu meselelere dair hiçbir şey anlatmıyor," dedim. Elimden geldiğince sakin kalmaya çalışıyordum ama az önce şahit olduklarımdan sonra zihnime çöken onca şey gitmiyordu.

"Seni korumaya çalışıyordur, ne kadar az şey bilirsen o kadar az zarar görürsün."

Bana uzattığı küçük flash belleği alırken kafam darmadumandı. "Bunu neden ona değil de bana veriyorsun?" diye sordum.

"Şu an onunla bu konuşmaları yapmanın sırası değil. Gel, seni arabaya bindireyim." Haklıydı. Acı anılar bu gece tazelenmiş, Ediz bir kayıp daha vermişti.

Bu yola devam edip etmemekte kararsız kalan bir tarafım vardı ama Hakan elini sırtıma koyup beni yönlendirdi. Dokunuşu onu durdurmamı sağlayacak kadar güçlü değildi. Ediz'in kötü bir dönemden geçtiğini başından beri bilsem de bunun derinliğini kestiremiyordum ve yalnızca benim yanımda huzurla uyuyabilen o adamı yüzüstü bırakma düşüncesi zamanla harmanlanınca daha da katlanılmaz bir hal alıyordu.

Arabaya doğru ilerlediğimiz sırada, "Ediz nerede?" diye sordum.

"Kemal Bey'in yanındadır, ne yaptığı konusunda hiçbir fikrim yok." Hakan'ın eli tenime değince ellerinin buz gibi olduğunu fark ettim, üstelik titriyordu.

Kollarımı bedenime sararak, "Şehirden nasıl çıkacağız?" diye sordum.

"Salih. Kemal Bey'in yedek şoförü. Sizi şehirden hemen çıkaracak. Sizi bir dinlenme tesisine yakın bir noktada bırakıp dikkat çekmemek için yoluna devam edecek. Gece ve Uygar'ı ben halledeceğim." Destek olmak istercesine omzumu sıktı ama gözlerinde derin bir boşluk vardı. "Teşekkürler Doğa."

Oysaki ben iyilik yapıyor gibi hissetmiyordum, aksine çok daha fazla acının doğmasına neden olacak bir felakete adım atıyormuş gibi hissediyordum. Bu saatten sonra akrep ve yelkovanın yitirdiği anları geri kazanmanın hiçbir yolunun olmadığını kabullendim ve arabaya doğru yürümeye devam ettim. Hakan da adımlarını bana uydurdu.

"Ankara'ya vardığınızda AŞTİ'de değil, Etlik Kavşağı'nda inin. Oradan İvedik metro durağına geçin. Girişin hemen solunda gişe var. Oraya birkaç evrak, sahte kimlik ve pasaport bıraktıracağım." Arabanın arka kapısını benim için açarken gözlerinin içine baktım, bu adam bir zamanlar Atalay'a silah doğrultmuş, kanını akıtmak için Ediz'in üçten geriye saymasını beklemişti. Şu an yaptığım şeyse... Sahiden ben ne yapıyordum? "Levent Çağıran'ın evi uzun zamandır kontrol edilmiyor, orada saklanabilirsiniz," diye devam etti Hakan. "Işıkları açmamaya dikkat edin, çevreden sizi ihbar edenler olabilir."

Bütün bu karmaşık duygularla başa çıkamadığımdan konuşmak yerine başımı hafifçe sallamakla yetindim ve arabaya bindim. Yaptıklarımdan pişman olmak için bolca zamanım olacaktı, o yüzden düşüncelerimi ve vicdanımın rahatsız edici sesini şimdilik geri plana atmak istiyordum ama olmuyordu. Kanlı, titreyen ellerime bakarak bu gece olanların ölümün yanında bir hiç olduğunu kendime anımsattım.

Hakan kapıyı kapatıp kara gözleriyle camın ardından bana anlamını çözemediğim kısa bir bakış attı ve telaşlı adımlarla çiftliğe doğru ilerlemeye başladı. Karanlık gitgide uzaklaşan silüetini yutarken başımı cama yasladım ve bakışlarımı boşluğa diktim.

Üşüyordum ama bunun soğukla bir alakası yoktu, Ediz'in varlığına ihtiyacım vardı.

Saniyeler birikip dakikalara, dakikalar birikip acımasız düşüncelere dönüşüyordu. Bu gece burada olanlardan sonra, yıllardır kendimi boğduğum yalnızlığımdan muhabbet riyalarını ayıklayacak, kendimi cezalandırırcasına ömür boyu unutamayacaktım.

Arabanın kapısı açılınca bir an irkildim ve şaşkın bakışlarımı şoför koltuğuna hızlıca yerleşen adama çevirdim. Hemen yan tarafımdaki kapı da açıldı ve Ediz peşinde buz gibi soğuğu da sürükleyerek arabaya bindi. Kapıyı öyle sert bir şekilde çekti ki araba titredi.

Motor hafif bir uğultuyla çalıştığında Ediz'in bakışlarını üzerimde hissedebiliyordum. Ben de bakışlarımı ona çevirince uzanıp beni kolayca yanına çekti. Kolları bedenimi sardığında hâlâ titriyordum. Buz gibi ellerimi tutup kendi soğuk elleriyle birlikte ceketinin altına sakladı ve "Geçecek," diye fısıldadı. Her şeyi bir kenara bırakıp ona sokuldum, kokusuna tutundum. Ellerimize bulaşan kan kurumuştu.

Şoför arabayı bulunduğu yerden geri geri çıkarırken ben eve bakıyor ve kalan ömrümün nahif zamanları için görüntüsünü belleğime kazıyordum. Olur da bir gün kaldıramayacağımı düşündüğüm bir acının içine düşersem zihnimden bu anıları çıkaracak ve paslanmış duyguları panzehir olarak kullanacaktım.

"Ediz Bey, Kemal Bey'in cenazesine katılacak mısınız?" diye sordu adam, ondan çekiniyor gibiydi. "Affedersiniz, sırası değil ama Kemal Bey orada olmanızı isterdi."

"Gelirim." Polislerin de orada olacağından emindim. Cenazeye nasıl katılacağını merak etsem de yorum yapmadım, yine bir planı olmalıydı. Tek korkum beni de bu plana dâhil etmesiydi çünkü Kemal Çağıran'ın Levent Çağıran'ın yakınlarında bir yere defnedileceğinden emindim ve Ediz babasını ziyaret ederken yanında olmak istemiyordum.

Orada Atalay'ın suçu ve ödemesi gereken bedellerin listesi, Ediz'in yaptıklarının gerekçesi ve ne olursa olsun ona kızmamı engelleyen o derin acısı yatıyordu.

"Yol kenarlarında sürekli akan çeşmeler oluyor, dinlenme tesisine yakın bir yerde mutlaka vardır. Bizi orada bırakırsın."

Ediz'in ellerine kenetlenen ellerimdeki kandan kurtulmak istiyordum, kanın tenimi hiç terk etmeyeceğine dair huzursuz edici bir fikre kapılmıştım. Hani insan bir yara alır da onu sıcağı sıcağına hissedemez, acıya tanınan süre dolduğunda yaranın farkına varırdı ya, işte onun gibi bir şeydi bu. Şu an yaşananların şokunu henüz atlatamamış, bariz gerçeğe henüz ulaşamamıştım.

Denizli'nin çıkışına yaklaştığımızda çok uzaklardan gelen ve giderek daha da uzaklaşan siren sesleri işittim, şehrin içinden geçip giden sam yeli gibiydiler. Her yer karışacaktı ve muhtemelen bu şehre bir daha hiç geri dönmeyecektik.

Dakikalar geçtikçe titremeler bedenimi terk etmiş ve yerini korkunç hislere bırakmıştı, bunu hiç atlatamayacakmış gibi hissediyordum. Fakat daha iki dakika önce hissettiklerimi bile çürütebilen zaman söz konusuyken bu konuda bana kim garanti verebilirdi?

Dakikalar üst üste yığılmış, ellerimin ısınması yarım saatimi almıştı. Bedenim gevşeyince kendimi korkunç bir kâbustan uyanmış gibi hissettim. Şok yerini öyle korkunç bir duruluğa bırakmıştı ki sanki gördüğüm hiçbir şey gerçek değildi.

"Şimdi nasılsın?"

Bu soru gözlerimi yakmıştı. "Asıl sen nasılsın?"

Bir şey söylemedi.

"Ankara'ya vardığımızda senin evine gideceğiz." Sesinde bir sıkıntı vardı. "Haberin olsun."

"Evime mi?" diye sordum şaşırarak.

"Babamın mektubunu istiyorum."

"Ne mektubu?" diye sordum ve başımı kaldırıp yüzüne baktım. Keşke ne hissettiğini bilebilseydim, keşke bu kadar hissiz durmasaydı ve duygularını saklamasaydı.

"Atalay'ın elinde babama ait bir mektup varmış."

Bu yeni bilgi bu gece olanlardan sonra zihnimin içinde olması gereken mertebeye ulaşamamıştı ama bunu elbette istiyordu. Ailemin tüm bu olanlardaki payını bildiğim için harfler ürkerek derin bir inzivaya çekiliyor, geriye sessizlik kalıyordu. Bakışlarımı kanlı ellerime indirdim. Onu, aylar önce geride bıraktığım evimi henüz görmeye hazır olmadığıma ikna etmek istiyordum ama sadece sustum.

Camdan dışarıyı izlemeye devam ediyordum. Karşı şeritten geçen araçların farları yüzümü yalıyor, gözümü alıyordu ama aldırmadım. Kafamın içinde Ediz'le tartışıyordum, söylemek istediklerimi veya önceden söylemem gerekenleri Ediz'in hayaline aktarıyordum.

Ve az önce yaşadığım şokun etkileri akıp giden bir nehir gibi bedenimden siliniyordu, geriye ölümcül bir dinginlik kalmıştı.

Denizli'den elli kilometre kadar uzaklaştığımızda kendi düşüncelerimden de bir o kadar uzaklaşabilmeyi dilerken buldum kendimi. Gece saatlerinin sessizliği insan ruhunu her zaman besliyordu. Düşünceler yoruluyor, yerini hislere ve duygulara bırakıyordu. Ama bu gece karanlığın güzelliği benim felaketimdi, tıpkı Ediz Çağıran'ın güzelliği gibi...

Şoför sağa sinyal verip yavaşlamaya başladığında kenardaki çeşmeyi gördüm. Birkaç yüz metre ilerisinde de dinlenme tesisinin ışıkları görünüyordu. Ediz'in kollarının arasından çıktığımda araba çeşmenin kenarında durmuştu. Ediz dışarı çıkınca soğuk tekrar hissedilir oldu ama aldırmadan arabadan indim.

Şoför kendi camını açtı ve ellerini direksiyondan çekmeden Ediz'e baktı. "Ediz Bey, isterseniz siz otobüse binene kadar bekleyeyim."

Ediz çeşmeye doğru ilerlerken adamın yüzüne bile bakmadan soğuk bir sesle, "Gerek yok," dedi. Orta yaşlı adamın yüzünde beliren şaşkın ifadeden böyle bir cevap beklemediğini açıkça görebiliyordum. Ama ne bekliyordu ki? Karşısındaki adamın bir katil olduğunu biliyordu.

Ne diyeceğimi bilemeyerek, "Bundan sonrasını biz hallederiz Salih Bey," diye karşılık verdim. "Teklifiniz için teşekkürler, çok naziksiniz."

Adam, kollarını sıvayıp ellerini yıkamaya başlayan Ediz'e kısa bir bakış attıktan sonra bana nazikçe gülümsedi ama gözlerindeki hüznü görebiliyordum. "Ne demek, küçük hanım," dedi.

"İyi yolculuklar," diye mırıldandım. O da, "İyi yolculuklar," diye karşılık verdi ve cam mekanik bir ses çıkararak yukarıya doğru kalkıp kapandı. Ankara plakalı araç bizden uzaklaşırken arkasından bir süre baktım, sonra ben de çeşmeye yöneldim.

Çeşmenin suyu sürekli akan yer altı sularındandı. Yerde biriken su kaygan bir yosun tabakası oluştursa da akan su gür, berrak ve temizdi. Buz gibi soğuk olsa da aldırmadım, ellerimdeki kanın akan suya karışıp gitmesini istiyordum. Ellerimi soğuk suyun altına tuttuğumda kan izleri karanlıkta siyah lekeler gibi görünüyordu. Bir an duraksayıp soğuk suyun ellerimin üzerinden akıp gidişini izledim, ardından ellerimi yıkamaya başladım.

Aklım, tenimin altına işleyecek kadar soğuk olan bu suyla birlikte akıp giden kanın sahibindeydi. Ama zaman zihnimi yıkadığında o görüntü akıp gitmeyecekti, o boş bakışları ömrüm boyunca unutamayacağımı biliyordum.

Hemen arkamda birini hissedince gerildim ama güven veren güçlü eller ellerime uzanınca tekrar gevşedim. Ediz ellerimi yıkamama yardım ederken ikimiz de sessizdik, ona bir şeyler söylemek istiyordum ama kelimeler bu gece güçsüzdü.

"Zamanla kana alışacaksın," diye fısıldadı ve temizlenen ellerimi suyun altından çekti. Parmak uçlarım buruşmuştu. "Zamanla her şeye alışıyorsun."

"Üzgünüm," diye fısıldadığımda bu anların, bu kadar yakın olduğumuz son anlar olduğunu biliyordum. Bunların etkileri silinmeye başladığında aramıza girecek mesafeyi şimdiden görebiliyordum. Dudaklarını boynuma bastırınca ürperdim.

Benden uzaklaşarak, "Gidelim," diye mırıldandı. Hafifçe başımı salladım. Soğuk rüzgâr, buz gibi suyla yıkadığım ellerimi acıtıyordu. Ediz'in peşinden yürümeye başladığımda hissizlik de mideme çökmeye başlamıştı, buna gerçekten alışacak mıydım?

Tesise ulaştığımızda Ediz hiçbir şey söylemeden boş masalardan birine yöneldi ama bakışları otobüsleri tarıyordu. Soğuk hava her şeyi dondurmuş gibi yine bomboştum. Adrenalinin ve şokun bıraktığı izler bunlar mıydı? Henüz ortalıkta Ankara'ya giden bir otobüs görünmüyordu.

Ediz, "Ben sıcak bir şeyler alıp geliyorum," deyince yine başımı hafifçe salladım ve bir sandalye çekip yavaşça oturdum. Aklım birçok şeyle meşguldü.

Sessizliğim hissettiğim duyguların –acı, suçluluk duygusu, nefret, öfke, en çok da kırgınlık– bir karışımıydı. Acımasız bir öğretmen olan zamanın bana kazandırdığı en büyük tecrübeydi bu. Kelimelere kilit vurmamla düşünceler de zihnimden dökülüyordu. Düşüncelerin bıraktığı o boşluğa sessizlik siniyordu.

Geceye uzanan dakikalar ilerleyip karanlığın koynuna usulca sığınırken etrafımdaki yorgun ve uykulu yüzleri inceledim. Her zaman yaptığım gibi simalara çöken duyguları okumaya çalışıyordum. Her insan bir kitabın farklı sayfaları gibiydi. Özellikle dalgın bakışlı gözlerin havaya armağan ettiği birçok harf, kelime, hatta cümle vardı.

Önüme yerleştirilen karton bardak dikkatimi dağıtınca ruhsuz bakışlarımı Ediz'e çevirdim, rengi solmuş hisleri taşıyan gözlerimi yüzüne dikmiştim. Huzursuz ve yorgun suratında çok net duygular olmasa da gözleri dalgın ve durgundu, belki de belli belirsiz bir hüzün orada kendine yer edinmişti. Ediz ve hisleri konusunda emin olamıyordum ama emin olduğum bir şey vardı; bu yüze ne zaman baksam harfler, kelimeler, cümleler yetersiz kalıyor, sayfalarca yazının kokusu burnumu dolduruyordu. Belki de onu izlemeyi sevmemin nedeni buydu.

Karşımdaki sandalyeye yavaşça oturdu, tek kelime etmeden gözlerini yüzüme çevirdi ve bakışlarımız anında buluştu. Gözlerimi kaçırmak istesem de ona bakmaya devam ettim.

Önüme koyduğu kahveyi çenesiyle işaret ederek, "İç," dedi. "Isınırsın."

Yanıt verme görevini boş bakışlarım üstlendi ve Ediz kahveyi içmeyeceğime ikna olana dek demir gibi sert bir ifadeyle bakışlarıma karşılık verdi. Gözleri yavaş yavaş öfkeyi ağırlamaya başlamıştı. Ona aldırmadım ve bakışlarımı başka yöne çevirdim.

Söylenecek çok şey vardı, ikimizin de dilinin ucunda biriken bir zehir ve o zehri akıtmak için dolu dolu kelimelerimiz vardı. Bu birikimi birbirimize emanet ettiğimiz zaman rahatlayacaktık belki ama bunu yapmadık. Bir ara yan masadan sigara istediğinde duydum sesini, ona uzatılan sigarayı mekanik hareketlerle almasını ve dudaklarının arasına koymasını izledim. Esen rüzgâra karşı çakmağın alevini eliyle gizlemesini, başını eğip sigarasını yakmasını, çakmağı geri uzatırken dumandan dolayı gözlerini kısmasını belleğime kazıdım.

O sırada zihnimin ufkunda yeni bir düşünce doğdu: Acaba onu bu kadar güzel yapan sadece benim gözlerim miydi? Onu gören diğer insanlar da bu güzelliği fark ediyor muydu?

Ankara'ya giden otobüs dinlenme tesisine girdiğinde Ediz dalgın dalgın o tarafa baktı. Üzülmemem gerekiyordu, bu en yasak duyguydu benim için. Fakat o gözlere yakışmayan burukluk içime, derinlerde bir yerime dokunuyordu. O sırada otobüs tam önümüzde durdu.

"Muğla istikametinden Ankara'ya yola çıkan Ulusoy Turizm yolcuları, dinlenme tesisimize hoş geldiniz. Yarım saat yemek ve ihtiyaç molası verilmiştir."

Ediz yayılarak oturduğu sandalyesinden kalkmak için hiçbir girişimde bulunmadı ve düşüncelere dalmış bir şekilde sigarasını içmeye devam etti. Acelesi yoktu. Normalde hareketlerine hâkim olan o atiklik şimdi yoktu ve bu boş vermişlik onun kitabında yer alan bir şey değildi. Endişeyi kapı dışarı etsem de o bir boşluk buluyor ve içeri sızıyordu. Dudaklarımın gerildiğini hissettim ama tek kelime etmedim, edemedim.

Sigarasının sonuna geldiğinde Ediz izmariti kül tablasına sertçe bastırdı. Ediz'in ciğerlerine yaptığı ziyareti sonlandıran gri duman, dudaklarını son kez yoklayarak havaya karıştı. Ediz ayağa kalkarken yüzüme bakıyordu, ben de kalkmaya hazırlandığım sırada bir şey söyleyecek gibi oldu ama ben mesafeli bakışlarımı yüzüne dikince kaşlarını çattı. Vazgeçmişti. Nasırlı ve yaralı elleriyle şakaklarını ovarken bakışları sertti.

Dudaklarımı birbirine bastırarak ayağa kalktım ve ona aldırmadan tesisin merdivenlerine yöneldim. Keskin bakışlarını sırtımda hissedebiliyordum. Bir şeyler söylemesini beklesem de sesini ve cümlelerini kendine sakladı.

Birkaç saniye sonra o da peşimden gelmiş, bana yetişmişti. Vereceği tepkiden korkan kalbim tekledi. Ama en az sessiz kalması kadar şaşırtıcı bir şey yaptı; yanımdan geçti ve doğruca bir kenarda sigara içmekte olan otobüs şoförüne yöneldi.

Orta yaşlı adam bakışlarını ona çevirince, "İki kişilik yeriniz var mı?" diye sordu. Doğrudan lafa girdiğini duyunca kaşlarımı çattım.

"Şey..." dedi adam bu ani soru karşısında şaşkınlığını gizleyemeyerek. Başka bir açıdan bakılacak olursa adamın şaşkınlığının sebebi ona yöneltilen sorudan çok, işini fazlasıyla ciddiye alan Ediz'in gergin ve sert bakışları da olabilirdi. Sakin gibi görünüyordu, onu tanımayan biri dingin bir ruh halinde olmadığını anlayamazdı. Bu yüzden adama acıdım, ondan çekinmiş, belki de korkmuştu.

"İzmir'e gidiyorduk da..." Gecenin bir yarısı neden bir dinlenme tesisinde olduğumuzu açıklamak için daha mantıklı bir yalan bulamamıştım. "Bir telefon aldık, bir yakınımız trafik kazası geçirmiş... Acilen Ankara'ya dönmemiz gerekiyor. Eşim bu yüzden biraz telaşlı."

Soğukkanlı bir şekilde Ediz'den eşim olarak bahsetmiştim ama adam beni de garipsemişti. Gülümsemediğim ve etrafa sert bakışlar attığım için bu mesafeli halimle Ediz'in bir kopyasından başka bir şey değildim. Etrafına yaydığı negatif enerjiden şikâyet ediyordum ama benim ondan ne farkım vardı ki? Yüz hatlarıma hâkim olan soğukluğun bilincinde olsam da ne gülümsemek ne de daha iyi bir performans sergilemek için çaba sarf ettim.

Adam bize garip bakışlar atmaya devam ederek, "Olması lazım," dedi. Omzumun üstünden bir yere baktı ve sigarayı tuttuğu elini kaldırıp birini çağırdı. "Orkun! Gel oğlum!" Bakışlarını takip edince genç bir muavinin bize doğru ilerlediğini gördüm. Cılız çocuk yanımıza geldiğinde adam nazikçe, "Arka koltuklarda boş yer olacaktı, gençleri oraya yerleştir," dedi.

Çocuk başını sallayıp bize hafifçe gülümsedi ve otobüsü işaret etti. Ediz tek kelime etmeden yürüyünce arkasından buz gibi bir bakış attım. Tamam, ben de soğuk biri olabilirdim ama kesinlikle kaba değildim. "Teşekkür ederiz," dedim adama.

Adamın yüzünde zoraki bir gülümseme belirdi, ardından ben de otobüse doğru ilerledim. İçeride uyuyan birkaç kişi dışında kimse yoktu, herkes tesise girmişti. Ediz, Orkun'un gösterdiği yere yerleşirken ben de yanlarına gittim, cam kenarına oturmuştu.

"Teşekkür ederiz," diye fısıldadım tekrar. Çocuk bana samimi bir şekilde gülümsedi ve yanımdan geçip giderek bizi yalnız bıraktı. Ediz'e baktığımda onun da bana baktığını gördüm, bir an garip bir sessizlik oldu.

"Cam kenarına ben geçebilir miyim?" diye sordum. Gözümü bile kırpmadan gözlerinin içine bakıyordum. Çok kısa bir an için de olsa akrep ve yelkovanın kurallarını yerle bir eden ve önüme asırlar seriliyormuş gibi hissetmeme neden olan bir ifadeyle bana baktı. Ardından koridor tarafındaki koltuğa kaydı.

"Geç," dedi sertçe. Uzun bacaklarının izin verdiği ölçüde, ona değmemeye özen göstererek geçmeye çalışsam da tam tersine daha da çok temas ederek cam kenarına geçtim. Aramızda kumaş olsa da bacaklarımın ona değen kısımları karıncalanmıştı. Bu histen de getirisi olan düşüncelerden de nefret ettiğimin bir kez daha farkına vardım.

Ediz başını koltuğa yaslayıp bacaklarını dar alanın el verdiği ölçüde uzattı ve kollarını göğsünde kavuşturup tavanı izlemeye başladı. Üzerine sigara kokusu sinmişti, o ağır kokuyu net bir şekilde alabiliyordum ama aldırmadım. Başımı cama yasladım ama uzakları izlemek yerine camdaki solgun yansımama baktım. Yansımamla göz göze geldik. Yorgun ve üzgün görünüyordum, gözlerim kör kuyuları andırıyordu.

Bir süre, o konuşup sessizliği dağıtıncaya kadar öylece durduk.

"Konuşmamız lazım." Sesi kuruydu.

"Konuşacak bir şey yok," dedim başımı camdan çekmeden. Nefesim camı buğulandırmış, solgun görüntümün üzerine sis gibi çökmüştü.

"Senin olmayabilir," dedi Ediz, sesi hâlâ ifadesizdi. "Ama benim var. Anladın mı?"

Başımı soğuk camdan çekip bakışlarımı ona çevirdim, yeşil gözleri yanıyordu. "Hayır, anlamadım," dedim öfkeyle. "Senin yalanlarını dinlemeyeceğim."

Kaşları hayretle kalktı. "Ben yalan söylemem."

"Öyle mi?" Sesimdeki alaycılığı engelleyememiştim.

Ediz'in attığı bakış, sınırları zorladığımı açıkça vurguluyordu. Oturuşunu düzeltti ve bana döndü. "Bak Doğa," dedi kaskatı kesilen çenesiyle. "Sana hiçbir şey kanıtlamak zorunda değilim. Ben yalan söylemem. Nokta. İster inan ister inanma."

Bu tavrı içimde bir yerlere dokunuyordu, belki de içten içe gözlerime bakmasını ve beni ikna etmesini istiyordum. Ama hayır, "belki"lere sığamayacak kadar gerçekti bu. Gözlerimin içine bakmasına ve beni ikna etmesine ihtiyacım vardı.

İçimde alev alan her şeye inat soğuk bir sesle, "İnanmamayı tercih ediyorum," dedim ve başımı tekrar cam tarafına çevirdim.

"İşleri zorlaştırarak kendine de zarar verdiğinin farkında mısın?" Dudaklarım içimden peydahladığı acıyla kıvrıldı ve neşeden uzak bir gülümsemeye büründü. Öfkeme ve acıma rağmen kelimelerim yeterince taze değildi.

"Dert etme," dedim ona bakmadan, ardından kendi sözlerini anımsattım: "Senin pisliğinden kurtulduğumda beni güzel bir hayat bekliyor olacaktı, unuttun mu? Bir adam çıkacaktı karşıma hani, öyle demiştin..." Bakışlarımı ona çevirdim. "Hani üniversiteye gittiğimde, bir kampüste... Klasik bir çarpışmayla başlayacaktı hikâyemiz. Senin sadece vücudumda değil, ruhumda bıraktığın izleri de silecek bir adam... Öyle söylemiştin."

Karanlıkta birbirimize bakarken kızgınlığım, kırgınlığımı da sırtlanmıştı ve Ediz gözlerimin içine baktığı her saniye o yük artıyordu. "İstediğin bu değil," dedi.

"Bunu bilemezsin," dedim sessizce. "Neyin hayalini kurduğumu bilemezsin."

Bir süre yüzümü inceledi, sonra dudakları belli belirsiz, ruhsuz bir şekilde kıvrıldı. "Her şeyi bildiğini sanan küçük kız," dedi alaycı bir sesle. "Murat Saraçoğlu'nun yönetmenliğini yaptığı *O... Çocukları* filmini izledin mi?"

Güler gibi bir ses çıkardım. "Ciddi misin sen? Ne anlatıyor o film, seni mi?"

"Annemin öyle bir kadın olduğu sanmıyorum." Bunu söylerken sesi sakindi ama meydan okuduğu açıkça anlaşılıyordu.

Bir an utandım ve "Öyle demek istememiştim," dedim. Pişman da olmuştum ama bunu belli etmek istemedim.

"Biliyorum Doğa."

Ses tonu içimi burkmuştu. "Devam et," dedim.

"Psikolojik bir film," dedi gözlerini yüzüme dikerek. "Filmde sadece tek bir sahne dikkatimi çekmişti." Bir an sustu. "Senin iyileşmek için çabaladığın her saniye gözümün önüne o sahne geliyor." Merakımı bastırmak istesem de aklından geçen her şeyi merak eden yanım kulak kesilmişti. "Film kötü yola düşen kadınların yaşadığı bir evde geçiyor, neredeyse hiçbiri istememiş bu işi yapmayı."

"Hangi noktasına ben dâhil oluyorum?"

"O evdeki akvaryum," diye karşılık verdi.

"Akvaryum mu?"

"Hişşşt," dedi parmaklarını dudaklarıma bastırarak, gözlerinde sert bir ifade vardı. "Henüz lafımı bitirmedim Şahmeran."

Dudaklarıma dokunan parmakları dikkatimi tuzla buz edince kendimi o kadar çaresiz hissettim ki içimde giderek artan endişe dalgalandı. İyice gerilen sinirlerim, üzüntü, acı... Her şey dudaklarıma, dokunduğu yere toplanmış gibiydi. Gözlerim yanınca kirpiklerimi kırpıştırdım. Eskiden onun yanında ağlamayı sorun etmiyordum ama artık o da herkes gibiydi, ağlamama şahit olması beni utandırıyordu.

"O akvaryumu yıllarca kimse temizlememiş," dedi parmaklarını dudaklarımdan çekmeden. Sadece ikimizin duyabileceği kadar kısık sesle konuşuyordu. "Balıklar alışmışlar öyle yaşamaya. Sonra biri geliyor eve, oraya ait olmayan bir yabancı... Akvaryumu öyle görünce balıkları bu halde yaşamaya terk eden ev sahiplerine kızıyor ve bir gün o akvaryumu temizliyor." Parmakları yavaşça aşağıya kaydı, içimi titreten bu hareketinin ardından bakışları dudaklarıma düştü. Kalbim hızla çarpmaya başlamıştı, üzerimde bıraktığı etki beni afallatıyordu. Tekrar gözlerime baktı. "Sonra ne oldu, biliyor musun?"

"Ne oldu?" diye sordum içime gecenin en acımasız duyguları çökerken.

"Balıklar öldü." Dudaklarım belli belirsiz aralandı, hafif bir şaşkınlıkla ona baktım. Ediz sözlerine devam etti: "Temiz bir akvaryum, temiz bir su. Anlatabiliyor muyum? Henüz yaşın küçük, belki bunu anlayamazsın. Ama seni besleyen şey her neyse, o elinden alındığında bir hiçsin. Acı... Sen acıya muhtaçsın küçüğüm."

Bütün dünyam altüst olmuştu. Tarihime kara harflerle, oya gibi işlenen ağır bir yıkımdı bu. Ediz'in beni bu denli tanıması beni darmaduman ediyordu. Hiç kimsenin yaşamadığı ıssız sokaklarımda attığı adımların yankıları zihnimin duvarlarına çarpıyordu. Ona onu ilk kez görüyormuş gibi baktım, gözlerim yüzüne kilitlenip kalmıştı. Cebinden telefonunu çıkarıp bana uzattığında hâlâ öylece ona bakıyordum.

"Umay'ın numarasını hatırlıyorsundur?" dedi kuru bir sesle. "Al şu telefonu ve ara onu."

"Ne?" dedim. Nefesim kesilmişti.

"Beni duydun," dedi. "Vazgeçmek üzereyim."

Şaşkınlıkla gözlerimi kırpıştırdım. Sesi aksiydi, telefona tereddüt ederek elimi uzatmamla bakışları da sertleşti. Telefonu kavradığımda geri çekmesini bekledim ama öyle bir şey yapmadı. "Dışarıda konuşabilir miyim?" diye sordum.

Bıkkınlıkla iç geçirdi. "Burada konuşanı öldürmüyorlar."

"Onunla yalnız konuşmak istiyorum." Bana delici bir bakış atınca telaşla ekledim: "Yemin ederim, ona hiçbir şey söylemeyeceğim. Hatta bu konuşmadan kimseye bahsetmemesi için onu ikna edeceğim."

Gözlerimin içine baktı. Nasıl başarıyordu, bilmiyordum ama yalan söyleyip söylemediğimi bir şekilde anlayabiliyordu. Birkaç saniye sonra kaskatı bir yüzle yerinden kalktı ve koridora geçip bana tepeden bir bakış attı. "Ben de seninle geliyorum. Bir sigara daha içeceğim. Sen kenarda konuşursun, yalnız kalmazsan iyi olur."

Bu jestinden dolayı ona minnet duyarak, "Teşekkür ederim," diye mırıldandım. Hiçbir şey yapmak zorunda değildi, ona sorun çıkarmamı rahatlıkla engelleyebiliyorken bunu yapması için hiçbir sebebi yoktu. Ama yine de yapıyordu işte.

Beraber dışarı çıktığımızda, "Görüş alanımda çıkma," diye tersledi beni. "Fazla sürmesin, otobüs on beş dakika içinde hareket eder."

"Tamam," diye mırıldandım, bir yandan da gözüme rahat edebileceğim bir yer kestirmeye çalışıyordum. Hemen karşıda, merdivenlerden biraz inince hediyelik eşyalar satan bir dükkân ve tuvaletler vardı. Oraya yöneldim ve ikinci basamağa oturdum, yeşil gözlerin ağırlığını sırtımda hissedebiliyordum. Omzumun üstünden arkama baktığımda beni duyamayacak kadar uzakta olduğunu ve tam da hissettiğim gibi beni izlediğini gördüm.

Tekrar önüme dönüp saçımı kulağımın arkasına sıkıştırdım ve telefonun ekran kilidini açtım. Umay'ın numarasını tuşlarken soğuktan kaskatı kesilen ellerim aynı zamanda belli belirsiz titriyordu. Arama tuşuna basıp telefonu kulağıma götürdüm ve kulağımın arkasındaki saçı gerginlikle biraz daha sıkıştırdım.

Telefon çaldı, çaldı, çaldı. Onu bütün şehirlerin uykuya daldığı bu saatte aramak hataydı, üstelik Umay acısını genelde uyuyarak atlatmayı tercih eden biriydi. Tam pes edip telefonu kapatacağım sırada Umay çağrıyı yanıtladı.

Arkadaşım o yorgun ama hiç olmadığı kadar tanıdık sesiyle, "Efendim?" dediğinde bir an duraksadım, şu ana kadar sesini unutmaya başlamış gibi hissediyordum kendimi.

"Umay?" Sesim hangi duyguyu yansıtacağımı bilememenin verdiği şaşkınlıkla duru çıkmıştı.

"Evet?" dedi halsiz ses.

"Benim, Doğa."

Umay bir an sessiz kaldı. Ardından dehşet, korku ve üzüntü dolu bir sesle, "Doğa?" diye fısıldadı.

"Yanında birileri varsa lütfen arayanın ben olduğumu belli etme."

"Ben..." Sesi çatlamıştı. "Ben yalnızım."

Aylardır zihnimde canlanan, sahibini bulmak için sızlanan sorular bir köşeye itilmeye, karanlığa terk edilmeye alışmışken kapıların birden açılmasıyla irkilmiş, dört bir yana kaçmaya başlamışlardı. Soracak bir sürü sorum, merak ettiğim bir sürü şey vardı ama ben ona nasıl olduğunu bile soramamış, öylece kalakalmıştım.

"Doğa?" Ona yanıt vermediğim için duyduğu telaş sesine yansımıştı.

"Buradayım," diye fısıldadım. "Bak, dinle. Fazla vaktim yok. İyi misin? Nasıl olduğunu öğrenmek için aradım seni."

"Bu soruyu sen mi bana soruyorsun?" Sesi çatlamıştı ama ağlamadığını biliyordum, Umay bu kısıtlı vaktimizi ağlayarak ziyan etmeyecek kadar mantıklı bir insandı. "Ben her gün evime geliyorum ve güvendeyim. Gerçekten bana iyi olup olmadığımı mı soruyorsun?"

"Umay... olanları duydum." Belki de bu sözlerimin gecikmesinin sebebi vicdan azabımın yarattığı çekingenlikti. Ediz'i en baştan reddetseydim o havaalanı hiçbir zaman öyle bir sahneye ev sahipliği yapmayacaktı. "Gerçekten iyi misin?" diye sordum tekrar.

"Ben de burada, her gün olanları duyuyorum Doğa." Umay'ın sesi sert çıkmıştı ama bunun üzüntüden kaynaklandığını biliyordum. "Önce tecavüz haberi geldi, sonra vurulduğun haberi... Bir daha da o orospu çocuğundan ses çıkmadı!"

Umay ve ben her açıdan zıt iki insandık; o daha cana yakındı, daha içtendi ve daha sorumluluk sahibiydi. Tek sorunu erkeklere olan merakıydı. Belki de bu, mükemmel bir babaya sahip olmasından kaynaklanan bir şeydi. Benim kendimi neden geri çektiğimi asla anlayamazdı. Ben soğuktum, gülümsemelerim kolay kolay gözlerime ulaşmazdı ve üzerime is gibi sinen o boş vermişlik hali her hareketime yansıyordu.

İkimizi ayıran en önemli özellikse nefretti. Nefret bana aitti. Umay öyle kolay kolay sinirlenmez, insanlara kin beslemezdi. Ama bu sefer onun sesindeki nefret de kelimelerin üzerine dökülüp onları somutlaştırabilecek kadar çoktu.

"Ben iyiyim Umay." Onu rahatlatacak cümleleri toplayıp önüne koymak istesem de harabenin içinden toplayabildiğim harfler ancak bu kadarına yetiyordu.

"Benim yüzümden kim bilir ne haldesin..." diye fısıldadı. Sesindeki suçluluk, benim içimde filizlenen o ağır hisse ayna tutuyor gibiydi. Bu olayların bu noktaya gelmesinde benim payım büyüktü, Umay ise sadece bir maşaydı. Ediz bana ulaşmak için onu kullanmıştı.

"Senin hiçbir suçun yok." Acı bu kadar yoğunken sıcak gözyaşlarımın yanaklarımı yıkaması gerekmez miydi? Ama sesim yalındı, bütün duygularımın inzivaya çekildiğini düşündürecek kadar yanıltıcıydı. "Kendini suçlama," diye ekledim.

"Suçlu olduğumu ikimiz de biliyoruz," dedi acı acı. "Aksini iddia etmen hiçbir şeyi değiştirmeyecek. Neredesin şu an? Kurtuldun mu onun elinden?"

"Seni Ediz'in telefonundan arıyorum şu an," dedim yorgun bir sesle. "Seni aradığımı kimse bilmesin, olur mu?"

"Neden?" diye sordu öfkeyle. "O şerefsiz seni tehdit mi ediyor?"

"Hayır." Sesim boş bir fısıltıdan farksız çıkmıştı bu kez, zorla yutkundum. Söyleyecek çok şeyim vardı ama bana tanınan zamana sığmazlardı. Bu yüzden rastgele bir pişmanlığı seçtim ve onu kelimelere bulayarak dudaklarıma teslim ettim. "Beni affedebilecek misin? Çünkü ailem beni asla affetmeyecek."

"Ne?"

"Özür dilerim." *Beni özgür bıraktığında eve dönmeyip işlerin bu noktaya gelmesine sebep olduğum için özür dilerim. Beni öpmesine, bana dokunmasına, beni aşağılamasına izin verdiğim için özür dilerim. Babanın bu halde olmasına neden olduğum için özür dilerim.*

"Doğa, neler oluyor?" diye sordu Umay korkuyla.

"Bilmiyorum," dedim, sıcak nefesim dudaklarımı kavuruyordu. "Bilmiyorum."

"Sana ne yapıyor Doğa?" diye bağırdı.

Bana yaptığı onca şey, sarf ettiği onca kelime kabuk bağlayan yaralarımın içinde saklı kalmıştı. Onları gün yüzüne çıkarmak için o kabuğu deşmem gerekiyordu, onları gün yüzüne çıkarmak için acıyı kanla beslemem gerekiyordu. O kadar gücüm kalmamıştı.

"Beni gitmem için serbest bırakmıştı."

"Ne?"

Gözlerimi kapatıp yanağımı soğuk duvara yasladım ve "Beni kaçırdıktan bir iki gün sonra serbest bırakmıştı," dedim. "Eve dönecektim ama bana Atalay'ı öldüreceğini söyledi. Yapamadım Umay. Babasının suçsuz olduğundan o kadar emin ki... Başka çarem yoktu. Çok güçlü. Yıkılmaz. Beni mahvetti." Dudaklarımı birbirine bastırdım. "Ona Atalay'ı öldürmemesi karşılığında istediği her şeyi yapmayı teklif ettim."

"Kendini feda mı ettin?" diye sordu dehşetle.

"Başka çarem yoktu," diye mırıldandım. "Böyle olacağını hiç düşünmemiştim."

"Nasıl olacağını hiç düşünmemiştin?"

Sorusunu yanıtsız bıraktım.

"Doğa, gerçekten korkmaya başlıyorum."

"Ben..." Sözlerime devam edemedim. Sanki her hücrem dibe çökmek istiyordu, sanki amacım her şeyi kaybetmekti. Sade ve saf karanlık, sade ve saf yalnızlık. En iyisi bu değil miydi? Dudaklarının dudaklarıma temas ettiği o anı, banyoda neredeyse çıplak halde karşısında durduğumu, bana acımasızca yaptığı o işkenceyi anımsamak ürpermeme sebep oldu. O fayansların soğukluğunu hatırlayınca bir an sırtım yandı. "Beni öptü," dedim.

Hattın diğer ucuna derin bir sessizlik çökünce sözlerimin etkisinin zayıf olduğunu fark ettim. Ediz'in beni yoğun bir şekilde cinsel baskı altında tuttuğunu düşünüyorlardı, beni öpmüş olması bir hiçti.

"Ve ben onu engellemek için hiçbir şey yapmadım."

Umay'ın bile bu konuda neler hissedeceğini kestiremiyor olmam, ailemin benden nefret edeceğinin kanıtıydı. Umay bu konulara takılmazdı bile ama hattın diğer ucunda bocaladığını hissedebiliyordum. İşte bu da bir zamanlar olduğum kişinin öldüğünün kanıtıydı.

"Ona karşılık mı verdin?" Şaşkınlığı, yaptığım şey karşısındaki hükmünü mü temsil ediyordu, yoksa sadece şaşkınlık mıydı, bilmiyordum. "Ama..." Tıkanmış gibi durdu. "Sen... ona âşık mı oldun?"

Gözlerim anında aralandı ve telaşla, "Hayır!" dedim. O sırada yanımdan geçmekte olan birkaç kişi şaşkın bakışlarla üzgün yüzümü ve öfke dolu çaresizliğimi süzdü. "Neden herkes aynı şeyi söylüyor? Gayet iyi idare ediyorum!"

Umay'dan beklediğim tepkiler bunlar değildi; bana kızmasını, babasını yaşam savaşının içine sürükleyen adama teslim olmam karşısında duyduğu öfkenin hedefi olmayı bekliyordum.

"Seni tanıyorum Doğa." Sesinde garip bir tını vardı ama sebebi öfke veya nefret değildi. Aramızda dile getirilmemiş bir gerçek asılı duruyordu; Ediz ve Umay bir zamanlar sevgiliydi ve ben onun bu konuda ne hissettiğini, ne düşündüğünü kestiremiyordum. "Oğuz sana gülümsedi diye onu sevmiştin. Sadece samimi bir gülümseme ve sen o gülümsemeye tutunarak onu iki yıl boyunca sevdin. Şimdi seni öpen bir erkeğe âşık olmadığını mı iddia ediyorsun?"

"Oğuz'un amacı beni aşağılamak değildi," diye mırıldandım. Sessizlik... İç çektim. "Onu sevemem, anlıyor musun? Bu benim felaketim olur."

"Biliyorum," dedi ama sesinde boğuk bir hüzün vardı. Bir sıkıntı içimde usulca yer edinirken duraksadım ve kelimeleri toplamaya çalıştım, belki de toplamaya çalıştığım şey cesaretimdi.

"Onu sevdin mi Umay?"

"Evet, sevdim," dedi sakince.

Kalbim korku ve pişmanlıkla teklemiş, bir vicdan azabı daha diğer duygularımın yanında yerini almıştı. Yüzümün solduğunu hissettim.

"Özür dilerim," dedim titrek bir sesle. Yaşlar gözlerimde değil, harflerin üzerinde parlıyordu. Omzumun üstünden arkama bakınca Ediz'in otobüsün biraz ötesinde sigara içtiğini ve beni izlediğini gördüm. Gözlerimiz kısa bir an için buluştu ve kalbim acıyla burkuldu.

"Özür dileme Doğa." Umay da iç çekti. "Garip bir durum, biliyorum. Keşke onunla başka bir zamanda, başka şartlar altında tanışmış olsaydınız." Kalbimin üzerine çöken kör acı bütün hücrelerimi ateşe verirken gözlerimi kapattım. "Şu an üzerindeki baskıyı tahmin bile edemiyorum. Tek bildiğim, bu konuda kendini suçlamaman gerektiği."

Eğer o benim yerimde olsaydı, benim ona söylediklerimi o bana söyleseydi benim vereceğim tepki çok daha farklı, çok daha can yakıcı olurdu. Kendimden bir kez daha nefret ettim ama içimdeki bu çatışmayı başka zamana erteledim.

"Tamam," diye fısıldadım. "Bu konuşmadan kimseye bahsetme lütfen."

Duraksadı. "Ben... bilmiyorum."

"Bahsedemezsin," dedim bitkinlikle. "Eğer bahsedersen bu benim için hiç iyi olmaz."

"Ya sana bir şey yaparsa?" dedi tereddüt ve endişeyle.

"Güven bana."

"Eğer arada bir beni arayacağına ve iyi olduğuna ikna edeceğine söz verirsen kimseye bir şey söylemem. Aksi halde ortalığı ayağa kaldırırım Doğa."

Ediz bu konuşmanın tekrarlanmasına bir daha asla izin vermezdi. Umay bir şeylerden şüphelenip de birilerine bu telefon görüşmesinden bahsettiğinde Ediz hem bu hattan kurtulmuş hem de Denizli'yi çoktan geride bırakmış olurdu.

"Tamam," desem de bu görüşmenin son olduğunu biliyordum.

"Umay!" Arkadan Feyza teyzenin sesini duyunca gerildim. "Umay!"

"Ben şu an hastanedeyim," dedi Umay alçak sesle. "Kapatmam gerek."

"Umay!" dedim telaşla.

"Ne oldu?"

"Odamda, çalışma masamın üzerinde bir kutu var. Onu bana sen almıştın, hatırlıyor musun?" Bu sözlerimi duyunca yüzünde buruk bir tebessüm belirdiğini görür gibi oldum.

"Evet, sözde bir sürü aksesuar alıp o kutuya dolduracaktın. Ama hep boş kaldı." Sesinden beslenen acı, dudaklarıma yayıldı ve ben de buruk bir şekilde gülümsedim.

"Boş değil," dedim yavaşça. "Onun içinde bir kolye var. Onu alıp benim için saklar mısın? Gerekirse ölene dek sakla."

"Tamam ama neden?" diye sorsa da Feyza teyzenin giderek yaklaşan sesi konuşmanın sonuna geldiğimizi haber veriyordu.

"Umay, hoşça kal," dedim, içimden haykırmak geliyordu. "Beni affet, olur mu?"

"Doğa, ben..."

"Umay!" Feyza teyzenin sesi.

"İyi bir arkadaş ola..." diye söze başladım ama telefon kapandı. Gözlerime dolan acı yanaklarıma sızarken, "İyi bir arkadaş olamadığım için üzgünüm," diye tamamladım sözlerimi sessizce. Ardından telefonu kulağımdan çektim ve karanlık ekrana, oradaki yansımama baktım. Ruhumun ihtiyarlığı tenime de bulaşabilirmiş gibi gözlerim yüzümde kırışıklıklar aradı ama hâlâ taze bir tene sahiptim.

Elimi cebime atıp soğuk zinciri yokladım. Sıkıca kavradığım kolyeyi cebimden çıkarırken Ediz'le geçirdiğim bütün aylar omuzlarıma çökmüş gibi hissediyordum. Parmaklarımı açıp Şahmeran kolyesine baktım. Umay'ın sözleri hâlâ kulaklarımdaydı: *Sadece samimi bir gülümseme ve sen o gülümsemeye tutunarak onu iki yıl boyunca sevdin. Şimdi seni öpen bir erkeğe âşık olmadığını mı iddia ediyorsun?*

Elimde çevirdiğim telefona baktım ve bir an duraksadım. Ardından hiç düşünmeden fotoğraf galerisine girip şifreyi tuşladım. Bütün fotoğraflar ekrana döküldü. İlk fotoğraflara dokununca Uygar ile Ediz'i gördüm. Ediz kameranın odağına bile bakmıyordu ama Uygar gülümsüyordu. Fotoğrafı Gece çekmiş olmalıydı. Ediz fotoğrafların çoğunda hem kameraya bakmıyordu hem de yüzü ifadesizdi, hiç gülümsemiyordu. İlerledikçe kendi fotoğraflarımı da görmeye başladığım an galeriye girdiğime pişman oldum. Umut, insanın kendi topraklarında barınan ve insanın ruhundan beslenen en büyük düşmandı. Ve bu fotoğraflar sadece umut ekiyor, acı biçiyordu.

Beni yerle bir eden fotoğrafsa sadece küçücük bir ayrıntı içeriyordu. Ediz'in göğsüne sokulmuş, uyuyordum ama yeşil bakışlar canlı ve uyanıktı. Ediz'in gözleri tam kameranın odağına bakıyordu. Suratında rahat bir ifade vardı, hatta dudakları ufak bir gülümsemeye ev sahipliği yapıyordu. Hiçbir fotoğrafta gülümsemeyen Ediz Çağıran, bu fotoğraf karesinde belli belirsiz de olsa gülümsüyordu.

Uykudan yeni uyandığına işaret eden dağınık saçları ve mahmur yüzü sade bir güzelliğe sahipti. Nefesimin kesildiğini hissetmemle galeriyi kapatmam bir oldu, bütün düşünceler leş kargaları gibi başıma üşüşmüştü. Telefonu sımsıkı kavrayan parmaklarımın eklem yerleri bembeyaz kesilmişti.

Birkaç dakikayı kendime ayırarak kollarımı karnıma sardım ve hafifçe öne eğilip gelen geçeni izlemeye başladım. Saçlarım önüme dökülmüştü, midem bulanıyordu. Tüm bunlar delilikti, çılgınlıktı, dibi görünmeyen bir çukura adım atmaktan farksızdı.

Düşünceler üst üste geldiğinde zaman acımasız davranıyordu, her bir saniye acının farklı bir tonunu barındırıyordu sanki. Yerimden kalkmak istiyordum, yerimden kalkmak ve onun yanına gitmek. Korkum neye yönelikti, kendimle yüzleşmeye mi yoksa felaketimi soluma telaşına mı, bilmiyordum.

Telefon parmaklarımın arasında titremeye başlasa da öylece durdum. Ama sonra Umay'ın arıyor olabileceği gerçeği zihnime sızdı ve hafifçe doğrulup önüme dökülen saçlarımın arasından ekrana baktım. Uygar arıyordu. Saçlarımı yüzümden çekip geriye attım. İlk başta çağrıya yanıt verip vermeme konusunda ikileme düşsem de sonra derin bir nefes alıp telefonu açtım.

"Uygar?" Sesim kuru, soğuk ve kontrollüydü.

"Doğa?" Onun sesi sakindi. "Neredesiniz?"

"Bir dinlenme tesisinde." Kaşlarımı çattım. "Siz neredesiniz? Kedileri de aldınız, değil mi?"

"Hakan bizi yarın şehirden çıkaracak ve merak etme, kediler de bizimle. Ediz yanında mı?"

Ediz'i görmek isteyen gözlerime bu sefer laf geçiremeyince omzumun üstünden arkama baktım. Onu göremeyince etrafı taradım ama yoktu. Kaşlarımı çatarak oturduğum yerden kalktım.

"Az önce buradaydı," diye mırıldandım. "Otobüse mi bindi acaba? Bekle, bakacağım."

Otobüse doğru ilerlediğim sırada Uygar yavaşça, "Olanları duydum," dedi. "O nasıl?"

"Nasıl olabilir ki Uygar? Kötü sanırım," dedim, bir yandan da gözlerimle etrafı tarıyordum. "Ediz'i bilirsin, hiç renk vermiyor."

"Kötü olduğundan eminim," dedi sıkıntılı bir sesle. "Onu buldun mu?"

O sırada otobüsün merdivenlerinden çıkıyordum. İçeri girdiğim an koltuğumuza baktım ama boştu. Telaşlanmaya başlamıştım. "Otobüste değil."

"Etrafa iyice bak." Uygar'ın sesi duygularıma tercüman olmuştu.

Panik yapmamaya çalışarak otobüsten indim ve etrafa bakınmaya başladım.

"Doğa?"

"Bakıyorum," dedim sertçe. Nereye gitmiş olabilirdi ki? Az önce buradaydı. Kalbimin duvarlarından dökülen korku kanıma yavaşça karışıyor, damarlarımı yakıyordu. O beni yalnız bırakmazdı.

"Senden bir şey isteyebilir miyim?"

"Evet?" dedim otobüsün etrafında dolanarak aralara baktığım sırada.

"Ediz'in amacı seni aşağılamak değil." Uygar'ın bu sözleri bir an ayaklarıma dolandı ve duraksar gibi oldum. Ama sonra panik ve korku yine baskın geldi ve ilerlemeye devam ettim.

"Bu bir istek değil," dedim mesafeli bir sesle.

"Amacı canını yakmak değil, bunu istemediğini biliyorum. O sadece..." Doğru kelimeleri bulmak ister gibi duraksadı. "Kontrolünü kaybediyor. Yaşadıkları onu yiyip bitiriyor Doğa. Ediz gerçekten ağır bir bunalımda."

Dişlerimi birbirine bastırdım. "Bunları bana neden anlatıyorsun?"

"İsteyeceğim şey çok bencilce, biliyorum ama ne yaparsa yapsın onun yanında olur musun?" Bu sefer gerçekten durdum, hem Uygar'ın bana sorduğu sorudan hem de gözlerimi dolduran manzaradan dolayı.

"Gerçekten bencilce," dedim. "Onu buldum."

Ediz kötü görünüyordu. Demek istediğim... gerçekten kötüydü. Etrafı surlarla çevrilmiş, yıkılmaz görünen bir şehri anımsatıyordu. Dışarıdan bakan birinin sapasağlam sandığı ama surların ardında harabelerden başka bir şeyin var olmadığı bir şehir...

"Lütfen ona yardım et," dedi Uygar. "Ne Gece ne ben bunu yapabiliriz. Hapse girmeyi göze alsak, her durumda yanında olsak bile ona yardım edemeyiz çünkü ona ulaşamıyoruz. Sana bir şekilde kapılarını açıyor. Ona bir tek sen yardım edebilirsin."

Boğazıma bir yumru çökmüştü. "Beni mahveder," diye mırıldandım.

Uygar bir süre sessiz kaldı, sonra sıkıntılı bir şekilde iç geçirdi. "Haklısın. Neyse, boş ver. Bana onu verebilir misin?"

Gözlerimi kapattım ve zayıf bir sesle, "Tam olarak endişeniz ne?" diye sordum. Neden ona dair bütün hislerimi rafa kaldıramıyor, unutulmaya yüz tutmuş anıların arasına terk edemiyordum ki? Her zaman irademin güçlü olduğunu düşünmüştüm ama değildi işte.

Başta Uygar'ın kararsız kaldığını hissettim. "İntihar etmesinden korkuyoruz," dediği an başımdan aşağı kaynar sular döküldü, aynı anda da kanım donmuştu.

"Öyle bir şey yapmaz," dedim gülerek ama boğuluyormuşum gibi çıkmıştı sesim. "Delirdin mi? Ediz bu. Öyle bir şeyi kendine asla yediremez."

"Bakış açısı," dedi yorgun bir sesle. "Bakış açısını değiştirdiğin an aslında intiharın en büyük meydan okuma olduğunu anlarsın." Kalbim eziliyormuş gibi bir acı hissettim. Ediz'i donuk bakışlı gözlerle, soğumuş, kaskatı kesilmiş bir bedenle düşünemiyordum.

"Ediz gerçekten bunalımda," diye tekrar etti Uygar.

Cevap vermek için ağzımı açtım ama ne diyeceğimi bilemeyince öfkeyle çenemi kilitledim. Attığım adımları hissedemez halde Ediz'e doğru ilerledim, ona yaklaştığımı görmüştü. Telefonu ona uzatırken, "Uygar," dedim, onunla göz göze gelmekten özellikle kaçınmıştım. "Ben otobüsteyim."

Dünya ayaklarımın altında dönse de yanından bir an önce uzaklaşmak istiyordum. Midem kaynıyordu. Kusacak mıydım? Ediz'e tekrar döndüm ve "Bozuk para verebilir misin?" diye sordum, rengim her saniye biraz daha atıyor gibiydi.

Bir süre yüzümü inceledi, ardından elini kotunun cebine soktu. Parayı bana uzatırken, "Sen iyi misin?" diye sorsa da ona cevap veremedim. Elinden parayı alıp tesise doğru ilerlemeye başladım. Kelimeler beynimi uyuşturuyordu, gözümün önüne gelen korkunç senaryolar hep aynı sonuca ulaştırıyordu beni: artık var olmayan bir adam...

Doğruca tuvalete girdim, kusacak gibi olsam da midem boş olduğu için öyle bir şey olmayacağını biliyordum. Suyu açıp iyice soğumasını bekledim ve avuçlarıma doldurup yüzüme çarptım. Su tenimden süzülürken başımı kaldırıp lekeli aynaya baktım, berbat görünüyordum.

Bir çıkmazdı bu; yaptıklarını sineye çekip ona sadece sarılsam olmuyordu, yaptıklarını düşünerek aramıza mesafe koysam olmuyordu. Nefes almak bile ağır geliyordu artık. Kalbim aklımı gitgide sömürüyordu sanki, deliriyormuş gibi hissediyordum.

Otobüsün anonsunu duyunca tuvaletten çıktım ama kafam o kadar dağınıktı ki ödeme yapmayı unuttuğum için geri dönmek zorunda kaldım. Otobüse doğru ilerlerken gözlerim dünyaya başka bir boyuttan bakıyor gibiydi, kulaklarımda bir uğultu vardı.

Otobüste ışıklar yanmış, şoför motoru çalıştırmıştı. Neyse ki Ediz yerinde oturuyordu. Yanına giderken bana anlamını çözemediğim bir ifadeyle baktı. Çenesi kasılmış, dudakları şüpheyle gerilmişti. Ona aldırmadan cam kenarına geçtim ama kalbim âdeta kulaklarımda atıyordu.

“Neyin var?” diye sordu soğuk bir sesle. Ona bakmadım. Elini uzatıp çenemi tutmaya çalıştı fakat dar alanın elverdiği ölçüde ondan kaçtım.

“Dokunma bana,” dedim ters bir tavırla. Şaşkınlığını, hemen ardından o şaşkınlığın yerini alan öfkeyi hissettim ama hiçbir şey söylemedi. Kalp atışlarım güçleniyordu ve bunun sebebi korku değil acıydı. Ona çıkıştığım için pişman olsam da öylece oturmaya devam ettim.

Otobüs hareket ettiğinde insanların konuşmalarının uğultusu, hemen yanımızda oturan çocuğun ağlamasına karışıyordu. Bir süre sonra içecek ve yiyecek dağıtan muavin göründü, Ediz parayı ödedi, on dakika sonra da ışıklar kapandı.

Göz kapaklarımı indirmemle birlikte karanlık ürperdi, kelimelerin silüeti tek tek kayboldu. Bütün sesler yerini en derin sükûta, acıya bıraktı. Gece düşüncelerimin arasına sızmaya başladığında bütün hisleri kovmaya çalıştım. Uykunun huzurunu davet etsem de beni geri çevirdi, onun yerine yorgun bir gecenin kapıları aralandı.

Gözlerimi açıp ona baktım. Beni bunu yapmaya ne itmişti, bilmiyordum. Ediz'in gözleri kapalı olsa da yüzünde huzursuz bir ifade vardı, olduğundan çok daha genç görünüyordu. Kollarını göğsünde kavuşturmuştu, üşümüş gibiydi.

Bir an onu dört duvar arasında hayal ettim, kollarını bağlayan ama içindeki engin haykırışları susturamayan o beyaz önlükle düşündüm. Onu bir odaya kapatsalar ne yapardı? Kestiremiyordum. Bağırıp çağırıp onu dışarı çıkarmaları için duvarları mı inletirdi? Daha da mı delirirdi, yoksa öylece boşluğa mı bakardı?

Derin bir sızı hissetmemle onu dürtmem bir oldu. Gözleri yavaşça aralandı. Bakışlarını bana çevirince gözlerinin kızardığını fark ettim.

"İyi misin?" diye sordum gergin bir şekilde. Bu tavrımı garipsemiş gibiydi ama yüzünün ifadesizleşmesi uzun sürmedi.

"Yaşıyoruz işte," diye homurdandı. Bir şey söylemek istedim. Doğru kelimeleri bulsaydım ve ne yapacağımı bilseydim söylerdim, yapardım ama olmadı. Öylece baktım.

Yaslandığı yerden doğrularak, "Bir sorun mu var?" diye sordu. "Bir şey mi oldu?"

"Hayır," diye mırıldandım.

"Doğa." Sesinde uyarı vardı.

"Sadece iyi olup olmadığını merak ettim," dedim bakışlarımı cama çevirerek. Uygar'ın sözleri kulaklarımda çınlıyordu, aklımdan çıkaramıyordum. "İyi geceler," dedim.

Elini uzatıp çenemi kavradı, bu sefer onu terslemedim ve beni yönlendirmesine izin verdim. Yüzümü kendine çevirirken aramızdaki mesafeyi azalttı. Gözlerimin içine bakıyordu. Bakışları o kadar derindi ki ruhuma kadar inip inmediğini merak ettim.

"Ne oldu?" diye sordu.

"Ben sadece..." Sessizce yutkundum ama boğazıma oturan yumru gitmedi. "Üzgünüm."

Çenemi tutan parmakları sıkılaştı ve bakışları yüzümü ezberlemeye devam etti. Bana o kadar uzun süre baktı ki artık rahatsız hissetmemeye başladım. Elinden kurtulmaya çalışsam da izin vermedi.

"Daha kötü olacaktı," dedi yavaşça.

Bir an neden bahsettiğini anlayamadım. "Ne daha kötü olacaktı?"

"Eğer sana, olanlardan bahsetseydim neler olurdu, bir düşün." Ah, açıklama yapıyordu. "Vurulmuştun, günlerce uyudun, bütün kapılarını kapattın. Sonra benim yaptıklarım var." Kaşlarını çattı. "Daha fazlasını kaldıramazdın."

Tavan lambasından dökülen loş ışığın yüzüne devirdiği gölgeler ruhunun izahı mıydı? Ne hissediyordu? Ona dokunduğumda gerçekten zifirî karanlık mı bulaşıyordu parmaklarıma?

"Ediz," diye fısıldadım.

Başparmağıyla alt dudağımı yavaşça okşadı ve o da fısıldadı: "Bu hiç bitmeyecek, biliyorsun değil mi?"

"Biliyorum." Sesim çatlamıştı, pes etmenin işaretiydi bu. Yeniden. "Uyumak ister misin?"

"Uyuyamıyorum," dedi kısaca.

"O koltuk pek rahat görünmüyor zaten," dedim hüzünle gülümseyerek. Anlamamış gibi kaşlarını çatınca olması gerekenden daha sert göründü. İç çektim ve elimi göğsüme koyup, "Buraya gelebilirsin," dedim.

Yüzünde o sert ifadeyle bana asırlar gibi gelen bir süre boyunca gözlerimin içine baktı. Ben de ona baktım, içten içe bu teklifimi reddetmesini diliyordum. O da bir an reddedecek gibi oldu ama sonra başını göğsüm ile boynum arasındaki o boşluğa yerleştirdi. Çenemi başına yaslayıp kollarımı omuzlarına sardım. Huzur verici bir kokusu vardı, misk kokusu gibi.

"Ediz?" diye fısıldadım.

"Evet?"

"Telefonunu alabilir miyim?" Elini cebine götürdü ve bana ne yapacağımı sormadan telefonunu uzattı. Telefonu alıp arama motoruna girdim. Hakan denen o adamın söylediği hastalığı –majör depresyon– aratırken ekranın ışığı yüzüme ve Ediz'in saçlarına vuruyordu. Sonunda işe yarar bir site bulduğumda onun düzenli nefes alıp verişleriyle kendimi sakinleştirmeye çalıştım.

Ağrıyan gözlerimle ekranda yazılanları okumaya başladım.

Majör depresyon hastaları için hayat çok zordur. Çevresindekiler onu anlamayabilir, hasta kendini anlamayabilir ... hastalığın belirtilerinden biri hemen hemen her gün uykusuzluk ya da aşırı uyumadır ... hastalığın seyri içinde kişi öfke ve nefretini, çevresindekileri kaybedeceği düşüncesiyle onlara yönlendirmekten vazgeçip kendine yönlendirebilir ...

bu yapıdaki kişilikler genelde hayatın ilk bir iki yıllık döneminde düzenli ve yeterli bir anne-çocuk ilişkisi yaşamamıştır.

Kişinin yaşadığı depresyon gerçek ya da farz edilen bir kayıpla bağlantılıdır ... hastanın kendisinden, çevresinden ve gelecekten beklentileri, idealleri ile kendi gerçek durumu o kadar farklı, gerçek dışı ve orantısızdır ki bu yüksek standartlara ulaşamamak güçsüzlük ve yalnızlık hisleri uyandırabilir, depresyonun kötüleşmesine yol açabilir ... kişinin küçüklüğünden itibaren sevip saygı ve gurur duyduğu, destek ve sıcaklık gördüğü, benzemek istediği, imrendiği, idealize ettiği kişinin (baba, anne, öğretmen, akraba vs.) kaybı da depresyona neden olabilir.

Tedavi edilmezse hastalığın intiharla sonuçlanma ihtimali yüksektir. Kadınlar erkeklere göre iki kat daha fazla intihar girişiminde bulunur ancak intiharın ölümle sonuçlanma oranı, erkeklerde kadınlara göre iki kat fazladır.

Harflerin her biri damağımı ayrı bir acıyla kurutmuştu, ekrana bakakalmıştım. Hatta ekran karanlığa gömüldükten sonra bile telefona gözlerim ağrıyana kadar öylece baktım. Dehşeti hissedebiliyordum, damarlarımı yakıyordu ama buna rağmen hareketlerim sakindi. Arama geçmişini silip ekran kilidini kapattığımda da kalp atışlarım dingindi.

"Ediz?" diye fısıldadım tekrar.

"Yine ne var?" diye homurdandı.

Normalde canımı sıkan bu tavrını bu sefer sorun etmemiştim. "Senden bir şey rica edebilir miyim?" diye sordum. Görmesem de gözlerini şüpheyle kıstığını hissettim.

"Ne istediğine bağlı," deyince elim saçlarına gitti ve tutamların arasında keşfe çıktı. Saçlarının dağınıklığını sevdiğimi fark ettim. Ben dalgın dalgın saçlarıyla oynarken başını iyice boynumun girintisine soktu ve saçları tenimi okşadı.

"Daha doğrusu bir anlaşma," diye düzelttim, içimdeki huzursuzluk her geçen saniye artıyordu.

"Benimle pazarlık yapamazsın Güngör..." dedi ama sonra duraksadı, merak etmiş gibiydi. "Ne istiyorsun?"

"Sana her şeyi anlatmamı istiyorsun," dedim sessizce, söyleyeceklerimi sabırla bekliyordu. "Sana her şeyi anlatırım." Kaşlarımı çatarak saçlarıyla dalgın dalgın oynamaya devam ettim. "Ama karşılığında sen de bana her şeyi anlatacaksın."

"Benim anlatacak bir şeyim yok," dedi hemen, sesindeki soğukluk anında yükselen bir savunma kalkanı gibiydi. "Bu da nereden çıktı?"

"Yardım edebilirim," dedim. Bu sözleri söylememle bedeninin kasılması bir olmuştu.

"Yardıma ihtiyacım olduğunu nereden çıkardın?" diye sordu öfkeyle. "Benim yardıma ihtiyacım yok."

Korku... Kalbimin dibine çökmüş bir duyguydu korku. Belki de göğsümdeki ağırlık hissinin sebebi oydu. Bir şey söylemek istedim, bir şeyleri düzeltmek istiyordum ama bir yandan da düzeltmek için çabaladığım oranda mahvetmekten çekiniyordum. Onun yerine Ediz'in öfkesinin hareketlerine ince ince işlemesini ve benden uzaklaşmasını bekledim ama hiçbir şey yapmadı. Sadece öfkeli bir suskunluğa gömüldü ve tek kelime etmeden, başı göğsümde öylece karanlık pencereye baktı. Bakışlarını takip edince cama vuran yansımamızı gördüm, tuhaf bir şekilde güzel görünüyorduk.

Solgun yansımamızı o kadar uzun süre izledik ki her ayrıntı belleğimize kazındı. Saçlarıyla oynadığım Ediz yorgun bakışlarıyla bana eşlik etmiş, ardından uykuya dalmıştı. Solgun yüzündeki gerginlik eriyip gitmişti, düzenli nefes alıp verişleri de bu güzel tabloyu tamamlıyordu. Dudaklarımı başına bastırınca kokusu burnuma doldu ve gözlerimi kapattım.

Huzursuzluğum uykuya dalmamı engelliyordu, bu yüzden bir hareketlilik sezince gözlerim açıldı. Muavinin yanımıza geldiğini gördüm. Kollarımın arasında uyuyan Ediz'e çekingen bir bakış attı. Elinde bir kâğıt ve kalem vardı.

Beni kibarca selamlayıp, "Hanımefendi," dedi, sessizce konuşuyordu. "AŞTİ'de mi ineceksiniz?"

"Şey, hayır," diye fısıldadım uykulu bir şekilde. "Bizi Etlik Kavşağı'nda indirme şansınız var mı acaba?"

Muavin elindeki kâğıda bir şeyler yazdı. "Tabii. Rahatsız ettiğim için kusura bakmayın."

Ona belli belirsiz gülümsedim ve yanımızdan uzaklaşırken arkasından baktım. Ankara'ya gittiğimizde ne olacaktı? Evimi görecektim, biliyordum ama buna hazır mıydım? Sıkıntıyla iç geçirirken Ediz'in üşüdüğünü fark ettim.

Hemen yanımızdaki koltukta oturan kadın, iki üç yaşlarındaki çocuğunu kucağına almıştı. Çocuk derin bir uykudaydı, kendisi de bakışlarını pencereden dışarıya, karanlığa dikmişti. Hemen yanındaki boş koltukta küçük bir battaniye duruyordu.

"Affedersiniz," dedim olabildiğince alçak sesle. Kadın ilk başta tepki vermedi ama ben tekrar konuşunca bakışları bana çevrildi. "Battaniyeyi ödünç almamın bir sakıncası var mı?"

Kadın içten bir gülümsemeyle önce kollarımda uyuyan Ediz'e, sonra bana baktı ve battaniyeyi uzattı. Ona sessizce teşekkür ettim, Ediz'i rahatsız etmemeye çalışıyordum. Battaniyeyi üstüne yavaşça örtüp ona tekrar sarıldığımda uyanır gibi oldu.

"Uyu Ediz," diye mırıldanınca çenesini hafifçe yukarı kaydırdı ve yine boynumun altına sokuldu. Sıcak nefesi tenime değince huylansam da küçük bir çocuk gibi kollarıma sığınması derinlerime, varlığından benim bile bihaber olduğum bir yere dokunmuştu.

Varlığı güven verse de içimdeki huzursuzluğu dağıtamıyordu, bu yüzden Ankara'ya varana kadar boş gözlerle pencereden dışarıyı, bu sefer solgun yansımamızdan çok, saf karanlığı izledim. Atalay'ın sakladığı mektubu merak ediyordum ve aileme inancımı her saniye biraz daha kaybetmemin doğurduğu endişede boğuluyordum. Kollarımda uyuyan bu güzel adamın hayatı ne uğruna mahvolmuştu?

Güneş ufukta belirip bulutlara kızıl bir darbe vurduğunda gözlerim yanıyor, uykusuzluktan başım ağrıyordu. Elim gevşek bir şekilde Ediz'in başında duruyordu, saçlarıyla oynamayı bırakalı saatler olmuştu. Güneşin ilk ışıklarının vurduğu yüzü o kadar güzeldi ki canım yandı ve hissettiğim sızı yavaşça boğazımdan aşağıya indi. Gözlerimi kapatıp sadece nefes alıp verişlerine odaklandım. Birazdan Ankara'ya girmiş olacaktık, onu uyandırmak zorunda kalacaktım.

Etlik Kavşağı'na yaklaşana dek öylece durdum.

"Ediz," dedim onu dürterek. Uyanmayınca, "Ediz," dedim tekrar. Bir şeyler homurdandı. Uyumak istediği için bana direneceğini sandım ama birkaç saniye öylece durduktan sonra yavaşça doğruldu. Gözleri yarı kapalıydı, saçları iyice dağılmıştı ve yüzünde mahmur bir ifade vardı.

"Geldik."

Ağzında kötü bir tat varmış gibi yüzünü buruşturarak etrafa baktı, ardından ellerini yüzüne götürüp kendine gelmeye çalıştı. Biraz dinlenmiş ve toparlanmış olmasını umuyordum. Şoför sağa sinyal verip askerî bölgenin karşısında durduğunda Ediz'in kafası karışmış gibiydi ama soru sormadı. Battaniyesini ödünç aldığım kadın uyuyordu, teşekkür konuşması yapmam gerekmeyeceği için memnun oldum ve battaniyeyi yanına koydum. Ardından koridordan geçip orta kapıya yöneldim. Ediz hemen önümdeydi. Ankara'nın ayazına çıkıp soğuğu hissedince ürperdim.

"Etlik Kavşağı mı?" dedi kaşlarını çatarak. "Neden buradayız?"

Uzaklaşan otobüsün arkasından bakarken kollarımı bedenime sardım ve "Taksiye binelim," dedim. Sorusunu geçiştirmiştim.

İşlek yola baktı. "Aklından ne geçiyor?"

"Donuyorum Ediz," diye tersledim onu ve üstümdeki kazağı gösterdim. Bana dik dik bakınca uykudaki halini özlemeye başladığımı hissettim. "İvedik metro istasyonunun gişesinde biri bizi bekliyor olacakmış."

"Bunu nereden biliyorsun?" diye sordu şüpheyle.

"Sen sözde günü kurtarmaya çalışırken Hakan denen o adam söylemişti," dedim huysuz bir şekilde. "Sahte kimlik ve bir miktar para varmış. Bir de pasaport bırakmış."

"Neden benim bundan şimdi haberim oluyor?" Yüzü ve sesi sakindi ama gerçekten öfkelendiğini görebiliyordum.

Ona ters ters bakarak, "Şimdi veya önce, ne fark eder ki?" dedim. "Taksiye binecek miyiz?"

Bana boş boş baktı. "Başka bir şey söyledi mi?"

"Birçok şey söyledi, Ediz." Adamın, Kemal Çağıran'ın onu akıl hastanesine yatırmak istediğini söyleyen sesi hâlâ kulaklarımda yankılanıyordu. Gözlerimi Ediz'den kaçırarak elimi arka cebime attım ve flash belleği ona uzattım. "Bunu sana vermemi istedi. İçinde aradığın bilgiler varmış."

Belleği elimden alıp cebine attı. "Başka?"

Gözlerinin içine bakarak, "Taksi," diye üsteledim. Çenesi kasılınca bir an ürktüm ama hiçbir şey demeden yoldan gelip geçen arabalara baktı. Gün doğumuyla birlikte şehir uyanmış, yollar hareketlenmişti.

Ediz bir taksi durdurdu ve arka kapıyı açıp bir elini sırtıma koyarak beni yönlendirdi. Ardından kendisi de yanıma yerleşti.

"İvedik metro istasyonu."

Taksi sabah trafiğine karışırken, "Sana verdiği bilgiler ne olabilir?" diye sordum.

"Bilmiyorum."

"Babanın yanında çalışan adamlardan biriyle ilgili bir şeyler söyledi," dedim. Bunun üzerine bakışlarını mekanik bir hareketle bana çevirdi ve gözlerimin içine baktı.

"Kurcalama."

"Anlat bana," dedim kaşlarımı çatarak. "Bilmek istiyorum."

"Bilip de ne yapacaksın?" diye sordu meydan okuyan bir ifadeyle. "Ne işine yarayacak?"

"Bugün yapacağım şeyden dolayı bana borçlusun. Seni anlamayı reddedebilirdim. Bu, işleri senin açından zorlaştırırdı."

Hâlâ gözlerimin içine bakıyordu. "Sana teşekkür mü etmem gerekiyor? Eğer umduğun buysa bir ömür beklemen gerekecek."

"Neler olduğunu anlatman yeter. En azından ailemle ilgili kısmı anlat."

Bir süre sessiz kaldık. En sonunda bakışlarını önüne dikti ve dişlerini birbirine bastırdı. Bakışları tekrar bana çevrildiğinde öfkeli görünüyordu. "Babamla bağlantısı olan biri, evet. Ama sen onu zaten tanıyorsun. Uğur."

Levent Çağıran'ın bürosundaki o adamı hatırlayınca, hissettiklerimin yüzüme yansımaması için çaba sarf etmem gerekti. O adam beni tekmeleyerek dövmüştü. Ediz de bunu anımsamış gibiydi çünkü bakışları kararmıştı.

"Amacı sadece babamın adını kullanmakmış. Dedemin şirketinde CLO olmak için."

"CLO?" diye sordum kaşlarımı kaldırarak.

"*Chief Legal Officer*," deyince ona boş boş baktım. Gözlerini devirerek, "Hukuk Grubu Başkanı," diye açıkladı.

"Babanla ne alakası var bunun?" diye sorduğumda taksi şoförüne gergin bir bakış attı.

"Sonra konuşalım, olur mu?"

"Pekâlâ." Üstelemekle elime bir şey geçmeyecekti, zaten bütün gece uykusuz kalmıştım ve hiçbir şeye kafamı veremiyordum. Neyse ki taksi yolculuğu uzun sürmemişti. İvedik metrosu, Etlik Kavşağı'na yakındı.

Metro durağında indiğimizde etrafta kimse yoktu, seferler yeni başlamıştı. Zaten İvedik durağı genelde kalabalık olmazdı.

"Ben evrakları alacağım," dedi Ediz. "Bir köşede bekle."

Hafifçe başımı salladım. Girişin hemen solundaki gişeye yönelen Ediz'i izliyordum. Aklımda birçok düşünce, birçok görüntü vardı ama gözlerimi zor açık tutarken hiçbirine tam olarak yoğunlaşamıyordum. Ediz gişedeki adamla bir şeyler konuştuktan sonra ondan bir paket aldı, bir tane de toplu taşıma kartı alıp ödeme yaptı.

Beni çağırınca onu puslu gözlerle takip ettim. Kartı iki kere okuttu ve turnikeden geçip merdivenlere yöneldik. Metro biz merdivenlerden çıkarken gelmişti. Telaşsız adımlarla içeri girdik, kimse yoktu. Yan yana oturduğumuzda kolunu omzuma atınca irkildim ve kirpiklerimi kırpıştırarak ona baktım.

Beni kendine çekerek, "Uyu Şahmeran," diye mırıldandı.

Başta bu teklifini reddetmek istedim ama Ankara'nın soğuğuna inat onun göğsü sıcacıktı ve gözlerime iyice uyku çökmüştü. Hiçbir şey söylemeden başımı göğsüne yasladım ve gözlerimi yumdum.

"Tandoğan'a mı gidiyoruz?" diye mırıldandım.

"Hayır," dedi.

Üstelemedim. Ağrıyan gözlerimle bir süre öylece durdum, uykuya dalmak istemiyordum.

Karanlığın beni hangi ara ele geçirdiğini anlayamamıştım ama bir ara Ediz beni uyandırdı. Belki de rüya görmüştüm, bilmiyordum. Attığım adımları hissedebiliyordum ama çevremdeki hiçbir şeyi seçemiyordum. Soğuk hava bir ara tenime dokundu, ardından biri beni taşıyormuş gibi hissettim. Bir yere yatırıldım ama düz bir yer değildi, rahat olduğu da söylenemezdi.

Ardından sıcak geri geldi ve karanlık bütün hislerimi ele geçirdi.

Kendime geldiğimde hâlâ aynı yerde duruyordum. Hiç zaman geçmemiş gibiydi ama gözlerim aralandığında gördüğüm karanlık gökyüzü kafamı karıştırdı. Ayrıca yatmıyor, oturuyordum. Bir arabanın içindeydim.

Şaşkınlıkla etrafıma bakınınca Ediz'in şoför koltuğunda olduğunu fark ettim, dikkatle bir yere bakıyordu.

"Ediz?" diye mırıldandım. Bir elim yüzüme gitti ve bilinmezliği silmeye çalışır gibi aşağıya doğru kaydı. Nerede olduğumu anlamak için etrafa baktım ve gördüğüm manzara karşısında küçük bir şok yaşadım. Uyuşukluğum anında dağılmıştı.

Evimde, sitenin hemen önündeydik.

"Burada ne arıyoruz?" diye sordum.

"Günaydın," diye mırıldandı.

"Ediz?" dedim şaşkınlıkla.

"Evdekiler birazdan çıkacak." Sesi ifadesizdi. "Polis merkezinden bir ihbar aldılar."

"Ne ihbarı?" Sesim olması gerekenden daha tiz çıkmıştı.

"Seninle ilgili. Birazdan hepsi polis merkezine geçecek."

Şaşkınlıkla ona bakarak, "Bu araba kimin?" diye sordum ama yanıtsız kaldım. "Ediz?"

"Sadece bekle Şahmeran. Daha konuşulacak çok şey var ama sırası gelince."

Gözüme çok yorgun görünmüştü. Bir şeyler söyleyecektim ama yeşil gözlerini gözlerime çevirince sustum. Beni bu konuda bilgilendirmiş olmasına rağmen şaşkınlığımı hâlâ atamamıştım.

Zaman riyakârdı, gündüzleri insana her şeyin yolunda olduğunu düşündürüyordu ama soluduğumuz havaya gece sızınca bütün perdeler kalkıyordu, tüm hisler düşüncelerin üzerine devriliyordu. Belki de anıların solup yıprandığı bu eve bakarken hissettiklerim, gecenin acımasızlığının benim içime de çökmesinden kaynaklanıyordu. Sebebi ne olursa olsun bu somut acı ve özlem benden adını koyamadığım pek çok şeyi çalıyordu.

Sessizliğin derinliklerinde kaybolmuş bir halde öylece apartmanı izliyorduk, ne konuşuyor ne hareket ediyor ne de birbirimize bakıyorduk. Bu apartman türlü anıları sakladığı gibi iki farklı acının kaynağına da ev sahipliği yapıyordu; Ediz Çağıran'ın en büyük kâbusu bu apartmandaydı, benim en büyük kâbusum bu apartmandaydı.

Bu açıdan bakınca benim odamın penceresi görünmüyordu fakat salonun ve Atalay'ın odasının penceresi görüş alanımızdaydı. Boş gözlerle izlediğim pencereler bir sürü anıyı zihnimin en ücra köşelerinden, paslanmaya yüz tutmuş zincirlerinden kurtarıyordu.

"Burada karşılaşmamızın üzerinden ne kadar zaman geçti?" diye sordu Ediz bir süre sonra, sesi de bakışları kadar ruhsuzdu.

İkimiz de aynı noktaya bakıyorduk şimdi; sitenin girişine, Ediz'in Umay'ı ve beni aldığı yere... Arabadan çıkışını, üzerimde gezinen keskin bakışlarını ve tehlikeli denebilecek kadar çarpıcı güzelliğini hatırladım. Zaman her şeyi yeni bir kalıba oturtmuştu, o günün izlerini taşıyan tek şey isimlerimizdi. Her şey değişmişti; hem fiziksel hem de zihinsel olarak her şey... Saçlarım bile.

"Üç ay?" diye tahminde bulundum boğuk bir sesle. "Belki de daha fazla olmuştur."

Yine sessizlik. Birbirimizden başka her yere bakıyorduk, düşüncelerimizin arasından sağ çıkmayı başarabilen birkaç kelimeyle konuşuyorduk sadece. Derin bir nefes aldı. Sıkıntılı görünüyordu. Yüzünde onu olduğundan da sert gösteren bir huzursuzluk vardı. Bakışlarını bana çevirdi, arabanın içi karanlıktı ama gözlerimin içine baktığı hissine kapılmıştım.

"Sana bir tavsiye," dedi kuru bir sesle. "Öfkeni ve nefretini her zaman taze tut."

Bir süre görmeyen gözlerle ona baktım, gördüğüm tek şey karanlık olsa da Ediz'in varlığını hissetmek yetiyordu. "Sen öyle mi yapıyorsun?"

Sorduğum soruyu duymazlıktan gelerek, "Öfkeni ve nefretini taze tutarsan her şey daha kolay olur," dedi. Bir süre ona baktıktan sonra konuşmak için ağzımı açtım ama, "Işıklar kapandı," diyerek lafımı ağzıma tıktı. "Gidiyorlar."

Normalde üstelerdim fakat şu an içinde bulunduğumuz durum, bütün mevzuları zihnimin gerilerine itiyordu. Gözlerim en üst kattaki dairemize kayınca bütün ışıkların söndüğünü gördüm. "Bunu yapmak zorunda mıydık?" diye sordum kalbim göğüs kafesimde çırpınmaya başlarken. "Beni bulamadıklarında her şey daha kötü olacak."

"Hiçbir şey olmaz," dedi Ediz rahat bir tavırla.

"Annem beni önemser," dedim cılız bir sesle. "O üzülür."

Keşke kurduğum cümleler daha güçlü gerekçeler taşıyabilseydi, mesela ağabeyimi öne sürebilseydim veya babamı da işin içine katarak bazı şeyleri Ediz'in yüzüne çarpabilseydim. Benim kendi ailem hakkında kurabileceğim tek bir doğru düzgün cümle yoktu ama Ediz isteseydi yüzüme paragrafları çarpabilirdi.

Kaşlarını çattığını hissettim. Ne düşündüğünü bilmiyordum ama yüzüne baksam da kestiremeyeceğimin farkındaydım. Bir şey söylemedi, bakışlarını cama çevirip dışarıyı izlemeye başladı. Sadece birkaç dakika sonra annem, babam ve Atalay görüş alanımıza girmişti. Nefesim kesildi. Olduğum yerde donup kaldım.

Babam yine takım elbiseliydi, Atalay'ın üzerinde işe giderken giydiği kıyafetler vardı, annemse bir eşofman altı ve tişört giymişti. Annemin uzun, kızıl kahve saçları omuzlarından aşağı dökülüyordu. Dağılmış gibi görünüyordu ve ağlıyordu.

"Ağlıyor!" Dehşete kapılmıştım.

"İyi olacak," dedi Ediz ifadesiz bir sesle. Bir şey söylemek için, belki de bağırmak için ağzımı açtım ama dilimin üzerindeki bütün harfler kurumuş gibi hiçbir şey söyleyemedim. Sadece baktım. Babamın eli annemin sırtındaydı ve onu arabaya yönlendiriyordu. Onları takip eden Atalay'ın yüzünde yorgun bir ifade vardı, kirli sakalı iyice belirginleşmişti. Onu ikinci kez bu halde görüyordum, o hep düzenli bir şekilde tıraş olurdu. Saçları da hiçbir zaman dağınık görünecek kadar uzun olmazdı. Saygılı duruşu ve disiplinli haliyle benden çok farklıydı.

Oysa şimdi değişenin sadece ben olmadığımı görebiliyordum.

"Sence Atalay'ın söyleyeceği şey ne olabilir?" diye sordum, sesim boğuk çıkıyordu. "Sence gizlediği şey ne?"

Ediz gözünü bile kırpmadan aileme bakıyordu. "Bilmiyorum," diye mırıldandı. "Sen onu benden daha iyi tanıyorsun, sence ne bu kadar önemli olabilir?"

"Onu tanımıyorum," dedim, sesimde belli belirsiz bir sitem vardı. "Neler yapmaktan hoşlandığını bile doğru düzgün bilmiyorum." Cümlemin sonuna doğru güçsüzleşip kısılan sesim arabanın içinde k[illegible]lurken Ediz bakışlarını bana çevirdi ama hiçbir şey söylemedi. Ben de ona kısa bir bakış attım, ardından gözlerim tekrar aileme çevrildi. Telaş içinde arabaya doğru yürürlerken dikkatle onlara bakıyordum, ne olursa olsun özlemiştim ailemi. Odamda otururken yan odadan televizyon sesi gelmesini, annemin yemeklerinin kokusunu özlemiştim.

Arabayla siteden çıkarlarken beni görmelerinin mümkün olmadığını bilsem de olduğum yere sindim. İçimde bir ihanet hissi baş gösterdi, ardından bir daha bu eve dönememe ihtimalim acı verici bir korkuya dönüştü. Kendi nefes alıp verişlerim işkence çeken birinin yalvarışları gibi geliyordu bana.

Ediz kapıyı açarak, "Gidelim," dedi. "Fazla vaktimiz yok."

Öylece kilitlenip kalacağımı düşünsem de uyuşmuş parmaklarım arabanın kapısını açtı ve Ankara'nın soğuğu yüzüme çarptı. Dışarı çıkıp kapıyı kapattığımda yine her şeyi başka bir boyuttan izlediğim hissine kapılmıştım. Ediz'e baktım. "Güvenliği halletmen gerekiyor."

Ediz yüzünde belli belirsiz bir endişeyle bana baktı ama o endişe o kadar küçüktü ki kendisinin bile ondan haberdar olup olmadığından emin değildim.

"Ya kaçırıldığımı biliyorsa?"

"Bilmiyor."

Soğuktan ve gerginlikten kuruyan dudaklarımı ıslattım. Düşüncelerime o kadar büyük bir karmaşa hâkimdi ki attığım adımın bile farkında değildim. Ediz'in gelip gelmediğine bakmadan, bu işi bir an önce halledip kurtulma isteğiyle eski hayatıma doğru yürümeye başladım ama bileklerimi saran iri parmaklar beni durdurdu.

Bakışlarımı ona çevirdiğimde kaskatı bir çeneyle bana bakıyordu. Gözleri simsiyah görünüyordu ve gerçek rengi olduğunu düşündürecek kadar yanıltıcı bir güzelliğe sahipti. Allak bullak olmuş suratıma dikkatle baktı. Yüzümü ellerinin arasına alınca başta ürktüm ama dokunuşuna anında alıştım.

"Geçecek," dedi fakat gözleri dudaklarından çok daha fazla kelime taşıyordu, çok daha fazlasını anlatıyordu. Yolun ortasında öylece duruyorduk. Kendimi onun ellerinin sıcaklığına bırakmak istedim fakat yapmadım.

"Umarım," dedim ve ellerinden kurtulup ondan bir adım uzaklaştım. Kısa bir an için bakıştık, sonra ben güvenliğe doğru yürümeye başladım. Bütün hücrelerim onun dokunuşunu depolamıştı sanki, sıcaklığını hâlâ olanca tazeliğiyle yanaklarımda hissedebiliyordum.

Ona bakmak istedim. Gözlerinin arkasına yerleşen o güce tutunmak, ondan destek almak istedim. Yardıma muhtaç biri değildim; istediğimde hiç gözyaşı dökmeden ve kimseye gereksinim duymadan hayatıma devam edebildiğimi biliyordum. Güçlü olduğumu biliyordum, zira şu apartman dairesinde geçirdiğim zaman boyunca gözyaşı döktüğüm zamanların sayısı çok azdı. Babamın kazandığı onca paraya rağmen inatla kendi kazandığım paraya tutunmuştum. Bir arkadaş grubuna dâhil olmak uzaktan çok keyifli görünse de ben yalnızlığın yavanlığıyla yetinmiştim.

Güçsüz değildim. Ağlamam, Ediz'in bana yaptıklarına rağmen savaşmamam güçsüzlüğümün işareti değildi, bunu en iyi ben biliyordum. Sadece yorgundum. O benim kilometrelerce yürüdükten sonra bulduğum duraktı. Bana sunduğu dinlenme ortamı rahat değildi, hatta belki küf kokuyordu ve ruhumu aç bırakıyordu ama önemi yoktu. En kötüsü yıllardır ağlamak istememe rağmen başımı dik tutmak ve hiçbir şey yokmuş gibi davranmak zorunda olmamdı. Evet, Ediz karanlıktı. Fakat beni karanlığında gizliyor, gözyaşlarımı özgürce akıtmam için ortam hazırlıyordu.

Yorgundum ve ruhumun uzuvları sızlıyordu. Bunu eski hayatıma uzaktan bakarken çok daha iyi anlamıştım. Olanakları, sonuçları ne olursa olsun Ediz Çağıran benim kaçışımdı.

Ayaklarım sitenin girişine doğru ilerlerken acı, bir külçe gibi kalbime çökmüştü. Katlanılmayacak bir durum değildi, duraktan ayrılıp tekrar yürümeye başladığım hissini uyandırıyordu. Gözyaşı olmayacaktı, onun kollarının arasına girmeyecektim.

Sadece ben.

En yalın halimle.

Duygularını bir kenara yığıp onlardan edindiği tecrübelerle ayakta kalan o kız...

Güvenliğin önüne geldiğimde Ediz de gölgem gibi hemen arkamdaydı. Gergin bir şekilde kazağımın kollarını ellerime kadar çektim. Hemen kapının yanında duran güvenlik görevlisinin tanıdık yüzünü görünce kalbim tekledi ama soğukkanlı kalmayı başarabildim.

"Doğa?" Her zaman sıcak bakan kahverengi gözler şimdi bariz bir şaşkınlıkla dolmuştu.

"Merhaba," dedim gülümsemeye çalışarak.

"Merhaba. Yurt dışından döndüğünü bilmiyordum." Duraksayıp otoparka baktı. "Osman Bey ve Derya Hanım az önce çıktılar. Atalay da yanlarındaydı."

"Biliyorum," dedim omuz silkerek. "Birazdan onların yanına gideceğim." Dudaklarım gergin bir gülümsemeyle şekillenince her hareketimin göze battığı hissine kapıldım. "Evde bir şey unutmuşlar da..."

Adam, "Derya Hanım pek iyi görünmüyordu," deyince hemen, "Bir yakınımız trafik kazası geçirmiş," deyiverdim. Bu yalanı ikinci kez kullanıyordum ama hiç eskimeyecek gibi görünüyordu, en azından inandırıcı bir yalandı. Zaten adamın bana inanmaması için hiçbir sebep yoktu.

"Umarım durumu iyidir," dedi üzgün bir şekilde. "O zaman ben seni tutmayayım." Bakışlarını hemen arkamda duran Ediz'e çevirdi ama ona hiç soru sormadı, yorum yapmadı.

"Teşekkürler," diye mırıldandım ve telaşsız adımlarla yanından geçtim, oysaki arkama bakmadan koşmak geliyordu içimden. Ediz de bir şey söylemeden beni takip etti. Bir süre sonra adımlarıma ayak uydurmaya, yanımda yürümeye başlamıştı. Ankara'nın ayazına karışan nefesim buhara dönüşüyor, ardından şeffaflaşıyordu.

Apartmana doğru ilerlediğimiz sırada bu ev gibi ezbere bildiğim satırlar da aklımın kıyılarına vuruyordu. Honoré de Balzac hayatıma ayna tutan satırlar kaleme almıştı belki de. Bu evde yaşadığım sürece en çok okuduğum kitabın sayfaları aklımda çevrilirken şu satırları duyabiliyordum:

Yaratma gücünü ızdıraptan alan sanatkâr var mıdır ki günün birinde bize en hüzünlü mersiyeyi; incelik kökleri aile ocağının toprağında sert kayalara rastlayan, ilk açılan yaprakları amansız eller tarafından koparılan, çiçekleri açılır açılmaz soğuktan donan ruhlardaki o gizli, sessiz fırtınaları anlatan eseri meydana getirecek?

Hangi şair bize dudakları bir memenin acı sütünü emen tebessümleriyle, haşin bir bakışın tesiriyle eriyip giden çocukluğun ızdırabını mısralaştıracak? İşte bu zavallı kalplerin tasvirini yapmak benim çocukluğumun gerçek macerasını nakletmektir. Ben henüz yeni doğmuşken başkalarının gururunu kıracak bir hareket yapmış olabilir miydim? Yoksa annem, yaradılıştan vücudumda veya ruhumdaki herhangi bir kusur yüzünden mi bana karşı soğuk davranmaktadır?

İşte her gün bu satırları okuyarak uykuya daldığım evin önündeydim şimdi ve bu eve bir yabancıyla girecektim. Hayatıma zamansızca giren bu yabancı birçok şey çalmıştı benden. Bu satırları çalmıştı mesela, geceleri uykuya dalmadan önce açıldığım o dünyayı çalmıştı.

Bu apartmana baktığımda tüm bunları daha iyi anlıyordum. Ediz Çağıran bakışlarıma eşlik ederken bir daha asla o eski kız olamayacağımı çok iyi biliyordum.

Bu apartman ve bu gece bana birçok şeyin geri dönüşü olmayan bir şekilde değişeceğini anlatıyordu. Bu apartman, yaşanmışlıklarını Ankara'nın ölü rüzgârına anlatıyordu. Bir zamanlar Doğa Güngör adında bir kız tanımıştı ve şimdi buraya gelen bu beden ona yabancıydı.

16. GÜNEŞİN CESEDİ

Bir bebeğin bakire boğazından akıyor ilk nefes,
Akrep ve yelkovan örüyor zamanı.
Saf ve temiz olduğumu söylüyor o ses.
Oysa duruyorum karşısında,
Annemin rahminden düşerken bulandığım o kanla.

Baba, sen sustuğunda,
Elinde sapı kemikten kanlı bir bayrakla,
Başımdaki haleyi söküp kanatlarımı ateşe veren bir şeytan tanıdım.
O an oldu keskin bıçaklar aynalar,
Gökyüzü ölülerin ayak bastığı topraklar.

Şimdi kulakların,
Mezarı artık dilime uğramayan ölü çığlıkların.
Baba, sen nesin biliyor musun?
Sen iyi falan değilsin.
Sen artık kimseyi yakamayan sönmüş bir cehennemsin.

Kollarımı bedenime sarıp yürümeye başladığımda başım dik dursa da gözlerimi yere indirmiş, attığım adımları izliyordum. Sokağın bekçiliğini yapan loş lambanın altında ilerledikçe önüme düşen gölgem uzayıp soluyor, arkamdan gelen gölgem de onu takip ediyordu. Bir saatin ters ilerleyen kollarını anımsatıyorlardı. Hafifçe aralanmış dudaklarımın arasından soluduğum hava, içimdeki o soğuk boşlukta kaybolurken dalgın gözlerle gölgeme baktım.

Hayallerin gölgesi düşmezdi yere, oysa ben bir hayal olmak isterdim. Silebilseydim bu dünyadan kendimi değil, gölgemi silerdim.

Keşke bunu o an başarabilseydim ama gölgemle beraber yürümeye devam ettim.

Evden üzerimde ince bir kazakla çıkalı ne kadar olmuştu, bilmiyordum ama bana kapısını açan her sokaktan geçmiştim. Üzerime soğuğun kokusu sinmişti. Soğuk, merhem gibiydi.

"Ölümün benim elimden olacak."

Babamın âdeta nefretin ini haline gelen gözleri gözümün önüne geldiğinde yavaşça yutkundum. Onun sevgisi bile ölü nefretlerinin çürüyerek karıştığı toprakta yeşeriyordu. Bu gece babamın dudaklarından dökülen o sözlerin gerçekliğine inanıyordum.

Başımı kaldırıp evimize baktığımda ışıkların kapalı olduğunu gördüm. Önce adımlarımı yavaşlattım, sonra durdum ve bir zamanlar yaşadığım bu eve gözümü bile kırpmadan, kuru bir ifadeyle baktım. Boğazımı demir parmaklıklar gibi sarıp nefesimi içime hapseden babamın elleri, çocukluğumun kahramanının elleriydi. Beni yere yatırarak tekmelediği ayaklarıyla bana kanatlar getirecekti. Ona hiçbir zaman beni bırakması için yalvarmamıştım, durması için ağlamamıştım; bana ne yaparsa yapsın sadece gözlerinin içine bakmıştım.

Bana ne kadar hakaret ederse etsin, ne kadar zarar verirse versin her zaman yan odaya geçer ve benim ona zarar verdiğimi söyleyerek ağlardı. İşte o an ben de ağlardım. Ne yaptıklarının suçunu benim üzerime attığı için, ne yediğim dayak yüzünden, ne de kulaklarıma zehirli bir ağ gibi örülen hakaretleri yüzünden... Babam ağladığı için ağlardım.

Beni mahvetmişti.

Siteye girip apartmanımıza doğru ilerlemeye başladığımda bir an önce odama geçip üzerimdeki kıyafetleri çıkarmak ve sadece iç çamaşırlarımla yorganın altına girmek istiyordum. İçimde öyle bir boşluk vardı ki en korkunç kâbuslara konu olan dipsiz denizler bile o boşluğu dolduramazmış gibi hissediyordum.

Apartmanın girişine geldiğimde dış kapının camına vuran yansımama baktım; uzun, koyu renkli saçlarım belime kadar iniyordu.

Üzerimde ince, siyah, boğazlı bir kazak vardı. Tenim bir ölünün teni kadar beyaz olsa da soğuğun kavurduğu yerler kızarmıştı.

Kahverengi gözlerim bir mezarın toprağı gibiydi.

Hafif aralık haldeki kapıyı açıp apartmana girdim ve kapıyı kapatmak için bir elimle kenarını kavradığımda başka birinin varlığı dikkatimi çekti. Sitenin dışında, zemine gölgeleri çizen lambanın altında uzun boylu bir adam sigara içiyordu. Bu saatte, Ankara'nın ayazında bütün sokaklar kimsesiz kalırdı ama ben de bu saatte de dışarıda olup sokakların kimsesizliğine eşlik ettiğim için aklıma bir şey gelmedi.

Aramızdaki mesafeye ve yüzünü net bir şekilde göremiyor olmama rağmen bir an için adamla göz göze geldiğimizi hissetmem dışında...

Kapıyı kapattım ve apartmanın içinde ilerlemeye başladım.

Gözlerimin kahverengisi hâlâ mezar toprağı gibiydi.

Havanın soğukluğu bile farklıydı. Gökyüzü yeniden düzenlenmiş, farklı bulutlar serilmiş, ayın yeri değişmişti ama bu cama yansıyan iki kişinin varlığı değişmemişti. Kaburgalarımın çiçek gibi açılarak içimi parçaladığını hissettim. Gözlerimi Ediz'in yeşil gözlerine çevirdim ve dikkatle beni izlediğini gördüm.

"Ediz," dedim, sesim çatlamıştı. O gece denizlerin bile dolduramadığı içimin şimdi onun bakışlarının bana hissettirdikleriyle dolup taştığını hissediyordum. Ediz gözünü bile kırpmadan yüzüme bakmaya devam edince bakışlarımı başka yöne çevirip gözlerimde biriken yaşları gizlemeye çalıştım. İçten içe çürüdüğümü hissettiğim o an dünyanın Tanrı'nın mezarlığı olduğunu düşündüm.

"Seni takip ettiğim sürece hep dimdik duran, güçlü bir kız çocuğu gördüm," dedi Ediz donuk bir sesle.

"Ama öyle değilim, değil mi?" Bu soruyu sorarken gözlerimde biriken bir iki damla yaş yavaşça yanaklarıma süzüldü. Hemen elimin tersiyle yanaklarımı silip Ediz'e baktım. "Değilim."

Ediz çenemi iki parmağının arasına aldı ve başımı hafifçe kaldırıp bakışlarımızı aynı hizaya getirdi.

"Güçlüsün," dedi gözlerini gözlerimden ayırmadan. "Küçük, hassas bir kız çocuğunun olamayacağı kadar güçlüsün..."

Gözlerimi yavaşça kapatıp hafifçe araladığım dudaklarımın arasından soğuk havayı ağır ağır soludum.

"Neler olduğunu hiç sormayacak mısın?" diye sordum gözlerimi açmadan. "O gece neler olduğunu, neler yaşandığını, neden üzerimde incecik bir kazakla o soğukta sokak sokak gezdiğimi?.."

"Hayır," deyince gözlerimi aralayıp ona baktım. "Hazır olduğunda senin anlatmanı istiyorum," diye devam etti.

"Birçok şeyi biliyormuşsun gibi hissediyorum," dedim. Bunun üzerine kaşları çatılır gibi oldu ama bir şey söylemedi. Dalgın bir şekilde, "Belki benim bildiklerimden de fazlasını..." diye mırıldandım.

Çenemdeki elini çekerek, "Belki de," dedi, sesi hiç ipucu vermiyordu.

Başımı çevirip apartmanın kapısına baktım. "Bir daha bu eve dönemem."

"Dönmeni istemiyorum." Gözlerimi gözlerine çevirdim, Ediz sarsılmaz bir kararlılıkla bana bakıyordu. "Bu hayatı yaşamayacaksın."

"Akvaryumdaki balıklar, Ediz," dedim sırtımı apartmanın kapısına yaslayarak. "Kirli suyu değiştirirsen ölürler." Ağırlığımı arkaya vererek kapının açılmasını sağladım. "Akvaryumuma hoş geldin."

Anılar duvarın altından sızıp ince bir tabaka halinde zemine yayılan katran gibiydi. Ediz'le birlikte bindiğimiz asansörün kapısı kapandığında hissettiklerimi yüzüme yansıtmamaya çalışıyordum ama gözlerim boşluğa saplanmıştı.

Altımda sadece iç çamaşırımla yarı çıplak halde yatağıma uzanmış, sessizliği dinliyordum. Zihin sessizliğinin yanında bir odanın sessizliği gürültülü geliyordu insana. Kara bulutlar gökyüzünün nöbetçi askerleri gibi her yeri kuşatmıştı.

Yüzümde bir ifadesizlik maskesi vardı.

Arada metroda gördüğüm bir dilenciden, bir otobüs şoföründen, mendil satan küçük bir çocuktan başka kimse bu maskeyi yerinden çıkaramıyordu. Yalnızlık bile.

Son zamanlarda içtiğim ilaçlarım yatağımın yanındaki komodinin üzerinde dağınık bir şekilde duruyordu. Uyuyabilmem için verilen yeşil reçeteye tabi uyku hapları, ruhumdaki ve düşüncelerimdeki iltihapları kurutmak için verilen ilaçlar...

Uykusuzluğumun beşinci gününde olsam da onları terk etmiştim ve içmek istemiyordum. Ağlayarak, konuşarak ya da etrafı yıkıp dökerek duygularımı dışarı vurmam gerektiğini bilsem de hiçbirini yapmayacaktım.

Yavaşça gözlerimi kapattım.

Gözlerimi kapatınca her yerde olabiliyordum, bir mezarlıkta bile. O mezarlıkta kazılmış birçok mezar çukuru oluyordu ama benim mezarım dışında hepsi boştu. Kefenim bile yoktu.

Yattığım yerden kalktığımda uzun saçlarım sırtıma serildi. Komodinin üzerindeki ilaçları topladıktan sonra odamdan çıktım ve koridorda sakin, ruhsuz adımlarla ilerleyip dış kapıyı açtım. Çıplak tenim soğuktan ürperirken elimdeki bütün ilaçları çöpe attım.

Asansör durduğunda kıyılarıma vuran geçmiş de geri çekildi.

İkimiz de tek kelime etmeden asansörden çıktıktan sonra omzumun üzerinden, kapıları arkamızdan kapanan asansöre baktım. Sanki peşimizden üzerinde lise üniformasıyla, tek omzuna taktığı sırt çantasının içinde ev anahtarlarını arayan halim çıkacaktı.

"Eskiden olduğum kızı özlüyorum."

Ediz'in üzerimde hissettiğim bakışlarını görmek için gözlerimi asansörden çekip ona baktım. Çimen yeşili gözleri rahatsız edici bir dikkatle beni inceliyordu.

"Baban ne kadar ileri gitti?"

Bakışlarımı bakışlarından kaçırmadan, "Sen benim geçmişimi hiç sorgulamazdın," dedim.

Gözlerini kısarak, "Başlarda umurumda bile değildi," dedi. "Daha sonra seni merak ettiğimdeyse, daha önce de söylediğim gibi doğru zamanda senin anlatmanı istedim."

"Beni merak mı ettin?" Gözlerine baktım, belki de artık şaşırmamam gerekiyordu.

Beni duymazlıktan gelerek yeni bir soru yöneltti: "Sana hep vuruyor muydu?" Cevap vermedim, sessizliğim onun için yeterli bir onaydı.

"Dünyada şiddet gören tek insan ben değilim," dedim yüz ifadesini görünce. "Önemli bir mesele değil."

"Dahası da var." Bu sözleri söylerken gözlerinin altındaki alevleri bastırmaya çalıştığını görebiliyordum. "Öyle değil mi?"

Dişlerini birbirine bastırınca çenesi kasıldı. Ne düşündüğünü bilmiyordum ama zihninde hızla büyüyen düşüncenin kökleri dikenli gibiydi ve onu rahatsız ediyordu, bunu görebiliyordum.

"Bir gün..." dedi fakat cümlenin devamını getirmedi. Belki de dilinden düşen cümle sadece iki kelimelikti. "Şu işi halledip bir an önce gidelim buradan."

Ediz evin kapısına doğru yürümeye başladığında bir süre arkasından baktım, sonra ben de onu takip ettim. İçimdeki bütün sığınakların yanmasını, saklanacak hiçbir yerimin kalmamasını ve gökyüzümden küllerin yağmasını beklesem de hiçbir şey hissetmiyordum. Evin kapısının önünde durduğumuzda boş gözlerle kapıya baktım. Ediz anahtarı çıkarıp kapıyı açtığında aralıktan geçmişin sel gibi aktığını, beni de sürükleyerek her yere yayılmaya başladığını hissettim.

Başımı annemin dizine koymuştum, saçlarımı okşuyordu. Sanki parmak uçlarıyla saçlarımdan masallar örüyordu. Televizyondan gelen sesler, mutfaktan bütün eve yayılan yemek kokusu, annemin nefes alıp verişleri... Bu, annemle son zamanlarda paylaştığımız nadir güzel anlardan biriydi. Zaman, annemin inancını bir örgüyü söker gibi sökmüştü ve geriye kördüğüm olmuş umutsuzluktan başka bir şey kalmamıştı. Yorgunluğunu anlıyordum, beni gözlerinin önünde mahvetmelerine rağmen diline giydirdiği o sessizliği de anlıyordum. Anneme hiçbir zaman kızamamıştım.

"Bazen sende babanı görüyorum," deyince bir an donup kaldım, ardından yavaşça gözlerimi araladım.

Buz gibi bir sesle karşılık verdim: "Ben ona benzemiyorum." Annemin parmakları saçlarımın arasında kaymaya devam ederken uzandığım yerden kalktım ve gözlerinin içine baktım. Az önce söylediği şeyin anlık bir düşünce olmadığını gözlerinden anlayabiliyordum. Başımı iki yana sallayarak önüme düşen bir saç tutamını kulağımın arkasına sıkıştırdım. "Ben ona benzemiyorum."

İçeri girdiğimizde Ediz ışıkları açmadı. Bir eve karanlığın örtülmesi, terk edilmiş bir evin içindeki eşyaların üzerine beyaz çarşaflar örtülmesiyle aynı şeydi. Ellerimi eşyaların üzerinde gezdirirsem, üzerlerinde sadece benim parmaklarıma bulaşacak tozlar varmış gibi hissediyordum.

"Atalay'ın odası koridorun en sonunda, sağdaki oda," derken sesimin pürüzlü çıkacağını zannettim ama netti. Ediz'in yüzüme baktığını göz ucuyla görsem de ben ona bakmadım, boş bakışlarımı evin içinde gezdirdim. Ediz uzun bir süre yüzüme baktıktan sonra hiçbir şey söylemeden Atalay'ın odasına doğru yürümeye başladı. Peşinden gitmedim.

Gözlerim karanlığa alışınca anılarımın üzerine siyah bir güneş doğmuş gibi hissettim.

Bir süre öylece durduktan sonra odama doğru yürümeye başladığımda kollarımı bedenime sardım. Bu evde geçirdiğim onca zamanın yankısı duvarlara tutunmuştu ve hepsini duyabiliyordum. Odamın önüne gelene kadar koridorda ilerlediğim süre boyunca gözümü bile kırpmadım.

Kapının önünde durdum ve boş gözlerle kapıya baktım.

"Sana buraya gel dedim!"

Babamın sesi bütün evi doldurduğunda odamın kapısını açtım ve içeri girip hızla kapıyı kapattım ama kilidi çevirmek için geç kalmıştım. Babam odamın kapısını açmaya çalışınca kapıyı çaresizce omzumla iterek onu engellemeye çalıştım fakat bunun boş bir çaba olduğunu biliyordum.

"Git buradan!" diye bağırdım.

Annemin arkadan gelen sesini duyduğumda babam, "Sen karışma!" diye bağırdı.

Babamla ne zaman aynı masada otursak aramızdaki sessizlik bir girdaba dönüşüyor, hepimizi yutuyordu. Bu yüzden hiçbir yemeğe katılmaz, yemeğimi ya babam işten gelmeden önce ya da onlar içeride yemeklerini yerken odamda yerdim. Aynı evin içinde iki yabancı gibiydik. Aradaki uzun koridor, bir sokağın kaldırımı gibiydi; biz de o kaldırımda birbirine bakmadan yoluna devam eden iki yabancıydık.

Daha fazla dayanamayacağımı anladığımda kapıyı bırakıp birkaç adım geriledim ve kapı hızla açılıp duvara çarptı. Bir ölünün gözleri kadar boş bakışlı gözlerimi babama diktim. Benim bakışlarım ne kadar boşsa babamın bakışları da o kadar doluydu; hırsla, öfkeyle, nefretle...

Hiçbir şey yapmadım, kaçmaya veya onu durdurmaya çalışmadım.

Babam bana ne kadar hakaret ederse etsin her bir küfrü kanımı donduruyordu.

"Benim asabımı bozma, seni şuraya yatırır!.."

İrkildim.

Babam bana yaklaştı.

Elini kaldırdı.

Başımı hafifçe iki yana sallayarak beni içine çeken anılardan sıyrıldım ve odamın kapısını açtım. Beklediğim neydi, bilmiyordum ama hissedeceğim duygunun özlem olmasını bekliyordum. Hayatım bu duvarlar arasında mahvolmuştu; kaç uykusuz gece biriktirmiş, kaç kâbus eskitmiştim. Yine de ben masumdum.

Bir acı içimi yaktı.

Bir daha asla eskisi gibi olamayacaktım.

Uzun zaman önce tecrübelerimle bilenmiş bir baltayla gövdesini devirdiğim gözyaşlarımın kökleri hâlâ gözlerimdeydi ve anılar o kökleri büyümesi için suluyordu. O dalların tekrar uzadığını ve gözlerimin dolduğunu hissettim.

Odamın ortasına doğru yürüdüm ve kendi etrafımda yavaşça dönerek her tarafa baktım. Yatağım odanın köşesindeydi ve yatağımın hemen karşısında dolabım vardı. Dolabımın üzerinde kutular duruyordu. Düzenli bir çalışma masam, bir de okuma koltuğum vardı. Odama beyazın tonları hâkimdi. Yerdeki küçük halı griydi ve perde, duvarımı boydan boya kaplıyordu.

Cebimden çıkardığım Şahmeran kolyesini avucumun içinde sıkıca tutarak çalışma masama doğru ilerledim. Ediz, Atalay'ın odasında mektubu ararken çok sessizdi, evin içinde yalnız gibiydim. Avucumu açıp kolyeye uzun uzun baktım. Köklerimi birbirine bağlayarak beni bir kördüğüm haline getirmişti, ne toprağın altına yayılabilecektim ne de ölebilecektim. Masamın üzerindeki küçük kutuyu açıp kolyeyi dikkatle içine yerleştirdim. Bunu yaparak geleceğimin ipini çektiğimin farkındaydım. Bir gün bu kutuyu açtığımda paramparça olacağımın farkındaydım.

Başımı kaldırdım ve karanlığa baktım.

"Uyudun mu?"

Umay'ın fısıltısı kulaklarımı doldurduğunda gözlerimi açmadan, "Hayır," dedim. Hava kararalı çok olmamıştı. İkimiz de uzandığımız yerden kalkmamış, karanlığın üzerimize örtülmesine izin vermiştik. Umay yastığa dağılan saçlarımın bir tutamını parmaklarına sarıyordu. Ne düşündüğü hakkında hiçbir fikrim yoktu, kendi sessizliğimi dinliyordum.

"Günün birinde karşına bir adam çıksın istiyorum," deyince ruhsuz bir şekilde gülümsemek istedim ama dudaklarım kıvrılmadı, sanki buz tutmuşlardı. "Sana bu evde yaşanan her şeyi unutturacak bir adam..."

Tepki vermedim.

Bu artık eskimiş bir arzuydu. Bir yıl önce olsa Umay'a doğru döner ve belki de yaşanan hiçbir şeyi unutmak istemediğimi söylerdim ama konuşmak artık susmaktan daha ağır geliyordu.

"Derya!" diye seslendi içeriden babam. "Yemeğimi hazırla. Şu kızına da söyle, eşyalarını alsın gözümün önünden."

Gözlerimi yavaşça aralayıp bir süre öylece durduktan sonra yattığım yerden doğruldum ve yanımda uzanan Umay'a baktım. Kumral saçları yastığa yayılmıştı ve beni dikkatle inceliyordu.

"Çıkmasın karşıma," dedim düz bir sesle. "Çünkü artık bekleyeceğim tek şey beni paramparça etmesi olur. Benim dünyamda erkekler kadınları paramparça ederek sever."

"Doğa?"

Denizin dibinden yüzeye çekilir gibi geçmişten içinde bulunduğumuz ana çekildiğimi hissettim. Bakışlarımı Ediz'e çevirdiğimde odamın kapısında durmuş, dikkatle beni izlediğini gördüm. Kirpiklerimi ıslatan gözyaşlarımı o ana kadar fark etmemiştim.

"Ne oldu?" Bu soruyu sorarken yüz hatları gerildi ve ne olduğunu gözlerimden anlamak istercesine bakışlarını gözlerime dikti.

"Önemli bir şey değil," dediğimde yeşil gözlerindeki ifade yoğunlaştı.

"Benden bir şeyler gizlemenden hoşlanmadığımı biliyorsun Şahmeran." Sesinde, içindeki tehlikenin pençe izleri vardı. "Anlat."

Yanaklarıma düşen gözyaşlarımı silip duruşumu dikleştirdim ve "Bu odada çok fazla anı var," dedim. Ediz bakışlarını odamın içinde gezdirerek her şeyi dikkatle incelemeye başladı. Bakışları romanlarıma takıldığında gözlerinde anlamını çözemediğim bir ifade vardı.

"Odan tam tahmin ettiğim gibi." Bakışları hâlâ romanlarımdaydı.

Donuk bir sesle, "Romanlarımı seviyordum," dedim. Romanlar artık yabancı bir dil gibi geliyordu bana. Ediz odamın ortasına doğru yürürken her detayı dikkatle incelemeye başladı, kaşları çatılmıştı ve gözlerinde ilgili bir ifade vardı. Bakışlarının dokunduğu her yere izlerini bırakıyordu. Bir gün bu odaya tek başıma girdiğimde, eski hayatıma döndüğümde o izler beni paramparça edecekti. Zaten benim de alıştığım buydu.

Elinde bir şişe tuttuğunu fark ettiğimde kaşlarımı çattım ve şişedekinin ne olduğunu çözmek istercesine karanlığı inceledim ama bir işe yaramadı. "Elindeki ne?"

Ediz cevap vermeyeceğini düşünmeme sebep olacak kadar uzun süre sessiz kaldı.

Neden sonra, "İçki," deyince kaşlarım şaşkınlıkla kalktı, sesinde alaycılık vardı. "Atalay'ın odasından aldım."

"Sen alkoliksin," dedim.

Güldü, sesinde hâlâ o rahatsız edici alaycılık vardı. "Yeni mi anladın güzelim?"

Yatağıma doğru yavaşça ilerlediği sırada bütün anılarım Ediz'in adımlarının peşinden sürükleniyordu sanki. Elindeki içki şişesini komodinimin üzerine koyduğunda çıkan sesin yankısı zihnimdeki sonsuz boşluğa yayılmaya başladı. O gittiğinde bu yankı beni sağır edecekti.

Kollarımı bedenime sarıp onu izlemeye devam ettim. "Ne düşünüyorsun?" diye sordu. Dalgın bir şekilde, "Gideceğin günü," diye mırıldandım. Karanlıkta simsiyah görünen gözlerini bana çevirdi.

"Gittiğimde ne olacak?" Ediz bu soruyu sorduktan sonra boş bir sahne, alev alev yanan perdelerle kapandı. Hafifçe aralanan dudaklarımdan sessiz bir soluk aldım. Damarlarım çürüyecek gibiydi.

"Bir şekilde yaşarım," dedim. "Önceden nasıl yaşıyorsam... Bir şekilde uyum sağlarım."

"Gücün kaldı mı?" dedi gözlerini kısarak.

"Belli bir kalıba giren biri olmadım hiçbir zaman," dedim boş gözlerle. "Hiçbir zaman tam anlamıyla iyi olmadım, kötü de olmadım. Gururlu bir insan olmadım mesela, gurursuz da olmadım. Hiç tek bir kişi olmadım. Eğer olsaydım yönetilirdim." Ediz kaşlarını çatmıştı. Sözlerime devam ettim: "İyi bir insan olsaydım yaşadıklarım beni iyi insan kalıbına göre yönetirdi. Gururlu olsaydım birileri bunun farkına varıp gururumla oynayarak beni istediği noktaya çekebilirdi. Ne zaman ne yapacağım, neye ne tepki vereceğim belli değil. Bunu ben yönetiyorum. Sen gittikten sonra ne yapacağımı bilebilir misin? Gerçekten Ediz, güçsüz olduğumu iddia edebilir misin?"

Ediz cebinden çıkardığı çakmağı yakıp komodinimin üzerindeki muma yavaşça yaklaştırdığında loş ışık etrafa mumun nefesi gibi yayıldı. Gölgeler köşelere sinerken Ediz gözlerini gözlerime çevirdi ve bir süre sessiz kaldıktan sonra, "Araf," dedi.

Yavaşça süzülen kar taneleri yanan gökyüzünün soğumuş külleri gibiydi. Arkama yaslanmış, dalgın gözlerle dışarıyı izliyordum. Telaşlı bir şekilde telefonda konuşan takım elbiseli bir adam kalabalığın içinde hızla yürüyordu ve bakışlarım onu takip ediyordu. Bu adamın bir hayatının olması bana garip geliyordu. Sanki bir rüyanın içindeydim ve burada yaşam kavramı yoktu. Adam gözden kayboldu.

Garson sipariş ettiğim sahlebi önüme koyduğunda dikkatim onun üzerinde toplandı ve boş gözlerle ama yine de dikkatli bir şekilde yüzüne baktım. Dilde can bulan bir yalan gibiydi, vardı ama gerçek değildi. Zaten ölüp yok olabilen bir düşünce, bir fikir, bir beden ne kadar gerçek olabilirdi?

Belki de sadece ilaçlarımı alma vaktim gelmişti.

Gözlerime ulaşmayan bir gülümsemeyle, "Teşekkür ederim," dedim ona.

"Afiyet olsun."

Uzaklaşan garsonun arkasından bir süre baktıktan sonra gözlerimi tekrar duvarı boydan boya kaplayan camdan dışarı çevirdim. Yoldan geçen arabalar, insanların adımları yoldaki karı eritmişti, sadece kaldırımın kenarında kirli bir kar tabakası kalmıştı.

Sekiz dokuz yaşlarında bir oğlan çocuğu, bir elinde poşet, diğer elinde bir mendil paketiyle yavaşça insanların yanına gidiyordu. Şeffaftı sanki. Belki de rüyamın içine sızan gerçek bir sesti. Kaşlarımı çatıp onu dikkatle izlemeye başladığımda, insanlar onu her görmezlikten geldiğinde kızmaktan çok utandığını fark ettim. Üzerinde çok ince bir ceket vardı, üşüyor olmalıydı. Bir kadına yavaşça yaklaştı ama kadın onu fark etmedi bile. Kadın, çocuk hiç yokmuş gibi yürüyüp yanından geçince çocuk durdu ve akıp giden insanların arasından uzun uzun ona baktı.

Yanımdaki sandalyeye koyduğum çantamı alıp içinden cüzdanımı çıkardım ve fermuarını gürültülü bir şekilde açtıktan sonra içindeki paraya baktım. Hesabı ödememe yetecek kadar paranın dışında sadece yirmi liram vardı ve onunla iki gün daha geçirmek zorundaydım. Elimde cüzdanımla başımı kaldırdım ve çocuğa baktım.

Ardından cüzdanımdan çıkardığım yirmilikle yerimden kalktım ve dışarıya, kimsenin görmediği o gerçeğe doğru yürümeye başladım.

Ediz'e dalgın bir şekilde, "Bir gün bir çocuğa cüzdanımda kalan son parayı vermiştim," dedim. "Mendil satıyordu. Yanına gittim ve ona mendil almak istediğimi söyledim. Gözlerindeki ifadeyi unutamıyorum. Memnuniyet değildi, mahcubiyet de yoktu. Sadece... mendili bana uzattı ve öğretmenine ödevini teslim eden bir çocuk gibi baktı gözlerime. Elimdeki yirmiliği ona uzattığımda önce elimdeki paraya, sonra ne yapacağını bilememiş gibi bana baktı. Elini cebine soktu, daha sonra bana doğru uzattığında avucunda bir sürü bozuk para vardı. Sadece o kadar parası olduğunu söyledi bana. Yüzündeki ifade çok temizdi ama bir o kadar da kirliydi. Ona sadece parayı almasını söyledim. Sen de o çocuk kadar gerçeksin. Ve ben bedenimde kalan son yaşamı sana verdim." Ediz'in gözlerinin içine baktım. "Sen gidince bir başkasının rüyasında yoldan geçen o kadın olacağım."

"Böyle söyleme," dedi Ediz. "Yapma."

Ağlamamak için yutkundum. Ediz yavaşça bana doğru yaklaştı, geri çekilmek istesem de çekilmedim ve tam dibimde durduğunda gözlerinin içine baktım.

"Artık gideceğini hissediyorum." Bu sözleri söylerken sesim ifadesiz, başım dikti. "Seni değil."

O, Tanrı'nın işlediği cinayetti. Ediz gözlerini yavaşça kıstığında ilk aklıma gelen bu olmuştu.

Zaman, gürültülü bir şekilde ilerlemekte olan saatin içine dökülen saniyelerle tükenirken içimdeki o yakıcı çaresizlik de gözyaşlarımla birlikte tükenmeye başladı. Gözlerimin akına yayılan o kırmızı damarlar gözyaşlarımın işlediği cinayetin izi, çaresizliğin akan kanıydı. Ve hissettiğim çaresizlik, gözyaşlarıyla cehennemi söndürmeye çalışan bir meleğin çaresizliğinden farksızdı.

"Beni hissetmiyorsun, öyle mi?" diye sordu Ediz, sesi ifadesizdi.

Kocaman eli bel kıvrımıma yerleşip beni kendine doğru çekince damağıma sessizlik yayıldı ve kuracağım bütün cümleler dilimin altına gömüldü. Ediz beni odamın duvarına sertçe yasladı, parmakları tenime saplanmıştı.

"Beni hissetmiyorsun, öyle mi?" Ses tonu zamanın üzerinde neşter gibi kaydı ve zamanda açılan o yarıktan bu ana geçmiş akmaya başladı. Yüzü yüzüme o kadar yakındı ki nefeslerimiz birbirine karışıyordu.

"Bana meydan okuma," dedi gözünü bile kırpmadan.

"Bencilliğini görmek istiyorum," dedim zorla yutkunarak. "Ne kadar ileri gidebilirsin, ne kadar büyük bir hasar bırakabilirsin, görmek istiyorum..."

Ediz gözlerini gözlerimden o kadar uzun süre ayırmadı ki bir an zamanın durduğunu sandım.

"Odandayız."

"Biliyorum," diye fısıldadığım sırada beni duvar ile kendisi arasında daha da sıkıştırdı. Ondan saklanmaya çalıştım ama saklandığım siperler bile oyken bu nasıl mümkün olabilirdi ki? Çenemi sıkıca kavrayan güçlü parmakları yüzümü yüzüne hizaladı. Dudaklarında şeytanın o ölümcül nefesi saklanıyor, kanatları alev alev yanan bir akbaba üzerimizde kanat çırpıyordu. İşte cehennem burasıydı.

Dudaklarını dudaklarıma yaklaştırdığını hissettiğimde çoktan pes ettiğimi biliyordum.

"Ya gerçekten gitmem gerekiyorsa küçüğüm?" diye sordu ve ben hıçkıra hıçkıra, içim parçalanırcasına ağlayacağımı sandım.

Titrek bir sesle, "Yarım kalmış bir roman gibi olacağım," diye fısıldadım. "Sonum olmayacak, ölemeyeceğim bile."

Dişlerini birbirine bastırarak gözlerini yumduğunda kalbim acıyla kıvranıyordu.

"Yapma," dedi dişlerinin arasından. "Yapma şunu."

Dudaklarıma çarpan nefesini içine çektim. Ona can veren o nefes bana ölümü sunuyordu. Ediz'in yeşil gözleri tekrar aralandığında başımı duvara yaslayıp ona uzun uzun baktım. Çenemi kavrayan elinin başparmağıyla yanağımı hafifçe okşarken gözlerimi kapattım, kirpiklerim onun önünde eğilmişti.

"Devam et," dedim boğuk bir sesle. "Durmanı istemiyorum."

"Bana teslim mi oluyorsun?"

"Hep istediğin bu değil miydi?" diye sordum sakince.

"Neden?"

Bu sorunun yanıtını bilsem de dile getiremeyeceğimin farkındaydım. Ediz benim hayatıma vurulan bir mühürdü âdeta, ondan başkası olmayacaktı. O beni bu hayata yasaklamıştı. Sanki başından beri doğru olan oydu. Başka birinin olması ihtimali o henüz hayatımda değilken bile yoktu.

Çenemi daha da sıkı kavrayarak, "Neden?" diye tekrarladı. "Söyle."

Sustum. O an saniyeler asırlara dönüştü.

"Söyle."

Kirpiklerim ona aralandığında gözlerime geceyi aydınlatamayan bir güneş doğmuştu. O bana uzun uzun bakarken ben de onu en yalın haliyle görmek istediğimi anladım. Eğer özünde kötülük varsa ben o kötülüğü istiyordum. Eğer cehennemse, ben o cehennemin inşa edildiği yer olmak istiyordum.

"Seni istiyorum," dedim sonunda.

Ediz'in bakışları yoğunlaşmış, güneş âdeta nabız gibi atmaya başlamıştı. Beni duvara iyice bastırınca bir avucumu soğuk duvara yaslayarak duvardan destek aldım. Ediz'in dudakları cehennemdeki yangını başlatan alevler gibiydi ve dudaklarıma düşmüştü. Beni sertçe öpmeye başlayınca nefesim kesildi. Ben ona karşılık vermeye çalışırken burnundan hızlı bir soluk alıp çenemi daha da sert kavradı ve başını hafifçe yana eğerek beni tutkuyla öpmeye başladı. Avucumu yasladığım duvara tırnaklarımı geçirecek haldeydim, ona tamamen teslim olmuştum. Nabzım tenimin altından her yere yayılıyordu, sanki dokunduğum duvara bile can verecekti.

Ediz'in elleri, bir zamanlar tam bu noktada babamın beni boğmak için kavradığı boynuma kaydı, ardından dudakları dudaklarımdan çeneme doğru bir yol izledi. Çenemi sertçe dudaklarının arasına alınca dişleri tenimi sıyırdı ve boğazımın gerisinden bir inilti yükseldi. Boştaki eli kazağımın altından yukarıya doğru kaymaya başlayınca ürperdim ve aralık haldeki dudaklarımın arasından ismi bir fısıltı halinde çıktı.

O an birbirine yaslanan yer ve gök gibiydik.

Ediz çenemden boynuma doğru inerek öpücükler kondurmaya devam ederken bir eliyle canımı yakacak kadar sertçe göğsümü kavradı. İrkilince bedenim öne doğru atılsa da Ediz beni tekrar duvara yasladı ve dudakları tenimin üzerinde bir yağmur tanesi gibi kaymaya başladı. Elimi duvardan çekip Ediz'in gür saçlarının arasına daldırdım ve bir tutam saçını sıkıca kavradım.

Dudaklarını kulaklarıma yaklaştırıp, "Bu evde yaşadığın her şeyi sana unutturmak isterdim," diye mırıldandı. "Her şeyi..."

Kollarımı ona daha sıkı sardım, yanağımı başına yasladım ve gözlerimi kapattım. Bana hiçbir şeyi unutturmasına gerek yoktu, benim için bunu arzulamış olması bile yeterliydi.

Ediz biraz geri çekilip kazağımı alttan tuttu ve hızlıca çıkardı. Uzun saçlarım omuzlarıma serilmişti. Bakışlarımız buluştuğunda içime korkunun gölgesi yayılır sanıyordum ama hissettiklerim korkudan çok uzaktı, güvene daha yakın duygulardı. Ona bakarken bir başak tarlasında avuçlarımı başaklara doğru çevirmiş, dönüyordum sanki. Başaklar avuçlarımın içine gizlenen o kadere dokunuyordu. Ardından tarla bir ucundan yanmaya başlıyordu, diğer yanınaysa kaynar yağmurlar yağıyordu. Sanki dörtnala koşan bir atın üzerindeydim ve dalgalı saçlarım sırtımı dövüyor, bütün huzursuzluk orada parçalara ayrılıyordu.

Dudaklarımız yeniden birleşmişti. Ediz bir elini duvara yaslayıp beni tekrar esir alınca kazağı çıplak tenime değdi. Ben ona tutunmaya çalışırken o, alt dudağımı sertçe dudaklarının arasına alarak erkeksi bir sesle inledi. Onun inlemesiyle birlikte, eriyen bir mumdan yavaşça süzülen bir damla gibi karnımdan aşağı bir sıcaklık yayıldı. Sırtım soğuk duvara temas edince ürperdim. Buna Ediz'in tutkulu öpücükleri de eşlik ettiği için tüylerim diken diken olmuştu.

Dudaklarını dudaklarımdan uzaklaştırmadan, "Benimsin," diye fısıldadı.

Ediz içimdeki kimsesizliği kül ediyordu ama Ediz'in onu kül ettiği yerde ben yine çaresizce yanıyordum, tıpkı kökünden sökülen bir ağacın toprağından sızan kan gibi... İri, güçlü elini enseme götürüp saçımı sıkıca kavradı ve beni kendine çekti. Uzun boyu, geniş omuzlarıyla karşımda bir kurtarıcı gibi duruyordu.

Eli sırtıma kayınca nefesim kesildi. Güvenimi kelimelere emanet etmek yerine ondan korkmadığımı göstermek için bir elimi kirli sakallı yanağına koydum, ne düşündüğünü bilmiyordum. Dudaklarını dudaklarımdan çekip kocaman açılmış gözlerime bakarak, "Kız çocuğu," diye fısıldadı.

"Sana güveniyorum."

Bir elim yüzünde olduğu için dişlerini sıktığını anında hissettim.

Gözlerini gözlerimden ayırmadan, "Güvenme," diye mırıldandı. Sesi beşikte cansız yatan bir bebeğe seslenir gibiydi; ürkütücüydü ama çaresiz bir yanı da vardı. Duvardan çektiğim elimi kazağının altından beline kaydırdığımda kaskatı kesildi.

"Siktir," dedi hırlarcasına. "Tehlikeli sulardasın küçük."

Gözlerimi gözlerinden ayırmadan tırnaklarımı tenine geçirince bakışlarındaki ifade bir volkan gibi patladı. Bir eli ensemdeki saçları canımı yakacak kadar sertçe kavrarken henüz ne olduğunu anlayamadan kendimi yatağa yönlendirilirken buldum. Önce uzun saçlarım yastığa döküldü, ardından Ediz'in önüne gölgesi gibi uzandım. Dudaklarımız yeniden birbirine kenetlenmeden hemen önce, "Seni ayrı bir kefeye koymama güvenerek bana meydan okuma," dedi, "durmam için bana yalvarırsın."

Yavaşça yutkundum ve "Göze alıyorum," diye fısıldadım.

Ediz gözlerini kapattı. "Bunu yapmandan nefret ediyorum."

Gözlerinde alevlerin gölgesi vardı.

Kopçasını tek eliyle açtığı sutyenimi çıkardıktan sonra bacaklarımın arasına yerleşti ve beni tekrar öpmeye başladı. Ben de ellerimi sırtına koyup ona sıkıca tutundum. Sanki parmak uçlarına doladığı iplerin uçlarını bana düğümlemişti ve sadece varlığıyla kontrolümü ele geçiriyordu. Dudakları dudaklarımdan boynuma kayarken sakalları tenime, kazağı çıplak göğüslerime temas etti ve yay gibi gerilerek başımı geriye attım. Düşüncelerim de devrilip parçalarına ayrılmaya başlamıştı.

Ellerim istemsizce Ediz'in üzerindeki kazağı altından kavradı. Kazağı yukarıya doğru çekip çıkarmaya çalışsam da çabalarım sonuçsuz kalınca Ediz'in, dudaklarımın üzerindeki dudaklarında bir tebessüm filizlendi. Kendisi doğrulurken güçlü kollarıyla beni de sırtımdan tutup kaldırdı.

Gözlerine baktım. Yeşil gözlerinin ortasındaki o siyah nokta ölümcül bir girdaptı sanki. Ve ben o girdaba kapılmıştım.

Zaman saatlerden çekildi.

Ediz'in kazağını alttan tutup üzerinden çıkardığımda bir elini belimin kavisine yerleştirip beni kendine doğru çekti. Kucağında olduğum için dudakları tam köprücük kemiklerimin hizasına geliyordu.

"İşte benim kızım..." Nefesiyle ürperdim. Ama dişleri köprücük kemiğime dokunduğunda benim nefesim boğazıma tutunamadı, ciğerlerime devrildi. Sanki Ediz'in dudakları keskin bir bıçaktı ve tenimin üzerinde kayıyordu.

Öpücükleri göğüslerime doğru ilerlemeye başlayınca yine ürperdiğim için gözlerimi kapattım ve "Ediz," diye inleyerek bir tutam saçını kavradım. O da karşılık olarak göğüslerimi sıkıca kavradı ve bütün bedenim taş kesildi, dudaklarım hafifçe aralandı. Dudakları iki göğsümün arasındaki o vadiye geldiğinde sıcak nefesi tenimi lav gibi yakıyordu.

Dudakları göğüslerimi keşfetmeye başlamıştı. Başımı geriye atıp gözlerimi kapattım. Sakalları tenime saplanıyordu ve tüm bunların doğurduğu his, düşüncelerimin üzerine bir sis gibi çöküyordu. Ediz'in, tenimin üzerinden akan parmaklarının ucunda kum gibi dağılıyordum.

Belirginleşen göğüs uçlarımı dişlerinin arasına alınca dudaklarım yine istemsizce aralandı, parmaklarım saçlarını daha sıkı kavradı ve inledim.

"Siktir!" Ediz'in kendini kontrol etmekte zorlandığını görebiliyordum. Dudakları tenimin üzerinde öyle bir susuzlukla geziniyordu ki sanki ben cennetteki bir nehirdim. Oysaki şeytana aittim.

Şeytan oydu.

Mumun alevi bütün gölgeleri özgür bırakmış, gölgeler etrafa sessizce yayılmıştı. Bacaklarımı Ediz'in beline dolamıştım, ona tutunuyordum. Dudakları tenimin üzerinde geziyor, nefesi tenime siniyordu.

Gölgelerimiz duvara vurmuştu. O gölgeler anılarıma birer mürekkep lekesi gibi yayılmıştı ve asla silinmeyeceklerini biliyordum. Ediz'in dudakları dudaklarıma kapandığında bir elim saçlarından ensesine kaydı. Bütün duygular dağıldığı zaman yerlerini utancın alacağını biliyordum ama şu an umursadığım tek şey Ediz'in varlığıydı.

Ediz beni öpmeye ara vermeden tekrar yatağa yatırıp iki bacağımın arasına yerleşti ve ağırlığının bir kısmını üzerime verdi. Öpüşüyor olmamıza rağmen dudaklarım aralandı. Ediz'in boğazından vahşi iniltiler yükseliyordu. Ardından dişleri tenimi sıyırarak boynuma doğru ilerledi.

Nefes nefese kalmış halde, "Ediz," diye inledim, göğüs kafesim hızla inip kalkıyordu. Ediz daha da aşağılara inerken yorganı tek elimle sıkıca kavradım. Zayıf olduğum için zaten belirgin olan kaburga kemiklerim soluk alıp verişlerim hızlandıkça daha da görünür hale geliyordu. Ediz pantolonumu yavaşça çıkarmaya başladı. Gözlerini gözlerimden bir an bile ayırmıyordu, beni bir bataklık gibi içine çektiğini hissettim.

Yağmur taneleri gökyüzünün askerleri gibi yeryüzüne inmeye başlarken gece bir anlığına aydınlandı, ardından gök gürültüsüyle sarsıldı. Camdaki yağmur tanelerinin gölgesi çıplak bedenime düşmüş, ardından kaybolmuştu, tenimdeki leke ve izlerin hayaletleriydiler sanki.

"İşte şimdi benden korkmalısın."

Geçmişin ininde, evimdeydim. Bir katilin önünde en savunmasız halimle, çırılçıplak uzanıyordum. Üzerime düşen gölgesi bile gecem olabilecekken ondan korkmam gerekiyordu ama hissettiklerim korkudan çok uzaktı. Beni mahvetmişti, belki paramparça etmişti ama bana cehennemden topladığı çiçekleri de getirmişti.

Nefesimi dizginlemeye çalışarak, "Senden korkmuyorum," derken dudaklarımın kenarı alaycılıkla kıvrıldı. Ediz yavaşça doğruldu. Gözlerinde bütün günahlara yer vardı. İçki şişesini alıp önümde öylece durduğunda zihnimin gerisinde bir kapı aralandı ve bileğimi saran kelepçelerin soğuk anısı, düşüncelerimin arasına sis gibi süzülmeye başladı. Gözümü kırpmadan Ediz'e baktım, ne yapacağını anlamıştım.

Kendimden emin bir sesle, "Senden korkmuyorum," diye tekrarlayınca Ediz'in gözlerindeki ifade derinleşti. Yavaşça üzerime eğildi ve çıplak gövdesi tenime temas etti. Dudakları dudaklarıma, içinde uyarı da taşıyan bir öpücük kondurdu. Ardından gözlerimin içine baktığında orada sonumu da gördüm.

Ediz'in döktüğü içki bir yanardağdan taşan lavlar gibi göğüslerimin üzerine yayılmaya başladığında kaskatı kesildiğimi hissettim. Ardından içkiyi iki bacağımın arasına, iç çamaşırımın üzerine döktüğünde gökyüzü bir kabuk gibi soyuldu ve başımı geriye atarak, "Ediz!" diye çığlık attım.

"Bütün varlığın..." dedi bir yemini peşinden sürüklermiş gibi, "ruhun, zihnin, bedenin... Hepsi benim." Dudakları göğsümün üzerinde durdu ve tenimin ıslak yerlerine dökülen nefesi soğuk bir ateş gibi yayıldı. "Sen benimsin."

Dudakları göğüslerimde gezinmeye başlayınca boğazımın gerisinden bir inleme yükseldi ve parmaklarımı Ediz'in saçlarına daldırıp bir tutamını canını acıtacak kadar sıkı bir şekilde tuttum. Ediz elini iç çamaşırımın üzerine kaydırdı, ardından bedenimin en hassas noktasını yavaşça okşadı. O sırada dudaklarından vahşi bir inilti dökülmüştü.

"Lanet olsun Doğa!" Sesi boğuktu. "Sen gerçekten benim sınavımsın."

İç çamaşırımı çıkarmak yerine kenara itip beni parmaklarıyla keşfetmeye başladığında gökyüzü her şeyi yutan bir girdaba dönüşerek dönmeye başladı. Nabzım damarlarımı sarsıyor, kulaklarım uğulduyordu.

Ediz parmaklarını oraya daha da bastırınca boğuk bir sesle inleyerek başımı geriye attım ve tek elimle başımın altındaki yastığı kavradım. Nefesim kesilmişti.

Dişlerini göğüs uçlarımda hissedince yastığı daha da sıktım. Hissettiğim acı sinir uçlarımı ateşe veriyor, bu da zevki doğuruyordu. Ediz'in dudaklarında tenimin tadıyla karışmış alkol tadı vardı. Diğer elimi tekrar dağınık, gür saçlarına götürüp ona tutundum.

Tekrar öpüşmeye başladık ama dudaklarım sonuna kadar aralanmıştı. Ediz alt dudağımı dudaklarının arasına aldığında bütün hisler parmaklarının altına toplanmıştı. Parmaklarının hareketi hızlanmaya başladı, boştaki eliyle saçımı kavradı ve sırtım belli belirsiz bir kavis çizerek yataktan hafifçe kalkarken inledim.

Ediz, "İşte böyle küçüğüm," dediğinde gözlerimi tavana sabitlemiştim. Sanki duvarlar genişleyip kısalıyor, tavan bir tabutun kapağı gibi üzerimize kapanıyordu. Sırtımdaki kavis daha da belirginleşirken gökyüzündeki girdap, güneşi içine çekmeye başladı.

"Ediz..." Sesimin tonu gökyüzünden nefes, topraktan ölüm dilenir gibiydi ama Ediz elini bir anda çekti ve ben ne gökyüzüne ulaşabildim ne de toprağın altına girebildim. Alt dudağımı dişlerinin arasına alıp çekerek bıraktı. "Ediz," diye mırıldandım. "Lütfen..."

Doğrulup bana bakarken dudaklarının kenarları cüretkâr ve alaycı bir ifadeyle yanaklarına tırmandı. Nefeslerimi düzene sokamıyordum, zorla yutkunarak Ediz'e baktım. Kollarındaki damarlar toprağın dışına taşan kökler gibi belirginleşmişti. Mum ışığında çok daha tehlikeli, çok daha ölümcül görünüyordu.

"Benim için yalvarman hoşuma gitti." Sesi boğuk çıkıyordu. Hissettiği şey neydi? Şehvet? Tutku?

Yaktığı muma uzanıp onu eline aldı. Mumun alevi bütün gölgeleri etrafında topluyordu. Gölgeler yüzüne bir maske gibi yayıldığında ona duyduğum ihtiyacın kemiklerimi çürüteceğini sandım.

"Ben bu mum gibiyim," dedi yavaşça. "Ateşim, yalanlarım." Öyle bir ses tonuyla konuşuyordu ki duvara şeytanın gölgesini düşüreceğini sandım. Sözlerine devam etti: "Yalanlarımla kendimi bitiriyorum ama seni de yakıyorum."

Mumu hafifçe eğince eriyen kısımlar kaburgalarımın üzerine damlamaya başladı. Canım yanınca nefesimin kesildiğini hissettim. Damlalar tenimin üzerinde bir noktaya kadar süzüldükten sonra donuyordu. Eriyen mumu tenime damlatmaya devam ederken Ediz'in bakışları giderek kararıyordu sanki.

"Sana hemen, şu anda sahip olmak istiyorum." Bu sözleri söylerken yüzünde öyle bir ifade vardı ki damağımın kuruduğunu hissettim. Damlalar tenimi yakmaya devam ederken hissettiğim acıyla sırtımı hafifçe kaldırdım ve başımı geriye atıp inledim. Acının tenime yayılan kökleri nasıl bu kadar zevk verebiliyordu?

Ediz mumu göğüs uçlarıma da damlatınca nefesim kesilmiş bir halde ismini fısıldadım.

"Sana aklına gelebilecek her yerde, her an sahip olmak istiyorum." Sarf ettiği bu sözlerin üzerimdeki etkisi beni sarsmıştı. Mumun tenimden süzülen kanı beni Ediz'den daha çok yakamıyordu. O sıcak damlalar beni Ediz'in yalanlarından daha fazla ateşe veremiyordu.

Mumun kalıntıları üzerimde birikmeye devam ederken Ediz bir elini tekrar iç çamaşırımın üzerine götürdü ve beni okşamaya başladı. Eriyen mum göğüslerimin üzerine damlıyor, gözyaşları gibi akıyor ve kuruyordu. Nefes alıp verişlerimle birlikte Ediz'in hareketleri de hızlandı ve zihnimdeki gökyüzü tekrar girdap gibi dönmeye başladı.

Eriyen mum, tenimin üzerinde ateşten bir çığ gibi büyüyordu.

Ben inlemeye başlayınca Ediz'in bakışları derinleşti ve dokunuşları hızlandı. Başımı istemsizce geriye attım, sırtım yay gibi gerilerek yukarı kalktı ve dudaklarım sonuna kadar aralandı.

"Bu benim içindi..." Ediz son hamlesini de yaptığında güneş gökyüzündeki girdaba kapılarak yok oldu. Bacaklarım titremeye, bütün uzuvlarım uyuşmaya başlamıştı.

Ve Ediz mumu söndürdü.

Bütün gölgeler karanlığın içine gömüldüğünde aldığım nefes ciğerlerime yetmiyor, yağmur damlaları hâlâ savaş erleri gibi yeryüzüne düşüyordu.

"Aferin kızıma." Ben de mum gibi eriyerek yatağın üzerine yayılmıştım sanki, bakışlarım tavana saplanmıştı ve kulaklarım uğulduyordu. Ediz dudaklarını bacağımın iç kısmına bastırarak, "Bu sadece başlangıç," diye fısıldadı. Ben sersemlemiş halde ona bakınca sırıttı ve yataktan çıkıp kazağını üstüne geçirdi.

"Atalay gelmek üzeredir," deyince yatakta yan dönüp bacaklarımı karnıma doğru çektim ve kırılan bir camın parçaları gibi etrafa saçılan düşüncelerimi toparlamaya çalıştım. Ediz dikkatle bana bakarak yatağın kenarına geldi, ben de başımı yastıktan kaldırmadan ona baktım.

"Her şey yolunda mı?"

Sorduğu soru bir an afallamama sebep oldu; beni mi düşünüyordu? Bakışlarıma yayılan şaşkınlık onun da kaşlarını çatmasına neden olmuştu.

"Yalanlar," diye mırıldandım. O an zihnimin üzerinde bir örtü olduğu için meseleyi tam olarak algılayamamıştım ama söylediklerini ve yaptıklarını şimdi tam anlamıyla idrak edebiliyordum. Bu eve bu kadar kolay girebilmemiz, Atalay'ı eve çağırması, bana bahsettiği yalanlar... Hiçbir şeyin benim bildiğim gibi olmadığını hissetmeye başlamıştım ve bu gecikmiş bir histi. Kendimi zamana yetişemeyen ama duvarda asılı kalarak, ilerleyen zamanı izleyen durmuş bir saat gibi hissediyordum.

Ediz hiçbir şey söylemedi.

İçeriden dış kapının anahtar deliğine takılan anahtarın sesi geldiğinde bakışlarım donuklaştı. Ediz omzunun üzerinden odamın kapısına baktıktan sonra bana döndü ve "Giyin," dedi. "Buradan hemen gideceğiz."

Odamın kapısına doğru yürümeye başlamıştı ki yattığım yerden doğrulup, "Ediz," dedim. Bakışları bana çevrildiğinde ona söylemek istediğim çok şey vardı fakat dilim hiçbir cümleyi kaldıramadı ve ona sessizce bakmakla yetindim. Ediz de sessiz bakışlarıma aynı şekilde karşılık verse de dış kapının sesi duyulunca keskin gözlerini karanlığa çevirdi ve hiçbir şey söylemeden içeriye doğru yürüdü. Öylece durdum ve içeriden gelecek sesleri duymayı bekledim; ani bir gürültü, öfkeli sözler, küfürler, hatta silah sesi...

"Doğa nerede?"

Atalay'ın sesi bu kez buz kesilmeme sebep olsa da aileme vermem gereken asıl tepkileri veremediğimi hissederdim hep. Sessizce patlayan bir bomba gibiydim; verdiğim tepkilerde hep bir şeyler eksik olurdu, hiçbir zaman yerinde tepkiler vermezdim.

"İçeride." Ediz'in sesinde yakıcı bir alaycılık vardı. "Birazdan çıkacağız."

"Yok ya!" Atalay'ın bu tepkisi karşısında Ediz güldü ama sesi neşeden uzaktı, ölümcüldü. Yataktan çıkıp dolabıma yöneldim, tenimdeki mum kalıntılarını umursamıyordum. Çıkardığım temiz iç çamaşırlarımı giydim ve diğerlerini dolabımın en arka kısmına sakladıktan sonra kıyafetlerimi hızlıca üzerime geçirmeye başladım.

"Kendi çıkarın için kardeşini alıp gitmeme ikinci kez izin vereceksin." Ediz'in sesi bıçak gibi keskindi ve alaycılıkla bilenmişti. Atalay ise sakindi. Bu duruma bir anlam veremiyordum. "Pardon," dedi Ediz, sırıttığını hissettim. "Üçüncü kez."

Bir an duraksayıp sanki onları görebilirmişim gibi odamın kapısına baktım ve Atalay'ın vereceği cevabı bekledim. Artık bir şeyleri reddetmesinden ziyade itiraf etmesini beklediğimi, hatta belki de istediğimi o an anlamıştım.

"Ne istiyorsun?" diye sordu Atalay bomboş bir sesle.

"Gerçekleri görmesini."

Üzerime geçirdiğim pantolonumun fermuarını da çektikten sonra yatağımı olduğu gibi bırakıp odamdan çıktım. Yakıcı bir hissin, hayal kırıklığının ya da öfkenin beni delip geçmesini bekliyordum. Bir tepki vermeyi, ağlamayı, hatta belki hesap sormayı... Ama o kadar hissizdim ki koridorda ilerlerken Atalay'ın gözlerinin içine baktığımda bakışlarım bomboştu. Bu evin bana yaptığı buydu işte; içimdeki yaşamı çürütüyordu.

"Doğa."

Atalay öne doğru atılınca Ediz bir elini kaldırıp Atalay'ın göğsüne sertçe bastırdı ve onu itti. Ediz ondan daha uzun ve güçlüydü, onu geri püskürtmesi kolay olmuştu. Bakışlarını bana çevirdiğinde gözlerinin içine baktım, bu bana güç veriyordu.

Ve ne Atalay'ın ne Ediz'in ne de kendimin beklediği bir şey yaptım; Atalay hiç yokmuş gibi evin kapısına yöneldim, kapıyı açtım ve çıkıp gittim.

Ediz bana yetiştiğinde bu konu hakkında hiç yorum yapmadı.

Sitenin çıkışına doğru ilerlerken bir an durup omzumun üzerinden arkama baktım. Rüzgârın dağıttığı saçlarımı kulağımın arkasına sıkıştırdım ve geçmişin yavaşlayan nabzını dinledim.

"Doğa."

Cansız bakışlarımı Ediz'e çevirdim. Kısa ama bana asırlar gibi gelen bir süre boyunca birbirimizin gözlerinin içine baktık. Ardından bir zamanlar yaşadığım eve son bir bakış atıp önüme döndüm ve yürümeye başladım. Biz siteden çıkıp arabaya doğru yürümeye devam ederken güvenlik görevlisi hiçbir şey yapmadı, bu da şüphe uyandırmadığımız anlamına geliyordu. Ediz arabanın kilidini açtığında tok bir ses duyuldu ve arabanın ışıkları yanıp söndü.

Yolcu koltuğuna oturduğumda Ediz de çoktan direksiyon başına geçmişti. Motoru çalıştırdı ve el frenini indirdi.

Eski evime dalgın gözlerle bakarak, "Atalay'la neler oluyor?" diye sordum. "Neden gitmene izin verdi?"

Ediz karşılık vermedi.

"Bilmediğim ne var?" diye sordum.

"Yakında öğreneceksin."

"Korkmalı mıyım?"

Araba ilerlemeye başladığında Ediz bakışlarını bana çevirip gözlerimin içine baktı ve "Korkmalısın," dedi.

Dağ evine kadar ikimiz de sessizliğimizi koruduk. Bir ara ona mektubu sormak istedim ama rahatsız olacağını bildiğim için hiçbir şey söylemedim. Dilimde biriken soruların cevaplarını almaktan korkmaya başlamıştım artık; şüphe, düşüncelerimi zehirli bir sarmaşık gibi sarıyordu.

Arabadan çıkıp kapıyı kapattığım sırada Ediz yüzünde sert bir ifadeyle, "Şimdilik olanları düşünmeni istemiyorum," dedi. "Yarın zaten her şeyi öğrenmiş olacaksın."

İçime huzursuzluk tohumları ekilirken beni bekleyen felakete az kaldığını hissediyordum. Sıcak bir duş alıp uyumak istiyordum ama bunun hiçbir şeyi değiştirmeyeceğinin de farkındaydım. Atalay'ın yansıması zihnime zincirlenmişti. Bakışları aklımdan çıkmıyordu.

Dağ evine doğru yürümeye başlamadan hemen önce gökyüzüne baktım, kara bulutlarla doluydu.

Güneş gökyüzünde boğulmuştu.

Tavandan damlayan su yerdeki birikintinin içine dalıyor ve terk edilmiş depoda tok bir ses yankılanıyordu. Sessizliği delip geçen bu ses zihnimin içinde yankılanıyordu ama bir sonraki damla düşene kadar bir mezara dönüşen su birikintisi gibi zihnimin içi de durgundu. Bir anı, zihnimin tavanından damlayarak birikmiş anılarımın arasına karıştığında o birikinti bir an için dalgalanıyor, daha sonra yüzeyi yine kâğıt gibi pürüzsüz oluyordu.

"Anne." Kendi sesim zihnimin içinde yankılandığında sanki bir kırsal alanda, dörtnala koşan bir atın üzerindeydim ve dalgalı saçlarım sırtımı dövüyordu. Görüntüler bir an sonra yerini birbirine karışmış film sahneleri gibi başka bir ana bırakıyordu. Bir ayna çatlıyor ve çatlayan yerlerinden kan sızmaya başlıyordu. Sonra kan aynanın üzerinden yavaşça süzülmeye başlarken ben kendimi tekrar atın üzerinde, güneşin uzandığı o kırsal alanda buluyordum. Bu anlık görüntüler o kadar sessizdi ki huzursuzluğumu kamçılıyordu. "Anne?"

Annemi görmüştüm.

Sanki bir bahçedeydim ve bahçeye asılan çarşafların arasında onları kenara iterek ilerliyordum. Beyaz çarşaflar sahne perdeleri gibi açılınca annemin görüntüsü bir anlığına gözlerimin dolmasına neden oldu. Bir damla gözyaşı yanaklarından süzülürken, çatlayan o aynadan sızan kan da yavaşça aşağıya doğru sızıyordu.

"Anne?" Sesim titriyordu. O an tavandan damlayan su yine yerdeki birikintiye tok bir sesle karıştı ve sesin yankısı anı doldurdu.

Asılı çarşafları kenara iterek ona daha hızlı ulaşmaya çalıştım ama acının ve çaresizliğin tırnaklarıyla kalbimi parçalayarak tırmandığını hissettim. O an beyaz çarşaflara yavaş yavaş kan yayılmaya başladı.

"Kızım?" Annemin sesi de tavandan damlayan o su damlaları gibi anılarımın üzerine damladı ve onları dalgalandırdı. Zihnimin duvarlarına çarpan dalgalar gözlerime yaşların dolmasına sebep olmuştu. Zorla yutkunup çarşafların arasından çıktığımda annem karşımdaydı.

Güneş sanki Tanrı'nın ayı ateşe vermesiyle alev almış gibi gökyüzünde tüm gücüyle parlıyordu. Annemin ela gözlerine yeşil hareler resmetmişti ve gözlerinde biriken yaşlara hapsolmuş bir şekilde içindeki o dünyada parlıyordu.

"Neden ağlıyorsun?" diye sorduğumda sesim anılarımın üzerine devrildi ve derinlere gömdüğüm bir hatıra tohumuna can vererek dallarının içimde yükselmesine, olanca heybetiyle zihnimin içinde dikilmesine sebep oldu. Gölgesinin altında çocukluğum koşuyor, dallarında salıncak kurup sallanıyor, o ağaca tırmanıyordu.

Az önce gördüğüm çarşafların yansıması sanki zihnime saplanmıştı. Çarşaflar, var olmayan bir rüzgârın kollarına girmiş gibi sallanırken zihnimin içi çok sessizdi. Bir an yine annemi görür gibi oldum; salondaydı ve avizeden yayılan ışık, tavanı sarmaşıklar gibi sarmıştı. Bir an için tavan gözüme çok bulanık göründü. Bulanıklık yenilgiye uğramış bir düşman gibi tekrar göz bebeklerime çekilirken bakışlarımı tavandan çekip salonun içinde gezdirdim. Annemin yansımaları arka arkaya geçip bana bakıyormuş gibiydi ama daha sonra görüntüsü netleşti.

İçindeki acıda gözyaşları kaynıyor ve geçtiği yerleri yakıyormuş gibi teni kızarmıştı. Omuzlarına dökülen koyu renkli saçlarını salmıştı. O kadar içten ve sessizce ağlıyordu ki bir an tüm bu sessizliğin renginin onun gözyaşlarıyla aynı renk olduğunu düşündüm.

"Anne?" dedim ya da o an öyle söylediğimi düşündüm. Sesim zihnimdeki birikintide yüzerek yüzeye ulaşmaya çalışmış ama başaramamıştı. Sessizlik, kanatlarını kelimelerimin üzerine kapatmıştı.

Aynadan sızan kan daha da aşağılara indi, bir yerden sonra çatallandı ve üç ayrı koldan ilerlemeye devam etti.

Annemin aldatıldığını öğrendiği o gün, akrep ve yelkovan tarafından ilmek ilmek örülmüş ve geçmişimin üzerine geçirilmişti.

"Benim gibi yaşama kızım."

O an bir tren rayların üzerindeydi, bir köprüden hızla geçiyordu. Bacasından dumanlar yükseliyor, havaya karışıyordu. O an çarşaflar olmayan bir rüzgârda dalgalanıyordu. O an var olmayan bir at yolda dörtnala koşuyor, sırtında beni taşıyordu. Uzaklara dalan bakışlarımı, etrafıma âdeta şaşkınlık sıçratarak anneme çevirdim ve "Üzgünüm," diye fısıldadım.

Annemin dudakları buruk bir gülümsemeye ev sahipliği yaptı. "Üzgün olma..." Sesi dudaklarında parçalanıyor, dışarı o parçalar saçılıyormuş gibi çıkıyordu.

"Seni özledim." Gidip ona sarılmak istiyordum ama ayağımın altındaki zemin sanki bataklıktı ve adımlarım oraya saplanmıştı. Olduğum yerde öylece durup anneme bakmaktan başka bir şey yapamıyordum.

Annem, "Ben de seni özledim," deyince ben de onun gibi ağlamak istedim ama hissettiğim yorgunluk, mimiklerimi bayıltmış gibiydi, sanki mimiklerim yüzüme öylece uzanmıştı. Hiç tepki veremedim. Tren ağaçlarla dolu bir ormana dalarken rayların değil, benim düşüncelerimin üzerinde ilerliyordu.

"Neden, anne?"

Orada öylece durmuş, anneme bakarken sesimde ona hesap sorduğuma dair bir iz yoktu, daha çok kırgınlığın izleri vardı. O kafede güldüklerini gördüğüm anlar bir saatin ucundan damlayarak içimdeki o birikintiye daldığında kendimi çok daha yorgun hissettim. Zaman beni çağlayan bir nehir gibi önüne katarak kurtarmamıştı, ben de annemin de o nehre sürüklenme ihtimali olduğu için hiç yardım istememiştim.

Annem, "Yorgunum," deyince hissettiğim acı, yüzümdeki mimiklerin üzerinde bir fırtına gibi esti ve yerinden kıpırdamayan cansız mimiklerimi bir tarafa sürükledi. Gözlerim dolmuştu.

"Ben de yorgunum," dedim, sesim çatlamıştı. "Hem de çok..."

"Benim gibi yaşama."

Annem bu sözleri söyleyince göz kapaklarımı gözlerime örttüm ve yaşlar yanaklarımdan bir uçurumun kıyısından aşağı yuvarlanan taşlar gibi düşmeye başladı.

"Benim senin gibi yaşamama sen izin verdin anne." Sesim o kadar güçsüz çıkmıştı ki sanki havada parçalara ayrılıp ona ulaşamadan etrafa saçılacaktı.

"Üzgünüm," diye fısıldadım bir daha, topraklarım ölü öfkelere gebeydi. Belki de anneme kızmalı, bağırmalı ve hesap sormalıydım ama sadece dibi bana mezar olacak kadar derin bir üzüntü hissediyordum. Ben de ona buruk bir şekilde gülümsediğimde aynadaki çatlaklar uzadı, kan daha hızlı akmaya başladı, tren ormanın içine daldı, at daha hızlı koşmaya başladı.

"Üzgün olma."

"Beni affedebilecek misin?" diye sorduğunda ondan bana miras kalan o suçluluk duygusunun, içini nasıl yaktığını biliyordum. Derin bir nefes aldım ve beni olduğum kişi haline getiren bu kadına baktım; ne yaparsa yapsın ona hiçbir zaman kızmamıştım.

"Affettim," dedim ama sesim tereddüt etmemişti. O an annemin bakışları omzumun üzerinde bir noktaya takılınca ruhunun, teninin altında mum misali eridiğini hissettim. Acı da o mumun üzerinde yanan alev gibi gözlerinde parlıyordu. Ona dikkatle baktıktan sonra ben de omzumun üzerinden yavaşça arkama baktım; tren, dumanını gökyüzüne çizerek dağın eteklerinde dönmeye başlamıştı, ağaçlar da iki yanda rayların bekçisi gibi dikiliyordu.

Uçuşan çarşafların arasından bana bakan çocukluğumun gözlerindeki şaşkınlığı görünce bakışlarım bir an için onun varlığına saplanıp kaldı ama ben ne onun hissettiği şaşkınlığı hissetmiştim ne de gözlerime onun gibi korku tohumları ekilmişti.

"Anne?" diye seslendi ve sesi kulaklarımın içine akarken geçtiği her yeri yaktı. Beyaz çarşaflardan biri önüne bir perde gibi çekildiğinde gözlerinde annemden yardım istediğini gösteren bir ifade vardı. Annemin ne yapacağını merak ederek önüme döndüm ve çocukluğumun gözlerinde gördüğüm o şaşkınlığı ezberleyen gözlerim şaşkınlıkla doldu.

Annem yoktu.

"Anne!" Çocukluğumun attığı bu çığlık korkuyu ve çaresizliği taşıyordu, bense önümdeki kimsesizliği öylece izliyordum.

"Anne yardım et!" Gözyaşları sesiyle beraber akıyordu. "Anne, lütfen!"

Boş bakışlarım omzumun üzerinden arkama çevrilirken içimdeki bütün çocukların kimsesiz çığlıklarını dinliyordum. Beyaz çarşaflardan birinin ucu annemin göz bebeklerinden yükselen o mumun ateşiyle alev almış gibi yavaş yavaş yanıyordu ve sanki alınan bir kararı elden ele gezdirir gibi diğer çarşaflara da sıçrıyordu.

Çocukluğum, "Anne!" diye haykırırken ben boş bakışlarıma o alevleri çiziyordum. "Anne, bana yardım et!"

Alevler çocukluğumun etrafını dört duvar misali sardığında korku dolu çığlıklarını hiç tepki vermeden dinledim. Çocukluğum yanıyordu ve külleri benim damarlarımdan akan kana karışacaktı. Geçmişe gitsek dahi hiçbir şeyi değiştirme şansımız yoktu, bunu biliyordum. Değiştireceğimiz tek bir an, o anı değiştirirken olduğumuz kişiyi de yok etmek anlamına gelirdi, kısacası kimsenin elinden bir şey gelmiyordu. Tek bir anı değiştirmek, yazılacak olan bütün tarihi değiştirmek demekti, şu an çocukluğumu öldüren bu yangının zamanın üzerine yayılması demekti ama zamanı yok etmek mümkün değildi.

Zaman her yerdeydi.

Önüme dönüp yürümeye başlamadan hemen önce kenarda, yerde öylece duran oyuncak ayıyı gördüm. O sırada ayna çatladığı yerden parçalandı ve parçalar içime saplandı, tren ağaçların arasında çok daha hızlı akmaya başladı, dörtnala koşan at şaha kalktı ve gölgesi zamanın üzerine düştü. Boğazımda bir düğümle oyuncak ayıya doğru ilerlerken bakışlarım hâlâ bomboştu.

Yere eğilip oyuncağı elime aldım. Zihnimdeki beyaz çarşaflar hâlâ var olmayan bir rüzgârın kollarında dalgalanıyordu ama bu sefer alev alevdiler. Doğrulup elimdeki oyuncağa baktım. Çocukluğumun çığlıkları bütün geleceğimin üzerine o alevler gibi hızla yayılıyordu. Oyuncağı kolumun altına sıkıştırdım, çocukluğuma arkamı döndüm ve yürümeye başladım.

Bilinçaltım parçalanarak kıtalara ayrılmış gibiydi ve her kıtada geçmişin fosilleri, geleceğin mezarı, kâbusların evleri vardı.

Gözlerim yavaşça aralanırken kirpiklerim kibrit çöpleri misali tek tek alev alacak gibiydi. Bütün hisler içime çökmüştü ve uyumuş olmama rağmen kendimi o kadar yorgun hissediyordum ki hiç dinlenemediğimi anladım. Yanağımı Ediz'in göğsüne yaslamış halde bir süre öylece boşluğu izledim. Bir sürü şey taşıyordum ama sanki şimdi hepsi boşluğun içinde aşağıya doğru yuvarlanıyordu ve ben sadece onların sessizce zihnimin derinliklerine, en dibe çökmelerini izliyordum.

"Kâbus görüyordun."

Ediz'in sesi gördüğüm kâbusun anımsadığım kısımlarına sızmıştı. Gökyüzündeki o güneş hâlâ zihnimin içinde asılı duruyordu, bir sessizlik tarlası vardı. Beyaz çarşaflar uçuşmaya devam ediyordu ama rüzgârı hissedemiyordum. Ediz kolunu belime sıkıca doladı ve "İyi misin?" diye sordu. Parçalarına ayrılan o aynayı ve sızan kanı anımsadım.

"Sadece böyle kalsak olur mu?" diye sordum ben de sorusuna karşılık olarak. Sesim hissettiğim kadar yorgun çıkmıştı. Ediz belimi daha da sıkı sarıp, "Olur," diye mırıldandı.

"Sen beni onlardan daha çok koruyorsun." Bu sözleri söylerken havanın karardığını ve camları geceye boyadığını gördüm. Kaç saattir uyuyordum? Bana gözlerimi kapatmam ile açmam bir olmuş gibi geliyordu; yorgunluğum azalmak yerine daha da artmıştı. Kurduğum cümledeki her harf Ediz'in teninin altında yüzerken Ediz sularına zehir katılmış gibi bir an kaskatı kesildi.

"Kimlerden?" diye sordu ama aslında ne demek istediğimi anladığını biliyordum.

"Onlardan," dedim. Sesimin tınısında küçük bir kız çocuğu sallanıyordu. "Ailemden."

Cevap vermedi. Bu durum hakkında ne düşündüğünü bilmiyordum ama her ne düşünüyorsa belimi daha da sıkı sarmasına ve beni iyice kendine doğru çekmesine neden oldu. Kendimi boşluğu izleme devam edecek kadar boş hissetsem de duygularımın uyuşmuş olması, var oldukları gerçeğini değiştirmiyordu. Ben de Ediz'e iyice sokularak gözlerimi kapattım.

"Her şey başından beri daha farklı olabilirdi," dedi sabit bir sesle. "O gece o sokakta gülümsemeyebilirdin. Sana her kötü davrandığımda bana aynı şekilde karşılık verebilirdin, iri gözlerinle bana kırgın bakışlar atmayabilirdin." Ediz'in dişlerini sıktığını hissettim. "Bana karşında seni öldürmek isteyen bir katil değil de baban varmış gibi bakmayabilirdin. Güvenmeyebilirdin. Yaptığım her şeyde durumu sorgulamadan peşimden gelmeyebilirdin."

Bir şey Ediz'i o kadar çok yakıyordu ki ona güvendiğim her saniye, içindeki yangına cehennem odunları misali atılıyormuş gibi hissettim.

"Neden böyle konuşuyorsun?" diye sordum. Gözlerim hâlâ kapalı, sesim yorgundu.

"O gece o sokakta o sözleri duymayabilirdin."

Kaşlarım çatılmıştı. Başımı kaldırıp yüzüne baktım. O da gözlerini kapatmıştı. Hisleri iki kaşının arasında içi düşünce kaynayan bir yarık açmış gibiydi, kaşları çatılmıştı.

"Sen neden bahsediyorsun?" diye sordum, tüm bunlara hiçbir anlam veremiyordum.

"Merak ediyorum, söylesene," dedi o yeşil gözlerini açıp bana bakarak, "kendini olduğun kadar değersiz hissediyor musun?"

O gece gözümün önüne geldi ve önce yolu aydınlatan loş sokak lambası acılarımda bir çukur kazarak onları açığa çıkardı. Ardından gözlerimin içine bakan yeşil gözler belirdi ve dizlerimi acıtan asfalt yolu hisseder gibi oldum.

Ediz orada bütün duygularıma şahit olmuştu; duvarlarımın yıkıldığı, tuğlaların altında can çekiştiğim o anlara... Bu sözler öyle bir parçalamıştı ki beni, belki de şu an hissettiğim bütün yorgunluğun kökleri bu sözlerden içime uzanıyordu.

Bu sözler o kadar gerçekti ki beni her şeyden çok daha fazla yıkmıştı. Bakışlarımı Ediz'e çevirdiğimde bu sözlerin getirdiği yıkımın sadece benim içimde olmadığını gördüm, Ediz'in içindeki bir şeylerin de boş bir çuval gibi yığılmasına neden olmuşlardı.

Sanki aklımdan geçenleri okuyabiliyormuş gibi sessizce, "Kararlılık," dedi. "Artık eskisi kadar kararlı değilim."

"Hangi konuda?" diye sordum ama hiçbir şey söylemeden gözlerimin içine baktı. Sanki göz bebeklerinden aşağı bir ip sarkıtıp zihninin derinliklerine inmemi ve düşüncelerine ulaşmamı istiyordu.

"Beni asla affetme," dedi. Hâlâ gözlerimin içine bakıyordu.

"Bunu daha önce de söylemiştin," diye mırıldandım ve Ediz uzandığı yerden kalkıp bana baktı. Yeşil gözlerinde alfabesine bile yabancı olduğum bir dille yazılmış bir metin vardı sanki. "Neden?"

"Affetme işte," dedi buz gibi bir sesle.

"Neler oluyor?"

Hiçbir şey söylemeden yataktan çıktı ve banyoya doğru ilerlemeye başladı. Aramıza tekrar koyduğu o mesafe, içimdeki huzursuzluğun tekrar yüzmeye başlamasına sebep olmuştu. Ediz'e arkasından şaşkınlıkla baktım.

"Hazırlan, çıkacağız," deyince kollarımı bedenime sarmak istedim. Sanki parçalarıma ayrılmak üzereydim ve bunu kollarımı bedenime sararak engelleyebilirdim.

"Nereye gideceğiz?" diye sordum yatağın ortasında öylece oturmaya devam ederek.

"Gece kulübüne." Banyoya girmeden önce omzunun üzerinden bana baktı. "Giyeceklerin şu poşetin içinde."

Bir an kenardaki poşetlere baktım ve bir soru, düşüncelerimin arasından nefes nefese çıkıp bana baktı.

"Bütün bunları nasıl yapıyorsun, polisler seni her yerde arıyorken?"

Ediz'in ifadesiz bakışları hâlâ üzerimdeydi. Gözleri gözlerimde o kadar uzun süre oyalandı ki bir açıklama yapacağını sandım ama o her zamanki gibi bana sadece bakmakla yetindi ve kapıyı açıp banyoya girdi. Beni yine anlamsızlığın pençelerine bırakmıştı.

Gözlerim odanın köşesindeki saate takıldığında saniyelerin gece yarısına doğru adım adım ilerlediğini gördüm. Sanki saatin kolu da nabzımla aynı hızda ilerliyordu. Yavaşça yutkunduğum sırada takvime kayan bakışlarım şaşkınlığa kapılmama neden oldu. Gözlerimi takvimden ayırmadan yatağın üzerinde emekleyerek komodine doğru ilerledim ve onu alıp diz üstü oturdum.

Bugün benim doğum günümdü.

Güneş gökyüzünde boğulurken şaha kalkan o atın nalları tekrar yere bastı. Attan indim ve ipini tutarak onunla beraber yürümeye başladım. Tren hızını artırarak ilerlerken gerçekler cehennemin üzerinde kanat çırpmaya devam ediyordu.

Takvimi yerine koyduğumda düşüncelerim her yerdeydi ama hiçbirinin sesini duyamıyordum. Doğum günlerine önem veren biri değildim fakat her yaşında bir önceki yaşını öldüren biriydim; bugün bir önceki yaşımın ölüm günüydü.

Dalgın bakışlarla yataktan çıkıp Ediz'in gösterdiği poşetlere doğru ilerledim. Neler olacağı hakkında hiçbir fikrim yoktu. Neler olacağını sorgulama isteğim de yoktu. Belki de Ediz haklıydı; o gece o sokakta o sözleri duymamalıydım. O gece inancım benden alınmıştı ve bir daha hiçbir şeyi toparlayamamıştım.

Poşetin içinden çıkan siyah, mini elbiseyi üzerime geçirdim ve aynanın karşına geçip kendime baktım. Her şey aynıydı; dışarıdan sağlam görünen, içten içe çöken bir bina gibiydim. Saçlarımı omuzlarımın gerisine atınca havada sallanan bir saatin ipinin koptuğunu ve içimdeki kumun üzerine düştüğünü hissettim. Saat kuma saplandığında etrafa kum taneleri değil, kan sıçramıştı.

Tenim solgun görünüyordu, gözlerimin altındaki mor halkalara aşina olsam da gözlerim daha önce hiç olmadığı kadar sönük görünüyordu. Bir rüzgâr orada yanan mumu söndürmüşçesine artık sadece ölen mumun kustuğu o duman kalmıştı sanki.

Poşetlerden çıkan makyaj malzemeleriyle yorgunluğun yüzümde bıraktığı bütün izleri kapatsam da bakışlarım için yapabileceğim bir şey olmadığını biliyordum. Ben yatağın kenarına oturup topuklu ayakkabıları ayağıma geçirirken Ediz, onu takip eden sıcak bir buhar dalgasıyla banyodan çıktı. Beline sardığı havlu dışında tamamen çıplaktı ve saçlarından su damlıyordu.

Dilimin sessizliği içimde daha da büyüdüğü için, "Bu gece planın ne?" diye sordum.

El havlusuyla saçlarını kuruluyordu. Yeşil gözlerini bana çevirdiğinde bakışlarında banyoya girmeden önceki o kararsızlığın olmadığını gördüm, aksine şimdi karşımda çok daha kararlı bir adam vardı.

"Bu gece bazı şeyleri bitireceğim," dediğinde ayakkabılarımı giymiştim, ayağa kalkıp ona baktım.

"Neyi?" Gözlerindeki ifade o kadar belirsizdi ki hiçbir şey yakalayamıyordum.

"Anlaşma bitti."

Bazen tüm zamanın üzerinde süzüldüğümü hissederdim. Gökyüzünden bütün vadileri, bütün denizleri, bütün dağları görüyormuşçasına kendimi geleceğin ve geçmişin üzerinde asılı gibi hissederdim. Sonra içinde bulunduğum ana öyle bir çakılırdım ki ruhumun omurgasının kırılırken çıkardığı sesi duyardım.

"Anlamadım?" dedim sorarcasına. Boğazıma bir şeyler tutunmuştu ve yutkunmamı engelliyordu.

"Duydun," dedi Ediz elindeki havluyu bir kenara atarak.

"Her şey bitti mi?" Bu soruyu sorduğumda içimdeki korkunun kaynattıkları onunla ilgiliydi ve bu beni dehşete düşürüyordu. Her şeyin bittiğini, kendimi tekrar o evde, o odada bulduğumu, yola onsuz devam ettiğimi düşünemiyordum.

"Anlaşma çoktan bitmişti." Ediz burnundan derin bir nefes alırken gözlerini kapattı.

"Anlamıyorum," dedim. Gözlerini tekrar açıp bana baktı, orada kararlılığın yanında kıvranan bir duygu daha vardı. Neydi bu? Pişmanlık mıydı?

"Bu gece başka bir anlaşmayı bitireceğim," dediğinde acıyı o kadar derinlerimde hissettim ki dudaklarımın arasından dökülen nefesime bile karıştı.

"Beni serbest mi bırakacaksın?"

Başını hafifçe iki yana salladı. "Hayır." Ellerimin titrediğinin o ana kadar farkında değildim. Artık beni gerçeğe sürükleyen o rüzgârdan kaçamayacağımı hissediyordum. Gerçeğe ulaştığım an geride bir enkaz bırakacaktım ve o enkazın altında beni gerçeğe sürükleyen rüzgâr da olacaktı.

Ben gerçeğe yakalandığımda Ediz gitmiş olacaktı.

"Kaldıramıyorum." Sesimde de depremler vardı ve o depremlerden kaçıp dudaklarımdan atlamayı başaran tek kelime buydu.

"Doğa," dedi Ediz bana yaklaşarak ama ben başımı deli gibi iki yana salladım, yaşlar yanaklarıma süzüldü.

Bir kez daha, "Kaldıramıyorum," derken bakışlarımı Ediz'den çekmiştim. Onu görünce içimdeki acı zincirlerini zorluyor, özgür kalmak için ileri atılıyordu. Bu acı serbest kaldığı an, gerçeğe ulaşacak olan adımlarım bile sakat kalırdı.

"Bana bak," dedi Ediz beni yatıştırmak istercesine. "Bana bak güzelim..."

Başımı iki yana sallamaya devam ediyordum. Çenemi kavradı ve beni ona bakmaya zorladı. Gözlerimdeki yaşlar yanaklarımdan art arda düşüyordu. Gözyaşlarım bile içimdeki depremden kaçıyordu.

"Her şey yoluna girecek." Yeşil gözlerindeki ışık, gerçeğin üzerine dökülerek onu bana göstermeye çalışıyor gibiydi. "Bitecek. Söz veriyorum."

"Ya benim kurtuluşum yoksa?" diye sordum. O sırada beyaz çarşaflar uçuşuyor, küçük bir kız çocuğu o çarşafların arasından bana bakıyordu.

Ediz sesiyle ruhumun susuzluğunu gidererek, "Ne şekilde olursa olsun," dedi, "seni kurtaracağım ama artık bana güvenmeni istemiyorum."

"Benden bunu isteme," dedim, sesim çatlamıştı. "Lütfen..."

"Yapma," dedi sertçe. "Yapma."

"Sen önümde durduğunda gölgem bile senin üzerinde ayakta kalıyor." Elimin tersiyle yanaklarımdaki yaşları sildim, sanki umudun kanı yüzüme yayılmıştı. "Sana nasıl güvenmememi istersin?"

"Ya bunca zamandır önünde seni ayakta tutmak için değil de bir şeyleri görmeni engellemek için durduysam?" dedi Ediz tek kaşını kaldırarak. "O zaman da mı güvendiğin adam olacağım?"

"Bunu bana neden yapıyorsun?" diye sordum hıçkırarak. Sanki o tren, damarlarımın üzerinde hızla ilerliyordu ve keskin tekerlekleri artık damarlarımı parçalıyordu. Yüzümü ellerimle kapatıp hıçkırıklarımı ve gözyaşlarımı avuçlarımın içinde biriktirmeye başladım, sarsılarak ağlıyordum. "Ben sana ne yaptım?"

"Hiçbir şey," diyerek iri elleriyle ellerimi yüzümden çekti, onun yüzüyse ifadesizlikle örtülmüştü. "Ağlamayı kes." Ama ben daha fazla ağlamaktan başka bir şey yapamadım. "Sana ağlamayı kes dedim!" diye üsteledi Ediz.

Bileklerimi kelepçe gibi saran ellerinden kurtulmaya çalıştım ama bu onu daha da sinirlendirmekten başka bir işe yaramadı. Beni çekip sırtımı odanın duvarına sertçe çarptı ve "Ağlama!" diye kükredi. "Sen ağladığında şu siktiğimin duygusunu hissetmekten nefret ediyorum! Ağlama!"

Ağlamamaya çalıştım ama içimdeki acı ve çaresizlik o kadar fazlaydı ki ben önüne ne kadar bariyer koyarsam koyayım hepsini yıkarak gözlerime ulaşıyor ve içimdeki yıkımdan kaçmak istercesine yaşlar halinde yanaklarımdan aşağı kendini bırakarak intihar ediyorlardı.

Ediz beni bedeni ile duvar arasına sıkıştırdı ve yüzünü yüzüme yaklaştırdı. "Siktir, ağlama," diye emretti. Ardından beni yine sertçe duvara yasladı ve dudakları dudaklarımı tamamen esir aldı. Tuvalin yarısını geceye, yarısını gündüze boyayan bir ressamın, fırçasının ucunu gecenin üzerinden kaydırarak gündüze, gündüzün üzerinden kaydırarak geceye karıştırması ve bir şehre gece ile gündüzü aynı anda yaşatması gibi bir şeydi bu.

Bir eli sırtıma gidip üzerimdeki elbisenin fermuarını aşağı indirdiğinde beni yakan parmak uçları bir suyun yüzeyine dokunur gibi fermuarın açılan yerinden tenime kaydı. Dokunuşunun altında tenimin dalgalandığını hissettim. Geceyi yudumlayan gündüz gibi Ediz'in dudaklarıma karışan varlığı da ruhuma yayıldı. Beni o kadar uzun süre öptü ki nefesim nefesine kurban oldu.

Dudaklarımı serbest bıraktığında gözlerim hâlâ kapalıydı ama nefes nefese kalmıştım.

Parmakları elbisemin eteğine kaydı ve onu bir çırpıda üzerimden çıkardı. Ardından dudakları tekrar dudaklarımı buldu, bir eli belimde bir yol çizerek kalçalarıma yöneldi ve parmakları soğuk su gibi aşağıya doğru akmaya başlayınca titredim.

Ediz varlığını bütün bedenime dalga dalga yayarken sanki gözlerindeki o ormanda, havada asılı kalmıştım. Ağaçlardan yükselen alevler bana dokunmuyor gibiydi, akan nehrin sesi gitgide güçleniyordu. Ediz beni kalçalarımdan tutup hiç zorlanmadan kaldırdı, ben de bacaklarımı beline sararak ona sıkıca tutundum. Parmaklarım saçlarının arasından kayarken ruhuma dikenler saplanıyormuş gibi hissettim ama onun boğazının gerisinden ölümcül bir ses yükseldi ve beni sertçe öpmeye devam etti. Gözyaşlarım hâlâ yanaklarımdan süzülüyordu.

Sutyenim olmadığı için çıplak tenlerimiz birbirine karışan iki nehir gibiydi. Onun varlığını her zerremde hissetmek içimde öyle bir güven doğuruyordu ki kurduğu bütün cümleler hissettiğim bu güvenin üzerinde cansız bir şekilde yüzüyordu.

Dudakları dudaklarımı serbest bıraktığında ince kollarımı boynuna dolayarak ona sıkıca sarıldım ve "Ediz," diye fısıldadım. İsmi dudaklarımda dua gibiydi.

Beni duvardan uzaklaştırıp yatağa taşımaya başladığında kalbim öyle hızlı çarpıyordu ki kalp atışlarımın onun teninde yankılandığını düşündüm. Beni yavaşça yatağa yatırdı, ellerimle boynunu takip ettim ve parmak uçlarımla yüzüne dokundum. Dişlerini sıktığı için çenesi kaskatıydı ve kirli sakalı parmaklarıma batıyordu.

"Sana yapmadığım tek kötülük bu," dedi gözlerinden alevler yükselirken. "Seni o kadar rahat altıma alabilirdim ki... Her gece inleyerek benim adımı söylerdin."

"Neden yapmadın?" Ağlamaklı olduğum için sesim çatlamıştı.

Ediz dişlerini daha da sıkarak gözlerini kapattı. Bir cevap beklesem de dudaklarının kapısı o cevaba kapalı gibiydi. Gözlerini tekrar açtığında alevler çok daha güçlüydü.

Dudaklarımız tekrar birleşti ve Ediz beni yatakta iyice geriye çektikten sonra üzerime çıktı. Benim altımda sadece iç çamaşırım, onun altındaysa beline sardığı havlu vardı; tehlikenin o incecik sınırında ip cambazlığı yapıyordum. Yine de ne ondan ne de bana yapacaklarından korkuyordum.

Dudakları boynuma yönelmişti. Tenimden bir şeyler almak istercesine sertçe keşif yapıyordu. Bir eli göğüslerime gitti ve "Lanet olsun," diye mırıldandı. Dudakları da boynumdan göğsüme doğru yavaşça kaymaya başlayınca bedenim ona doğru bir kavis çizdi, tenim tenine değdi ve bir elim istemsizce yatağın başlığına uzandı. Oraya sıkıca tutundum. Ediz'in dudakları göğüslerimde gezinmeye başlarken dudaklarım aralandı, nabzımın gümbürdediğini duyabiliyordum. Gözlerimi açıp tavana baktım. Bulanıklık göz bebeklerimden taşıyor, görüş alanıma yayılıyordu.

Sanki o an kanatlarım kırık olsa da ben havada asılı duruyordum. Alevlerin pençelediği gökyüzündeki bulutlar da bulanık görünüyordu. Sanki bir kurşun kalem ucunun kâğıda dökülen tozunu temizler gibi yeryüzündeki dumanı temizliyorlardı, saçlarım dalgalar halinde kanatlarımın üzerine uzanıyor ve etrafımda süzülüyordu.

Ampulün tavana vuran ışığı canlı gibiydi. Sanki o an gerçekten dörtnala koşan bir atın sırtındaydım, zamanın üzerinde asılı duruyordum ve aynı anda o kadar çok yerdeydim ki bu, yaşamın sonu olan ölüm düşüncesini bir araya topluyordu. İnsan kendini ne kadar fazla hissederse ölüm de o kadar çoğalıyordu.

Ediz dişleriyle göğsümün ucunu hafifçe çekti.

"Ediz!" diye inledim, nefes alıp verişlerim iyice hızlanmıştı. Dudakları göğüslerimdeki o vadiyi de aşıp aşağıya doğru kayarken sadece dokunuşları bile içimde bir şeyleri uyandırıyordu.

"Bana güvenme Şahmeran," diye tekrar fısıldadığında nehirler çoktan tersine akmaya, ağaçlar alevleri yakmaya, dumanlar yeryüzüne çökmeye başlamıştı; tamamen onundum. Varlığını birden fazla yerde olacak kadar çok hissediyordum ve kendimi fazla hissettiğim kadar ölüm de çoğalmıştı.

"Seninim," diye fısıldadım.

Yaşlar yanaklarımdan çığ gibi düşmeye devam ediyordu ve bu kabulleniş, kendi zincirlerimi kendim örmem gibiydi, bir yazarın bir daha asla roman yazmayacağını söylemesi gibiydi, içilen son şarap, geçirilen son gece gibiydi, tek bir kalp atışına bütün bir ömrü hapsetmek gibiydi.

Ediz iç çamaşırımın başladığı yerde durduğunda onun da nefes alıp verişlerinin hızlandığını fark ettim, göz kapakları gözlerine örtülünce kendi içinde bir savaş halinde olduğunu anladım. Dudaklarıyla yaptığı keşfe devam edeceğini sanmıştım ama o bunun yerine başını iç çamaşırımın üzerine yaslayıp, "Benimsin," dedi.

Havada asılı duran bedenim hızla düşmeye başlamıştı. Artık kırık kanatlarım beni kurtaramazdı, etrafıma bir kefen gibi sarıldılar. Onun arafına, o acı nehirlerine düştüm ve sırtım nehirlerin dibine dokundu. Kendi ellerimle ördüğüm zincirler beni orada bekliyordu.

"Ben seninle ne yapacağım?" diye sordu Ediz yavaşça.

"Sadece gitme." Sesim ağlamaktan kısılmıştı.

"Doğa..." Ediz'in sesi meseleye bir nokta koymak istediğini gösterecek şekilde vurucuydu. "Sinirleniyorum."

Başımı hafifçe öne eğerek gözlerimi gözlerinin esaretinden kurtardığımda duvarlarımın ardındaki o karanlığın beni boğazının derinliklerinden aşağı yavaşça ittiğini, sonra tuttuğunu hissettim. Dudaklarımın arasından yaşamdan yorulmuş soluklar alıp veriyordum.

"Buradayım." Bu kez sesi daha yumuşaktı. "Hiçbir yere gitmiyorum."

"Yorgunum." Gözlerime dibi olmayan bir boşluk kazacak ve o boşluğu gözlerime dokunan her şeye mezar yapacak kadar yorgundum.

"Buradayım," dedi Ediz tekrar. Her güneş tutulduğunda ay ve güneş gökyüzünde sevişir, yeryüzüne yayılan gölge, güneşin kanı olurdu ve ay, gündüze teslim olan güneşin teslimiyetini fark etmeden geceye geri dönerdi. Ediz de geceye geri döndüğünde ben belki dimdik duracaktım ama yere düşen gölgem yenilgimin bir sembolü olacaktı.

"Bana bak," dedi sertçe, nabzım damarlarımda deprem gibiydi. "Buradayım."

Parmaklarım saçlarına karıştı.

"Şimdi benden uzaklaşmalısın." Bu sözleri dişlerinin arasından söylemişti. "Kontrolümü kaybetmek üzereyim ve emin ol, kontrolümü kaybetmemi istemezsin."

"Ediz..." diye fısıldadım ama gözlerinin her haresine tehlike saplanmıştı.

"Uzaklaş."

Ben sersemlemiş bir halde ona bakarken Ediz gözlerini kapatıp sesli bir şekilde yutkundu. O an kontrolünü kaybetmemek için verdiği savaşı görünce bir karar, içimdeki kırılmış aynanın parçalarından birine düştü ve ince bir ışık hüzmesi gibi içimdeki yığınların arasından yükseldi.

Ben ona çoktan teslim olmuştum.

Başını kaldırdığında bedenimi geri çekip ona baktım; beni benden bile daha iyi tanıyan adama... O an bir gülün tomurcuğu serpildi ve beyaz yaprakları serbest kaldı. İçimdeki his bana fazla geliyordu. Dizlerimi bitiştirip karnıma doğru çektim ve kollarımı etrafına sardıktan sonra sırtımı yatağın başlığına yasladım. Ediz de benden uzaklaştı, gözlerinde gölgeler vardı.

"Hazırlan," dedi buz gibi bir sesle. "Gitmemiz lazım."

Hiçbir şey söylemeden bir süre öylece durdum ve kalp atışlarımın normale dönmesini bekledim. Ediz tekrar banyoya yöneldiğinde içimdeki huzursuzluğu nasıl kontrol edebileceğimi bilmiyordum. Ne zaman bana karşı soğuk davransa huzursuzluk, topraklarımı bir köstebek gibi kazarak içimde ilerliyordu. Toprak dışarıdan düz görünüyordu ama içi delik deşikti.

Sanki ruhum bedenimin içinde uzun zamandır baygın yatıyordu ve Ediz onu uyandırmaya, ayağa kaldırmaya başlamıştı. Onu tanımadan önce var olan her şeyin anlamı solmuş gibiydi. İzlediğim filmlerden hatırladığım evlerin üzerlerine bile bir okyanus örtülmüş, yıllar önce orada unutulmuş gibi yosun tutmuşlardı. Harabelerin arasında yüzen balıklar dahi terk edilmişliğin izi olacak kadar unutulmuşlardı, *varlığın bile terk edilmişliğin izi olacak kadar* unutulmuştu.

Yine o salıncaktaydım. Küçük ellerim salıncağın zincirlerini kavramıştı. Başımı geriye atmış, ayaklarımı öne doğru uzatarak huzurlu bir şekilde sallanıyordum. Şimdi büyüyen ellerim yine bir zinciri kavramıştı, bir salıncağın zinciri değildi bu ama ruhumu en az o anki kadar özgür kılmıştı.

Yataktan çıkıp Ediz'in bir kenara fırlattığı elbiseyi alırken aklım bambaşka yerlerdeydi. Bu nedenle baktığım yerleri bile göremeyerek elbiseyi dalgın dalgın tekrar üzerime geçirdim. Dolabın aynasına düşen yansımamla bir an göz göze gelince zihnimin içinde de bir sürü ayna varmış gibi hissettim. Sanki dört duvarı da aynalarla kaplı bir odanın ortasında kalmıştım ve yansımalarım zihnimde bir boşluk açarak sonsuzluğa uzanıyordu. Aynaya o kadar uzun süre bakmıştım ki dakikalar sırtıma çarparak ayaklarımın dibinde birikmeye başlamıştı.

"Doğa?" Ediz'in sesini duyunca gözlerimi kırpıştırdım, bakışlarım aynadan koptu.

Banyoya doğru, "Efendim?" diye seslendim ama yanıt kapının açılması oldu. Ediz'in bakışları mesafeli ve soğuktu. Banyodan çıktığında hazırlanmış olduğunu gördüm, odanın içinde ilerleyip kenardaki paltosunu aldı ve üzerine geçirdi.

"Gece kulübüne gideceğiz, ona göre hazırlan."

"Neden?" diye sorduğumda gözlerinde hiçbir ifade belirmedi, diline de zihninden cümleler düşmedi. Bana hiçbir zaman yeterince açıklama yapmadığı için buna alışmıştım. Paltosunun yakasını düzelterek odanın kapısına yöneldi.

"Bekletme beni," dedi gözünü bile kırpmadan. "Dışarıda sigara içiyorum."

Benim cevap vermemi beklemeden odadan çıktı. Önce dağ evinde yankılanan ayak sesleri duyuldu, ardından kapının açılma ve kapanma sesi. Boş gözlerle bir süre arkasından baksam da dağılan makyajımı temizledikten sonra tekrar hazırlanmaya başladım.

Üzerime kalın bir mont giyip dışarı çıktığımda Ankara kışının çetinliğini bir kez daha hatırladım. Ediz arabasına yaslanmış sigara içerken, yanında ona bir şeyler anlatmakta olan Uygar'ı kaşları çatık halde dinliyordu. Gece ile Uygar yeni gelmiş olmalıydılar çünkü araba lastiklerinin karın üzerinde bıraktığı iz tazeydi. Uygar gergin bir tavırla bir şeyler anlatırken yerdeki kar birikintisine hafifçe tekme attı ve kar taneleri etrafa saçıldı.

Yanıma yaklaşan Gece'nin mavi gözleri bembeyaz karların içinde daha da dikkat çekici hale gelmişti. "Nasılsın Doğa?"

Ona gülümsedim. "Teşekkür ederim. Sen nasılsın?"

"İyiyim," dedi ellerini soğuktan korumak için ceplerine sokarak, ardından benimle birlikte Ediz ile Uygar'a doğru yürümeye başladı. "Ediz'in şu sıralar ne planladığından haberin var mı?"

"Hayır," dedim sakince. Ediz benimle planlarını paylaşmazdı zaten ama Gece'nin benimle bu konuları konuşmasına şaşırmıştım.

Gece, Ediz'e hızlı bir bakış atarak, "Ben sadece onun için endişeleniyorum," dedi. Ediz Çağıran her zamanki gibi görünüyordu; uzun boyu, geniş omuzları, dik duran başı, dağınık saçları ve sakallarıyla... İfadesizliği yüzüne sinmişti ama bakışlarında bir farklılık olduğunun ben de farkındaydım. İki parmağının arasında tuttuğu sigarasını dudaklarına götürdü ve derin bir nefes çekti, bunu yaparken gözlerini kısmıştı. Her şey yolunda gibiydi, sanki gerçekten kül olan sadece sigaranın ucuydu ama ben onun bakışlarındaki değişimi görebiliyordum. Sanki gözlerinin yeşil kısımlarını bir arada tutan o siyah çemberler de yanıyor, kül oluyordu.

Gece'ye, "İyi olacaktır," dedim ama onun için ben de endişeleniyordum.

Yanlarına gittiğimizde Ediz bakışlarını gözlerime çevirdi ve gördüğü bir şey bir anlığına bakışlarının gözlerimde takılı kalmasına sebep oldu. Gözlerini benden ayırmadan sigaranın dumanını dudaklarından serbest bıraktı ve izmariti rastgele fırlattı.

"Gidelim," derken de bakışlarını gözlerimden ayırmamıştı. Düşünceleri gözlerine örümcekler gibi düşüyor, bakışlarındaki ifadeyi ağ gibi örüyordu. Sanki bakışlarında ona yabancı olan bir şeyler vardı; gözlerindeki o ormana dalan, ağaçların arasında koşan ama sınır dışı edemediği bir şeyler...

Ediz bakışlarımızı birbirinden kopararak şoför koltuğuna yöneldiğinde ben arkasından ona bakmaya devam ettim. Arabanın kapısını açıp dikkatlice içeri girdi.

Uygar bir elini omzuma koyup, "Nasılsın fıstık?" diye sorunca dudaklarımın kenarları yanaklarıma güçlükle tırmandı, gülümsedim.

"İyiyim, teşekkür ederim," diye mırıldandım. Batmak üzere olan güneş koruluktaki ağaçların ardından, dalların arasından sızarak hâlâ gözümü alıyordu. "Sen nasılsın?"

"İyiyim, iyiyim," dedi gülerek. Çenesinin ucuyla Ediz'i işaret etti. "Diken üzerindeyken hiç çekilmiyor."

"Sorun ne?" diye sordum ama Uygar arka kapıyı açıp kaşlarını kaldırdı. Gözlerinde muzip bir ifade parlıyordu. "Her zamanki Ediz işte."

O sırada Ediz'in tarafındaki cam aşağı kaydı ve bakışlarım o tarafa çevrildiğinde arabanın sol dikiz aynasına düşen yansımasını gördüm. Dudaklarında alaycı bir gülümseme vardı.

"Uygar, sikerim belanı!" Sesi de en az gülümsemesi kadar alaycıydı. "Haydi, geç kalacağız."

Uygar bana bakarak gözlerini devirdiğinde Ediz'in bakışlarının bana çevrildiğini hissettim. Ben Uygar'a gülümserken dikkatle beni izliyordu. Aslında bütün tepkilerim içimdeki o bataklığa gömülmüş gibi hissetsem de her dibe çöküşüm birer pandomim gibiydi; oyunları ruhumda sessizce sergiliyordum, yüzümdeki ifadelerse sahneden düşenlerdi.

Yanına geçtiğimde Ediz arabayı çalıştırıp ısıtıcıyı açtı. Uygar ve Gece de arka koltuğa geçip kapıları kapattıklarında sesler Ediz'in bir rüzgâr gibi estiği ve beni yavaş yavaş gerçeğin kıyısına sürüklediği o dünyada gökyüzüne yayılan bir yıldırımın gürlemeleri gibi zihnimde yankılanmıştı.

"Dün Kemal Çağıran'ın cenazesi vardı." Uygar'ın sarf ettiği bu sözler üzerine bakışlarım Ediz'e kaydı ama Ediz'in yüzü boş bir kâğıt gibiydi, hiçbir şey okuyamıyordum.

"Biliyorum," dedi yine ifadesiz bir sesle. O sırada direksiyonu kırıp arabayı koruluktaki ağaçların arasına sürdü. Tekerlekler karın üzerinde, zamanın da üzerinde kalacak olan o izleri bırakıyordu.

"Bu konuda ne yapmayı düşünüyorsun?"

Ediz'in belli belirsiz kıvrılan dudaklarına şeytanın gölgesi çökmüştü. "Kullanmayı düşünüyorum."

Gözlerimi yüzünden bir an olsun ayıramıyordum. Uygar ile Gece'nin arka koltukta bakıştıklarını gördüm, kimse ondan bu sözleri duymayı beklemiyordu.

"Kullanmak mı?" diye sordum ve Ediz bakışlarını bana çevirdi.

"Evet, kullanmak." Parmakları direksiyonu daha sert kavrayınca aklından geçen düşünceleri değil, o düşüncelerin içine hapsolan hisleri merak ettim. "Hâlâ anlamadın mı kızım? Ben bu intikam için yer ile göğün yerini bile değiştiririm, pişmanlık da duymam."

"Peki ya bitirdiğin anlaşmalar?" diye sordum. Sesim çok sakindi. Bana aramızdaki anlaşmanın çoktan bittiğinden bahsetmişti ama bu cümlenin ne gibi anlamlar taşıdığı konusunda hiçbir fikrim yoktu. Koruluğun sonuna gelmiştik. Ediz direksiyonu sağa kırınca asfalta çıktık, ardından gaza yüklendi.

"O farklı," derken gözlerini hafifçe kısmasından bile bu konunun onu rahatsız ettiğini anlamıştım. Araba gitgide hızlanırken arkama yaslanıp Ediz'e bakmaya devam ettim.

"Kemal Bey'in planı seni hastaneye yatırmaktı." Bu sözlerim üzerine yüzüne alaycı bir gülümseme yayıldı, bakışlarında küçümseyici cümleler gizliydi.

"Beni rapor alarak kurtarabileceğini düşünüyordu." Ediz artık sırıtıyordu ve bu sırıtma o kadar tehlikeliydi ki bakışlarım ona mühürlenmiş gibi gözlerimi yüzünden ayıramıyordum. "Basit bir hamle. Dedemden çok daha iyisini beklerdim."

Bunun bir hamle mi yoksa gerçek bir önlem mi olduğunu sormak üzere hazırladığım cümleler dilimin ucunda birikmişti ama Ediz'in sinirleneceğini bildiğim için hepsini yuttum. Zihnimin mahzenlerinde bu iş bittiğinde onun da biteceğini söyleyen sesi yankılanıyordu.

Sonunda düşüncelerimin üzerini örterek aklımdaki soruyu sordum: "Peki, nasıl kurtulmayı düşünüyorsun?"

"Kurtulmak umurumda değil."

Ediz bu konuya ayırdığı zihin defterini uzun zaman önce kapatmış, düşüncelerini karalarken kullandığı kalemi bir kenara fırlatmış gibiydi. Bir his, yeryüzüne çöken bir bulut misali içime çöktü. Elle tutulamayacak kadar hafifti ama içinde fırtınalar yaşıyordu.

"Dedenin ölümünü nasıl kullanacaksın?" diye sordu Gece, konuyu değiştirmeye çalıştığını hissettim. Onlar da benim kadar huzursuz muydular? Onun için endişeleniyorlar mıydı? Ediz'in aldığı herhangi bir karardan dönmesinin neredeyse imkânsız olduğunu biliyordum. Bu, kanına karışan bir hastalığı bünyesinden onunla konuşarak atmasını beklemek gibi bir şeydi – sadece zaman kaybıydı.

"Öncelikle parasını alacağım." Bunu söylerken sesi bir başkasıyla değil de sadece kendisiyle dalga geçiyormuş gibi çıkmıştı. "Ardından ölümüyle ortaya çıkan kargaşadan faydalanacağım ve cesedini bir yem haline getireceğim."

"Emin misin?" Gece'nin sesinde Ediz'in bu kadar soğukkanlı olmasına şaşırdığını belli eden bir tını vardı ama o şaşkınlık benim içimde yeşermemişti. Hem Ediz'in, dedesinden ne kadar nefret ettiğini hem de işine yarayacak her şeyi gözünü bile kırpmadan kullanacağını biliyordum. En başta benimle anlaşmayı kabul etmesinin altında yatan neden de buydu.

"Eminim."

"Onu nasıl yem haline getireceksin?" diye sordu Uygar, bir dirseğini kırıp benim koltuğumun arkasına yaslamıştı ve öne doğru uzanmıştı. Yüzü berrak bir su gibiydi, dibine çöken düşünceler çok net bir şekilde görünüyordu; Ediz için endişeleniyordu.

"Onu öldüren kişi bu cinayeti işleyerek beni kendine çekmeye çalıştı?" Ediz bu cümleyi soru sorar gibi dile getirmişti. Bir yandan da Uygar'ın bariz bir gerçeği göremediğine şaşırdığını belli eden bir ifadeyle kaşlarını kaldırmış ve ona bakmıştı. "Denizin içinde başıboş yüzen bir balık olduğumu sanıyorlar, her şeyden habersiz ve aç... Bu yüzden oltaya geleceğime inanıyorlar." Sırıttı. "Ben her zaman herkesten bir adım öndeyimdir. Aklına gelebilecek herkesten..."

Ediz'in ruhunda bir ölüm haritası vardı, tıpkı sırtındaki mezar çukuru gibi.

Uygar arabanın ön camından dışarıyı izlemeye başladı. "Vardır bir bildiğin." Ediz'in, arkadaşına da ona güvenmemesi gerektiğini söyleyen cümleler sıralamasını bekledim ama sessizce araba sürmeye devam etti.

"Bir şey sorabilir miyim?" Ediz'in de Uygar'ın da bakışları bana kaydı. Ediz o yeşil gözlerini bir an için belli belirsiz kıstı ama dilimde can bulacak her kelimeyi merak ediyor gibiydi, hafifçe başını salladı. Sorumu sordum: "Gökhan'ın bana verdiği o numarayı neden kullanmadın?"

Bunu daha önce düşünmeliydim ama şimdiye dek Ediz'in yaptığı hiçbir hamleyi sorgulama gereği duymuyordum. Şimdi bu şekilde konuştuğunda ne planladığını anlamak için elimi geçmiş denen o duvarda gezdirmeye başlamıştım. Duvarın birçok tuğlası eksikti ama yine de yıkılmıyordu.

"Yırtıp camdan dışarı attığın o kâğıttaki numaradan mı bahsediyorsun?" Ediz'in sesi yine ifadesizdi. "Kullanmadığımı nereden çıkardın?"

"Ne?" O kadar şaşırmıştım ki bir an hatırlayamadığım bir yer kaldığını düşünerek geçmişin üzerindeki örtüyü kaldırmaya çalıştım. "O numarayı kullandın mı?"

Vitesi ileri alıp gaz pedalına daha da yüklendi. Araba yolda su gibi akmaya devam ederken o gergin bir ifadeyle ön camdan yolu izliyordu. Düşünceler zihninden yoldaki çizgiler kadar hızlı geçiyormuş gibi hissettim.

"Kullandım tabii ki Doğa."

"Sonuç?" diye sordum gözümden kaçan, bilmediğim daha neler olduğunu düşünürken ama cevap vermedi. "Onun kim olduğunu buldun mu?"

"Evet."

"Kimmiş?"

Ediz'in yeşil gözlerinde, içine gürültü tohumlarının gömülü olduğu bir sessizlik toprağı vardı ve sorularımın o toprakları suladığını görebiliyordum.

"Zamanı gelince öğrenirsin," diyerek kestirip atınca bir şey daha söylemek için dudaklarımı araladım ama o kadar şaşkındım ki sadece boğazımdan içeri hava aktı. Sonunda, "Bunu bana neden söylemedin?" diye sordum.

"Yaptıkları hakkında rapor verecek birine benziyor muyum ben?" diyerek tersledi beni.

"Seninle bir anlaşma yapmıştık."

Bakışlarını bana çevirip yüzüme uzun uzun baktı, orada ne gördüğünü bilmiyordum ama sıkıntının, çalılıkların arasından başını uzatır gibi gözlerinin yeşilinde belirdiğini gördüm.

"Anlaşma biteli çok oldu küçüğüm." Bakışları hâlâ gözlerime örtülüydü.

"Ne kadar çok?" Bir şeyler anlamam için bana pusula olmasını beklercesine ona baktım ama pusulanın ibresi yoktu.

"Çok," dedi sadece.

"Benim neden haberim yok bundan?" diye sorduğumda en azından küçümseyici bir cevap vermesini bekliyordum ama hiçbir şey söylemeden araba kullanmaya devam etti. Bir roman sayfasının üzerinde ilerliyormuşuz gibi arabanın tekerlekleri cümlelerdeki her harfi satırlardan kaldırıp toprak gibi etrafa saçarken ay, bulutların arkasında bir avizenin içindeki ampul gibiydi. Bulutlarsa karanlık gökyüzünde tavana asılmış gibi görünüyordu.

Karşı şeritten gelen arabaların farları arabanın içini belli aralıklarla aydınlatıyordu. Ediz'in koyu yeşil gözleri içeriye her ışık vurduğunda aydınlanmış bir orman gibi görünüyordu.

Gece, Uygar'ın kolunun altına girmiş, yanağını sevgilisinin göğsüne yaslamıştı. Solgun teni yorgunluğunun belirtisiydi, göz kapakları panjur gibi yarı yarıya kapanmıştı.

Uygar, "Ediz," diyerek arabanın içindeki sessizliği dağıttı. "Kemal Çağıran'ın parayı kime verdiğine dair bir iz buldun mu? Çünkü bu konu hakkında birkaç şey duydum."

Karşı şeritten gelen arabanın ışığı Ediz'in yüzüne gölgeler çizmeye başlamıştı, iki kaşının arasında oluşan o çukuraysa karanlık sızmıştı.

"Ne duydun?"

"Bir kadın." O an Ediz'in babaannesi hakkında hiçbir şey bilmediğimi fark ettim. Aslında ben Ediz hakkında neredeyse hiçbir şey bilmiyordum. Bir denize yüzeyinden bakmak gibiydi bu. Onun deniz olduğunu biliyordum ama dibinde yaşayan o canavar hakkında bildiğim çok az şey vardı.

"Metres değil," dedi Ediz düz bir sesle. "Ama evet, bir kadın."

Ben, "Kim bu kadın?" diye sorunca Ediz'in gözleri bir an için bana kaydı. Bakışlarında küçük bir oğlan çocuğu elindeki kanlı bilyeleri yere atıyor ve bilyeler yerde sekerken onları tehditkâr bir gülümsemeyle izliyor gibiydi.

"Senin de tanıdığın biri," dedi gözlerini gözlerimden ayırmadan.

"Ne?" Sesim şaşkınlığa çarptı ve onun etrafından akmaya devam etti.

"Duydun." Ediz gözlerini gözlerimden çekip tekrar yola bakmaya başladı, bense onu izlemeye devam ettim. Belki de o denizin derinlerine dalıp canavarın karşısına geçme vaktim çoktan gelmişti. Bu düşünceyle birlikte zihnimin içine bir deniz doldu. Ben o denizin dibindeydim. Uzun, koyu renkli saçlarım ve üzerimdeki beyaz elbisenin eteği suyun içinde dalgalanıyordu. Eteğim bacaklarımı açıkta bırakmıştı. Çıplak ayaklarım denizin dibine dokunmuyordu, suyun içinde asılı kalmışçasına karşımdaki boynuzlu canavarı izliyordum; şeytanı...

"Benim tanıdığım birinin dedenle ne alakası olabilir?" diye sordum ama Ediz yine hiçbir şey söylemeden yolu izlemeye devam etti. Bu huyu insanın içindeki huzursuzluğun o kanlı dişlerine et parçaları atıyor, onu besliyordu.

"Metres değilse ne?" diye sordu Gece uykulu bir sesle.

"Sus payı." Ediz dişlerini birbirine bastırmış olmalıydı çünkü yanaklarına âdeta ölümün gölgesi düşmüştü.

Uygar, "Neyin sus payı?" diyerek meseleyi deşmiş ama tırnaklarının arasında sadece toprak kalmıştı. Ediz onu da yanıtsız bırakınca Uygar'ın topraklarının da kazıldıkça gömülen sırlarla dolu olduğunu fark etmiştim. Omzumun üzerinden gergin bir ifadeyle Uygar'a baktım, o da bana karşılık verdi.

Ediz dikiz aynasından Gece ve Uygar'a bakarak, "Sizin bu gece bizimle gelmenizi istemiyorum," dedi. "Riskli. Sizi Bilkent Üniversitesi'nin kampüsüne götüreceğim, orada babamın bir arkadaşı bekliyor olacak."

Uygar, "Riski umursadığımızı kim söyledi?" diye sordu ve düşüncelerim zihnimin içinde girdap gibi dönmeye başladı. Hatırladığım her şey akıntıya kapılan tekneler gibi o girdabın çevresinde dönüyordu.

Sadece bu kız mı yanımda lan, diye sormuştu Ediz, ellerinin nasıl titrediğini unutamıyordum. *Babamın katilinin kanından biri mi yanımda?*

Uygar'ın, yaptığı hatayı telafi etmeye çalıştığını görebiliyordum ama Ediz'in ona yapılan bir hatanın dikişlerini koparsa bile izlerini daima taşıdığını biliyordum, unutmuyordu.

"Sadece söylediğimi yapın Uygar," dedi bıkkın bir sesle.

"Babanın arkadaşı kim?"

"Dekan sizi bekliyor."

Ankara'nın uzaktan bir arada yanan onlarca muma benzeyen ışıkları görünmeye başlamıştı. Şehre yaklaşmıştık ama Ediz hız kesmemişti. "O sizi benim giremeyeceğim bir yere götürecek," diye ekledi.

"Nereye?" Gece'nin sesi artık uykulu olmaktan çok uzaktı.

"Adliyeye."

Ağaçların arasında ilerleyen tren, zihnimde olduğundan çok daha hızlı gitmeye başladığında bacasından tüten duman, yıpranmış eller tarafından bir tuvalin üzerine fırça darbeleriyle telaşlı bir şekilde aktarılıyordu sanki. Ediz'in bu zamana kadar yaptığı bütün planlardan vazgeçip aynı malzemelerden yeni binalar inşa ettiğini hissediyordum.

"Neler oluyor?" diye sordu Gece kaşlarını çatarak, buz mavisi gözlerinde tedirginlik vardı.

"Hızlanıyorum," dedi Ediz net bir sesle. "Yeterince zaman kaybettim. Bütün planlarımı değiştirdim." Ne düşündüğünü hissetmiştim ve bunun doğru çıkması içimde bir şaşkınlık baloncuğunun belirmesine, ardından bir kız çocuğunun o balona parmağının ucuyla dokunarak onu sessizce patlatmasına sebep olmuştu.

"Peki, seni buna iten şey ne?" Gece'nin bu sorusu üzerine Ediz direksiyonu daha da sıkı kavradı ve parmaklarının boğumları belirginleşti. Onu gerçekten rahatsız eden bir şeyler olduğunu anlayabiliyordum ama meselenin ne olduğunu çözemiyordum. Önümde öylece duran bir denklem gibiydi bu; onun bir denklem olduğunu bilsem de bilinmeyeni bulamıyordum.

"Benim yapabileceğim bir şey var mı?" diye sorduğumda Ediz'in dudaklarının bir kenarı alaycı bir şekilde kıvrıldı ama bu alaycılık yüzüne ulaşmamıştı, teninin altında ilerleyemeden dudaklarının çevresinde cansız bir şekilde yere yığılmıştı sanki.

"Neden bahsediyorsun kızım sen?" dedi kuru bir sesle. "Anlaşmanın bittiğini sana söylemiştim."

Kurduğu cümlelerin altındaki gerçekler mantığımı besleyemiyordu, bu da ona inanmamı zorlaştırıyordu. Anlaşma nasıl bitmişti? Anlaşma bittiyse neden beni hâlâ yanında tutuyordu? Gergin bir şekilde dişlerimi alt dudağıma geçirip bakışlarımı ön camdan yola çevirdim ve başımı iki yana sallayarak, "O zaman benden ne istiyorsun?" diye sordum. "Anlayamıyorum."

"Bu gece benimle birlikte sarhoş olmanı istiyorum." Ediz bu sözleri o kadar boğuk bir sesle söylemişti ki kurduğu cümle bana altında yatır olan bir yere dikilen bir ev gibi gelmişti. Söylediğini yaptığım takdirde huzursuz bir ruh çevremde dolanarak beni de kendi huzursuzluğuna katacaktı sanki. Bir an ona bugünün benim doğum günüm olduğunu söyleyecektim ama kelimeler dilime ulaşamadı, bunu Ediz'e söylememin bir anlamı yoktu.

Ankara soğuktu. Bulutlar Tanrı'nın kar taneleriyle doldurduğu beyaz torbalar gibiydi; altına Anıtkabir'in, ona doğru uzanan Atakule'nin, Türkiye Büyük Millet Meclisi'nin sığındığı gökyüzünde sürükleniyorlardı.

Yollar neredeyse boştu, bu yüzden Ediz hızını hiç azaltmamıştı.

"Dekanla işimiz bittikten sonra ne olacak?" diye sordu Uygar. "Sizinle mi buluşuyoruz?"

"Hakan sizi evinize bırakacak." Ediz'in kısık gözlerinin arasında düşünceler birikmiş ve o düşünceler bakışlarındaki ifadeyle alev almıştı. "Benden telefon gelene kadar bana hiçbir şekilde ulaşmaya çalışmayın ve adliyeden alacağınız dosyaları saklayın. Size sorular sorulursa daha önceden planladığımız gibi tüm bu zaman boyunca yurt dışındaydınız." Ediz vitesi değiştirip dikiz aynasından arkadaşlarına baktı. "Sakın ben size ulaşmadan bana ulaşmaya çalışmayın, bakın, tekrarlıyorum. Ben Fransa işini hallettim, sizin bütün bu süre boyunca Fransa'da olduğunuzu gösteren kanıtlar şu an polislerin ulaşabileceği bütün sistemlerde var. Gerekli bilgileri size Hakan verecek."

"Bu yolu eğer polisler kırmızı alarm verirse kullanacaktık," dedi Uygar, sesi gergindi.

"Biliyorum."

"Bir şeyler ters gidiyor, değil mi?" diye sordu Gece.

"Hayır."

Ben onları sadece dinliyor, Ediz'in yüzünde sahne alan bütün ifadeleri ezberleyerek bir sonuca varmaya çalışıyordum ama kararlı ve kendinden emin duruşuna bakılırsa kendini her ihtimale hazırlamış olmalıydı.

Gece öne doğru eğilip Ediz'in koltuğuna yaslanarak, "O zaman neden?" diye sordu. "Bize neler olduğunu söylemeyecek misin?"

"Sadece kendinizi kurtarın," dedi Ediz sert bir sesle, artık cümleleri dudaklarından kaya parçaları gibi gürültüyle kopuyordu. "Kurcalamayın lan! Kurcalamayın!"

Gece bir şey söylemek için dudaklarını araladığında Ediz ona öyle bir bakış attı ki ben bile olduğum yere sindim. Gözlerindeki hareler ölümcül elektrik telleri gibiydi. Bir küfür mırıldanıp tekrar gaza yüklendi ve araba avına saldıran bir kaplan gibi ileri atıldı.

Başımı cama yaslayıp dışarıyı izlemeye başladım. Sessizliğin üzerime örtülmesine izin vermiştim ama zihnimin içinde bir akbaba uçuyordu, o tren hâlâ bilinmezliğe doğru ilerliyordu ve hâlâ o atı ipinden tutmuş halde yürüyordum. Bunlar parça parça ve birbirini kovalayan anlardı; bir an tarlanın içinde attığım adımları hissederken bir an yükseklerde uçan o akbabanın kanatlarının sesini işitiyordum. Ardından tren geçtiği rayları gürültüye boyuyor ve tekrar atın yanında dururken batan güneşin kanının bulaştığı saçlarımı, uçuşan birkaç telini görüyordum.

"Bize ne zaman ulaşacaksın?" diye sordu Uygar, sesi artık mesafeliydi.

"Bazı şeyleri tekrar yoluna koyduğumda," dedi Ediz. "Şimdilik uzaklaşmanızı istiyorum, işler raydan çıkmak üzere ve sizin buna dâhil olmanızı istemiyorum."

"Neler olduğunu bize anlatacak mısın?"

"Zamanı gelince," dedi Ediz düşünceli bir tavırla. "Bir sigara versene."

Uygar arka cebinden çıkardığı sigara paketini ona attı ve Ediz yeşil gözlerini bana çevirdi.

"Yakıp ver," diye emredince Uygar'ın uzattığı pakete baktım. Ardından hiçbir şey söylemeden paketten bir sigara çektim ve onu dudaklarımın arasına yerleştirdim. Uygar'ın uzattığı çakmağı yaktığımda ateş önce birkaç santim yayıldı, sonra incelip yavaşça yükseldi ve dudaklarımın arasındaki sigaraya can verdi. Duman damağıma bir mezarın içine uzanır gibi dolduğunda sigarayı dudaklarımdan çektim ve Ediz'e baktım, dikkatle beni inceliyordu.

"Dudaklarıma yerleştir," dedi anlam veremediğim bir ses tonuyla. Duman benim dudaklarımdan serbest kalıp havaya süzüldükten sonra sigarayı Ediz'in dudaklarının arasına yerleştirdim. Gözlerim bir an dudaklarına kaysa da bakışlarım mayın tarlasından kaçar gibi gözlerine tırmandı. Orada gördüğüm ifade, içinde canavarların yüzdüğü bir bal nehrini anımsatıyordu.

Bir an gözlerinde duraksadım. Kendimi toparlayıp tekrar arkama yaslandığımda ilerleyen saniyeler tenimin üzerinde uyuştukları için yavaşlamışlar gibi hissediyordum.

Şehrin içinde hızla ilerlerken düşmeye başlayan yağmur damlaları yeryüzünü bulutların cinayet mahalli haline getiriyordu. Ediz sigara içtiği için camı aralamıştı ve içeri sızan soğuk hava, yorgun zihnime yayılan buzlu su gibiydi, iyi geliyordu.

"Ben size ulaşana kadar bana ulaşmaya çalışmak yok," diye tekrarladı Ediz, bu onun için çok önemli olmalıydı. Söylediklerini tekrar etmeyi seven biri olmadığını çok iyi biliyordum.

"Aklın bizde kalmasın," dedi Uygar. "Ama bizi merakta bırakma, olur mu?"

"Tamam." Ediz o sırada direksiyonu kırdı ve farklı bir yola saptı. Yolun sonunda yükselen üniversite kampüsünü iyice şiddetlenen yağmura rağmen görebiliyordum. Yağmur şu anda bende bir akvaryumun içinden dışarıya baktığım hissi uyandırıyordu. Güvenlik kulübesine yaklaştıkça Ediz hızını azalttı.

"Fransa'nın Nancy şehrinde eğitim için birkaç ay kaldınız. Zaten Nancy üniversiteler şehridir." Ediz'in arabayı daha da yavaşlatması içimdeki korku kabuğunun çatlamasına sebep oldu: Kendini güvenliğe gösterecek miydi? "Bir süre Fransa'da yaşadığım için orada tanıdığım birkaç önemli isim var. Onlara ulaştım. Polisin oradaki bilgileri almaya çalışması halinde onlar devreye girecekler ve sizin aslında benimle olduğunuz süre boyunca orada olduğunuz kanıtlanacak. Hakan sizi birkaç günlüğüne Fransa'ya götürebilir. Stanislas Meydanı'nda çekeceğiniz tek bir fotoğraf bile iyi bir avukat tarafından kanıt olarak kullanılabilecektir."

Ediz güvenlik kulübesinin önüne geldiğinde arabayı durdurdu. İçeriden bir adam çıktı ve arabaya yaklaşmadan önce öne doğru uzattığı şemsiyesini açtı. Arabada Ediz dışında herkes gerilmişti. Şoför tarafındaki cam yavaşça aşağı inerken kalp atışlarımın sesi boğazımdan taşıyor, ağzımı dolduruyordu. Ediz cüzdanından çıkardığı bir kartı güvenlik görevlisine uzattı.

"Dekan beni bekliyordu," diye açıkladı sorgulanmak istemediğini belli eden bir ses tonuyla. Güvenlik görevlisi kartın diğer tarafına da baktıktan sonra kartı tekrar Ediz'e uzattı.

"Evet, haber vermişti," dedi. "Hoş geldiniz Ediz Bey."

Üniversitenin ana giriş kapısı gürültüyle yana doğru kaymaya başlarken Ediz tek kelime etmedi. Güvenliğin onu yakalamaya çalışmasını beklerken böyle bir sahneyle karşılaşmayı beklemiyordum, şaşkınlığım hislerimin arasına tıpkı bir gülle gibi düşmüştü.

Kapı açılınca Ediz arabayı üniversitenin içine doğru sürdü. "Neler olduğunu sormayın," deyince Uygar ile Gece'nin de diline aynı sorunun dallarının yayıldığını anladım.

"Sadece şunu söyle Ediz," dedi Gece kaşlarını çatarak, "planladığın ne?"

"Bu gece için planladığım tek şey içmek." Ediz'in yüzüne bir gülümsemenin cesedi yığılmıştı. "Doğa da benimle birlikte olacak. Başka bir şey yapmayı planlamıyorum."

"Genel olarak planladığın ne?" diye üsteledi Gece.

"Genel olarak," dedi Ediz arabayı bir fakültenin önünde durdurup omzunun üzerinden Gece'ye bakarak, "sorgulanmaktan ve kurcalanmaktan hoşlanmam." Çenesinin ucuyla fakülteyi işaret etti. "Dekan sizi içeride bekliyor."

"Haksızlık ediyorsun Ediz," dedi Gece kırıldığını gösteren bir sesle. "Gerçekten haksızlık ediyorsun..."

Ediz kıpırtısız bir yüzle ona bakmaya devam edince Gece arabanın kapısını yavaşça açtı ve bir an bana baktı. Ediz'in onlar için planı belliyse bile ben hâlâ belirsizliğin ağında çırpınıyordum. Gece bir şeyler söyleyecek sandım ama hiçbir şey söylemeden bakışlarını başka yöne çevirdi ve arabadan çıkıp yağmura karıştı.

"Umarım pişman olmazsın," dedi Uygar mesafeli bir sesle. Sevgilisinin ardından arabadan çıkarken onun bakışları bana dokunmamıştı bile. Onun bu tavrı, anlamsız bir kırgınlığın belli belirsiz çatlaklar halinde kalbime yayılmasına sebep olmuştu.

Öylece oturup arabanın ön camından Uygar ile Gece'nin fakülteye gitmelerini izledik. Sanki ön cam bir ekrandı ve biz eski bir filmdeki yağmurlu bir sahneyi izliyorduk. Fakülteye girip gözden kaybolduklarında bile bir süre öylece durup yağmuru izledik.

Ediz derin bir nefes alarak arabayı çalıştırdığında zamanın iskeletinin dağılmasına az kaldığını hissediyordum. Aklındaki şey her neyse zamanı bile parçalarına ayıracaktı ve aynı parçalarla yeni bir tarih yazacaktı. Tren hızla bir tünelin içine girdiğinde ben o beyaz atın yanında durmuş, yanağımı hayvanın başına yaslayarak yelesini okşuyordum. Hafifçe esen rüzgâr bizi takip ediyordu ve dudaklarımdaki gülümseme huzura boyan-

mıştı. Tren hızla tünelin içinde ilerledi, ellerim atın yelesinde kaydı. Tren hızla tünelin içinde ilerledi, yanağımı atın başına daha da yasladığımda göz kapaklarım gözlerimin üzerine indi. Tren hızla tünelin içinde ilerledi, rüzgâr esti ve dalgalı saçlarımı okşadı.

Bir süre geri gittikten sonra Ediz direksiyonu kırıp vitesi ileri aldı ve bir U dönüşü yaparak tekrar üniversitenin çıkışına yöneldi. Yağmur o kadar şiddetli yağıyordu ki sanki bir yolda değil de bir nehir yatağının içinde ilerliyorduk.

"İçimde neden böyle bir his var?" diye mırıldandım. Aslında daha çok sesli düşünmüştüm ama Ediz de içimde yaşadığım karmaşaya şahit oluyordu, düşünceler bir savaş meydanında askerlerin düşmana saldırırken bir anda ve bir arada koşmaları gibi bastırıyordu.

"Nasıl bir his?" diye sordu. Sesinden bir şey anlamak mümkün değildi. Sustum. Sanki cehennemdeki lav kazanları parçalanmış, cennetteki nehirler taşmıştı ve hızla birbirilerine akıyorlardı.

Üniversiteden çıktığımızda hızla Ankara'nın içine doğru ilerlemeye başladık.

"Onları neden kendinden uzaklaştırdın?" diye sordum montumun içine gömülerek.

"Böylesi onlar için daha iyi." Arabanın ön camında hareket eden ince, siyah silecekler saatin saniyeleri gösteren koluyla aynı anda hareket ediyordu, temizledikleri yağmur suyu da bir saatin üzerinden akan zamanı anımsatıyordu.

"Onları gerçekten arayacak mısın?" Onu tanıyordum, hamlelerinin ardındaki amaçları görebiliyordum. Ediz'in az önce arkadaşlarına veda ettiğini hissetmiştim.

"Zaman gösterir," dedi yavaşça.

Zaman her yerdeydi.

"Bana da veda edecek misin?" diye sorduğumda bakışlarını bana çevirdi. Göz bebekleri dipsiz kuyuları anımsatıyordu.

"Seninle ne yapacağımı bilmiyorum."

Ruhumda bu cümlenin yazılı olduğu satır alev aldı. Küller ateşin alfabesi gibiydi; yaşanan her şeyi, hissedilen her duyguyu anlatıyordu âdeta. Gözlerimi kapatıp başımı koltuğun başlığına yasladım ve yavaşça yutkundum. Kendimle ne yapacağımı ben de bilmiyordum.

"Bu gecenin sonunda beni ne bekliyor?" diye sordum sakince. Sorduğum sorular bana kurumuş ağaçları anımsatıyordu, onların yaprakları gibi cevaplar da dökülüp kurumuştu sanki. Gözlerimi açıp arabanın tavanını izlemeye başladım, ben o tavana bir gökyüzü çizmiştim ve kurumuş yapraklar üzerime dökülüyordu.

"Kimseyi affetme." Ediz'in sesi bilenmiş bir bıçak kadar keskindi.

Gözlerimi arabanın tavanından ayırmadan, "Neden böyle konuşuyorsun?" diye sordum.

"Çünkü kimseyi affetmeni istemiyorum."

Küçük bir kız çocuğu koşuyordu, üzerindeki elbisenin eteği rüzgârda kanatlar gibi uçuşuyordu. Kız kendi etrafında dönerek koşmaya devam etti, sonra elbisenin içinde genç bir kadın belirdi, eteklerindeyse kan lekeleri...

Sessizliğimi korudum. Bu gece akrep ve yelkovanın ucunda rakamlar değil, yaşanacak son anlar varmış gibi hissediyordum. Ve saatler şu an bu arabanın içini gösteriyordu.

Yağmur bir süre sonra yeryüzünden çekildiğinde kelimeler de dilimden çekilmişti, soracağım bütün sorular içimde boğulmuştu ve sadece beni sırtımdan iterek ilerleten saat ibresinin yönlendirdiği yerlere adımlarımı atıyordum.

Ediz arabayı bir gece kulübünün önüne park etti ve geldiğimiz yere dalgın gözlerle baktım. Bir grup erkek kulübün önünde toplanmış, bir şeyler konuşuyordu. Enselerini korumak için montlarının yakalarını kaldırmalarından havanın çok soğuk olduğunu anlamıştım.

"Buraya çok sık gelirdim," dedi Ediz. Dalgın bir şekilde arabanın camından dışarı bakmaya devam ediyordum. Rüzgâr esiyordu ve yerde sürüklenen ıslanmış kâğıtlar bana kendi dünyamı hatırlatıyordu, beni gerçeğe sürükleyen o rüzgârı... Zihnimin içi tam olarak önümde uzanan sokak gibiydi ama kimsesizdi.

"Beni neden buraya getirdin?" Bu soruyu sorarken aslında kendi içimdeki sokaklarda o rüzgârdan kaçıyordum, etrafımda uçuşan kâğıtlardan ve perdeleri çekildiği için gözlerini kapatmış gibi görünen o yıkık dökük binalardan başka hiçbir şey yoktu. Ediz'in beni buraya getirmesinin bir amacı varmış gibi hissediyordum, tıpkı sokaklarımda eserken bir amacının olması gibi.

"Beni gör istiyorum." Bakışlarımı ona çevirdiğimde sokakta dururken yüzümü rüzgâra çevirmiş gibi hissetim. Arabanın içinde saçlarım yüzüme çarparak geriye doğru hafifçe savrulacaktı sanki. Ediz sözlerine devam etti: "Aslında ne kadar alçak bir adam olduğumu, bana güvenmemen gerektiğini görmeni istiyorum."

"Beni buna inandıramazsın."

"Bunun tam aksine inandırmak, gerçeğine inandırmaktan daha zorken," dedi tam gözlerimin içine bakarak. "Seni tam aksine inandırdım. Şimdi sana gerçeği gösteremeyeceğimi mi düşünüyorsun?"

Bir bombanın ucundaki fitili ateşe verir gibi damarlarımı ateşe vermişti. Gerçek, damarlarımda hızla ilerliyor ve içimde o şiirin yankısı büyüyordu.

"İnandıramazsın." İtirazımı tekrarlarken başımı hafifçe iki yana sallamıştım, buna inanmak istemiyordum. Buna inanmam demek, bir kuyunun en dibinden yukarı bakarken ve susuzluktan kavrulurken üzerime yağmur değil, kül yağması demekti. Ve o küllerin yanan zamandan dökülmesi demekti.

"Doğa," dedi Ediz sertçe.

Başımı tekrar iki yana sallayarak arabanın kapısını açtım ve rüzgâr seli içeri aktı. Bedenim soğuktan kaskatı kesilse de aldırmadan dışarı çıktım. Saçlarım rüzgârda savrulmaya başlayınca kollarımı gövdeme sararak rüzgârın sürüklediği kâğıtlara baktım. Kafamın içindekiler gözlerimden dünyaya dökülmüştü sanki.

Ediz'in de arabadan çıkıp kapıyı sertçe kapattığını duydum ama ben gözlerimi boşluğa dikmiş, rüzgârı dinliyordum. Arabanın önünden dolanıp yanıma geldiğinde yüzünde hangi duygunun izleri vardı, bilmiyordum.

Beni kolumdan tuttu ve gece kulübünün girişine doğru rüzgârın kâğıtları sürüklediği gibi sürüklemeye başlayarak, "Gidelim," dedi. Akrep ve yelkovan artık beni gerçeğe sürükleyen bu adamın yeşil gözlerini gösteriyordu. Adımlarımı onun adımlarına uydurduğum sırada eli kolumdan belime kayarak beni sıkıca kavradı ve kendine doğru çekti.

Kapıdan içeri girdiğimizde kendimi şeytanın inine girmiş gibi hissetmiştim. Önümüzde uzanan uzun koridor kırmızı, loş bir ışıkla aydınlatılmıştı.

"Sakın yanımdan ayrılma," dedi Ediz kesin bir dille.

"Gerçekten, buraya niçin geldik Ediz?" diye sorduğumda iki kaşının arasına, içine düşüncelerin sızdığı bir yarık açıldı sanki.

"İçeceğim."

"Sadece bunun için mi geldik?"

Ediz yeşil gözlerini yavaşça bana çevirdi, bakışları bana artık susmam gerektiğini söylüyordu. Onun ruhu boşlukta süzülen bir ada gibiydi ve ben o adanın kıyılarında, ince bir ipin üzerinde yürür gibi yürüyordum. Ya boşluğa devrilecek ya da üzerine düşecektim.

Koridoru geride bırakıp mekânın kalbine geldiğimizde müziğin gümbürtüsü mekânın kalp atışları, dans eden insanlarsa o kalbin içinde toplanan kan gibiydi. Yanıp sönen ışıklar duvarlara insanların gölgelerini çizip siliyor, bir barmen yan yana dizdiği tek atımlık kadehlerin üzerinden tekila şişesini hızla geçirerek onları birer günah çukuru haline getiriyordu.

Ediz bizi karşılayan görevlinin kulağına eğilerek kısaca bir şey söyledi ve adamın eline bir miktar para sıkıştırdı. Ne söylediğini duyamamıştım ama yüzündeki ifade, adamın ona sunabileceği bütün seçeneklerin önünü tıkayacak türden bir ifadeydi. Ediz'in dediğini yapmaktan başka seçeneği yoktu. Adam bir an için Ediz'e baktı, ardından başını hafifçe sallayarak kenara çekildi ve bize yol verdi. Bir kolumu Ediz'in beline sardım, ona sokulup yanağımı göğsüne yasladım ve mekândan duyduğum rahatsızlığı görmezlikten gelmeye çalıştım.

Arkamızdan gelen adamın bizi yönlendirdiği masa köşede ve yüksekteydi. Dans eden, içki içen insanları oturduğumuz yerden görebiliyorduk ama masanın ışıklandırması ve yeri o kadar iyi ayarlanmıştı ki onlar bizi göremezlerdi.

Görevli, montlarımızı aldıktan sonra duvar tarafına oturdum, Ediz de yanıma oturup beni duvar ile kendisi arasında hapsetti. Loş ışıkta o kadar "buraya ait" görünüyordu ki... Siparişini verirken dudaklarının hareketini, gözlerini hafifçe kısışını ve kendinden emin duruşunu büyülenmiş gibi izledim.

Siparişleri verdikten sonra bana kayan gözleri bakışlarıma takıldı.

"O bakış da ne öyle?" diye sorarken gözlerindeki harelerden muzip bir ışıltı yayıldı ama sesi mesafeliydi.

"Eskiden nasıl bir insan olduğunu merak ediyorum." Artık ezberlediğim yüz hatlarını izlemeye devam ediyordum.

O da benim yüzümü incelemeye başladı ve "Her zaman bok herifin tekiydim," dedi. "Kendi çıkarlarım ve zevkim için önüme çıkan herkesi hiç acımadan harcadım." Bir elini kaldırıp yüzüme yaklaştırınca soluğum âdeta boğazıma saplandı. Gözümün önüne düşen saçlarımı önce iki parmağının arasında tuttu ve dalgın bir şekilde bana baktı, ardından saçımı yavaşça kulağımın arkasına sıkıştırdı. "Söz konusu ideallerim olduğunda babam bile umurumda olmadı." Gözleri gözlerime dokunduğunda şeytanın gözlerine bakıyormuş gibi hissettim. "Seni de harcadım küçüğüm."

O sırada içkiler gelince Ediz'in dikkati içkisine kaydı.

"Neler yapıyordun? Yani tüm bunlar olmadan önce?" diye sordum.

Bir an elindeki kadehe baktı. "Bana seni nasıl harcadığımı sormayacak mısın?" Bakışları bana çevrildiğinde kaşları çatılmıştı.

Omuz silktim. "Bence bunu zaten anlatacaksın." Sesim bir tabut gibiydi ve içinde umutlarım uzanıyordu. Ediz bana uzun uzun baktıktan sonra başını önüne eğip elindeki kadehi dudaklarına götürdü. Belki alkol, dilindeki cümlelerin zincirini eritirdi.

"Güç ve zekâ benim için her zaman ön planda oldu," dedi kadehini elinde çevirerek. "Gücü kimseyle paylaşamayacağım için, zekâ da sadece bana ait olduğu için adımlarımı her zaman sağlam attım ki kimseye ihtiyaç duymayayım." Alaycılıkla kıvrılan dudaklarında zehir vardı sanki. "Genellikle Türkiye'deydim, Ankara'da. İki yıl kadar Fransa'da yaşadım, eğitimim için." Arkasına yaslanıp bana baktı. "Şu an gördüğün adam ve o merak ettiğin adam aynı, sadece o zamanlar olduğum kişiyi sergileyebileceğim bir sahne yoktu."

İçkisini bitirdi ve şişeyi alıp kadehini yine içkinin rengine boyadı.

"Anlamıyorum," dedim yavaşça. "Bunca zamandır maske taktıysan neden o maskeyi şimdi indiriyorsun?"

"O sokakta o sözleri duyduğunda gözlerinde beliren o ifade..." dedi dişlerinin arasından ama devamını getiremedi, yüzüme bakmadığı için gözlerindeki ifadeyi de göremiyordum. Söyleyecek bir şeyler aradım fakat buna verebilecek herhangi bir cevabım ya da bunu sorgulamaya cesaretim yoktu. Sustum ve Ediz'in, düşüncelerini alkolle bir bir zehirleyip öldürmesini izledim.

Yutkundu ve "Babamın ölümü benim için beklenmedikti," dedi.

"Ne hissettin?" diye sorduğumda kadehini tekrar dudaklarına götürmüştü. Vereceği tüm cevaplar o kadehte boğularak can verdi.

"Ben kurarım ve bozarım," dedi bir kadehin daha dibine geldiğinde. "Kırarım ve onarırım. Oynarım ve bitiririm. Kontrolü her zaman bir şekilde elimde tutarım ama bu sefer bir şeyler farklı." Bakışlarını bana çevirdi. O kadar ruhsuz bakıyordu ki bu, bir katilin gözlerine baktığımı gerçekten hissettiğim nadir anlardan biriydi. "Bu hoşuma gitmiyor," diye devam etti sözlerine.

Gözleri bir an aşağıya kayınca bakışlarını takip ettim ve eteğimin ucunu parmaklarımla sıkıca kavradığımı fark ettim.

"Benden korkuyor musun?" diye sordu gözlerini parmaklarımdan ayırmadan. Eteğimi yavaşça bıraktım ama bir an ellerimi nereye koyacağımı bilemedim.

"Hayır," dedim tereddüt etmeden.

"Seni paramparça edeceğimi söylesem bile mi?" Gözlerini tekrar yüzüme çevirdi ve kolundaki saate bakarak, "Hatta..." dedi. Ardından bakışları tekrar bakışlarımı buldu. "Hatta bunu sana birazdan yapacağımı söylesem bile mi?"

Tren girdiği tünelden çıkıp ağaçların arasında hızla ilerlemeye başladığında yönü bir orman yangınına çevrilmişti, alevlerin içine doğru ilerliyordu. Ata yanağımı yaslamış, yelesini okşayarak gülümsediğim o yerin sonu yoktu. O at ne kadar koşarsa koşsun, ne kadar yürürsem yürüyeyim hep aynı yerde olacaktım.

"Korkmuyorum." Hissettiğim şey korku değildi, içimde kaynayan duygunun adı çaresizlikti.

Ediz, "Kucağıma otur," deyince bakışlarım yüzünde donup kaldı ama o buna aldırmadı. "Haydi, dediğimi yap. Kucağıma oturmanı istiyorum."

"Neden?" diye sordum. Ediz bir kadehin dibini daha görmüştü.

"O harabeyi görmek istiyorum," dedi kararlılıkla. "Sana ne yaptığımı görmek ve her anını hissetmek istiyorum."

Dudaklarım acı bir gülümsemeyle kıvrılırken sadece gözlerine baktım. Ruhum yıkılmaya başlayan bir apartman gibiydi; tuğlaları düşüyordu ama yine de ayaktaydı. Akrep bir adım daha attığında saatler gerçeği gösterdi. Rüzgâr beni kendi boş sokaklarımdan çıkarmıştı, artık romanlarla harf harf inşa ettiğim o dünyanın içinde değildim. Ediz'in önünde öylece durmuş, ona bakıyordum.

Ediz'in kucağına yavaşça oturdum. Bu artık savaşmayı bıraktığımın göstergesiydi.

"Bu halim sana zevk verecek, değil mi?" Gözlerim dolu doluydu. "Nasıl bir harabe yarattığını gördüğünde kendinle gurur duyacaksın."

Yavaşça gözlerini kapattı. Söyleyeceklerini toparlamaya çalışıyor gibiydi.

"Hayır." Ediz'in güçlü elleri ince belimi sıkıca kavradı. Dokunuşları kor ateş gibiydi, ruhumda parmak izlerini bıraktığını hissediyordum.

"Pes ediyorum," diye fısıldadım. Kollarım boynuna yavaşça dolanırken kanatlarım cansız bir şekilde üzerine örtüldü. Cennetten kovulan, şeytana sığınan bir melek gibi hissediyordum kendimi. Eğer parçalarıma ayrılacaksam ve bunu yapan Ediz olacaksa onun kolları arasında dağılmak istiyordum.

O da kollarını bana sıkıca doladı. Saçlarım yüzünü örtüyordu, dudaklarını kulağıma dayamıştı ve sıcak nefesi tenimi ısıtıyordu.

"Baban seni bana sattı," dedi yavaşça ve duraksamadan sözlerine devam etti: "Atalay seni kendi idealleri uğruna kurban etti. Ve ben..." Bir an durdu ve gözlerini kapattığını hissettim. "Ben polislerle bir anlaşma yaptım."

Zamanda düşmeye başlamıştım. Bir saatin kolları gürültüyle ters yöne ilerlemeye başladığında karanlık bir sokaktaydım. Sokağın öteki ucunda, gölgesinde cehennemi saklayan bir katil, başını duvara yaslamış, sessizliği dinliyordu. Okulda son dersin bittiğini haber veren o zil çalıyordu. Yanımdan bir insan seli akarken merdivenlerin en üst basamağında durup ileriye baktım; evimdeydim, akşam yemeğinde masadan konuşma sesleri yükseliyordu ama ben odamda yemeğimle oynuyordum. Küçük bir kız çocuğuydum, babam için ağlıyordum. İri bir gözyaşı damlası yanaklarımdan aşağı kayıp intihar etti. Atalay'ın odasındaydım, onu uyandırmaya çalışıyordum, o an gülüyordum... *Koşuyordum, küçük bir kız çocuğuydum, üzerimdeki elbisenin eteği rüzgârda kanat misali uçuşuyordu ve kendi etrafımda dönerek koşmaya devam ettiğimde artık o beyaz elbisenin içinde kan lekeleriyle yaşayan genç bir kadındım.*

Nabzımın boynumdan yukarıya doğru cehennem merdivenlerinden tırmanır gibi yavaş yavaş tırmandığını hissediyordum. Ağladığımın çok geç farkına vardım, hatta sarsılarak ağlıyordum.

"Hatay'dayken, ailene sana tecavüz ettiğim izlenimini verdikten kısa bir süre sonra polisler tarafından yakalandım. Bazen ortadan kayboluyordum, hatırlıyor musun? Senin yanında olmadığım bir ara beni yakaladılar," dedi Ediz. "Ama beni içeri atmak yerine karşıma bir anlaşmayla çıktılar, ben de kabul ettim. Kutay meselesini öylece bırakıp hiçbir şey yapmadan şehirden ayrılmamızın sebebi buydu." Ediz'in kollarının arasında bütün varlığım çökmeye başlamıştı. Sözlerine devam etti: "Anlaşma yaptığım kişi babandı ve benimle o anlaşmayı yaptığında sana tecavüz ettiğimi düşünüyordu."

Hızla ilerleyen tren alevlerin arasına daldı, güneş battı ama o tarlada yolun sonuna gelinemedi.

Nabzım o kadar hızlanmıştı ki sanki damarlarımın içinde deprem oluyordu. Ellerimi boynuma koydum ve Ediz'e buna bir son vermesi için yalvarmak istedim ama sesim boğazımda cam gibi parçalara ayrıldı. Öylesine çok ağlıyordum ki kendi gözyaşlarımda boğulacağımı sandım.

Ediz bana daha sıkı sarılarak, "Doğa," dedi. "Kahretsin."

Hiçbir şey söylemeden ağlamaya devam ettim. İçim bir toplu mezara dönüşüyor, cesetlerin arasından bir ölüm ninnisi yükseliyordu.

Anne, diye fısıldadım içimden. *Anne?*

Beyaz çarşaflar rüzgârda dalgalanıyor, uçlarında alevler can buluyordu.

Anne?

Cevap yoktu.

Yıldızlar gökyüzü denen o şemsiyeye düşmüş yağmur tanesi,
İşte orada, düşüncelerin oluk oluk kanadığı o pençe izi.

Kollarım Ediz'i serbest bıraktığında bulanık gözlerle yüzüne baktım ama gözyaşları gözlerime çekilen acı perdeleri gibiydi, onu göremedim. Nabız atışlarım beni sağır etmişti, onu duyamadım. Ondan uzaklaştığımda zaman kavramı yok olmuş gibiydi, zamanın aktığını hissedemedim. Ayağa kalktığımda masadan destek almak zorunda kaldım. Elim masadaki bir şeye çarptı ve arabanın siyah anahtarı masada kaydı. Bütün sesler dinmişken o anahtarın çıkardığı ses algılarıma saplandı.

Parmaklarım, gözyaşları içinde baktığım anahtarı kavradığında Ediz gözlerini kapatmış, başını arkaya yaslamıştı. Onun yüzü de benim içimdeki enkazlardan farksızdı. Arkamı dönüp ilerlemeye başladığımda her şey o kadar yavaş ilerliyordu ki attığım tek bir adım bile dakikalarca sürüyormuş gibi geldi. O an tek bir yerde adım atmıyordum, aynı zamanda sonu olmayan bir tarlanın içinde ilerliyor, beyaz elbisemle koşuyor, yanan çarşafların arasında yürüyordum.

Kalabalığın içinden geçerken bana çarpan bedenler vardı ama hiçbirini hissetmiyordum. Renkler seslere, sesler renklere dönüşmüştü. Her şey birbirine giriyordu ve saatin kolları hâlâ hızla geriye doğru dönüyordu. Zihnimde doğan güneş gözümü alıyordu, bir salıncakta sallanıyordum ve benimle birlikte sallanan gölgemi izliyordum.

Abiciğim, abiciğim dinle, bu annemizin o hiç bitmeyen ninnisi,

İşte şimdi ensendeyim, adım ölümün kızıl gölgesi.

Zayıf, kırmızı bir ışıkla aydınlatılmış o koridorda hızla ilerlemeye başladığımda nabzımın her atışı zihnime kanlı bir doğumla düşen yeni bir düşüncenin harfleri gibiydi. Cümleler hızla sıraya geçip satırlara düzgün bir şekilde sıralandı ve ben hızla koşmaya başladım. Etrafımda yüzen saniyeler benden ürküp kenara kaçışırlarken dışarı çıkmıştım. Soğuk rüzgâr anında yüzüme yayıldı.

Kapının önünde bekleyen o bir grup adam artık yoktu. Rüzgâr ve boş sokak şimdi benim sokaklarımın enkaz altında kalmadan önceki kimsesizliğini taşıyordu sanki. Arabanın kapısını açtım ve hızla direksiyon başına geçtim.

Ben kuyunun dibine kök salıp gökyüzüne doğru uzanan o ağacın çürüyen gövdesi,

Hep kulaklarımda, kanatlarımdaki ecelin bitmeyen melodisi.

Karanlık bir sokakta karın altına geçmiş, kendi etrafımda dönüyordum ve kar taneleri yüzüme konuyordu. Yeni yeni kentler kuruyordum zihnimde, hiç yaşamayacağım evler tasarlıyordum. Hiç ilerlemeyecek olan o zamanı biriktiriyordum saatin içinde. Ben arabanın camındaki yansımama bakarken çocukluğum zihnimin içinde gülerek koşmaya devam ediyordu; bir enkaza dönüşmesi için büyüttüğüm o küçük kız çocuğu...

Babacığım, babacığım izle, oynuyor perdede küçük kızının ölüm sahnesi,

İşte şimdi ensendeyim, adım ölümün kızıl gölgesi.

Gözlerimin topraklarından hâlâ yaşlar sızıyor, yanaklarıma süzülüyordu. Titreyen ellerimle çalıştırdığım araba ilerlemeye başladığında gidecek hiçbir yerimin olmadığını biliyordum, ben de en az zihnimdeki sokaklar kadar tenhaydım ve en az onlar kadar enkaza dönüşmüştüm. Sokağın sonuna geldiğimde Ediz'in, dikiz aynasına düşen yansıması kalbimin daha da ezilmesine sebep oldu ama arabayı ana yola doğru sürmeye başladığımda aslında babamın gözleri üzerimdeydi.

Bu soğuk kış gününde saatler ilerledikçe yollar boşalmıştı. Yanağımdaki yaşları elimin tersiyle siliyordum ve yerini hızla yenileri alıyordu, gitgide büyüyen o ölüm hissini suluyorlardı sanki. Benim kurtuluşum yoktu.

Duygularım düşündükçe büyüyor, bir şehrin üzerine hızla yayılan sis gibi benliğime çöküyordu. Cehennemin üzerinde uçan o akbaba sanki şu an gökyüzünü kanatlarıyla döverek kullandığım arabayı takip ediyordu. Gerçekler artık beni ele geçirmişti ve geriye sadece beni bir hayali yok eder gibi yok etmesi kalmıştı.

Bir bebeğin kalbinde büyüyen korkular olmuş, sonun beşik kertmesi,
Kokar mutfaktaki tencerede geleceğin pişmiş kellesi.

İçimdeki kararlılık, bedenimi bir sarmaşık gibi sarmaya başladı ve bütün ruhumu yavaşça ele geçirdi. Bir intiharın yankısı bütün geçmişimi yutarken sonu olmayan o tarlada, o atın yanında duran genç kız yoktu artık. Çocukluğum o salıncakta sallanmıyordu, tavandan o su damlamıyordu ve beyaz çarşaflar rüzgârda dalgalanmıyordu. Akbaba gökyüzünde kanat çırpıyor, cehennemin açılan kapılarından lavlar akıyor, cennetin suları taşıyordu.

Arabanın hız göstergesi tırmanmaya devam ediyordu ama saatin ibresi hâlâ sakattı ve zaman hissedilmiyordu, sanki parçalara ayrılmıştı. Direksiyonu sımsıkı kavradım, artık ağlamıyordum.

Akbaba kanatlarını iki yana açarak gökyüzünde süzülürken arabanın sol dikiz aynasındaki hareketlilik dikkatimi çekti. Acıyan gözlerimle aynaya baktığımda bir motorun hızlanarak yolda âdeta aktığını gördüm ve içimdeki enkazın üzerinde esen rüzgârın uğultusunu duyar gibi oldum.

Motosikletle aramızdaki mesafe kapanmaya başladığında gökyüzündeki akbaba üzerimizde daireler çizerek dönmeye başladı.

Onun varlığı cennet ile cehennemin topraklarında meydana gelen bir deprem gibiydi.

Gaza daha da yüklendim. Gözlerim artık boş bakıyordu ve ben hızlandıkça yolun sonu ölüm tarafından silinmeye başlamıştı. Ama ben ne kadar hızlanırsam o da o kadar hızlanıyordu ve bana yaklaştığı her an, kendi mezarımdan aldığım toprağı yine kendi mezarımın üzerine atıyormuş gibi hissediyordum.

Motosiklet arabaya iyice yaklaştığında gözlerimin tekrar yanmaya başladığını hissettim ama yaşlar yanaklarımdan süzülse de tepkisizdim.

Gaza sonuna kadar yüklenip vitesi ileri alınca aramıza biraz mesafe girer gibi oldu fakat Ediz'in o mesafeyi aşması da fazla sürmedi. Düşüncelerim kararlılığımın etrafına örülen çitler gibiydi; hiçbir şey kararlılığıma ulaşamıyor, onu sarsamıyordu.

Ediz şimdi hemen yanımda ilerlemeye başlamıştı. Bense yolu izlemeye devam ettim, ona bakmadım. Gözlerine baktığımda orada göreceklerimden korkuyordum, daha fazla acıyla yüzleşmeye hazır değildim. Direksiyonu sımsıkı kavradım, bakışlarımı yoldan ayırmıyordum. Ediz'in beni durdurması mümkün değildi. Bir yerden sonra onun duracağını ve ölümümü izleyeceğini biliyordum.

Yolda su gibi akmaya devam ederken ileride yol çalışmaları olduğu için duran kamyonlara baktım, gecenin geç bir saati olduğu için ortalıkta kimse yoktu. Ruhsuz gözlerle karşıya baktım, içimde buz gibi bir ateş yanıyordu. Gözlerimi kısa bir an için kapattım, yavaşça yutkundum ve korkmayı bekledim ama her şeyden vazgeçen bir insanın içinde korku sadece çürümeye başlayan bir cesetten ibaretti.

Gözlerimi tekrar aralayıp kamyonlara baktığımda bütün geçmişim çökmeye başladı.

Arabanın hız göstergesinin ibresi ok gibi fırladığında artık her şeyin bittiğini biliyordum.

O an küçük bir çocuktum, salıncakta sallanıyordum. Çocukluğum salıncakta sallanırken ben parkın kenarındaki kaldırımdan geçiyordum, büyümüştüm. Atalay'ın yanında yürüyordum, ona bir şeyler anlatıyor, gülüyordum. Yoldan bir araba geçiyordu, o arabanın içindeydim, babam direksiyondaydı ve ben kulaklıklarımı takmış, parkta salıncakları izliyordum, genç bir kızdım. Annemle elimizde poşetlerle alışverişten dönüyorduk, yüzümde bir tebessüm vardı, çocukluğumdan uzaktaydım...

Bir ağaca kurulu salıncakta sallanıyordum, gökyüzünde asılı duran güneş gözümü alıyor, yaprakların üzerine dökülüyordu. İleride bir uçurum vardı, uçurumun kenarında da beş yaşlarında, küçücük bir kız çocuğu... Üzerimde beyaz bir elbiseyle ağacın diğer tarafında koşuyor, boynumda bir iple ağacın görünmeyen tarafına asılıyordum.

Ölümüme sadece saniyeler kalmışken parktaki o salıncak durdu ve çocukluğum gökyüzüne baktı. Atalay'ın yanında durarak, araba ilerlerken camı açarak, annemin yanında yürürken yüzümdeki tebessümü silerek başımı gökyüzüne kaldırdım. Ve gökyüzü, yeryüzüne çökmeye başladı.

Abiciğim, babacığım dokunun, o sudaki işlediğiniz cinayetin cesedi. İşte şimdi ensenizdeyim, adım ölümün kızıl gölgesi.

Yelkovan bir adım daha ilerledi. Kalabalık bir caddede koşuyordum ve hemen arkamda pençelerinde ölümün kalıntılarını taşıyan bir katil vardı. Ensemde o katilin nefesi vardı. Onun kollarında uyuyor, ölümü taşıyan gözlerinden hayatı öğreniyordum.

Yelkovan bir adım daha ilerlediğinde Ediz'in durmasını bekledim.

Hızla ilerleyen arabanın altından cennetin suları akmaya başladı. Hemen yolun kenarındaki araziye bir kalemle cennetin ağaçları, gökyüzüne cennetin yıldızları çizildi. Gökyüzü temiz ve berraktı. Ediz'in olduğu taraftaysa cehennemin lavları akıyordu sanki; gökyüzü kızıl ve kirliydi, uçan kuşların kanatları alev alevdi.

Yelkovan bir adım daha ilerledi ama Ediz durmadı.

Dudakları dudaklarımdaydı. Bir elini sırtıma yerleştirmiş, beni sahiplenircesine öpüyordu. Gözleri gözlerime dokunuyordu, elleri bedenimi keşfediyor, gölgesi beni koruyordu. Kamyonlara iyice yaklaştığımızda Ediz'in cansız bedenini düşündüm. Onu cansız hayal edince gökyüzünden kar taneleri süzülüyor, her yer sessizleşiyordu. Gözleri açık ve cansızdı. Yerde öylece yatıyor, yağan kar etrafında birikerek onun yasını tutuyordu.

Kamyonlara baktım. Bir ağaçta sallanıyordum. Nabzımın gürültüsünü dinledim. Üzerimde beyaz bir elbiseyle koşuyordum. Dudaklarımdan dökülen nefesin zayıf sesini işittim. Kar yağıyordu. Direksiyonu kavrayan ellerim titremeye ve uyuşmaya başlamıştı. Ediz'in kirpiklerinin arasındaki o cansız bakışları izledim.

O benim ölümüme eşlik edemezdi.

Frene yüklendim ve tekerlekler tiz bir çığlık attı. Salıncak yeniden sallanmaya başladı, Atalay'ın yanında yürümeye devam ettim, araba ilerledi, annemin yanında tebessümüm bir mumun alevi gibi tekrar canlandı. Geriye doğru akan zaman da tekrar ilerlemeye başlarken boş bakışlarım belli bir noktaya takıldı. Ardından gözyaşlarına boğuldum.

Ellerimle yüzümü kapatmış, sarsıla sarsıla ağlarken kapımın açıldığını duydum. Ediz hiçbir şey söylemeden güçlü kolunu belime doladı ve beni arabadan çıkardı. Soğuk havayı hissedince ellerimi yüzümden çekip yanağımı Ediz'in göğsüne yasladım, o da bana sımsıkı sarılıp, "Geçti küçüğüm," diye mırıldandı. "Geçti..."

Daha da şiddetli ağlamaya başlamıştım. "Ediz," dedim hıçkırarak.

"Buradayım," diye fısıldadı kulağıma.

Can çekişiyormuş gibi kesik kesik konuşuyordum. "Benim senden başka kimsem yok!" Bunun üzerine Ediz bana babam gibi değil, bir baba gibi sarıldı.

Nefesi saçlarımın arasına dökülüyordu. "Buradayım güzelim," diyerek beni sakinleştirmeye çalıştı ama sakinleştiğimde her şeyin çok daha kötü olacağını biliyordum. En büyük çaresizlik deprem anında değil, depremden sonra yitirilenlere bakıldığında hissedilirdi.

Ama saatler bir ömrü örmeye devam ederken yavaş yavaş sakinleşmeye başladım.

Gözyaşlarım tamamen kuruduğunda Ediz, "Bir otele geçelim," dedi. Hiçbir şey söylemeden yanağım göğsünde, öylece durdum. Beni yavaşça bıraktı ve tekrar arabaya yönlendirdi, bu kez direksiyona o geçecekti.

Ona direnmedim.

Koltuğa yerleştiğimde gözyaşlarımdan geriye sadece iç çekişlerim kalmıştı. Yaşamaya devam etsem de artık gökyüzünden düşmeye başlamıştım, henüz yere çakılmamıştım ama düştüğüm yere de geri dönemezdim. Şimdi yere çakılacağım anı bekliyordum.

Ediz şoför koltuğuna geçip arabayı çalıştırdığında başımı cama yasladım ve boş bakışlarımı dışarı diktim. Derin bir sessizlik her şeyi dilsiz bırakmıştı. Araba ilerlemeye başladığında yol kenarına belli aralıklarla yerleştirilen lambaları izlemeye başladım.

Çocukluğum babamın başparmağını tutmuş, onunla birlikte uzaktaki beyaz bir noktaya doğru yürüyor, benden uzaklaşıyordu. Her yer karanlıktı, sanki bir tünelin içinde tek başıma ölüme terk ediliyordum. Onlara yanımda kalmalarını söylemek de gelmiyordu artık içimden. Gökyüzümde balonlar vardı ve şimdi bana onları bir daha asla yakalayamayacağım kadar uzaktaydılar.

Ediz arabayı bir otelin önünde durduğunda bir an onun için her zamanki endişelerime kapıldım: Kameralar ne olacaktı? Bu kadar rahat olmamalıydı, polisler onu yakalarsa ne yapardı? Acı acı gülümseyerek otele baktım.

Arabadan çıktığımızda Ediz anahtarı valeye verdi ve bana baktı. Aklından neler geçtiğini anlayamamıştım. Yavaşça ona yaklaşıp başımı yorgun bir şekilde omzuna yasladığımda gerildiğini hissettim ama hiçbir şey söylemeden beni kendine doğru çekip otelin kapısına yönlendirdi.

Odaya çıktığımızda üzerimde sadece iç çamaşırlarım kalana kadar soyundum. Ediz'in dikkatli bakışlarını üzerimde hissediyordum. Kıyafetlerim darmadağınık halde yatağın üzerinde duruyordu şimdi. Bir tutam saçımı kulağımın arkasına sıkıştırıp odanın ortasında öylece durdum.

Sonunda, "Ben duş alacağım," diye mırıldandım. Ediz hiçbir şey yapmadan beni inceliyordu ve ne hissettiği, ne düşündüğü hakkında hiçbir fikrim yoktu. Banyoya yöneldiğimde bile bakışlarını hâlâ sırtımda hissedebiliyordum.

Küvetin dolması için suyu açtığımda iç çamaşırlarımı da yavaşça çıkarıp bir kenara attım ve bir ayağımla küvetin zeminine yavaşça bastım. Diğer ayağımı da küvetin içine alıp bir mezara yerleşir gibi yerleştim.

Bedenim suya gömüldüğünde düşüncelerimi de zihnimin çukurlarına atmak istedim ama şeffaf su çıplak bedenimi nasıl gizleyemiyorsa zihnimdeki çukurların kör karanlığı da düşüncelerimi örtmeye yetmiyordu. Saniyeler ilerlemiyordu sanki. O an yalanın belki de zamanın tek katili olabileceğini düşündüm. Bir yalan ortaya çıktığında aradan geçen onca zaman, akrep ve yelkovandan sarkan bir iple idam ediliyordu.

Gözlerimi kapattığımda kaşlarımın arasında inkâr dolu bir çukur oluştu. Zorla yutkundum. Bana bunca zamandır yalan söylüyor olamazdı, olmamalıydı. Bana bunca zamandır giydirdiğini sandığım gerçekleri bir örgüyü söker gibi sökemez, beni bir fırtınanın ortasında çırılçıplak bırakamazdı.

Ama bırakmıştı işte.

Kendi inancımın üzerinde infaz edilmiştim.

"Kaşlarını çatman hoşuma gitmiyor."

O kadar dalgındım ki Ediz'in sesini duyunca gözlerim şaşkınlıkla aralandı. Yeşil gözlerinde o zehirli sarmaşıklarla, büyük bir dikkatle yüzümü inceliyordu. Bakışlarına bomboş gözlerle karşılık verirken önünde tamamen çıplak olduğum gerçeğinin bende bir panik dalgası yaratmasını bekledim ama içim de en az bakışlarım kadar boştu. Bir dizimi hafifçe diğerinin üzerine kırarak kendimi gizlemeye yönelik küçücük bir çabadan başka çaba göstermedim. Uzun saçlarım göğüslerimi zaten örtüyordu.

Ediz'in gözleri bir an bedenime kaydı, ardından tekrar gözlerimi buldu. Bir şeyler söylememi bekliyor olmalıydı ama sessizlik ateşinde yanıp dilimde közlenen cümleler artık anlamını yitirmişti. Şeytanın inine iniyormuş gibi görünen göz bebeklerine baktım ve baktıkça bir duygu, kaburgalarımı basamak gibi kullanarak yukarı çıkmaya başladı.

"Bana neden yalan söyledin?"

Gözlerini kıstı ve soruma soruyla karşılık verdi: "Neden söylemeyeyim?" Ses tonu acımasızdı. Buna verecek cevabım yoktu. Kaburgalarımdan yukarı çıkan o duyguyu engellemek istercesine dizlerimi çaresizce karnıma doğru çektim ve kollarımı bacaklarımın etrafına sardım. Küvetin içinde ufacık kalmıştım.

Ediz gözlerini kapatıp derin bir nefes aldı, tekrar açtığında gözleri alev alev yanıyordu.

"Bana güvenmemen gerektiğini biliyordun." Bu kez sesi acımasızlıktan arınmıştı, hatta sesinin yorgun çıktığını bile söyleyebilirdim. "Ben güvenilecek adam değilim," diye ekledi.

Sözleri düşüncelerimin önüne atılan zehirli yemler gibiydi; düşüncelerimi önce besliyor, sonra öldürüyordu. Ona baktığımda bir yabancı görmeyi bekledim; inandığım ve güvendiğim adamın kumdan bir kale gibi yıkıldığını görmek istedim ama karşımdaydı işte. Bunu görmek o kadar sarsıcıydı ki kumdan kaleler gibi yıkılanın kendim olduğunu hissettim.

"Güvenin rengi, bir yalanla karşı karşıya kalındığında belli olur," dedim. Ediz'e duyduğum güvenin bittiğini anlatan bütün sözlerim cansız bir şekilde yere yığılmıştı. "Bana her an doğruyu söyleyeceğine değil, sana inandım ben. Her daim bir sebebinin olacağına..."

Ediz'in öfkesi gözlerine öyle bir yayıldı ki o güzel yeşilin katran karasına kurban gideceğini, gözlerinin sonsuza dek simsiyah olacağını sandım.

"Sen ne dediğinin farkında mısın?"

"Evet," dedim yorgun bir sesle.

O an tıpkı denizin yüzeyine çıkan bir ceset gibi şeytanın teninin de Ediz'in tenine yansıdığını gördüm ve ona olan güvenimi bitirmek için her şeyi yapabileceğini anladım, onu tanıyordum.

Ediz başını hafifçe yana eğdi ve bana göz ucuyla bakarak, kelimelerin üstüne basa basa, "Sana yalan söyledim," dedi.

"Biliyorum," diye karşılık verdim yorgun ve keyifsiz bir tebessümle. "Ben de oradaydım."

"Sen..." dedi, öfkesini kontrol etmeye çalıştığı belli oluyordu, "sana neler yapabileceğimin farkında mısın?" Dudakları alaycı bir gülümsemeye teslim oldu ama bu alaycılık gözlerine ulaşamadı. "Hemen şu anda sana neler yapabileceğimin farkında mısın? Seni öldürebilirim, senden istediğim her şeyi alabilirim. Duracağımı mı sanıyorsun?"

"Evet," dedim. "Bunları yapmayacağını biliyorum."

Uzun uzun bakıştık, ardından ağır adımlarla küvete yaklaşmaya başladı. Bir yandan da yavaş yavaş gömleğinin düğmelerini açıyordu. Bakışları bir an ruhumun geri çekilmesine sebep olsa da ondan korkmayacaktım. Belki de haklıydı, belki de dediklerini yapabilirdi ama bunu umursayamayacak kadar yorgun ve tükenmiş hissediyordum kendimi. Beni hiç terk etmeyen o ölüm fikri saçlarıma karışmıştı, saçlarımla beraber belime uzanmıştı. Ediz bana ne yaparsa yapsın ona karşı koymayacaktım.

Gömleğini çıkarırken gözlerini gözlerimden bir an olsun ayırmadı. Gömleği yere düştüğünde hemen ayaklarının dibindeki yenilgim toz gibi havalandı ve soluduğum havaya karıştı.

"Yapmayacağımı biliyorsun, öyle mi?" Sesi buz gibiydi. Karşısında iyice küçüldüğümü hissettim; sanki suya karışacak, sonra akıp gidecektim. Yapabileceğini biliyordum, bunu hep biliyordum, hep göze almıştım.

"Beni o gece, o sokakta öldürmeliydin." Bu sözleri ondan çok kendime söylüyor gibiydim. O gece, o sokakta ölmeliydim.

"Haklısın," dedi. "Olayların bu noktaya gelmesine hiç izin vermemeliydim."

"Bitir bu oyunu o halde." İçimdeki korku solmuş, bütün hislerim kendi kendine sarhoş olmuştu. "Neden bitirmiyorsun? Hani yapabilirdin? O gece, o sokakta neden yapamadın?"

Ben katilinden ruhuna ölüm tohumları ekmesini isteyen kurbandım, benim için hiçbir zaman umut olmamıştı.

"Bana meydan okuma Şahmeran." Ediz küvete iyice yaklaştı ve başımda dikildi. "Özellikle de kanımdaki alkol miktarı bu kadar fazlayken."

Yapabileceğini bile bile, ifadesiz bir sesle, "Yapamayacaksın," dedim ama o benim bunu bildiğimi ve bu yola bilerek saptığımı anlayacak durumda değildi. Altındaki siyah pantolonla küvete adım attığında şahın oyun tahtasına devrilip gürültüyle yuvarlandığını ve oyunun bittiğini anladım. Kalbim tekledi. Ediz küvete yerleşirken hareketlenen su göğüslerime çarptı. Karşıma oturduğunda dişlerini öyle bir sıkıyordu ki çene kemikleri bir ressamın kalemiyle gölgelendirilmiş gibi göründü gözüme.

Birbirimize öylece baktık, gözlerimizin içine...

"Bana başından beri doğruları söyleseydin de sonuç değişmezdi," dedim sakince.

"Biliyorum."

"O zaman neden?" Ben bu soruyu sorduğumda Ediz gözüme bir an için bir içkiye daha ihtiyacı varmış gibi göründü.

"Çünkü seni tanımıyordum." Şakaklarını ovdu. "Neyi seçip seçmeyeceğini bilmiyordum, risk alamazdım."

"Babamla yaptığın anlaşmadan sonra onlara geri döneceğimi nasıl düşünebildin?" Bu soru beni yakan o ateşte pişmişti ve Ediz'in cevabının da o ateşi körükleyeceğini biliyordum. Ben onun gözlerinin içine bakıyorken o ilk kez gözlerini kaçırmıştı.

Yaşadığımız her şeyin, sarf ettiği sözlerin, beni kaçırdığında sergilediği tavırların sebebini anladığımda geçmişin rengi değişti, kaderi bütün kiri daha da gözler önüne sermek olan beyaza dönüştü.

"Aslında tam şu an," dedim donuk bir sesle, "senin gerçek bir katil, benim de gerçek bir kurban olduğumuz ilk an."

"Gerçek yüzlerimizi gördüğümüz ilk an," diye onayladı sözlerimi Ediz.

"Ben hiç maske takmadım," dedim çenemi dizlerime yaslayarak. "Ben sana karşı her zaman dürüsttüm."

Uzun bir sessizlikten sonra Ediz'in dudaklarından, "Evet, dürüsttün," sözleri döküldü. Bakışları dalgındı. "Artık karşındayım, tamamen ben olarak, Ediz Çağıran olarak. Ben senin güvendiğin o adam değilim."

"O adamsın," dediğimde tekrar öfkelendiğini hissettim ama bu öfke onun daha da yaralanmış olmasından doğan bir tepkiye benziyordu. Her şeye rağmen ona güvenmem onu yaralıyordu ve bu öyle bir döngü başlatıyordu ki âdeta ruhum bulanıyordu.

Güçlü elleriyle küvetin kenarlarından destek alarak bana doğru yaklaşırken kalp atışlarım hızlanmaya başladı. Çenemi dizlerimden kaldırıp kocaman gözlerle ona baktım. Yüzü ifadesizdi. Teni tenime dokunduğunda buz gibi bir ürperti dalgasının omuriliğimden aşağı indiğini hissettim. Bacaklarımı iki yandan öne uzattığımda karşısında tamamen çıplaktım ve içinde bulunduğumuz duruma rağmen bunun sebep olduğu utancın yanaklarıma yansımasını engelleyemedim. O üzerime doğru eğildikçe küvetin içinde aşağıya doğru yavaşça kaydım ve başım dışında bütün bedenim suya gömüldü. Ediz'in pantolonunun kumaşı bacaklarıma değince ürperdim. Teni tenimdeydi, gözlerini bir an olsun gözlerimden ayırmıyordu.

Üzerime doğru eğilince çıplak gövdesi göğüslerime değdi. Ben küvetin iki yanından destek alırken o yüzünü yüzüme yaklaştırdı ve "Ben güvenilecek adam değilim," diye tekrarladı. Dudaklarıma dökülen nefesinde keskin bir alkol kokusu vardı.

"Bana bunu söyleme," diye fısıldadım yalvarırcasına.

"Ama gerçek bu küçüğüm."

Gözlerimi kapattım, kendi içimdeki uçurumun kıyısındaydım. Ediz beni ya itecek ya da geri çekecekti.

"Yapma, beni buna inandırma," diye fısıldadığım sırada küvetin iki yanını sıkıca kavrayan ellerimi çözdü ve kocaman eliyle iki bileğimi birden tek avucunun içine hapsedip başımın üstünde duvara sertçe bastırdı.

"Gözlerini aç," diye emretti ama açamadım. "Gözlerini aç." Boştaki eli sırtımdan belimin kavisine doğru yavaşça kaydı. Ardından bedenimi kendi bedenine sertçe yasladı. Nefesim kesilmiş, Ediz'in parmak uçlarında biriken tehdit tenimi yakmıştı.

"Sana gözlerini aç dedim."

Ona karşı gelemeyeceğimi biliyordum, bu yüzden içimdeki harabeyi gizleyen göz kapaklarım daha fazla direnemedi ve gözlerimi açtım. Ediz'in bakışları bakışlarımı karşılayınca sıcak nefesimin kavurduğu dudaklarım hafifçe aralandı.

"Bunu bana neden yapıyorsun?" diye sordum, sesim çatlamıştı. Ediz'in büyük bir dikkatle gözlerimi inceleyen gözlerinin akında, kanındaki alkolün ve uykusuzluğunun somut bir belirtisi olan kırmızı damarlar vardı. Güçlü bedeni benim zayıf bacaklarımın arasına yerleşmişti. Artık aramızda sadece pantolonunun kumaşı vardı. Bacaklarımın arasına temas ediyor olması tenimin karıncalanmasına sebep olmuştu, nefesim kesilmişti. Ediz dudaklarını dudaklarıma yaklaştırırken gözlerini bir an olsun gözlerimden ayırmadı.

"Anahtarı kaybolmuş, kapalı bir kutuyu açmanın tek yolu onu parçalamaktır."

Bu sözlerden sonra dudakları yavaşça dudaklarımın üzerine kapandı. Temasıyla birlikte boğazımdan yükselen iniltide teslimiyet, çaresizlik, acı vardı. Onun dokunduğu yerden doğan yakıcı bir his bedenime dalgalar halinde yayıldı ve Ediz beni ağır ağır öpmeye başladı. Nefesindeki alkolün tadını aldığımda damağıma onun zehri yayılmış gibi hissettim.

Belimi kavrayan parmakları tenime âdeta saplanmıştı. Ediz'in soluk alıp verişleri hızlanmış, bedeni kasılmıştı. Dişleriyle alt dudağımı sıyırıp beni öpmeyi bıraktığında gözlerim aralandı ve ona baktım; ikimiz de nefes nefese kalmıştık, nefeslerimiz birbirini yok edecek iki ayrı yemin gibi karışıyordu birbirine ve bu, canımı yakıyordu.

Gözlerime o kadar uzun süre baktı ki ruhumun her köşesini gördüğünü hissettim.

"Seni o gece öldürmeliydim," diye fısıldadı ama bunu benden çok kendine söylüyor gibiydi. "Belki de öldürmeliyim..."

Bu cümle içimdeki korkuyu kamçılayıp şaha kaldırmalıydı ama korkmuyordum. Bazı cinayetlere intihar, bazı intiharlara da cinayet süsü verilirdi. İşte bu adam benim intiharıma bir cinayet mumu dikecekti.

"Sorun değil," dedim ve yüzünü ellerimin arasına almak, ona başından beri yapması gerekeni yapmasını söylemek istedim. Gözlerine bulutlu bir kış gecesi kadar yoğun ve sisli bir ifade çökerken bileklerimi kelepçe gibi tutan parmaklarını çözdü ve ellerimi serbest bıraktı. Ardından ensemdeki saçları kavrayıp yavaşça doğruldu, sonra beni de kendisiyle birlikte doğrultarak kucağına oturttu. Dudakları dudaklarımla tekrar buluştuğunda öpüşü bu sefer sakin değildi, telaşlı ve sertti. Sanki dudaklarıma dudaklarıyla mühürlediği o yalanların izini yine kendi dudaklarıyla silmek istiyordu. Serbest kalan ellerim başına gitti, parmaklarım saçlarının arasından kaydı ve ensesindeki saçları kavradı. Ediz beni kendi bedenine daha da bastırırken dudaklarından bir inleme döküldü. Varlığı ruhuma suyun içine damlayan mürekkep gibi yayılmış, benliğime karışmaya başlamıştı. Başını hafifçe yana eğip beni hırsla öpmeye başladığında bir eli sırtıma kaydı ve çıplak bedenimi çıplak gövdesine sahiplenircesine bastırdı. Beni öpüşü bir denize atılan olta gibiydi; ruhumdaki her şey o oltanın ucundaki yeme muhtaç balıklar gibi ona muhtaçtı ve hızla ölüme doğru yüzüyorlardı. Çıplak bacaklarımı beline doladığımda ruhunun ruhumu dansa kaldırdığını hissettim, artık ölümün melodisi çalmaya başlamıştı. Bir elim yavaşça kemikli yüzüne kaydı ve sakallarını hissettim, dokunuşum tüy kadar hafifti. Ediz'in tutkusu benim hissettiğim acıya karışıyor, yanaklarımdan süzülen yaşlar onun bana ağır gelen varlığının özünü taşıyordu.

Dudakları dudaklarımı serbest bıraktığında bir yazarın bir gökdelenin tepesinden aşağı bıraktığı romanının dağılan sayfaları gibi süzüldüğümü hissettim, paramparçaydım. Sessiz gözyaşlarımın arasından o yeşil gözlere baktım, felaketime... Sanki o da gözlerinin, insanları donduran ve dondurduktan sonra cesetlerinin üzerine yağmaya devam eden kara benzediğinin farkındaymış gibi göz kapaklarını gözlerine indirdi ve alnını alnıma yasladı.

Parmaklarını tenime daha da gömüp dişlerini sıkarak, "Sana şimdi, burada öyle şeyler yapmak isterdim ki..." dedi. "Ama onun yerine başından beri yapmam gerekeni yapacağım."

Beni öldürecekti.

Hafifçe aralanan dudaklarımın arasından sıcak bir nefes alırken başımı hafifçe salladım, ona engel olmaya çalışmayacaktım.

Gözlerini yavaşça araladı ve gözlerimin içine uzun uzun bakarak, "Doğa," diye fısıldadı. "Senin güvendiğin o adam olmak isterdim."

"Sen zaten o adamsın."

İtirazını dile getirmekten çok, kelimelerinin tadına baktırmak istercesine dudaklarını tekrar dudaklarıma mühürledi ve beni geriye doğru yatırmaya başladı. İlk başta uzun, koyu renkli saçlarımın uçları suya karıştı, ardından sırtımın tamamı... Ediz'in ne yapacağını anladığımda kalbim sıkışsa da onu engellemeye çalışmadım, onu devirecek olan rüzgâra tutunan bir ağaç misali Ediz'e tutundum. Saçlarım yavaş yavaş suya karıştı ve ölü kanatlar gibi etrafımda yüzmeye başladılar. Su önce boynumun tadına baktı, sonra göğüslerimin etrafında toplandı, ardından beni tamamen yuttu. Yüzüm de suyun içine battı ama Ediz beni suyun altında da öpmeye devam etti, saçlarım ona veda ediyormuşçasına yüzüne dokundu. Sırtım küvetin zeminine değdiğinde Ediz'in dudakları ciğerlerimi terk eden oksijen gibi dudaklarımı terk etti ve suyun içinde bir an göz göze geldik. O gözlerde ölümün gölgesi vardı ve her şey acının yakıcılığından kaçarcasına o gölgeye sığınmıştı.

Ellerini sırtımdan kaydırdı ve beni suyun altında tutmak için üstüme geçti. Başını sudan çıkardığında geriye sadece suyun yüzeyine dökülen bulanık yansıması kalmıştı. Gözlerimi kapatmadım, o yansımaya baktım. Güçlü elleri beni suyun altında tutarken geçmişim yıkılmaya başladı. Anılarımda hâlâ eskisi gibi olan evimizin koridorlarında hırçın sular hızla ilerledi. Su önüne çıkan her şeyi yutarken koridorun en sonunda, soldaki kapıda kaçırılmadan önceki halim duruyordu. Hırçın su bütün zamanın üzerinde akmaya başladı; küçük bir kız çocuğu boğuldu, bir salıncak yerinden söküldü, bir okul yok oldu, gözyaşları yitip gitti.

Bir adam vardı. Bir yatakta beraber uyuyorduk. Üzerimize zaman örtülmüştü ama hâlâ oradaydık. Geçmişte bir yerlerde hâlâ vardık ve birlikte uyuyorduk. Kapı kırıldı, su içeri aktı, adam boğuldu.

Kadın öldü.

Dalga dalga gökyüzüne vuran gecenin içinde rüzgârın kesik sesi,
Ben Havva'nın damağına yayılan o cennetin yasak meyvesi,
Anneciğim, anneciğim dediler bana, sen bir cesedin çürüyen portresi,
İşte şimdi enselerindeyim, adım ölümün kızıl gölgesi.

Yağan kar şiddetini gitgide artırıyor, koyu renk saçlarıma tutunan kar tanelerinin sayısı çoğalıyordu. Konuşmadı, konuşmadım. Sessizlik... Aramızda her daim geçerli olan bir alfabeydi sessizlik. Ben de bu alfabeye bir kez daha boyun eğdim ve uzun, titreyen parmaklarımı avuçlarımın içine bastırdım. Elimi yanıma indirdiğimde avuçlarımda eriyen kar yere damladı...

Rengi, kan rengiydi.

Rengi, kaybın rengiydi.

Rengi, bir cinayetin rengiydi.